KB006516

내시의
안해

내시의
안해

임매 외 씀
김세민 옮김

보리

겨레고전문학선집을 펴내며

우리 겨레가 갈라진 지 반백년이 넘어서고 있습니다. 그러나 함께 산 세월은 수천, 수만 년입니다. 겨레가 다시 함께 살 그날을 위해, 우리가 함께 한 세월을 기억해야 합니다.

예부터 우리 겨레가 즐겨 온 노래와 시, 일기, 문집 들은 지난 삶의 알맹이들이 잘 갈무리된 보물단지입니다.

그동안 남과 북 양쪽에서 고전 문학을 되살리려고 줄곧 애써 왔으나, 이제껏 북녘 성과들은 남녘에서 좀처럼 보기 어려웠습니다.

북녘에서는 오래 전부터 우리 고전에 깊은 관심과 사랑을 보여 왔고 연구와 출판도 활발히 해 오고 있습니다. 그 가운데 〈조선고전문학선집〉은 북녘이 이루어 놓은 학문 연구와 출판의 큰 성과입니다. 〈조선고전문학선집〉은 가요, 가사, 한시, 패설, 소설, 기행문, 민간극, 개인 문집 들을 100권으로 묶어 내어, 고전을 연구하는 사람들과 일반 대중 모두 보게 한 뜻깊은 책들입니다. 한문으로 된 원문을 현대문으로 옮기거나 옛글을 오늘의 것으로 바꾼 성과도 놀랍고 작품을 고른 눈도 참 좋습니다. 〈조선고전문학선집〉은 남녘에도 잘 알려진 홍기문, 리상호, 김하명, 김찬순, 오희복, 김상훈, 권택무 같은 뛰어난 학자분들이 머리를 맞대고 연구한 성과를 1983년부터 펴내기 시작하여 지금도 이어 가고 있습니다.

보리 출판사는, 조선민주주의인민공화국 문예 출판사가 펴낸 〈조선고
전문학선집〉을 〈겨레고전문학선집〉이란 이름으로 다시 펴내면서, 북녘
학자와 편집진의 뜻을 존중하여 크게 고치지 않고 그대로 내는 것을 원칙
으로 삼았습니다. 다만, 남과 북의 표기법이 얼마쯤 차이가 있어 남녘 사
람들이 읽기 쉽게 조금씩 손질했습니다.

이 선집이, 겨레가 하나 되는 밑거름이 되고, 우리 후손들이 민족 문화
유산의 알맹이인 고전 문학이 지니고 있는 아름다움을 제대로 맛보고 이
어받는 징검다리가 되기 바랍니다. 아울러 남과 북의 학자들이 자유롭게
오고 가면서 남북 학문 공동체가 이루어지는 날이 하루라도 앞당겨지기
바랍니다. 그리고 이 자리를 빌려 어려운 처지에서도 이 선집을 펴내 왔
고 지금도 그 작업에 몰두하고 있는 북녘의 학자와 출판 관계자들에게 고
마운 마음을 전합니다.

2004년 11월 15일
보리 출판사 대표 정낙묵

차례

내시의 안해

만고에 으뜸 정사, 천하에 으뜸 도적─기문총화

금강산에서 별세상을 구경하다—파수편

내시의 안해—잡기고담

원문 차례

1. 《내시의 안해》는 북의 문예 출판사에서 1990년에 펴낸 《파수편》을 보리 출판사가 다시 펴내는 것이다.

   이 책에는 《기문총화》, 《파수편》, 《잡기고담》에서 고른 86켤레의 야담이 들어 있다.

   이 가운데 보리 편집부가 제목을 새로 달아 준 글도 여럿 있다.

   《잡기고담》은, 북의 책에서는 '란실만필'이라 했는데 남쪽 학계의 성과를 따라 《잡기고담》으로 적었다.

2. 맞춤법과 띄어쓰기는 '한글 맞춤법'을 따랐다.

   ㄱ. 한자어들은 두음법칙을 적용했고, 모음과 ㄴ 받침 뒤에 오는 한자 '렬'은 '열'로 '률'은 '율'로 고쳤다. 단모음으로 적은 '계'나 '폐'자를 '한글 맞춤법'대로 했다.

   예 : 령남→영남, 리롭다→이롭다, 페단→폐단

   ㄴ. 'ㅣ' 모음동화, 사이시옷, 된소리 따위의 표기도 '한글 맞춤법'대로 했다.

   예 : 드디여→드디어, 대줄기→댓줄기, 손벽→손뼉

3. 남에서는 흔히 쓰지 않는 표현이지만, 북에서 흔히 쓰는 입말들은 다 살려 두어 우리 말의 풍부한 모습을 살필 수 있게 했다.

   예 : 군잠(깊은 잠), 꿍지다(꾸리다), 되알지다, 드문하다, 뗑하다, 먹을알, 무명낳이, 바람새, 비꽃, 삐어지다, 살밭다, 솥굽, 어망결에(얼떨결에), (눈치가) 역다, 지지 콜콜하다, 쪼박

만고에 으뜸 정사, 천하에 으뜸 도적

기문총화

《기문총화記聞叢話》는 필사본으로 전하는데, 이본이 10여 종이다. 기록한 이를 알수 없고, 시기도 알 수 없다. 다만 18세기에서 19세기 사이에 쓰인 것으로 짐작한다.

이 판서 내외의 용력

판서 이삼李森이 젊어서 유학을 공부하였는데, 생김새는 말쑥한 샌님이었으나 용력이 있었다.

당시 판서 신여철申汝喆은 훈련대장 직을 겸하고 있었는데, 이삼에게 무술을 배우도록 권하고 싶었으나 용력이 어떤지 알 수가 없었다. 이삼은 신 판서와 잘 아는 사이였으므로, 하루는 그의 집으로 놀러 갔다. 신 판서는 이런저런 이야기를 하던 끝에 느닷없이 마루 앞 높은 섬돌을 가리키며 물었다.

"듣자니 네가 용력이 있다던데 저 위에 뛰어오를 수 있겠느냐?"

이삼은 그의 속마음을 모르고 조금도 어려운 기색 없이 곧 그 섬돌에 펄쩍 뛰어올랐다.

"그만하면 되겠다."

신 판서는 이삼이 돌아간 뒤 즉시 군관첩軍官帖을 보내면서 아무 날 군사 훈련을 하니 오라고 통지하였다. 제때에 오지 않으면 목을 베리라는 엄한 영이었다. 이삼은 일이 급하기도 하거니와 민망스럽기 짝이 없어 약천藥泉 남구만南九萬에게 가서 의논하였다. 남구만은 걱정 끝에 말하였다.

"어쩔 수 없는 일일세. 그 사람은 성미가 엄하고 사나우니 가지 않았다간 큰일 날 걸세. 아무래도 미리 가서 뵈어야 할까 보네. 그렇지 않다간 위험하네."

이삼은 할 수 없이 무관복 차림으로 가서 신 판서를 만났다. 신 판서는 그를 보자,

"내 자리에 앉을 사람이로다."

하며 자기가 타던 말을 안장 얹은 채로 내주었다. 이삼은 그 뒤 정말 대장 벼슬에 올랐다.

그의 용력이 어떠한가는 집안사람들도 모르고 있었다. 언젠가 집을 고치려고 대문 앞에 나무를 날라다 놓은 적이 있었다. 그것을 문 안으로 들이자니 모진 추위에 딱 얼어붙어서 여러 사람이 달라붙었으나 꿈쩍도 하지 않았다. 이삼이 저녁 무렵 보는 사람이 없는 틈에 나막신에 간편한 옷차림으로 나섰다.

통나무의 앞대가리를 번쩍 쳐드니 들러붙은 얼음은 떨어지지 않고 나무껍질이 벗겨지며 쑥 빠져나왔다. 이삼은 혼자서 그 나무를 문 안으로 들여놓았다. 이 일은 이삼의 아들만이 알고 있었다고 한다.

이삼이 젊어서 명재明齋 윤증尹拯에게 공부를 하였다. 하루는 윤증이 시를 지으라고 하였더니 이삼이 이런 시를 지었다.

　　장수의 깃발인 듯 나무는 우뚝 솟고
　　천병만마 달리는 듯 산은 연연 뻗었네.
　　樹如大纛齊牙立　山似千兵萬馬馳

윤증이 시를 보더니,

"네가 유학을 공부해서 무엇 하겠느냐?"

하였다. 과연 얼마 뒤에 무관으로 뽑혔다.

일찍이 옥에 갇혔을 때 옥졸들이 목에 씌운 칼을 좀 늦추어 놓으라고 권하였으나 끝내 듣지 않아 목에 구더기가 슬었다. 그 뒤 석방되어서는 그날을 생일로 삼아 음식상을 차렸다. 그가 죽은 뒤에도 이날 제사를 지냈다고 한다.

부인 장 씨도 힘이 여간 아니었다. 한번은 이삼이 밤에 안방으로 들어가려고 하자 장 씨가 딱 거절하였다. 이삼은 밖에서 문을 열자고 밀고 장 씨는 안에서 막자고 내미는 통에 문설주가 우지끈 부러져 나갔다. 이튿날 장 씨는 굵직한 나무를 가져다 더 든든히 고치게 하였다고 한다.

토정 이지함의 도술

토정土亭 이지함李之菡은 어려서부터 총명하여 천문 지리는 물론 점술과 각종 술수에 관한 학문을 훤하니 꿰들고 있었다. 앞일을 예언하는 것이 귀신같아 세상에서는 그를 '신인'이라고들 하였다.

두 발에 둥근 바가지를 매고 지팡이 끝에도 둥근 바가지를 맨 다음 온 세상 바다를 두루 돌아보고 와서는 말하였다.

"바다는 천하의 중심과 동서남북 다섯 개로 나뉘어 있는데, 제각기 자기 방위에 따르는 색깔을 띠고 있다."

살림이 몹시 어려워 아침저녁 끼니도 변변히 끓이지 못하였으나 조금도 개의치 않았다. 하루는 안방에 앉아 있자니 부인이 조르는 것이었다.

"사람들은 모두 당신이 신기한 술법을 가지고 있다고 합디다. 오늘 쌀이 떨어져 끼니를 건너게 되었는데, 어디 그 신기한 술법을 한번 써 보시구려."

공이 웃으며,

"부인 말이 그러하니 내 조금 시험해 보리다."

하더니, 곧 여종더러 그릇 하나를 가져오라고 하였다.

"네가 이 그릇을 가지고 경영京營 다리 앞에 가면 웬 노파가 열 냥을 주고 사자고 할 테니 빨리 가서 팔아 가지고 오너라."

여종이 시키는 대로 가 보니 아닐세라 웬 노파가 그릇을 사자고 하는 것이었다. 여종이 값을 받아 가지고 오자 토정이 또 심부름을 시켰다.

"이번에는 그 돈을 가지고 서소문 밖 저잣거리에 나가 보아라. 그러면 대 삿갓을 쓴 사람이 숟가락과 젓가락을 급히 팔겠다고 할 것이니 네가 이 돈으로 사 가지고 오너라."

여종이 또 가 보니 이번에도 영락없이 그의 말대로 되었다. 숟가락과 젓가락을 사 가지고 와 보니, 그것은 바로 은으로 만든 것이었다. 토정이 또 여종에게 일렀다.

"네가 이것을 가지고 경기 감영 앞에 가면 은수저를 잃고 꼭 같은 것을 사려고 하는 사람이 있을 게다. 이 물건을 내보이면 열닷 냥을 주겠다고 할 테니 팔아 가지고 오너라."

여종이 또 가 보니 정말 그 말대로였다. 열닷 냥을 받아 가지고 오자 이번에는 한 냥을 여종에게 주며 또 일렀다.

"그릇을 샀던 노파가 원래는 밥그릇을 잃고 대신 사서 쓰자고 했던 것인데 이제 잃었던 그릇을 찾았으니 물리려고 할 것이다. 네가 도로 사 가지고 오너라."

여종이 또 가 보니 토정의 말과 같았다. 여종은 그길로 도로 그릇을 찾아 가지고 돌아왔다.

토정은 남은 돈과 그릇을 부인에게 넘겨주어 아침 끼닛거리를 장만하게 하였다. 부인이 그 돈을 가지고 더 벌어 오게 하자고 조르니 토정은 빙긋이 웃을 뿐이었다.

"그만하면 족하지 더 해서 무엇 하겠소?"

그의 신기한 일들이 거의 다 이러하였다.

이경류의 의기

이경류李慶流 공이 병조 정랑으로 있을 때 임진왜란이 터졌다. 공의 둘째 형님이 마침 유학 공부를 그만두고 무관 벼슬을 하고 있었으므로, 조방장 변기邊璣가 출전하면서 둘째 형님을 종사관으로 임명해 달라고 임금에게 제의하였다. 그런데 막상 비준되어 내려온 것을 보니 잘못해서 공의 이름을 써 넣은 것이었다. 둘째 형님이 말하기를,

"나를 임명하려던 노릇이 그만 네 이름을 써 넣었으니 내가 가야겠다."

하고 우겼다.

"이미 내 이름으로 비준이 내렸으니 내가 가야 합니다."

공은 그길로 대충 행장을 차리고 어머니에게 하직을 고한 뒤 싸우러 나갔다.

변기가 조령 싸움에서 패하고 도망치자 장수를 잃은 군사들은 갈팡질팡 어쩔 줄을 몰랐다. 공은 순변사 이일李鎰이 상주에 있다는 소식을 듣고 혼자 말을 달려 그곳으로 갔다. 그곳에서 윤섬尹暹, 박

호朴篪와 함께 이일의 막하 장수로 되었다. 그러나 싸움에서 또 져서 온 진이 허물어지고 윤섬과 박호도 싸움터에서 죽고 말았다.

공이 몸을 빼어 진 밖으로 나오니 따라다니던 종이 말을 끌고 와서 기다리다가 공을 만나자 눈물을 흘렸다.

"일이 이 지경에 이르렀으니 빨리 서울로 돌아가야 할까 봅니다."

공은 웃으며 말하였다.

"나랏일이 이리 되었는데 내 어찌 구차히 살기를 바라겠느냐?"

그리고 호주머니에서 붓을 찾아 늙은 어머니와 맏형에게 마지막 편지를 썼다. 입었던 도포를 벗어 그 안에 편지를 넣은 다음 종에게 넘겨주고 나서 공은 곧장 적진으로 달려들려고 하였다. 그러자 종이 공의 팔을 붙잡으며 말렸다.

"네 정성이 갸륵하니 네 말을 따를 수밖에 없구나. 그런데 내가 배가 고파 못 견디겠으니 어디 가서 밥이나 얻어 오려무나."

종은 공의 말을 믿고 아무 의심 없이 마을을 찾아 내려갔다. 밥을 빌어 가지고 와 보니 공이 있을 리 없었다. 종은 적진을 바라고 통곡하다가 돌아오는 수밖에 없었다. 공은 밥을 얻어 오라고 종을 떼 보내고 나서 몸을 돌려 다시 적진으로 짓쳐 들어갔다. 왜적을 서넛 쳐죽이고 나서 공도 해를 입고 말았으니 당시 공의 나이가 스물네 살이었다. 이것은 4월 24일 상주 북문 앞벌에서 있은 일이었다.

종이 말을 끌고 돌아오자 온 집안이 그제야 공이 죽은 줄을 알았다. 편지 보낸 날을 죽은 날로 하여 상을 치렀다.

문청공의 청백

문청공文淸公은 처음 경상 감사로 임명되자 사임을 하고 부임하지 않았다. 그러자 임금이 노하여 특별히 합천 군수로 내보내게 하였다.

공이 합천 군수로 부임한 뒤였다. 하루는 고을 아전이 공의 집에 와 보니 끼니를 끓이지 못한 지가 벌써 여러 날째였다. 아전은 보기에 하도 민망하여 쌀 한 말과 청어 한 두름, 나무 몇 단을 부인에게 실어 보냈다. 공이 관청 일을 마치고 돌아오니 저녁상에 난데없는 이밥에 생선탕이 올랐다.

"이것들은 어디서 난 거요?"

공의 엄한 물음에 부인은 사실대로 말하지 않을 수 없었다. 공은 정색을 하며,

"아랫사람에게서 어찌 명색 없는 물건을 받는단 말이오?"

하고는 밥과 국을 그대로 아전 방에 내려 주게 하였다.

공은 고을에 부임하여 사소한 물건 하나라도 다치지 않고 오직 성심으로 정사를 다스릴 뿐이었다. 때는 마침 한창 가물철이어서 온

도가 기우제를 지내느라고 법석 끓었으나, 비는 한 꼬치도 내리지 않았다. 공은 기우제를 지낸 뒤 곧 불볕이 쏟아지는 제단 아래에 엎드리며 말하였다.

"내가 비를 얻지 못하면 이 자리에서 죽을 뿐이다."

공은 며칠 동안 멀건 미음을 마시며 마음속으로 정성껏 빌었다. 사흘째 날 아침이었다. 공이 비를 비는 산에서 검은 구름이 일어나더니 곧 댓줄기 같은 비가 흠뻑 내려 온 고을을 흐뭇이 적셨다. 그런데 이상하게도 이웃 고을에는 비꽃 한 방울 떨어지지 않았다. 그해 온 나라에 흉년이 들었으나 유독 합천 고을만은 모든 곡식이 다 잘 여물었다.

합천 해인사에서는 종이를 만드는 역을 지고 있어 중들이 이 때문에 늘 시달렸다. 그러나 공이 고을 원으로 부임한 뒤로는 종이 한 장도 빼앗는 일이 없었다.

하루는 마침 편지를 써야 할 일이 생겨 편지 종이 세 폭을 바치게 하였더니 중이 열 폭을 가져다 바치는 것이었다. 공은 그 중을 잡아들이게 하고는 꾸짖었다.

"고을에서 세 폭을 바치라고 하였으니 한 폭이라도 덜거나 더하면 죄가 되느니라. 네가 어찌 더 가져다 바친단 말이냐?"

그러고는 세 폭만 남겨 두고 나머지는 모두 도로 주어 보내게 하였다. 중이 종이를 받아 가지고 나가다가 관청 심부름꾼들에게 주니 모두들 받지 않으므로 할 수 없이 삼문 위의 들보에다 걸어 놓고 가 버렸다.

그 뒤 공이 문을 나가다가 마침 그것을 보고 이상하여 물었다. 까닭을 알게 된 공은 웃으며 그 종이를 서안 위에 놓아두게 하였다. 공이 교체되어 돌아갈 때 보니 한 폭을 더 쓰고 나머지 여섯 폭은 인계 문건에 적어 두었다.

공이 어느 날 틈을 내어 해인사로 유람을 갔다. 명승지를 보니 이름을 새기고 싶은 생각이 부쩍 났으나 소용돌이치는 깊은 물속에 우뚝 솟은 바위라 발을 붙일 도리가 없어 아쉬운 대로 돌아오고 말았다. 여러 중들이 그 말을 듣고는 이레 동안 몸과 마음을 깨끗이 하고 산신에게 기도를 드렸더니 오월 한더위에 깊은 못의 물이 꽁꽁 얼어붙었다. 그제야 나무를 찍어 사다리를 만들어 가지고 바위 위에 공의 이름을 새겨 넣었다. 이것은 물론 전해 오는 이야기다.

공이 교체되어 돌아갈 때였다. 고을 백성들이 모두 떨쳐 일어나 길을 막고 늘어섰다.

"사또께서 아무 물건이라도 남겨 주시면 사또 보듯 하오리다."

"지금 내게는 아무것도 없구나. 도포 한 벌을 지어 둔 것이 있으니 이거라도 남겨 주마."

공이 내주는 도포를 보니 굵은 베로 만든 것이었다. 백성들이 사당을 짓고 그 도포를 모셔 놓았는데, 사당 이름을 '청백사淸白祠'라고 하였다. 지금도 그곳 백성들이 봄가을로 제사를 지낸다고 한다.

망신당한 부제학의 종씨

만호 이병직李秉直은 문청공 이병태李秉泰의 배다른 친족이었다.

어영청 별군으로 있을 때 일이다. 한번은 밤 순찰을 나가 술 단속을 하느라고 길옆에 앉아 있노라니 웬 유생 하나가 종자에게 등불을 들리고 담뱃대를 가로문 채 거드름스럽게 지나가는 것이었다. 군졸들이 어딜 가느냐고 따지자 곁에 있던 종 녀석이 호통을 쳤다.

"너희 놈들이 어찌 이리 당돌히 구느냐?"

옥신각신하는 판에 이병직이 와서 물으니 종이 또 앞서처럼 통통히 꾸짖는 것이었다.

"부제학 댁 종씨께서 지금 집으로 돌아가는 길이다. 어째서 따지는 게냐?"

"아무리 부제학의 종씨기로서니 밤중에 나다니며 법을 어겨서야 되겠소?"

이병직의 말에 유생이,

"저 사람이 누군가 물어보아라."

하고 종에게 일렀다.

"나는 패장이오."

"이 패장이 인사를 모르는구나. 아무래도 내가 말을 좀 해 주어야 겠다."

그러자 종이 또 을렀다.

"이분은 부제학의 종씨 되시는 어른이다. 어서 썩 물러가지 못할 까! 패장의 이름이 뭐냐?"

"내 이름이 알고 싶으냐? 나는 부제학의 아들이고 부제학의 숙부 이고 부제학의 종손이고 부제학의 사촌이고 부제학의 오촌이고 부제학의 육촌이다. 여섯 부제학의 친족인 내가 오히려 패장 노릇 을 하는데 한 부제학의 종씨라고 법을 어기고 밤에 나다니며 사람 을 업신여긴단 말이냐?"

이병직은 군졸들을 시켜 유생을 못 가게 붙들었다. 유생은 그제야 깜짝 놀라 수없이 사죄를 하였다. 이병직은 한참 뒤에야 유생을 놓 아 보냈다.

이덕중의 의리

　대체로 사람들의 말을 들어 보면 과거 시험에 합격할 때에는 꿈에 길한 조짐이 보이는 적이 많다고 한다.

　부제학 이덕중李德重은 집이 서학 고개에 있었는데 째지게 가난하였다. 내일 아침에는 대궐 뜰에서 과거 시험에 응해야겠으나 당장 저녁 끼니 쌀이 없었다.

　부인은 옆집에서 아침 끼닛거리로 쌀 한 됫박을 꾸어다 나무 그릇에 담아 두었다. 그런데 그날 밤 꿈에 보니 쌀알마다 모두 작은 용이 되어 나무 그릇 안에 그득 차는 것이었다. 부인은 놀라 깨어나 곧 자기가 손수 방아를 찧고 깨끗이 씻었다. 막 쌀을 가마에 안치려는 참인데 문밖에서 기척이 나며 삼산三山 이태중李台重이 들어오는 것이었다. 이덕중이 안에서 뛰어나와 반갑게 맞아들였다.

　"형님이 어떻게 이런 새벽에 오시오?"

　"걸어오다 나니 발이 부르트고 날이 저물어 어제 오지 못하고 성밖 주점에서 밤을 지내고 이제야 오는 길이다."

　이태중은 공과 팔촌 형제 간인데 그때 결성結城에서 살고 있었다.

공이 안에 들어가 남은 밥이 있는가 물으니 부인은 한 그릇밖에 지은 것이 없다는 것이었다. 공은 부인에게 그 한 그릇이라도 상을 차려 바깥사랑으로 내보내라고 하였다. 팔촌 형과 같이 나누어 먹고 과거 시험장에 가려는 것이었다. 그런데 부인의 대답이 뜻밖이었다.

"이 밥만은 결코 나누어 자셔서는 안 되리다."

공이 그 까닭을 물으니 부인은 간밤의 꿈 이야기를 갖추 말하였다.

"그렇다고 나 혼자 먹고 형님을 굶긴단 말이오? 그런 마음을 품으면 하늘이 끝내 돕지 않을 거요."

공은 빨리 상을 내보내게 하였다. 부인은 할 수 없이 상을 차려 들여갔다. 문틈으로 보니 이태중이 상을 받고 술을 뜨다가 절반을 공에게 나누어 주었다. 한 그릇 밥을 나누어 먹고 같이 시험장에 들어갔는데, 두 사람이 다 합격자 명단에 올랐다.

암행어사 박문수

영성군靈城君 박문수朴文秀가 젊었을 때 외숙이 진주 고을 원으로 임명되어 그를 따라갔다. 그곳에서 그는 어떤 기생과 친하여 홀딱 빠져 버렸다. 두 사람은 죽을 때까지 변치 않기로 굳게 약속하였다.

하루는 박문수가 글방에 앉아 있노라니 지지리 못난 여종이 물동이를 이고 지나가는 것이었다. 그를 본 사람들이 모두 여종을 가리키며 놀려 댔다.

"저년이 하도 못난 탓에 나이가 서른이 차 오도록 아직 첫날밤을 지내 보지 못했다지."

"저년과 하룻밤을 지내면 적선을 하는 셈이 될 터이니 신명이 보살펴 줄 건 틀림없네."

씩뚝깍뚝 지껄이는 소리를 들으니 여종의 신세가 측은하게 생각되었다. 그날 밤, 박문수는 여종이 또 물동이를 이고 지나가는 것을 기다렸다가 안으로 불러들여 그와 하룻밤 정을 나누었다. 여종은 처음으로 사나이에게서 정을 받자 몹시 감격하였다.

그 뒤 박문수는 서울로 돌아왔다. 과거 시험을 보고 나니 어언 십 년 세월이 흘렀다. 박문수는 암행어사로 임명되어 진주로 내려갔다. 거지 모양을 하고 밥을 빌며 전에 친하던 기생의 집을 찾아갔다. 대문을 두드리니 안에서 노파가 나왔다. 박문수를 한참이나 뚫어지게 쳐다보던 노파가 혼잣말로 중얼거렸다.

"세상에 이상한 일도 다 있네."

"무에 이상하단 말이오?"

"자네 얼굴이 신통히도 언젠가 여기 사또님 책방으로 왔던 박 도령과 같으니 이상해서 그러네."

"내가 바로 그 박 도령이오."

노파는 깜짝 놀라며 말하였다.

"이게 어찌된 일이오? 도련님이 이런 걸인이 될 줄이야 어떻게 알았겠소. 어서 방에 들어가 밥이나 자시고 가시우."

박문수는 방에 들어가 앉자마자 기생의 안부부터 물었다.

"자네 딸은 지금 무얼 하고 있나?"

"지금 사또 수청을 들고 있습지요. 늘 동헌에 붙박여 나오지 못한다우."

노파가 불을 지피고 밥을 짓는 참인데 홀연 밖에서 신발 끄는 소리가 들리더니 그 기생이 부엌으로 들어섰다. 어머니가 반색하며 알려 주는 말이 들렸다.

"애야, 아무 곳의 박 도령이 왔구나."

"언제 이곳에 왔다우? 뭘 하러 왔다우?"

"차린 꼴이 불쌍하더라. 찢어진 삿갓에 누더기를 걸친 모양이 빌어먹는 꼴이더구나. 까닭을 물으니 제 외갓집에서 쫓겨났다더라. 그러곤 지금 여기저기 떠돌아 밥을 빌어먹으면서 이곳에 왔는데,

그전에 여기 오래 있으며 관속들과 낯을 익힌 터라 돈냥이나 얻어 가려고 온 꼴이더라."

노파의 말을 들은 기생이 그만 발끈하였다.

"그런 말을 내게 무엇 하러 하오?"

"너를 보자고 온 사람이니 온 김에 한번 들어가 보려무나."

"보면 무얼 하우? 그런 사람은 보고 싶지 않수. 내일이 병마사 나리의 생신날이어서 촉석루에 고을 원들이 많이 모여 풍악을 잡힌다며 감영과 본부의 기생들더러 옷을 잘 차려입고 나오라는 엄한 분부가 내렸수. 내 옷농 안에 새로 지은 옷이 한 벌 있으니 어머니가 좀 꺼내다 주오."

"내가 그걸 어떻게 아니? 네가 들어가서 가지고 가거라."

기생은 어쩔 수 없이 문을 열고 방에 들어섰다. 기생의 낯은 암상이 가득 돋은 얼굴이었다. 눈살이 꼿꼿해 가지고 옷농을 열어젖히더니 옷을 꺼내 들고는 한번 돌아보지도 않고 휑하니 나가 버렸다. 박문수는 기생의 어머니를 불렀다.

"주인이 이렇게 쌀쌀하게 구니 내가 어떻게 이 집에 눌러 있겠소. 나는 가오."

노파는 박문수의 소매를 붙들었다.

"철이 없어 인사를 모르는 기생을 두고 무얼 탓하시우? 밥물이 다 잦았으니 잠깐 앉았다가 요기나 하고 가시우."

"먹고 싶지 않소."

박문수는 그길로 문을 나서 이번에는 물 긷던 여종의 집을 찾아갔다. 여종은 아직까지 관청에서 물 긷는 일을 하고 있었다. 물동이를 이고 오다가 박문수의 행색을 이슥토록 여겨보던 여종이 문득 중얼거렸다.

"이상하다, 이상해."

"사람을 보고 왜 이상하다고 하느냐?"

"손의 모양이 이곳에 있던 책방 나리 박 도련님 같기에 하도 이상해서 하는 말이와요."

"내가 그 박 도령이면 어쩔 셈이냐?"

여종은 물동이를 땅에 내려놓고 문수의 손을 잡더니 목 놓아 울었다.

"도련님, 이것이 무슨 일이며 이 꼴이 웬 꼴이오니까? 내 집이 여기서 멀지 않으니 함께 가시오이다."

박문수가 따라가 보니 집이란 두어 칸짜리 초가집이었다. 방 안에 들어가 자리를 잡자 여종은 울먹이며 거지가 된 까닭을 물었다. 박문수는 아까 기생 어머니에게 말한 대로 대답해 주었다. 여종은 깜짝 놀라며 말하였다.

"어쩌면 이 꼴이 됐단 말이오니까? 쇤네는 도련님이 크게 된 줄 알았삽니다. 이 지경이 될 줄이야 어떻게 알았겠소이까. 오늘은 내 집에서 묵으시오이다."

그러고는 고리짝을 급히 열고 무엇인가를 꺼냈다. 명주옷 한 벌이었다. 여종은 박문수에게 새 옷을 갈아입으라고 권하였다.

"이 옷이 어디서 난 것이냐?"

"이것인즉 쇤네가 몇 해 동안 물을 길으며 푼푼이 모아 마련한 것이옵니다. 품값을 모아 두었다가 천을 사서 돈을 주고 옷을 지어 건사해 두고 있었사오이다. 살아생전에 도련님을 뵈오면 이것으로 저의 정을 알리려고……."

박문수는 그 말에 눈뿌리가 화끈하였으나 짐짓 사양하였다.

"내가 오늘 해진 옷을 걸치고 왔는데 갑자기 새 옷을 입고 나서면 사람들이 이상하게 볼 것 아니냐. 나중에 입을 테니 아직은 그냥 두어라."

여종은 곧 부엌으로 내려가 저녁밥을 짓는 모양이더니 조금 지나 뒤뜨락에서 누구를 욕하는지 야단치는 소리가 나며 왜깍데깍 그릇 깨지는 소리까지 들렸다. 박문수는 이상하여 여종을 불렀다.

"대체 무슨 일로 소란이냐?"

"별일 아니옵니다. 제가 도련님이 가신 뒤로 신주를 만들어 놓고 아침저녁으로 그저 도련님이 잘되어 이름을 떨치도록 해 주십사고 정성껏 빌었습니다. 귀신에게 영험이 있다면 도련님이 이리 될 법이 있겠사옵니까? 그래서 좀 전에 치성단에 놓았던 그릇들을 깨 버리고 신주를 불살라 버렸사옵니다."

박문수는 가슴이 뭉클하였다. 얼마 뒤 밥을 들여오자 저녁을 달게 들고 그대로 하룻밤을 묵었다. 어둑새벽이 되자 박문수는,

"내가 가 볼 데가 있느니라."

하며 밥을 재촉해 먹고는 여종의 집을 나섰다. 곧추 촉석루에 이른 박문수는 누대 아래에 몸을 감추었다. 해가 뜨자 관속들이 우르르 몰려와 비질을 한다 자리를 깐다 수선을 떨더니, 얼마 뒤 병마절도사와 고을 원이 나오고 이웃 고을의 원들 십여 명이 모두 모여들었다.

잔치가 한창 어우를 무렵 박문수가 숨었던 데서 뛰쳐나와 자리 위로 올라가 병마절도사에게 말을 건넸다.

"지나가던 길손이 좋은 잔치를 만나 한몫 끼려고 왔소이다."

"저 구석에 앉아 구경이나 하는 것이야 무슨 안 될 게 있겠느냐."

조금 뒤에 주안상을 흐무지게 들여오고 질탕한 풍악 소리가 울리기 시작하였다. 본 고을 사또의 등 뒤에 그 기생이 섰는데 차림새도 눈부시거니와 온몸에 교태가 찰찰 흘렀다. 병마절도사가 그 모양을 보고 웃으며,

"사또가 요즘 저것한테 곯아떨어져 신색이 전만 못해졌구려."

하자, 고을 원이 펄쩍 뛰었다.

"허허, 그럴 리가 있겠소. 그년이 이름이나 났을 뿐이지 나는 그리 탐탁지가 않소이다."

"뻔한 일을 아니라고 뻗대는구려."

병마절도사는 껄껄 웃으며 기생에게 술을 부으라고 하였다. 기생이 술을 부으며 다가오자 박문수가 청을 댔다.

"이 길손도 술 마시기를 좋아하니 내게도 한잔 부어 주구려."

병마절도사가,

"그럼 술을 부어 주려무나."

하자, 기생은 잔에다 술을 부어서는 통인에게 주며 말하였다.

"네가 저 손님에게 가져다주어라."

"허허, 나도 남자요. 기생 손에서 받아 마셨으면 하오."

병마절도사와 본관 사또의 낯빛이 댕댕해졌다.

"마시는 건 좋지만 꼭 기생 손에서 받아 마셔야만 맛이냐?"

박문수가 잔을 받아 마시고 음식상을 보니 다른 사람에게는 큰상을 놓았는데 자기 앞에 놓인 상에는 그릇 두어 개가 댕그라니 놓였다.

"다 같은 양반인데 음식에 어째 층하를 둔단 말이냐?"

박문수의 말에 본관 사또가 발끈하였다.

"어른들이 모인 자리에서 어찌 이리 번거롭게 구느냐? 그만큼 얻

어먹었으면 갈 데로 갈 노릇이지 웬 잔말이 그리 많단 말이냐!"

박문수도 지지 않고 마주 대거리를 하였다.

"그래, 네 눈에는 내가 아이로 보이느냐? 나는 어른이 아니란 말이지? 내게는 이미 처자도 있거니와 수염이 한 자가웃 되거늘 내가 어찌 아이겠느냐?"

"이 빌어먹는 거지 녀석이 정녕 망령이로구나. 쫓아내어라!"

고을 원이 불호령을 내리자 관속들은 누대 밑에서 그를 보고 빨리 내려오라고 야단이었다. 그러나 박문수는,

"내가 왜 내려가느냐? 본관 사또 이하 모두가 내려가야 하겠다."

하고 뻗대었다. 고을 원은 하늘이 낮다고 펄펄 뛰었다.

"저게 미친 걸인이로다. 여봐라, 저놈을 빨리 끌어내지 못할까!"

서슬 푸른 호령 소리에 질겁을 한 아전 녀석들이 우 하고 덤벼들어 박문수의 등을 밀어냈다. 그러자 박문수가 고래고래 소리 질렀다.

"너희 놈들이나 나가거라!"

그 말이 끝나기 바쁘게 문밖에 있던 역졸들이 달려 들어오며,

"암행어사 출두야!"

하고 외쳤다. 그 소리에 병마절도사 이하 좌중의 얼굴이 흙빛으로 되어 쥐구멍을 못 찾아 헤덤비며 달아났다. 그제야 박문수는 윗자리에 걸터앉으며 껄껄 웃었다.

"애당초 그렇게 나가야 했느니라."

박문수가, 병마절도사가 앉았던 윗자리에 앉자 병마절도사 이하 각 고을의 원들이 모두 관복 차림을 하고 일일이 들어와 뵙기를 청하였다. 인사를 다 받고 나자 박문수는 그 기생을 잡아들이게 하였다. 그의 어머니까지 불러 놓은 다음 기생을 꾸짖었다.

"연전에 너와 나의 정이 어떠하였느냐? 산이 무너지고 바다가 마를지언정 굳은 마음 변치 않으리라고 했은즉, 내가 설사 걸인이라 해도 좋은 말로 위로함이 옳겠거든 어찌 성을 낸단 말이냐? 속담에 동냥은 주지 않고 쪽박만 깨 버린다는 말이 정녕 너를 두고 한 말이렷다. 괘씸한 짓으로 보아서는 당장 때려죽일 것이로되 너 같은 것을 죽여서 무얼 하겠느냐."

박문수는 기생의 볼기를 몇 대 치고는 그 어머니에게 일렀다.

"너는 인사를 아는 사람이다. 네 얼굴을 보아서 저것의 목숨을 살려 주겠노라."

그러고는 그에게 쌀과 고기를 얼마간 내주게 하였다.

"여봐라, 내 정든 여인이 여기 있으니 빨리 불러올려라."

박문수는 곧 물 긷는 여종을 불러올려 옆에 앉히고 등을 쓸어 주며 분부하였다.

"이 사람이 진짜 정을 나눈 내 님이로다. 이 여자를 기생 명부에 올리고 행수 기생 노릇을 하게 하여라. 그리고 저 기생은 물 긷는 여종으로 박아 넣어라."

그러고는 고을의 이방을 불러 무슨 명색으로든 돈 이백 냥을 가져오게 해서는 여종에게 주고 떠나갔다.

박문수가 암행어사로 다른 고을을 향해 가다가 날이 저물도록 밥을 먹지 못해 배가 고플 대로 고팠다. 한 집을 찾아가니 열대여섯 나 보이는 소년이 혼자 있었다. 그 앞으로 가서 밥 한 그릇을 빌었다.

"지나가는 길손이 배가 고파 그러니 밥 한술 주시오."

"저는 홀어머니를 모시고 삽니다. 집이 가난하여 며칠째 불을 지피지 못하였으니 손님에게 줄 밥이 있을 리가 있겠습니까?"

박문수가 너무 기진하여 잠깐 앉았노라니 소년은 처마 밑에 매달아 놓은 종이 봉지를 자꾸 쳐다보며 무엇인가 망설이는 눈치였다. 그러다가 마침내 종이 봉지를 풀어서 두어 칸 되는 초가집으로 들어갔다. 지게문을 열면 곧 안방인 모양이었다. 소년이 어머니에게 하는 말이 밖에 있는 박문수에게 들렸다.

"밖에 지나가던 길손이 끼니때를 놓치고 밥을 청합니다. 배고파 하는 사람을 보고야 어찌 모른 체하겠습니까. 쌀이 떨어져서 밥을 줄 수 없으니 이걸로 밥을 지어야 할까 봅니다."

"그걸 써 버리면 네 아버지 제사는 건널 셈이냐?"

"사정이 딱하기는 하지만 눈앞에 있는 굶은 사람부터 구해야 하지 않겠습니까?"

어머니는 하는 수 없이 그것을 받아서 밥을 지었다. 박문수는 그 말을 듣자 측은한 생각이 치밀어 올랐다. 소년이 밖으로 나오자 박문수는 아버지의 제사를 건넌다는 말이 무슨 소리냐고 물었다.

"손님이 이미 들었으니 속일 수가 없게 되었습니다. 실은 제 아버님 제삿날이 멀지 않았는데 제사를 지낼 형편이 못 되었습니다. 그래 마침 쌀 한 됫박이 생겼기에 종이 봉지를 만들어 매달아 놓았습니다. 아무리 때를 거르더라도 그것만은 다치지 않았습니다. 오늘 손님이 배고파 하는데 밥을 지을 쌀이라고는 없어서 할 수 없이 그 쌀로 밥을 짓게 하였습니다. 일이 안 될 때라 손님이 듣고 알게 되었으니 부끄럽기 그지없습니다."

한창 이야기를 나누는 판에 하인 하나가 오더니 소년을 찾았다.

"박 도령 빨리 나오우."

"오늘은 내가 사정이 있어 가지 못하겠으니 그리 전해 주우."

하고 소년은 사뭇 애걸하였다. 알고 보니 소년은 박문수와 같은 성씨였다.

"저 하인은 누구냐?"

"이 고을 좌수 댁 하인입니다. 제가 나이가 차서 좌수 댁에 딸이 있다는 말을 듣고 혼인을 청했더니 좌수가 망신을 당했다고 하면서 날마다 하인을 보내어 나를 잡아다가 끌고 다니며 갖은 곤욕을 다 보입니다. 그래서 오늘 저 하인이 또 온 것입니다."

말을 들으니 좌수의 소행이 괘씸하기 그지없었다. 박문수는 소년을 막아서며 하인에게 일렀다.

"내가 이 애 아저씨이니 대신 가겠다."

박문수는 밥을 먹은 뒤 하인의 뒤를 따라나섰다. 좌수가 대청에 앉았다가 박문수를 보자 다짜고짜 잡아들이라고 호령하였다. 박문수는 곧장 대청으로 올라가 앉았다.

"내 조카는 양반집 자손이니 그대보다 문벌이 높지만 단지 가난한 탓으로 그대 집에 청혼을 하였소. 그대가 마음에 없으면 거절하면 그만일 텐데 무슨 까닭으로 날마다 잡아다 욕을 보인단 말이오? 그대가 이 고을의 좌수라고 해서 그러는 게요?"

좌수는 성이 벼락같이 나서 하인을 잡아들이게 하고는 욕을 퍼부었다.

"내가 네놈더러 박 도령을 잡아 오랬는데 어디서 이따위 미치광이 길손을 잡아와 상전을 욕보인단 말이냐? 우선 네놈부터 볼기 맛을 봐야겠다."

이때 박문수가 소매 속에서 마패를 꺼내 보이며 호령하였다.

"네가 뉘 앞에서 감히 이러느냐?"

좌수는 암행어사의 마패를 보자 당장 얼굴이 흙빛으로 질려서 섬돌 밑에 내려가 엎드렸다.

"죽을죄를 졌습니다. 죽을죄를 졌습니다."

"그럼 네가 박 도령 댁과 혼인을 맺겠느냐?"

"어느 앞이라고 감히 거절하겠습니까?"

"역서를 보니 사흘 뒤가 좋은 날이렷다. 그날 내가 신랑과 함께 오겠으니 너는 혼례 치를 채비를 해 놓고 기다려야 하느니라."

"알았소이다."

박문수는 그길로 문을 나서 고을로 들어가 암행어사 출두를 하고 고을 원을 불렀다.

"내 조카뻘 되는 아이가 이 고을에 있는데 아무 날에 고을 좌수의 딸과 혼인을 맺게 되오. 그날 혼사 차림과 잔치에 소용되는 물건들을 고을에서 갖추어 주면 고맙겠소."

"혼인이란 경사인데 잘 도와주지 않을 리 있겠소이까. 분부대로 하오리다."

고을 원은 이웃 고을의 원들까지 다 오라고 청하였다. 약속한 날이 되자 박문수는 자기가 거처하는 집으로 신랑을 불러다가 사모관대 차림을 시키고 자기도 위의를 갖추고 신랑을 따라갔다.

좌수의 집에서는 구름 같은 장막을 치고 음식상을 즐비하게 차려 놓고 있었다. 어사가 주인 격으로 윗자리에 앉고 고을 원들이 죽 둘러앉으니 좌수 집 잔치가 더한층 구경스러웠다. 예식을 마치고 신랑이 나가자 박문수는 곧 좌수를 잡아들이게 하였다. 좌수는 들어오자마자 머리를 조아렸다.

"소인은 분부대로 혼례를 하였사옵니다."

"그래 네 집의 논과 밭이 도합 얼마나 되느냐?"

"얼마입니다."

"사위에게 절반을 갈라 줄 수 있겠느냐?"

"어찌 감히 분부를 거역하오리까."

"노비와 마소는 얼마이고, 가장집물은 얼마냐?"

"노비와 마소는 얼마이고, 가장집물은 얼마입니다."

"그것도 사위에게 절반 나누어 줄 수 있겠느냐?"

"알겠소이다."

박문수는 그 자리에서 문서를 작성하게 하고 증인으로 어사 박문수라고 수결을 둔 다음 본 고을 원더러 문서의 격식을 갖추게 하였다. 문서가 다 되자 박문수는 어사의 마패를 인장 삼아 꽝 찍었다. 그러고 나서 다른 고을을 향해 떠났다.

용호영 장교의 기지

정승 김약로金若魯가 평안 감사로 있다가 병조 판서 벼슬에 옮겨 앉게 되었다. 평안 감사로 내려온 지 얼마 안 되는 터라 경치 좋은 곳을 찾아다니며 노는 재미를 도무지 버릴 수가 없어 그만 더럭 역증이 났다. 그래 광포를 놓았다.

"병조의 아랫도리 녀석들이 나를 데리러 오면 때려죽이리라."

병조 사람들이 그 말을 전해 듣고 감히 내려가지 못하자 용호영[1] 장교들이 모여 의논하였다.

"대장의 명령이 이러하니 어떻게 하겠나?"

그러자 한 장교가 나서며 말하였다.

"내가 내려가서 판서 대감을 무사히 모셔 오겠네. 그러면 그대들이 내게 한턱내겠나?"

모두들 쾌히 승낙했음은 물론이다.

"자네가 내려가서 무사히 모셔 오기만 하면 우리가 어련히 술상을

---

1) 용호영龍虎營은 조선 때 대궐을 지키거나 왕의 거둥을 좇아 호위하는 일을 맡아보던 관청.

차려 놓고 기다리지 않겠는가."

그 장교는 말하였다.

"그러면 내가 내려갈 채비를 하겠네."

장교는 순뢰들 중에서 크고 풍채가 좋으며 힘깨나 쓰는 군사 스무 명을 골랐다. 그들에게 새 옷을 해 입힌 다음 호령하는 본새와 곤장 치는 법을 잘 익히게 해 가지고 같이 떠났다.

그때 김약로는 날마다 연광정鍊光亭에서 풍악을 잡히고 세월을 보내고 있었다. 하루는 연광정에서 바라보노라니 우거진 나무숲 사이로 웬 사람들이 삼삼오오 떼를 지어 오고 있었다. 속으로 의아히 생각던 차에 한 장교가 옷차림을 바로 하고 종종걸음을 쳐 앞으로 오더니 하인들을 시켜 알리는 것이었다.

"병조 교련관 현신이오."

그 말을 듣자 김약로는 크게 노하여 서안을 치며 호통을 질렀다.

"병조 교련관이 무엇 하러 왔단 말이냐?"

장교는 당황하지 않고 태연자약하게 섬돌로 올라오더니 군례를 행하자 바람으로 호령하였다.

"순령수는 빨리 현신하라."

호령 소리가 끝나기도 전에 스무 명 순뢰 군사가 바삐 들어오더니 뜰아래서 절을 하였다. 동서로 갈라선 모양을 보니 생김새와 옷차림이 감영의 나졸들과는 도대체 비길 바가 아니었다. 그 장교는 다시 큰소리로 호령하였다.

"좌우는 잡소리를 금하라."

이렇게 몇 번을 외치고 나서는 땅에 엎드려 아뢰는 것이었다.

"사또께서 감사로 이곳에 행차했다고 해도 감히 이럴 수 없사온데 오늘은 병조 판서 대장군으로 행차하였사온즉 저들이 언감 이렇게 떠들 수 있겠사오이까. 그런데도 고을 장교들이 단속하지 못하였사오니 고을 장교들을 잡아들여다 죄를 다스려야 할 줄로 아뢰니다."

그러고 나서는 호령하였다.

"좌우는 금란 장교[2]를 빨리 잡아들여라."

순령수가 영을 받고 나가더니 금란 장교를 쇠사슬로 묶어 가지고 들어왔다. 장교는 통통히 꾸짖었다.

"사또께옵서 한 도의 감사로 행차하였다 해도 이렇게 떠들 수가 없는데 하물며 병조 판서 대장군의 행차입신데야 더 말할 게 있겠느냐? 너희 놈들이 어찌 감히 단속하지 않았단 말이냐?"

장교는 순뢰들을 시켜 법대로 곤장을 치게 하였다. 순뢰는 가지고 간 병조의 흰 곤장을 잡고 팔소매를 걷어붙이고 매질을 하는데 곤장 치는 소리에 집이 떠나갈 듯하였다. 대답하는 소리와 매 치는 솜씨가 수도 병영의 본새라 원체 평양 감영과는 대비도 안 되었다. 김약로는 묵은 체증이 쑥 내려가는 듯 속이 시원하여 그 장교가 하는 양을 가만히 지켜보고만 앉았다. 장교는 곤장 일곱 대를 치고 나서 말하였다.

"곤장은 일곱 대를 넘지 말아야 하니 결박을 풀어서 끌어내어라."

김약로는 하도 신통하여 영리[3]를 불러 분부하였다.

"죄인들의 잘못을 적은 감영의 문서를 저 장교에게 가져다주어라."

장교는 문서를 받아 쥐자 일일이 죄를 따져 가며 곤장을 치게 하

---

2) 금제를 어긴 자를 잡아들이는 장교.
3) 감영의 이속.

였다. 다섯 대를 치기도 하고 일곱, 아홉 대를 쳐서 끌어내게도 하였다. 김약로가 또 분부하였다.

"그전에 꺾자를 쳐 놓은 문서도 죄다 가져다 저 서울 장교에게 주어라."

장교는 또 앞서와 같이 하였다. 김약로는 크게 기뻐 서울 장교에게 물었다.

"네 나이는 얼마고, 뉘 집 사람이더냐?"

"나이는 얼마이옵고, 뉘 집 사람이오이다."

"평양에 처음 와 보느냐?"

"그렇소이다."

"이런 빼어난 강산에 왔으니 한번 놀아 보겠느냐?"

김약로는 감영 문서에 적고 돈 백 냥과 쌀 닷 섬을 내주며 말하였다.

"내일 북루에서 한번 놀아 보아라. 기생과 풍악이며 음식은 내가 다 마련해 줄 테니."

그 뒤부터 잘 알고 지내던 사람처럼 신임하여 며칠 동안 함께 묵고 같이 서울로 올라갔다. 이 일이 퍼져 한때 웃음거리로 되었다.

신여철의 뱃심

대장 신여철申汝哲이 젊었을 적 일이다. 훈련원에서 활쏘기를 하고 돌아오는 길인데, 훈련도감의 군사 하나가 술에 취해서 욕설을 퍼부으므로 발길로 한번 차느라고 한 짓이 그만 덜컥 죽어 버렸다. 신여철은 곧 정익공貞翼公 이완李浣의 집에 찾아가 명함을 들였다. 이 공은 그를 들어오게 하고 수인사를 마친 뒤에 물었다.

"무슨 일로 나를 찾아왔느냐?"

"소생의 이름은 아무개입니다. 방금 활쏘기 터에서 돌아오다가 도감 군사가 이러이러한 행패를 부리기에 발길로 찼더니 죽어 버렸소이다. 이 일을 앞으로 어떻게 하면 좋겠습니까?"

이 공은 짐짓 웃으며 말하였다.

"살인자는 죽어야 한다는 것이 나라의 지엄한 법이거늘 네가 어찌 감히 모면한단 말이냐?"

"이래 죽으나 저래 죽으나 죽기는 마찬가지입니다. 군사 하나를 죽이고 사형을 받는 것은 장부답지 못한 일이니 이왕이면 대장을 죽이고 사형을 받으려고 하는데 어떻습니까?"

"네가 나를 죽일 작정이냐?"

"다섯 발자국을 옮기는 동안에 공이 방도를 가르쳐 주지 않으면 도감 군사처럼 될 줄 아십시오."

이 공은 그만 웃으며 말하였다.

"아직 가만있어라."

그길로 도감 일을 맡아보는 사람에게 분부하였다.

"듣자니 한 군졸이 술에 취하여 길가에 누워 죽은 체하고 있으니 메어 오너라."

하인 녀석들이 나가 시체를 메 가지고 오자 이 공은 곤장을 치는 시늉을 하여 내보냈다. 결국 일은 무사히 되었다.

공은 신여철을 자기 곁에 남아 있게 하면서 말하였다.

"네가 궁량이 범상치 않은 사람이다. 이제부터는 가까이 다녀라."

공은 그를 친자식처럼 사랑하였다.

하루는 그를 불러 말하였다.

"내가 잘 아는 사람의 집이 멀지 않은 곳에 있는데 염병으로 온 집 안이 몰살하였구나. 시체를 쌀 물건들은 내가 이미 마련해 놓았으니 네가 오늘 밤 가서 염을 좀 해야겠다."

신여철은 분부를 받고 밤이 되자 촛불을 켜 들고 갔다. 가 보니 방 안에 다섯 시체가 누워 있었다. 가지고 간 베로 하나하나 싸 나가는데 세 번째 시체에 이르러 손을 대자니 갑자기 시체가 펄쩍 일어나며 뺨을 후려갈기는 것이었다. 그 바람에 촛불이 꺼졌다. 신여철은 조금도 놀라는 기색이 없이 시체를 손으로 누르며 말하였다.

"어따 대고 감히 이런 장난을 하느냐?"

그러고는 사람을 불러 촛불을 켜 가지고 오게 하였다. 그러자 시

체가 껄껄 웃으며 일어나 앉는데, 바로 이 공이었다. 이 공이 그의
담력을 시험해 보려고 시체 곁에 누워 있었던 것이다.

선전관과 유생

통제사 유진항柳鎭恒이 젊어서 선전관으로 대궐에 입직하였을 때 일이다. 그때는 금주령이 엄하던 임오년이었다.

하루는 달밤에 임금이 갑자기 입직 선전관을 불러들이라고 영을 내렸다. 유진항이 명을 받고 들어가니 임금이 장검 한 자루를 내주며 엄한 분부를 내렸다.

"사흘 안으로 금주령을 어기는 자를 잡아 오라. 그러지 못하면 네 목을 가져다 바쳐야 한다."

집으로 돌아온 유진항은 그만 소매로 얼굴을 가리고 누워 버렸다. 그러자 사랑하는 첩이 물었다.

"무슨 일로 이렇게 심기가 언짢습니까?"

"내가 술을 좋아한다는 것은 너도 잘 아는 일이다. 오랫동안 술을 마시지 못했더니 목이 타는 것 같아 죽을 것만 같구나."

유진항이 둘러대자, 첩이 말하였다.

"저녁에는 마련해 볼 테니 좀 기다리셔요."

밤이 되자 그 첩이,

"술 파는 집이 있는 곳을 알았습니다. 제가 직접 가지 않으면 사 올 수 없습니다."

하더니 병을 안고 장옷으로 얼굴을 가린 다음 문을 나서는 것이었다. 유진항은 몰래 뒤를 밟았다. 첩은 동촌의 한 초가집으로 들어가 술을 사 가지고 돌아왔다.

먼저 집으로 돌아온 유진항은 그 술을 달게 마시고 다시 사 오게 하였다. 첩은 또 그 집으로 가서 술을 사 가지고 왔다. 이번에는 유진항이 술병을 가지고 일어났다. 첩이 의아하여 왜 그러느냐고 물었다.

"아무 데 있는 아무개는 내 술친구인데 이런 귀한 술을 어찌 혼자 만 마시고 취할쏘냐. 가서 같이 마시련다."

하고 딴전을 댔다. 유진항이 문을 나서 술 사온 집을 찾아 삽짝문 안 으로 들어서니 비바람도 제대로 가리지 못하는 두어 칸 초가집이었다. 유생 하나가 등잔불을 돋우고 글을 읽고 있다가 유진항을 보자 뜻밖이라는 듯 일어서서 맞아들이면서,

"손님은 무슨 일로 깊은 밤에 이런 곳에 오셨습니까?"

하고 물었다. 좌정 후에 유진항이 입을 열었다.

"나는 임금의 명을 받은 사람이오."

유진항은 허리춤에서 술병을 꺼내 들었다.

"이것은 댁에서 산 술이외다. 일전에 임금이 이러이러한 명을 내 렸는데 그대가 이미 내게 잡혔으니 함께 가야겠소."

유생은 잠시 동안 잠자코 있다가 말하였다.

"금령을 어긴 사람이 무슨 구실이 있겠소이까만 집에 늙은 부모가 계시니 작별 인사나 하고 갔으면 합니다."

"그렇게 하오."

유생은 안으로 들어가 낮은 소리로 어머니를 불렀다. 어머니가 놀라며 물었다.

"너냐? 어찌하여 자지 않고 날 찾느냐?"

"전에 이미 말씀 올리지 않았습니까. 선비란 굶어 죽는 한이 있어도 법을 어기지 말아야 한다고. 어머님께서 끝내 듣지 않으시더니 오늘 제가 붙잡혔습니다. 이제 이 자식은 죽으러 갑니다."

그러자 어머니가 목 놓아 통곡하였다.

"아이고, 하늘도 무심하고 땅도 야속하다. 이게 무슨 일이냐. 내가 술을 빚은 것은 돈이 탐나서 그런 게 아니다. 네게 아침저녁 죽이라도 끓여 먹이자고 한 노릇이란다. 오늘 네가 이렇게 된 것은 내 죄다. 이를 어쩌면 좋단 말이냐."

이럴 즈음에 그의 처까지 놀라 일어나서 가슴을 치며 하늘도 무심타고 통곡하였다. 유생은 담담한 어조로,

"일이 이미 이렇게 되었으니 운들 무엇 하리오. 단지 내가 자식이 없으니 내 죽은 뒤에도 늙은 어머님을 내가 살아 있을 때처럼 봉양해 드리오. 그리고 아무 동 아무 형에게 아들이 여럿이니 조카를 하나 데려다가 양자로 삼고 편히 지내오."

하고 신신부탁하고 문을 나섰다. 유진항이 밖에서 그 말을 듣자니 측은한 생각이 불붙듯 일어났다. 유생이 밖으로 나왔다.

"어머님의 춘추가 올해 몇이오?"

"일흔이 넘었소."

"아들이 없소?"

"없소."

"이런 모습을 내가 차마 볼 수가 없소. 내게는 아들이 둘이고 또 늙은 부모님도 안 계시오. 내가 대신 죽을 테니 그대는 마음 놓으시오."

유진항은 술병을 내오게 하더니 같이 한 잔 마시고 나서 병을 뜨락에 내던져 깨뜨려 버렸다.

"늙은 어머님을 모시고 있는데 보아하니 살림 형편이 말이 아니오 그려. 내가 이 칼로 한때의 정을 표하는 바이니 그대는 이것을 팔아 어머님을 봉양해 드리오."

유진항은 떠나기에 앞서 차고 있던 검을 끌러 그에게 주었다. 주인이 굳이 사양하였으나 돌아보지도 않고 갔다. 유생은 그의 성명을 물었다.

"나는 선전관이오. 이름은 알아서 무엇 하겠소?"

그러고는 훌쩍 걸음을 떼 놓았다. 다음 날은 곧 사흘째 되는 날이었다. 유진항이 대궐에 들어가 죄주기를 기다리니 임금이 물었다.

"그래 잡아 왔느냐?"

"잡아 오지 못한 것으로 아뢰오."

임금은 노하여 말하였다.

"그러면 네 머리가 왜 아직 붙어 있단 말이냐?"

유진항은 엎드려 잠잠할 뿐이었다. 얼마 뒤 임금은 제주목에 귀양을 보내되 보통 죄수보다 세 곱절 길을 다우치라는 명을 내렸다. 유진항은 몇 년 동안 귀양살이를 하고서야 풀려나왔다.

그 뒤 십여 년 동안 불우하게 지내다가 늦게야 벼슬이 회복되어 초계 군수로 나가게 되었다. 고을 원으로 있은 지 몇 해 동안 사욕을 채우는 데만 골몰하였으므로 백성들이 아우성을 쳤다.

하루는 암행어사가 출두하더니 창고를 봉한 다음 곧장 동헌으로 들어가 수향리와 창속[1]들을 모조리 잡아들이게 하는 것이었다. 한창 형장을 치는 판에 유진항이 문틈으로 내다보니 암행어사란 지난날 동촌 술 팔던 집의 유생이 분명하였다. 그길로 사람을 시켜 만나 줄 것을 청하였다. 어사는 놀라며 대답을 하지 않고 혀를 찼다.

"고을 원이 무엇 하러 나를 만난단 말이냐. 참말 뻔뻔스러운 사람이로군."

유진항은 무작정 들어가 넙적 절을 하였다. 그러나 어사는 돌아보지도 않고 낯빛을 가다듬으며 한층 위엄을 돋울 뿐이었다.

"어사또께서는 본관을 모르시오니까?"

어사는 한참 대답 없이 묵묵히 앉았다가,

"본관을 내가 어떻게 알꼬?"

하고 혼잣말을 하였다.

"귀댁이 전날 동촌의 아무 동리에 있지 않았소이까?"

어사는 적이 놀라며 물었다.

"그건 왜 묻소?"

"아무 해 아무 달 아무 날 밤에 금주령을 어긴 자를 붙잡아 오라는 임금의 명을 받고 선전관이 왔던 일이 혹 생각나지 않사오이까?"

어사가 더욱 놀라며 의아해하였다.

"생각나오."

"본관이 바로 그 사람이올시다."

그제야 어사가 급히 일어나며 그의 손을 붙드는데 눈물이 비 오듯

---

1) 수향리首鄕吏는 지방 고을의 우두머리 아전. 창속倉屬은 군자감, 광흥창 등에 속한 이속.

하였다.

"그대는 내 은인이오. 오늘 이렇게 만난 것도 어찌 천은이 아니리오."

그길로 형구들을 내가게 하고 죄인들을 모조리 풀어 주게 하였다. 그러고는 밤새도록 풍악을 잡히고 즐기며 회포를 나누었다.

며칠을 더 묵고 돌아간 어사는 곧바로 유진항보다 더 정사를 잘한 사람이 없다고 극구 칭찬하는 보고서를 올렸다. 임금은 그의 정사 업적을 갸륵하게 여겨 삭주 부사로 임명하였다.

그 뒤 어사가 대신 벼슬까지 오른 뒤 이 일을 말하니 모두들 의로운 일이라고 떠들썩하였다. 유진항은 벼슬이 통제사에 이르렀다.

이 일은 소론 대신에게 있었던 일이나 이름은 생각나지 않는다.

이장곤과 백정의 딸

연산군 때 사화가 크게 일어나 이씨 성을 가진 교리 한 사람이 도
망하여 보성 땅에 이르렀다. 목이 타서 허덕이는 참인데, 보자니 한
처녀가 냇가에서 물을 긷고 있었다. 급히 다가가 물을 청하자, 처녀
가 바가지 가득 물을 떠서는 냇가 버드나무 잎을 훑어 띄워 주는 것
이었다. 이상히 생각되어 물었다.

"지나가던 길손이 목이 말라 물을 청하는데 어째서 버드나무 잎을
물에 띄워 주는 거요?"

처녀가 대답하였다.

"제가 보니 손님이 몹시 목말라 하는 것 같았습니다. 냉수를 급히
마시면 병이 생길 것은 정한 이치라 우정 버드나무 잎을 띄워 천
천히 마시게 한 것이옵니다."

처녀의 행동이 놀랍고 기특하여 집이 어디냐고 물었더니, 건너편
버들고리 엮는 백정의 딸이라고 하였다. 이 교리는 처녀의 뒤를 따라
백정 집에 가서 사위가 되기를 청하고 그 집에 눌러 살기로 하였다.

그러나 워낙 서울 장안의 귀한 집에서 자란 몸이라 버들고리 엮는

법을 알 턱이 없었다. 날마다 빈둥거리며 해가 낮이 되어서야 일어
나곤 하니 백정 부부가 노하여,

  "내가 사위를 맞은 것은 버들고리 엮는 일에 도움을 받을까 해서
  인데 사위란 것이 아침저녁으로 밥만 축내고 밤낮 자빠져 자기만
  하니 한심한 밥벌레로구나."

하고 욕을 하였다. 그날부터 당장 아침밥과 저녁밥을 절반으로 줄였
다. 그의 안해가 남편이 배곯는 것을 민망히 여겨 솥굽의 누룽지를
덧놓아 주었다. 부부간의 정은 이처럼 살뜰하였다.

  몇 년이 지난 뒤 연산군이 쫓겨나고 중종이 왕위에 올라 온 조정
이 새로워졌다. 연산군 때에 죄를 받고 내쫓겼던 사람들이 도리어
한 자리씩 하게 되었다. 조정에서는 이 교리를 다시 벼슬자리에 임
명하고 팔도에 공문을 돌려 찾아내게 하니 소문이 짜하게 퍼졌다.
이 교리도 바람결에 그 소식을 들었다. 마침 그때는 초하룻날이어서
관가에 버들고리를 바쳐야 하였다. 이 교리가 장인에게 청을 댔다.

  "이번 버들고리는 제가 관가에 가져다 바칠까 합니다."

  장인 영감은 꾸지람부터 내놓았다.

  "자네같이 동서남북도 모르는 잠꾸러기가 어떻게 관가에다 버들
  고리를 바치겠다고 그러나? 내가 직접 가도 번번이 퇴짜를 맞곤
  하는데 자네 같은 것이 그래 무사히 바쳐 낼 수 있겠나?"

하며 끝내 승낙하지 않았다. 이 교리의 안해가,

  "한번 가 보게 하면 그만인데 막을 거야 있습니까?"

해서야 백정이 승낙하였다. 이 교리는 버들고리를 등에 지고 관청
문 앞에 이르러서는 곧장 뜰 가운데로 나서며 큰소리를 질러 댔다.

  "아무 곳의 버들고리장이가 버들고리를 바치러 왔소."

고을 원은 바로 이 교리와 평소에 아주 가까이 지내던 무관이었다. 원이 그의 말소리를 듣더니 얼굴을 뜯어보고 깜짝 놀라 일어서 마루 아래로 내려오더니 그의 손을 잡아 윗자리로 끌어올렸다.

"이게 누구요, 어디에 숨어 있었기에 이런 걸 지고 왔소? 그대를 찾는 게 벌써 언제라고. 조정에서는 감영들에 공문까지 띄웠소. 빨리 서울로 올라가야겠소."

그러고는 술과 안주를 차려 오게 하고 옷갓을 꺼내 주며 갈아입게 하였다.

"죄를 지은 사람이 버들고리장이 집에 숨어 구차한 목숨을 지금까지 연명하였소만 오늘 같은 날을 다시 볼 줄이야 어찌 알았겠소."

고을 원은 감영에 이 교리가 자기 고을에 있다는 보고를 내고는 역마를 내주며 서울로 올라가라고 하였다. 이 교리는 말하였다.

"삼 년 동안 살던 집을 어찌 그저 훌쩍 떠날 수가 있겠소. 게다가 어려울 때 정을 나눈 안해를 모른다 할 수 없소. 주인 늙은이에게 간다는 소리라도 해야 할 게 아니오. 나는 이제 집으로 갈 테니 그대가 내일 우리 집을 찾아 주구려."

"그렇게 합시다."

이 교리는 올 때 입었던 옷을 다시 걸치고 삼문을 나서 버들고리장이 집으로 갔다.

"이번에는 버들고리를 무사히 바쳤습니다."

교리가 말하자, 주인 늙은이는 혀를 내둘렀다.

"이상한 일도 다 있구나. 옛말에 까마귀 천 년 묵으면 꿩 잡을 날이 있다고 하더니 헛말이 아니로다. 내 사위도 남들처럼 그런 일을 할 줄 알다니, 별일이로다, 별일이야. 오늘 저녁부터는 밥사발에 몇 숟갈씩 더 놓아 주어야겠다."

이튿날 아침 이 교리는 일찍 일어나 뜨락에 물을 뿌리고 비로 쓸었다. 주인 늙은이가 이것을 보자,

"우리 사위가 어제는 버들고리를 관가에 바치더니 오늘은 또 마당을 다 쓰는구나. 오늘은 해가 서쪽에서 뜨겠다."

하고 잇달아 칭찬을 하였다. 이 교리가 뜨락에 멍석을 내다 펴자 주인 늙은이가 놀라며 물었다.

"자리는 무엇 하러 펴느냐?"

"고을 사또께서 오늘 아침 우리 집에 오겠기에 하는 일입니다."

주인 늙은이는 비웃었다.

"자네 어젯밤 꿈이 채 깨지 않았나 보군. 고을 사또가 우리 집에 올 까닭이 뭔가? 천만 번 당치 않은 허튼소리로다. 이제 와서 생각하니 어제 버들고리를 무사히 바쳤다는 것도 모를 일이구나. 길가에 내버리고 와서는 거짓말을 떠벌인 게 분명해."

그 말이 채 끝나기도 전에 고을의 아전이 채색 돗자리를 가지고 헐레벌떡 달려오더니 방 안에다 펴며 알리는 것이었다.

"사또께서 지금 이 집으로 행차하시오."

고리장이 부부는 놀라서 쩔쩔매다가 머리를 싸쥐고 울바자 밑에 숨어 버렸다. 얼마 뒤 길잡는 소리가 들리더니 고을 원이 문 앞에 이르렀다. 말에서 내려 방에 들어선 사또는 이 교리와 마주 앉아 그간의 회포를 나누었다.

"그래, 아주머니는 어디 있소? 나오게 하시오."

이 교리가 안해를 불러 인사를 시켰다. 백정의 딸은 흩어진 머리에 베치마를 입고 앞으로 나와 절을 하였다. 옷은 비록 낡았으나 용

모는 자못 단아하여 천한 티가 없었다. 고을 원은 공경스레 인사를 받았다.

"이 교리가 궁한 처지에서 다행히 아주머니 덕으로 오늘을 보게 되었으니 아무리 어진 여인이라 한들 이보다 더할 수는 없을 거외다. 어찌 탄복하지 않을 수 있겠소이까."

백정의 딸은 옷깃을 여미며 대답하였다.

"돌이켜보면 천한 몸으로 군자를 섬기면서 도리에 어긋나는 일이 많았사옵니다. 이처럼 귀한 분을 제대로 모시지 못했으니 오히려 무례하다 탓해야 옳을까 합니다. 고맙다는 인사가 당하겠사옵니까. 사또께서 오늘 천한 백성의 집을 누추하다 하지 않고 와 주셨으니 고맙기 그지없사오나 사또님 신상에 오히려 폐를 끼치는 것 같아 몸 둘 바를 모르겠나이다."

고을 원은 여자의 말이 끝나자 곧 하인을 시켜 고리장이 부부를 불러오게 하여 술상을 차려 대접하고 사례하였다. 얼마 뒤 이웃 고을 원들이 꼬리를 물고 찾아와 뵙고 한편 감사가 비장을 보내어 인사를 전하게 하니, 고리장이네 문 앞에 인마가 들끓고 구경꾼들이 담을 둘렀다. 이 교리가 고을 원에게 청을 댔다.

"저 사람이 비록 천한 몸이기는 하지만 내가 이미 예를 갖추어 안해로 맞아들였고 여러 해 동안 나를 위해 고생하며 성의를 다하였소. 오늘 내가 귀하게 되었다고 하여 버릴 수가 있겠소? 가마 한 채를 빌려 주어 서울로 같이 가게 해 주시오."

고을 원은 선뜻 가마를 하나 내어 행장을 갖추어 보내 주었다. 이 교리가 대궐에 들어가 은혜를 사례할 때 중종이 그를 불러 만나 보고 떠돌아다닌 까닭을 물었다. 이 교리가 사실을 아뢰자 중종이 거듭 혀를 차며 말하였다.

"그 여인은 천첩으로 대해서는 안 되리로다. 특별히 두 번째 부인으로 높이도록 할 것이다."

이 교리는 그 여인과 함께 살며 높은 벼슬까지 올랐고 자녀들을 많이 두었다. 이것은 판서 이장곤李長坤의 일이라고들 한다.

과거 길에서 만난 여종

정온鄭蘊이 젊었을 적에 있던 일이다.

어느 날 동리 안의 선비 몇 사람과 함께 과거 시험을 보러 길을 떠났다. 도중에 상복을 입은 여인의 가마 한 채를 만나 그와 앞서거니 뒤서거니 하였다. 가마 뒤에는 머리를 땋아 늘인 여종이 하나 따르는데, 용모가 자못 아리따웠다. 사뿐사뿐 걷는 양이라든가 단아한 몸가짐새가 사람들의 눈을 끌었다. 그래 예쁘다느니 귀엽다느니 저마다 씩뚝깍뚝 한마디씩 하였다. 여종은 뒤를 돌아보더니만 유독 정온에게만 눈을 줄 뿐이었다. 그렇게 반나절을 가다 나니 같이 가던 선비들이 놀려 대기를,

"문장이나 학식에서는 휘언(정온의 자)에게 첫자리를 양보해야겠지만 생김새야 내가 왜 저만 못하겠나. 그런데도 저년은 휘언에게만 정을 보내니 세상일이란 이토록 모를 것이라니."

하고 까르르 웃어 댔다. 얼마 뒤에 그 가마는 한 마을을 향해 가 버렸다. 정온은 말을 멈춰 세우고 동료들에게 말하였다.

"이곳에서 이십 리쯤 가면 주막이 있을 걸세. 자네들은 거기서 묵

으며 나를 기다려 주게. 나는 저 마을에서 묵고 내일 새벽에 자네들을 따라잡도록 하겠네."

동료들은 지청구를 퍼부었다.

"우리가 자네에게 얼마나 큰 기대를 걸고 있는지 모르나? 과거를 보러 천 리 먼 길을 같이 오다가 중로에서 헤어져서야 되겠나. 길에서 만난 요망스러운 계집에게 공연히 반해서 주책없이 그릇된 마음을 품지 말게나. 동료들을 버리고 허튼짓을 하려고 하다니 될 말인가? 사람의 일은 물론 알기 어려운 것이네만 그 속내를 알기란 더욱 어려우니 말일세."

정온은 빙그레 웃으며 아무 말 없이 그 여자가 간 마을로 말을 때려 몰았다. 문 앞에 이르니 집은 덩실하게 큰데 바깥채 행랑은 쓴 지가 오랜 모양이었다. 정온이 말에서 내려 바깥행랑의 난간에 걸터앉았노라니 여종이 가마를 따라 안에 들어갔다가 조금 뒤에 나왔다. 방글거리는 모양이 손에 잡힐 듯하였다.

"찬 난간에 앉아 계실 것 없이 제 방에 잠깐 들어가 계시지요."

정온이 뒤를 따라 방으로 들어가 보니 방 안이 매우 깨끗하였다. 잠시 후 저녁밥을 들여오는데 진수성찬은 아니로되 맛은 여간 아니었다.

"저는 안에 들어가 부엌을 치우고 오겠어요."

하더니, 여종은 나가 버렸다. 초경이 되어서야 안에서 나오더니 식구들을 어디론가 쫓아 보내고 등불 아래 정온과 무릎을 마주하고 앉았다. 정온이 웃으며 물었다.

"내가 올 줄을 네가 어떻게 알고 준비를 해 놓았더냐?"

"제 얼굴이 그리 못나지는 않았지만 열일곱 살이 되도록 아직 누구와 이렇게 마주 앉아 보기는 처음이옵니다. 오늘 낮에 길에서 손님에게 눈길을 한두 번 보낸 게 아니니 아무리 단단한 심장을 가진 남아라 할지라도 어찌 모른다 할 리가 있겠사옵니까. 제가 그렇게 한 것은 가슴속의 원한을 손님의 힘을 빌려 풀어 볼까 해서였습니다. 그런데 손님이 제 말을 들어 주시겠사온지요?"

눈물을 씻는 여종의 얼굴은 처연하였다. 이상하여 무슨 일이냐고 물으니 여종의 대답은 이러하였다.

"저희 주인은 몇 대를 두고 외아들로 내려왔사온데 음란한 계집을 얻었다가 그만 샛서방의 손에 젊은 목숨을 잃고 말았사옵니다. 그러나 가까운 친척이 없다 보니 원수를 갚아 줄 사람도 없습니다. 저만이 그 일을 알고 있어 원통한 마음이 골수에 사무쳤습니다만 아무리 생각해도 여자의 몸으로는 어쩔 수가 없었습니다. 그래 천하 영웅 남아의 힘을 빌려 분을 씻자는 것이옵니다.

오늘 이 음란한 계집이 본가에서 돌아오기 때문에 제가 하는 수 없이 따라갔다 왔습니다. 길에서 손님을 보니 일행 중에 손님의 용모가 뛰어나고 담력이 다른 사람에게 비길 바가 아닌 것으로 보였습니다. 제가 찾고 있던 사람을 만난 셈이옵니다. 그래서 눈짓을 하여 손님을 유혹하였던 것입니다.

오늘 그 샛서방이 찾아와 갖은 음탕한 짓을 다하고 있사옵니다. 이야말로 천재일우의 기회입니다. 손님이 기회를 보다가 조처하면 다행일까 하옵니다."

"네 뜻이 기특하고 장하지 않은 것은 아니다만 나는 한갓 서생일 뿐이다. 게다가 맨주먹이니 그런 큰일을 갑자기 해낼 수가 있겠느냐?"

"제가 뜻을 품고 오래 전부터 활과 화살을 마련해 두고 있었습니다. 손님이 비록 쏠 줄 모른다고 하더라도 활을 당겨 화살을 날릴 줄이야 모르겠습니까. 화살을 날려 맞히기만 하면 아무리 영악스러운 놈이더라도 죽지 않을 리가 있겠습니까."

여종은 곧 나가더니 활과 화살을 가지고 들어왔다. 두 사람이 안방으로 들어가 문틈으로 엿보니 환한 등불 밑에 몸집이 실팍진 녀석이 옷을 벗어부치고 가슴을 드러낸 채 계집과 갖은 장난을 다 하고 있었다. 정온은 활시위를 한껏 당겼다가 문틈으로 들이쐈다. 화살이 잔등으로 해서 가슴을 꿰뚫자 놈은 엎어지고 말았다. 살 하나를 더 쏘아 계집까지 마저 죽여 버리려 하자 여종이 손을 잡고 말리며 그만 나가자고 재촉하였다.

"죽어 마땅한 년이지만 제가 저를 섬긴 지 오래니 종과 상전의 명분이 엄연하거늘 어찌 차마 죽일 수 있겠습니까. 내버려 두고 감만 못합니다."

여종은 자기 방으로 돌아와 길채비를 해 가지고 정온을 따라나섰다. 마침 정온에게는 짐말이 있었으므로 할 수 없이 그 말에 태워 가지고 동행하였다. 몇 리를 가서 과거 시험을 보러 가는 동료들이 묵는 마을에 이르니 날이 채 밝지 않았다. 간신히 집을 찾아 들어가니 같이 가던 동료들이 깜짝 놀라 일어났다. 정온이 데리고 온 여종을 보더니 한 사람이 정색하며 준절히 꾸짖었다.

"나는 평소에 자네를 학문이 뛰어난 사람으로 알아 왔네. 그런데 오늘 갑자기 길가에서 만난 여자를 달고 왔으니 우리는 자네가 이런 짓을 할 줄 몰랐네. 선비 된 사람으로 이럴 수가 있는가?"

정온은 웃으며,

"내가 무슨 여색을 탐내는 사람이겠나. 선비의 행실을 몰라서 이런 짓을 한 것은 아닐세. 이 일의 곡절은 알게 될 걸세."

하고, 그길로 함께 서울로 올라가 여자를 주막에 맡겼다. 정온은 과거 시험에 합격하였다. 합격자 명단이 발표된 뒤 고향으로 돌아오는 날 여종을 데리고 온 것은 말할 것도 없다. 여인은 마음씨도 부드럽거니와 용모도 아름다웠고 일솜씨도 알뜰하여 집안에서는 물론 마을에서도 현숙하다고 칭찬하였다.

우하형과 여종의 인연

병마절도사 우하형禹夏亨은 평산 사람이다. 집이 가난하고 뒤를 돌보아 주는 사람도 없어 과거에 합격한 뒤 관서 지방의 수자리에 나가게 되었다. 그곳에는 관청에서 물 긷는 일을 하다가 그만둔 여종이 하나 있었다. 우하형은 그의 용모가 자못 예쁜 것을 보고 마음에 들어 가까이 지내다가 그예는 한집에서 같이 살게 되었다. 하루는 여인이 우하형에게 물었다.

"선다님이 저를 첩으로 삼았으니 앞으로는 무엇으로 저를 먹이고 입히실 작정이십니까?"

"내 집이 본래 가난한 데다가 천리 밖에 손님으로 와 있는 터요, 손에 쥔 거라고는 아무것도 없으니 더 물어 무엇 하겠느냐? 내가 이왕 그대와 한집에서 살기로 하였으니 더러운 옷이나 빨아 주고 해진 버선이나 기워 주기를 바랄 뿐이지, 그대에게 줄 물건이 뭐가 있겠느냐?"

"저도 그런 줄을 잘 알고 있습니다. 제가 이미 선다님께 몸을 허락한 이상 선다님의 의식은 맡아 돌볼 터이니 염려 마십시오."

"내가 더는 바라지 못할 일이로다."

여인은 그 뒤부터 바느질과 길쌈을 부지런히 하여 먹고 입는 것을 한 번도 모자라게 하는 일이 없었다. 우하형이 기한이 되어 돌아가게 되자 여인이 또 물었다.

"선다님은 어디로 가시렵니까? 서울에 있으면서 벼슬을 구해 보지 않으시렵니까?"

"내가 빈주먹밖에 없는 신세요, 게다가 서울에는 가까운 사람도 없으니 무얼 먹으며 서울에 눌러 있겠느냐. 그건 바랄 수도 없는 일이니라. 그저 고향에 돌아가 조상의 무덤이나 지키며 늙어 죽는 수밖에 없다."

"제가 선다님의 용모와 기상을 보니 범상한 사람은 아닙니다. 앞으로 병마절도사 벼슬은 넉넉히 할 것입니다. 남아로서 해 볼 만한 일이 있는데 어찌 재물이 없다고 나앉아 한생을 묻어 버리겠습니까. 너무나 아까운 일이 아닙니까. 제게 몇 해 동안 모아 둔 은화가 육칠백 냥 있으니 이것으로 말과 안장을 사고 나머지는 노자로 쓰도록 하십시오. 부디 고향으로 돌아가지 말고 곧추 서울로 올라가 벼슬을 구해 보십시오. 십 년만 있으면 성공할 것입니다.

저는 천한 몸이니 선다님을 위해 수절을 할 수 없는 처지입니다. 어느 집에 몸을 의탁하고 있다가 선다님이 본 도의 어느 고을 원이 되어 내려온다는 기별만 들으면 그날로 찾아가 뵙겠습니다. 그날이 만나는 날로 될 것입니다. 선다님, 부디 몸조심하시기를 바랍니다."

우하형은 뜻밖에 많은 재물을 얻은 데다 마음에 적이 느껴지는 바가 있어 여인과 눈물을 뿌리며 작별하고 길을 떠났다. 여인은 우하형을 보낸 뒤 고을에 있는 홀아비 교생의 집에 몸을 의탁하였다. 교생은 여인의 영리한 용모에 반하여 함께 살기로 하였다. 교생의 집안 형편은 그리 가난한 축은 아니었다. 여인이 교생에게 부탁하였다.

"지금 재산이 얼마나 되옵니까? 모든 일은 명백하게 하지 않을 수 없으니 곡식은 얼마이고 돈은 얼마이고 무명은 얼마이며 그릇가지들과 가장집물들은 얼마인지 모두 명세를 만들어 수효를 적어 주십시오."

"부부간에 있으면 쓰는 것이고 없으면 마련하면 될 게 아니오? 무슨 혐의가 있다고 그런 일을 한단 말이오?"

"그렇지 않습니다."

여인이 하도 간절히 청하는 바람에 교생은 그의 말대로 명세를 적어 주었다. 여종은 그것을 받아 옷농 안에 간수해 놓았다. 그러고는 살림을 어떻게나 다스려 나가는지 재산이 날마다 불었다. 하루는 여인이 교생에게 부탁하였다.

"제가 글을 조금 알아서 조보[1]를 보기 좋아합니다. 누가 무슨 벼슬에 임명되었는지 제가 알 수 있도록 관청에서 빌려다 줄 수 있겠습니까?"

교생은 여인의 말대로 조보를 빌려다 주었다. 몇 년 간 관리 임명 명단에는 선전관 우하형, 주부 우하형이라는 글이 눈에 띄었다. 우하형은 여러 벼슬을 거쳐 부정으로 승급되고 칠 년 만에 평안도의 큰 고을 원으로 임명되었다. 여인은 그 뒤부터 조보만 보았다. 그러던 중 아무 고을 원 우하형이 임금에게 하직 인사를 하였다는 소식

---

1) 조정의 승정원에서 처리한 일을 날마다 적어서 반포하던 관보.

이 조보에 났다. 여인은 교생을 만나 작별을 고하였다.

"제가 이 집에 온 것은 오래 있으려는 생각이 아니었습니다. 이제는 떠나겠습니다."

교생은 펄쩍 뛰며 까닭을 물었다.

"일의 곡절은 물을 필요가 없습니다. 저는 워낙 가야 할 데가 있는 사람이니 더는 제게 미련을 두지 마십시오."

여인은 말을 마치자 전날에 받아 두었던 재산 명세를 꺼내 보이며,

"제가 칠 년 동안 집안 살림을 돌보면서 한 가지라도 전보다 축냈다면 떠나는 사람의 마음이 편할 리가 있겠습니까. 오늘 전과 비교해 보니 다행히 축난 것은 없고 더러는 두 배, 세 배로 늘어나기까지 하였으니 제 마음이 거뜬합니다."

하고는 그길로 교생과 작별하였다. 종을 한 사람 불러 짐을 지워 가지고 자기는 남복 차림을 한 뒤 패랭이를 눌러썼다. 여인은 걸어서 우하형이 부임한 고을로 찾아갔다.

우하형이 고을에 부임한 지 겨우 하루가 지났는데 고을 백성 하나가 송사를 하러 동헌 마당으로 들어서는 것이었다.

"사또께 여쭐 말씀이 있으니 섬돌 위에 올라가 여쭙게 해 주기 바랍니다."

우하형은 이상히 여겨 처음에는 허락지 않다가 나중에야 허락하였다. 그랬더니 이번에는 또 동헌 창가까지 바싹 오겠다고 하였다. 우하형이 호기심이 동하여 그리하라고 하였다.

"사또께서는 저를 아시겠습니까?"

"내가 이 고을에 처음 부임해 온 터에 고을 백성을 어떻게 알겠느냐?"

"아무 해 아무 곳 수자리에 나오셨을 때 같이 살던 사람을 몰라보신단 말입니까!"

우하형이 그제야 자세히 뜯어보다가 와락 일어나 그의 손을 잡아 내아로 끌어들이며 물었다.

"네가 어떻게 이 모양을 하고 왔느냐? 내가 부임한 다음 날에 네가 또 왔으니 이야말로 기이한 상봉이로다."

두 사람은 기쁨을 금치 못하며 그동안 막혔던 정회를 풀었다.

당시 우하형은 안해가 죽었으므로 그 여인을 안해로 삼아 안방에 거처하며 집안 살림을 돌보게 하였다. 여인은 전처 몸에서 난 자식들을 거두어 주고, 종복들을 부리는 데 모두 법도가 있어 은정과 위엄에서 흠잡을 데가 없었다. 그래서 관청의 모든 사람들이 만족하게 여기며 여인을 칭송하였다.

여인은 늘 우하형에게 비변사의 아전에게 돈을 푼푼히 주도록 권하고 그들에게 부탁하여 조보를 빠짐없이 얻어 보았다. 조보를 통해 세상일을 헤아려 보고 현임 재상 가운데 머지않아 크게 등용될 사람은 잘 대접하게 하였다.

이렇게 하였기 때문에 그 재상이 권력을 쥐게 되면 우하형을 극구 내세우곤 하였다. 그래서 우하형은 서너 번에 걸쳐 큰 고을의 원으로 임명되었다. 그러는 사이에 살림이 점점 늘어나고 그에 따라 안해의 대접은 더욱 풍성해졌다.

우하형은 차차 승진하여 병마절도사에 이르게 되었고 나이 여든에 이르러 고향집에서 죽었다. 여인은 예법대로 우하형의 초상을 치르면서 상복을 지어 입고는 전처의 맏자식을 불러 앉혔다.

"영감이 시골구석의 무관으로 벼슬이 병마절도사에 이르렀으니 지위가 한껏 높았다고 할 것이요, 또 나이가 여든이 넘도록 살았으니 수명도 그만하면 족하다고 할 것이니 무슨 한이 있겠소. 나로 말하면 안사람으로 남편을 섬기는 것은 워낙 당연한 도리라 구태여 자랑할 것은 못 되지만 여러 해 동안 온갖 성의를 다하여 벼슬할 방도를 가르쳐 오늘에 이르렀으니 내 직분도 이만하면 다했다고 할 것이외다.

내가 먼 산골의 비천한 몸으로 영감의 작은댁이 되어 여러 고을들에서 높이 떠받들렸으니, 누린 영화도 지극하다고 할 것이오. 무슨 다른 한이 있겠소. 영감이 살아 있을 때 나에게 집안 살림을 맡긴 것은 그렇게 하지 않을 수 없기 때문이었지만 이제는 맏자식이 이렇게 장성하였으니 집안일은 응당 맏며느리가 돌보아야 할 것이외다. 오늘부터 맏며느리에게 집안일을 맡기려 하오."

맏아들과 며느리가 울며 사양하였다.

"우리 집안이 오늘처럼 된 것은 모두 서모의 공적입니다. 저희들은 그저 서모님만 믿어 왔을 뿐이온데 오늘 무엇 때문에 갑자기 이런 말씀을 하시는 것이옵니까?"

"그렇지 않소이다. 그렇게 하면 집안 법도가 문란해지오."

여인은 크고 작은 가장집물이며 돈과 곡식 등속을 명세별로 적어 맏며느리에게 내주었다. 그날부터 며느리를 안방에 거처하게 하고 자기는 건너편 작은방으로 물러났다.

"오늘 들어가면 다시는 나오지 않겠소."

여인은 며칠 동안 낟알을 입에 대지 않으며 문을 닫아걸고 있다가 그대로 세상을 떴다. 전처의 자식들이 통곡하며,

"우리 서모는 보통 사람이 아니니 어찌 서모로 대접하리오."

하고는, 초종 뒤에 장사를 치른 뒤 석 달이 되기를 기다려 따로 사당을 지어 놓고 제사를 지내기로 하였다. 우하형의 장삿날이 되어 관을 내가려 할 때였다. 상여꾼들이 아무리 들려고 하여도 관이 떨어지지 않았다. 수십 명이 달려들어 용을 써 보았으나 꿈쩍도 하지 않았다. 그러자 사람들이 모두,

"작은댁을 두고 차마 떠나지 못하여 그러는 것이 아닌가?"

하여 드디어 그 여인의 관을 함께 내가기로 하였다. 그제야 우하형의 관이 거뿐하게 들렸다. 그것을 보고는 사람들이 다 신기해하였다.

우하형은 평산 큰길가에 장사지냈다. 서쪽으로 앉은 무덤은 우하형의 묘요, 그 오른쪽 열 걸음쯤 되는 곳에 있는 묘는 바로 여인의 무덤이라고 한다.

십 년 쌓은 공

옛날 여주 땅에 허생이라는 유생이 살고 있었다. 살림이 구차하여 남의 신세를 지기도 하였으나 성품만은 매우 어질었다. 세 아들에게 부지런히 학문을 닦게 하고 자기는 집이 가난하여 친지들에게 다니며 양식을 꾸어다 끼니를 이어 갔다. 허생과 아는 사람이건 모르는 사람이건 모두 그의 어진 성품에 끌려 그가 올 적마다 친절히 대하며 양식을 넉넉히 주곤 하였다.

그렇게 몇 년을 지내던 어느 날, 허생 부부는 돌림병으로 그만 세상을 떠나고 말았다. 세 아들은 밤낮으로 통곡하던 끝에 간신히 이리저리 둘러맞추어 장례를 지냈다. 삼년상을 마치고 나니 집안 살림은 더욱 말이 아니었다. 둘째 아들 허홍許弘이 형과 아우에게 자기 생각을 터놓았다.

"지금까지 우리 형제가 다행히 굶어 죽지 않은 것은 돌아가신 아버님께서 인심을 얻어 사람들이 양식을 보태 주었기 때문이오. 지금 삼 년이 지났으니 이제는 아버님의 덕을 볼 수도 없게 되었소. 그렇다고 어디다 하소할 수도 없는 일이 아니오? 이제는 막다른 지경에 이르렀으니 형님과 동생이 제가끔 무슨 일이든 해야 할까 보오."

형과 동생이 말하였다.

"우리가 어려서부터 해 온 일이란 글 읽는 것뿐이 아닌가. 농사나 장사를 했으면 좋으련만 어디서 돈을 마련할 데도 없거니와 아무 물계도 모르는 처지에 그 일을 어떻게 한단 말인가. 주림을 참고 과거 공부를 하는 수밖에 없다."

"사람의 소견이란 제가끔이니 저 좋을 대로 합시다. 세 형제가 다 글만 읽다가는 뜻을 이루기 전에 모두 굶어 죽고 말 것입니다. 형님과 동생은 모두 몸이 약하니 그런대로 공부나 하시오. 나는 십 년을 기한으로 힘을 다하여 재산을 늘리겠소. 그래서 뒷날 우리 형제가 살 밑천을 마련해 놓겠소. 오늘부터 세간을 헤쳐 형수님과 제수는 임시 본가로 돌려보냅시다. 형님은 아우와 함께 산으로 올라가 중들에게서 밥을 얻어먹으며 공부를 하시오. 십 년 뒤에 다시 만납시다.

물려받은 재산은 집터와 보리밭 세 마지기에 여종 하나뿐이외다. 이것은 가문의 재부이니 뒷날 마땅히 도로 들여놓을 테지만 지금은 내가 그것을 밑천으로 해서 재산을 늘려 볼 작정이오."

그날로 세 형제는 눈물을 뿌리며 헤어지고 형수와 제수는 각기 친정으로 보냈다. 형과 아우를 산으로 보내고 난 둘째는 처가 시집올 때 가지고 온 물건들을 모조리 팔았다. 그래서 칠팔 냥가웃 되는 돈을 장만하였다.

그때는 마침 목화가 잘되었다. 그 돈으로 미역을 사서 등에 지고는 전날 아버지가 다니며 양식을 얻어 오던 집들을 두루 돌아다니며 그 자리에서 목화로 값을 쳐서 달라고 하였다. 사람들은 그를 불쌍히 여겨 군말 없이 목화를 넉넉히 주었다.

그렇게 모은 목화가 거의 백 근이나 되자 안해더러 밤낮으로 길쌈질을 하게 하고 자기는 짠 무명을 내다 팔았다. 그는 귀리 열 섬을 사 가지고는 날마다 죽을 쑤어 자기는 처와 반 그릇씩 나누어 먹고 여종에게는 한 그릇씩 주며 말하였다.

"네가 주림을 참기 힘들면 내 집에서 나가거라. 너를 탓하지는 않겠다."

여종이 울며 말하였다.

"주인어른은 반 그릇씩 자시고 저는 한 그릇씩 먹는 터에 어찌 감히 배고프다고 하겠습니까. 굶어 죽더라도 다른 데로 가지 않겠습니다."

여종은 주인댁과 함께 무명낳이를 부지런히 하였다. 허생은 자리도 엮고 짚신도 삼았다. 밤에도 일손을 놓을 줄 몰랐다. 혹 옛날 친한 사람이 찾아오면 마당가에 나앉아,

"아무개야, 지금은 내가 인사를 차릴 경황이 없으니 십 년 뒤에 만나자."

하면서 한 번도 나가 만나 보지 않았다. 이렇게 삼사 년이 지나자 재산이 점점 늘었다. 마침 집 근처에 논 열두 마지기와 밭 몇 날갈이를 팔겠다는 사람이 나졌다. 허생은 돈을 모아 그것을 사들였다. 봄이 와서 농사철이 되자 허생은,

'많지도 않은 논밭을 다루는데 무슨 품을 사겠는가. 내 오금을 놀려 하느니만 못하겠다. 그런데 농사지을 줄을 모르니 그게 탈이다. 이걸 어떻게 하면 좋겠는가?'

하고 속궁리를 굴리던 끝에 이웃 마을의 늙은 농군을 청해다가 술과 음식을 잘 차려 대접한 다음 언덕 위에 앉히고 자기가 손수 보습을 잡고 늙은 농군이 가르치는 대로 이랑을 째고 씨를 뿌렸다. 밭 갈고 김매는 데 다른 사람들보다 세 배는 더 품을 들이니 가을에 가서 수확도 자연 남의 곱절이나 되었다.

밭에는 담배를 심었다. 날이 몹시 가물자 아침저녁으로 물을 길어다 부어 주니 온 마을의 담배는 다 말라 죽었지만 허생의 밭에서는 파릇파릇 싹이 돋아나 서울 장사치들이 수백 금을 주고 미리 사자고 덤볐다. 두 벌째 잎을 거두어들일 때부터는 값이 더 버쩍 올랐다. 담배 농사에서 얻은 이득이 사백 냥이나 되었다.

이렇게 오륙 년이 지나자 재산이 점점 불어나 노적가리가 사오백 개나 되고 백 리 안팎의 논밭이 모두 허생 것이 되었다. 그러나 먹고 입는 것은 그전이나 마찬가지였다. 형과 아우가 산에서 한 번 내려온 적이 있었다. 허생의 안해는 처음으로 밥 세 그릇을 정히 지어 올렸다. 허생은 대뜸 눈을 부릅뜨고 욕을 퍼부으며 밥그릇을 도로 내가고 죽을 끓여 오게 하였다. 형이 노하여 허생을 꾸짖었다.

"재산이 이처럼 넉넉한데 그래 내게 밥 한 그릇 먹이지 못하겠단 말이냐?"

"나는 십 년이 되기 전에는 밥을 지어 먹지 않기로 마음 다졌소. 그러니 형님은 십 년 뒤에야 내 집 밥을 자실 수 있을 것이오. 형님이 아무리 노한대도 나는 조금도 개의치 않겠소."

형은 올려 온 죽을 다치지 않은 채 도로 산으로 올라가고 말았다. 다음 해 봄 형과 아우는 진사 시험에 합격하였다. 허생은 돈과 비단을 가지고 서울로 올라가 그들의 뒤치다꺼리를 해 주었다. 과거 시험에 합격한 사람이 고향으로 돌아올 때면 광대들을 앞세우고 풍악을 울리는 법이다. 허생은 집에 이르자 광대들을 불러 이르기를,

"우리 형제가 오늘 비록 진사 시험에 합격하기는 하였으나 큰 과거 시험이 아직 남아 있으니 다시 산으로 올라가 공부를 더 해야 할 것이다. 너희들은 아마 집으로 돌아갈 노자가 없을 것이다."

하며 각기 돈을 주어 보냈다. 그러고 나서 형과 아우에게 말하였다.

"아직 십 년이 차지 않았으니 산으로 올라갔다가 기한이 찬 뒤에 내려와야 할 것이외다."

허생은 그날로 형과 동생을 산으로 올려 보냈다.

십 년 기한이 되자 허생은 어느덧 만석꾼이 되었다. 그길로 품질이 좋은 비단으로 남자 옷과 여자 옷 두 벌씩을 새로 지어 형수와 제수의 집으로 인마와 함께 보내어 약속한 날에 데려오게 하고 또 산에도 인마와 함께 옷을 보내어 형과 아우를 맞아오게 하였다. 세 형제가 한데 모여 산 지 며칠이 지난 뒤 허생이 형과 아우에게 말을 하였다.

"이 집은 너무 좁아 무릎도 제대로 펼 수 없소. 내가 지어 놓은 집이 있으니 그리로 갑시다."

세 형제가 같이 몇 리를 가니 산 아래 탁 트인 벌이 있고 그 가운데 고래 등 같은 기와집이 보였다. 앞의 긴 행랑에는 종들과 마소들이 꽉 차고 가운데 안채는 세 칸으로 되어 있었다. 바깥사랑채는 통칸 방인데 매우 널찍하였다. 안식구들은 각기 안채 한 칸씩 차지하고 세 형제는 널찍한 안방에서 한데 어울려 살기로 하였다. 형이 깜짝 놀라며,

"이게 뉘 집인데 이렇게 굉장하냐?"

묻자, 허생이,

"이것은 내가 마련해 놓은 것이외다만 안사람도 모르게 하였소."

말을 마치자 종들을 시켜 나무 궤짝 네댓 개를 앞으로 가져오게 하였다.

"이것은 토지 문서 궤짝이오. 이제부터는 이것을 우리가 골고루 나누어 가지도록 합시다."

하고는 이어,

"가산이 이렇게 늘었으니 함께 고생한 안해의 수고를 갚아 주지 않을 수가 없소."

하며 스무 마지기 논문서를 안해에게 내주고 세 사람이 제가끔 오십 마지기씩 나누어 가졌다. 이날부터 입고 먹는 것을 풍성풍성하게 하고 가난한 이웃들과 친척들에게도 적당히 재산을 나누어 주니 사람들이 모두 칭찬을 하였다.

하루는 허생이 느닷없이 눈물을 떨어뜨리며 슬퍼하기에 형이 괴이하여 까닭을 물었다.

"지금은 우리가 의식 걱정을 하지 않고 정승 부럽지 않게 살고 있는 터에 무슨 부족한 일이 있어 네가 그러느냐?"

"형과 아우는 공부를 해서 진사 시험에 합격하여 벼슬길에 들어섰건만 나는 재산을 늘리는 데만 골몰하여 흙과 씨름을 하다 보니 무지렁이가 되었소그려. 돌아가신 아버님이 어찌 이렇게 되기를 바라셨겠소? 그러니 내 마음이 아프지 않을 리 있소. 한창 나이가 다 지난 지금에 와서 다시 공부를 할 수는 없으니 차라리 붓대를 던지고 무예나 닦을까 하오."

그날부터 그는 활을 마련해 가지고 활쏘기를 익히더니 몇 해 뒤에는 무과 시험에 합격하였다. 서울에 올라가 벼슬을 구하여 내직에 임명되었다가 차차 품계가 오르더니 끝내는 안악 군수로 임명되기에 이르렀다. 부임 날짜까지 정한 참인데 갑자기 안해가 죽었다는 부고가 날아왔다. 허생은 휘 한숨을 내쉬며 탄식하였다.

"내가 이미 부모를 여의어 아무리 벼슬을 한댔자 효도를 할 수 없는 처지이건만 그래도 부임하려 한 것은 일생 고생한 늙은 안해를 영화롭게 해 주려는 생각에서였다. 이제는 안해까지 잃었으니 부임해서 무얼 하겠느냐."

허생은 그길로 사임하고 고향으로 돌아와 늙어 죽었다.

노정과 선천 기생

옥계玉溪 노정盧楨은 남원 땅에서 살았다. 일찍 부친을 여읜 데다 집안이 어려워 나이가 차도록 장가를 들지 못하였다. 무관인 오촌 당숙이 선천 부사로 있었으므로 옥계의 어머니가 선천에 가서 혼수를 얻어 오라고 권하였다.

옥계는 머리를 땋아 늘인 채 걸어서 선천에 이르렀으나 문지기가 막아서 들어갈 수가 없었다. 그래 길에서 헤매는데 마침 젊은 기생 하나가 새 옷을 산뜻이 차려입고 지나가다가 문득 걸음을 멈추고 한참이나 쳐다보던 끝에 불쑥 묻는 것이었다.

"도련님은 어디서 오는 길입니까?"

옥계가 사실대로 말하자, 기생이 반기며 말하였다.

"제 집은 아무 마을 몇 번째 집입니다. 여기서 멀지 않으니 꼭 제 집에 와서 묵도록 하십시오."

옥계는 그러마고 대답하였다. 간신히 관청 안에 들어가 당숙을 만나, 온 사연을 말하니 그는,

"새 고을 원을 맞이하느라 관청에서 빚을 많이 졌으니 참말 딱하

구나."

하고 눈살을 찌푸리며 전혀 도와줄 생각을 안 하였다. 옥계는 밖에 나가 자겠노라고 하며 관가 문을 나서 기생의 집을 찾아갔다. 기생은 반갑게 맞아들이더니 어머니를 시켜 저녁 밥상을 정갈하게 차려 들였다. 밤이 되어 한자리에 들자 기생이 말하였다.

"제가 고을 원을 보건대 그는 속이 매우 좁은 사람이라 아무리 가까운 친척의 혼수라 해도 푼푼히 도와줄 것 같지 않습니다. 도련님의 기개와 용모를 보니 반드시 크게 될 사람입니다. 하필이면 구차스러운 걸음을 한단 말입니까? 제게 모아 둔 은이 오백여 냥은 되니 이곳에 며칠 동안 묵다가 다시는 당숙에게 들를 것 없이 그 은을 가지고 곧장 돌아가도록 하십시오."

옥계는 도리머리를 하였다.

"그렇게 홀홀히 떠나면 당숙께서 나무랄 것 아니겠소?"

"도련님은 가까운 친척의 정을 믿고 있지만 그런 사람을 가까운 친척이라고 믿을 수 있겠습니까? 오래 묵어도 그저 쓴 대접만 받다가 돌아갈 때 고작해야 몇십 냥 안 되는 노자나 줄 텐데 그걸 어디다 쓴단 말입니까. 이곳에서 곧장 떠나니만 못할 것입니다."

옥계는 며칠 동안 지내며 낮에는 당숙을 만나 보고 밤에는 기생의 집에서 묵었다. 어느 날 밤 기생은 등불 아래서 길채비를 해 주며 은자를 꺼내어 보자기에 쌌다. 새벽이 되자 마구간에서 말 한 필을 내다가 짐을 실어 주며 떠나기를 재촉하였다.

"도련님은 십 년 안으로 크게 될 것입니다. 저는 몸을 깨끗이 가지고 기다리겠습니다. 우리가 서로 만날 수 있는 길이란 한 길밖에 없으니 부디 귀한 몸 조심하길 바랍니다."

기생은 눈물을 뿌리며 문을 나섰다. 옥계는 하는 수 없이 당숙에게 간다는 인사도 못 하고 길을 떠났다. 고을 원인 당숙은 아침에 그 소식을 듣자 조카의 주책없는 행동을 적이 이상히 여기면서도 속으로는 돈을 없애지 않게 되어 다행으로 여겼다.

옥계는 집으로 돌아와 그 은으로 혼례를 치른 다음 살림을 꾸려 의식 걱정을 모르게 되었다. 그 뒤부터 뼈물고 과거 공부를 하여 사오 년 뒤에는 과거 시험에 합격하여 임금에게도 이름이 알려지게 되었고, 얼마 후 평안도에 암행어사로 나가게 되었다. 옥계는 그 달음으로 기생의 집을 찾아갔으나 집에는 그의 어머니가 홀로 있을 뿐이었다. 옥계를 알아본 노파는 그의 옷자락을 붙들고 눈물을 흘렸다.

"자네를 보낸 뒤 내 딸은 이 어미를 버리고 어디론가 가 버렸소. 지금까지 몇 년째 소식을 모르오. 이 늙은것이 밤낮으로 속을 썩이며 눈물로 세월을 보낸다우."

옥계는 망연자실하여 속으로 중얼거렸다.

"내가 이곳에 온 것은 그리운 사람을 만나기 위해서였거늘 오늘 자취조차 찾을 수 없으니 간담이 일시에 떨어지는 듯하구나. 그는 분명 나를 위해 종적을 감추었으렷다."

옥계는 노파에게 물었다.

"딸이 나간 뒤 살았는지 죽었는지 전혀 소식을 모른단 말이오?"

"요즘 내 딸이 성천의 어느 산 절간에 있다는데, 숨어 사는지 얼굴을 본 사람이 없다는구려. 떠도는 소문을 믿을 것은 못 되지만 내가 늙어 기력이 없는 데다 아들도 없는 터여서 알아보지도 못하고 있소."

옥계는 그 말을 듣자 곧 성천으로 향하였다. 온 고을의 절간을 두루 찾아다니며 샅샅이 알아보았으나 행적을 알 길이 없었다. 한 절간을 찾아가니 절간 뒤에 천 길 벼랑이 솟았고 그 위에 조그마한 암자 하나가 있었는데 벼랑길이 너무 가팔라 발 디딜 곳이 없었다. 옥계가 칡넝쿨을 부여잡고 간신히 그 위에 올라가 중 두세 명에게 물어보니 대답이 이러하였다.

"사오 년 전에 스무 살쯤 나 보이는 여인 하나가 왔습니다. 아침저녁 뗏거리 비용이라고 하면서 얼마간의 은자를 저희들에게 주고는 그길로 부처를 모셔 놓은 탁자 아래 엎드리더니 머리칼을 풀어헤쳐 얼굴을 가린 채 나오지 않습니다. 그래 창틈으로 먹을 것을 날라다 주곤 합니다. 뒤를 볼 때에도 잠깐 문을 나섰다가는 도로 들어가곤 하는데 이렇게 여러 해가 지나다 보니 저희들은 그 여인을 보살이 아니면 살아 있는 부처로 생각하게끔 되었습니다. 저희들은 감히 가까이 다가가지도 못하고 있습니다."

옥계는 그 여자인 줄로 짐작하고 우두머리 중을 불러 창틈으로,

"남원의 도령이 낭자를 만나러 왔는데 왜 문을 열고 맞아들이지 않습니까?"

하고 말을 전하게 하였다. 여인은 중을 통해 물었다.

"노 도령이 왔다면 과거에 올랐답디까?"

옥계는 과거에 합격한 뒤 암행어사로 되어 왔다고 대답하였다. 그러자 여자의 대답이 들렸다.

"제가 여러 해 동안 이렇게 고생을 참으며 종적을 감춘 것은 오로지 서방님을 위해서였습니다. 뛰쳐나가 만나고 싶은 마음이야 오죽하겠습니까만 귀신같은 꼴로 여러 해를 지냈으니 이대로 서방님 앞에 나설 수가 없습니다. 저를 위해 십여 일 묵어 주시면 본래

대로 몸을 깨끗이 하고 만나겠습니다."

옥계는 그의 말대로 며칠을 묵었다. 십여 일이 지나자 그 여자는 눈부시게 단장을 하고 나타났다. 두 사람은 서로 손을 맞잡고 울며 웃었다. 절의 중들은 그제야 여인의 내력을 알고 모두들 혀를 내둘렀다.

옥계는 본 고을에 통지하여 가마 한 채를 빌려 가지고 어머니를 만나 보도록 선천으로 태워 보냈다. 일을 마치고 서울에 돌아온 옥계는 다녀온 보고를 한 뒤 인마를 보내어 여인을 데려오게 하였다. 두 사람은 그제야 같이 살게 되었다. 옥계는 죽을 때까지 여인을 극진히 사랑하였다고 한다.

아들 하나에 두 며느리 본 권 진사의 꾀

안동에 진사 권 아무라는 사람이 살았다. 살림이 넉넉하고 성격이 매우 엄하여 집안을 다스리는 데 법도가 있었다. 자식이라고는 외아들뿐인데 며느리를 맞았다는 것이 질투가 많은 여자라 잡다루기가 어려웠다. 그러나 며느리는 엄격한 시아버지가 있었기 때문에 감히 성벽을 부리지는 못하였다. 권 씨는 노기가 북받치면 반드시 대청에 자리를 펴고 나앉아서 종들을 죽도록 때리거나 피를 보고야 그만두곤 하였다. 그래서 대청에 자리를 펴기만 하면 집안사람들은 숨도 크게 쉬지 못하고 오늘은 틀림없이 누가 죽어 나가겠거니 하고 속이 한 줌만 해지곤 하였다.

아들의 처갓집은 이웃 고을에 있었다. 어느 날 권생은 장인을 만나러 갔다가 돌아오는 길에 비를 만나 주막에 들어가 소나기를 그었다. 주막에 들어가 보니 툇마루에 한 젊은이가 먼저 들어와 있었다. 마구간에 펄펄 나는 듯한 말 대여섯 필이 매여 있고 문간에 남녀 종들이 붐비는 것으로 보아 뉘 집 귀한 부인을 모셔 가는 행차 같았다.

젊은이는 권생을 보자 반색하며 수인사를 나눈 뒤 술과 안주를 내놓으며 권하는데 술은 독한 술이요, 안주는 구미가 동하는 것이었다. 젊은이가 성씨며 거주를 묻자 권생은 사실대로 대답하였다. 먼저 온 젊은이는 그저 자기 성만 말할 뿐 어디에 사는가는 말하기를 피하였다.

"우연히 이곳을 지나가다가 비를 그으러 주막에 들렀을 따름인데 다행히 같은 연배의 좋은 벗을 만났으니 어찌 즐겁지 않겠소."

두 사람은 이런저런 이야기를 나누며 취토록 마셨다. 권생이 먼저 취하여 곤드라졌다. 그는 밤이 깊은 뒤에야 정신이 들어 눈을 떠 보니 같이 술을 마시던 젊은이는 보이지 않고 자기 혼자만 웬 집의 안방에 누워 있는데 곁에는 소복단장을 한 열여덟이나 열아홉 되어 보이는 아름다운 여인이 다소곳이 앉아 있는 것이었다. 단정하고 예쁘장한 모습만 보아도 천한 여인이 아니라는 것을 알 수 있었다. 서울 재상가의 딸일시 분명하였다. 권생은 깜짝 놀라 여인에게 물었다.

"내가 어떻게 되어 이곳에 누워 있으며 그대는 뉘 댁 부인이기에 이곳에 와 있습니까?"

여인은 얼굴만 붉히며 대답을 하지 않았다. 거듭 물어도 끝내 여인은 입을 열지 않다가 한 식경이 지난 뒤에야 비로소 낮은 소리로 말을 하였다.

"저는 서울 안에서 한다하는 명문가의 딸이옵니다. 열네 살에 시집을 갔다가 열다섯 살에 남편을 잃고 홀몸이 되었습니다. 부친은 일찍 세상을 뜨신 관계로 오라비가 집안의 웃어른인 셈이온데 워낙 성미가 유다른 분이라 시속을 따르려 하지 않았습니다. 제가 젊은 몸으로 혼자 사는 것을 민망히 여겨 예의를 갖추어 다른 데로 시집보내려 하니 친척들의 시비가 일어났습니다. 가문을 욕되게 한다는 엄한 질책을 받자 오라비는 하는 수 없어 그만두기로 하였습니다. 그길로 가마를 구하여 저를 태우고 문을 나서 정처 없이 떠나 이곳까지 오게 되었습니다. 오라비의 생각은 적당한 남자를 만나면 일생을 맡기자는 것이었습니다. 그렇게 해서 친척들의 시비를 면하려는 것이기도 했지요. 어젯밤 댁께서 취한 틈을 타서 남종을 시켜 여기 안방에 업어다 눕혀 놓게 하였으니 저희 오라비는 틀림없이 멀리 갔을 것입니다."

여인은 이어 곁에 놓인 상자를 가리키며 말하였다.

"이 속에 오륙백 냥의 은자가 들어 있는데 이것을 가지고 제가 먹고 입도록 하라는 것이었습니다."

권생은 여인의 말이 하도 놀라워 밖으로 나가 살펴보니 과연 젊은 이와 그 많던 인마가 모두 어디 갔는지 없고 어린 여종 둘만 남아 있을 뿐이었다. 권생은 도로 방으로 들어와 여인과 자리를 같이하였다. 그러고 나서 가만 생각해 보니 부친이 시퍼렇게 앉아 있는데 제멋대로 딴 여인을 집안에 데리고 가면 큰 야단이 날 것이 틀림없었다. 게다가 투기가 많은 안해와 서로 의가 맞지 않을 터이니 앞으로 일이 어떻게 되리라는 것은 뻔하였다. 아무리 천만 가지로 생각해 보아도 좋은 계책이 떠오르지 않았다. 도리어 아름다운 여인과 기이한 연분을 맺게 된 것이 골칫거리로만 여겨질 따름이었다.

아침이 되자 권생은 여종을 시켜 문을 단단히 지키게 하고 여인에게 실토정을 하였다.

"집에 부친을 모시고 있는 몸이라 돌아가 사유를 알리고 데려가도록 할 테니 좀 기다려 주오."

여인에게 단단히 이르고 문을 나선 권생은 곧장 지모가 뛰어난 친구의 집을 찾아가 사실대로 다 말한 다음 방도를 물었다. 친구는 한참 동안 말없이 무엇을 생각하던 끝에 말하였다.

"정말 어려운 일이군, 어려운 일이야. 좋은 꾀랄 것은 못 되지만 한 가지 계책이 있네. 자네가 집에 돌아간 다음 며칠 있다가 내가 술자리를 벌여 놓고 자네를 청하겠네. 자네는 다음 날 또 술을 마련해 놓고 나를 청하게. 그러면 내게 할 도리가 있네."

권생은 그의 말대로 집으로 돌아갔다. 며칠이 지나자 그의 친구가 심부름꾼을 보내어 편지로 권생을 간곡히 청하였다.

"마침 술과 안주가 생겨 다들 모였네. 이 자리에 자네가 없어서는 안 되겠으니 수고로운 대로 꼭 와 주게."

권생은 아버지에게 말을 하고 친구 집으로 갔다. 다음 날 권생이 아버지에게 청을 댔다.

"어제 아무개가 술을 받아다 놓고 저를 청하였으니 아무래도 인사를 차려야 할 것 같습니다."

권 씨가 승낙을 하자 권생은 술자리를 벌여 놓고 마을 안의 친구들을 불렀다. 권생의 친구들이 모여 먼저 권씨 노인에게 우르르 몰려가 절을 하자 권 씨가 젊은이들을 나무랐다.

"젊은 사람들이 겨끔내기로 술내기를 하면서도 늙은이를 한 번도 청하지 않으니 이게 무슨 도리냐?"

"어르신께서 윗자리에 앉아 계시면 젊은것들이 앉거나 눕거나 저하고 싶은 대로 할 수 없을 것이고 게다가 어르신네는 본래 성품이 엄하신지라 잠시 우리가 와서 뵈옵는 것조차 탈을 잡힐까 봐 매우 조심하는 터이니 어떻게 하루 종일 술자리에 어르신네를 모시고 있겠습니까? 어르신께서 섞이면 그야말로 살풍경이 될 것입니다."

권 씨는 웃음을 터뜨리며 말하였다.

"술자리에 무슨 늙고 젊은 나이 차례를 가리겠느냐. 오늘 술자리는 내가 주인이렷다. 거추장스러운 예의는 걷어치우고 종일토록 즐겨 보리라. 자네들이 아무리 내게 몇백 번 실례를 한다고 해도 자네들을 탓하지 않을 테니 마음껏 즐기다 가게. 이 늙은것의 쓸쓸한 마음이 풀리도록 말일세."

젊은이들은 일시에 좋구나 하며 나이 차례를 따지지 않고 마구 뒤섞여 앉아 술을 들었다. 술이 거나해졌을 때 지모가 많은 친구가 나서더니 말하였다.

"저희들이 기이한 옛말 한마디를 하여 술맛을 돋울까 합니다."

권 씨가 답하였다.

"옛말이라니 그거 매우 좋구먼. 어디 한번 해 보게."

그 친구는 권생이 주점에서 여인과 만난 일을 옛이야기로 구수하게 엮어 댔다. 그러자 권 씨는 말끝마다 신기해하며 말하였다.

"기이하도다, 기이해. 옛말에는 혹 그런 기이한 연분이 있었건만 지금은 그런 일이 있다는 말을 들어 볼 수가 없구나."

"만약 어르신네가 그런 일을 당하면 어떻게 하시겠습니까? 한밤중에 절세미인이 옆에 있으면 그와 가까이 하겠습니까, 아니면 물리치겠습니까? 여인이 몸을 허락하였으면 집으로 데려오겠습니까, 내버리겠습니까?"

"사내자식이 병신이 아닌 다음에야 저녁에 아름다운 여인을 만났으니 어찌 헛되게 보내리오. 이미 잠자리를 같이 하였으면 데려와야지 어찌 내버리는 못된 짓을 하겠느냐?"

"어르신은 본래 엄한 성품이라 아무리 이런 일을 당하더라도 필시 예절을 잃지 않으실 테지요."

권 씨는 머리를 설레설레 내저었다.

"그렇지 않다. 내가 그 일을 당해도 어쩔 수 없었을 게다. 그가 남의 집 안방에 들어간 것은 일부러 한 노릇이 아니라 남에게 속은 것이니 탓할 일이 아니요, 게다가 젊은 사람이 예쁜 여인을 보고 마음이 동하는 것은 워낙 자연스러운 일이 아니겠느냐. 그 여자로 말하면 사대부 집안이건만 그런 지경에 이르렀으니 정상이 불쌍하지 않느냐. 한번 관계하고 내버리면 여인은 필시 부끄러움을 참지 못해 원한을 품고 죽을 것이요, 결국 악한 짓을 한 셈이 되지 않겠느냐. 딴마음을 품었다면 박대하지 말아야 하느니라."

그러자 친구는 웃으며 말하였다.

"이것은 옛말이 아니라 바로 아드님이 며칠 전에 당한 일입니다. 어르신네가 이미 사리로 보아 당연한 일이라고 거듭 잘라 말씀을 하셨은즉 아드님은 죄책을 면하게 되었습니다."

권 씨는 그 말을 듣자 얼마 동안 말이 없다가 이어 정색을 하고 목소리를 가다듬어,

"자네들은 모두 헤쳐 가게. 할 일이 있네."

하고 젊은이들을 내몰았다. 친구들은 모두 황겁하여 흩어졌다. 권 씨는 이어 호령하였다.

"빨리 대청에 자리를 깔지 못할까?"

그러자 집안사람들은 누구의 죄를 다스리려는지 몰라 속이 한 줌만 하였다. 권 씨는 자리 위에 올라앉아 또 호령하였다.

"빨리 작두를 가져오너라."

종들이 황급히 분부대로 작두와 널빤지를 뜰 복판에 가져다 놓자 이번에도 불호령이 떨어졌다.

"서방님을 잡아내려다 작두판 위에 엎어 놓아라."

종들은 권생을 잡아다 작두판 위에 목을 늘여 놓았다. 권 씨는 아들에게 욕설을 퍼부었다.

"망할 놈의 자식이로다. 입에서 아직 젖내가 나는 것이 부모에게 알리지도 않고 제멋대로 첩을 얻었단 말이냐? 집안을 망하게 할 짓이다. 내가 살아 있을 때에도 이러니 내가 죽은 뒤에야 더 말해 무엇 하겠느냐? 차라리 내가 살아 있을 때 목을 잘라 뒷날의 걱정을 없애는 편이 낫겠다."

권 씨는 말을 끝내자 다짜고짜 종들더러 빨리 작두로 아들의 목을 자르라고 호령하였다. 그러자 온 집안사람들이 모두 얼굴이 까맣게 질렸다. 권 씨의 안해와 며느리가 마루 아래에서 손이야 발이야 빌었다.

"저 녀석의 죄는 죽어 마땅하지만 어찌 눈앞에서 외아들의 목을 자른단 말이오."

울며불며 살려 주기를 애걸하니 권 씨는 더욱 노발대발하여 물러가라고 야단을 쳤다. 권 씨의 안해가 겁이 나 피해 버리자 이번에는 며느리가 얼굴에서 피가 흐르도록 머리를 땅에 조아리며 빌었다.

"젊은 사람이 제멋대로 방자하게 굴기는 하였습니다만 아버님의 하나밖에 없는 핏줄이 아닙니까. 아버님은 어찌하여 이런 잔혹한 일을 하시어 대를 끊으려 하십니까? 저를 대신 죽여 주십시오."

"못된 자식이 있어 집안이 망하면 선대까지 누를 끼치게 되는 법이니라. 차라리 내 눈앞에서 죽여 버리고 남의 자식을 얻어다 기르겠다. 이랬든 저랬든 망하기는 마찬가지렷다. 망할 바에는 깨끗이 망하는 편이 낫다."

권 씨는 빨리 머리를 잘라 버리라고 호령하였다. 종들은 입으로는 비록 네, 네 하였지만 차마 작두를 밟지는 못하였다. 이쯤 되자 며느리는 더욱 울며불며 빌었다.

"이 녀석이 집안을 망칠 짓을 한 것이 한두 가지가 아니다. 부모를 모시고 있는 자식으로 제멋대로 첩을 얻은 것이 그 망조의 하나요, 네가 본래 투기가 많은 여자라 그 여인과 서로 의가 맞지 않을 터이니 그러면 집안이 날로 어지러워질 것인즉 그 망조가 두 번째다. 이런 망할 놈은 미리 죽여 없애 버리는 것이 상책이다."

"저도 사람의 낯가죽을 쓰고 사람의 심정을 가졌사옵니다. 이런 광경을 보고서야 어찌 투기를 부릴 수 있겠습니까. 만약 아버님께서 한 번만 용서해 주신다면 저는 그 여인과 한집안에서 살며 조금도 불화한 일이 없도록 하겠습니다. 아버님께서는 이에 대해서는 절대 염려 마시고 널리 용서해 주십시오."

"네가 오늘 급해맞아 입에 발린 말로 안 그러마고 하지만 마음속은 그렇지 않을 게다."

"어찌 그럴 리가 있겠습니까. 만약 그 비슷한 일이라도 있으면 하늘이 벌을 내릴 것이고 귀신이 죽음을 내릴 것입니다."

"네가 내 생전에는 혹 그럴지도 모르겠다만 내가 죽은 뒤에는 다시 못된 성미를 드러낼 것이다. 그때면 내가 이미 죽은 뒤요, 저 녀석은 너를 잡다루지 못할 테니 집안이 망하지 않을 수 있겠느냐. 저 녀석의 목을 잘라 화근을 없애 버리느니만 못하다."

"어찌 그럴 수 있겠습니까? 아버님께서 세상을 떠나신 뒤에 만약 조금이라도 못된 마음을 먹게 되면 개돼지보다 못한 년일 것입니다. 아버님 앞에 맹세코 다짐하옵니다."

"정녕 그렇다면 네 맹세를 글로 써서 들여 놓아라."

며느리는 맹세를 어기면 짐승이라고 썼다. 그러고는,

"만약 한 번이라도 맹세를 어기는 일이 있으면 제 부모님도 사람이 아닐 것입니다. 이렇게 맹세를 하는데도 아버님께서 믿어 주시지 않는다면 죽을 수밖에 없습니다."

권 씨는 그제야 아들을 용서해 주고 그길로 우두머리 하인을 불러 분부하였다.

"너는 가마를 가지고 주막에 가서 서방님 작은댁을 모셔 오너라."

하인은 분부대로 여인을 데려왔다. 여인은 시아버지에게 절을 하여 뵙고 권생의 안해에게도 인사를 하였다. 여인은 권생의 안해와 같이 살게 되었다. 안해는 한마디 불평도 하지 못하였다. 그래서 늙을 때까지 친형제처럼 화목하게 살았다고 한다.

황인검의 강직한 성품

판서 황인검黃仁儉이 젊었을 때 산속의 절간에 가서 글을 읽었는데 중 하나가 성심으로 심부름을 들어주었다. 양식이 떨어질 것 같으면 그때마다 자기가 나서서 이럭저럭 변통하여 이어 대곤 하였다.

중의 정성이 한결같이 변함이 없었으므로 황인검은 감동하여 그를 몹시 사랑하였다. 그러나 황인검의 벼슬이 높아지자, 중은 어디론가가 버렸다. 그래서 황인검은 매양 그를 그리며 만나지 못하는 것을 한스럽게 여겼다. 그가 경상 감사로 임명되어 고을을 순행할 때였다.

중 하나가 길을 피하여 길섶에 섰는데 교자에 앉아 언뜻 보니 그 중과 모습이 비슷하였다. 그래 하인을 시켜 가까이 불러오게 하였더니 과연 자기가 찾던 그 중이었다. 황인검은 몹시 기쁘고 반가워 중을 태워 가지고 자기 뒤를 따라다니게 하였다. 밤마다 같이 누워 자면서 친자식처럼 애지중지하였다. 감영에 돌아와서는 책방으로 있게 하고 날마다 진수성찬을 차려 주었다. 어느 날 황인검은 중을 불러 놓고 말했다.

"옛사람이 이르기를 밥 한 그릇 신세진 것도 반드시 갚아야 한다고 하였거늘 내가 네게 진 신세를 어찌 밥 한 그릇에 비기겠느냐.
내게 돈이며 비단은 넉넉하니 네게 절반을 준들 무에 아까우랴만
칡을 엮어 옷 삼아 입고 나물을 캐어 먹는 산속의 중이 돈은 어디
다 쓰며 비단을 해서 무엇을 하겠느냐. 네가 머리를 기르고 중노
릇을 그만두면 가산은 물론이고 너를 위해 벼슬 한 자리야 못 구
해 주겠느냐. 네 생각은 어떠냐?"

"사또께옵서 소승을 그토록 생각해 주시니 감사하오나 소승에게
는 구구하나마 굳이 먹은 마음이 있사오니 이대로 살다 죽을 뿐
세상에 나서고 싶지 않소이다."

그의 대답이 이상하여 까닭을 물었으나 중은 웃기만 할 뿐 대답을
하지 않았다. 황인검이 재삼 다그쳐 물었으나 중은 역시 대답을 피
했다. 나중에는 나무라기까지 해도 끝내 말을 하지 않았다. 황인검
은 좌우를 물리치고 그의 무릎을 끌어당기며 물었다.

"네가 그렇게 고집을 부리는 데는 틀림없이 무슨 까닭이 있을 것
이다. 너와 내 사이에야 무슨 일이 있겠느냐? 사실대로 말을 해
보아라."

중은 그제야 마지못해 입을 뗐다.

"소승은 사또를 알기 전까지는 보통 백성이었습니다. 어느 해 우
연히 산골짜기를 지나가자니 새로 지은 무덤 앞에서 소복을 한 여
인이 혼자 땔나무를 하고 있었습니다. 여인은 용모가 아리따웠습
니다. 그래서 사방을 살펴보니 사람이 없기로 여인을 덮쳤습니다.
여인이 죽기 살기로 반항하기에 옷끈으로 사지를 묶어 놓고 억지
로 관계하였습니다. 그러고 나서 여인을 풀어 주고 줄행랑을 놓았
습니다. 그러곤 몇십 리를 가서 주막에 들러 하룻밤을 지냈습니다.

이튿날 아침, 아무 곳에서 남편의 무덤을 돌보며 절개를 지키던 과부가 어젯밤 자결하였다는 소문이 짜하니 퍼졌습니다. 지나가던 길손에게 겁탈을 당하고 죽은 것이 분명하다는 것이었습니다. 그 말을 듣고 보니 가슴이 철렁하고 여인이 불쌍하였습니다. 헛소문이 아닌가 싶어 그 근처에 사람을 보내 알아보니 정말이었습니다. 팔다리에 묶인 자리가 또렷이 남아 있는 것을 보고 사람들이, '틀림없이 손발을 묶고 억지로 간음을 하여 이 지경이 되었소.' 하며 곧 관가에 알려 범인을 잡아내도록 하였다는 것입니다.

그 소식을 들으니 머리칼이 쭈뼛하였습니다. 여인이 불쌍하고 제가 한 일이 후회되었습니다. 스스로 생각해 보니 한때의 정욕을 참지 못하여 절개 굳은 여인을 죽게까지 만들었으니 이야말로 천지간에 용납되지 못할 죄인이 아니겠습니까. 신령이 벌을 내리지 않을 리 없습지요. 아무리 생각해 보아야 속죄할 길이 없었습니다. 소인은, '내가 이미 이런 큰 죄를 지었으니 이 세상의 낙을 버리고 고생이란 고생을 다 맛보아야겠다. 그래야 속죄를 할까 보다.' 하고 생각하였습니다. 그길로 머리를 깎고 중이 되어 다시는 세상에 나서지 않겠노라 마음속으로 다짐하였습니다.

사또께서 아무리 호의로 권한들 소인이 어찌 마음을 달리할 수 있겠습니까. 그래서 속세로 돌아가지 않으려 하는 것이올시다. 이미 오래 전 일이고 또 사또께서 간곡히 물으시기에 할 수 없이 사실대로 말씀 올렸습니다. 사또께서 일전에 도 안의 살인 사건 문서를 보실 때에 그 사건을 보셨을 것입니다. 이제는 거의 수십 년이 되어 오건만 범인을 아직 잡지 못하였을 것입니다."

따져 보니 연월일이 조금도 틀리지 않았다. 황인검이 탄식하였다.

"너와 내가 절친한 사이지만 나라 법을 폐할 수는 없는 일이다."

하며, 관속들을 시켜 그를 잡아 법대로 사형에 처하게 하고 나서 장사 비용을 후히 내주도록 하였다.

　죄는 용서할 수 없지만 은혜 역시 저버릴 수 없는 것이다. 모두 운수라고 할 수밖에 없다.

처녀의 원한을 풀어 준 조현명

영조 갑인년에 풍원군豐原君 조현명趙顯命이 경상 감사로, 정언해 鄭彦海가 통판으로 임명되었다.

하루는 두 사람이 밤늦도록 이야기를 나누다가 닭이 울 녘에야 헤어졌다. 통판이 관아로 돌아가 옷을 벗고 막 자리에 누우려는 참인 데, 감영 아전이 감사의 전갈을 가져왔다. 마침 긴급히 의논할 일이 생겼으니 평복 차림으로 빨리 오라는 것이었다. 통판은 웬일인지 몰라 급히 옷을 주워 입고 뒷문으로 들어갔다. 통판을 만나자 감사가 말하였다.

"통판은 아침에 급히 칠곡으로 가시오. 거기 가면 늙어서 아전 노릇을 그만둔 배이발이라는 사람이 있을 것이오. 그의 동생은 지금 아전 노릇을 하는데 이름은 배지발이오. 그를 잡아 목에 칼을 씌워 놓고 먼저 배이발에게 자식이 있는가 물으시오. 그는 딸자식 하나가 있었는데 죽은 지 오래라고 할 것이오. 그를 앞세우고 가서 무덤을 파고 시체를 검사하시오. 그 시체는 여자인데 나이는 열일여덟 되고 얼굴 생김새와 머리칼 모양은 이러저러할 것이오,

옷은 옥색 명주 저고리에 남색 치마를 입었을 것이오. 꼭 잘 살펴보고 오시오."

통판은 놀랍기도 하거니와 이상하기도 하여,

"그런 급한 일이라면 아침이 되기를 기다릴 것 없이 제가 급히 횃불을 들고라도 가겠소이다."

하고 곧바로 길을 떠났다. 통판이 칠곡현에 이르자 고을 사람들이 모두 놀라 수군거렸다.

"우리 고을에서 살인 사건을 고발한 일이 없는데 검시관이 무엇하러 왔노?"

위아래가 놀라 어쩔 바를 몰라 하는 꼴이었다. 통판은 곧추 동헌에 들어가 앉아 배이발 형제를 잡아들이게 하였다. 먼저 배이발에게 물었다.

"네게 자식이 있느냐?"

"소인에게 아들은 없고 딸자식 하나뿐이었사온데 시집갈 나이가 되어 앓다가 죽었소이다. 이제는 장사를 지낸 지도 십 년이 가까워 옵니다."

"어디다 장사를 지냈더냐?"

"여기서 십 리쯤 되는 곳입니다."

통판은 그의 두 발에 고랑을 채워 말 앞에 세우고 곧추 처녀를 묻었다는 곳으로 갔다. 무덤을 파고 관을 깨친 뒤에 보니 시체의 얼굴이 살아 있는 듯한데 생김새와 옷차림이 감사의 말과 신통히 맞아떨어졌다. 옷을 벗기고 검사해 보니 이렇다 할 상처는 없었다. 다시 자세히 살펴보니 잔등에 돌멩이로 친 듯한 상처가 있는데, 아직 으깨진 피부에 피가 질펀하여 조금도 의심할 것이 없었다. 급히 시체를 검사한 조서를 만들고 배이발 형제 부부들을 형리에게 넘겨 급히 감영으로 올려 보내게 하였다. 통판이 돌아와 감사에게 그 사실을 보고하였다. 감사는 알았다고 머리를 끄덕이더니 위의를 갖추고, 배이발 형제 부부를 감영 뜰에 불러들이게 하였다. 두 형제를 엄하게 심문하니, 이발의 대답은 전과 같았으나, 지발의 대답은 판판 달랐다.

"사또께서 귀신처럼 밝게 살피시니 소인이 어찌 사실을 숨기겠습니까? 소인의 형은 살림이 넉넉하나 아들자식은 없고 딸 하나뿐이었습니다. 소인의 아들을 양자로 들여보내려고 하였으나 소인의 형은, '나 같은 사람이 무슨 양자니 뭐니 할 게 있겠느냐? 조상의 제사는 동생이 대신 받들면 그만이다. 나는 사위나 얻어 데리고 살겠다.' 하였습니다.

소인의 형수는 바로 계모인지라 딸을 늘 미워하였습니다. 그래서 소인은 형수와 짜고 조카딸이 행실을 그르쳤다고 떠들어 형이 딸을 죽이도록 하려고 하였습니다. 그러나 형은 차마 손을 대지 못하였습니다. 소인은 형이 어디 나간 틈을 타서 형수와 함께 조카딸을 묶어 놓고 돌멩이로 잔등을 쳐서 죽이고는 그길로 입관해 버렸습니다.

며칠 뒤 형이 돌아왔습니다. 소인은 조카딸이 아무 데 총각과 몰래 음란한 짓을 하는 것을 붙잡았더니 부끄러움을 참지 못하여 자살하였기에 곧바로 관에 넣었다고 하였습니다. 그러니 형은 어쩔 도리가 없었습니다. 장사를 지낸 지 거의 십 년이 되었으나 형은 오늘까지도 제 말이 사실인 줄로 알고 있습니다. 이것은 소인이 제 자식을 형 집에 들여보내 형의 재산을 차지하려는 욕심에서 한 짓이었습니다. 이 밖에는 더 올릴 말씀이 없습니다."

배이발의 안해를 심문하니 그의 진술도 그러하였으므로 마침내 사건을 처결하였다.

"사또께서는 어떻게 이 사건의 내용과 시체의 옷이며 범죄의 진상을 알았습니까?"

통판의 물음에 감사는 빙그레 웃었다.

"어젯밤 통판이 나간 뒤에 자리에 누우려 하는데 촛불이 깜박거리며 찬바람이 뼈를 오싹하게 하였소. 촛불 뒤에 한 여인이 나타나 절을 하더니 억울한 일을 하소하러 왔다는 게 아니겠소. '네가 사람이냐 귀신이냐? 무슨 원통한 사정이 있어 이렇게 왔는지 자세히 아뢰어라.' 했더니 여인이 울며 하소하였소.

　'저는 아무 고을 아무 아전의 딸이온데 억울한 누명을 쓰고 맞아 죽었사옵니다. 사람이 한 번 났다가 한 번 죽는 것은 떳떳한 이치라 제가 죽었다고 남을 탓할 바는 아니옵니다만, 규중처녀의 몸으로 누명을 쓰고 죽었으니 천고에 원통한 일이옵니다. 그래서 새 감사가 오면 늘 억울한 사연을 아뢰려고 하였으나, 그때마다 저와 만나면 사또가 정신을 잃고 하여 소원을 풀 수가 없었사옵니다. 사또께서는 남달리 정신이 굳센 분이옵기에 이렇게 분에 넘치게 와서 하소하는 바이니 이 억울함을 풀어 주옵소서.'

　내가 쾌히 승낙하자 여인은 문밖으로 나가 어디론가 사라졌소. 그래 마음속으로 의아하여 통판을 불러 시체를 검사해 보게 하였던 거요."

아전 노릇을 한 서울 유생

옛날 한 재상에게 같이 공부하던 친구가 있었다. 그는 글도 잘하고 눈썰미도 있었으나 과거 시험에 여러 번 미끄러지다 보니 집안 살림이 거덜 나 살아갈 길이 막연하였다. 마침 재상이 안동 고을 원으로 나가게 되자 그 친구가 찾아와 틈을 보아 여쭈었다.

"영감이 안동 부사로 나가시게 된다니 이제는 내가 살아갈 수 있게 되었소그려. 살다 뿐이오, 평생을 편히 지내게 되었소이다."

"여보게, 내가 고을 원으로 나가게 되었으니 자네 의식 걱정이야 해 주겠지만 평생을 편히 지내게 해 줄 수야 있겠나. 그런 엄청난 생각은 아예 말게."

"영감에게서 돈이나 재물을 많이 얻자는 것은 아니외다. 안동 도서원都書員은 먹을알이 많은 구실이니 그 자리를 내게 주면 좋겠소."

"안동은 향리의 고장이요, 도서원은 구실 자리 가운데서도 그중 좋은 자리인데, 서울 유생에게 줄 수가 있겠나. 고을 원의 위엄을 가지고도 하기 힘든 일일까 보네."

"영감더러 빼앗아 달라는 말은 아니외다. 내가 먼저 내려가 아전 명부에 이름을 올려놓을 작정이오. 아전 명부에 이름이 오른 다음에야 안 될 게 무어요?"

"자네가 간다 해도 아전 명부에 이름을 올리기가 쉽지는 않을걸."

"영감이 부임한 뒤 백성들이 송사하러 오면 판결 내용을 말이 나가는 대로 불러 주시구려. 형리가 미처 받아쓰지 못하면 죄를 주고 갈아 치우되 내 손을 거친 글은 꼭꼭 칭찬해 주시오. 이렇게 며칠을 하고 나서 시험을 쳐서 형리를 뽑으시오.

지금 아전 노릇을 하는 자건 이미 아전 노릇을 그만둔 자건 글 쓴다는 사람이면 다 시험에 응시하게 하면 내가 자연 으뜸이 될 테니 형리 자리야 갈 데 없지요. 형리가 된 다음 도서원 자리를 하나 비워 내게 주면 되겠소이다. 그러면 내가 밖에서 있는 일들을 들은 대로 적어서 영감께 몰래 바치겠으니 영감은 귀신같다는 칭송을 받을 게 아니겠소."

"그러면 자네 좋을 대로 해 보게."

재상의 친구는 먼저 안동으로 내려가 관청 물건을 축낸 이웃 고을의 아전이라 하고 객사에 거처하였다. 이따금 길청에 왕래하여 글도 대신 써 주고 장부도 대신 검열해 주기도 하였다. 문서를 휑하니 꿰는 데다가 글 짓는 데서도 거칠매가 없다 보니 여러 아전들은 그를 대접하여 길청 고지기로 밥줄을 붙이게 하고 길청에서 살게 하였다. 그즈음 문서와 관련된 일은 으레 그와 의논하게끔 되었다.

새 고을 원이 부임하자 백성들의 송사가 꼬리를 물었다. 고을 원은 판결 내용을 입말로 불러 주고 형리가 미처 쓰지 못하면 반드시 잡아 내려다 곤장을 되우 쳤다. 그러다 보니 하루 동안에만도 죄를 받은 사람이 몇이나 되는지 모를 정도였다. 심지어 감영에 올려 보내는 공문이나 백성들에게 내려 보내는 전령까지 허물을 잡아내어 되게 다스렸다. 그뿐이랴. 이방을 잡아들여서는 형리를 잘못 골랐다고 날마다 다스리는 판이니 온 길청이 난리나 만난 듯 설설 끓고 형리는 고을 원 앞에 아예 얼씬도 못하였다.

그런데 이웃 고을에서 왔다는 아전이 문서에 손을 대어 들여가기만 하면 틀림없이 무사하곤 하였다. 그래서 길청의 아전들은 그저 그가 딴 데로 갈까 봐 걱정이었다. 하루는 고을 원이 이방을 불러 분부하였다.

"내가 서울에서 듣자니 본 고을은 원래 문장으로 이름난 고장이라고 하더라만 막상 와서 보니 한심하달밖에 없구나. 형리 노릇 할 만한 사람 하나 없으니 될 일이냐. 네가 길청에 나가 현재 아전 노릇을 하는 자와 고을에 아전 명색으로 있는 자들로 글을 안다는 이들은 모두 모아 놓고 시험을 받아서 들여오너라."

이방이 분부를 받고 글 제목을 내어 시험을 쳐 본즉 이웃 고을에서 왔다는 아전이 단연 첫자리를 차지하였다. 시험지를 본 고을 원이 일부러 모른 체하고 물었다.

"이 사람은 무얼 하는 아전이냐?"

"그 사람은 원래 본 고을의 아전이 아니라 이웃 고을의 아전이온데 우리 길청에 와 있사옵니다."

"이 사람 글이 제일이다. 이웃 고을서 아전 노릇을 하던 사람이라니 이곳에서 아전 노릇을 해도 안 될 것은 없으렸다. 아전 명부에 이름을 올리고 형리로 임명하도록 해라."

이방은 고을 원의 분부대로 하였다. 이때부터 재상의 친구는 버젓이 아전 노릇을 하게 되었다. 그가 형리로 된 뒤부터는 죄책을 당하는 일이 한 번도 없었으므로 이방 이하가 비로소 마음을 놓고 길청 안이 무사하였다. 아전들의 직책을 나눌 때 그를 도서원에 겸하여 임명하였지만 누구도 입을 벙긋하지 못하였다.

그 아전은 기생 하나를 첩으로 삼아 집을 한 채 사 가지고 자리를 잡았다. 문서를 써서 들여갈 적마다 밖에서 벌어진 일들은 죄다 종이에 적어 방석 밑에 찔러 두고 나오곤 하였다. 고을 원은 남몰래 그것을 꺼내 보고 백성들의 원성과 아전들의 협잡을 낱낱이 알았다. 그저 아전들과 백성들은 모두 귀신같다고 혀를 내두르며 두려워 복종하였다.

다음 해에도 재상의 친구는 또 도서원 노릇을 하여 두 해 동안에 모은 재산이 거의 만여 냥이나 되었다. 그것을 몰래 서울 집으로 실어 보내고는 고을 원의 임기가 끝나 교체되기 하루 전에 집을 내버리고 도망쳐 버렸다. 그러자 길청 안이 법석 끓었다. 이방이 들어가 알리자 고을 원은 모른 체하고 물었다.

"도서원이 첩을 데리고 도망쳤느냐?"

"집과 첩을 내버리고 혼자 도망했소이다."

"그럼 관청 물건을 축내고 도망한 게 분명하구나."

"아니올시다. 관청 물건은 축난 것이 없소이다."

"그것 참 이상한 일이다만 제 떠돌아다니고 싶은 대로 내버려 두어라."

재상의 친구는 서울로 돌아와 집과 논밭을 사 가지고 풍성풍성하게 지냈다. 나중에는 과거에 합격하여 여러 고을의 고을 원 노릇까지 하였다 한다.

잠자리 일을 문서로 받은 부인

옛날, 시골에 사는 한 선비가 이웃 고을에 아들을 혼인하러 보내고는 먹은 것이 내려가지 않아 급작스레 앓다가 죽었다. 신랑은 혼례를 하자마자 부고가 날아와 곧 상사를 치르러 집으로 돌아갔다. 초상을 치르고 묏자리를 잡으러 풍수쟁이를 데리고 이리저리 돌아다니다가 마침내 처갓집 뒷산에까지 오게 되었다. 풍수는 산을 둘러보더니 말하였다.

"이곳이 제일 좋은 자리입니다만 산 아래 사는 양반의 집에서 허락지 않을까 봐 그게 걱정이오."

상주가 좌우를 자세히 살펴보니 산 아래 있는 집이란 바로 자기 처가였다. 처가에는 과부인 장모가 무남독녀 외딸을 데리고 살고 있었다. 상주는 그 달음으로 처가로 내려갔다. 장모는 사위를 만나자 슬프고 반가운 생각이 한꺼번에 몰려들어 정성껏 대접을 한 뒤 묏자리를 구하러 왔노라는 사위의 말을 듣자,

"다른 사람이라면 승낙하지 않을 테지만 자네가 부탁하는데야 어찌 들어주지 않을 수 있겠나."

하고 선선히 허락하였다. 상주는 몹시 기뻐하며 장모에게 돌아가겠다는 인사를 하였다. 이왕 온 바라 장모는,

"건넌방에 잠깐 들러 처나 만나 보고 가게나."

하고 권하였다. 상주가 사양하는 체하자 장모는 사위의 손을 끌고 들어가 딸과 마주 앉혀 놓고 나갔다. 처음에 상주는 부끄러워 얼굴을 붉혔으나 갑자기 춘심이 동하여 안해를 끌어당겨 억지로 관계를 하였다.

상주는 그길로 집으로 돌아가 장사 지낼 채비를 하였다. 영구를 싣고 다시 처갓집 뒷산에 와서 광중에 막 관을 내려놓으려 할 때였다. 처갓집에서 여종이 올라오더니 상주에게 말하였다.

"저희 집 작은마님이 이제 곡을 하러 올라오시니 일꾼들을 잠시 물리쳐 주십시오."

얼마 뒤 그의 처가 걸어서 산으로 올라왔다. 그는 관 앞에 엎드려 슬피 곡을 하더니 상주에게 말하는 것이었다.

"아무 날 서방님이 와서 나와 한자리에 들었으니 무슨 표식을 남겨 주셔야겠습니다. 제게 문서를 만들어 주십시오."

상주는 대뜸 얼굴을 찌푸리며 안해를 꾸짖었다.

"부녀자가 어찌 그런 난잡한 말을 한단 말이오. 빨리 내려가오."

그러나 여인은 끝내 움직일 생각을 하지 않고 버텼다.

"문서를 만들어 주기 전에는 죽어도 내려갈 수 없습니다."

산 아래에 있던 상주의 삼촌과 친척들이 모두 놀란 것은 물론이다. 삼촌은 조카를 욕하며 몰아세웠다.

"집안이 망하려니 세상에 별꼴을 다 보겠구나. 네가 상주로서 그런 해괴한 짓을 했다면 빨리 문서를 만들어 주어라. 날이 벌써 저

물었는데 일꾼들이 다 흩어지면 어쩔 셈이냐?"

삼촌이 재촉하자 상주는 하는 수 없이 문서를 써서 안해에게 주었다. 그제야 여인은 내려갔다. 이것을 본 사람들은 저마다 침을 뱉으며 여인을 욕하였다.

장사를 다 치르고 집으로 돌아온 지 며칠 만에 상주는 우연히 병을 만나 앓다가 끝내 자리에서 일어나지 못하고 죽었다. 그런데 몇달이 지나자 남편 없는 여인의 배가 점점 부르기 시작하더니 열 달만에 덜컥 아들을 낳았다. 그러자 시집에서는 더 말할 것도 없고 동네에서도 모두 이상한 일이라고 수군댔다.

"아무 집 아들은 혼례를 올리던 날 아버지 상사를 당하여 그날로 집으로 되돌아가지 않았소? 그러니 아이는 누구의 아들이란 말이오?"

머리를 기웃거리며 영문을 몰라 하는 사람들에게 상주의 안해는 남편에게서 받아 두었던 문서를 꺼내 보였다. 그제야 비로소 시비가 가라앉았다. 사람들이 그 문서가 어떻게 된 것이냐고 물으니 여인이 대답하였다.

"혼례를 하자마자 부친의 부고를 받고 갔던 사람이 장례 지내기 전에 자기 안해를 만나는 것도 벌써 예의에 어긋나는 일인데 만나서는 또 예의에 어긋나는 일을 억지로 하려 들었지요. 이것은 사람의 떳떳한 성정을 가지고는 못할 일입니다. 사람의 떳떳한 성정을 잃었으니 오래 살 수가 있겠습니까. 안 되는 일인 줄은 나도 모른 바 아니었지만 혹 그의 씨라도 받아 볼까 해서 마지못해 몸을 허락한 것입니다.

그러고 나서 가만 생각해 보니 부부간이 관계를 가진 일을 집안

사람들도 모르니 남편이 죽은 뒤 자식을 낳으면 틀림없이 더러운 소문을 듣게 될 것이었습니다. 그래서 부끄러움을 무릅쓰고 죽기로 청하여 많은 사람들이 보는 앞에서 이 문서를 받아 두었던 것입니다."

그 말을 들은 사람들은 모두 여인의 선견지명에 탄복하였다. 유복자는 나중에 자라서 높은 벼슬에 올랐다고 한다.

만고에 으뜸 정사, 천하에 으뜸 도적

옛날 선전관을 하는 무인이 임금의 행차를 따라 무예 시험 보는 춘당대에 갔다. 그때 마침 제주 목사를 파면시켰다는 보고가 올라왔다. 무인은 그 소식을 듣자 동료들 앞에서,

"내가 제주 목사로 나가기만 하면 만고에 으뜸가는 정사를 하면서도 천하에 으뜸가는 도적이 될 테요."

라고 흰목을 뽑았다. 그 말이 임금의 귀에도 들어가 누가 그 말을 했는가 따지게 되었다. 무인은 감히 숨길 수가 없어 땅에 엎드려 사실대로 고하였다.

"그 말은 소신이 한 것으로 아뢰오."

"만고에 으뜸가는 정사를 하는 고을 원이 어떻게 천하에 으뜸가는 도적이 될꼬?"

"그런 묘술이 있는 줄로 아뢰오."

임금은 껄껄 웃으며 무인을 특별히 발탁하여 제주 목사로 임명하였다.

"그럼 네가 가서 만고에 으뜸가는 정사를 하고 천하에 으뜸가는

도적이 되어 보아라. 못 되면 너는 허튼소리한 죄를 받아야 하느
니라."

무인은 임금의 엄명을 받고 물러났다. 집으로 돌아온 무인은 보릿
가루를 잔뜩 사서 노란 물을 들여 가지고 큰 대나무 상자에다 가득
담았다. 세 바리나 되는 짐이 모두 보릿가루요, 나머지는 옷가지들
뿐이었다.

그는 조정에 나가 하직 인사를 하고 심부름꾼 하나만 데리고 떠났
다. 부임한 뒤로 송사를 공평하게 처결해 줄 뿐더러 아침저녁 끼니
말고는 술 한 잔 입에 대는 일이 없고, 창고의 여분 곡식은 모조리
폐단을 없애는 데 쓰도록 하였으며 토산물 하나 빼앗는 일이 없었
다. 이렇게 일 년이 지나자 아전들과 백성들이 모두 그를 부모처럼
따르며 고을이 생긴 뒤로 처음 보는 청백한 관리가 왔다고 침이 마
르도록 칭찬하였다.

영이 떨어지면 시행하고, 금지하면 그만두는 판이라 온 고을 경내
가 일 년을 하루같이 편안하였다. 어느 날 무인은 갑자기 몸이 아프
다면서 문을 닫아매고 끙끙 앓는 소리를 하였다. 며칠이 지나자 병
세가 더 심해지는지 음식도 들이지 않고 어두운 방에 앉아 앓는 소
리만 그칠 새 없이 내었다. 좌수와 아전들이 하루 세 번 문안을 하였
으나 그는 방 안에서 머리도 내미는 일이 없었다. 그러자 이방과 중
군이 간곡하게 빌었다.

"증세가 어떠한지는 모르겠사오나 이 고을에도 의원과 약이 있사
온데 왜 보이고 치료하지 않사옵니까?"

무인이 숨이 찬 듯 헐떡거리며 입안소리로 웅얼거렸다.

"내 병은 원래 내가 다 알고 있느니라. 그저 죽을 수밖에 없다. 너

희들이 알아서 무엇 하겠느냐?"

"무슨 병인지 알려 주시기 바랍니다."

무인은 한참 만에야 쥐어짜는 듯한 목소리로 대답하였다.

"내가 어렸을 때 그만 이 병에 걸렸구나. 우리 집 재산은 이 병을 고치느라고 다 없어졌느니라. 그 뒤 이십 년 동안 별일이 없기에 이제는 다 나았는가 보다 생각했더니 이렇게 또 앓는구나. 고칠 도리가 없으니 죽을 날이나 기다릴 뿐이로다."

그러자 사람들은 무슨 약을 써야 하는지 더욱 간곡히 물었다.

"사또님의 병환이 이러하니 고을 사람들은 살을 저미고 뼈를 갉는 대도 사양치 않을 줄 압니다. 하늘에 올라가거나 땅속에 들어가서라도 약을 구해 올 터이니 그저 약방문만 알려 주기 바랍니다."

"이 병은 단독[1]이라 우황을 써야만 낫는다는구나. 우황 몇십 근을 가지고 떡을 만들어 온몸을 감싸 붙이되 날마다 새 약을 서너 번씩 갈아대야 하느니라. 이렇게 네댓새만 하면 병은 틀림없이 낫는다. 내 집이 원래는 넉넉하였건만 그 때문에 빈 주걱을 쥐고 나앉게 되었다. 그러니 이제는 어디서 우황을 구해 붙인단 말이냐."

그러자 여러 사람들이 입을 모아 말하였다.

"우황이야 본 고을 물산이니 쉬이 구할 수 있사옵니다."

이방이 그길로 나가 온 고을에 영을 전하였다.

"사또님의 병환이 이러하니 치료할 약방문이 있으면 우리가 마땅히 힘을 다해 약을 구해야 할 것이다. 하물며 우황은 우리 고을에서 나는 물건이어서 그리 귀하지도 않은 것이 아니냐. 고을 백성

---

[1] 피부의 헌데나 다친 곳으로 세균이 들어가서 생기는 전염병.

들은 누구를 물론하고 많건 적건 있는 대로 바칠 것이다."

백성들은 영을 듣자 앞을 다투어 우황을 바쳤다. 그리하여 하루 동안에 몇백 근이 될지 모를 우황이 들어왔다. 무인의 심부름꾼은 그것을 받아 짐바리에서 보리떡을 꺼내 대나무 상자에 우황을 바꾸어 채워 넣었다. 그러고는 날마다 그 떡을 그릇에 담아내다가 땅에 다 파묻으며,

"여기에 가까이 오면 얼굴이 독기에 쏘여 상하게 됩니다."

하고 엄포를 놓았다. 이렇게 대엿새를 하며 병세가 점점 덜리는 시늉을 하다가 마침내는 자리를 털고 일어나 일을 보았다. 그 뒤에도 무인은 여전히 청렴한 정사를 하였다. 임기가 다 되어 돌아가게 되자 제주의 백성들은 비를 세워 사모의 정을 표하였다. 무인은 서울로 온 뒤 우황을 팔아 수천 금의 재산을 얻었다.

제주도의 소 가운데 십중팔구는 우황이 든 소이므로 우황 값이 매우 눅었다. 무인은 이것을 알고 미리 노란 물을 들인 보리떡을 마련해 가지고 가서 꾀를 썼던 것이다. 관속들은 감히 가까이는 가지 못하고 멀리서 누런 것을 땅에 파묻는 것을 보고는 우황인 줄로 깜빡 속았다. 무인은 이렇게 하여 부자가 되었다고 한다.

아전의 꾀에 넘어간 이성좌

이성좌李聖佐는 이광좌李光佐의 사촌 형이었다. 그는 성품이 고고하여 어디에도 얽매이지 않았다. 언제나 이광좌를 역적으로 치부하고 애당초 왕래를 하지 않았으며, 평생 남구만의 사람됨을 몹시 미워하였다.

언젠가 그가 집에 있노라니 개잡이꾼이 문 앞을 지나가며 개를 팔라고 소리를 쳤다. 이성좌는 노하여 개잡이꾼을 잡아들이게 하고는 웃통을 벗기고 매를 치게 하였다. 개잡이꾼은 눈치가 약은 사람이라,

"남구만은 개새끼다! 그놈은 돼지새끼다!"

하며 고래고래 욕을 퍼부었다. 그러자 성좌는 무릎을 치며,

"어, 시원하다. 참 시원해."

하며 곧 놓아주게 하였다. 그에게는 이처럼 세상 사람들을 놀라게 하는 일이 많았다.

이광좌가 경상 감사로 나갔을 때 일이다. 이성좌가 맏집 자손이라 이광좌는 기일 제사나 네 절기마다 지내는 제사에 쓸 물품을 매번

마련해 보내곤 하였다. 그런데 제사 물품을 가지고 갔던 아전은 매번 매를 맞고 돌아오곤 하였다. 그래서 물건을 보내야 할 때가 되면 아전들은 모두 핑계를 대고 그 일을 회피하였다. 그런데 한 아전이 나서서 자기가 가지고 가겠노라고 스스로 나섰다.

감영에서는 모두들 괴이쩍게 여기면서도 가져가게 하였다. 그 아전은 제사에 쓸 물건을 받아 가지고 서울로 올라가 어둑새벽에 이성좌의 집으로 찾아갔다. 이성좌는 금방 잠을 깬 터이므로 자리에 누운 채 집안사람들을 시켜 물건을 세어 받으라고 일렀다. 그런데 나가 보니 아전은 온데간데없이 사라졌다. 사람들은 모두 괴상하게 여겼다. 이튿날도 그러하였고 그다음 날도 여전하였다. 이성좌는 그 아전을 찾아 들이게 하고 꾸짖었다.

"네 이놈, 제사 물품을 바치러 왔으면 제때에 바칠 노릇이지 사흘 동안 피뜩 왔다가는 그 자리서 돌아가곤 하니 네가 누굴 놀릴 셈이냐? 경상도 녀석들의 버릇이 원래 그래서 그러냐, 아니면 너희 감사가 그렇게 시켜서 그러냐? 네 죄가 죽어 마땅하다."

아전은 땅에 엎드리더니 말하였다.

"한마디만 하고 죽겠습니다."

"무슨 말이냐?"

"소인이 보니 저희 감사께옵서는 제사 물품을 봉해 올릴 때 도포를 정히 입고 자리를 편 다음 꿇어앉아 일일이 보살피셨고 봉인을 끝내고 말에다 실을 때에는 섬돌에 내려와 두 번 절을 하고 보내었사옵니다. 이는 바로 제사를 중히 여겨서입니다. 그런데 지금 나리께서는 맨상투 바람으로 자리에 누워 받으시니 소인은 의리상 차마 감사님을 욕되게 할 수 없어 사실 사흘 동안이나 제사 물건을 바치지 못하였사옵니다.

　이 제사 물건은 조상의 기일 제삿날에 쓸 물건인즉 나리께서는 애당초 이렇게 소홀히 대해서는 안 될 것인 줄 아옵니다. 영남의 풍속으로 말하면 비천한 종들까지도 모두 제사 물건이 중한 줄 아는 터에 하물며 사대부 댁에서이겠습니까. 나리께서 의관을 정제한 뒤 자리를 깔고 상을 놓은 다음 마루에 내려와 서시면 소인이 삼가 바치도록 하겠습니다."

이성좌는 하는 수 없이 아전의 말을 따랐다. 그제야 아전이 갖가지 물건들을 꺼내 들고,

"이것은 무슨 물건이오."

라고 큰소리로 외치곤 하였다. 이렇게 한 식경이 지나서야 그 일이 끝났다. 이성좌는 두 손을 맞잡고 서서 속으로 기특하게 여겼다. 그래 답서를 써 보내면서 예의를 알고 일에 밝은 아전이라고 칭찬을 아끼지 않았다. 이광좌는 그 말을 듣고 껄껄 웃고 나서 좋은 자리에다 그 아전을 임명하였다고 한다.

　이성좌가 어느 여름날 친구의 상사에 조문하러 간 적이 있었다. 그때 마침 찬선 어유봉魚有鳳도 와서 앉아 있었는데 염하는 절차가 조금만 틀려도 기어이 풀고 다시 하게 하였다. 이렇게 여러 번을 하다 나니 한낮이 되도록 초렴도 끝내지 못하였다. 그러자 이성좌가 불끈 낯을 붉히며 종을 소리쳐 불러 찬선을 뜰 아래로 끌어내리게 하고는 욕을 퍼부었다.

　"남의 집 대사에 와서 가만 앉아 있으면 될 노릇이지, 쓸데없이 나서서 이러쿵저러쿵 지지하게 잔소리를 늘어놓으며 염을 제때에 못하게 하여, 유월 복더위에 시체를 다 썩게 하니 어찌 하자는 셈

이냐?"

그러고는 그 자리에서 그를 끌어내게 하니 좌중이 모두 깜짝 놀라 낯색을 잃었다.

남의 원수를 갚아 준 유생

유생 하나가 글공부를 내던지고 무예를 닦았다. 모화관[1]에서 활쏘기를 익히고 있는데 석양 무렵 어느 집 부인 행차가 오는 것이 보였다. 행차 뒤로는 어린 여종 하나가 타발타발 걸어오는데 자못 예뻤다.

유생은 첫눈에 반하여 허리에 화살을 띠고 어깨에 활을 걸멘 채 앞서거니 뒤서거니 행차를 따랐다. 건들바람이 휙 지나가며 가마의 주렴이 들리는 서슬에 얼핏 들여다보니 가마 안에는 소복단장을 한 여인이 앉아 있는데 그야말로 절세미인이었다. 유생은 정신이 황홀하여,

'뉘 집 여자이기에 저렇게 곱누. 어디로 가는지나 알아보리라.'

속으로 생각하며 뒤를 따랐다. 큰길을 따라 한참 가던 행차가 새문으로 꺾어 들더니 남촌 어느 마을의 큰 집으로 들어가 버렸다. 유생이 문 앞에서 오락가락하는 사이에 날은 어느덧 저물었다. 주막에

---

1) 모화관慕華舘은 중국 사신이 머무르던 곳.

들어가 저녁을 먹고, 밤이 깊자 활을 메고 집의 앞뒤를 두루 살펴보았으나 좀체 뚫고 들어갈 데가 없었다. 뒤로 돌아가 담 너머로 보니 후원에 대나무가 빽빽하게 서 있어 몸을 숨길 만하였다.

유생은 대담하게 담을 넘어 들어갔다. 동쪽 방과 서쪽 방에 초롱불이 환한데 노파 하나가 베개에 기대 비스듬히 누워 있었다. 조금 있더니 아까 그 여인이 노파 곁에 들어와 앉아 옥을 깨는 듯 낭랑한 목소리로 글을 읽는 것이었다. 얼마간 시간이 흐르자 노파가 여인더러 일렀다.

"오늘은 길을 갔다 오느라고 피곤하겠구나. 이젠 그만 네 방으로 돌아가거라."

여인은 노파의 분부대로 물러나와 서쪽 방으로 들어갔다.

'옳다, 저 여인이 혼자 잘 때 뛰어들자꾸나.'

유생은 속으로 기뻐하였다. 숨을 죽이고 엿보는 판에 후원 대나무 숲에서 인기척이 나는 듯하였다. 유생은 놀랍기도 하거니와 이상하기도 하여 잠깐 자리를 피하였다. 틈새로 엿보니 머리를 박박 깎은 중 녀석이 대나무 숲을 헤치며 오는 것이었다. 여인이 방문을 열고 중을 맞아들이자 둘은 서로 껴안고 갖은 음란한 짓을 다 하였다. 여인이 술과 떡을 차려 내오니 중이 한 잔 마시고 나서 껄껄 웃으며 여인에게 물었다.

"오늘 무덤에 갔다 오노라니 슬픈 생각이 나지 않더냐?"

"당신이 있는데 내가 왜 슬퍼하겠어요? 게다가 그거야 빈 무덤인데 슬프고 뭐고 할 것이 없지요."

중은 여인의 등을 어루만지며 껴안더니 자리에 누워 잠들었다. 그 꼴을 보자니 유생은 처음 올 때의 생각은 구름 걷히듯 사라지고 의

분심이 북받쳐 올랐다. 유생은 다짜고짜로 활을 벗겨 들고 문틈으로 화살을 들이쏘았다. 화살은 바로 중의 정수리에 들이꽂혔다. 여자는 깜짝 놀라 떨고 섰다가 급히 이불로 시체를 둘둘 싸서는 벽장 위에 올려놓았다. 유생은 그 광경을 자세히 보아 두고 담을 넘어 집으로 돌아갔다. 그날 밤 어렴풋한 꿈결에 열여덟아홉쯤 나 보임 직한 선비 하나가 유생 앞에 나타나 절을 하며 말하였다.

"그대가 내 원수를 갚아 준 것이 고마워 사례하러 왔소."

유생은 놀라서 물었다.

"그대는 뉘시오? 내가 무슨 원수를 갚아 주었단 말이오?"

선비는 눈물을 흘리며 대답하였다.

"나는 아무 마을 아무 재상의 외아들이오. 산속의 절에 가서 글을 읽을 때 주지 중을 시켜 우리 집에 가서 양식을 가져오게 하였더니 음란한 내 안해와 몰래 간통을 하였소. 그러고는 부모를 만나 뵈러 집으로 가는 길에서 나를 죽여 산 뒤의 바위 굴 안에 처박았소. 벌써 삼 년이 되었소만 원한을 풀 길이 없었소. 어젯밤 그대가 쏘아 죽인 놈이 바로 그 중놈이고 그 여인이 내 안해요. 고맙기 이를 데 없소만 또 한 가지 부탁이 있소. 내 아버지를 만나 내 시체가 있는 곳을 알려 주시오. 조상들 곁에 묻히게 해 주면 그보다 더 큰 은혜가 없겠소."

선비는 말을 마치자 가뭇없이 사라졌다. 유생은 놀라 깨어났다. 이튿날 다시 그 집을 찾아가니 노재상이 일어나 맞아 주었다. 자리를 잡고 앉은 뒤 유생이 물었다.

"자제가 몇이나 되옵니까?"

노재상은 눈물을 뿌리며 대답하였다.

"늙은것이 운수가 기박하여 오십이 지나서 아들을 하나 보았을 뿐 다른 자식은 없네. 손안에 든 구슬처럼 애지중지 길러 장가를 들이고 공부를 시키려고 산에 보냈더니 호랑이에게 물려 갔네그려. 그래 지금까지 장례도 지내지 못했네."

"소생에게 짚이는 데가 있으니 저를 따라가 시신이나마 찾아보지 않겠소이까?"

노재상은 깜짝 놀랐다.

"자네가 어떻게 그곳을 아는가?"

"따라와 보시면 아시오리다."

유생은 노재상과 함께 산에 올랐다. 절 뒤로 몇 걸음 가니 바위 굴이 보였다. 굴 입구를 막은 돌을 치우니 과연 시체 하나가 나졌다. 노재상의 아들이었다. 그의 얼굴은 마치 살아 있는 사람 같았다. 노재상은 아들의 시체를 붙안고 통곡하다가 그만 기절하였다. 한참 만에 깨어난 노재상은 유생에게 따지고 들었다.

"네가 이곳을 어찌 알았느냐? 네가 한 짓이 틀림없으렸다!"

유생이 웃으며 말하였다.

"내가 이 짓을 했다면 대감님을 만나 이야기를 했을 리가 있겠소이까. 어서 시체나 거두어 가지고 돌아가 며느님에게 물어보시오이다. 다락 뒤에 증거로 될 만한 물건이 하나 있으오리다."

노재상은 시체를 거두어 가지고 집으로 돌아오는 길로 곧장 며느리 방으로 들어갔다.

"내가 찾아볼 것이 있으니 벽장문을 열어라."

며느리는 그 말을 듣자 대번에 얼굴이 까맣게 질렸다. 노재상이 쇠를 열고 벽장에 올라가니 송장 썩는 냄새가 코를 찔렀다. 대나무 궤짝 뒤에 이불로 싼 것이 있어 헤치고 보니 몸이 실팍진 젊은 중의 시체가 나졌는데 정수리에는 화살이 꽂혀 있었다. 노재상이 서릿발 같이 따졌다.

"이게 어떻게 된 일이냐?"

며느리는 얼굴이 흙빛이 되어 벌벌 떨 뿐 대답을 못하였다. 그길로 노재상은 사돈을 불러 사연을 말한 뒤 며느리를 내쫓았다. 여인의 아버지는 딸을 칼로 찔러 죽여 버렸다. 노재상이 죽은 아들을 조상의 무덤 곁에 장사 지내 준 것은 물론이다.

그날 밤이었다. 유생이 설핏 잠에 들었는데 낯익은 선비가 또 꿈에 나타나 치사를 하는 것이었다.

"그대의 은혜를 갚을 길 없소. 이번 과거 시험 날짜가 멀지 않았는데 시험 제목인즉 내가 평소에 지은 글이오. 내가 한 번 외울 테니 써 두시오. 시험장에 들어가 그대로 써 바치면 틀림없이 합격할 것이오."

선비는 시 한 편을 외우는데 '가을바람에 추억이 움튼다〔秋風悔心萌〕'는 제목이었다. 유생은 그대로 받아썼다. 며칠 뒤 과거 시험 날짜가 되어 시험장에 들어가 보니 과연 그 제목이 시험 문제로 나왔다. 유생은 단숨에 써서 시험지를 바쳤다.

추풍은 소슬히 저녁에 일고
하늘은 트여서 높기만 하구나.
秋風颯兮夕起　玉宇廓而崢嶸

하는 글귀를 쓸 때 그만 자기도 모르게 가을 추秋 자를 쇠 금金 자로 바꾸어 써 냈다. 당시 죽천竹泉 김진규金鎭圭가 시험관으로 나갔는데 이 시험지를 보고 말하였다.

　"이 글은 과시 명문장이니 귀신이 지은 것 같네그려. 우리가 시를 감상하는 걸 시험해 보려는 거나 아닌가?"

　글을 읽어 나가다가 '금풍은 소슬히 저녁에 일고' 라는 데 이르러 웃으며,

　"이것은 귀신이 지은 게 아니로다."

하더니 장원으로 뽑았다. 사람들이 그 까닭을 물으니 죽천이,

　"귀신은 쇠를 꺼리는지라 귀신이 지었으면 틀림없이 쇠 금 자를 안 썼을 게요."

하는 것이었다. 합격자 명단을 발표할 때 가서 본즉 과연 그 유생이 장원으로 뽑혔다. 역대 과거 시험 합격자 명단을 살펴보면 그 유생이 누구인가를 알 수 있겠으나 유생의 성명은 전해지지 않는다고 한다.

장붕익의 호걸스러움

　무숙공武肅公 장붕익張鵬翼은 집이 가난한 데다가 늙은 부모를 모셔야 하였으므로 유학 공부를 그만두고 무예를 익혔다. 그 뒤 그는 벼슬이 형조 판서에 이르렀다.

　무신년과 을해년 역적 변란 때에 몸에 갑옷을 두른 다음 장검을 짚고 전각문 앞에 버티고 서니 그제야 영조가 마음을 놓고 잠을 잤다. 그가 나라의 운명을 걸머진 것이 대개 이러하였다. 형조 판서로서 훈련대장과 포도대장 직책을 겸하고 있어 늘 초헌을 타고 다녔다.

　하루는 성 밖의 한 마을 앞을 지나는데 마침 생원 진사 시험 합격자를 발표한 때라 골목마다 풍악 소리요, 집집마다 사람들로 붐볐다. 길옆 우물가에서 물을 긷는 여종에게 사람들이 묻는 소리가 들렸다.

　"너희 집 주인도 과거 시험에 합격하였나 본데 응방[1]을 어쩔 셈이

---

1) 응방應榜은 과거에 급제한 사람이 임금에게 어사화와 사개를 받고 집으로 돌아와 잔치를 여는 것이다.

라더냐?"

"아침저녁 끼니도 제대로 잇지 못하는 판에 언제 응방을 다 생각하겠어요? 늙은 주인은 지금 굶어서 부황이 들었다오. 그러니 응방이 다 뭐란 말이오."

장붕익이 그 말을 들으니 측은한 생각이 들었다. 그래 그 집을 찾아가 물었다.

"응방을 어떻게 하려나?"

유생이 대답하였다.

"늙은 부모님께 아침저녁도 제대로 대접하지 못하는 처지에 응방이라니 당치 않은 말씀이올시다."

"늙은 부모님이 계시니 경사를 알리는 소리꾼들이야 불러야지."

"그건 더구나 생각지도 못할 일이외다."

"그럼 내가 마련하도록 하겠네."

장붕익은 그길로 포도청에 분부하여 합격자를 발표하기 전에 으뜸가는 소리꾼 네 명을 골라 기다리게 하고 집 앞으로 통하는 앞길 양편에 채색 무대를 벌여 놓게 하였다. 그날이 되어서는 밤새도록 풍악을 울리며 즐기다가 헤어졌다. 돌아갈 때에는 돈 삼백 냥을 내어 유생의 아버지에게 장수를 축원하여 술을 올리게 하였다. 선배들의 호방한 풍모가 이러하였다.

조태억의 처와 평양 기생

조태억趙泰億의 처 심 씨는 본래 시기가 많은 여자였다. 조태억은
자기 처를 범보다 더 무서워하여 딴 여자를 건드려 본 적이 없었다.
동생 조태구趙泰耉가 평안 감사로 나가 있을 때 조태억은 마침 승지
로 있었는지라 임금의 지시를 받고 평안도로 나가게 되었다.

평안 감영에 며칠 묵으면서 그는 비로소 한 기생과 가까이 지낼
수 있었다. 그 소식을 들은 심 씨는 그 자리에서 길채비를 하더니 조
카더러 따라오게 하고는 곧장 평양으로 떠났다. 평양에 가서 그 기
생을 때려죽이자는 것이었다. 조태억은 그 말을 듣자 얼굴이 까맣게
질려 아무 말도 못하였다. 조태구도 놀라서,

"이 일을 어찌하오?"

하고 걱정하던 끝에, 그 기생을 빼돌리려고 하였다. 그러자 기생이
당돌하게 대답하였다.

"제게 다 방법이 있으니 구태여 숨을 것 없습니다."

심 씨의 행차가 황주에 이르자 평안 감영의 비장이 와서 대령하고
음식 접대가 풍성하기 이를 데 없었다. 그러나 심 씨는,

"대신의 행차가 아니어든 문안 비장이란 웬 말이냐. 그리고 내게
  도 노자가 있는 터에 접대란 다 뭐란 말이냐."
하고 코웃음 치며 모두 물리쳐 버렸다. 중화中和에 도착하니 또 그
런 일이 벌어졌다. 재송원栽松院을 지나 길게 뻗은 숲 속으로 들어
가는데 때는 늦은 봄이라 십 리 긴 숲에 봄빛은 무르녹고 굽이도는
맑은 강은 경치가 빼어났다.

　심 씨는 주렴을 걷어 올리고 숲의 경치를 즐겼다. 멀리서 바라보니
넓은 들은 비단 필을 펼쳐 놓은 듯하고, 맑은 강물은 거울 같은데 울
뚝불뚝 성가퀴는 빙 둘러섰고, 장삿배는 연광정 아래에 빼곡히 매여
있었다. 대동문은 구름 사이에 우뚝 솟고, 부벽루 초연대는 단청도
현란하여 사람의 눈길을 끌었다. 심 씨는 혀를 차며 감탄하였다.

　"천하에 제일강산이라더니 과연 헛되이 전하는 말이 아니로다."

　길을 가며 경치를 구경할 즈음에 멀리서 보자니 백사장에 떨어진
해당화가 바람에 날려 오는 듯, 은 안장 수놓은 수레 위에 꽃 같은
여인이 비스듬히 가로 타고 오는데, 가까이 오자 말에서 내리더니
앵두 같은 입술을 사뿐 열어 옥 같은 목소리로 나직이 아뢰었다.

　"기생 아무개 뵈옵기를 청하옵니다."

　심 씨는 그 말을 듣자 화가 삼천 길이나 치솟아 버럭 소리쳤다.

　"아무개란 말이냐? 오냐, 네가 그 아무개로구나. 네가 무엇 하러
  나를 만나러 왔느냐?"

　기생은 단정한 매무시로 말 앞에 공손히 서 있었다. 심 씨가 보니
얼굴은 이슬을 머금은 복숭아꽃이요, 허리는 바람에 날리는 실버들
이라 비단옷도 곱거니와 향기 또한 그윽하니 신선 중의 사람이 이
아닐쏜가, 그야말로 성안의 절색인가 싶었다. 심 씨는 홀린 듯 한참

바라보았다.

"네 나이가 몇이냐?"

"열여섯이옵니다."

"내가 이곳에 오기는 너를 죽이려 함이다만 너를 보니 천지간의 보물이라 내 어찌 손을 대겠느냐. 너는 가서 대감을 모셔라. 대감이 이제는 나이도 지긋하니 네게 빠져 병이라도 생기게 하는 날이면 네 죄가 죽어 마땅하니 천만 번 조심해라."

심 씨는 말을 마치자 말 머리를 돌려 서울로 향하였다. 조태구가 이 소식을 듣고 급히 하인을 보내어 말을 전했다.

"아주머님께서 성 가까이까지 오셨다가 그대로 돌아가니 웬일이시오? 얼마 동안 평양에 머물다가 돌아가는 것이 어떠시오?"

심 씨는 코웃음을 치며,

"내가 무얼 얻으러 온 사람이 아닐진대 성안에는 들어가 무엇 하겠소?"

하더니 뒤도 돌아보지 않고 곧장 말을 달려 돌아가고 말았다. 조태구가 기생을 불러 놓고 물었다.

"연약한 네가 무슨 담을 가지고 범굴에 들어갔다가 무사히 살아 왔느냐?"

기생이 태연히 대답하였다.

"부인이 비록 시기심이 많고 질투가 심하나 천 리 먼 길을 떠난 것으로 보면 어찌 구구한 아녀자에게 비기겠습니까. 사람에게 못된 성벽이 있으면 착한 성품도 있는 법입니다. 그리고 사람이란 한번은 죽기 마련인데 피해서 될 일이겠습니까. 그래서 한껏 곱게 차리고 중도에서 맞이하였던 것입니다. 죽으면 어찌할 수 없는 일이지만 그렇지 않으면 무사할 것이 아니겠습니까."

모였던 사람들이 기생의 대답을 듣고는 모두 칭찬하여 마지않았다.

뒷밥 먹는 종

김여물金汝㒇은 승평부원군 김류金瑬의 아버지이다. 집에 종이 있었는데 먹성이 자못 좋아 다른 종들에게는 하루 칠 홉의 밥을 먹였지만 그에게는 뒷밥을 듬뿍 주었다. 그래서 다른 종들은 입을 삐죽거리곤 하였다.

김 공이 의주 목사로 있다가 어떤 사건에 연루되어 의금부에 잡혀가게 되었는데 그때 마침 임진년 난리가 터졌다. 여물이 나라의 특별 지시로 벼슬 없이 싸움터로 나가게 되자 뒷밥을 먹는 종도 따라가겠노라고 자청해 나섰다.

"소인이 평소에 뒷밥을 먹었으니 난리를 당하여 어찌 다른 사람에게 뒤지겠습니까."

다른 종들은 모두 김 공의 아들인 진사 김류를 따라 피난가기를 원하였으나 그 종만은 말에 채질을 하여 흔연히 앞장서 싸움터로 떠났다.

우리 군사가 탄금대에서 강을 등지고 진을 치자 왜병이 개미 떼처럼 밀려들었다. 놈들은 저마다 짧은 지팡이 같은 것을 들고 있었는데, 거기서 파란 연기가 물씬 일어나기만 하면 우리 사람 하나가 영락없이 넘어지는 것이었다. 우리 군사들은 그제야 그것이 총인 줄을 알았다. 순변사 이일은 북도에서 이탕개尼湯介를 칠 때 철갑 기병을 내몰아 적진을 썩은 나무 꺾듯 밟아 뭉갠 적이 있었다. 그러나 졸지에 조총과 맞서게 되니 아무리 영웅이라 한들 용빼는 수가 없었다. 우리 군사는 마침내 지고 말았다.

김 공은 군복을 입고 왼쪽 어깨에 시위를 메운 활을 걸메고 옆에는 칼 차고 등에는 화살을 진 채 오른손으로 임금에게 올리는 장계를 썼다. 초안도 잡지 않고 선 자리에서 써 나가는데, 휘두르는 붓끝에서는 바람 소리가 나는 듯하고 글귀마다 명문장이었다. 그길로 장계를 올려 보내고는 아들 김류에게 편지를 썼다.

"삼도의 군사를 불렀건만 한 사람도 오지 않았으니 어차피 죽기로 싸울 뿐이다. 남아로 태어나 나라를 위해 죽는 것은 당연한 일이로되 다만 나라의 은혜를 다 갚지 못하고 죽으니 가슴이 타서 재가 되는 듯하여 하늘을 우러러 한숨을 쉴 뿐이로다. 집안일은 네가 있으니 내가 더 말하지 않노라."

쓰기를 마치자 칼을 휘두르며 적진으로 짓쳐 들어가 마침내 진중에서 죽었다.

종은 혼잡 중에 공을 잃고 달래강 변으로 물러났다. 머리를 돌려 탄금대 아래를 바라보니 탄환이 빗발치듯 했다. 종은 탄식하기를,

"목숨이 아까워 공을 적진에 두고 오는 것은 장부의 일이 아니다."

하고는 창을 비껴들고 적진으로 달려 들어갔다. 싸우며 물러섰다가 다시 들어가 싸우기를 세 번, 온몸에 수십 군데 상처를 입었으나 끝내 탄금대 아래에서 공의 시체를 찾아 업고 나와 산속 으슥한 곳에

서 염을 하고 마침내 조상들의 무덤 곁에 장사 지냈다.

아, 의로운 사람이 어찌 한둘이겠는가마는 이런 사람이 또 있을 건가. 선비는 자기를 알아주는 사람을 위해 죽고, 여자는 자기를 사랑하는 사람에게 몸을 맡긴다 하거늘, 이 종은 죽으러 가는 것을 놀러 가듯 하였으니 그것이 어찌 뒷밥 때문이겠는가. 의기에 북받쳐 그렇게 한 것이 아니겠는가.

늘그막의 인연

 안동의 권 아무개는 경서에 밝고 행실이 바른 것으로 추천되어 예순 나이에 휘릉 참봉 벼슬을 하게 되었다. 살림이 넉넉하였으나 안해를 갓 잃어 집에 들어서면 반겨 맞아 주는 자식도 없거니와 살밭은 친척도 없었다. 이때 정승 김우항金宇杭이 휘릉 별검으로 있었는데, 마침 능 공사를 벌이는 참이라 함께 능을 지키고 있었다.

 하루는 능지기 군사가 단속 구역 안에서 나무하는 총각 하나를 잡아다 바쳤다. 권 공이 이치를 따져 가며 꾸짖고 나서 볼기를 치려 하자 나무꾼 총각은 눈물을 뚝뚝 떨어뜨리며 울었다. 권 공이 가만히 그 기색을 보니 상놈 같지는 않았으므로 총각에게,

 "너는 누구냐?"

하고 물어보았다.

 "말씀드리자니 부끄럽습니다. 벼슬하던 집안의 후손이건만 일찍 아버지를 여의어 의지가지가 없습니다. 늙은 어머님은 올해 나이가 일흔이고, 위로 서른다섯 살 난 누이가 있사온데 아직 시집을 가지 못하였습니다. 소인도 나이 서른이 되도록 아직 장가를 들지

못하였습니다. 남매가 나무하고 물 길어 늙은 어머님을 봉양하다 보니 집이란 불 맞은 새 둥지 같은데 동지섣달 추위를 견디다 못해 이렇게 도둑나무를 하였습니다. 제가 죄를 모를 리 없습니다."

권 공은 문득 측은한 생각이 들어서 김 공을 돌아보며 넌지시 물었다.

"가엾은 일이오. 특별히 용서해 주는 것이 어떠하오?"

김 공은 웃었다.

"그렇게 합시다."

권 공은 총각을 타일렀다.

"말을 들어 보니 네 사정이 딱하기에 특별히 놓아주겠다. 다시는 죄를 짓지 않도록 해라."

그러고는 쌀 한 말과 닭 한 마리를 내주며 말하였다.

"이것을 가지고 돌아가 늙은 어머님께 대접하여라."

총각은 고맙다고 인사를 하고 물러갔다. 그런데 며칠 뒤 그 총각이 또 능 구역 안에서 몰래 나무를 하다가 잡혀 왔다. 권 공이 크게 꾸짖자 총각이 목을 놓아 통곡하는 것이었다.

"성의를 저버리는 것이 두 가지 죄를 짓는 일인 줄을 모르는 바 아니오나 늙은 어머님이 추워 떠는 것을 차마 앉아 볼 수 없삽고 눈이 쌓여 어디 가서 나무를 해 올 수도 없기에 못할 짓을 하였습니다. 이제 또 무슨 염치로 얼굴을 들고 다니오리까."

권 공은 또다시 측은한 생각이 들어 한동안 눈썹을 찡그려 붙이고 있을 뿐 차마 볼기를 치지는 못하였다. 김 공이 곁에 있다가 빙그레 웃으며 말하였다.

"닭 마리나 쌀말을 가지고는 어쩔 수 없는 일이오. 내게 좋은 방법이 있기는 한데 내 말대로 하겠소?"

"어디 들어 봅시다."

"늙은 사람이 안해를 잃은 데다 자식까지 없으니 총각의 누이를 맞아들이는 게 어떻소?"

권 공은 흰 수염을 내리쓸며 말하였다.

"내가 비록 늙기는 했으나 근력은 남 못지않소."

김 공이 그의 속마음을 짐작하고 총각을 앞에 불러 놓고 그 말을 하니 총각은 답하였다.

"집에 늙은 어머님이 계시니 제 마음대로 할 수 없습니다."

"그렇겠다."

김 공이 그길로 총각의 어머니를 만나 혼삿말을 꺼냈다. 총각의 어머니는 울며,

"대대로 벼슬하던 우리 집안이 이제는 이렇듯 쇠하였구려. 비록 조상 대대로 없던 일이지만 딸을 처녀로 늙게 하느니 그렇게라도 하리다."

하고 승낙하였다. 권 공이 혼례를 하여 처녀를 안해로 맞이하고 보니 과연 이름 있는 가문의 딸다운 현숙한 부인이었다. 하루는 권 공이 김 공을 찾아가 하직 인사를 고하였다.

"공이 힘써 준 덕분에 훌륭한 배필을 얻었으니 이제 나이 예순이 된 늙은것이 무얼 더 바라겠소. 이 길로 고향으로 돌아갈 생각이오. 그래 공에게 작별을 알리러 왔소."

"처갓집 일은 어찌 하려오?"

"내가 다 데리고 내려갈 작정이오."

"그 참 생각 잘하셨소."

김 공이 선선히 대답을 하자 권 공은 그길로 고향으로 떠났다. 그 뒤 이십오 년이 지나 김 공은 종삼품 벼슬에 올라 안동 고을 원으로 나가게 되었다. 부임한 이튿날 고을 백성 하나가 찾아와 전에 참봉을 지낸 적 있는 권 아무개라고 명함을 들이며 만나 뵙기를 청하였다. 김 공은 한참 기억을 더듬어서야 휘릉에 같이 있던 권 공임을 깨달았다. 그의 나이를 계산해 보니 이제는 여든다섯 살이 됨 직하였다.

김 공은 급히 맞아들였다. 홍안백발의 노인이 지팡이도 짚지 않고 걸음새도 날렵한데 자리에 앉은 품이 신선 중의 인간 같았다. 두 사람은 손을 맞잡고 그간 정회를 나누었다. 김 공은 술상을 들여오게 하고 대접을 극진히 하며 예와 같이 먹고 마시었다.

"제가 오늘 사또를 만나 뵙게 된 것은 하늘이 도운 바외다. 사또께서 중매를 해 준 덕에 늘그막에 훌륭한 배필을 만나 아들들을 보게 되었소이다. 지금껏 안해와 여생을 즐기고 있는 터이고 두 아들은 글을 조금 배워 서울에 올라가 과거를 보았소이다.

다행히 진사 시험에 합격하여 내일이면 집에 오는데 마침 이때를 당하여 사또께서 이 고을에 부임하였으니 저희 집을 찾아 주지 않아서야 되겠소이까. 제가 급히 와서 사또님을 뵈온 것은 이 때문이외다."

김 공은 놀라는 한편 축하하기를 마지않았다. 김 공이 쾌히 승낙하자 권 공은 인사를 하고 집으로 돌아갔다. 이튿날 김 공은 술과 음식을 마련하는 한편 악공들을 거느리고 일찌감치 권 공의 집으로 갔다. 수려한 산허리에 누각처럼 덩실하니 집 한 채가 들어앉았는데 꽃나무와 참대 숲에 가려 보일 듯 말 듯 참으로 집자리치고는 명당이었다.

주인이 섬돌 아래 내려와 맞아들이니 동네방네가 소문을 듣고 들썩들썩하고 손님들이 구름 모이듯 하였다. 얼마 후에 과거 급제한 두 아들이 난삼[1] 입고 복두 쓰고 들어오는데 끌끌한 모습에 눈이 번쩍 뜨이는 것 같았다. 게다가 한 쌍 백패[2]를 말 앞에 나란히 벌여 세우고 쌍피리 낭랑히 울리니 구경꾼이 담 두르듯 하고 모두들 권 공의 복이 부러워 혀를 찼다.

김 공이 과거 시험에 새로 급제한 두 아들을 불러 놓고 나이를 물어보니 맏이는 스물네 살이요, 둘째는 스물세 살이다. 그러니 권 공이 새로 안해를 맞은 다음 해에 연이어 아들을 본 셈이다. 이야기를 주고받으며 보자니 용모는 새들 중의 봉황이요, 문장은 보배 중의 구슬 같아 그 형에 그 동생이라 할 만하였다. 김 공은 찬탄하여 마지 않았다. 그러니 늙은 주인의 기쁨이야 어떠했으랴. 권 공이 자기 옆자리를 가리키며 말하였다.

"사또께서는 이 사람을 알아보시겠습니까? 옛날 휘릉에서 도둑나무를 하던 사람이외다."

그의 나이를 대중해 보니 쉰다섯이었다. 풍악을 잡히고 한껏 즐기던 끝에 권 공이 김 공을 붙잡고 말하였다.

"제가 오늘 이런 경사를 보게 된 것은 다 사또 덕입니다."

저녁에 부인이 젊은 두 며느리를 앞세우고 들어오더니 김 공에게 절을 드리는데, 며느리를 친자식처럼 사랑스러워하는 기색이 얼굴에 차고 넘쳤다. 또 마치 예닐곱 살 난 아이 같아 보이는 노파 하나

---

1) 생원 진사에 합격된 때에 입던 예복.
2) 소과에 합격한 생원이나 진사에게 주던 흰 종이의 증서.

가 들어오는데 손에는 귀신 단지를 들고 있었다. 눈동자는 초롱초롱한데 사람을 멀거니 바라보는 것이 정신이 있는 것 같기도 하고 없는 것 같기도 하였다. 권 공이 그를 가리키며 말하였다.

"이이가 바로 도둑나무를 하던 저 사람의 어머니외다. 지금 나이가 아흔다섯 살이건만 염불처럼 계속 외우는 말이, '김우항이 정승으로 되소서.' 하는 축원이외다. 스물다섯 해 축원을 하다 나니 지금도 저렇게 외우고 있습니다. 지성이면 감천이라지 않습니까."

김 공은 허거프게 웃었다.

그 뒤 과연 김 공은 정승이 되었다. 숙종 때에 약방 도제조의 직책을 겸하면서 연잉군의 병환을 보러 간 적이 있었다. 연잉군이란 영조가 왕위에 오르기 전의 봉호이다. 평생 벼슬살이를 하며 해 놓은 일들을 말하던 끝에 권 참봉 이야기가 나와서 자세한 내용을 털어놓았다.

영조는 그의 말을 듣고 매우 신기해하더니, 왕위에 오른 뒤 정기 과거 시험의 해에 합격자 명단에서 안동 권 진사 아무개라는 이름을 우연히 보게 되었다. 그는 바로 권 참봉의 손자였다. 임금이 특별히 지시를 내리기를,

"죽은 정승 김우항이 권 아무개의 일을 말한 적이 있는데 그 사람의 손자가 진사 시험에 합격하였으니 우연한 일이 아니로다. 특별히 참봉으로 임명하여 할아버지의 뒤를 잇게 하라."

하니 영남 사람들이 이를 영화롭게 여겼다.

허생 이야기

허생은 세속의 테두리를 벗어나 사는 사람이었다. 집안은 째지게 가난하였으나 글 읽기만 좋아하고 살림은 전혀 돌보지 아니하였다. 상머리에 도술에 관한 책 한 권뿐 쪽박이 빌 때가 많았지만 걱정하지 않았다.

하루는 안방으로 들어가니 머리채를 자른 안해가 수건을 쓰고 앉아 밥상을 챙기고 있었다. 그것을 본 허생은 휘유 한숨을 쉬었다.

"내가 십 년 동안 《주역》을 읽은 것은 장차 큰일을 도모하려는 것 이었건만 머리채를 자른 안해를 오늘 차마 그대로 볼 수 없구나."

그길로 안해와 약속하기를,

"내 이제 집을 나갔다가 일 년 뒤에 돌아오겠소. 구차한 대로 목숨을 이어 가고 머리도 기르오."

하고는 갓의 먼지를 털어 쓰더니 문을 나섰다. 허생은 송도의 제일 가는 부자인 백 씨를 찾아가 돈 천 냥을 꾸어 달라고 청하였다. 허생이 범상한 사람이 아니라는 것을 첫눈에 알아본 백 씨는 선선히 승낙하였다.

허생은 평양으로 놀러가 '촉운'이라는 이름난 기생의 집을 찾아 들어갔다. 날마다 술과 고기를 사다가 호기를 뽐내는 젊은이들과 섭슬려 유흥을 일삼았다. 천금 돈이 다 떨어지자 다시 백 씨를 찾아갔다.

"내가 지금 큰 장사를 벌여 놓았으니 돈 삼천 냥을 더 꾸어 주시겠소?"

백 씨는 또 승낙하였다. 돈을 가지고 다시 촉운을 찾아간 허생은 이번에는 그의 집을 꾸려 주었다. 울긋불긋 단청 누각에 눈부신 구슬을 늘이고 비단 방석 깐 자리에서 날마다 또 술 마시며 풍악을 울렸다. 돈을 다 써 버린 허생은 또다시 백 씨를 찾아갔다.

"돈 삼천 냥을 또 꾸어 주겠소?"

백 씨는 두말 않고 승낙하였다. 허생은 촉운을 찾아가 중국의 이름난 구슬이며 기이한 비단과 노리개를 모조리 사서 촉운에게 선물하였다. 돈이 떨어지자 허생은 또 백 씨를 찾아갔다.

"이제 삼천 냥만 있으면 성사할 수 있겠소만 그대가 믿지 않을까 봐 걱정이오."

"무슨 그런 말을 하시오? 다시 만 냥을 꾸어 달래도 내 꾸어 드리겠소."

백 씨는 또 선뜻 돈을 내주었다. 허생은 또 촉운의 집에 가서 좋은 말 한 필을 사서 마구간에 매어 놓고 전대 하나를 만들어 벽에 걸어 놓았다. 그러고는 이름난 기생들을 모두 모아 질탕거리며 놀러 다녔다. 허생의 돈은 기생들의 노자로 다 들어갔다. 촉운의 마음을 기쁘게 해 주기 위해서였다. 돈이 다 떨어지자 허생은 우정 쓸쓸한 기색을 지어 보였다. 원래 변하기 쉬운 촉운의 마음이라 허생에게 돈이 떨어진 것을 보고는 곧 싫증이 생겨 젊은것들과 짜고 허생을 따돌리려고 하였다. 허생은 눈치를 채고 촉운에게 말하였다.

"내가 여기에 온 것은 장사를 해 보고저 함이었다만 만 냥 돈을 다 써 버렸으니 이제는 빈주먹을 쥐고 가게 되었구나. 네 내게 대한 연연한 마음이 없을 수 있겠느냐?"

"오이는 익으면 저절로 꼭지가 떨어지고 꽃은 날아오는 나비를 반기는 법인데 무슨 연연한 마음이 있사오리까."

"내가 만금 재물을 네게다 쏟아 붓고 오늘 영이별을 하려는데 그래 너는 내게 무엇을 주려느냐?"

"그대가 달라는 것이면 다 주리다."

허생은 자리에 놓인 오동 화로를 가리키며 말하였다.

"내 이것을 가지고 싶다."

촉운은 웃으며 대답하였다.

"그게야 무슨 아까울 게 있으리까."

허생은 그 자리에서 화로를 조각내어 전대에 쓸어 넣고 말을 달려 하루 만에 송도에 이르렀다. 백 씨를 만나자 허생은,

"일이 되었소."

하며 전대 속의 물건을 꺼내 보였다. 백 씨는 머리를 끄덕일 뿐이었다. 허생은 전대를 둘러메고 다시 말을 달려 회령 개시[1]에 이르렀다. 전대 안의 것을 죽 벌여 놓고 앉았노라니 오랑캐 상인 하나가 찾아와 동 조각을 이윽히 보더니,

"이게다, 이게야."

하고 혀를 차며 값을 흥정하였다.

---

1) 외국과 거래를 허가한 회령의 시장.

"이것은 값을 모를 보물이니 십만 냥이라도 오히려 적다 하리다.
내게 파시구려."

허생은 상인을 한참 바라보다가 승낙하였다. 드디어 십만 냥에 팔
아 가지고 돌아와 백 씨를 만나 그 돈을 고스란히 돌려주었다. 백 씨
가 어찌된 연유인지 묻자 허생이 대답하였다.

"지난번에 그대가 본 동 조각은 동이 아니라 오금이라고 하는 것
이오. 옛날 진 시황이 서불을 시켜 동해 가운데서 불사약을 구해
오게 하면서 대궐 창고에서 오금 화로를 꺼내 주었소. 대개 이 화
로에다 약을 달이면 백병이 다 낫는 까닭이었소.

　뒤에 서불이 바다에서 잃어버린 것을 왜인들이 얻어 국보로 여
겼던 것이오. 그런데 임진왜란 때에 왜장 소서행장이 가지고 왔다
가 평양에서 도망치면서 난리 통에 그만 잃어버렸소. 그것이 기생
집에 남아 있게 되었소. 그래 내가 보물에 서린 기운을 보고 찾아
가 만금 재물로 바꾸어 온 것이오. 오랑캐 상인은 바로 서역 지방
사람이나 그도 보물의 기운을 알아보고 찾아왔던 것이오. 값으로
는 헤아릴 수 없는 보물이라는 그의 말이 옳은 말이오."

"만금 재물을 쓰지 않아도 화로 하나 손에 넣기는 손쉬운 일인데
어째서 두세 번 걸음을 하며 수고를 했소?"

"이것은 천하의 보물이라 신령이 돕고 있소. 비싼 값을 치르지 않
고서는 손에 넣을 수 없기 때문이오."

"그대는 정말 귀신같은 사람이오."

백 씨가 감탄해 마지않으며 십만 냥 돈을 도로 주려고 하자 허생
이 웃으며,

"나를 왜 옹졸한 사람으로 보오? 내가 가난하기는 해도 글을 읽는

것이 재미라오. 이번 일은 한번 시험 삼아 해 본 것이오."

하고는 인사를 하고 가 버렸다. 백 씨가 하도 놀라워 사람을 시켜 그의 뒤를 따르게 하였더니 바로 자각봉 아래 한 초가집으로 들어가는 것이었다. 백 씨는 허생의 집을 알자 달마다 쌀섬과 얼마간의 돈을 문 안에 가져다 놓곤 하였다. 그러면 허생은 웃으며 한 달 쓸 양만 받곤 하였다.

정승 이완이 이때 병조 판서로 임금의 커다란 신임을 받고 있었다. 허생이 어질다는 말을 들은 그는 하루 저녁 본색을 숨기고 찾아가 세상일을 논하였다. 이완을 만난 허생은 말하였다.

"공이 온 뜻을 잘 알겠소. 공은 큰일을 이룩하려 하는데, 내가 내놓는 세 가지 계책대로 하겠소?"

"무슨 계책인지 듣고저 합니다."

"오늘 조정에서는 당파 싸움을 일삼는 자들이 권력을 쥐고 앉아 있다 보니 만사가 잘못되고 있소. 공은 임금에게 자세히 아뢰어 당파를 없애고 인재를 재능에 따라 등용할 수 있겠소?"

"그 일은 참 어렵습니다."

"군사를 모으고 군포를 거두는 것이 온 나라 백성들의 커다란 고통인데 공은 호포법을 실시하고 정승 재상집의 자제들이라 하더라도 회피하지 못하게 할 수 있겠소?"

"그것도 어렵습니다."

"우리 나라는 바다 동쪽에 있어 고기 잡고 소금 굽기에 유리하건만 쌓은 것이 넉넉지 못하고 곡식은 일 년 동안도 이어 대지 못하는 형편이요, 또한 땅은 삼천리밖에 안 되는데 예법에 얽매여 겉

치레만 일삼고 있으니 공은 온 나라 사람들에게 거추장스러운 넓은 소매 옷 대신 간편한 오랑캐 옷을 입게 할 수 있겠소?"

"그것도 어렵습니다."

"네가 세상 형편을 모르면서 망령되게 큰일을 벌이려 하니 무슨 일을 할 수 있겠느냐?"

이 공은 등골이 젖도록 땀을 흘리다가 다시 오겠다는 말을 남기고 부끄러이 돌아가고 말았다. 이튿날 다시 허생의 집을 찾아가니 네 벽에서 쓸쓸한 기운만이 풍길 뿐 그는 어디로 갔는지 알 길이 없었다.

그 주인에 그 빈객

위장[1] 김대갑金大甲은 여산 사람이다. 열 살 때 부모가 한꺼번에 죽고 집안에 액운이 들어서 온 가족이 하나 둘 또 죽어 넘어졌다. 대갑은 화를 피해 서울로 갔다. 그는 의지가지없는 홀몸이라 저자에서 빌어먹는 수밖에 없었다.

하루는 안국동에 있는 정승 민백상閔百祥의 집에 찾아가 너푼 절하여 뵙고는 자기 신세를 말하며 몸을 의탁하게 해 주기를 부탁하였다. 민 공은 불쌍도 하려니와 용모가 녹록치 않은 데다 말까지 조리 있는 것을 보고는 그 말을 들어주었다. 대갑은 궂은일 마른일 가리지 않고 부지런히 일하면서도 민 공의 자제들이 공부하는 것을 보면 반드시 몰래 귀동냥으로 배웠고 게다가 한 번 본 것은 잊어버리는 법이 없었다. 글씨 쓰는 것을 훔쳐보고는 그 흉내를 내는데 자못 재주가 있었다.

민 공이 그의 재간을 신기하게 여겨 집에 드나드는 문객을 시켜

---

1) 위장衛將은 지방의 전묘殿廟를 지키던 관리.

가르치게 하였더니 워낙 천성이 총명한지라 일찍이 학문이 성취되어 무슨 일에나 막힘이 없었다. 하루는 관상을 잘 보는 사람 하나가 김대갑을 보자,

"저 아이가 아깝구나. 이미 액운이 닥쳤으니 머지않아 주인댁까지 화가 미치리로다."

하고 혀를 찼다.

"저 아이가 쫓기는 새 신세처럼 정히 할 수 없어 내 집에 들어온 터에 내 어찌 차마 내보내겠소."

"공이 후덕하니 재앙을 없애고 저 사람을 구할 수 있으오리다. 그럼 내가 시키는 대로 해 보시려오? 밀초 서른 자루와 흰 종이 열 묶음, 향 서른 개와 쌀 열 말을 갖추어 가지고 저 아이를 시켜 깊은 산 외진 절에 가서 분향하며 삼십 일 동안 염불을 외면서 빌게 하면 무사할 것이외다."

김대갑은 산속 절로 들어가 삼십 일 동안 단정히 앉아 눈 한번 붙이지 않고 빈 뒤에 돌아와 공을 뵈었다. 공이 다시 그 사람을 불러 상을 보였다. 그 사람은 김대갑을 보자,

"이제는 아무 염려 없소이다."

하고 기뻐하였다. 김대갑은 공의 집에서 고락을 같이하며 이십여 년을 지냈다.

공이 평안 감사로 나가게 되자 김대갑도 비장으로 따라갔다. 임기를 마치고 돌아올 무렵 감영 창고에 남은 돈이 만여 냥이나 되므로 김대갑이 공에게 처리할 방도를 물었다. 공은 그 돈을 고스란히 김대갑에게 주었다.

"내가 돌아가며 주머니에 터럭 끝 하나 넣지 않은 것은 자네도 아

는 바인데 어찌 이 돈으로 해서 스스로 허물을 쓰겠나. 자네 마음대로 처리하게."

김대갑은 군이 사양하였으나 공 역시 막무가내인지라 물러나와 가만히 생각하였다.

"내 머리털 하나에 이르기까지 모두 공이 준 것인데 오늘 또 이런 큰 재물을 주시니 내 장차 보답이 있어야겠다."

김대갑은 떠나기에 앞서 아프다는 핑계로 강변에서 작별을 고하였다. 공은 머리를 끄덕여 마음대로 하라고 하였다.

김대갑은 중국 물건을 잔뜩 사서 배에 싣고 바다를 건너 남쪽으로 내려갔다. 그것을 팔아 수만 냥의 돈을 벌어 가지고 고향집을 찾아가니 쑥대만 무성할 뿐이었다.

김대갑은 터를 잡고 집을 새로 지은 다음 나무를 심고 못을 파서 후원을 꾸렸다. 한편 기름진 논밭을 수천 평 사들여 농사를 착실히 지은 결과 사람들에게 천석꾼이라는 말을 듣게 되었다. 그제야 후유 한숨을 쉬며 말하였다.

"내가 부모 없는 외로운 몸으로 화를 면하고 천석꾼 부자로 된 것이 뉘 덕인고?"

이때 민 공은 가세가 점점 기울어 갔다. 벼슬은커녕 여기저기 귀양살이를 다니는 처지이므로 집안의 혼인 대사나 장례를 치르는 일들은 크고 작건 간에 김대갑이 뒤를 대 주었다. 김대갑의 나이 여든 다섯 살에 이르러 죽을 때까지 조금도 변함이 없었으니 대개 민 공이 사람을 알아보았고 김대갑 역시 예사 사람이 아니니 그 주인에 그 빈객이라 하겠다.

착한 일 하는 집에 경사가 넘쳐난다

　강릉에 김가 성을 가진 한 선비가 살고 있었는데 집이 매우 가난하여 늙은 홀어머니에게 죽물도 제대로 대접하지 못하였다. 하루는 어머니가 아들을 불러 놓고,

　"네 집이 본디 돌아가신 아버님 때에는 부자로 소문이 났느니라. 호남의 섬 하나에 우리 집 노비들이 널려 사는데 그 수가 얼마인지 모른다. 네가 가서 찾아보아라."

하며 궤 안에서 노비 문서를 꺼내 주었다. 김생은 그 문서를 가지고 섬에 찾아 들어가니 섬 안 백여 호 되는 마을이 모두 그 노비들의 자손이었다. 그들은 문서를 보더니 모두 몸값을 바쳤는데 그 돈이 수천 냥이 되었다.

　김생은 노비 문서를 불살라 버린 다음 돈을 싣고 집으로 돌아섰다. 금강을 지나려는데 동지섣달 추운 날씨에 노인과 노파, 젊은 여인이 물속에서 허우적거리며 서로 물에 빠지려다 부둥켜안고 통곡하고 있었다. 김생이 이상히 여겨 물으니 노인의 대답인즉 기막힌 사연이었다.

"내 아들이 충청도 감영에서 아전을 하다가 관청 물건을 축내고 옥에 갇혀 있소. 갚으라는 기한을 여러 번 어겨 내일 죽게 되었소. 그런데 돈 한 푼 마련해 놓지 못했으니 이를 어찌하겠소. 외아들이 형을 받고 죽는 것을 차마 볼 수가 없어 내가 먼저 죽으려고 물에 뛰어드니 늙은 안해가 며느리와 함께 따라 죽으려고 덤비는구려. 죽는 꼴을 차마 볼 수가 없어 서로 건져 놓고 마주 통곡하는 참이오."

"돈이 얼마면 되겠소?"

"천 냥 돈만 있으면 죽는 목숨을 살리오리다."

"내게 그만한 돈이 있으니 이것으로 속죄금을 물도록 하오."

선비의 말을 듣자 세 사람은 너무 반가워 또 목 놓아 울었다.

"우리 네 사람이 천 냥 돈으로 해서 살아나게 되었소이다. 그런데 이 은혜를 어찌하면 다 갚는단 말이오? 하룻밤 우리 집에서 묵어 가시오."

김생은 돈을 내주고는 세 사람을 돌아보지도 않고 급히 말을 몰아 떠났다. 그 돈으로 빚을 갚고 아들이 놓여나오자 노인의 온 집안이 김생을 고맙게 여기며 그의 일이 잘되기를 축원하여 마지않았다. 선비가 집에 돌아오니 늙은 어머니가 반갑게 맞으며 물었다.

"그래 무사했느냐? 노비들을 찾는 일은 어떻게 되었느냐?"

김생은 금강 가에서 있은 일을 어머니에게 말하였다. 어머니는 아들의 등을 어루쓸며 말하였다.

"내 아들답도다. 착한 일을 많이 하는 집에 경사가 넘쳐난다고 하였으니 오늘 가난타고 상심 마라."

그 뒤 김생의 어머니는 고생 끝에 세상을 떠났다. 집이 가난하다

보니 초종치레도 마련이 없었다. 김생이 풍수쟁이와 함께 묏자리를 구하러 다니다가 어느 곳에 이르렀다. 지세를 살펴본 풍수쟁이가 무릎을 치며,

"부귀복록이 이루 말할 수 없는 명당이외다. 그런데 산 아래 부잣집이 있는 듯하니 이걸 어찌하겠소."

하고 난감한 기색을 보였다. 어떨까 하여 김생이 마을 사람들에게 물어보니 부잣집은 김 씨 댁이라 한다. 들판의 기름진 옥답은 물론이요, 마을의 모든 집들이 다 그 집에 매인 사람들이라 한다. 김생은 날이 저물어 산에서 내려와 그 집에서 하룻밤 묵어가기로 하였다. 한 젊은이가 나와 맞아들이더니 이어 저녁밥을 차려 내왔다. 김생이 등잔불을 마주하고 앉으니 슬픈 생각에 가슴이 무너지는 듯하여 저절로 장탄식이 나왔다.

이때 갑자기 젊은 여인이 안에서 나와 지게문을 밀치고 곧추 들어오더니 다짜고짜 김생을 붙들고 소리 내어 우는데 목이 메어 말을 번지지 못하였다. 이 모양을 보던 젊은이가 눈이 휘둥그레져 웬일인가고 묻자, 여인이 대답하였다.

"은인이 왔소이다. 이분이 금강에서 우리 세 사람을 살려 준 은인이올시다."

그 말을 듣자 젊은이와 주인 늙은이 노파까지 달려들어 김생을 붙들고 통곡하는 것이었다. 김생은 꿈인가 생시인가 싶어 멍하니 앉아 있을 뿐이었다. 그 젊은 여인은 금강에서 김생을 떠나보낸 뒤부터 밤이면 향을 피워 놓고 은인을 만나 만분의 일이나마 은혜를 갚게 해 달라고 빌어 온 터였다. 여인의 남편 역시 옥에서 풀려나오자 아전 노릇을 그만두고 이곳에 이사하여 살면서 애써 살림을 꾸린 결과

지금에 와서는 큰 부자가 되었던 것이다.

젊은 여인은 날마다 바깥채에 드는 손님들을 눈여겨보며 용모가 비슷한 사람을 찾던 중 지성이면 감천이라고 이때에 와서 비로소 은인을 만나게 된 것이었다. 주인은 김생이 상사 당한 것을 위로하다가 묏자리에 말이 미쳐 알고 보니 그 산이란 바로 자기 집 뒷산이었다. 주인은 뫼를 파고 상여를 가져오는 일들을 모두 자기 집 종들을 시켜 맡게 하고 또 가마 한 채를 보내어 김생의 안해까지 태워 오게 하였다.

거상 기간이 끝나자 주인은 집과 논밭을 다 김생에게 넘겨주고 떠나갔다. 김생이 주인을 붙들고,

"이렇게 다 두고 가면 어떻게 할 작정이오?"

하니, 주인이 대답하였다.

"이 뒷동네에 또 다른 살림을 장만해 둔 것이 있으니 그것이면 살아갈 수 있소이다. 이것들은 다 댁의 덕분으로 생긴 것이니 어찌 내 것이라 하겠소. 사양치 말아 주기 바라오이다."

그 뒤 김생의 집안은 번창해지고 영화를 누리게 되었다고 한다.

범을 쫓아낸 이 참판

참판 이우李堣는 귀신을 부린다고 할 만큼 힘이 장사였고 용맹하기 그지없어 겨룰 사람이 없었다. 젊어서 동료들과 함께 백운대에 올라갔는데 앞에서 내려가던 사람이 바위 위에서 미끄러져 만 길 벼랑 아래로 떨어지게 되었다. 이 공은 즉시 몸을 날려 내려가 그 사람을 옆에 후려 끼고 바위 위에 다시 올려놓았다.

숙종 때 호남에 신기한 범이 나타나 날마다 수백 사람을 해치는 바람에 만여 명이나 되는 사람이 죽고 상하였다. 온 도가 무서워 벌벌 떠는 판이라 조정에서 군영의 포수들을 풀어 내려 보냈으나 끝내 잡지 못하였다.

비변사에서는 특별히 이 공을 전라 감사로 추천하였다. 이 공은 감사로 임명되어 범을 잡기 위해 호남으로 내려갔다. 일행이 능우점陵隅店에 도착하였을 때였다. 교자 안에 있던 공이 어느 틈에 통인한 사람을 옆에 끼고 길섶에 앉아 있는 것이었다. 모두 깜짝 놀라 말에서 내려와 영문을 몰라 어정쩡해 있었다. 공이 말하였다.

"하마터면 내 통인을 잃을 뻔하였소그려. 내가 교자에 앉아서 보자니 그 범이 통인을 채 가는 게 아니겠소. 그래 내가 쫓아가 찾아오는 길이오."

감영에 이른 지 사흘 뒤에 공이,

"오늘 밤은 불빛을 보이지 말고 쓸데없이 오가거나 떠들지 말라."
하고 영을 내렸다. 초경이나 되었을 무렵이다. 공이 선화당에 나와 앉으니 이슥하여 허공에서 무엇인가 번쩍하였다. 그때다. 공도 번쩍하는가 싶더니 공중으로 날아올랐다. 공중에서는 그저 번쩍거리는 형체만이 얼씬거릴 뿐이었다. 조금 있다가 무엇인가 철썩 떨어지는 소리가 났다. 거무칙칙한 것이 뜰을 덮을 듯이 땅에 엎어져 있었다. 공이 어느새 다락 위에 앉아 조용히 그것을 향해 타이르는 것이었다.

"이즈음 네가 우리 나라에 와서 사람을 해친 것도 모두 운수랄밖에 없다. 그러나 네가 오래 여기 있으면 내게 따로 조처할 방도가 있으니 너는 빨리 바다 건너 다른 데로 가거라."

그러자 커다란 짐승이 머리를 숙이고 꼬리를 흔들며 어디론가 가버리는데, 소리도 없고 형체도 자세히 보이지 않았다. 그 뒤로는 온 도에 범에 대한 말이 다시 들리지 않았다.

귀양을 면한 백인걸

안동에 강씨 성을 가진 녹사[1]가 살았다. 그에게는 딸 둘이 있어 쌍둥이처럼 자랐고, 집안 살림은 넉넉한 편이었다. 두 딸은 어릴 때도 그랬거니와 시집을 가서도 늘 매사에 내기를 하며 서로 조금도 지려고 하지 않았다. 아들을 낳으면 같이 아들을 낳고 딸을 낳으면 같이 딸을 낳았다.

언니는 김 씨에게 시집가고 동생은 안 씨에게 시집을 갔는데, 김 씨는 문벌이 괜찮은 터여서 진사가 되어 나중에는 참봉 벼슬을 지냈다. 안 씨는 김 씨보다 못하여 겨우 진사로 되었으나 참봉 벼슬은 바랄 수 없었다.

안 씨에게 시집간 동생은 이 한 가지 일로 하여 언니보다 못하였다. 동생은 밥맛이 떨어진 것은 물론이요, 살 재미까지도 잃었다. 하루는 그의 아들이 어머니에게 말하였다.

"그럴 필요가 없소이다. 몇천 냥 돈만 주면 아버지에게 벼슬을 시

---

1) 녹사錄事는 의정부 중추원에 속한 아전.

킬 도리가 있사옵니다."

어머니는 두말 않고 승낙하였다. 아들은 이튿날 짐을 꾸려 가지고 길을 떠났다.

그때 충청 감사로 있던 휴암休庵 백인걸白仁傑이 마침 이조 참판으로 임명되어 서울로 올라가던 길에 객사에 들어 쉬게 되었다. 먼저 들어간 안생은 자리를 같이하고 좀체 피해 줄 생각을 하지 않았다. 이러구러 날이 설핏 저물자 문밖에서 슬피 통곡하는 소리가 들렸다. 안생이 종에게,

"이게 무슨 울음소리냐?"

하고 물으니, 종이,

"아무 고을의 문서 인계를 맡은 아전이 이곳에서 서울 소식을 기다리다가 좀 전에 낭패스러운 소식을 듣고 저리 서러워하는 것이외다."

하였다. 안생이 그 아전을 불러 까닭을 물으니 대답이 기막혔다.

"소인은 아무 고을의 인계를 맡은 아전이온데 몇 해 동안 축난 물건이 만여 냥 분이나 되게 많사옵니다. 그것을 이럭저럭 거의 메웠사오나 아직 수천 냥이 모자라옵니다. 서울에 절친한 사람이 있어 변통해 주겠다고 하기에 아들을 보내고 이 객사에서 기다렸사온데 좀 전에 서울 소식을 들으니 일이 낭패라 하옵니다. 오늘 소인이 빈손으로 돌아가기만 하면 온 집안이 몰살당하겠기에 하도 안타까워 이렇게 운 것이옵니다."

안생이 듣고 보니 측은하기 짝이 없었다. 한참 동안 묵묵히 앉았다가,

"내가 가지고 있는 돈이 자네한테 필요한 만큼은 되니 그거면 축

난 것을 메우고 목숨을 살릴 수 있을 걸세."

하며, 종을 불러 가지고 가던 돈을 모조리 내주었다. 휴암이 곁에서 보고는 못내 갸륵하게 생각되어 그가 사는 고을과 집안 내력을 물어 보았다. 안생은,

"아무 고을 아무개인데 살림이 넉넉지 못하여 도망친 종들에게서 몸값을 받아 가지고 가는 길이옵니다."

하고 둘러대었다. 휴암이 또 그의 아버지가 무슨 벼슬을 하였는가 묻자 안생은 아버지가 진사라는 것을 말하였다. 휴암은 그 성명을 기억해 두었다가 서울에 올라간 뒤 그를 참봉 벼슬에 임명하였다. 안 씨의 안해는 남편더러 부임하지 못하게 하였다. 그래서 안 씨의 이름이 김 참봉보다 훨씬 높아지게 되었다.

하루는 안생이 어머니에게 말하였다.

"듣건대 휴암 백 선생이 지금 귀양 중에 있다고 하니 평소에 받은 은혜로 보아 그를 구하지 않을 수 없습니다. 이제 다시 수천 냥 돈만 있으면 어떻게 해 볼 수 있을 것 같습니다."

그의 어머니는 안생의 말대로 돈을 주었다. 안생은 서울에 올라가 뇌물을 써서 대간을 지낸 적 있는 사헌부 관리 한 사람을 사귀어 그가 궁색해할 때마다 돈을 찔러 주곤 하였다.

"나와 자네는 본디 가까운 사이도 아닌데 급할 때마다 자네 덕을 적지 않게 입었으니 자네가 왜 내게 그리 극성인지 모르겠네."

하고 의문을 터놓았다.

"다름이 아니옵고, 백 아무개는 나와 오랜 원수 간입니다. 선비들이 화를 당하는 데 몰아넣어 그를 죽이려고 하였지만 좋은 기회를 타지 못했을 뿐입니다. 그래서 자금을 아끼지 않고 그대를 사귄

것일 뿐이외다."

"백 아무개는 선비들 가운데에서 명망이 높은 사람이어서 나도 오래 전부터 존경해 오는 터이네. 혹시 자네가 잘못 생각하는 게 아닌가?"

"백 아무개의 음흉한 소행은 세상이 다 모르고 있소이다. 지금 그는 왜놈들과 내통하여 우리 나라를 해치려 하고 있소이다. 해마다 바다로 쌀을 실어 내는데, 그대는 듣지 못한 거외다그려."

사헌부 관리는 그런 말을 들은 이상 그를 규탄하는 글을 올리지 않을 수 없었다. 그러니 조정이 떠들썩할 수밖에 없었다. 사실을 조사해 보게 한 결과 허무맹랑한 말이었다. 임금이 지시를 내렸다.

"백 아무개가 청백을 지켜 가난하게 사는 것은 세상이 다 아는 바이다. 충의롭고 행실 또한 단정한데 그가 왜놈 오랑캐들과 결탁하여 쌀을 실어 보낸다니 그를 헐뜯어 지어낸 말임이 틀림없다. 그러니 먼저 그런 말을 낸 관리부터 죄를 주어야겠다. 이로 미루어 보면 백 아무개가 조 아무개와 한 동아리가 되어 짝짜꿍이를 하였다는 것도 모름지기 알 수 없는 일이다. 다시는 그에 대해 이러니 저러니 하지 말지어다."

결국 기묘년에 선비들에게 큰 화가 일어나 이름난 선비들이 모두 해를 입었으나 휴암은 끝내 안생 덕으로 무사하였다.

금강산에서
별 세상을 구경하다

파수편

《파수편破睡編》은 쓴 사람이나 쓰인 시기를 알 수 없다. 18세기에서 19세기 사이에 쓰였을 것으로 추측한다.

한 가지 약으로 온갖 병을 고친 훈장

서울 구리개에 약방이 하나 있었다. 하루는 해진 옷에 짚신을 신은 한 늙은 훈장이 느닷없이 약방에 들어섰다. 차림새를 보니 시골에서 내로라하는 사람인 듯한데 방 한구석에 자리를 잡고 앉더니 해가 저물도록 말 한마디 없었다. 그렇다고 가려는 기색도 없었다. 주인이 이상하여 물었다.

"어디 계신 손님이며 무슨 일로 이곳에 오셨소이까?"

"내가 이곳에서 누구와 만나자고 약속한 일이 있어서 지금 이렇게 기다리고 있는 중이외다. 귀댁 전방에서 지체하니 마음이 매우 거북하여이다."

"무슨, 거북할 것까지야 있겠소이까."

점심때가 되어 주인이 밥을 먹자고 청하자 훈장은 거절하고 문밖으로 나가더니 저자에서 밥을 한 그릇 사 먹고는 다시 왔다. 그러고는 아까처럼 그 자리에 또 눌어붙은 듯 앉아 있었다. 이렇게 며칠이 지났으나 기다린다는 사람은 끝내 나타나지 않았다. 주인은 매우 이상하게 여겼으나 차마 가라고 할 수도 없었다. 어느 날 한 사람이 오

더니,

"처가 막 아이를 낳게 되었는데 갑자기 넘어져 정신을 차리지 못하고 있소. 좋은 약을 지어 주어 딱한 사정을 좀 풀어 주시구려."

하는 것이었다.

"너희 무식한 것들은 늘 약을 파는 사람이 의술에도 능하리라고만 생각하고 이렇게 와서 조르는구나. 그렇지만 나야 의원이 아니니 어떻게 증세를 알고 약을 지어 주겠느냐. 의원에게 가서 약방문을 알아 가지고 오면 내가 어련히 약을 지어 주지 않으리."

"원체 나는 의원이 어디 사는지도 모르외다. 그러지 말고 약 한 첩 지어 죽는 사람을 살려 줍시오."

그러자 한구석에 앉아 있던 훈장이 대뜸 말을 걸었다.

"곽향정기산 세 첩만 먹으면 인차 나을 게다."

주인은 웃었다.

"그 약이야 체한 것을 내리게 하고 응어리를 푸는 처방인데 앓는 산모에게 쓰다니 그건 얼음을 써야 할 데 불을 쓰는 셈이외다. 손님은 그저 입버릇이 되어 외우는구려."

그러나 훈장은 자기 말을 고집하였다. 약 사러 온 사람은 안달이 나 졸랐다.

"일이 급하오니 그 약이라도 제발 좀 지어 줍시오."

그러고는 약값으로 돈까지 내놓았다. 주인은 할 수 없이 약을 지어 주었다. 저녁 무렵에 또 한 사람이 찾아왔다.

"아무개가 소인과 가장 가까운 이웃인데 그의 안해가 한창 아이를 낳다가 거의 죽게 된 것을 이 약방에서 좋은 약을 지어다 먹고 살아났소이다. 틀림없이 훌륭한 의원이 있겠기에 우정 와서 뵈옵는 것이외다. 세 살짜리 내 아들이 지금 마마를 앓고 있사온데 몹시 급하외다. 좋은 약을 써서 좀 살려 줍시오."

훈장은 또,

"곽향정기산 세 첩만 쓰면 알 도리가 있지."

하였다. 주인은 어이가 없었다.

"백성들이란 약을 써 보지 않았기 때문에 튼튼한 사람이 그 약을 쓰면 혹 효과가 있을는지도 모르나 기저귀에 싸인 어린것에게는 절대 써서는 안 될 것이외다. 더구나 그 병이란 아까와는 천리 밖이 아니외까."

그러나 그 사람이 굳이 조르는 바람에 주인은 또 그 약을 주고 말았다. 얼마 후 그 사람이 오더니,

"과연 그 자리에서 나았소이다."

하고 알려 주는 것이었다. 이 일이 있은 뒤 소문이 퍼져 약방문 돌쩌귀에 불이 일도록 사람들이 찾아왔다. 훈장은 누구에게나 다 곽향정기산 처방을 주었는데 낫지 않은 병이 없었다. 약효가 빠르기는 북을 치자 북소리가 울리는 것과 같았다. 몇 달이 지나도록 훈장은 약방에서 떠난 적이 없고 기다린다는 사람도 끝내 오지 않았다.

하루는 재상의 아들 하나가 건장한 나귀를 타고 문으로 들어섰다. 주인은 마루에서 내려와 그를 맞아들였다. 온 집안이 앞뒤로 뛰어다니며 쓸고 닦으며 재상의 아들을 접대하느라 돌아치건만 훈장만은 나무 궤 위에 앉아 까딱도 하지 않았다. 재상의 아들이 말하였다.

"부친이 앓은 지 이미 몇 달이 지나 온갖 약을 다 썼지만 효험은 없고 원기만 점점 쇠약해지네그려. 어제 영남의 유생 의원을 모셔다 뵈오니 보약을 쓰라고 하는데, 의원의 말이 약효가 다 빠진 묵

은 약재를 써서는 보람이 없으니 꼭 직접 약방에 가서 새로 캔 약
재를 특별히 골라 처방대로 잘 지어 먹으면 가망이 있다고 하데.
그래 내가 이렇게 직접 왔네."

주인이 품질이 좋은 약재들을 골라 처방대로 약을 짓는데, 재상의
아들이 낮은 목소리로 물었다.

"저기 궤 위에 앉아 있는 사람은 웬 사람인가?"

주인은 요즘 있은 이상한 일을 다 이야기하였다. 그러자 재상의
아들은 옷깃을 여미고 훈장 앞으로 다가가 부친의 증세를 낱낱이 알
리고 좋은 약 처방을 내줄 것을 청하였다. 훈장은 얼굴색을 고치지
않고 그저,

"곽향정기산이 제일 좋은 줄로 아오이다."

할 뿐이었다. 재상의 아들은 속으로 웃으며 물러나 주인이 지어 준
약을 가지고 돌아왔다. 그는 집에 오자마자 종들에게 약을 달이게
하고는 부친에게 가서 심심풀이 삼아 훈장에 관한 이야기를 하였다.
재상은 아들의 말을 듣자,

"그 약이 나쁠 것은 없을 테니 시험 삼아 먹어 보는 것이 어떻겠느
냐?"

하였다.

"오랫동안 앓던 아버님께 어떻게 기를 흩어지게 하는 약을 쓰오리
까. 그렇게 하여서는 안 되겠사오이다."

아들은 물론 문객과 종들까지도 모두가 그 약을 써서는 안 된다고
펄쩍 뛰었다. 재상은 잠자코 있었다. 얼마 뒤 약을 달여 들어오자 재
상은,

"먹은 것이 내려가지 않았으니 아직은 침방에 가져다 두어라."

하였다. 밤이 되자 재상은 아들이 지어 온 약을 남모르게 쏟아 버리고 곽향정기산 세 첩을 지어 오게 하였다. 그러고는 그것을 한꺼번에 큰 솥에 달이게 하고 세 번에 나누어 먹었다. 첫새벽에 일어나 앉으니 과연 정신이 깨끗하고 몸이 거뜬하였다. 아들이 아침 문안하러 오자 재상은,

"묵은 병이 이젠 다 나았다."

하고 알렸다. 그러자 아들은,

"영남의 그 의원이 옛날 명의에 못지않소이다."

하며 칭찬하였다.

"아니다. 약방의 그 훈장이 어디 사람인지는 모르겠으되 참으로 신령한 의원이로다."

재상은 이어 약을 쏟아 버리고 곽향정기산을 달여 먹은 일을 말하고 나서 아들에게 일렀다.

"몇 달 동안 앓던 병이 하루아침에 얼음 풀리듯 하였으니 그 은혜가 크구나. 네가 아무쪼록 가서 그를 맞아 오는 게 좋겠다."

아들은 부친의 명을 받고 약방으로 찾아가 고맙다고 사례하면서 같이 집으로 가 줄 것을 청하였다. 그러자 훈장은 옷자락을 떨치며 일어나더니,

"어허, 내가 성안에 잘못 들어왔다가 이런 망측한 말을 듣는구나. 내가 어찌 그대 집의 문객이 되겠느뇨?"

하며 황황히 가 버리고 말았다. 재상의 아들은 무료히 돌아와 사유를 알리니 재상은 속세의 때가 묻지 않은 그 훈장의 굳은 지조에 더욱 감탄하였다. 그런데 그 뒤로 얼마 안 있어 임금이 앓기 시작하더니 이러구러 점점 심해만 갔다. 이름난 의원들도 손쓸 바를 몰라하

니 온 조정이 다 초조해하였다. 재상은 그때 내의원 제조로 있던 차라 마침 그 훈장에게서 느낀 바가 있어 임금의 병을 진찰하는 자리에서 말을 올렸다. 임금은,

"그 약이 꼭 이로울지는 몰라도 해가 될 것은 없다."

하며 곧 달여 들이라고 하였다. 그 약을 쓰니 다음 날로 곧 임금의 병이 깨끗이 나았다. 임금은 더욱 감탄하며 그 훈장을 찾아내라고 하였으나 끝내 간 곳을 알 수 없었다. 식견 있는 사람들은 이렇게 말하였다.

"그 사람은 비범한 인물이다. 대개 의서에 이르기를 어느 해이든 해에 따르는 운수가 있어 그것이 순환하며 일시에 온갖 병을 일으킨다 하였다. 병의 유형은 비록 달라도 병의 근원은 그 해의 운수에 있는 것이다.

해에 따르는 운수를 알고 그에 맞는 약을 쓰면 비록 해당하는 증상이 아니라 해도 낫지 않는 일이 없다. 요새 의원이라는 사람들은 이 이치를 전혀 모르니 그저 증세에 따라 이 약 저 약을 써 보며 근본은 못 다치고 곁가지나 다스리므로 맹랑하게 사람을 죽게 만들고 있다."

북도 기생의 연정

참판 이광덕李匡德의 호는 관양冠陽이다. 임금의 지시를 받고 북
도에 암행어사로 나가 종적을 감추고 다니느라 고생이 막심하였으
나, 고을 원들의 정사와 민간의 형편은 자세히 알게 되었다. 장차 함
흥에 가서 본색을 밝힌 다음 공사를 판결하려고 몇 사람을 데리고
저녁 무렵 성안에 들어섰다. 그런데 백성들마다 바삐 뛰어다니며 떠
들어대는 소리란,

"암행어사가 오늘 도착하리라."

하는 말뿐이었다. 이 공은 이상한 생각을 누를 길이 없었다.

"온 도를 두루 돌아다녔어도 내 본색을 안 사람이 없었는데 오늘
이렇게 소문이 떠들썩하게 퍼졌으니 아마 따라다니는 자들이 누
설한 모양이다."

이 공은 곧 성 밖으로 도로 나와 데리고 온 사람들을 낱낱이 따져
보았으나 아무 단서도 없었다. 며칠이 지난 뒤 다시 관아에 들어가
비로소 암행어사 출두를 하고 공무를 판결하였다. 그러고 나서 담당
아전을 불러 따졌다.

"너희 무리들이 전날 어떻게 내가 온다는 것을 알았더냐?"

"온 성안에 짜하니 소문이 퍼졌지만 누가 먼저 말을 낸지는 모르는 것으로 아뢰오."

이 공은 말의 출처를 알아내라고 분부하였다. 아전이 나가서 잘 알아보니 맨 먼저 말을 낸 것은 일곱 살 난 어린 기생 가련이었다. 아전은 들어와 사유를 자세히 말하였다. 이 공은 곧 가련을 자기 앞으로 불렀다.

"기저귀에서 갓 벗어난 네가 어떻게 어사가 온다는 것을 알았단 말이냐?"

"소녀의 집은 길 어귀에 있사옵니다. 일전에 퇴창을 열고 내다보노라니 거지 두 사람이 길옆에 나란히 앉아 있었사옵니다. 한 사람을 보니 옷과 신발은 비록 때 묻고 해진 것이었사오나 두 손은 희고 고왔사옵니다. 추위에 떨고 굶주리며 궂은일을 하는 사람이라면 손에 못이 박히고 볕에 탔을 텐데 어떻게 저렇게 흴 수 있을까 하고 이상하게 생각되었나이다.

한참 의아해하는데 그 거지가 옷을 벗어 이를 잡더니 다시 입으려고 하였삽니다. 그런데 곁에 있던 거지가 옷 입는 것을 거들어 주는데 예의가 깍듯하고 상전을 섬기는 종처럼 태도가 공손하였삽니다. 그래서 그때 틀림없이 암행어사인 줄을 알았사옵니다. 집안사람들에게 자세한 내막을 말했사온데 어느 결에 온 성안에 떠들썩하게 소문이 퍼진 것으로 아뢰옵나이다."

이 공은 그 총명함을 신기하게 여겨 그를 극진히 사랑하였다. 돌아올 때에는 시 한 수를 써서 주었다. 기생도 공의 뛰어난 문장과 도량에 감복하여 일생을 그에게 의탁할 뜻을 품게 되었다. 머리를 얹을 나이가 되었건만 절개를 지키며 오직 공을 기다릴 뿐 맹세코 다른 사람에게는 몸을 주지 않으려 하였다. 그러나 공은 그런 줄을 전혀 모르고 있었다.

공이 어떤 사건에 연루되어 북도 지방에 귀양을 갔을 때였다. 어느 아전의 집에 잠시 머물고 있는데 그 기생이 찾아오더니 아침저녁 모시며 조금도 곁을 뜨지 않는 것이었다. 공도 그의 성의에 깊이 머리 숙이지 않을 수 없었다. 그러나 자신의 처지를 돌이켜 보면 이미 죄인의 몸인지라 여색을 가까이 할 수는 없었다. 같이 고생을 나눈 지 사오 년이 되도록 공은 한 번도 그 기생과 난잡한 행동을 한 적이 없었다.

기생도 공의 남다른 지조에 감탄하여 그를 더욱 우러르게 되었다. 공이 일찍이 다른 데 시집을 가라고 권한 적도 있었으나, 그는 한사코 듣지 않았다. 기생은 비장하고 씩씩한 목소리로 제갈공명의 '출사표'를 곧잘 외우곤 하였다. 달 밝은 밤에 공을 위하여 청아한 목소리를 가다듬어 '출사표'를 외울 적이면 마치 백학이 하늘을 향해 우는 듯하였다.

공은 눈물로 옷깃을 적시며 시 한 수를 지어 화답하였다.

북도의 기생 나를 위해
제갈공명 출사표를 읽어 주는구나.
초가집을 세 번 찾은 옛 임금의 이야기에
버림받은 신하가 하염없이 눈물짓네.
咸關女俠滿頭絲　爲我高歌兩出師
唱到草廬三顧地　逐臣淸淚萬行垂

어느 날 공은 귀양에서 풀려나게 되었다. 그제야 공은 기생과 살뜰한 정을 나누었다. 공은 기생을 타일렀다.

"내가 이제는 떠나게 되었구나. 지금 너를 함께 데리고 가고 싶다만 방금 죄를 벗은 사람이 어떻게 뒤에다 기생을 달고 가겠느냐. 못할 일이로다. 내가 시골로 돌아간 뒤에는 꼭 너를 집으로 데려갈 테니 늦어진다 한하지 말아라."

기생은 그날이 당장 올 듯 뛸 듯이 기뻐하며 선뜻 응낙하였다. 그러나 공은 귀양지에서 돌아온 지 얼마 못 되어 병으로 세상을 뜨고 말았다. 공이 죽었다는 소식을 들은 기생은 제사를 차리고 오래 슬퍼하던 끝에 그길로 자결하여 눈을 감았다.

집안사람들은 그를 길 곁에 장사지내 주었는데 후에 박문수가 북도 지방을 순행하다가 그곳을 지나가며 '북도 기생 가련의 비'라고 비석을 세워 주었다.

여종이 고른 남편

옛날 한 정승이 어머니를 지성으로 섬기고 있었다. 그러나 정승은 일이 많아 종일 바쁘다 나니 어머니 곁에만 있을 수가 없었다. 그래 집에 있는 여종이 항상 대부인을 모시고 있었다. 여종은 머리를 얹을 나이가 되면서 용모가 더욱 아름답고 천성이 총명하여 대부인의 비위를 잘 맞추었다. 입맛에 맞추어 음식을 대접하고, 날씨에 알맞게 옷을 입히고, 앉거나 눕거나 눈썰미 있게 시중을 들었다.

대부인은 여종으로 해서 마음이 흡족하였고, 정승은 여종이 있어 어머니를 기쁘게 해 줄 수 있었으며, 집안사람들은 여종 때문에 한시름을 덜 수 있었다. 그러다 보니 모두 여종을 극진히 사랑하여 그에게는 아무것도 아끼지 않았다. 여종은 행랑채의 방 한 칸에 글씨와 그림 따위들을 걸어 아늑하게 꾸려 놓고 틈이 있으면 그곳에서 쉬곤 하였다.

장안의 바람난 호부자 집 젊은이들은 저마다 다투어 천금 재물을 뿌려서라도 한번 그를 손안에 넣어 그를 통해 정승의 눈에 들어 보려고들 하였다. 그러나 여종은 흔들리지 않고 모두 굳이 거절하여 코웃음을 치며 말하였다.

"이 세상에 마음에 드는 사람이 없으면 차라리 독수공방 홀로 늙
겠사와요."

어느 날 여종은 대부인의 분부를 받고 그의 친척집에 문안을 갔
다. 돌아오는 길에 갑자기 소나기를 만나 바삐 돌아오다 웬 거지 하
나가 더벅머리에 땟국이 흐르는 얼굴로 문가에서 비를 긋고 있는 것
을 보았다. 여종은 첫눈에 거지가 보통 사람이 아닌 것을 알아보았
다. 거지를 자기 방으로 끌고 들어간 여종은,

"우선 이곳에 머무시와요."

부탁하고는 그길로 돌쳐나가더니 방문을 꽁꽁 잠그고 안방으로
종종걸음을 쳤다. 거지는 순간에 오만 가지 생각이 다 떠올랐으나
아무리 생각해도 영문을 알 길이 없었다. 아직은 하는 대로 내버려
두고 어찌 돌아가는지 볼 작정을 하고 있는데 얼마 뒤 여종이 나와
방으로 들어왔다.

여종은 거지를 자세히 보더니 눈에 띄게 기뻐하는 것이었다. 먼저
나무를 한 단 사서 목욕물을 데우더니 거지더러 온몸을 씻게 하였
다. 그리고 저녁밥을 차려 들어왔다. 진수성찬으로 주린 배를 채우
고 나니 울긋불긋한 그릇이며 옻칠한 소반이 마치 번화한 저잣거리
같았다. 날이 어두워지자 두 사람은 즐거운 밤을 지냈다.

이튿날 아침 여종은 거지에게 상투를 틀어 올리고 갓을 쓰게 한
다음 화려한 옷을 입혔다. 몸에 맞는 옷을 입고 보니 과연 늠름한 모
습과 활달한 기상이 어제 꾀죄죄하던 거지가 아니었다.

"이제는 대부인과 정승 대감에게 뵐 만하오이다. 만약 무슨 말
을 묻기만 하면 꼭 이러이러하게 대답하오이다."

거지는 입이 벌어져 승낙하고는 곧 정승을 뵈러 갔다.

'전에 제게 맞는 짝을 고르겠다더니 이번에 급작스레 서방을 맞은
걸 보면 필시 제 맘에 드는 사람이렸다.'

하고 생각한 정승은 거지를 자기 앞으로 불렀다.

"너는 무슨 일을 할 줄 아느냐?"

"소인은 푼전을 가지고 목돈을 만드오이다. 그래서 팔도의 물가
금새를 보아 때를 맞추어 이를 취하올 줄 아옵니다."

정승은 대단히 기뻐하며 그 말을 깊이 믿었다. 이때부터 거지는
좋은 옷에 맛난 음식을 먹으며 아무 일도 하지 않고 지냈다. 여종이
보다 못해,

"사람이 이 세상에 살면서 저마다 하는 일이 있는데 배불리 먹고
아무 일도 하지 않으니 앞으로 어떻게 살아갈 작정이시오?"

하고 타박하였다.

"살아갈 밑천을 만들자면 적어도 은자 열 말이야 있어야지."

"내가 서방님을 위해 힘써 보리다."

여종은 그길로 안방에 들어가 기회를 보아 대부인에게 간청하고
대부인은 정승에게 그 말을 전하였다. 정승은 쾌히 승낙하였다. 거
지는 은을 가지고 서울 저자에 나가 얼마 입지 않아 해지지 않은 옷
가지들을 도거리로 사들여서는 큰길에다 쌓아 놓았다. 그러고는 평
소에 함께 밥을 빌던 남녀 거지들을 다 불러 그 옷을 입혔다.

다음은 서울 교외의 거지 아이들을 모아 역시 그렇게 하였고, 그
다음엔 먼 고을 가까운 고을들에 정처 없이 떠다니는 사람들을 다
찾아내어 돌봐 주리라 작정하였다. 수레에 싣고 짐꾼들에게 짐을 지
워 가지고 팔도를 돌아다니며 그렇게 하다 나니 이제는 남은 것이란

말 한 필에 옷 두어 벌뿐이어서 보따리를 만들어 지고 말 등에 탄 채 길을 갔다.

때는 팔월 가윗날이라 쟁반 같은 달이 둥실 떠올랐다. 희읍스름한 연무가 들을 덮었는데 넓은 벌에 트인 길로는 오가는 행인이란 보이지 않았다. 채찍을 휘둘러 길을 재촉하며 묵어가라는 곳이 있으면 하룻밤을 잘 작정을 하였다.

큰 다리 위를 지나가려니 다리 아래서 빨래하는 소리가 들리고 두런두런 말소리가 깊은 밤 인적 없는 들판에 울렸다. 도깨비가 아닌가 싶어 말에서 내려 다리 아래를 더듬듯 살펴보니 노인 하나와 노파 하나가 입었던 옷을 벗어 빨다가 사람이 내려다보는 바람에 기겁을 하며 알몸뚱이가 부끄러워 손을 내저으며 피해 숨느라고 쩔쩔매는 것이었다.

그는 곧 노인 양주를 다리 위로 불러내어, 남은 옷을 다 내어 입혔다. 그러자 노인과 노파는 목이 메어 거듭 고맙다고 인사하며 자기 집에서 묵어가라고 굳이 끄는 것이었다. 집이라야 서까래 몇 개로 어설프게 지어 겨우 비바람이나 막을 초가였다.

거지는 밖에 말을 매고 집 안에 들어가 앉았다. 노인과 노파는 서둘러 음식상을 차렸다. 거친 밥에 쓴 나물이나마 배불리 먹은 거지는 밤잠을 자려고 베개를 청하였더니 노인과 노파는 서까래 끝에서 표주박 한 통을 찾아내 주었다.

"이거나마 벨 수 있겠는지 모르겠수."

거지는 그 말대로 박통을 베고 누워 곧 군잠이 들었다. 잠결에 손으로 표주박을 만져 보니 쇠도 돌도 아니요, 그렇다고 흙이나 나무 같지도 않았다. 아무리 만져 보고 쓸어 보아도 더 알 길이 없었다.

이때 난데없는 호령 소리가 나더니 귀한 사람이 문밖에 온 듯 울밖이 더한층 법석 끓었다. 조금 지나자 한 군졸이 호령에 응하여 집 안으로 들어와 표주박을 빼앗으려 들었다. 거지는 주지 않으려고 시비를 가렸다.

"이것은 내가 베고 있는 박통이니 단연코 다른 사람에게 내줄 수 없소."

군졸 두엇이 잇달아 들어와 강다짐으로 빼앗으려 하였으나 거지는 그냥 내뻗대었다. 얼마 뒤에는 귀인이 직접 들어오더니 꾸짖는 것이었다.

"네가 어찌 이 박 쓰는 법을 알고 이렇게 보배처럼 여기는 게냐?"

"이미 내 손에 들어왔은즉 이치로 보아 선뜻 남에게 줄 수 없어 그러는 것이지 실상 어떻게 쓰는 물건인지는 모르외다."

"이 박통으로 말하면 재물을 낳는 좋은 보배다. 금붙이나 은붙이를 이 안에 넣고 흔들면 잠깐 사이에 박통 안에 가득 차느니라. 삼년 뒤에는 꼭 동작 나루에다 버리되 다른 사람이 알게 해서는 안 되니 소홀히 하지 말아라."

거지가 크게 기뻐하며 소리를 치고 보니 그저 보통 꿈이었다. 어느덧 새벽이 가까워 오고 있었다. 거지는 벌써 일어나 앉아 있는 노인과 노파에게 말을 건넸다.

"비루먹은 말이지만 내 말과 이 박통을 바꾸어 줄 수 없겠소?"

주인 늙은이는 펄쩍 뛰었다.

"한 푼 값도 안 나가는 물건을 준마와 바꾸다니 안 될 말이외다."

거지는 자기 옷을 벗어 주인집 벽에다 걸어 놓고 말도 그 집 문턱에 매 놓았다. 그러고는 주인 늙은이의 너덜너덜한 옷을 달래서 몸에 걸친 다음 멍석자리 한 닢을 얻어 표주박을 싸서 둘러메고는 그 집을 나섰다. 길에서 밥을 빌어 먹다 나니 다시 전날의 거지꼴이 되고 말았다. 힘겹게 천리 길을 걸어 여러 날 만에 성안에 들어서 정승집을 먼발치서 바라보며 걷던 거지는 갑자기 입속말로 중얼거렸다.

"전날 천만 냥 은자를 가지고 문을 나섰다가 오늘 밤 누더기를 걸치고 들어가면 남이 보고 듣기에도 한심한 일이다. 봉화가 오른 뒤 인정이 울리기 전 인적이 끊어진 틈을 타서 들어가도 나쁠 것은 없겠다."

거지는 그길로 주막에 몸을 감추었다. 얼마간 기다려 밤이 깊은 다음 발소리를 죽여 가며 집에 들어가니 행랑 문은 반쯤 닫히고 방문은 꽁꽁 잠겨 있었다. 거지는 숨을 죽이고 어두운 구석에 숨었다. 조금 있다가 여종이 안에서 나오더니 방문을 열고 들어갔다.

"오늘도 인정이 울었구나. 내가 한 몸을 깨끗이 지니고 있다가 사람을 잘못 보아 돌이킬 수 없는 일을 저질렀으니 이제는 어쩐단 말이냐."

여종이 한탄할 때 거지는 가만히 기침 소리를 내어 자기가 왔다는 것을 알렸다. 여종은 놀랐다.

"이게 누구요?"

"나요."

"어디 갔다가 이제야 오우?"

"문을 열고 불을 켜우."

거지는 안해의 잔등을 밀며 방으로 들어갔다. 촛불 아래서 여종이 남편의 주제를 보니 때 묻은 얼굴과 남루한 옷차림이 옛날보다 곱절이나 더 꾀죄죄해 보였다. 여종은 놀라움을 삭이고 문밖으로 나가 저녁상을 차려 가지고 들어와 함께 밥을 먹었다.

그날 밤 새벽종이 울리자 여종은 거지를 흔들어 깨웠다. 그는 은자를 다 탕진한 죄를 주인 대감에게서 받기 전에 가벼운 보물들을 한 보따리 싸 가지고 둘이 함께 도망치자고 속삭였다. 그러자 거지는 눈을 부릅뜨고 목소리를 가다듬어 꾸짖었다.

"차라리 사실대로 말하고 죄를 받을지언정 어찌 둘이 함께 도망쳐 더 큰 죄를 짓겠소?"

여종은 발끈하였다.

"안해 하나 건사하지도 못하는 처지에 게다가 곤욕까지 당하면 그 꼴이 어떻게 되겠소? 날마다 모진 매를 맞고 욕설을 먹겠는데 그래도 대장부답게 처신할 수 있겠소?"

거지는 곧 표주박을 꺼냈다. 여종의 고리짝에서 은자를 얻어 내어 박통 안에 넣고는 천지신명에게 속으로 빌며 힘을 주어 흔들었다. 박 뚜껑을 열고 보니 흰 눈 같은 은자가 표주박 안에 가득하였다. 방 구석의 가장 우묵한 곳에 그 은자를 쏟아 놓았다. 흔들고 또 흔들고 쏟아 놓고 또 쏟아 놓으니 잠깐 사이에 은자가 문턱까지 쌓였다. 그제야 거지는 보자기로 그것을 덮어 놓고 베개를 높이 베고 단잠에 들었다.

여종이 한참 동안 나가 있다가 들어와 보니 난데없는 웬 물건이 문턱까지 쌓여 있었다. 하도 이상하여 보자기를 들치니 번쩍이는 은자가 수북이 쌓였는데 몇십 말이 되는지 헤아릴 수가 없었다.

여종은 깜짝 놀라 입을 딱 벌리고 눈을 홉떴다. 한참 만에야 정신을 차린 여종은,

"이 물건은 어디서 난 거며 어쩌면 이렇게 많소?"

하고 물었다. 거지는 웃으며 대답하였다.

"소갈머리 없는 아녀자가 어찌 대장부가 하는 일을 알리오."

둘은 웃고 장난하며 날 새기를 기다렸다. 아침이 되자 거지는 새 옷을 갈아입고 정승에게 가 뵈었다.

처음에 정승은 거지에게 온 집안의 재산을 다 털어 내주었지만 막상 그가 한번 집을 나선 뒤 그림자도 나타내지 않으므로 마음속으로 몹시 근심하였다. 그런데 뜻밖에 어제 저녁 거지가 낭패하고 돌아온 꼴을 보았노라고 종이 알리는 것이었다. 정승은 가슴이 철썩 내려앉는 것만 같아 온밤 제대로 잠을 이루지 못하였다. 자기 앞에 공손히 서 있는 거지를 보니 우선 새 옷을 차려입은 품이 눈에 번쩍 띄었다. 정승은 기연가미연가하던 참이라 대뜸 장사 형편부터 물었다.

"귀댁 덕택에 큰 이득을 보았사오니 스무 말 은자를 받아 주시면 부모 같은 은덕을 갚을까 하나이다."

"내가 너에게 무슨 이자를 받겠느냐. 아예 그런 말 말고 본전이나 들여놓아라."

"소인은 죽인대도 이자를 들여놓아야만 하겠소이다."

거지는 그길로 나가 은자를 지고 들어와 마당에다 쌓아 놓았다. 온 마당이 마치 정월달 큰 눈이 온 것 같았다. 얼른 보아도 삼사십 말은 되어 보였다. 정승은 본래 욕심이 많은 사람인지라 흔연히 받았다.

여종이 또 열 말이나 되는 은자를 이고 들어오더니 대부인에게 바치며 변변치 않은 성의를 받아 달라고 하였다. 잇대어 수십 말 은자를 집안사람들에게 나누어 주고 나머지는 하인과 종들에게도 몇십 냥씩 나누어 주었다. 그러자 온 집안이 혀를 차며 부러워하기를 마지않았다. 정승은 어젯밤 한 하인이 누더기를 걸친 거지를 분명 보았노라고 누누이 말한 것은 분명 여종을 헐뜯어 한 말이라고 생각하였다. 정승은 그길로 대부인에게 알렸다.

"그 종 녀석이 여종을 몹시 시기해서 별의별 거짓말을 다 꾸며 냈소이다. 비단옷을 입고 온 사람을 누더기를 걸쳤다 하고, 주머니에 황금이 가득한 사람을 낭패를 보고 돌아왔다고 하니, 그 심보가 매우 괘씸하오이다."

정승은 그 하인을 불러 놓고 호되게 꾸짖었다. 종은 줄곧 억울한 일이라고 하였으나 곧이듣지 않고 빨리 내쫓으라고 하였다.

거지는 이때부터 날로 더욱 부자가 되었다. 여종은 몸값을 물고 양인이 되었다. 둘은 늙도록 편안하게 살았고 자식도 많이 두었는데 자식들 가운데는 조정에서 벼슬하는 사람도 있었다.

표주박은 삼 년이 지난 뒤 제사를 지내고 동작 나루에 던졌다고 한다.

금강산에서 별세상을 구경하다

홍초洪儁는 아산 대동촌 사람이다. 한번은 금강산에 놀러 갔다가 외금강에서 어디론가 혼자 바삐 가는 중을 만났다. 어디로 가느냐고 물으니 중은,

"내가 사는 곳은 여기서 아주 머오."

하였다. 홍생이 따라가려고 하자 중이 거절하였다.

"그곳은 다리가 여간 든든하지 않고서는 못 가는 데라오."

홍생은 굳이 같이 갈 것을 청하였다. 중은 한참 아래위를 훑어보더니 말하였다.

"그만하면 갈 만하외다."

둘은 마침내 동행하게 되었다. 오솔길을 따라 오르락내리락 몇 리를 걸었는지 모른다. 험한 봉우리 하나를 넘으니 바로 모래산 밑이었다. 중이 말하였다.

"여기 모래는 무르기 짝이 없어 조금만 발을 더디 놀려도 무릎까지 빠지오. 그러나 내가 걷는 것처럼 자주 발을 놀리기만 하면 걱정할 것 없소."

홍생이 중을 따라 꼭대기에 이르니 산허리를 빙 둘러 길이 났는데 한 곳에 이르러 길이 끊어졌다. 아래는 보기만 해도 머리끝이 쭈뼛해지는 깎아지른 듯한 골짜기이고 맞은편 언덕은 한 발 나마 떨어져 있었다. 중은 힘들이지 않고 그 언덕으로 훌쩍 뛰어 건너갔다. 중을 따라갈 방도가 없었다. 중은 언덕에 몸을 지탱하고 드러눕듯이 하고는 손을 내밀며 홍생에게 자기한테 건너 뛰어오라고 하였다.

홍생이 그 말대로 하자 중은 선뜻 안아 언덕에 올려놓는 것이었다. 이곳부터 구불구불한 오솔길을 따라 어떤 곳에 이르렀다. 그곳은 별세상이었다. 경치도 기이하고 절묘하거니와 땅도 기름이 철철 흐르는 듯하였다. 수십 채 집들에는 모두 중들이 살고 있었는데 커다란 집들이 추녀를 나란히 하고 있었다.

맑은 시냇물이 감돌아 흐르고, 골 안에는 배나무가 들어찼다. 집집마다 배를 쌓아 놓고, 사람마다 부러운 것 없이 살고 있었다. 외지 손님이 왔다고 홍생을 몹시 반기며 서로 돌아가면서 극진히 대접하였다. 한 달 나마 지나서 홍생이 돌아가려고 온 길을 찾으니 올 수는 있었지만 그길로 갈 수는 없었다. 중이,

"이곳에도 워낙 길이 있으니 나갈 수 있소이다."

하더니, 곧 멍석자리 두 개를 엮었다.

중이 앞장서서 동구를 벗어나 몇 리를 갔다. 험한 봉우리 하나를 넘으니 아래는 비스듬히 가로선 너럭바위였다. 그처럼 매끄럽고 반반한 바위는 난생 처음 보았다. 중은 가지고 온 멍석자리 한 닢을 홍생에게 주고 자신도 한 개를 가졌다. 제가끔 멍석자리를 깔고 누워 몸을 움직이자 미끄러져 내려가기 시작하였다. 한참 만에 땅에 이르러 보니 앞에 눈처럼 흰 봉우리가 우뚝 솟아 있었다. 봉우리 위에는

둥그런 바위가 있고 그 위에 한 쌍의 뿔 같은 것이 마주 서 있었다.

"생원께서 신기한 일을 한번 보시려오?"

중은 곧 봉우리로 올라가 돌멩이를 하나 골라 쥐고 뿔처럼 생긴 것을 하나 두드렸다. 그러자 한참 뒤 뿔같이 생긴 것이 점차 쭈그러들며 움츠러들었다. 다시 다른 하나를 두드리자 그것도 앞서처럼 움츠러들었다.

"저게 도대체 무슨 물건이오?"

"이것은 대라大螺라고 하는 것이외다. 항간에서는 고각鼓角이라고 하는데, 본디 높은 산꼭대기에서만 삽지요. 나라에서는 저걸로 군사들이 부는 나발을 만듭지요."

그곳에서 삼십 리쯤 걸어 고성 땅으로 나왔다. 중이,

"이 골 이름은 이화동이라고 하는데 한창 꽃필 철이면 온 골 안이 눈 온 날 아침처럼 환하다오."

하였다.

신선을 알아보지 못한 성현

허백당盧白堂 성현成俔이 홍문관 관리로 있을 때였다. 한번은 말미를 받고 남도에 갔다 돌아오는데 마침 찌물쿠는 여름철이었다. 시냇가 옆에 한 그루 나무가 시원한 그늘을 던지고 있었다.

말을 내려 쉬는 참인데 난데없는 길손 하나가 나귀를 타고 왔다. 그 뒤로는 어린 동자가 채찍을 들고 따라왔다. 길손도 나귀에서 내리더니 나무 그늘 아래로 와서 쉬었다. 성현은 길손과 한참 이야기를 나누다가 시장기가 나서 경마잡이더러 음식을 차리게 하였다. 길손도 어린 동자를 시켜 버들고리를 가져오게 하였다. 고리짝 뚜껑을 여니 그 안에는 푹 쩌낸 듯한 어린애같이 생긴 물건이 들어 있었다.

어린 동자가 또 술을 담은 작은 표주박을 올리는데 그 술이란 것이 꼭 피와 같고 게다가 구더기까지 욱실거렸다. 거기에 꽃 몇 잎을 둥둥 띄워 놓았다. 길손은 어린애의 사지를 쭉 찢어서는 천하진미인 듯 어적어적 씹는 것이었다. 성현은 깜짝 놀라며 물었다.

"그게 도대체 무슨 물건이오?"

"천하 영약이오."

성현은 얼굴을 찌푸리며 곁눈질만 할 뿐 감히 똑바로 쳐다보지도 못하였다. 길손이 불쑥 어린애의 다리 하나를 주며 성현에게 먹어 보라고 권하였다.

"이런 물건은 나는 본디 먹지 못하외다."

하고 성현은 사양하였다. 그러자 길손은 또 표주박을 내밀며 물었다.

"이것은 마실 수 있겠소?"

성현은 앞서처럼 또 사양하였다. 길손은 빙그레 웃으며 자기가 다 마시고는 풀까지 자근자근 씹어 먹고, 먹다 남은 어린애 몸뚱이는 어린 동자에게 주는 것이었다. 어린 동자는 수풀가에 앉아 먹기 시작하였다. 어린 동자는 조금 동안이 뜬 곳에 앉아 있었다. 성현은 뒤를 보러 간다고 핑계하고 동자에게 다가가 물었다.

"네 주인은 어떤 사람이며 어느 곳에서 사느냐?"

"모르와요."

"종이 주인을 모르다니 그게 무슨 소리냐?"

"제가 수백 년째 따라다니기는 하지마는 아직 누구인지는 모르와요."

성현이 더욱 놀라워 꼬치꼬치 묻자 동자는,

"여덟 신선 중의 한 분인 것 같사와요."

하고 대답하였다.

"그럼 아까 먹던 것은 무슨 물건이냐?"

"천 년 묵은 동삼이와요."

"술 위에 띄웠던 풀 이름은 뭐냐?"

"영지와요."

성현은 놀랍기도 하려니와 후회가 막심하여 길손 앞에 가서 절을 하였다.

"속세 인간이라 눈이 어두워 신선이 내려온 줄도 모르고 인사를 제대로 차리지 못하였사오니 죽을죄를 지었습니다. 그러나 오늘 이렇게 만난 것도 우연한 일이 아니오니 동삼과 영지를 이제라도 맛보게 해 줄 수 없겠사옵니까?"

길손이 웃으며 동자에게 물었다.

"아까 그것이 아직 좀 남았느냐?"

"방금 다 먹어 버렸사와요."

그 말을 들은 성현의 가슴은 뻐개지는 듯하여 한숨이 절로 나왔으나 어찌할 길이 없었다. 길손은 일어나서 읍을 하고 떠나려고 하였다. 동자가 어디로 가겠느냐고 물으니 길손이 대답하였다.

"이젠 달천으로 가자."

해는 이미 서산에 기울었다. 성현은 경마잡이를 서둘러 말 배끈을 조여 맸다. 길손이 탄 나귀는 작고 여위었을 뿐더러 걸음도 그다지 빠른 것 같지는 않았으나 눈 깜빡할 사이에 까마득히 멀어졌다. 성현은 말을 몰아 뒤쫓아 겨우 한 고개를 넘어서니 길손의 모습은 벌써 보이지 않았다.

범에게 은혜를 갚은 최 씨

홍주 땅에 최 씨라는 여인이 살고 있었는데 자못 자색이 고왔다. 열여덟에 남편을 잃고 집에는 소경인 병든 시아버지밖에 없었으나, 최 씨는 죽어도 다른 데로 시집가려 하지 않고 남의 집 물도 길어 주고 방아찧기도 해 가며 시아버지를 정성껏 봉양하였다. 혹 어디 나갈 때면 먹을 것을 따뜻이 데워 시아버지 가까이에 놓아두며 무엇은 여기 있고 무엇은 저기 있다고 일러 두어 시아버지가 손쉽게 찾아보도록 하였다. 그래서 마을에서는 효성스러운 며느리라고 칭찬하였다.

부모들은 딸이 일찍 과부가 된 것을 불쌍히 여겨 다른 데로 시집 보낼 작정을 하고 딸을 데려오려고 사람을 보냈다. 어머니의 병이 급하니 빨리 오라는 기별을 받은 최 씨는 이웃에 시아버지의 아침저녁 끼니를 부탁하고는 서둘러 길을 떠났다.

막상 집에 와 보니 어머니가 앓는다는 것은 멀쩡한 거짓말이었다. 최 씨는 더럭 의심이 들었다.

"네 나이가 아직 스물도 안 되었는데 의지가지없는 과부 신세로 꽃다운 시절을 헛되이 보내니 가련한 인생이다. 널리 좋은 자리를 골라 혼처를 구해 놓았으니 내일 혼사를 하려 한다. 아예 싫단 말은 말아야 한다."

최 씨가 거짓 승낙을 하자 그의 부모는 더없이 기뻐하였다. 밤이 깊어지기를 기다려 최 씨는 몸을 빼어 몰래 친정집을 빠져나왔다. 홀몸으로 타발타발 시아버지에게로 가는 판이었다. 팔십 리나 되는 길이었다. 겨우 이십 리를 오고 나니 두 발이 부르터 한 발짝도 옮기기 어려웠다. 한 고개에 이르니 큰 범이 길을 가로막고 쭈그리고 앉아 더 갈 수가 없었다.

"너도 영물이니 부디 내 말을 들어다오."

최 씨는 범에게 전후사연을 다 말하였다.

"내가 지금 죽으려고 해도 죽을 수도 없는 형편이니 나를 해치려거든 어서 잡아먹어라."

최 씨가 곧장 범 앞으로 다가가자 범은 뒤로 비슬비슬 물러났다. 몇 번이나 이렇게 하던 끝에 범이 갑자기 땅에 엎드렸다.

"네가 혹시 연약한 내가 깊은 밤에 혼자 가는 것이 불쌍하여 태워다 주려는 것이냐?"

범은 머리를 주억거리며 꼬리를 흔들었다. 최 씨가 등에 올라타 목을 그러안자 범은 나는 듯 달려 잠깐 사이에 시집에 이르렀다. 최 씨는 범의 등에서 내려 일렀다.

"네가 필시 굶주렸을 테니 개나 한 마리 먹고 가거라."

최 씨가 집으로 들어가 개를 울 밖으로 내몰자 범은 개를 덮쳐 가지고 가 버렸다. 며칠이 지나서다. 이웃 사람이 큰일이나 난 듯 떠드는 것이었다.

"큰 범 한 마리가 함정에 빠졌소. 이를 갈며 닥치는 대로 물고 뜯고 으르렁거리니 도대체 사람이 범접할 수가 없구려. 아무래도 굶어 죽기를 기다리는 수밖에 없나 보우."

최 씨는 그 말을 듣자 자기를 태워다 준 범이 아닌가 하는 생각이 더럭 들었다. 함정에 가 보니 털빛을 보면 비슷한 것 같기는 하나 밤중에 본 것이라 분명치 않고 그렇다고 자세히 알아보는 수도 없었다. 그래서 최 씨는 호랑이에게 물었다.

"네가 전날 밤에 나를 태워 오지 않았느냐?"

범은 머리를 주억거리며 살려 달라는 듯 눈물을 주르르 흘렸다. 최 씨는 그제야 동네 사람들에게 자초지종을 말하였다.

"저것이 사나운 범이기는 하지만 내게는 고마운 짐승이오이다. 나를 위해 저것을 놓아주신다면 내 비록 가난하여 돈은 없지만 어떻게든 호랑이 가죽 값을 동네에 들여놓겠나이다."

동네 사람들은 모두 혀를 차며 말하였다.

"효성스러운 며느리의 말을 어떻게 마다하겠소만 이 범을 놓아주자면 필시 숱한 사람이 상할 것이니 그걸 어찌하겠소?"

"내게 함정 문을 여는 방법만 가르쳐 주고 동네 사람들이 다 멀리 피하면 내 손으로 놓아주겠나이다."

동네 사람들은 그 말대로 해 주었다. 최 씨가 함정 문을 열고 범을 놓아주자 범은 최 씨의 옷자락을 물고 꼬리를 흔들며 차마 놓지 못하다가 한참 만에야 가 버렸다고 한다.

중을 혼내 준 이 비장

제독 이여매李如梅의 후손 가운데 이 아무개라는 사람이 있었다. 근력이 세고 검술에 능하였는데, 전주 감영에서 비장 노릇을 하였다.

어느 날 금강에 이르러 웬 부인 행차와 같이 한 배를 타고 강을 건너게 되었다. 배가 강 복판에 이르렀을 때였다. 중 하나가 강기슭에 버티고 서서 사공을 불렀다.

"이리로 빨리 돌아와 배를 대어라."

사공이 배를 돌리려 하자 이 비장은 안 된다고 사공을 꾸짖었다. 중은 훌쩍 몸을 솟구더니 공중을 날아 배 안으로 뛰어들었다. 부인이 탄 가마가 있는 것을 본 중은 주렴을 들치고 보며,

"인물이 제법 곱구나."

하며 별의별 희롱을 다 하였다. 이 비장은 중놈을 한주먹에 때려죽이고 싶었으나 중의 용력이 어떤지 몰라 가만히 참고만 있었다. 얼마 뒤 배에서 내려 뭍에 오르자 그는 중놈을 크게 꾸짖었다.

"네 아무리 무지막지한 중놈이기로서니 중이란 속세 사람들과는 다르거늘 하물며 남녀 간 구별이야 더 말할 것 있겠느냐? 어찌 감

히 남의 부인을 희롱한단 말이냐."

하고는 가지고 있던 철편으로 힘껏 후려쳤다. 중은 그 자리에서 죽어 너부러졌다. 이 비장은 시체를 들어 강에다 내던졌다. 그는 전주에 도착하여 감사를 만나 금강에서 있던 일을 알리고는 비장 방으로 들어갔다.

몇 달 지난 어느 날이었다. 감영문 밖이 떠들썩한데 누구도 그를 말리는 사람이 없는 모양이었다. 감사는 문지기를 불러 무슨 일이냐고 물었다. 문지기가 아뢰었다.

"웬 낯모를 중이 들어와 사또를 만나 뵙겠다고 하옵니다. 말려도 듣지 않사옵니다."

조금 있더니 중 하나가 곧장 들어오더니 대청에 올라와 감사에게 절을 하였다.

"어디 있는 중이관대 무슨 일로 이곳에 왔느냐?"

"소승은 강진 사람으로 아뢰오. 이 비장이 지금 비장 방에 있소이까?"

"그건 왜 묻느냐?"

"이 비장이 소승의 스승을 죽였기 때문에 소승이 원수를 갚으러 온 것으로 아뢰오."

"그 사람이 마침 서울로 올라갔구나."

"언제쯤 돌아오겠소이까?"

"한 달 말미를 받아 가지고 갔으니 다음 달 열흘쯤에나 내려오겠구나."

"그때 소승이 다시 오겠소이다. 그가 비록 하늘을 날고 땅을 주름잡는 재간이 있다 해도 내 손에서 벗어나지 못할 것이니 아예 숨을 생각은 말라고 말해 주기 바라오."

말을 마친 중은 곧 나가 버렸다. 감사는 이 비장을 불러 사연을 알려 주고 나서 물었다.

"네가 능히 그 중을 당해 낼 수 있겠느냐?"

"소인의 집이 가난하여 고기를 먹을 때가 드물다 보니 기력이 시원치 못하옵니다. 하루에 황소 한 마리씩 서른 날만 먹으면 그를 두려워할 게 무엇이오리까?"

"천 냥 돈만 들이면 되겠는데 그거야 무에 그리 어렵겠느냐."

감사는 고기를 맡아보는 아전을 불러 이 비장에게 날마다 황소 한 마리를 잡아 주라고 분부하였다. 이 비장은 또 누런 비단과 붉은 비단으로 만든 전복 한 벌을 만들어 줄 것을 청하였다. 감사는 그것도 승낙하였다. 이 비장은 대장장이를 시켜 쌍검을 만들게 하였다. 백 번 불에 달구어 벼리니 날카롭기가 쇠라도 벨 것 같았다.

열흘 동안 열 마리 소를 먹으니 보기 거북하게 몸이 났다. 그러던 것이 스무 날 동안에 스무 마리의 소를 먹으니 몸이 점점 축가기 시작하여 서른 마리 소를 다 먹었을 때는 여느 사람이나 마찬가지로 되었다. 한창 예기를 북돋고 용력을 키우며 기다리는데, 약속대로 중이 다시 감사를 찾아왔다.

"이 비장이 왔소이까?"

"방금 돌아왔다."

이 비장이 마침 곁에 있다가 호령하였다.

"내가 지금 여기 있는데, 네가 어찌 감히 당돌히 군단 말이냐?"

"여러 말 할 거 없다. 오늘 나와 사생결단을 하자."

중은 성큼 뜰로 내려서더니 바랑 안에서 돌돌 말아 두었던 검을 꺼냈다. 그것을 손으로 펴니 서릿발을 풍기는 장검이 되었다. 이 비장은 누런 소매를 단 붉은 비단 전복을 입고 손에는 쌍검을 쥔 채 두 발에 수놓은 가죽신을 신고 뜰로 내려섰다. 둘은 마주 서 몸을 번드치며 춤을 추는 듯 서로 밀고 밀리고 하더니 얼마 뒤에는 칼날만 번뜩였다. 나중에는 사람도 칼날도 보이지 않고 마치 은 항아리가 뜰 안을 굴러다니는 듯하였다.

두 사람은 허공으로 솟구쳐 올라 구름 속으로 들어가 보이지 않게 되었다. 뜰 안에 가득 차 구경하던 사람들은 모두 혀를 내두르며 앉아서 승부를 기다렸다. 해가 기울 무렵에야 공중에서 선혈이 뚝뚝 떨어지더니 뒤따라 중의 머리가 감영문 밖에 떨어져 뒹굴었다. 그제야 사람들은 모두 이 비장이 무사하다는 것을 알았다. 그러나 해가 설핏할 때까지 그림자도 나타나지 않았다. 사람들이 한창 의아해하는데 땅거미가 질 무렵에야 검을 짚고 공중에서 내려오는 것이었다. 이 비장이 감사에게 사례를 하였다.

"다행히 사또님 덕으로 고기를 먹어 원기를 돋운 데다 누런색과 붉은색으로 얼룽덜룽하게 지은 전복으로 눈을 어지럽게 한 까닭에 중놈의 머리를 벨 수 있었사옵니다. 그렇지 않았더라면 일이 낭패할 뻔했소이다."

"중의 머리가 떨어진 지 오랜데, 네 오는 것은 어째 늦어졌느냐?"

"소인이 칼 기운에 취하고 보니 고향 생각이 나서 선대의 무덤 곁에 가 한바탕 통곡을 하고 오는 길이로소이다."

중에게 《주역》을 배운 이식

택당澤堂 이식李植은 젊었을 때 자주 앓아 과거 공부를 걷어치우고 몸을 조리하는 데만 전심하였다. 집이 지평 백학곡에 있어 용문산이 가까웠으므로, 일찍이 《주역》 한 권을 옆에 끼고 용문산 내매사에 올라갔다.

《주역》의 이치를 깨치느라 골몰하고 있는데, 밤마다 중 하나가 나무를 지고 와서는 밥을 먹었다. 바리때 하나에 해진 장삼을 걸친 그 중은 여느 중과 어울리는 법이 없었다. 밤마다 택당이 등불 심지를 돋우며 책을 읽을 때면 여느 중들은 다 잠에 곯아떨어지건만 이 중은 혼자 먼발치 희미한 등불빛 아래서 짚신을 삼으며 자지 않았다. 하루는 공이 머리를 쥐어짜며 새벽이 되는 줄도 모르고 생각을 굴리고 있는데, 그 중이 혼자 중얼거렸다.

"어린 서생이 부족한 정신을 가지고 강다짐으로 묘한 이치를 깨치려고 헛되이 애만 쓰는구나. 이제라도 과거 공부나 하는 게 나으련만."

그 말을 가만히 듣고 있던 공은 이튿날 조용한 곳으로 중을 이끌고 가서 부탁하였다.

"스님께서는 《주역》의 이치를 깊이 알고 있는 것이 분명하니 가르쳐 주기 바라외다."

"빌어먹는 용렬한 중이 어찌 《주역》의 이치를 알리까. 그저 생원께서 너무 뼈물고 공부하니 그러다 몸이라도 상할까 봐 한 소리일 따름이외다. 본디 까막눈이온데 하물며 《주역》이야 어찌 알겠소이까."

"그렇다면 어젯밤 교묘한 이치 운운한 것은 무슨 말씀이오이까? 숨기지 마시고 가르쳐 주기 바라외다."

공은 머리를 조아리며 간청하여 마지않았다. 그러자 중은 마지못해 승낙하였다.

"그러하오면 생원께서 《주역》에서 의문 나는 곳마다 표를 붙여 가지고 조용한 곳에서 소승을 기다리소서."

공은 크게 기뻐하였다. 그날부터 이해되지 않는 대목에다 표를 붙여서 중을 찾아가곤 하였다. 무성한 나무숲 속에서 다른 중들이 자는 때에 조용히 질문을 하면 중은 묘한 이치를 칼로 쪼개듯 종횡무진으로 알기 쉽게 설명해 주곤 하였다. 공의 가슴은 마치 구름을 헤치고 푸른 하늘에 오른 듯 대번에 활짝 열렸다.

공은 공부를 마친 뒤 그 중을 스승의 예로 대접하였으나 다른 중들은 그런 줄을 꿈에도 몰랐다. 공이 산을 내려오는 날 중은 산 어귀까지 공을 바래다주며,

"내년 정월에 소승이 서울로 찾아가 뵈오리다."

하고 약속하였다.

과연 때가 되자 중이 찾아왔다. 공은 그를 방으로 맞아들였다. 중

은 사흘 동안 묵으며 공의 운수를 점쳐 평생의 일을 알려 주었다.

"병자년에 병란이 크게 일어날 것이니 영춘으로 피난해야 무사할 것이외다. 아무 해에는 또 관서 지방에서 공을 만나 뵙게 될 것이오니 부디 몰라보지 마옵소서."

중은 드디어 작별을 고하고 어디론가 떠났다.

그 뒤 병자년 난리가 터지자 공은 모친을 모시고 영춘으로 피난하여 무사할 수 있었다. 공의 벼슬이 재상에 이르러 임금의 지시를 받들고 관서 지방에 나가게 되었다. 이때 묘향산을 유람하는데, 중들이 남여를 메고 나왔다. 남여에 오르고 보니 앞에 선 중이 바로 그 중이었다. 용문산에 있을 때와 조금도 다르지 않은 건강한 모습이었다. 공은 몹시 기뻐 절에 도착하자 곧 방 하나를 따로 치우게 하고 중을 맞아들였다. 손을 잡고 몹시 반기던 끝에 고기 없는 음식을 깨끗이 차려 들이라고 분부하여 중을 대접하였다.

사흘 동안 묵으면서 위로는 나랏일로 시작하여 아래로는 사사로운 일까지 이야기를 나누었는데, 자세하기가 이를 데 없었다. 공은 역시 중의 말을 귀담아들었다. 그러나 헤어진 뒤 다시는 만나지 못하였다.

병을 앓다가 도술을 깨달은 이 진사

    진사 이광호李光浩가 여러 해 고질병을 앓았다. 병을 치료하려고 도술에 관한 책을 널리 보다가 문득 묘한 도술을 깨달았다. 그래서 그에게는 이상한 일이 많았다.

    언젠가 물을 마시고 마루 위에 동이 하나를 놓은 다음 몸을 이리저리 굴리다가 높은 곳에 발을 걸고 거꾸로 매달려 거기에 물을 토하였다. 그러고는 내장을 씻어 냈다고 하였다. 또 언젠가는 멀리로 놀러 간다고 하더니 문득 죽어 넘어졌다가 며칠 만에 다시 깨어났다. 하루는 집안사람들에게 하는 말이,

    "내가 오늘 멀리 갔다가 달포가 지나서야 돌아오겠다. 한 벗을 불러 내 몸을 대신 지켜 달라고 부탁하였으니 꼭 잘 대해 주어라."

하는 것이었다. 말을 마치자 이 진사는 그 자리에서 기절하였다. 한 식경이 지나서야 다시 살아 일어나 앉으며 아들에게 말하였다.

    "그대는 필시 나를 모르겠지만 나는 그대의 부친과 속을 터놓고 지내는 벗이오. 그대의 부친이 마침 먼 길을 떠나며 나에게 자기 몸을 지켜 달라고 했으니 행여 이상히 여기지 마시오. 나는 영남

사람이오."

그 말투와 행동거지가 이 진사와는 판판 달랐다. 이 진사의 처자들은 삼가 음식을 드리며 모셨으나 그 자신은 감히 안방에 들어가지 않았다. 이렇게 달포가 지났다. 하루는 문득 땅에 넘어졌다가 한참 만에야 깨어나 눈을 떴다. 말하고 행동하는 것을 보니 이 진사가 분명하였다. 이 진사의 처자들은 몹시 기뻐할 뿐 이런 일에 익숙해져 그다지 이상하게 여기지도 않았다.

이 진사는 위험한 말도 가리지 않고 허튼소리를 탕탕 하였다. 그러다가 그만 효종 때에 어떤 사건에 연루되어 형장의 이슬이 되고 말았다. 그런데 이상하게도 이때 그의 몸에서는 피 대신 젖 같은 흰 기름이 나오는 것이었다.

이 진사의 동서인 권 아무개가 남당南堂 산촌(경강京江)에 살았다. 그날 저녁 무렵 이 진사가 권의 집에 찾아왔다. 마침 집에는 주인이 없고 아이들만 있었다. 이 진사는 붓을 달라고 하더니 장지문에 글귀 하나를 써 놓았다.

"충성과 효도를 내 평생 뜻했더니 오늘날 헛되이 몸이 죽도다. 몸 잃은 이내 넋 창천으로 날아올라 하늘나라 신선 되어 영원히 노닐리라."

글을 다 쓰고 나서 붓을 던지고는 일어나 문 밖으로 나가더니 몇 걸음 만에 갑자기 보이지 않았다. 그 집 사람들이 깜짝 놀라하더니 얼마 뒤에 이 진사가 죽었다고 소식이 왔다.

이보다 앞서 이 진사에게 천불도[1] 한 폭이 있었는데 정작 이 진사

---

1) 천불도千佛圖는 부처 일천을 그린 그림.

는 그것이 진기한 것인 줄 모르고 있었다. 웬 중이 상서로운 기운이 어린 것을 보고 찾아와 보여 달라고 청하였다. 그림을 내오자 중은 절을 하고 무릎을 꿇더니 두 손으로 공손히 받쳐 들었다.

"천하에 둘도 없는 보배로소이다. 공이 이것을 시주하옵시면 후히 보답하오리다."

이 진사는 두말없이 내주고 그것이 진기한 보배인 까닭을 물었다. 중은 곧 물을 달래서 그림 위에 뿜은 다음 햇빛에 비춰 보니 천이나 되는 자그마한 부처들이 아물아물하는데 눈이며 눈썹이 모두 살아 움직이는 것이었다. 중은 주머니에서 약 한 움큼을 꺼내 주며 말하였다.

"이 약은 신기한 약이옵니다. 아침마다 냉수에 타서 세 알씩 먹으면 장수할 뿐더러 복록이 무궁할 것이외다. 그러나 사흘을 넘기면 큰 화가 닥칠 것이오니 부디 조심하소서."

그 약은 까만 삼씨와 비슷하였다. 이 진사는 본디 오랜 병이 있는지라 중의 말대로 두세 번을 먹었더니 병이 씻은 듯 나았다. 누렇던 얼굴이 윤택해지고 몸이 날 듯이 가벼워졌다. 이 진사는 크게 기뻐하였다. 약을 보니 거의 다 먹고 십여 알이 남았을 뿐이었다. 이 진사는 중이 하던 말을 깜빡 잊고 한꺼번에 다 먹어 버렸다. 그 뒤 중이 또 왔다가 그것을 알고는,

"내 말을 듣지 않았으니 어찌 화를 면하리오."

하고 크게 한탄하였다. 이 진사가 죽던 날 그의 벗이 남도에서 서울로 올라오다가 직산 길녘에서 그와 만났다. 두 사람은 서로 반기며 회포를 나누었다. 이 진사의 안색은 자못 처량해 보였으나 옛일을 회고하며 이야기하는 품이 여느 때와 같았다.

벗이 어디로 가는 길이냐고 물으니 이 진사는 딴전을 하며 대답을 피하였다. 서울에 와서 소식을 들으니 이 진사가 죽은 날이 바로 직산에서 서로 만나 이야기를 나눈 날 저녁이었다.

하룻밤에 백 운 장시를 지은 차천로

차천로車天輅의 문장은 호방하기로 유명하였지만, 시는 더욱 웅장하고 진기한 맛이 있었다. 아무리 까다롭고 어려운 운을 내놓아도 선 자리에서 대뜸 장시를 지어 읊는데, 그 도도한 시상은 끝이 없는 듯싶었다. 시에서는 그와 감히 어깨를 겨룰 사람이 없었다.

선조 말년에 명나라 사신 주지번朱之蕃이 우리 나라에 왔다. 그로 말하면 강남의 재사요, 풍류에서는 손꼽히는 사람이라 가는 곳마다 훌륭한 시를 지어 사람들의 입에 오르내렸다. 조정에서는 그를 맞이할 사신을 고르느라고 머리를 앓았다. 월사月沙 이정구李廷龜를 접반사로, 이동악李東岳을 연위사로 임명하고, 그 밑의 실무 관리들도 모두 한다하는 명가 재사들로 채워 넣어 서울까지 오면서 주 사신의 시에 화답하도록 하였다.

평양에 이르렀을 때였다. 저녁 무렵에 주 사신은 고구려의 옛 도읍을 찾은 감회를 담은 오언율시 백 운을 접반사에게 주며 날이 밝기 전에 화답시를 지어 달라고 하였다. 이정구는 몹시 당황하여 사람들을 모아 놓고 의논하였다. 그러나 모두 한다는 소리가,

"지금 벌써 밤이 되었으니 한 사람이 다 지을 수는 없소. 운을 나누어 제각기 지어 가지고 합쳐서 한 편으로 만들면 될 듯하오."

하는 것이었다. 이정구가 말하였다.

"저마다 생각나는 대로 지어 놓으면 서로 뜻이 맞지 않을 텐데 그걸 합쳐 놓으면 문리가 통하겠소? 한 사람에게 맡겨 짓는 것만 못하니 차천로에게 맡겨야 할까 보오."

결국 차천로가 맡아 짓기로 의논이 낙착되었다. 차천로가,

"이 일을 하자면 좋은 술 한 동이와 큰 병풍 한 자리가 없으면 안되겠소. 그리고 한경홍[1]이 글을 쓰지 않으면 안 되오."

하였다. 이정구는 그의 말대로 해 주었다. 대청 한가운데 큰 병풍을 둘러치자 차천로는 술을 수십 종발을 들이켜고 그 안에 들어가 앉았다. 한호는 병풍 밖에서 질 좋은 종이 열 장을 죽 잇대어 한 폭으로 만들어 펴놓고 붓에 먹을 듬뿍 묻혀 들었다. 차천로는 병풍 안에서 문진으로 서안을 연달아 두들기며 시흥에 겨워 들썩들썩 한바탕 흥얼거리더니 이윽고 목청을 돋우어 시 한 가락을 뽑으며,

"경홍아, 써라."

하고 부르짖는 것이었다. 주옥같은 글귀와 진기한 시어들이 연달아 쏟아져 나오기 시작하였다. 한호는 부르는 대로 받아썼다. 얼마 뒤에는 시 읊는 소리가 고함으로 변하여 대청이 떠나갈 듯하더니 병풍 위로 머리칼이 흐트러진 차천로의 벌거벗은 몸뚱이가 펄쩍펄쩍 뛰어올랐다. 내리꽂는 매나 놀란 원숭이도 그보다는 못할 성싶었다.

입에서는 호호탕탕 흐르는 강물인 듯, 넓은 들에 거침없는 바람인

듯 시구가 흘러나왔다. 글씨를 빨리 쓴다는 한호조차 미처 받아쓰지 못할 지경이었다. 밤이 반쯤 깊어 오언율시 백 운을 다 끝낸 차천로는 한 마디 크게 부르짖으며 술에 취해 병풍을 넘어뜨리고 벌렁 나누웠다. 보자니 차천로는 알몸뚱이였다. 여럿이 그의 시를 걷어 머리를 모으고 한 번 읽어 보고는 감탄을 금치 못하였다.

닭이 울기 전 어둑새벽에 통사를 불러 시를 명나라 사신에게 가져다주게 하였다. 사신은 곧 일어나 등불을 켜고 읽기 시작하였다. 절반을 채 못 읽어 쥐고 있던 부채가 서안을 두들기는 통에 박살이 나고 흥에 겨워 읊는 소리가 문밖까지 쩌렁쩌렁 울려 나왔다. 아침에 우리 나라 사신을 만난 그는 감탄하여 말을 못하고 혀만 내두를 뿐이었다.

얼룩 위에다 써도 명필

석봉 한호가 명나라에 가는 사신 일행을 따라 연경에 간 적이 있었다. 마침 그때 한 대신이 검은 비단으로 장지 한 폭을 만들어 걸어 놓고 천하 명필들을 불러 모으는 참이었다. 능히 글을 쓰는 자에게는 후한 상을 주리라는 것이었다.

한호도 그곳에 가 보았다. 비단 장지는 펄럭이며 빛을 뿌리는데 쥐기만 해도 글이 절로 될 듯싶은 붓이 금분을 풀어 놓은 수정 그릇에 비스듬히 잠겨 있었다. 내로라하는 명필들이 수십 명 모여 서서 마른 침만 삼키며 얼굴을 마주 보고 있을 뿐이었다.

한호는 끓어오르는 필흥을 이길 수 없어 성큼 나서 붓대를 덥석 쥐었다. 금분 속에 몇 번 굴려 가지고 언뜻 붓을 드는 서슬에 붓에 묻었던 금분이 후두두 비단폭 위에 떨어져 삽시에 얼룩이 쫙 퍼졌다. 숨을 죽이고 보던 사람들이 일시에 놀라 소리를 지른 것은 물론이다. 주인은 크게 노하였다.

"염려 마오. 나도 조선의 명필이라오."

한호는 붓을 쥐고 일어섰다. 붓을 휘두르는 대로 진서와 초서가

엇바뀌어 나타났다. 내용도 내용이려니와 글씨는 더할 나위 없었다. 비단 폭에 떨어진 얼룩이 모두 점으로 되고 획으로 되어 하나도 남은 것이 없었다. 그 신묘하고 기이한 필법을 무어라 형용할 수 없었다. 대청이 터져 나갈 듯 모여서 보던 사람들이 그만 놀란 나머지 "우앗!" 소리를 지르며 혀를 내둘렀다. 주인은 크게 기뻐하며 잔치를 베풀고 후한 선물을 주었다. 이때부터 한호의 이름이 중국에 널리 퍼졌다. 우리 나라 사람들이 다음과 같이 일렀다.

"안평 대군의 글씨는 덤불 속 어린 봉새가 항상 구름 위의 하늘을 꿈꾸는 듯한 기상이고, 한호의 글씨는 천 년 묵은 늙은 여우가 조물주의 천지조화를 빼앗은 듯한 기상이다."

선조는 한호의 필체를 몹시 사랑하여 늘 글을 써서 들여오게 하고는 많은 상을 주곤 하였고, 진기한 음식도 여러 차례 내려 주었다.

한호는 마침내 동방의 제일가는 명필로 꼽혔다.

제 집 돼지로 남의 제사를

정승의 아들이 산골길을 가다가 날은 저물고 주막은 멀어 한 농가에 들었다. 그 집에서는 돼지를 잡는다, 개를 튀긴다, 삶고 끓이느라 한창 북새를 놓고 있었다. 새벽닭이 울 무렵에는 부르고 대답하는 소리로 그전보다 열 배나 더 법석거리더니 제사상을 차리는지 왜각데각 그릇 부딪치는 소리가 귀를 따갑게 울렸다.

얼마 뒤 축문 읽는 소리가 들려 가만히 귀를 기울이고 있노라니 오늘이 계유년 오월 스무날이라고 하였다. 정승의 아들은 누워서 듣다가 가만히 웃었다.

"오늘은 갑술년 오월 열엿새 날인데 어째서 지난해 축문을 읽는단 말인고?"

정녕 이상하여 머리를 기웃거리는 판에 또,

"아들 아무개가 삼가 제사를 차려……."

하는 소리가 들리는데 신통히 자기와 이름이 같다. 계속하여,

"대광보국숭록대부 의정부영의정 겸 영경연춘추관홍문관예문관 관상감영사 세자사로 시호가 무엇인 아무개 공의 신위 앞에 삼가

고하옵니다."

하는 소리가 들렸다. 정승의 아들은 벌떡 일어나 혼잣말로,

"그런즉 이 집의 주인은 영의정의 아들이 분명하구나. 어찌하여 이런 산골에 와서 살게 되었는고. 그런데 직함이며 시호가 돌아가신 우리 아버님과 신통히 같으니 그것도 이상한 일이로다."

하고 중얼거렸다. 또 듣자니,

"세상을 떠난 어머니 정경부인 아무개 씨는 본향이 어디인 무슨 씨라."

하는 것이었다. 그것도 자기 어머니의 본향과 성씨, 직첩과 털끝만큼도 차이 나는 것이 없었다. 그제야 정승의 아들은 몹시 의아하여 제사가 끝나자마자 곧 주인을 불렀다.

"자네 선친께서 일찍이 무슨 벼슬을 하였나?"

주인은 황공하여,

"어찌 하찮은 벼슬이라도 했겠소이까. 늘 종신토록 금위군을 면하지 못한 것을 한하였소이다."

"그럼 네 이름이 아무개냐?"

"아니올시다."

알아보니 자기와 같은 이름이 아니었다.

"네 모친의 성씨가 과연 아무 씨냐?"

"소인의 모친은 어려서 부모를 잃었삽기로 성자를 모르고 지냈소이다."

"네가 능히 글을 볼 줄 아느냐?"

"언문이나 겨우 뜯어볼 줄 아옵니다."

"네가 읽은 축문을 누가 써 주더냐?"

"소인은 살아오면서 축문이란 걸 쇠통 몰랐사옵니다. 그런데 어제 댁의 하인이 소인의 집에서 마침 제사를 지내는 것을 알고 축문이 있느냐고 하옵디다. 없다고 했더니 댁의 하인이 비웃으며 축문 없 이 제사하는 것은 제사를 지내지 않는 것과 같다고 하는 것이 아 니외까.

그래서 탁배기 몇 사발을 대접하고 축문 쓰는 법을 가르쳐 달라 고 청했더니 한 발 되는 흰 종이를 한 장 달래더니 언문으로 써 주 면서 소인더러 익히 읽으라고 하옵디다. 소인이 읽어 보니 그닥 어려운 것은 아니옵디다. 기쁨을 금치 못해 온 동네가 그것을 보 배처럼 간수하여 두고 이 뒤로는 집집마다 돌려 가며 읽기로 약조 하였사온데 오늘 새벽에 소인 집에서 먼저 써 본 것이옵니다."

정승의 아들은 펄쩍 뛰며 사리를 따져 타이르고 즉시 그것을 불살 라 버리게 하였다. 그러고는 종을 불러 톡톡히 꾸짖었다.

"네 이 무슨 해괴한 짓인고?"

"소인은 매양 주인댁에서 제삿날마다 읽곤 하는 축문이 귀에 익어 줄줄 외우게 되었사옵니다. 소인은 생각하기를 세상의 축문이란 다 이렇겠거니 여기고 그만 이런 일을 저질렀소이다."

정승의 아들은 마음이 언짢았으나 어쩔 수가 없었다. 다시 생각해 보니 좀 전에 읽은 축문의 연월일은 바로 지난해 자기 집에서 지낸 부친의 제삿날이었다.

농가 주인은 제 집 돼지를 잡아 남의 집 귀신에게 제사를 지내 주 고, 정승의 아들은 산골 남의 집에서 부친 제사를 지낸 셈이었다. 두 편이 낭패하기는 매한가지여서 저절로 허거픈 웃음이 나왔다.

여종의 발을 움켜쥐고 매화 만발

옛날 한 재상의 부인이 있었다. 성품이 엄하고 법도가 있어 재상은 늘 부인에게 업신여김을 당할까 봐 조심하였다. 재상의 집에는 매화라는 여종이 있었는데 젊은 데다가 아름답기까지 하였다. 재상은 매번 건드려 보려고 하였으나 여종이 부인 곁에서 떠나는 법이 없어서 틈을 얻을 수가 없었다. 이따금 은근한 눈길을 보내도 여종은 그럴수록 새침해지는 것이었다. 부인의 강짜가 심했기 때문이었다.

어느 날 재상은 안방에 앉아 있고 부인은 마루에서 집안일을 보고 있었다. 여종이 부인의 심부름을 하러 방 안으로 들어와 다락으로 올라가더니 한쪽 발을 다락문 밖에 드리운 채 무엇인가 찾고 있었다. 재상이 그 발을 바라보노라니 희기는 백설 같고 어여쁘기는 외씨 같았다. 사랑스러움을 이기지 못하여 덥석 움켜쥐니 여종은 어망결에 냅다 소리를 질렀다. 부인이 정색하고 재상 앞으로 나앉으며 말하였다.

"나이도 많고 지위도 높으신 상공께서 어찌 자중하지 않는 것이오니까?"

재상이 둘러대기를,

"내가 그만 부인의 발인 줄 잘못 알고 범하였소그려."

하였다. 사람들이 그 일을 두고 시를 지었다.

온밤 두고 그렸네 매화 만발

창밖의 그림자 그댄가 하였네.

相思一夜梅花發　忽到窓前疑是君

매화 만발이란 매화의 맨발을 가리킨 것이고 창밖의 그림자란 부인인 줄 잘못 알았다고 한 재상의 말을 빗대고 조롱한 말이었다.

어릴 적 약속으로 벼슬 얻은 서자

언젠가 백사白沙 이항복李恒福이 한가하게 앉아 있노라니 맹인 함순명咸順命이 찾아왔다.

"무슨 일로 이 비 오는 날에 찾아왔느냐?"

"긴한 일이 아니고야 맹인이 이렇게 비를 맞으며 찾아올 리 있겠소이까."

"네 부탁은 뒤에 듣고 우선 내 청이나 들어다오."

백사에게 공부를 한 지금의 판서 박서朴遾가 어릴 적이었는데, 그때 그 곁에 있었다. 백사가 문득 그를 가리키며,

"이 아이의 운수가 어떠할꼬?"

하고 묻는 것이었다. 함순명이 한참 동안 생각더니 말하였다.

"이 아이는 장차 벼슬이 병조 판서까지 오를 줄로 아옵니다."

백사는 그 말을 듣자 감탄하며 말하였다.

"네 점술이 과연 신통한 듯한데 이 아이가 과연 그 벼슬에 오를 수 있을까?"

함순명이 이번에는 박서에게,

"갑오년에 병조 판서로 될 듯하오이다."

하고 알려 주었다. 이때 백사의 서자 이기남이 박서와 함께 공부하고 있다가 넌지시 그루를 박았다.

"자네가 병조 판서를 하게 되면 내게 병마절도사 한 자리는 시켜
주어야 하네."

박서는 웃으며 승낙하였다. 그 뒤 갑오년이 되자 그는 과연 병조 판서로 되었다. 이기남은 그를 찾아가 만나 보고는 다른 말은 하지 않았다. 다만 작별하고 나오던 길에 박서의 첩이 낳은 어린 아들아이를 보자 다짜고짜 때리며 울 밖으로 끌고 나가는 것이었다. 판서가 깜짝 놀라 이기남을 붙들었다.

"자네 이게 무슨 짓인가?"

"내가 세상에 이름이 뜨르르한 오성 대감 첩의 자식으로 병조 판
서를 지내는 사람과 어릴 적에 굳은 약속을 하였건만 아직 벼슬
한 자리 못하는데 하물며 보통 병조 판서의 서자인 이 아이야 산
들 무얼 하며 죽은들 무에 아깝겠나."

"여보게, 내가 어릴 적에 자네와 약속은 했네만 나라의 벼슬이란
내 맘대로 하는 게 아니요, 첩의 자식을 어찌 감히 병마절도사로
임명하겠나."

"그러면 자네가 임금에게 글을 올려 어릴 적에 이러저러한 약속을
한 일이 있었는데 그 약속을 못 지켜 병조 판서 노릇을 못 하겠노
라고 해야 옳겠지."

박서가 껄껄 웃었다.

"자네 생각을 알겠네. 백령 첨사 자리가 요즘 비었는데 자네가 그
자리를 맘에 두고 있는 것이 분명하네그려."

이기남은 분개한 채 투덜대는 것이었다.

"병마절도사로 약속하고 겨우 첨사란 말인가. 분하긴 해도 할 수 없지."

이기남은 그예 백령 첨사로 임명되었다고 한다.

이팔청춘 여인도 얻고 재복도 얻고

영조 말년에 채생이라는 사람이 살고 있었다. 집안이 하도 가난하여 숭례문 밖 만리현에 쓰러져 가는 오막살이 한 채를 빌려 사는 형편이었고 쌀바가지가 비는 일이 드문하였다. 그러나 채생의 아버지는 워낙 성미가 늘어진 데다가 주변이라고는 영 없는 사람이라 분수를 지켜 태연히 살아갈 뿐 춥고 배고프다고 하여 지조를 바꾸는 법이 없었다.

자식을 엄격히 가르쳐 가문을 일으켜 보려고, 조금이라도 잘못하는 일이 있으면 싸고도는 일이라고는 없었다. 그럴 제면 반드시 아들을 발가벗겨 새끼 망태에 넣어 들보에 높이 매달아 놓고 사정없이 매를 때리며 꾸짖었다.

"우리 가문이 잘되고 못되는 것이 모두 네 한 몸에 달렸거늘 아픈 매 한 번 치지 않고서야 어찌 고치기를 바라겠느냐."

채생은 나이 열여덟 살이 지나 우수현의 목씨 성을 가진 훈장의 딸에게 장가들었다. 혼인을 하는 날에도 채생의 아버지는 그날 읽을 책을 다 읽게 하였고, 신부를 맞아 온 뒤에는 정해 준 날 외에는 허락 없이 안해와 잠자리를 같이 하지 못하게 하였다. 하루는 아버지가 채생을 불렀다.

"이제 나흘이면 한식이로구나. 조상 묘의 제사는 의당 내가 지내야 하겠지만, 네가 혼례를 치른 뒤 아직 가 보지 못했으니 인정으로나 사리로나 다 온당치 못한 일이로다. 내일 새벽길을 떠나 사흘 동안 부지런히 가면 백 리 남짓한 길이니 제때에 가 닿을 게다.

묘에 가서 제사를 지낼 때면 반드시 성심을 기울여야 하느니라. 절하고 일어서고 나고 드는 데서 조금도 홀홀히 하는 일이 없어야 한다. 길을 갈 때 여인네나 상여를 만나면 꼭 얼굴을 돌리고 보지 않도록 하여 마음속으로 깨끗이 하기에 힘써야 하느니라."

채생은 귀찮도록 아버지의 훈계를 들었다. 다음 날 어둑새벽에 길을 떠나는데 아버지가 또 문밖까지 따라 나와 당부하였다.

"먼 길을 가며 절대 딴생각을 말고 경서 한 편을 속으로 외워라. 돌아오는 길에서는 꼭 음식을 주의하여 앓지 않도록 해라. 조심해야 하느니라. 행여 실수가 없도록 해라."

채생은 연송 "네, 네." 대답을 하였다.

남대문을 지나 네거리로 꺾어 들었다. 베옷에 짚신을 신은 그의 행색은 초라하기 그지없었다. 그런데 갑자기 하인 대여섯이 비단 안장을 얹은 말 한 필을 끌고 길옆에 섰다가 넙죽 엎드려 절을 하는 것이었다. 하인들은 하나같이 사납고 건장해 보이고 말도 기름이 철철 흐르는 준마였다. 채생은 절을 받기는커녕 부끄러운 나머지 얼굴을 붉히며 뛰다시피 발을 재우 놀렸다. 그러자 하인들은 채생을 빙 둘러싸고 부득부득 예를 차리는 것이었다.

"소인네 상전댁 영감이 모셔 오라는 분부이시니 빨리 말에 오르기 바라오이다."

채생은 의아하여 더듬더듬 말하였다.

"자네들은 뉘 댁 하인들인가? 나는 아무 친척도 없는 터이니 누가 말을 보낼꼬? 빨리들 물러가게."

하인들은 다시 더 말을 건네지 않고 일제히 달려들어 채생을 억지로 말 위에 올려 태우더니 채찍을 휘둘렀다. 말은 나는 듯이 달렸다. 채생은 혼이 빠져나간 사람처럼 눈을 휘둥그렇게 뜨고 입을 딱 벌렸다.

"여보시오, 우리 집에는 늙은 부모가 계시오. 형제도 없는 몸이니 제발 불쌍히 여겨 목숨을 살려 주시오."

하인들은 애걸복걸하는 채생의 말을 들은 체도 하지 않고 좌우에서 말을 때려 몰 뿐이었다. 한참 만에 어느 집 대문 안으로 몰고 들어가더니 작은 문을 몇 개 지나 안마당에 들어섰다. 덩그렇게 큰 집이 우뚝 솟았는데 너르기도 하려니와 오색단청이 화려하기 그지없었다.

하인들이 채생을 받들다시피 하여 당 위에 올려놓았다. 당 위에는 한 늙은이가 머리에 검은 비단으로 만든 절풍건을 눌러쓰고 침향나무 의자에 높직이 앉아 있었다. 아름다운 구슬갓끈은 두 볼을 따라 흘러내렸는데 한 쌍 금관자가 두드러지고 허리에는 붉은 실띠를 가로 띠고 있었다. 좌우에는 머리를 얹은 여종 대여섯이 화려한 옷으로 곱게 단장하고 차례로 벌여 서 있었다.

채생은 황망히 무릎을 꿇고 절을 하였다. 주인 늙은이는 채생을 붙들어 일으켜 앉히고 인사말을 나눈 뒤 잇대어 성명이며 문벌이며 나이를 자세히 물었다. 채생이 일일이 대답하자 주인 늙은이는 금세

미간을 펴며 기뻐하였다.

"그러니 내가 박명한 사람은 아니로다."

채생은 어리둥절하였다. 아무리 생각을 굴려 보아도 영문을 알 수 없었다. 그렇다고 대뜸 물어볼 수도 없는 노릇이었다. 그저 얼굴이 벌게져서 두 손을 공손히 맞쥔 채 곁에 앉아 있을 뿐이었다. 주인 늙은이가 말하였다.

"내 집은 대대로 역관 노릇을 하여 왔네. 벼슬이 이품에 이르고 살림이 넉넉하니 무슨 부족할 것이 있겠냐마는 이 몸 외에 딸자식 하나뿐일세. 그것이 배필을 묻기는 하였건만 혼례를 치르기도 전에 사위 될 사람이 갑자기 죽었네. 이팔청춘으로 빈방을 지키고 있는 모양이 가련하기 그지없네만 예의란 것이 있고 남들 눈도 있어 재가를 시키지 못하였네. 이러구러 삼 년이 되어 오는데, 어젯밤 슬피 우는 소리를 듣자니 마디마디 설움이 맺힌지라 구곡간장이 다 녹는 듯했네. 길 가는 사람도 그 소리를 들으면 마음이 상할 것이어늘 하물며 일점혈육이라고는 이 딸자식 하나뿐인데 이 마음이 오죽할까.

하루 보면 하루 시름이요, 백 년 보면 백 년 걱정인데, 흐르는 세월은 유수처럼 빠르네그려. 아무리 귀에는 풍악 소리요, 눈에는 비단이며, 입에는 고기라도, 한스러운 마음뿐 낙이라고는 전혀 없으니 내 고달픔 또한 어떻겠나. 그저 날마다 눈물이요, 시각마다 한숨일세.

사정은 절박하나 계책이 없어 종들을 시켜 새벽에 길거리에 나가 잘났든 못났든 귀하건 천하건 간에 처음 만나는 젊은이를 무작정 데려다가 딸의 운수를 시험해 보려고 했네. 뜻밖에도 그대가 내 딸의 사주팔자와 신통히 맞아 떨어지네그려. 홀로 된 저 아이를 자네가 맡아 주기를 천만 번 바라는 바일세."

채생은 눈이 더욱 휘둥그레져 감히 대답을 못하였다.

"고단한 봄밤에 닭이 이미 울었으니 이 새벽에 첫날밤의 즐거움을 누려 보게."

주인 늙은이는 채생을 붙들어 일으켜 가지고 손을 이끌었다. 행랑채를 지나 한 곳에 이르니 그곳은 바로 꽃나무를 심은 동산이었다. 수백 보나 되는 동산을 채색 담장으로 둘러치고 담장 안에는 연못이 있었다. 연못가에는 쪽배 한 척이 매여 있는데 두세 사람이 타기에 맞춤한 것이었다.

두 사람은 쪽배에 같이 올라 연못을 건넜다. 물 위에는 소담스런 연꽃들이 어여쁜 자태를 뽐내며 기이한 향기를 풍기고 있었다. 가운데로 얼마쯤 배를 저어 가니 조그마한 섬이 우뚝 솟아 있었다. 진기한 돌로 쌓은 축대 가운데 위로 올라가는 섬돌이 층층이 놓였다. 채생이 배에서 내려 섬돌을 다 올라가니 열두 난간 정자에 채색 돗자리가 찬란하고 구슬발은 바람에 흐느적댔다. 주인 늙은이는 채생을 그 자리에 남겨 놓고 안으로 들어갔다. 채생이 눈을 들어 사방을 살펴보니 보이는 것마다 기이한 풀과 묘한 바위, 아름다운 꽃들과 고운 새들이었다. 무어라 형용할 수 없는 황홀한 풍경이었다.

조금 지나 푸른 옷을 입은 젊은 여인 둘이 나와 납신 절을 하며 맞아들였다. 그 뒤를 따라 한 곳에 이르니 바로 이 집 낭자의 방인데, 푸른 비단 바라지창 안에 은 등잔의 불빛이 깜박이고 향기로운 연기가 감실감실 피어오르고 있었다.

젊은 낭자가 아리땁게 단장하고 문 안에 다소곳이 서 있는데 등불빛이 반만 미친 그 모습은 고요한 달인 듯 이슬 머금은 꽃인 듯 어여쁘기 그지없었다. 채생이 주춤거리며 다가가자 낭자가 조심스레 나와 채생을 맞아들이고 나붓이 절을 하였다. 채생은 머리를 움츠리며 겨우 답례를 하고는 자리 위에 엉거주춤 앉았다. 시비가 곧 음식을 들여왔다. 산해진미가 다 오르고 진기한 그릇들이 상 위에 그득 놓였다. 채생은 부끄러워 얼굴을 붉힐 뿐 감히 수저를 들지 못하였다. 주인 늙은이가 입을 열었다.

"저 철없는 것이 누리는 부귀는 다 내 재산 덕일세. 내가 자네에게 바라는 것은 저 아이를 본댁이나 마찬가지로 은정으로 대해 주고, 못된 말과 질투가 금슬을 해치지 못하게 하는 것이네. 그렇게만 되면 백 년 무궁한 낙을 누릴 걸세. 그저 자네 처신에 달렸네."

채생은 그래도 대답을 못 하였다. 주인 늙은이는 빙그레 웃으며 몸을 돌려 밖으로 나갔다. 그러자 어떤 노파가 들어와 칠보 침상에 비단 이부자리를 펴놓고 채생더러 신방으로 들어가기를 청하였다. 채생은 끌리듯 들어갔다. 노파는 또 낭자를 부축하여 채생과 나란히 앉힌 다음 신방의 주렴을 내리고 병풍을 둘러쳤다. 채생은 어쩔 바를 모르고 허둥거리며 나무꾼 총각이 선녀를 만난 듯 마음을 진정하지 못하였다.

이윽고 두 사람은 촛불을 끄고 베개를 나란히 한 채 정을 나누었다. 해가 서 발이나 떠오른 다음에야 채생은 깨어났다. 일어나자고 하니 옷이 하나도 없었다. 이상하여 낭자에게 물으니 낭자가 빙그레 웃었다.

"본을 떠서 새 옷을 마르려고 감히 몰래 내보냈나이다."

말이 끝나기 바쁘게 노파가 무늬 고운 반짇고리를 들여왔다.

"새 옷이 다 되었으니 어서 입어 보사이다."

눈이 부실 듯한 흰 깁으로 지은 옷이 몸에 꼭 맞았다. 채생은 기뻐하며 새 옷을 입고 조반을 치렀다. 주인 늙은이가 들어와 간밤 잘 잤느냐 인사말을 건네자 채생은 더듬더듬 대답을 하였다.

"어르신께서 빈천한 사람을 더럽다 하지 않고 은정을 베풀어 정중히 붙드시니 오래 머물러 하찮은 정성이나마 표하고 싶기는 합니다. 그러나 묘 제사가 가까웠고 갈 길은 멀어 한 시각이라도 지체하다가는 기일을 놓칠 듯하니 감히 떠나기를 아뢰옵니다. 부디 헤아려 주기를 바라오이다."

"조상의 묘가 여기서 몇 리인가?"

"백여 리 남짓하오이다."

"고생고생 걸어서는 사흘 길이 되겠네만 걸음 잰 말을 타고 급히 가면 반나절이면 가 닿겠네. 이틀 동안 더 묵게. 이 늙은것을 섭섭하게 하지 말고."

"부친께서 엄하게 훈계하였사온데 소생이 여기서 지체하다가 나중에 좋은 옷 입고 좋은 말 타고 호기 있게 갔다 오면 일이 드러나기 쉽습니다. 그러니 어르신께서 다시 생각해 주기 바라오이다."

"내가 벌써 잘 생각해 보았네. 일이 잘될 테니 아무 염려 말게."

실은 채생도 떠나기 아쉽던 참이라 그 말을 들으니 여간 다행스럽지 않았다. 주인 늙은이는 채생을 이끌고 동산의 정각과 못 가운데의 정자, 솔숲과 대밭을 두루 구경시켰다. 눈이 확 열리고 가슴이 툭 트이는 것 같았다.

"내 성은 김이요, 벼슬은 중추부 지사네. 세상 사람들은 내 집 재산을 두고 나라 안에서 첫째가는 부자라고들 보태어 소문을 내네

그려. 그래서 하잘것없는 이름이 원근에 널리 알려졌네. 자네도 혹 들었는지 모르겠네."

"항간의 사람이나 밭 가는 농부들도 다 아는 이름이 아니오이까. 소생은 우레 같은 성함을 익히 들어온 바로소이다."

"내가 아들이 없다 보니 후원을 대궐 동산처럼 꾸려 놓고 그걸 낙으로 삼고 있네. 이곳의 나무며 꽃이며 정각이며 다 내 분수에 지나치는 것이니, 세상 사람들에게 이런 소문을 퍼뜨려 내가 죄를 짓지 않도록 조심하게."

채생은 "네, 네." 대답을 하였다.

이틀이 지나 채생은 길을 떠났다. 팔팔한 말을 타고 그쯘한 종들이 뒤를 따르니 행차가 당당하였다. 날이 저물기 전에 조상의 산소가 있는 오 리 밖에 다다랐다. 채생은 헌 옷으로 갈아입고 짚신감발을 한 다음 조상의 묘를 보러 산으로 들어갔다.

다음 날 아침 제사를 지내고 돌아서 십 리를 채 못 와서 보니 길옆에서 경마잡이가 말고삐를 잡고 기다리고 있었다. 채생은 다시 비단옷으로 갈아입고 말을 달려 김 노인 집으로 돌아왔다. 채생이 그길로 집으로 돌아가려고 하자 주인 노인은 또 만류하였다.

"집에서는 자네가 걸어서 갔다 올 줄 알지 말을 타고 갔다 올 것은 짐작도 못 할 게 아닌가. 백 리 길을 하루에 다녀왔다고 하면 내 집에서 있었던 일이 다 드러날 테니 그걸 어찌겠나. 약조한 날까지 우리 집에서 더 묵다가 돌아가 부친을 만나 보느니만 못하이."

생은 또 꿈같은 날을 보내며 정이 푹 들었다. 헤어질 날이 되자 눈물이 절로 흘러 얼굴을 적시는데, 낭자는 낭자대로 다시 만날 날을 묻는 것이었다.

"집에 엄한 부친이 계시니 내 마음대로 놀러 다닐 수 없는 처지요. 봄가을 시제에 내가 대신 가게 되면 오늘처럼 다시 만날 수 있겠지만 그렇지 않으면 이 이별이 몇 년이 될지 알 수 없소. 그러니 낭자는 홀몸이나 같은 처지요."

봉황새 짝을 두고 떠나가듯 그는 말과 함께 눈물이 줄줄이 쏟아졌다. 생은 아직 젊은 나이라 어릴 적 마음 그대로였다. 원래부터 생은 부시 주머니를 가지는 것이 큰 소원이었는데 집이 가난하다 보니 장만할 길이 없었다. 김 노인의 집에서 고운 비단에 정성껏 수를 놓아 부시 주머니 하나를 만들어 주자 생은 진기한 보물처럼 늘 만지작거리던 터라 훌쩍 손에서 놓지 못하고 머뭇거렸다. 그 모양을 본 낭자가 귀뜸하였다.

"그 주머니를 큰 주머니 안에 감추면 사람들이 알아차리지 못할 것이옵니다. 전에 입던 옷으로 갈아입은 후에 이 주머니만 차면 두드러지게 눈에 띌 것이 아니옵니까."

생은 낭자의 말대로 부시 주머니를 베주머니 안에 넣었다.

집으로 돌아와 다녀온 인사를 올리자, 채 노인은 조상의 무덤이 여전하던가, 길에서 마음속으로 재계를 정성껏 하였는가를 꼬치꼬치 캐물었다. 채생이 묻는 대로 자세히 대답을 올리니 곧 글을 읽으라고 엄하게 일렀다. 생은 입으로 웅얼웅얼 글 읽는 소리를 내었지만 생각은 늘 김 노인의 집에 가 있었다.

하루는 채 노인이 아들더러 안방에 들어가 안해와 함께 자라고 허락하였다. 밤이 들어 안방에 들어가니 찢어진 창문지에서는 뼛속을 쑤시는 찬바람이 불어 들고 부들자리 베 이불에서는 이 벼룩이 성화였다. 푸시시한 머리에 토스레 치마를 걸친 안해 꼴을 보니 앙상하게 여윈 얼굴에 때가 꾀죄죄한데 그래도 남편이 온다고 일어나 맞아 들였다. 생은 그만 정이 뚝 떨어지는 듯싶어 말 한마디 건네지 않고 생각에만 골똘하였다.

물론 김 노인의 집에서 즐겁게 보내던 전날의 그 생각이었다. 전날에 놀던 일은 꿈만 같은데 앞으로 만날 기약은 묘연한지라 한탄 삼아 옛사람의 시를 입속으로 외웠다.

일찍이 망망대해 지나왔거든
물이면 물마다 장관일쏘냐.
님 만나 즐기던 구름이어니
님 없이야 구름이 구름일쏘냐.
曾徑滄海難爲水　除却巫山不是雲

읊노라니 꼭 제 신세만 같아 긴 한숨이 절로 나왔다. 잠 못 들고 뒤척이다 새벽 파루 종이 울릴 무렵에야 겨우 눈을 붙여 해가 높이 뜨도록 깨지 못했다. 처가 동틀 무렵 먼저 일어나 가만히 생각해 보니 이상하기 그지없었다.

"전에는 금슬이 좋아 늘 정이 도탑더니 홀연 선대의 무덤을 보러 갔다 온 뒤로 이렇게 찬바람이 도니 딴 곳에 정을 둔 사람이 있어 나를 쓴 외 보듯 하는 것이 틀림없겠다."

그러나 생의 차림새를 아무리 훑어보아야 옷에는 아무런 의심 갈 것이 없었다. 어쩌다가 생이 차고 다니는 베주머니를 보니 전에는 홀쭉하던 것이 지금은 이상하게 불룩해 보였다. 여기에 정표로 되는 물건이 있는가 보다 하고 몰래 안을 뒤져 보니 과연 자그마한 비단

주머니가 나왔다. 비단 주머니 안에는 부시와 부싯돌이 들어 있고 장기쪽 모양의 은돈까지 있었다. 처는 분기가 치밀어 그것들을 상 위에다 벌여 놓고 생이 깨어나면 망신을 주리라 별렀다. 조금 뒤 채 생의 아버지가 서슬이 퍼레서 들어왔다.

"개돼지 같은 것이 아직 잔단 말이냐? 그래 가지고 어느 겨를에 글을 읽겠느냐?"

문을 벌컥 열고 욕을 하는 바람에 생은 엉겁결에 일어나 급히 옷을 주워 입었다. 채 노인은 눈을 굴리다가 문득 상 위에 놓인 물건들이 눈에 띄자 놀랍고 통분하여 길길이 뛰었다. 생을 발가벗겨 망태 안에 넣어서 들보에 매달아 놓고 사정없이 매를 쳤다. 생이 아픔을 참다못해 낱낱이 사실대로 말하자 채 노인은 하늘이 낮다고 삼백 번을 뛰었다. 그길로 이웃에 편지를 내어 건장한 하인 하나를 얻어 당장 김 노인을 부르러 보냈다.

김 노인은 워낙 호화 부자라 내로라하는 문관 재상이 와도 앉아서 맞이하는 판인데 하물며 한 가난뱅이 훈장이 하인 하나를 보내어 부르는 것쯤이랴. 다만 딸의 몸을 이미 맡긴 터라 멸시를 참고 서둘러 말을 몰아 채 노인 집으로 왔다. 채 노인은 대뜸 목에 핏대를 돋우며 욕을 하였다.

"예의를 무너뜨려도 분수가 있는 법이오. 음탕한 딸의 말을 그대로 따르는 것도 안 될 일이려니와 어째서 내 아들까지 그르친단 말이오?"

"사위를 맞아들이는 행차가 그만 어긋나서 이렇게 되었으니 피차 불행이라 할 것이외다. 이미 저질러 놓은 일이니, 이제는 한강에 배 떠나간 자리이고 공중에 구름 걷힌 셈이오. 두 집이 정리하여 서로 간섭을 안 하면 그만이지, 하필 남의 부족한 점을 큰소리로 욕할 것이야 있소?"

채 노인은 그 말에 그만 말문이 막혔다. 김 노인은 자리를 털고 일어나며,

"이 댁 아들과 내 딸이 부부간의 정을 맺었던 것은 피차 잊어버리고 두 집 간에 서로 난처한 일이 없도록 하길 바라오."

하고는 훌쩍 가 버렸다. 한 해가 지난 어느 날 김 노인이 비에 젖어 채 노인의 집에 들어섰다. 채 노인은 대뜸 핀잔을 주었다.

"전날에 철석같이 약속을 하고서 어째 내 집 뜨락에 다시 발길을 하오?"

"교외에 나갔다가 공교롭게 소나기를 만났구려. 이 근방에는 다른 아는 사람이 없기에 감히 귀댁에 들어와 비를 잠시 그으려 하니 부디 양해를 바라오."

채 노인은 기쁜 빛을 띠며,

"내가 오랜 장맛비에 혼자 앉아 답답하던 차이니 어서 올라와 한담이나 나눕시다그려."

하고 맞아들였다. 김 노인은 정중히 예의를 차리고 나서 재미나는 이야기판을 벌였다. 그야말로 소꼬리가 비단실 같은 이야기이고 의미가 깊은 말들이었으나 지난 일은 아예 내비치지 않았다. 채 노인은 한평생 마을 구석에 눌러 박혀 살아온 훈장이라 종일 가도 듣느니 판에 박은 듯한 가난살이 이야기뿐이었다. 김 노인의 이야기는 그와 달라 귀맛에 구수할 뿐더러 가려운 데를 긁어 주듯 비위를 맞추어 주니 마음에 기쁘기 그지없어 귀가 항아리만 해질 것은 정한 이치다. 김 노인은 채 노인의 마음을 벌써 가늠하고 곧 따라온 하인

을 불렀다.

"내가 바삐 다니다 나니 속이 비어 시장하구나. 빨리 주머니에 있
는 남은 음식을 가져오렷다."

종이 진수성찬을 올리자 김 노인은 잔에 가득 술을 부어 채 노인
에게 공손히 권하였다. 채 노인은 벌써부터 비위가 동하여 닭알침이
저절로 넘어갔으나 짐짓 사양하였다. 그러자 김 노인은,

"한잔 술은 처음 만난 사람과도 나누는 터에 하물며 우리야 이미
서로 낯을 익힌 사이가 아니겠소. 같이 앉았다가 혼자 마시는 법
이 어디 있겠소?"

하고 바싹 권하였다. 채 노인은 그만 말이 막혀 한 잔 두 잔 받아 마
셨다. 그러는 사이에 점점 기분이 좋아져 가슴에 쌓인 온갖 시름이
구름 사라지듯 하였다. 워낙 탁배기에 나물 안주밖에 모르던 사람이
진수성찬에 좋은 술을 마시니 취기가 뻗쳐 눈앞이 몽롱해지고 하늘
이 돈닢만 해졌다. 김 노인은 한껏 즐기다가 돌아갔다. 채 노인은 취
한 김에 김 씨를 붙들고,

"그대는 좋은 술동무요. 꼭 자주 들러 주길 바라오."

하고 청하였다.

"오늘 마침 비가 오기에 다행히 같이 술을 마시게 되었소만 관청
일도 바쁘고 내 집일도 많아 종일 바삐 돌아치는 처지니 어찌 몸
을 빼 올 수 있겠소이까."

채 노인은 문밖까지 바래다주고 나서 취한 김에 방 안에 들어가
가족들을 모아 놓고 한바탕 김 노인을 칭찬하다가 그대로 곯아떨어
졌다. 다음 날 아침에 깨어나니 어제 일이 자못 후회되었으나 어쩔
도리가 없었다. 김 노인은 종을 보내어 채생의 집 동정을 몰래 살피

게 하였다.

어느 날 종이 돌아와 알렸다.

"채 노인네 집에서 닷새 동안 끼니를 끓이지 못하여 내외가 다 쓰러졌는데 보기가 참혹하더이다."

김 노인은 그길로 채생에게 편지를 써서 수천 냥 돈을 실어 보냈다. 채생의 집에서는 모두가 기뻐 야단하며 진수성찬으로 배를 불렸다. 그러나 채 노인에게는 짐짓 다른 데서 꾸어 온 것이라고 둘러대어 알지 못하게 하고 음식을 올렸다. 채 노인은 하도 배가 고팠던지라 꼬치꼬치 따져 물을 새도 없었다. 하루 이틀 지나도록 끼니 걱정이 없는 것이 이상하여 따지니 채생은 할 수 없어 연유를 사실대로 낱낱이 말하였다. 채 노인은 벌컥 성을 냈다.

"차라리 굶어 죽을지언정 어찌 앉아서 남의 물건을 명색 없이 받는단 말이냐. 이왕 지나간 일이니 먹은 것은 토해 낼 수 없거니와 갚을 길도 없는 노릇이로다. 이후로는 아예 그런 짓을 말아라."

채생은 "네, 네." 할 수밖에 없었다. 이러구러 날이 지나 어느덧 돈이 다 떨어지니 또 그전처럼 굶게 되었다. 채 노인은 본래 덩둘한 사람이라 살림살이는 영 돌보지 않는 성미였다. 그래서 채생과 그의 어머니가 윗돌 뽑아 아래를 고이고 아랫돌 뽑아 윗돌 고이는 식으로 근근이 살아온 터였다. 그러나 센 화살도 나중에는 종잇장도 뚫지 못하는 법이니, 그것도 한정이 있기 마련이다.

이제는 빚이 산더미처럼 쌓이고 당장 굶어 죽게 되었다. 김 노인은 채생의 집 형편이 그 모양이 된 것을 알자 다시 쌀 열 섬과 얼마간의 돈을 보내 주었다. 당장 죽게 된 부모를 보며 애간장을 태우던 채생이었다. 부끄럼을 무릅쓰고 남의 뒷간을 쳐내는 일이라도 할 판이었는데 하물며 호의로 주는 물건을 안 받을 리 있으랴. 혼연히 받아 상다리가 부러지게 음식을 차렸다. 채 노인은 앓으며 정신이 가물거리는 중에도 그저 먹을 것만 찾고 있었다. 채생은 서둘러 음식을 만들어 대접하였다. 며칠이 지나 채 노인이 병을 털고 일어났는데도 맛 좋은 음식이 떨어지지 않았다. 채 노인이 물었다.

"이게 어디서 났단 말이냐?"

채생은 또 사실대로 말을 올렸다. 채 노인은 빙그레 웃으며 말하였다.

"그 사람이 어떻게 급한 때마다 도와줄 수 있다더냐. 앞으로는 아예 받지 마라. 정 그럴 셈이면 네 볼기를 쳐야겠다."

채생은 또 "네, 네." 대답을 하였다. 채 노인은 편안히 누워 걱정 없이 대여섯 달을 보냈다. 그러다가 쌀독이 또 비게 되니 속이 타기는 전보다 열 배나 더하였다. 날이 갈수록 고생은 점점 심해 갔다.

채 노인은 상사를 당한 뒤 제사마저 제대로 지내지 못하여 울적한 마음으로 방구석에 앉아 있었다. 아무리 생각해 보아야 속만 탈 뿐이었다.

그런데 난데없는 종 하나가 엽전 이백 꿰미를 가지고 와서 아들에게 주었다. 김 노인 집에서 보내온 것이었다. 채생은 전번에 아버지의 엄한 말을 들은지라 사양하려 들었다. 그러자 채 노인이 말하였다.

"남의 딱한 처지를 민망히 여겨 제사에 쓸 물건을 보내 준 것인데 아예 물리쳐 버리면 인정으로 보나 의리로 보나 일이 되겠느냐? 절반만 받고 절반은 돌려보내면 양쪽이 다 알맞으니라."

채생은 아버지 말대로 하였다. 이튿날 김 노인은 음식을 잔뜩 차

려 가지고 와서 채생을 찾았다. 채생이 또 물리치려고 하니 아버지
가 말렸다.

"이왕 만든 음식을 그냥 돌려보내 내버리게 할 수야 없지 않느냐.
오늘은 맛 보기로 하고 다음부터는 그런 폐단이 없도록 하는 것이
옳으니라."

김 노인과 채 노인은 마주 앉아 향기로운 술을 기울이고 온 집안
이 왁자하니 둘러앉아 모두 맛있는 음식으로 배를 불렀다. 김 노인
은 은근히 채 노인에게 잔을 권하였다. 채 노인은 주는 대로 받아 마
시다 보니 그대로 곤드레만드레가 되었다. 마음이 흥그러워진 채 노
인은 아들을 앞에 불렀다.

"네가 김 씨 댁 규수와 본디 생판 모르는 남남이었다만 생각지 않
은 연분을 맺게 되었으니 이 역시 운수이다. 네가 매정스레 발길
을 끊어 남의 한평생을 허무하게 만들 수야 있겠느냐. 오늘은 밤
이 참 좋구나. 가서 하룻밤을 자고 오너라. 며칠 동안 눌러 있지는
말고."

채생은 뛸 듯이 기뻐 얼른 대답을 하였다. 김 노인은 절을 하며 사
례하고 그 자리에서 채생을 말에 태워 자기 집으로 보냈다. 그러고
도 채 노인이 마음을 고쳐먹을까 봐 염려되어 저녁때까지 앉아 있다
가 돌아갔다. 채생이 다음 날 아침 돌아와 아버지에게 문안을 하러
들어가니 채 노인은 어제 일을 까마득히 기억하지 못하고 있다가 아
들이 나들이 옷차림으로 들어오자 이상해하며 물었다.

"이른 아침부터 어딜 가려고 옷을 차려입었느냐?"

채생이 어제 있었던 일을 말하자 채 노인은 후회도 되려니와 부끄
럽기도 하여 아들을 탓하지 못하였다. 이때부터 채생이 하는 대로

내버려두고 그의 말이라면 그대로 들어주며 야단치는 일이 없었다. 그 대신 의식과 제사에 소용되는 것은 김 노인 집에 의탁하게 되었다. 김 노인은 날마다 술과 음식을 싣고 와서 속을 터놓고 세간 일을 의논하곤 하였다.

채 노인은 가난살이 끝에 일찍 부모를 여의고 수염발이 희도록 낙이라고는 모르다가, 먹고살 걱정이 없어지고 또 날마다 즐겁게 술을 마시니 이제야 살 재미가 생겼다. 지난날 고생하던 것을 생각하면 절로 몸서리가 쳐졌다. 하루는 김 노인이 조용히 말하였다.

"댁의 아들이 우리 집에 자주 다니게 되니 자연 사람들의 눈에 띄지 않을 수 없소이다. 그래 이제부터 내 집에 발길을 끊어 주었으면 하오."

채 노인이 놀라 말하였다.

"그러면 내가 며늘아기를 몰래 우리 집으로 맞아들여 남의 눈에 종적이 드러나지 않게 하오리다."

"댁의 아들이 아직 나이가 어린 선비로 위로는 부모가 있고 아래로는 본댁이 있는 터이니 결코 작은댁을 집 안에 둘 수는 없을 것 아니오?"

"무슨 묘책이라도 있으면 가르쳐 주시오."

"내 귀댁 곁에 집 한 채를 따로 지어 아침저녁 다니기 편하도록 하려고 하는데 댁의 생각은 어떠하오?"

"집을 짓되 크게 지어서는 안 되리다. 수발드는 종들도 너무 많아서는 안 되겠고 재물을 너무 많이 쌓아 들여서도 안 되리다. 우리 집안의 검소한 가풍을 허물 수는 없소이다."

"그리 하오이다."

김 노인은 집으로 돌아와 훌륭한 재목과 기와를 내어 곧 고래 등 같은 큰 집을 짓게 하였다. 지어 놓은 집을 보니 채 노인의 뜻과는 애당초 어긋나는 것이었다. 채 노인은 어쩔 수 없는지라 이따금 혀를 끌끌 찰 뿐 그냥 김 노인에게 양보를 하는 수밖에 없었다. 김 노인은,

"이 집은 댁의 맏자손을 위한 것이외다. 내가 가만히 보건대 그대는 속에 진주 보옥을 품고 있건만 세상이 알아주질 않습니다그려. 댁의 아들 며느리가 그 복을 누리는 것은 응당한 일이니 큰 집이 없어서야 되겠소?"

하고 구슬렀다. 채생의 아버지는 그 말에 몹시 흐뭇해하였다. 집이 다 되자 김 노인은 밤에 딸을 채생의 집에 보내어 시부모와 본댁에 인사를 올리고 그대로 시집에 눌러 살게 하였다. 사흘 만에 작은 잔치, 닷새 만에 큰 잔치를 겨끔내기로 차리니 시부모가 즐거워하는 것은 물론이요, 안팎의 종들에 이르기까지 모두 기뻐 날뛰었다. 채생이 어머니에게,

"아버님과 어머님은 평생 고생만 하며 만년에 이르렀으나 불초한 자식이 나이 아직 어리고 배운 것도 없어 오늘 적으나마 부모를 효성으로 봉양하자면 새집으로 이사하여 부귀를 누리며 편히 살도록 하는 길밖에 없사오니 제 말을 들어 주시기 바랍니다."

"내가 옮겨 가면 김 씨 집에서 나를 무엇이라고 하겠느냐?"

"이는 바로 김 씨 부녀의 뜻입니다. 저는 그 말을 전할 뿐입니다."

채생의 어머니는 선뜻 마음이 동하여 채 노인에게 그대로 알렸다.

"쓸데없는 소리까지 하는 걸 보면 임자는 뜻과 기개마저 늙었나 보우."

그 말에 채 노인의 부인은 화를 내었다.

"내가 바늘 가는 데 실 가듯 지금껏 당신을 따라다녔지만 어느 하루 걱정 없는 날이 있었소? 오늘 다행히 먹을 걱정 입을 걱정을 안 하고 마음 편히 잘살게 되었으니 김 씨 댁 따님의 은혜가 얼마나 크오? 오늘 또 제가 정성으로 나를 맞아들여 여생을 편히 보내도록 해 주겠다는데 무슨 나쁠 것이 있다고 외고집을 쓰시오?"

"그럼 임자나 갈 테면 가우. 나는 이 오막살이를 지키고 있겠소."

채생의 어머니는 그길로 날을 받아 새집으로 거처를 옮겼다. 채 노인이 이따금 가 보면 수십이나 되는 하인들이 대문간에서 절을 하고 왼쪽 오른쪽에서 공손히 부축하여 곧바로 별채로 모셨다. 별채는 바로 채 노인이 오면 묵도록 따로 널찍하게 꾸린 방이었다. 방 안에는 책들이 그득하고 울긋불긋 꽃장식이 요란한데 섬돌 아래에는 심부름꾼이 늘어서 대답 소리가 물 흐르듯 했다. 들어가 늙은 처를 만나도 역시 그러하였다. 앉아도 보고 누워도 보며 저물도록 차마 떠나지 못하다가 나중에야 억지로 일어나 집으로 돌아왔다. 돌아오니 쓰러져 가는 오막살이 몇 칸이 그전대로 쓸쓸하였다.

'인제 살면 얼마를 더 살꼬. 손가락 한 번 튕길 동안이다. 그런데 무엇 때문에 이런 고생을 사서 할꼬?'

하는 생각이 불현듯 났다. 채 노인은 곧 아들을 불렀다.

"내가 혼자 빈집을 지키고 있으면서 네게 음식 걱정을 시키니 도리어 폐단스럽기만 하구나. 또 늘그막에 따로 세간을 내었으니 꼴이 안되었다. 이제는 네 생각대로 내가 새집에 옮겨가 단란하게 살련다."

채생의 기쁨이 어떠하였으랴. 채생의 아버지는 말없이 그날로 새

집으로 옮겨 앉았다. 김 노인은 얼마 지나서 땅문서를 가져다 채생에게 주었다. 집안 살림에 걱정이 없게 되자 채생은 공부에 열중하여 얼마 뒤 과거에 급제하여 세상에 이름을 드날리게 되었다 한다.

범을 때려잡은 이수기

조선 인조 때 서울에 이수기李修己란 무관이 살고 있었다. 그는 기골이 장대하고 위풍이 늠름한 데다 힘이 또한 장사였다.

한번은 일이 있어 강원도로 간 적이 있었다. 양양 고을을 나섰을 때 날이 저물어 그만 길을 잃고 말았다. 산골짜기를 따라 험한 산길로 수십 리를 가도 촌마을 하나 나서지 않더니 홀연 멀리 숲 속에 불빛이 반짝거리는 것이 보였다. 말을 채찍질하여 가 보니 집 한 채가 높은 바위 위에 올라 앉아 있었다. 문 앞에서 보니 귀틀집에 나무 기와를 얹었을망정 꽤 널찍하였다.

노파가 나와 문을 열고 맞아들이기에 안으로 들어가니 젊은 여인 하나가 보일 뿐이었다. 나이는 스무 살 남짓할까 한데 눈이 번쩍 뜨일 만큼 고운 얼굴에 하얀 옷을 단정히 입고 있었다. 젊은 여인은 노파와 단 둘이 사는 모양이었다. 집은 벽을 사이에 두고 아래 윗방으로 나뉘어 있는데, 그 벽에는 지게문이 달려 있었다.

손님을 아랫방에 머물게 하고 정갈하게 밥을 지어 들여오는데 향기로운 술과 맛난 안주까지 받쳐 놓아 대접이 은근하였다. 이생은 매우 이상하여 물었다.

"너희 주인은 어디로 갔느냐?"

"마침 밖에 나갔는데 이제 돌아올 것입니다."

밤이 퍽이나 깊어진 뒤에 과연 한 대장부가 들어오는데 키가 팔척이요, 생김생김이 우람하고 씩씩하였다. 사나이는 우레 치듯 굵은 목소리로 젊은 여인에게 따졌다.

"이런 깊은 밤중에 어떤 사람이 부녀자들만 있는 방에 들어왔단 말이냐? 해괴하기 짝이 없는 일이다. 이런 녀석을 가만히 놔둘 수가 없다."

이생은 겁이 더럭 나 밖으로 나서며 대답하였다.

"멀리서 오는 길손이 길을 잃고 간신히 이곳에 이르렀소이다. 주인은 불쌍히 여길 대신 도리어 나무람을 하시니 어쩐 일이오?"

사나이는 그제야 빙그레 웃으며 말하였다.

"손님 말이 옳소. 내 그저 농 삼아 한 말이니 개의치 마오."

마당은 소나무 홰를 켜 놓아 대낮처럼 환한데 사냥해 온 노루며 사슴이 산처럼 무둑히 쌓여 있었다. 이생은 더욱 두려운 생각이 들었다. 주인은 이생을 보자 매우 반가운 기색을 띠며 멧돼지와 노루의 각을 떠서 가마에 넣고 삶았다. 밤이 자정쯤 되자 등불을 켜 들고 방 안으로 들어오더니 생을 자리에 앉으라고 권하고는 좋은 술을 동이 가득 들여다 놓았다. 그러곤 이생 앞에 상을 밀어 놓고 큰 사발로 연이어 들이켜는데, 마시는 품이 볼 만하였다.

주인은 이생에게 여간만 친절하지 않았다. 이생은 워낙 술독이라 할 만큼 주량이 큰 사람이었다. 주인이 술 마시는 품을 본 이생은 아마 산속에 숨은 호걸이려니 생각하고 역시 허리띠를 끌러 놓고 마주 앉아 다시는 사양하지 않았다. 술이 거나하여 기분이 좋아지자 두 사람이 주고받는 이야기는 더욱 흐드러졌다. 이때에 주인이 갑자기 앞으로 나앉으며 생의 손을 덥석 잡았다.

"보아하니 자네 기골이 범상치 않으니 틀림없이 용맹이 여느 사람들보다 뛰어날 걸세. 내게는 꼭 죽여야 할 원수가 있어 그것이 큰 걱정일세. 생사를 같이할 용감한 의기남아를 얻지 못하면 어쩔 도리가 없네. 자네가 나를 좀 도와주지 않겠나?"

"무슨 일인지 말만 하시구려."

주인은 눈물을 뿌리며 말하였다.

"차마 말 못 할 일이네. 우리 집은 대대로 이 골에서 살아왔네. 넉넉히 산다는 말도 들었다네. 그런데 십 년 전에 난데없이 못된 범 한 놈이 여기에서 백 리쯤 떨어진 깊은 산속에 와서 자리를 잡고는 날마다 사람을 해치는데 그 머릿수가 몇인지 모른다네. 그놈의 범 때문에 남은 사람이라고는 하나도 없이 모두 흩어져 버렸지. 우리 할아버지, 할머니, 아버지, 어머니와 형제, 삼대가 모두 호랑이 밥이 되고 말았네. 글쎄 이치로 따지면 마땅히 이 고장을 버리고 얼른 자리를 떴어야 할 테지만 갑자기 갈 데가 있나? 열흘 동안에 모두 범에게 해를 입고 나만 이렇게 덩그러니 남았네. 나 혼자 살아서 무얼 하겠나.

나도 기운은 좀 쓰는 편이어서 기어이 그놈의 범을 죽이고야 가든지 말든지 하겠네. 그래서 그놈의 범과 겨루어 온 지 몇 해 잘되네. 그렇지만 나와 범의 힘이 어금지금하여 지금껏 승부를 가르지 못하였네. 용맹한 사람이 한 팔 거들어 주기만 하면 그놈을 죽일 수 있겠기에 오랜 세월 찾아보았네만 아직 그런 사람을 만나지 못했네. 통분한 생각이 골수에 사무쳐 날마다 목 놓아 통곡할 뿐일세. 오늘 내가 자네를 보니 결단코 예사 사람 같지 않네그려. 그래 이렇게 속을 터놓는 것이니 내 딱한 처지를 헤아려 주게."

주인 말을 듣고 난 이생은 몹시 감동하여 버쩍 나앉으며 주인의 손을 힘껏 잡았다.

"그대야말로 진정 효자요. 내 어찌 자그마한 수고를 아껴 그대의 뜻을 이루지 못하게 하리까. 내 죽음을 무릅쓰고라도 그대를 따라가리다."

주인은 벌떡 일어나 이생에게 사례하였다. 이생이 이상하여 물었다.

"그런데 왜 칼을 가지고 가서 그놈을 찔러 죽이지 않았소?"

"그놈은 약을 대로 약은 늙은 범이라 내가 칼이나 총을 가지고 가면 숲에서 나오지 않고 아무것도 안 가지고 맨손으로 가야만 나와서 덮치곤 하네. 그래서 죽이기가 어렵다네. 나도 몇 번 죽을 뻔했기에 감히 자주 맞서지 못하는 판일세."

"이미 허락을 했은즉 며칠 동안 기운을 돋우어 가지고 가야 할까 보오."

이생은 그대로 물러앉아 날마다 주인과 함께 술과 고기를 마음껏 먹으며 열흘쯤 지냈다. 하늘이 씻어 부신 듯이 맑게 갠 어느 날이었다.

"오늘은 갈 수 있겠나?"

하며, 주인이 그에게 날카로운 칼 한 자루를 주었다. 두 사람은 함께 길을 떠났다. 동쪽으로 십여 리를 가서 골짜기에 들어섰다. 고개 몇 개를 넘으니 산은 첩첩 막아서고 물은 골골로 흐르는데 숲은 갈수록 울창해졌다. 그렇더니 갑자기 골 안이 열리며 앞이 탁 트였다. 맑은 시내가 넓은 골 한가운데를 굽이돌며 흐르고, 깨끗한 모래가 하얗게 펼쳐 있었다. 시냇가에 불쑥 높은 바위가 시커멓게 내밀었는데 깎아지른 듯 우뚝 선 모양이 보기에도 음침하였다.

주인은 이생에게 깊은 나무숲 사이에 숨어 있으라 이르고는 홀로 빈주먹을 들고 나서더니 시냇가에 이르러 한참 동안 휘 하고 길게 휘파람을 불었다. 휘파람 소리는 맑고도 기이하게 울렸다. 휘파람 소리가 멎자마자 갑자기 바위 위에서 먼지가 몇 차례 뽀얗게 일어났다. 순간 온 골 안이 먼지로 꽉 차 햇빛이 흐려졌다. 뒤이어 바위 위에 두 자루 횃불과 같은 빛이 번쩍거렸다.

이생이 나무숲 사이로 내다보니 웬 짐승이 바위 위에 엎드려 있는데, 마치 한 폭의 검은 비단을 늘어놓은 듯하였다. 한 쌍의 불빛은 바로 거기에서 뿜어 나오고 있었다. 주인은 그것을 보자 팔을 뿜내며 호통을 쳤다. 그러자 그 짐승이 나는 새처럼 한번 훌쩍 뛰어오르더니 달려들었다. 주인과 서로 엉겨 붙어 돌아가는 것을 보니 한 마리 칡범이었다. 흉악스러운 대가리며 이글거리는 눈이 애당초 여느 범들과는 달라서, 보는 사람이 놀라 자빠질 지경이었다. 보기조차 무서운 짐승이었다.

범이 사람처럼 두 발을 딛고 일어서며 덮쳐들자, 주인은 그놈의 대가리를 추켜올리며 밀고 앙가슴 앞으로 바짝 다가들어 범의 허리를 꽉 그러안았다. 범은 뻣뻣이 쳐들린 대가리를 숙이지 못하게 되자 앞발로 사람의 등을 허볐다. 주인은 등을 짐승의 생가죽으로 둘러싸고 있었는데 그것이 쇠나 돌처럼 굳어서 범의 날카로운 발톱도 헛되이 미끄러질 뿐이었다.

사람은 다리로 범의 뒷발을 감아 걸고 자빠뜨리려 안간힘을 쓰고, 범은 곧추 일어선 채 넘어지지 않으려고 버둥대었다. 밀고 당기며 서로 엎치락뒤치락하는데 둘 다 숨이 턱에 닿아 헉헉거릴 뿐 어쩌지 못하였다. 이생은 이때라고 나무숲 속에서 뛰쳐나와 곧바로 달려갔다. 범은 달려오는 이생을 보자 따웅 소리를 질렀다. 울부짖는 소리에 바위가 갈라지는 것 같았다. 범은 사람의 품에서 빠져나오려고 날뛰었으나 주인이 꽉 그러안고 있는 통에 빠져나오지는 못하고 다급하여 화등잔 같은 눈을 디글디글 굴렸다. 범의 눈에서는 불이 철철 흘렀다.

이생은 끄떡하지 않고 곧추 달려들어 칼로 범의 허리를 푹 찔렀다. 몇 번 칼로 찌르니 범은 그제야 천둥같이 울부짖으며 무너지듯 땅에 너부러졌다. 피가 샘처럼 콸콸 쏟아졌다. 주인은 이생의 손에서 칼을 받아 쥐더니 범의 배를 가르고 뼈를 바수어 육장을 만든 뒤 간을 꺼내어 입에 넣고 어적어적 씹었다. 그러고 나서는 목 놓아 통곡하였다.

저녁 무렵 주인은 이생을 이끌고 집으로 돌아와 머리를 조아려 울며 몇 번이고 절을 하였다. 이생도 자연 비장한 마음에 잠겨 흐르는 눈물을 미처 닦지 못하였다. 다음 날 주인은 어디론가 나가더니 황소 다섯 마리와 준마 세 필을 몰고 왔다. 사람까지 딸려 가지고 온 마소에는 피물이며 산삼 등 물건이 가득 실려 있었다. 옻칠한 작은 궤 몇 개를 또 끌어 내오는데 모두 예장 물건이었다. 그러고 나서 주인이 젊은 미인을 가리키며 말하였다.

"이 여자는 내가 가까이 한 적이 없는 사람이네. 일찍이 넉넉한 값을 주고 얻어 왔는데 양인 집 딸이네. 내가 여러 해 동안 이 재물을 모아 둔 것은 다만 원수를 갚아 주는 사람에게 은혜를 갚기 위해서일 뿐일세. 행여 사양 말고 받아 주기 바라네. 나는 다른 곳에 논밭을 따로 마련해 둔 것이 있으니 그것이면 넉넉히 살아갈 수 있네. 그럼 나는 가겠네."

주인은 눈물을 흘리며 절을 하였다. 이생은 의기에 북받쳐 한 일이라 재물을 받게 될 줄은 생각도 못 하였다.

"내가 비록 무인이기는 하지만 의리는 알고 있는 터요. 어찌 이 물건을 받을 수가 있겠소. 다시는 그런 말을 마오."

"몇 해 동안 이것을 모으느라 속을 쓴 것은 바로 오늘을 위해서였거늘 그대는 왜 이런 말을 하는가?"

주인은 소매를 떨치고 일어나 작별을 고하고 나서 미인에게 오금을 박았다.

"너는 이 물건을 가지고 은인을 잘 섬겨야 한다. 만약 다른 사람을 섬기거나 헛되이 써 버리면 내가 아무리 천 리 밖에 있더라도 자연히 알게 될 것이니 그날에는 네 목숨이 없어지리라."

말을 마치고 나자 주인은 휙 돌아서 가 버렸다. 이생이 불렀으나 다시 돌아보지도 않으니 더는 어쩔 길이 없었다. 드디어 이생은 미인과 함께 재물을 싣고 집으로 돌아왔다. 이생은 그 여자를 시집보내려 하였으나 처녀가 한사코 싫다고 해서 하는 수 없이 그와 살림을 차렸다.

벼슬아치를 살인죄로 잡은 이완

정승 이완이 형조 판서로 있을 때였다. 함경도에 사는 엄가 성을 가진 사람이 장령[1] 이증李曾과 토지 문제로 송사를 걸었는데, 송사에서는 엄가가 이기고 이증이 졌다.

송사가 판결된 뒤 엄가가 마땅히 판결 문건을 받으러 와야 할 터인데 여러 날이 지나도록 감감 소식이 없었다. 이 공은 이미 엄가가 먼 지방의 천한 백성이라 조정의 귀한 관리와 송사를 걸었으니 그의 형세가 외롭고 의탁할 데가 없는 터라 이증이 반드시 쥐도 새도 모르게 엄가를 죽여 흔적을 없애 버리지나 않을까 걱정하고 있었다.

이 공은 그길로 기찰 군사를 풀어 이증의 집을 엿보다가 종노릇하는 애 녀석을 하나 붙잡아 오게 하였다. 거듭 따져 물으니 그 애 녀석이 드디어 단서를 토하기는 하였으나 자세히 불지는 않았다. 공이 형장을 조금 치게 하니 그제야 종 녀석이 바른대로 불었다.

"술과 고기를 차려 놓고 달래다가 나중에는 죽여 버렸습니다. 그

---

1) 장령掌令은 사헌부의 정사품 벼슬.

시체는 사람을 시켜 성을 넘어가 한강에다 처넣게 하였습니다."

공은 대궐에 들어가 임금에게 아뢰었다.

"나라가 나라로 되는 것은 형벌에 관한 정사와 기강이 있기 때문이옵니다. 오늘 조정의 관리라는 자가 함부로 소송 상대를 때려죽였사온데 귀하고 권세 있는 집이라고 하여 법조문대로 형벌을 주지 않는다면 나라가 어찌 망하지 않을 수 있사오리까? 꼭 시체를 찾아낸 뒤에 법조문에 따르는 죄를 주어야 마땅하오리다. 신이 이제 시체를 찾아내기만 하면 기어이 이 이증을 죽이고야 말겠사옵니다."

이때 공은 마침 훈련대장 직책을 겸하고 있던 차라 군졸들과 마을 백성들을 풀어 강의 배들을 모조리 거두어들이게 하고는 쇠갈고리를 많이 만들어 강을 거미줄처럼 덮고 샅샅이 찾게 하였다. 시체를 찾아 깃발을 달고 살같이 달려오는 배를 보자 공은 자리에서 일어나며 책상을 쳤다.

"이제는 이증이란 놈이 죽었다."

시체를 검사해 보니 엄가의 시체가 분명하였다. 그러자 공은 형리와 군졸들을 풀어 이증의 집을 둘러싸고 그를 잡아오게 하였다. 이증이 마침내 형장을 맞고 옥에서 죽어 버리자 온 조정이 찔끔하였다.

안해를 저버리지 않은 김생

　광해조 때 대북파 양반 가운데 한 재상이 있었다. 본인의 부귀영
화도 비길 데 없거니와 아들 역시 벼슬이 빨리 올라 승지를 하고 있
었다. 집이 크고 화려한 것은 물론 곳간마다 돈과 곡식이 무둑무둑
쌓여 있었다.

　그러나 사위인 김생은 의지가지없는 외로운 신세로 처갓집에 얹
혀살고 있었다. 주인 내외는 말할 것도 없고 종들까지도 모두 김생
을 멀리하고 시답잖게 대하는 판이어서 종의 자식들까지 김생의 이
름을 마구 불러 대면서 조금도 어려워하는 기색이 없었다. 그러나
그의 안해만은 남편의 처지를 딱하게 여겨 극진히 대하였다.

　생은 어둑새벽에 나갔다가는 아침에 들어오고 아침에 다시 나갔
다가는 저녁에 들어오곤 하였다. 들어올 적이면 재상 내외는 고사하
고 처남인 승지 앞에도 감히 나서지 못하고 조심조심 작은 문으로
해서 곧추 안해의 방으로 들어오곤 하였다. 안해는 지게문에 기대서
서 기다리다가 뜰아래 내려와 맞아서는 방으로 함께 들어와 옷을 벗
겨 주고 밥상을 차려 내오곤 하였다. 재상의 집에서는 종들까지도

모두 배를 두드리며 고기가 싫어 안 먹건만 김생의 밥상에는 쓴 나물 몇 가지가 고작이었다. 안해가 때로 분을 못 참아 김생을 마주하고 눈물을 흘릴 적이면 김생은 웃어 버릴 뿐이었다.

"엂혀살며 얻어먹는 주제에 이것도 오히려 분에 넘치다 할 것인즉 어찌 타박을 한단 말이오?"

하루는 김생이 늦게 돌아와 방으로 들어가니 안해가 보이지 않았다. 혼자 한참 앉아 있노라니 안해가 담장 뒤로 몰래 들어오는 것이었다. 김생이 의아하여 까닭을 물으니 안해의 대답이 기막혔다.

"아침에 어머님이 저를 불러 몹시 꾸짖었습니다. '네가 입고 먹는 것이 모두 부모의 덕이건만 너는 그저 김생밖에 모르는구나. 언제 봐도 살뜰하고 정이 도타우니 네 마음에는 그 잘난 김생이 그리도 좋으냐? 나이가 사십이 넘도록 처갓집 밥만 축내면서 안해 건사하나 제대로 못하니 그 꼴 보기가 정 싫다. 이제는 생각만 해도 머리칼이 곤두서고 입에서 신물이 난다. 그런데도 너는 그 알뜰한 남편을 부모보다 열 곱이나 더 중히 섬기니 될 말이냐? 이제 또 그런 꼴을 보일 바에는 그 녀석을 따라 내 집에서 아예 나가 너 좋을 대로 잘 먹고 잘 살려무나.' 하고 화를 내었습니다.

이제부터 제가 뻐젓이 문을 열고 들어오다가 들키는 날에는 어머님의 꾸지람이나 다시 듣게 될 것이옵니다. 오늘 날이 저물어 서방님이 돌아왔기에 잠시 뒤를 보러 나간다 핑계하고 몸을 빼어 집에 겨우 왔으니 널리 양해하옵소서."

"장모의 가르침이 그러하거늘 그대는 무엇 하러 온단 말이오?"

얼마 뒤 여종이 저녁 밥상을 들여오니 안해는 여종에게,

"내가 여기에 와 있다고 말하지 마라."

하고 다짐을 하였다. 여종은 알겠노라고 대답하고 나갔다. 김생은 밥을 한 술 크게 떠서 입에 넣었다. 밥상에는 여느 때 없이 닭 다리 하나가 올라 있었다. 김생이 덥석 쥐어 입으로 가져가자 안해가 질색하며 말렸다.

"그것만은 아예 들지 마옵소서."

"그게 무슨 말이오?"

"아까 닭 한 마리를 삶았는데 고양이란 놈이 훔쳐다 몸뚱이 고기는 다 먹어 버리고 다리 하나를 뒷간에다 떨어뜨렸습니다. 그 말을 여종들에게 들으시고 어머니가 하는 말씀이, '김생에게 좋은 반찬이 생겼구나. 밥상에다 놓아 주면 맛있는 게 생겼다고 좀 좋아하겠느냐?' 하더이다. 그렇게 되어 밥상에 오른 것이니 그 더러운 것을 아예 입에 대지 마사이다."

"장모께서 나를 생각하여 고기를 준 것이니 특별한 은혜라 할 것이어늘 내가 어찌 먹기를 사양하겠소."

말을 마치자 생은 뼈다귀 하나 남김 없이 천연스레 말끔 먹어치웠다. 상을 물리자 김생은 곧 일어나 밖으로 나가려고 서둘렀다. 안해가 이상하여 물었다.

"날이 저물어 인정 종이 울렸는데 어디로 가려 하시나이까?"

"오늘 밤 삼경에 그대는 꼭 후원에 올라가 동쪽을 바라보오. 그러면 대궐 밖에서 사람들이 떠들썩 들레는 소리가 들리리다. 얼마 뒤에 싸우는 소리가 들리거든 판국이 이미 기운 줄 알고 꼭 자결하여 죽도록 하오. 그러나 인차 조용해지거든 어떤 구차한 일이 있더라도 부디 몸을 잘 보살피도록 하오."

안해가 그러마고 대답하자 김생은 뒤도 돌아보지 않고 총총히 밖으로 나가 버렸다. 안해는 그날 밤 잠들지 못하였다. 삼경이 되어 집 안사람들이 다 잠에 곯아떨어지자 몰래 후원의 동산에 올라가 이마에 손을 얹고 대궐 쪽을 바라보았으나 장안 거리는 마냥 조용하였다. 남편이 실없는 소리를 했나 보다 생각하고 나가려는 참에 홀연 횃불이 밤하늘을 밝히고 사람들이 떠들썩하는 소리와 말 울음소리가 어지럽게 들리더니 웬 군사들이 풍우같이 대궐문으로 들이닥치는 것이었다. 잠시 뒤에는 그들이 고함을 지르며 한 뭉치가 되어 대궐 안으로 쳐들어갔다. 궁성 안의 단풍나무 사이로 간간이 불빛이 보일 뿐 떠드는 소리가 그다지 심하지는 않았다.

이때 재상 부자는 모두 번을 서러 대궐에 들어가고 집에 남정이라고는 아무도 없었다. 무슨 일이 터졌는지 물어볼 사람도 없어 김생의 안해는 그저 혼자 두근거리는 가슴을 누르며 방으로 들어오는 수밖에 없었다.

이튿날 아침 하인이 재상의 아침밥을 가지고 대궐로 향하였다. 대궐 안에 들어가니 뜰 가운데 길에는 말 탄 군사 천여 명이 진을 치고 늘어서 채찍으로 후려갈기고 방망이로 때리며 사방 누구도 얼씬 못하게 하는 것이었다. 하인이 주인의 세력을 믿고 길을 지나가려 하니 진 안에서 장교 하나가 튀어나와 채찍으로 후려쳤다. 하인은 발끈하여 줄욕을 퍼부었다.

"나는 아무 동 아무 판서 댁 사람이다. 네깟 하졸 나부랭이가 감히 나를 때린단 말이냐?"

그 소리에 군졸들이 어이없는지 너털웃음을 터뜨렸다.

"이놈아, 너희 주인은 흉악한 역적 우두머리다. 조금 있으면 목이 잘릴 텐데 네가 그 세력을 등에 대고 큰소리를 친단 말이냐?"

그러고는 발길로 차서 쫓아내는 바람에 하인은 죽을 고비에서 겨우 빠져나와 피투성이가 된 채 집으로 돌아와 그 사유를 알렸다. 재상의 집에서는 그 말이 믿어지지 않아 어리둥절하였다. 재상 부인은 하늘이 낮다고 펄펄 뛰었다.

"우리 집은 임금의 은총을 후히 입었거니와 반역을 음모한 일도 없는 터이니 무슨 일로 목이 잘릴꼬. 필시 그 못된 김생이란 녀석이 반역 음모를 꾸미다가 일이 드러난 모양이다. 국문을 당하자 평소의 분풀이를 하자고 우리 집을 물고 늘어진 게 아니겠느냐? 네 남편이란 게 잘났구나, 잘났어."

김생의 안해도 딱히 알 수 없는 일이라 머리를 수그리고 덤덤히 앉아 있을 뿐이었다. 얼마 있자니 낭관 몇이 문에 들이닥치더니 문서들을 뒤진다, 창고들을 봉한다, 북새를 놓았다. 온 집안이 통곡을 하며 어찌 된 일인가 물었으나 낭관은 입을 다물고 응대조차 하지 않았다.

그길로 늙은 종을 시켜 몰래 빠져나가 소식을 알아오게 하였다. 얼마 있으니 늙은 종이 숨이 턱에 닿아 돌아왔다.

"어젯밤 새 임금이 왕위에 오르고 그전 임금은 쫓겨나 귀양을 갔다고 하옵더이다. 조정에서는 전 임금이 대비를 유폐시킨 것을 반역죄로 논하고 있는갑디다. 그래서 소인은 대감께서도 화를 면하지 못할 듯해서 의금부로 달려가 새 임금의 지시를 알아보았습니다. 그랬더니 아니나 다를까 대감과 작은 나리는 뼈가 부러지도록 갖은 혹형을 다 받았사온데 며칠 안에 사지를 찢어 죽인다고 하더이다. 어휴, 부인과 아가씨께서도 모두 관가의 종으로 박히게 되었삽고 소인도 어디서 죽을지 모르겠습니다."

부인이 한소리 크게 부르짖고는 땅에 쓰러져 정신을 잃자 노소가 모두 통곡하며 엎어졌다. 늙은 종이 눈물을 훔치더니 갑자기 재상 부인을 급히 찾으며 말을 이었다.

　"좀 전에는 너무 황급한 나머지 한 가지 사뢸 말을 잊었삽니다."

　"어서 말해라."

　"소인이 문틈으로 엿보았더니 대청에 젊은 관리가 이마에 금관자를 붙이고 앉았는데 신통히 김생과 꼭 닮았더이다. 혹 그 사람이 무슨 인연이 있어 그렇게 된 것이 아니겠사옵니까?"

　"세상에 비슷하게 생긴 사람이 어찌 한둘이겠느냐? 그 녀석이 무슨 수로 갑자기 이마에 금관자를 붙인단 말이냐?"

　김생의 안해가 입을 열었다.

　"세상만사란 미리 알 수 없는 것이오니 시험 삼아 다시 가 보게 하옵시오."

　"너는 그저 그 알뜰한 서방만 믿어 대뜸 허망한 생각을 품는구나. 내 가슴이 탄다, 타!"

　그러자 늙은 종이 허리를 굽신하며,

　"소인이 다시 가 보고 싶소이다. 사실이 아니면 그만이옵지요."

하더니 곧 담을 넘어갔다. 늙은 종이 의금부 대문 앞에 급히 이르니 사령 두 사람이 옷차림을 요란히 하고 길을 치우는데, 큰길로는 잇대어 십여 명 깃발수가 두 줄로 늘어서 왔다. 길잡는 소리 엄엄한 가운데 초헌 하나가 높직이 굴러오고, 그 위에 차림새가 눈부신 젊은 재상이 틀지게 앉아 있는데 뒤따르는 사람이 구름 같았다.

　종이 눈을 지릅뜨고 자세히 살펴보니 영락없는 김생이었다. 뒤를 밟아 가노라니 길잡이는 곧추 대궐로 향하였다. 재상은 길잡이를 따라 대궐에 들어갔다가 한동안이 지나 나와서는 수직소로 들어갔다. 종이 사령에게 물었다.

"저분이 도대체 뉘시오?"

"김 판서 아무개요."

"본향이 어디라오?"

"아무 데라 합디다."

"지금 무슨 벼슬이오?"

"이조 판서, 의금부 지사, 어영대장에 춘추관 동지, 성균관 동지를 겸하고 사복시, 장악원, 사역원, 내의원 네 관청의 제조로 있소."

종은 됐다구나 뛸 듯이 기뻐하며 돌아와 사실을 알리고 김생의 이름이며 본향, 나이를 김생의 안해에게 물어보니 사령의 말과 모두가 맞아떨어졌다. 재상 부인은 그제야 얼굴에 화색을 띠고 김생의 안해에게 말하였다.

"내가 귀인을 몰라보고 지금껏 냉대하였으니 두 눈알을 빼내어 그 죄를 사죄해야 할까 보다. 그러나 당장 눈썹에 떨어진 불을 어찌하겠느냐. 불쌍한 네 아버지와 오빠가 모두 같은 칼에 죽음을 받겠구나. 낳아 주고 키워 준 부모의 은정을 생각하여 그간 냉대한 잘못을 용서해 준다면 죽은 목숨이 다시 살아나고 시든 풀이 다시 봄을 맞은 듯하겠으니, 네가 생각을 잘하여라."

"서방님이 귀하게 된 줄을 확실히 알았사오나 아버님과 오라버님께서 화를 당하게 되면 이 몸도 칼날 아래 죽겠사오니 아무 염려 마옵소서."

김생의 안해는 곧 붓을 쥐고 짧은 편지를 썼다.

"제가 이날까지 죽지 않고 구차한 목숨을 이어 온 것은 이 몸이 죽은 뒤에 서방님께서 신세가 더욱 외로워지고 위로해 줄 사람이 하나도 없게 될 것이 애달파서였습니다. 그래서 지금까지 살아왔 사온데 오늘 듣자니 하늘의 이치는 착한 이에게 복을 주는 법이라서 서방님께서 이미 높은 벼슬에 올라 영화를 누리게 되었다 하옵니다.

지난날 고단하던 신세가 오늘은 부귀영화를 누리게 되었으니 이제는 이 몸이 서방님 곁을 떠나도 될 것이옵니다. 제 운수가 기박하여 집안의 화는 갈수록 혹심해지니 이 몸이 한 번 죽어 애달픈 이 심사를 서방님께 풀어 뵈오리다. 이 몸은 맹세코 아버님과 오라버님하고 죽음을 같이 하오리니, 이승에서 맺은 인연은 떠가는 구름과 흘러가는 물에다 맡겨 버리사이다. 혹여 죽어 혼이라도 있으면 다음 세상에 가서라도 못 다한 정을 갚아 드리겠사오니 부디 옥체를 보중하옵소서.

호화로운 넓은 집에 살아도 초가삼간 살던 때를 잊지 마옵시고, 높은 수레에 앉아 갈 때도 고생스레 걸어 다니시던 때를 잊지 마옵시며, 울긋불긋 비단옷을 입을 때에도 거친 베옷 입던 때를 잊지 마옵시고, 산해진미 드실 때에도 쓴 나물 들던 때를 잊지 마옵소서. 그러면 이 몸은 무덤 속에서도 눈을 감겠나이다."

글을 다 쓰자 종에게 주며 급히 김생에게 전하게 하였다. 관아에 엄정히 앉아 일을 보던 김생은 이 편지를 받아 보고 눈물로 옷깃을 적셨다. 이튿날 아침이었다. 조회가 끝나자 김생은 관복을 벗고 임금 앞에 나가 엎드렸다.

"바라옵건대 신의 공신 칭호를 거두어 주시와 함께 고생해 온 안해를 보존하게 하여 주옵소서."

임금이 사유를 물으니 김생은 낱낱이 사실대로 대답하였다. 임금은 그 말을 듣고 얼굴색을 바꾸었다. 그리고 김생의 장인을 특별히 용서하여 좋은 고장에 가벼이 귀양을 보내고 말았다. 김생은 수레와 옷을 잘 갖추어 임금이 내려 준 고대광실로 안해를 맞아들였다. 김생의 장모 역시 김생의 집에서 여생을 편히 보냈다.

꾀 많은 아전에게 속아 넘어간 원님

한 양반이 산골 고을 원을 지내게 되었다. 그는 청렴한 지조를 지켜 공정한 정사를 베풀었고 명색 없는 재물에 함부로 손을 대는 일이 없었다. 본디 주변머리가 없는 성품인 데다 일에는 노상 서툴러 임기가 끝나 돌아가게 되었으나 빈 주머니뿐이었다. 행장을 차릴 길조차 없어 정녕 등이 달 지경으로 마음이 급하였다.

고을 아전 가운데는 그가 늘 신임하던 자가 하나 있었다. 아전은 사람이 영리한 데다가 고을 원이 자기를 특별히 믿어 주는 데 감격하여 그가 시키는 일이라면 변함없이 정성을 다하였다. 진퇴양난에 빠진 고을 원의 궁한 처지를 알자 그는 몹시 딱하게 여겨 사람들을 물리치고 가만히 아뢰었다.

"사또께옵서 얼음을 깨물고 쓴 나물을 드실지언정 청렴한 절개를 굽히지 않으시더니 임기가 끝나 가는데 행장도 차리지 못할 형편이 되었사옵니다. 소인이 은혜를 갚자고 한 가지 계책을 생각하였사온데 그대로만 하옵시면 길채비는 더 말할 것도 없고 살림이 펴고도 남을 것이옵니다."

"네 말에 일리가 있다면 왜 안 듣겠느냐."

"좌수 아무개가 이 고을에서 첫째가는 부자라는 것은 원님께서도 이미 알고 있는 바가 아니오니까. 밤에 소인과 작당을 해 가지고 도적놈의 수단을 한번 써 보면 당장 천 냥 돈이 굴러 들어올 것이 옵니다."

고을 원은 성을 내며 펄쩍 뛰었다.

"네가 이런 법에 어긋나는 일을 감히 내게 권한단 말이냐? 세상에 고을 원이 되어 가지고 도적질을 하는 놈이 어디 있다더냐? 미친 소리를 그만두지 못할까. 네가 그 죄로 볼기를 좀 맞아야겠다."

"사또께서 그렇게 고집을 부리시면 공금 수백 냥은 장차 무엇으로 갚으며 노자 오륙십 꿰미는 무슨 수로 마련하오리까? 또 집으로 돌아간 뒤 풍년이 든 해에도 마님께서는 배가 고파 울고 겨울 날씨 따뜻하다 해도 자손들은 춥다고 울부짖을 것이옵니다. 집 안을 발칵 뒤진대도 먼지밖에 없을 것이고 솥 안에는 거미줄이 슬 것이니 그때에 가서는 소인의 말이 생각날 것이옵니다. 오늘 일이 비록 도적질이라 하옵니다만 밤중에 하는 일이라 귀신도 모를 것이니 이야말로 역리를 취해 순리를 지킨다는 것이오니 바라건대 세 번 다시 생각하옵소서."

고을 원은 잠자코 앉아 생각을 굴리다가 이야기가 점점 그럴싸해지자 마침내 눈썹을 찡그리며 말하였다.

"그럼 가서 해 보자. 그런데 어떻게 차리고 가야 하느냐?"

"그저 탕건 쓰고 발막 신고 옷은 입은 채로 가면 되옵니다."

이윽고 고을 원은 아전의 손에 끌려 동헌을 같이 나섰다. 이때는 저녁 종이 울린 지 이슥하여 인적은 점차 드물어지고 달빛은 안개와 어우러져 밤이 칠흑같이 어두웠다. 사다리를 놓고 가만히 담장을 넘어 곳간 문 앞에 이르렀다. 곳간에 구멍을 뚫고 안에 들어서자 아전이 깜짝 놀라 말하였다.

"아차, 그만 술 곳간으로 잘못 들어왔사옵니다. 소인은 워낙 술보라 주량이 대단하온데 마침 지금 좋은 술을 대하고 보니 목젖이 절로 방아를 찧사옵니다. 어디 한번 옛사람들이 마시던 대로 함께 즐겨 봄이 어떠하옵니까?"

아전은 다짜고짜 고을 원이 신고 있던 발막 한 짝을 벗겨 그것을 잔으로 삼아 술을 가득 부어서는 두 손으로 받들어 올렸다. 이 지경에 이르러서는 고을 원도 감히 버틸 수가 없어 억지로 쓴 술을 다 마셨다. 아전은 연거푸 네댓 발막을 퍼마시고는 짐짓 취한 체 큰소리로 떠들었다.

"소인은 평생 술을 마신 뒤 장타령 한 곡조를 건드러지게 불러 넘기는 것이 재간이옵니다. 지금 자못 맑은 흥취가 치밀어 올라 가만있을 수가 없사오니 바라건대 사또께서 장단이나 치며 한 곡조 들어 주시옵소서."

고을 원은 깜짝 놀라 손을 내저으며 급히 말렸으나 아전은 아랑곳하지 않고 냅다 목청을 뽑았다. 그 소리에 대문간의 개가 짖어 대고 집 안에서 자던 사람들이 놀라 깨어났다. 두세 명의 장정들이,

"도둑이야!"

고함을 지르며 뛰쳐나왔다. 아전은 재빨리 곳간에서 빠져나온 다음 손에 잡히는 물건으로 그 구멍을 막아 버렸다. 고을 원은 나갈 구멍이 없어 쩔쩔매다가 하는 수 없이 술독 틈에 몸을 숨겼다. 횃불을 들고 비춰 보던 사람들이 모두 고함을 질렀다.

"도둑이 술 곳간에 있다!"

그들은 곳간 쇠를 까고 문을 열었다. 고을 원은 독 안의 든 쥐 모양으로 올데갈데없이 잡혀 꽁꽁 묶였다. 주인집에서는 고을 원을 가죽 부대 속에 넣어 문 앞 버드나무 가지에다 매달아 놓았다. 날이 밝으면 관가에 알려 죄를 다스리자는 것이었다. 한창 북새판이 벌어질 때 아전은 주인집 사당 안에 들어가 불을 질러 놓고는,

"불이야!"

하고 고함을 질렀다. 그러자 온 집안이 발칵 뒤집혀 불을 끄느라고 바빴다. 좌수의 아버지는 아흔아홉 난 늙은이라 귀신인지 사람인지 분간하기 어려운 꼴로 뒷방에 멍청하니 앉아 있었다. 아전은 몰래 그 방에 뛰어 들어가 늙은이를 업고 나와서는 버드나무 밑에 이르렀다. 가죽 부대를 끌어내려서 좌수의 늙은 아버지를 고을 원과 바꿔 넣은 다음 고을 원을 부축해 가지고 부랴부랴 줄행랑을 놓았다. 고을 원은 연방 비명을 올리며 다리야 날 살려라 도망하였다. 동헌에 되돌아오니 숨이 턱에 닿아 말도 제대로 나가지 않았다. 화가 머리 끝까지 치민 고을 원은 눈을 부릅뜨고 욕설을 퍼부었다.

"네가 나를 죽이는구나, 나를 죽여. 이놈아, 세상에 도적질하러 다니는 고을 원이 어디 있으며 도적질을 하러 가서 노래를 하는 놈이 또 어디 있단 말이냐!"

그 말에 아전은 싱긋 웃었다.

"소인의 묘한 계책이 이제야 이루어졌소이다. 사또께서 빠져나온 뒤 아흔아홉 난 좌수의 아버지를 감쪽같이 가죽 부대 속에 바꿔 넣었사옵니다. 관속들을 시켜 잡아오게 하여 옥에 가두었다가 아침에 좌수를 불러 놓고 그 앞에서 풀어놓게 하옵시오. 그러고는

좌수에게 불효죄를 들씌워 목에 칼을 채운 뒤 옥에 가두고 이러이 러하면 수천 금을 앉은자리에서 긁어내오리이다."

고을 원은 아전 말대로 하고 어둑새벽에 좌수를 불렀다. 좌수가 들어와 문안 인사를 하자 대청에 올라와 앉게 하고는 짐짓 물었다.

"그대 집에서 간밤에 도둑을 잡아 왔다기에 잡아다 단단히 가두게 하였으니 이제 그대 앞에서 그놈을 엄하게 다스리겠노라."

말을 마치는 길로 원은 관속들을 시켜 가죽 부대를 끌어다 놓고 아구리를 풀게 하니 그 안에서 늙은이 하나가 쭈크리고 있다가 엉금 엉금 나오는 것이었다. 좌수가 가만히 보니 바로 자기 아버지였다. 그는 놀랍고 부끄러운 중에도 겁이 더럭 나 그만 섬돌 밑에 내려가 엎드려 죄를 청하였다.

"이는 소인의 늙은 아비옵니다. 집안사람들이 잘못 잡아넣었으니 그 죄 만 번 죽어 마땅하옵니다."

고을 원은 대뜸 상을 치며 천둥같이 화를 냈다.

"네가 불효막심하다는 소문이 온 고을에 자자한 줄은 내 익히 알 고 있었거니와 오늘 백주에 윤리를 무너뜨리는 대죄를 지었으니 용서할 수가 없다."

이어 사령을 불러 좌수를 엎어 놓고 볼기 스무 대를 매우 치게 하 니 살이 터지고 피가 낭자하게 흘렀다. 드디어 사형 죄수에게 씌우 는 스무 근 칼을 채워 옥에 가두었다. 좌수가 아무리 생각해 보아야 불효막심한 대죄를 지었으니 살아날 길이 막연하였다. 그래서 아전 아무개가 고을 원과 가장 가까운 사이라는 소문은 듣던 터라 몰래 그를 불러 애걸하였다.

"여보게, 자네가 이 중죄를 벗게 해 주면 몇천 냥 돈으로야 어찌 그 은혜를 다 갚겠나. 먼저 은 이천 냥을 원님께 올려 주게."

아전은 일부러 난처한 체하다가 나중에야 개연히 응낙하고 이천 냥 돈을 집으로 실어 갔다. 그런 다음 동헌에 들어가 일이 제대로 되었다고 알렸다. 그제야 고을 원은 죄수를 용서하여 놓아 보냈다. 돈은 한 푼 깔축없이 고을 원의 집으로 실어 보낸 것은 물론이다.

얼마 안 있어 새 고을 원이 내려왔다. 사무를 인계하면서 고을 원은 문득,

'그 아전 놈을 살려 두면 이 일이 새어 나갈 것이 틀림없으렷다.' 하는 데 생각이 미쳤다. 그래 가만히 새 고을 원에게 부탁하였다.

"이 고을 아전 아무개는 간사한 자로 권세를 희롱하니 그대로 둘 수 없는 놈이외다. 내가 간 뒤 그대가 부디 죽여 없애 버리시오. 그래야 온 고을이 편안할 거외다."

고을 원은 거듭 신신부탁을 하고 떠나갔다. 새 고을 원은 전임 고을 원이 틀림없이 소견이 있어 부탁했으리라는 생각도 들고 그의 부탁을 저버리기도 어려워 이튿날 동헌에 나가자마자 그 아전을 잡아들이게 하였다. 그러고는 불문곡직하고 직판 때려죽이려 들었다. 아전은 바빠맞아 가만히 생각을 굴려 보았다.

'나는 새 고을 원에게 아무 죄도 짓지 않았다. 이는 그전 고을 원이 지나간 일이 새어 나갈까 두려워 나를 죽여 입을 봉하자는 수작이 분명하다. 에라, 한 번 죽지 두 번 죽겠느냐. 죽을 수가 나면 살 수가 생긴다는데 무슨 신통한 수가 없을까?'

언뜻 새 고을 원을 쳐다보니 왼쪽 눈이 애꾸였다. 아전은 문득 한 꾀를 생각해 내고 댓바람에 목청을 돋우어 말하였다.

"소인이 사또님께 무삼 대죄를 지었나이까! 억울하옵니다. 전임

사또께옵서 애꾸눈이시기에 그걸 고쳐 드렸사온데 그 때문에 이런 화를 입게 되었으니 어찌 억울하지 않겠소이까."

새 고을 원은 전임 사또의 애꾸눈을 고쳐 주었다는 말에 귀가 번쩍 뜨여 엉겁결에 물었다.

"네가 무슨 재간이 있기에 전임 사또의 애꾸눈을 고쳤단 말이냐? 말만 하면 내 너를 놓아주마."

"소인이 젊었을 때 산천경개를 사랑하여 두루 돌아다니다가 재주가 신통하고 비범한 사람을 만나 세상이 모르는 명의의 비결을 배웠소이다. 소인이 손을 대기만 하면 애꾸눈은 수월히 고칠 수 있사옵니다."

새 고을 원은 그 말에 뛸 듯이 기뻐하며 묶은 것을 급히 풀어 주고 대청으로 맞아 올려 자리를 주어 앉혔다.

"전임 고을 원은 사람이 아니로다. 그런 큰 은혜를 갚지는 못할망정 죽이려 하다니. 나도 한쪽 눈이 애꾸인데 네가 능히 고칠 수 있겠느냐?"

아전은 원의 눈을 한참 들여다보고 나서 흰목을 뽑았다.

"이런 것을 고치는 것쯤은 여반장이로소이다. 사또께옵서 밤을 타서 소인의 집에 잠깐 나오시면 신통한 비방을 한번 써 보오리다."

고을 원은 기뻐 입이 째질 지경이었다. 날이 더디게 가는 것이 안타까웠다. 밤이 되자 고을 원은 간편한 옷차림을 하고 혼자 아전의 집을 찾아갔다. 아전은 문밖에 나와 기다리다가 집 뒤의 별채로 맞아 들였다. 방 안에는 큰 음식상이 떡 벌어져 있는데 산해진미를 다 갖춘 것이 잔칫상이나 같았다. 술이 거나해지자 새 고을 원이 물었다.

"밤이 깊은가 본데 이제는 내 눈을 고쳐 보지 않겠나?"

"알았사옵니다."

아전은 선뜻 대답을 하고 나가더니 한참 있다가 암송아지 한 마리를 끌고 들어와 고을 원 옆에 앉히는 것이었다. 고을 원은 깜짝 놀랐다.

"이건 무엇 하자고 끌어들였느냐?"

"이것이 바로 신통한 비방이옵니다. 이것과 하룻밤 부부간의 정을 나누면 애꾸눈이 자연 나으리다."

고을 원은 곧이듣지 않고 그만 화를 내며 자리를 차고 일어나려 하였다. 그 꼴을 본 아전이 깔깔 웃으며 말하였다.

"전임 사또께옵서도 이 방법으로 애꾸눈을 고쳤기에 소인을 죽여 입을 막자고 한 것이옵니다."

새 고을 원이 반신반의하며 선뜻 나서지 않는 것을 보자 아전은 재삼 독촉하였다. 고을 원은 눈을 고치는 것이 급한 데다가 술기운까지 겹친지라 아전이 시키는 대로 허리띠를 끄르고 넙적 엎드려 송아지를 끌어안았다. 한동안이 지난 후 아전은 문밖까지 따라 나와 고을 원을 바래다주었다.

"소인이 내일 아침 뵈옵고 축하를 드리겠사오니 중매 값으로 술이나 내서는 아니 되오리다."

고을 원은 동헌에 앉아 촛불을 쥐고 꼬박 밤을 새웠다. 아침 해가 떠오르기 바쁘게 거울을 가져다 얼굴을 비쳐 보니 이게 웬일이냐. 하룻밤을 새운 뒤라 멀쩡하던 오른쪽 눈까지 개개풀려 찌부러들려고 하였다. 화도 나고 부끄럽기도 하여 걸음 빠른 관속을 시켜 당장 아전을 잡아들이라고 불호령을 내렸다.

아전은 색깔 있는 밧줄로 송아지의 코뚜레를 매고 비단 천으로 얼

추 옷을 만들어 입힌 다음 느릿느릿 송아지를 몰고 오며 고래고래
소리를 질렀다.

"에라, 물렀거라. 빨리 대문을 열지 못할까! 고을 원님 새댁 마님
께서 행차하옵신다."

온 고을이 떨쳐나 그 꼴을 보고는 해괴하여 입을 싸쥐고 웃었다.
추한 소문이 짜하니 퍼지자 고을 원은 창피하여 안방에 들어박혀 감
히 머리를 내밀지 못하고 있다가 며칠 뒤 밤을 타서 서울로 내빼고
말았다.

은둔해 살다가 털난 신선이 된 선비

정조 임인년과 계묘년 사이에 영남 감사 김 아무개가 가을철 순행차 함양에 이르러 위성관에서 하룻밤을 묵었다. 지인과 기생을 모두 물리치고 혼자 방에 누워 자노라니 인적 없는 야밤에 침방의 문이 열렸다 닫히는 달그락 소리가 났다. 김 공은 잠에서 깨어나 물었다.

"네가 누구냐? 사람이냐 귀신이냐?"

"사람이오."

"깊은 밤 사람 없는 이때에 문득 들어오니 네 행동이 어찌 그리 수상하냐? 무슨 할 말이라도 있느냐?"

"꼭 할 말이 있소."

김 공은 곧 일어나 앉으며 사람을 불러 촛불을 켜려고 하자 상대가 급히 말렸다.

"그럴 것 없소. 대감께서 내 꼴을 보면 몹시 놀랄 것이오. 어두운 밤이라도 앉아서 이야기를 나누는 데야 무슨 상관이 있겠소."

"너는 어떤 꼴을 하고 있기에 밝은 데 나서지 않으려 하느냐?"

"온몸에 털이 났기 때문이오."

김 공은 들을수록 더욱 놀랍고 이상하여 다우쳐 물었다.

"네가 사람이라면 무슨 연고로 온몸에 털이 났단 말이냐?"

"나는 본시 승정원 주서로 있던 상주의 우 아무개라는 사람이오. 중종 때 명경과에 합격하고 서울에서 벼슬자리를 구하느라 정암 조광조 선생 댁에 문객으로 있으면서 여러 해 동안 그의 문하에서 배웠소. 기묘사화에 걸려 김정金淨, 이장곤 등 여러 선비들을 잡아들일 때 서울에서 곧장 도망하였소. 고향 집으로 돌아가면 관청의 기찰에 걸릴 것은 뻔한 이치라 곤추 지리산으로 들어갔소그려. 며칠을 굶었소만 난생 처음 깊은 산골에 들어가고 보니 입에 풀칠조차 할 수 없었소.

냇가에서 먹을 만한 풀이 보이면 그걸 캐어 씹고 산과일이 보이면 그걸 따서 먹었소. 처음에는 배가 불러 요기가 되는 것 같았지만 인차 배탈을 만난 때처럼 뒤가 마려웁디다. 이렇게 거의 대여섯 달을 지내니 그 뒤부터는 온몸에 점점 털이 나는데 길이가 몇 치는 족히 되었소. 걸음도 나는 것처럼 빨라져 천 길 벼랑도 어렵지 않게 뛰어넘었소. 꼭 원숭이와 한가지였소.

세상 사람들이 나를 보면 반드시 괴상한 짐승으로 여길 것이기 때문에 감히 산에서 떠날 생각을 못 하였소. 나무꾼들이 보이면 그들의 눈을 피해 오랫동안 깊은 골짜기 안에 들어박혀 있거나 바위 험한 낭떠러지 사이에 숨곤 하였소.

혹 달 밝은 밤에 홀로 앉아 전날 배우던 경서를 외우며 신세를 생각할 적이면 절로 한심한 생각이 들어 눈물이 샘솟듯 하였소. 그러나 돌이켜 생각해 보면 고향의 부모와 처자는 이미 다 세상을 떠나갔으려니 여겨져 다시 돌아가고 싶은 생각도 없었소. 그래 그

럭저럭 해를 보냈수다.

산중에서는 사나운 범도 독사도 무섭지 않고 두려운 것은 포수요. 그래 낮에는 숨어 있다가 밤에만 나다니곤 하오. 겉모습은 달라졌을망정 마음은 아직 변함없어 늘 한번 사람을 만나 세상일에 대해서 듣고 싶었으나 이런 몰골로는 감히 나설 수가 없었소. 일전에 마침 행차가 이곳에 온다는 말을 들었기에 죽음을 무릅쓰고 온 것이외다.

다른 것은 없고 다만 정암 조 선생 댁의 자손이 몇이나 되며 선생이 억울한 죄명을 벗었는지 자세히 듣고 싶소."

"정암 선생은 인조 아무 해에 죄명을 벗어 지금 공자 사당에서 선생의 제사를 지내고 있고 곳곳에 사액 서원이 있소. 선생의 자손으로는 이러이러한 사람이 있는데 조정에서 특별히 등용하고 있으니 더 무슨 여한이 있겠소."

김 공이 이어 기묘사화의 전말을 물으니 그는 하나도 잊지 않고 자세히 말하는 것이었다. 처음 도망할 때 몇 살이었는가고 물으니 서른다섯 살이었다고 대답하였다.

"기묘년이면 삼백 년 전인데, 그러니 그대의 나이는 거의 사백 살은 되었겠소."

"그사이 깊은 산속에서 세월을 보내다 나니 나도 내 나이가 얼마나 되는지 몰랐소."

"그대가 사는 곳이 여기서 퍽 멀 텐데 어떻게 그리 빨리 왔소?"

"한창 기가 나서 갈 때에는 아무리 층층 바위절벽이라도 날개 돋은 원숭이처럼 십 리씩 뛰어넘소. 십 리쯤이야 눈 깜빡할 사이에 가오."

김 공은 듣고 매우 기이하게 여겼다. 음식을 대접하려고 하니,

"음식은 그만두고 과일이나 많이 주오."

하고 사양하는 것이었다. 마침 방에는 과일이 없고 한밤중에 과일을 가져오기도 어려운 터여서 일은 딱하게 되었다.

"공교롭게도 오늘은 과일이 없소그려. 내일 밤 그대가 다시 오겠다면 내 꼭 마련해 두겠소. 다시 올 수 있겠소?"

"그렇게 하리다."

하고, 그는 곧 작별을 고하고 훌쩍 가 버렸다. 김 공은 그가 다시 오겠다고 약속하였으므로 몸이 불편하다는 핑계를 대고 위성관에 그대로 묵었다. 그러고는 그날 아침과 낮의 다담상에서 과일 접시들을 남겨 두고 그가 다시 오기를 기다렸다.

과연 밤이 깊어지자 그가 또 왔다. 김 공이 일어나 그를 맞아들이고 나서 곧 과일을 담은 찬합을 내주니 매우 기뻐하며 다 먹었다.

"덕분에 한 끼 배불리 잘 먹었소."

"지리산에 과일이 많다는데 그대는 떨어뜨리지 않고 먹소?"

"해마다 가을 나뭇잎이 떨어질 무렵 밤마다 이것저것 주워 모으면 서너 무더기는 되오. 그것을 양식으로 삼소. 처음에는 고생스레 풀을 먹었으나 지금은 그걸 면하게 되었수다. 나무 열매만 먹어도 기력이 풀을 먹을 때보다 조금도 못하지 않소. 아무리 사나운 범이 앞에 나선대도 주먹으로 치고 발로 차서 때려잡을 수 있소."

그는 화제를 바꾸어 또 기묘년의 일에 대하여 한바탕 조용히 회고하더니 사례하고 가 버렸다.

김 공은 평생토록 이 일을 다른 사람에게 말을 하지 않다가 임종에 이르러서야 집안 자제들에게 이야기하면서,

"옛날에 온몸이 털로 덮인 여인이 있었다는 것도 이상한 일이 아
니다."

하고는, 마침내 글로 써서 사람들이 이 일을 알도록 하였다.

남모르는 덕을 쌓은 윤 공

윤변尹忭 공이 형조 정랑으로 있을 때는 김안로金安老가 제 마음대로 화와 복을 주며 나라의 권세를 쥐락펴락할 때였다. 그가 한 양인을 억지로 종으로 만드는 바람에 그 사람의 자손 수십 명이 모두 형조에 갇히게 되었다.

판서 허항許沆은 김안로의 비위를 맞추어 그들에게 형장을 마구 쳤다. 원통한 일이기는 하지만 그들은 고통을 못 이겨 장차 거짓 자복이라도 해야 할 형편이었다. 유독 윤 공은 이 일에 의심을 가지고 두 편의 문서를 거듭 잘 따져 본 결과 억울한 일이라는 것을 알고 해명하는 글을 지어 사실을 밝히려 하였다. 마침 연말이 되어 사형 죄인에 대한 재심리를 할 때 그 문건을 가지고 들어가 임금에게 올렸다. 임금은 그 글을 한번 보고 나서 즉시 양인의 온 가족을 다 놓아주도록 하였다. 형조에 갇혀 있던 수십 사람들의 가슴에 맺혔던 억울한 심정이 하루아침에 깨끗이 풀리게 되었다.

그때까지 공은 늙도록 후처에게서도 자식이 없어 걱정하며 탄식하곤 하였다. 다음 해 숙천 부사로 임명되어 관리들에게 두루 하직 인사를 하고 저녁 무렵 광통교를 지나고 있을 때였다. 날은 저물고 가을비는 솔솔 뿌리는데 홀연 한 노인이 말 앞에서 절을 하는 것이었다. 공은 알지 못하는 사람이었다.

"소인은 양인이올시다. 일찍이 한 권세 있는 집의 협박으로 노비가 되었으나 어디 하소할 데가 없었습니다. 공의 덕분으로 자손 수십 명이 모두 종의 신세를 면하였습니다. 그 은혜를 늘 가슴에 새겨 두고 갚으려 하였으나 뜻을 이루지 못하였습니다. 이제 계사년에는 공이 자손을 보게 되리다. 그러나 명도 짧고 운수도 그리 상서롭지 못할 것이지만 한 가지 일을 하면 달리 걱정할 것은 없습니다."

노인은 이어 소매에서 종이 한 장을 꺼내어 두 손으로 바쳤다. 공이 보니 종이 위에,

"계사년 유시에 아들을 볼 것이다."

하는 글이 쓰여 있었다. 그 글 왼쪽에는 '목숨 수壽', '부자 부富', '귀할 귀貴', '많을 다多', '사내 남男', '아들 자子' 여섯 글자가 쓰여 있었다. 줄마다 한 글자씩 써 있는데 유독 '다남자多男子' 석 자만은 한 줄에 써 놓았다. 오른쪽에는 축원문이 있고 이름을 쓸 자리는 비어 있었다.

"이것을 어떻게 하라는 것이냐?"

"아이가 태어난 뒤 공은 이 종이를 가지고 곧 강원도 금강산 유점사로 찾아가십시오. 촛불 오백 쌍을 마련해 가지고 부처 앞에 공양을 하고 축원하면 반드시 큰 경사가 있을 것입니다. 이만하면 소인은 은혜를 갚았다고 하리다."

노인은 거듭 부탁을 하였다. 공이 어찌 된 일인가를 물으려 하였

으나 노인은 문득 절을 하더니 작별을 고하는 길로 홀연 보이지 않았다. 공은 몹시 놀랍고 이상히 여겨 집으로 돌아온 뒤 그것을 깊이 간수하였다.

계사년이 되자 공은 과연 영특한 아들을 보았다. 공은 즉시 유점사에 가서 노인의 말대로 부처를 후히 공양하고 축원문의 빈 자리에다 아들 이름을 써서 부처 앞에 놓았다. 축원을 마치고 그 종이를 집어 보니 '목숨 수' 자 아래 '칠십[可耋]'이라는 글자가, '부자 부' 자 아래에는 '자족自足'이라는 글자가 쓰여 있고, '귀할 귀' 자 아래에는 '비길 데 없다[無比]'는 글자가, '다남자' 아래에도 '모두 귀하게 되리라[皆貴]'는 글자가 쓰여 있었다. 도합 여덟 글자가 더 쓰여 있는데 모두 또렷하기 그지없고 가늘기는 터럭 같았으나 정자로 또박또박 쓴 글씨였다. 공은 어찌 된 영문인지 알 수 없었지만 여하튼 놀랍고 이상하여 집으로 돌아와 궤를 만들어서 깊이 간수해 두었다.

그 뒤 아이는 무럭무럭 자랐으니 그가 바로 오음공梧陰公 윤두수尹斗壽로 일흔여덟 살까지 살았고, 벼슬은 영의정에 이르렀으며, 재부는 족하고, 다섯 아들 모두가 높은 벼슬에 올랐다. 아들 방昉은 영의정을 지내고 흔昕, 휘暉, 훤暄은 모두 판서 벼슬을 지냈으며, 한旰은 지사 벼슬을 지냈다.

공신으로 당세에 이름이 빛났고 후손들도 번창하여 모두 벼슬이 높아 이름난 가문으로 되었다.

남경에 간 장사꾼 정 씨의 일확천금

옛날에 정씨 성을 가진 큰 장사꾼이 있었다. 그는 늘 북경에 가서 장사를 하곤 하였으나 성미가 호방하여 이리저리 재물을 다 써 버리고 끝에 가서는 평양 감영에 은 칠만 냥의 빚까지 지게 되었다. 감영에 갇히기도 하고 풀려나오기도 하면서 간신히 돈을 마련하여 겨우 오만 냥은 갚았으나 아직 이만 냥이 남아 있었다.

감사가 나머지를 빨리 갚으라고 옥에 가두어 넣었으나 가산을 다 탕진한 터여서 다시는 손을 써 볼 도리가 없었다. 정 씨는 옥중에서 글을 올렸다.

"이 몸이 옥에 갇혀 부질없이 죽어 버리기나 하면 공사 간에 이득이 없을 것입니다. 다시 이만 냥을 꾸어 주면 삼 년 안에 사만 냥을 어김없이 갚사오리다."

감사는 그 뜻이 씩씩할 뿐더러 하는 말이 기이하여 요구한 대로 은을 내주었다.

정 씨는 곧 바닷가 고을로 갔다. 의주에서 시작하여 부잣집들을 두루 물어서는 큰 부잣집 이웃에 집을 한 채 사 놓고 오가며 묵곤 하였다. 부자라는 부자는 다 친하게 사귀어 맛있는 음식과 좋은 술을 갖추어 가지고 함께 먹고 마셨다. 그러다 나니 부자들은 너도나도 그와 속마음을 터놓고 지내며 극진히 그를 아꼈다.

이쯤 되자 능란한 말주변으로 은을 꾸었다. 많으면 백 냥, 적으면 몇십 냥씩 날짜를 정하고 돌려줄 것을 약속하였다. 약속한 날짜가 되면 곧 어김없이 갚아 하루도 늦어지는 일이 없었다. 평안도에 은을 가지고 돈놀이를 하는 집이 백여 집이나 되었는데, 정 씨는 한 바퀴 죽 돌아가며 꾸고 갚았다. 그렇게 하니 거의 일 년이 걸렸으나 한 번도 누구 하나 속이는 일이 없었다. 부자들이 그를 더욱 깊이 신용하게 되자 은을 또 잔뜩 꾸어 육칠만 냥을 마련하였다.

그 돈을 몽땅 기울여 인삼과 검은담비 털가죽을 샀다. 나머지로는 좋은 말을 구하여 산 물건들을 싣고 다시 북경으로 갔다. 그가 든 집의 주인은 옛날 큰 장사꾼으로 이름을 날리던 사람으로, 의리를 중히 여겼다. 정 씨는 주인에게 속을 터놓았다.

"이 물건을 가지고 남경으로 가면 백 배의 이득을 볼 것이오. 사내로서 무슨 일을 하려고 나선 바에는 성공하면 하늘에 오르는 것이고 실패하면 땅속에 들어갈 뿐이외다. 그대는 내 마음을 아는 터이니 나를 따르겠소?"

주인은 고개를 끄덕이며 쾌히 승낙하였다. 마침내 주인은 든든한 배 한 척을 세내어 정 씨의 물건들을 싣고 통주에서 배를 띄웠다. 순풍을 타고 열흘이 채 못 되어 양주강에 이르니 중국 사람 하나가 노를 저어 쪽배를 몰고 지나가는 것이 보였다.

정 씨는 곧 격군 가운데서 건장한 사람 몇을 데리고 작은 배를 내려 타고 뒤쫓아 갔다. 그리고 중국 사람이 탄 쪽배에 뛰어들어 무작정 그 사람을 묶어 가지고 배에 돌아와 묶은 것을 풀어 준 다음 포구로 들어가는 물길과 저자의 물건 값은 물론 인심이 어떠하고 나라의 금령이 어느 정도이며 도적이 있는가 없는가에 이르기까지 자세히 알아보고 나서, 싣고 온 물건을 넉넉히 주어 그의 마음을 샀다. 중국 사람이 몹시 고마워하며 사례하자 정 씨는 일이 성공한 뒤에는 값을 넉넉히 치르겠노라고 약속하였다. 중국 사람은 하늘을 가리키며 맹세하기를 죽어도 같이 해 보고 싶노라고 하였다. 양주강에서 조수를 타고 들어가 곧추 석두성 아래에 이르렀다. 중국 사람의 집인즉 강변에 있어 언덕에 배를 대었다.

이튿날 아침 정 씨는 눈치가 빠른 뱃사람 몇에게 중국옷을 입힌 다음 그들을 데리고 중국 사람을 따라 남경성 안으로 들어갔다. 십 리에 뻗어 있는 누대의 처마가 하늘을 가릴 듯 들어섰는데, 바라보니 모두 보물 가게라 금은보화가 산처럼 쌓여 있었다. 중국 사람은 정 씨를 이끌고 어느 약방으로 들어가더니 정 씨를 소개하였다.

"이 사람은 조선 사람으로 중한 재물을 많이 가지고 있는데 몰래 살 수가 있소. 그런데 부디 말은 내지 마시오."

약방 주인은 크게 기뻐하며 계를 무은 부자들을 불러다 놓고 물건을 사겠노라고 약속하였다. 정 씨는 배에서 인삼과 담비 가죽을 가져다가 약방에 죽 펴놓았다. 하나같이 싱싱하고 골라 다듬은 것 같았다. 남경에서는 본디 조선 인삼을 귀하게 여기는 터였다. 약방 주인이 치른 삼 값은 우리 나라의 값보다 열 배나 되었으므로 단번에 큰 돈을 벌었다. 중국 사람에게 넉넉히 값을 치른 뒤 북경에 돌아와 주인에게 수천 냥 돈을 나누어 주고 뱃사람 십여 명에게도 각각 천 냥 돈을 주었다. 드디어 우리 나라로 돌아오니 그것은 겨우 몇 달 사이였다.

감영에 사만 냥의 은을 다 갚고 또 연해 고을의 부잣집들에 이자까지 붙여 꾸었던 돈을 남김없이 다 물어 주었다. 그러고도 남은 돈이 몇만 냥 족히 되었다. 마침내 감사를 만나 이만 돌아가겠노라고 알리며 남경에서 가져온 보물을 다섯 바리나 내놓으니, 감사가 깜짝 놀라며 감탄하여 마지않았다.

"이 사람이야말로 진짜 영웅호걸이로다. 내가 이 아까운 사람을 놓칠 수 없다."

드디어 재상에게 천거하여 정 씨는 그 뒤 만호 벼슬을 여러 번 지내게 되었다.

비단 치마에 그림을 그린 정선

겸재 정선鄭歚의 자는 원백元伯이다. 그림을 잘 그렸는데 산수도에 더구나 뛰어났으므로 세상에서는 그의 산수도가 삼백 년 안에 진기한 그림이라 했다. 그림을 구하는 자가 삼밭에 삼 늘어서듯 하였으나 그는 조금도 시끄럽게 여기지 않고 그려 달라는 대로 다 그려 주었다.

한마을에 살고 있는 선비 한 사람이 그의 산수도 삼십여 장을 얻어서는 늘 진기한 보물처럼 여기며 아꼈다. 하루는 그 선비가 사천槎川 이병연李秉淵 공의 집에 갔다. 이 공의 집에는 중국에서 찍어 낸 희귀한 책들이 그득한 서가가 네 벽을 빙 두르고 있었다.

"중국에서 찍은 책이 어쩌면 이리도 많소?"

이 공이 빙그레 웃으며,

"모두 천오백 권인데 다 내가 마련한 것들이오."

하고 자랑하였다. 선비가 입을 딱 벌리며 놀라자 이 공이 말을 이었다.

"정원백의 그림 솜씨가 출중하다는 것은 우리 나라 사람들도 알고 있지만 북경의 그림 방들에서는 그런 정도가 아니오. 원백의 그림을 몹시 중히 여겨 아무리 손바닥만 한 그림이라도 높은 값으로 사지 않는 적이 없소. 내가 원백과 가장 친하기 때문에 그의 그림을 많이 가지고 있소. 중국에 사신이 갈 적마다 많건 적건 간에 얼마씩 부쳐 보내어 볼만한 책들을 사 오게 하다 나니 이렇게 많아졌소."

선비는 비로소 중국에서는 명성만을 취하는 우리 사람들과는 달리 참으로 그림을 볼 줄 안다는 것을 깨달았다.

또 이런 일도 있었다. 어느 날 겸재의 안해가 중인의 집에서 비단 치마 한 벌을 빌려 입었다가 그만 잘못하여 고기 국물을 쏟아 더럽히고 말았다. 안해가 몹시 걱정하자 겸재는 그것을 가져오게 하였다. 보니 더럽혀진 곳이 꽤 컸다. 곧 치마 주름을 뜯고 깨끗이 빨아 바깥채에 건사해 두게 하였다.

하루는 날씨가 씻어 부신 듯이 맑아 문득 그림을 그리고 싶은 생각이 부쩍 났다. 그길로 채색 벼루를 열고 빨아 놓은 비단 치마를 가져오게 하여 앞에 펼쳐 놓았다. 붓을 든 겸재는 단풍이 든 금강산의 절경을 단숨에 그려 나갔다. 붓끝에서 바람이 일 지경으로 가로세로 휘두르자 금강산의 천만 경치가 살아 움직이는 듯 비단 폭에 담겼다. 남은 두 폭에도 금강산의 기암절벽을 그렸는데 기묘하기 그지없어 참으로 세상에 드문 보배였다. 며칠 뒤 비단 치마를 찾으러 오자 겸재는 딱한 기색으로 사과하였다.

"내가 그림을 그리고 싶은 생각이 부쩍 나는데 마침 맞춤한 천이 없어 그만 그대 집에서 빌려 온 비단 치마에 붓을 댔소. 금강산 일만이천 봉우리가 그 속에 담겼으니, 부인이 보면 틀림없이 깜짝 놀랄 것이외다. 이것 참 딱하게 되었소."

치마 임자도 워낙 그림을 볼 줄 아는 사람이라 가져온 비단 치마를 보고서는 뛸 듯이 기뻐하며 거듭 사례하여 마지않았다. 그길로 집에 돌아와 진수성찬을 한 상 잘 차려다가 겸재를 대접하였다.

그 뒤 치마 임자는 큰 폭은 집안의 보물로 간수하고 나머지 두 폭은 사신을 따라 중국에 갈 때 가지고 갔다. 북경에 도착하여 그림을 가지고 그림방에 가니 마침 청성산에서 온 촉 지방의 중이 있다가 그 그림을 보고는 연신 혀를 차며 천하의 보배라고 감탄하여 마지않았다.

"지금 새 절을 지어 놓았으니 이것으로 부처님께 공양을 하겠소. 은 백 냥을 드릴 터이니 팔아 주기 바라오."

그 사람이 허락하고 값을 흥정하는 참에 또 남경에서 온 선비가 그림을 보고 말하였다.

"내가 스무 냥을 더 낼 테니 이 그림을 내게 파시오."

그러자 중이 크게 노하여 선비를 꾸짖었다.

"내가 이미 값을 흥정하여 사기로 하였는데 명색이 선비로서 이익을 탐내어 의리를 잊고 이렇게 한단 말이오? 나도 삼십 냥을 더 내겠소."

중은 돈을 더 내어 그림을 사더니 불 속에 던져 넣었다.

"세상인심이 도무지 이 지경이 되었으니 내가 이것을 탐낸다면 이 사람과 무엇이 다르리오."

중은 옷을 털고 일어나 가 버렸다. 그림 주인도 백 냥을 다 가지지 않고 오십 냥만을 넣고 그림방을 나서니 보던 사람들이 모두 혀를 내둘렀다고 한다.

하루는 겸재가 잠을 깨니 홀연 웬 사람이 찾아와 문을 두드리는 것이었다. 안으로 맞아들이니 바로 평소에 친하게 지내던 역관이었다. 역관은 진기한 부채 하나를 내놓으며 부탁하였다.

"이번에 중국으로 가야겠기에 이렇게 와서 작별을 고하오. 공은 잠깐 붓을 들어 제 노자나 마련해 주면 다행하기 그지없겠소."

이때 동녘 하늘이 이미 훤히 밝아 아침 기운이 상쾌하기 이를 데 없었다. 겸재는 곧 붓을 들었다. 바다 물결이 파도쳐 흩날리고 노한 거품이 부글부글 끓어 번지는 속으로 작은 배 한 척이 돛을 한껏 펼치고 가물가물 사라져 가는 모양이 부채 위에 그려졌다. 부채를 받아든 역관은 거듭 사례하고 떠나갔다. 그가 북경에 도착하여 그림방에 찾아가니 주인이 그 부채를 손에 쥐고는 차마 놓지 못하며 말하는 것이었다.

"이것은 필시 이른 새벽에 그린 그림이오. 돛폭에 서느런 정기가 역력하오."

그림방 주인은 곧 침향 한 궤를 값으로 내주었다. 역관이 가져다 세어 보니 향이 오십 매나 되는데 모두 길고 값진 것이었다. 이로부터 역관들이 겸재의 그림을 얻으면 모두 기이한 보물로 여겼다.

금강산에서 만난 일본인

감사 맹주서孟冑瑞가 산천경개를 사랑하여 젊었을 적에 금강산에 간 적이 있었다. 깊은 골짜기 외딴 곳에 들어가니 한 정결한 암자에 나이가 백 살이나 됨 직한 늙은 중이 있었다. 용모도 예스럽고 건장하거니와 공경스럽게 예의를 갖추는 품이 몹시 기이하여 맹 감사는 하룻밤을 그곳에서 묵었다. 중이 배운 도술을 물으려는 참에 중은 심부름하는 어린 중을 불러 이르는 것이었다.

"내일은 바로 내 스승이 세상을 떠난 날이니 제사상을 차려야 하겠다."

어린 중은,

"예."

하고 대답을 하였다. 이튿날 아침 제상에 산나물을 차려 놓고 늙은 중이 슬프게 곡을 하였다. 맹 공이 물었다.

"대사의 스승은 이름이 무엇이며, 도술이 얼마나 높았는지 듣고 싶소."

늙은 중은 처연한 기색으로 한참 만에야 입을 열었다.

"공이 물으니 어찌 숨기겠소이까. 나는 조선 사람이 아니라 일본 사람입니다. 저의 스승 역시 중이 아니라 선비였습니다. 우리가 일본에서 떠나 온 것은 임진년 전입니다. 일본에서 우리 여덟 사람을 선발하였는데 모두 계교가 깊고 용맹이 뛰어난 사람들이었습니다. 저마끔 조선 팔도를 한 도씩 맡아 가지고 조선의 산천 지형과 도로의 원근, 관액, 요충지들을 모조리 알아내고 무릇 조선 사람 가운데서 지략과 재주, 용맹으로 이름난 자들을 모두 죽인 뒤에야 돌아가게 되어 있었습니다.

여덟 사람들은 모두 조선말을 배워 익히 알고 있었습니다. 동래 왜관에서 나와 조선 중으로 변장을 하였습니다. 각 도로 떠날 즈음에 우리는 서로 의논하기를, '조선의 금강산이 영산이라니 먼저 그 산에 들어가 기도를 드린 뒤에 헤어져 가기로 하자.' 하였습니다. 십여 일 함께하여 비로소 회양 땅에 이르렀습니다. 그런데 보자니 한 선비가 나막신을 신고 누렁소를 타고 산골짜기에서 나오는 것이었습니다. 동행 중 한 사람이, '우리가 연일 절을 찾았으나 찾지 못한 데다가 고기를 먹지 못하여 기력이 몹시 쇠약해졌다. 이 사람을 죽여 잡아먹은 다음 더 가는 것이 좋겠다.' 하였습니다.

모두들 그게 좋겠다고 하였습니다. 그래서 모두 함께 선비 앞으로 나서니 선비가, '너희들이 어찌 감히 이러느냐. 너희들이 왜국의 간첩인 줄 내가 어찌 모를까 보냐? 마땅히 모조리 죽여 버릴 것이다.' 하며 호령하였습니다.

여덟 사람이 크게 놀라 칼을 빼들고 일제히 내달으니 선비가 갑자기 훌쩍 뛰어 몸을 날리며 주먹을 휘두르고 발길을 날리는데 그 솜씨가 날래어 다섯 사람은 머리가 깨지고 팔다리가 부러져 죽었고 남은 것은 세 사람뿐이었습니다.

마침내 모두 땅에 엎드려 살려 달라고 애걸하였습니다. 선비가, '너희들이 과연 성심으로 귀순하여 죽든 살든 나를 따르겠느냐?' 하였습니다. 세 사람은 머리를 조아리며 하늘을 가리켜 맹세를 하였습니다. 선비는 자기 집으로 데리고 가 우리 세 사람에게, '너희들이 비록 왜국에서 시키는 대로 우리 나라를 엿보려 하나 지략도 짧고 재주도 거칠기 그지없으니 무슨 일을 하겠느냐? 오늘 이미 하늘에 맹세하고 귀순하였으나 그것이 진짜인지 가짜인지는 내가 족히 아는 바다. 내가 검술을 가르쳐 왜적이 쳐들어오면 너희들을 거느리고 군사를 일으키려 한다. 대마도로 가서 거기를 지키면 왜적을 막을 수 있을 것이다. 공을 세우는 것을 너희들이라고 어찌 싫다 하겠느냐.' 하였습니다.

드디어 세 사람은 함께 검술을 배워 능한 술법을 다 물려받게 되었습니다. 우리가 부지런히 복종하며 섬기니 선비는 깊이 믿고 사랑하였습니다. 하루는 세 사람이 외딴 암자에서 같이 잤는데 아침에 일어나 보니 뜻밖에 선비가 해를 입어 방 안에 피가 낭자하였습니다. 소승이 크게 놀라 두 사람에게, '너희들이 무슨 일을 저질렀느냐?' 하고 물으니 두 사람이 말하기를, '우리가 비록 이 사람을 섬기며 검술을 다 배웠지만, 같이 온 여덟 사람들은 의리로 보면 형제와 같다. 지금은 모두 죽고 남은 것은 우리뿐이다. 이 사람은 우리에게 큰 원수이니 잠시인들 잊겠느냐. 오래 전부터 원수를 갚으려고 하였으나 그럴 만한 기회가 없었다. 오늘 다행히 좋은 기회가 생겼기에 죽였다.' 하였습니다. 그래서 소승이 크게 꾸짖어 말하기를, '우리가 이미 재생의 은혜를 입었고 형제가 되기

를 맹세하였으니 은혜와 의리가 이미 깊고 정의로 말하면 부자지
간과 같은 터에 어찌 원수로 여겨 이런 짓을 한단 말이냐?' 하였
습니다.

소승은 통곡하며 엎어져 있다가 마침내 두 사람을 찔러 모두 죽
여 버렸습니다. 그길로 이 산에서 중이 되어 한 어린 중을 얻어 이
암자에서 함께 외로이 살고 있습니다. 나이가 백 살이 넘었지만
매번 내 스승의 높은 재주와 지략, 깊은 의기와 도타운 정의를 생
각하면 애석하기 그지없어 늘 통분한 생각이 사라지지 않습니다.
그래서 스승이 세상을 떠난 날이면 애통함을 누를 길이 없을 뿐더
러 세월이 가도 잊혀지질 않습니다."

맹 공은 다 듣고 감탄하여 마지않았다.

"대사의 스승은 밝은 식견과 귀신같은 용맹을 지닌 분이었소그려.
그는 두 사람이 불경한 마음을 품고 있다는 것을 알았을 터인데
어찌하여 끝내 해를 입었단 말이오?"

"스승이 어찌 두 사람이 불길한 사람이라는 것을 몰랐겠습니까.
그의 지략으로는 제어하여 복종시킬 수도 있었던 것입니다. 그러
나 그들의 재주를 아낀 나머지 깊은 은혜를 베풀었으며 장차 그들
의 힘을 빌리려고 하였던 것입니다."

"듣고 보니 딴은 그렇겠소."

"스승은 저의 재능과 식견이 두 사람보다 뛰어나다고 하면서 특별
히 사랑해 주었습니다. 제가 부모 친척과 고향 땅을 잊고 삼가 부
지런히 스승을 섬긴 것은 바로 이 때문이었습니다."

"대사의 검술을 한번 볼 수 있겠소?"

"제가 지금은 몹시 늙고 기력이 다한 데다 검을 들어 본 지가 하도

오래되어 갑자기 하기는 어렵습니다. 공이 며칠 묵으며 내 기력이 좀 소생하기를 기다려 주면 쾌히 보여 드리리다."

이튿날 중은 맹 공을 데리고 인적 없는 곳에 이르렀다. 그곳에는 잣나무 십여 그루가 서 있는데 굵기가 열 아름이나 되고 꼭대기가 구름에 닿았다. 중이 소매 속에서 노끈으로 단단히 얽어매어 공처럼 둥그렇게 된 물건 두 개를 꺼냈다. 노끈을 푸니 돌돌 만 주먹처럼 생긴 쇳덩어리가 두 개 나왔다. 그것을 손으로 펴니 두어 자가웃이 되는 서슬 푸른 칼날이었는데 말기도 하고 펴기도 하는 것을 보니 엷기가 종이 같았다.

두 자루 검을 갈라 쥐고는 선뜻 일어나 휘두르는데, 처음에는 몸을 굽혔다 폈다 하며 아래위로 천천히 흔들었다. 얼마 뒤에는 점점 빨라져 바람을 일으키더니 조금 지나서부터는 돌개바람처럼 공중에 떠서 빙빙 돌며 획획 날아다녔다. 사람은 보이지 않고 은 동이가 잣나무 잎 사이로 날아다니는 듯 번갯불 같은 것이 여기 번쩍 저기 번쩍할 따름이었다. 절벽과 골짜기를 편뜻편뜻 비치는 것은 모두 서릿발 같은 칼빛이었다. 칼날이 번뜩일 때마다 잣나무 잎이 비 오듯 우수수 떨어져 내렸다.

맹 공은 정신이 아뜩해지고 혼백이 달아나는 것 같아 똑바로 바라볼 수조차 없었다. 떨어진 잣나무 잎은 거의 다 토막토막 끊긴 것이었다. 얼마 뒤 잣나무 가지는 절반 나마 벌거숭이가 되었다. 이윽고 중은 공중에서 내려와 나무 밑에 서서 몇 번이나 숨을 크게 쉬더니 서글픈 기색으로 말하였다.

"기력이 쇠하여 젊었을 적 같지 않습니다그려. 제가 한창 적에 이 잣나무 아래서 검을 휘두르면 나뭇잎들이 실 토막처럼 모두 잘렸는데 지금은 그렇지 못하여 옹근 잎이 많습니다."

맹 공은 몹시 신기해하며 감탄하였다.

"대사는 참으로 신인이오."

중은 휘 한숨을 쉬었다.

"소승은 오래지 않아 죽습니다. 그래도 내 한생의 자취를 영 없애버릴 수가 없기에 오늘 공에게 이런 말을 한 것이올시다."

중의 기색은 자못 처량하였다.

우여곡절 끝에 인연을 만난 염시도

염시도廉時道는 아전으로 서울 수진방에서 살았다. 원래 신의가 있고 사람이 성실한 데다가 청렴결백하여 정승 허적許積이 그를 하인 삼아 데리고 다니며 몹시 신임하고 총애하였다.

하루는 허 정승이 염시도에게 일렀다.

"내일 아침 심부름 갈 데가 있으니 일찌감치 내게 오너라."

그런데 그날 밤 염시도는 친구를 만나 술을 잔뜩 마시고 곯아떨어져 날이 활짝 밝은 다음에야 일어났다. 그는 허둥지둥 달렸다. 제용감이 있는 올빼미 고개를 지나가려니 길옆 빈 집터에 늙은 나무 한 그루가 서 있고 나무 아래에 풀이 무성한데 그 사이로 푸른 보자기가 삐죽이 보였다. 가 보니 무엇인가 단단히 쌌는데 꽤 묵직하였다. 염시도는 그것을 소매 안에 넣어 가지고 사직동 허 정승의 집으로 부리나케 달려갔다. 염시도가 늦게 온 죄를 청하니 허 정승은 대수롭지 않은 듯,

"다른 아전이 먼저 왔기에 그를 대신 보냈다. 무슨 그만한 일을 가지고 죄를 청할 것까지야 있겠느냐?"

하였다. 행랑방에 물러나와 그제야 보자기를 풀어 보니 뜻밖에도 은 이백열세 냥이 나왔다. 염시도는 눈이 휘둥그레졌다.

"적지 않은 재물이로구나. 이것을 잃었으니 임자의 마음이 오죽 탈까. 내가 모른 체하고 가지면 그야말로 의리 없는 일이렷다. 더구나 턱없는 횡재란 가난한 백성에게 길한 법이 없다지 않은가. 집에 가져갈 수도 없으니 상공께 바치는 것이 좋겠다."

마침내 그는 허 정승 앞에 가서 자초지종을 말하고 은을 받아 달라고 하였다. 그러나 허 정승은 도리어 염시도를 나무랐다.

"네가 얻은 물건을 내가 무슨 턱으로 가진단 말이냐? 너도 갖지 않은 물건을 그래 내가 가져서야 되겠느냐?"

염시도는 얼굴이 벌게져 물러 나왔다. 조금 앉았노라니 허 정승이 다시 염시도를 불렀다.

"며칠 전에 내가 듣자니 병조 판서 집에서 은 이백 냥을 받고 광성 부원군의 집에 말을 팔았다고 하더구나. 이게 그 은이 아닌지 모르겠으니 네가 한번 가서 물어보는 것이 좋겠다."

병조 판서란 바로 청성군 김 공이다. 염시도는 분부대로 이튿날 병조 판서를 가서 뵈옵고 물었다.

"귀댁에서 혹 잃은 물건이 없습니까?"

김 공은 없노라고 하더니 문득 대청 아래 하인을 불렀다.

"아무개 종 녀석이 말을 가지고 간 지가 이미 이틀이 지났는데 아직 소식이 없으니 어떻게 된 일이냐?"

"그 녀석이 죄를 지어 감히 대감마님을 뵈옵지 못하겠다고 하옵니다."

김 공이 펄쩍 뛰어오르며,

"그게 무슨 말이냐? 빨리 잡아들여라!"

하고 불호령을 내렸다. 곧 하인이 종 하나를 끌고 들어와 앞뜨락에 꿇어앉혔다. 종은 연신 절을 하며 주저주저 말하였다.

"소인이 만 번 죽어 마땅한 죄를 지었습니다."

김 공이 무슨 일인가를 따져 물으니 종이 대답하였다.

"소인이 재동 광성 부원군 댁에 가서 말 값을 받아 가지고 오다가 그만 깜빡 잃어버렸사옵니다."

김 공은 대노하였다.

"네 녀석의 거짓말을 내가 모를 줄 아느냐? 네놈이 농간을 부려 빼돌리고 와서는 나를 속이려 드는 게 아니냐."

당장 형장을 가져오라고 호령하는 품이 때려죽일 잡도리였다. 이 때 염시도가 나서며 형장을 치는 것을 잠깐 멈추게 하고 은을 잃어 버린 사유를 말하게 하자고 청하였다. 김 공은 그제야 깨닫고 다시 물으니 종이 자세한 내용을 일일이 아뢰었다.

"처음에 말을 가지고 광성 부원군 댁에 가니 상공께서는 저를 시켜 말을 빙빙 돌게도 하고 달려 보게도 하더니, '과연 훌륭한 준마로다. 보기도 좋거니와 살도 쪘구나.' 하더이다. 그러고는, '이 말을 네가 먹였느냐?'고 물었습니다. 소인이 그렇다고 대답하니 상공께서 감탄하며, '남의 집 종으로 이렇게 충실하니 참으로 갸륵한 일이다.' 하였습니다.

그러곤 소인을 앞으로 부르더니, '네가 술을 마실 줄 아느냐?' 묻기에, '예.' 하고 대답하였습니다. 그러자 상공이 맛 좋은 홍로주 한 사발을 퍼 주었습니다. 독한 술을 연거푸 세 사발 먹이더니 그 자리에서 은 이백 냥을 세어 주었습니다. 그리고 또 열세 냥을 더 주면서, '네가 말을 잘 먹인 상으로 주는 것이다.' 하였습니다.

소인이 작별을 고할 때는 날이 이미 저물어 저녁이 되었습니다. 몹시 취하여 걸음을 제대로 걸을 수가 없어 얼마 뒤에는 어딘지 모를 길옆에 쓰러졌습니다. 밤이 되도록 깨지 못하다가 갑자기 인정 종소리를 듣고 억지로 일어나 돌아왔는데 은 주머니가 떨어진 것을 몰랐습니다. 이런 죄를 지었으니 마땅히 죽을 줄을 스스로 알기에 감히 대감님을 뵈옵지 못했습니다."

종의 말을 듣고 보니 길에서 얻은 은이 이 댁 것이 분명하였다. 염시도는 길에서 보자기를 주운 사실과 이 집에 오게 된 까닭을 말하고 나서 은을 내놓았다. 보자기며 돈의 수량이 과연 잃어버린 것과 꼭 같았다. 김 공이 매우 감탄하는 한편 기이하게 여기며 말하였다.

"너는 이 세상 사람이 아니로다. 네가 아니면 이 물건을 어찌 다시 찾을 수 있었겠느냐. 이제 절반을 너에게 상으로 주겠으니 사양하지 말라."

염시도는 웃으며 사양하였다.

"소인이 재물을 탐냈더라면 말없이 그냥 가져도 될 것이었습니다. 이미 소인이 가질 것이 아니어서 혹시 손을 더럽힐까 염려하였을 뿐인데 상을 받다니 안 될 말씀입니다."

김 공은 송구하여 낯빛을 고치며 다시는 상을 주겠다는 말을 꺼내지 못하고 그저 거듭 혀를 차며 감탄할 뿐이었다. 화가 풀린 김 공은 은을 잃어버렸던 종을 불러 죄를 깨끗이 용서하여 주었다. 그것을 본 염시도는 김 공에게 작별을 고하였다. 염시도가 대문을 나서자 한 젊은 여인이 뒤따라오며 급히 불렀다.

"잠깐만 기다려 주십시오."

염시도가 돌아보며 웬일인가 물으니 여인은 눈물이 글썽하여 대답하였다.

"은을 잃어버렸던 사람은 제 오빠입니다. 제가 오빠를 의지하여 사는 터에 이번에 댁 덕분으로 죽을 목숨이 살아났으니 은혜를 어떻게 갚겠습니까. 제가 대감 댁 마님께 들어가 말씀을 여쭈었더니 마님께서 몹시 감탄하며 술과 안주를 대접하라고 하였습니다. 그래서 잠깐 머무르기를 청한 것입니다."

여인은 곧 마루 아래 자리를 깔더니 안으로 들어가 큰 상 하나를 들고 나왔다. 상에는 진수성찬과 좋은 술이 그득 차려 있었다. 염시도는 취토록 마시고 돌아왔다.

경신년에 허적이 죄로 사약을 받게 되자 염시도가 통곡하며 달려들어 제가 먼저 약을 먹고 죽으려 드니 금부도사가 끌어내다 쫓아버렸다. 허적이 죽은 뒤 염시도는 땅을 치며 통곡하였다. 더는 세상에 나설 생각이 없어 그길로 집을 버리고 산수 간에 떠돌아다니며 세월을 보냈다.

강릉 땅에 형뻘 되는 사람이 있어 찾아가니 이미 중이 되어 어디로 가 버렸는지 알 수 없었다. 염시도는 금강산으로 발길을 옮겼다. 표훈사에 이르러 자기도 중이 되리라 작정하고 그 절에 있는 중들에게 물었다.

"내가 세상을 버리고 부처님께 의탁하려 하오. 고명한 중을 스승으로 삼고 싶은데 누가 합당하겠소?"

중들은 모두,

"묘길상 뒤 외딴 암자에 중이 있는데 생불로 떠받드는 사람이오."

하였다. 염시도가 암자에 찾아가니 과연 중 한 사람이 단정히 앉아 명상에 잠겨 있었다. 염시도는 중 앞에 엎드려 성심으로 섬기겠다는 뜻을 갖추어 말하고 머리를 깎아 줄 것을 간절히 청하였다. 그러나 중은 한대중 들은 체 만 체 눈을 감고 있었다. 염시도 역시 엎드려 일어나지 않았다. 날이 퍽이나 어두워지자 중이 홀연 말하였다.

"시렁 위에 쌀이 있는데 어찌 밥을 짓지 않느냐?"

염시도가 일어나 시렁 위를 살펴보니 과연 쌀이 있으므로 중이 하라는 대로 밥을 지어 먹고는 또 중 앞에 엎드렸다. 엎드린 채 밤을 새고 아침이 되자 중이 또 밥을 지어 먹으라고 이르는 것이었다.

이렇게 대엿새가 지나갔으나 중은 끝내 말 한마디 없었다. 염시도가 적이 마음이 해이해져 암자를 나와 이리저리 거니노라니 암자 뒤에 두어 칸 되는 초가집 한 채가 눈에 띄었다. 집 안에 들어가 보니 젊은 처녀 한 사람이 있을 뿐이었다. 그는 이팔청춘 꽃나이에 용모가 예쁘기 그지없었다. 염시도는 연정을 금치 못하여 무작정 달려들어 처녀를 그러안았다. 그러자 처녀는 옷섶에 감추어 두었던 작은 칼을 꺼내 들고 스스로 목숨을 끊으려 들었다. 염시도는 다급하여 더는 달려들 생각을 못 하고 어디서 온 여자인가를 물었다. 염시도가 물러서자 여자의 대답도 순순해졌다.

"저는 동구 밖 마을의 여자입니다. 오빠는 중이 되었는데 이 암자의 스님을 스승으로 섬기고 있습니다. 어머니는 스님이 신통한 생불이라고 하여 제 운수를 물었습니다. 그런데 스님 말이 사오 년 사이에 큰 재액이 있을 것이니 세상과 인연을 끊고 이 암자에 와 있으라고 하였습니다. 그러면 재액을 면할 수 있을 뿐 아니라 아름다운 인연을 맺게 되리라는 것이었습니다.

어머니는 그 말을 믿어 이곳에 초막을 하나 지어 놓고 저와 함께 지내면서 몇 년을 살았습니다. 어머니가 오늘 잠깐 마을로 돌아간 사이에 이렇게 뜻밖에 남자의 핍박을 당하여 죽을 마음을 품었습니다. 이것이 어찌 큰 재액이 아니겠습니까?

부모의 허락 없이는 죽어도 몸을 더럽힐 수 없습니다. 비록 그렇기는 하지만 이렇게 만난 것도 우연한 일이 아닌 듯합니다. 생불이라는 이 암자의 스님이 말한 기이한 연분이란 바로 이것이 아니겠습니까? 이미 한 남자에게 손목을 잡혔으니 다른 데로 갈 수는 없습니다. 맹세코 그대를 따를 결심입니다. 그러나 어머니가 돌아오기를 기다려 명백하게 예를 갖추고 인연을 맺는 것이 좋을 것 같습니다."

염시도는 신기한 생각이 들어 여자의 말을 따르기로 하였다. 그와 작별을 고하고 암자에 돌아오니 중은 여전히 아무 말도 없었다. 이날 밤 염시도의 온 정신은 그 여자에게 쏠렸다. 도를 들으려는 생각은 꼬물도 없었다. 오직 날이 밝으면 여자의 어머니가 오기를 기다려 승낙을 받으려는 생각뿐이었다. 아침에 잠이 깨어 일어나니 중이 갑자기 벌떡 뛰어 일어나 욕을 퍼붓는 것이었다.

"네 어떤 놈이기에 내 마음을 이렇게 흔들어 놓는단 말이냐! 이런 놈은 죽여야 마땅하리로다."

중은 육환장을 휘둘렀다. 염시도는 엉겁결에 문을 차고 나와 암자 밖에 우두커니 서 있었다. 얼마 뒤 중이 다시 염시도를 부르더니 따뜻한 말로 타이르는 것이었다.

"네 생김새를 보니 중이 될 사람은 아니로다. 암자 뒤의 여자는 종당에 네 안해로 될 것이다. 그러나 이제 곧 지체 없이 이곳을 떠나야 한다. 비록 좀 놀라운 일은 있더라도 복록이 이제부터 시작될 것이니라."

중은 말을 마치자 글귀 하나를 써 주었다.

"이름으로 하여 죽을 고비에서 벗어나고 오작교에서 아름다운 인연을 맺으리라."

염시도는 눈물을 흘리며 작별을 고하고 암자를 나왔다. 표훈사에 이르러 잠깐 앉았노라니 갑자기 기찰 군사가 달려들더니 꽁꽁 묶어 머리에 용수[1]를 씌웠다. 그길로 죄인 수레에 처싣고 풍우같이 몰아대어 며칠 뒤에는 서울에 이르렀다. 염시도는 칼을 쓰고 옥에 갇히는 신세가 되었다.

대개 이때 허적이 역적으로 몰리고 사건이 크게 번져 그가 평소에 가까이 부리던 종들까지 잡아들이는 판이었는데 염시도의 이름이 공술에서 여러 번 나왔기 때문이었다. 의금부 신문관의 자리에는 청성군과 사건을 다스리는 여러 재상들이 죽 벌여 앉아 있었다. 나졸들이 염시도를 잡아들였다. 이때 심문을 받는 자들이 하도 많아 청성군은 미처 염시도를 알아보지 못하였다.

한 차례 심문을 당한 뒤 옥에 갇혀 있는데 마침 청성군의 점심을 날라 오는 여종이 염시도를 보게 되었다. 그는 전에 은을 잃어버렸던 종의 여동생이었다. 귀신 꼴이 되어 칼을 쓰고 있는 염시도를 보자 깜짝 놀라 곧 부인에게 사실을 알렸다. 부인은 몹시 측은히 여겨 청성군에게 편지를 써서 염시도가 누구라는 것을 알려 주었다. 청성군은 그제야 깨닫고 곧 염시도를 불러오게 하여 대략 심문해 보니 별로 죄랄 것이 없었다.

---

1) 죄수의 얼굴을 보지 못하도록 머리에 씌우는 둥근 통.

"이 사람은 본디 의로운 사람이라 그의 곧바른 심지는 내가 이미
잘 아는 바다. 어찌 역적들과 한 동아리가 되었겠는가."
하며 곧 놓아주게 하였다. 염시도가 의금부 대문을 나서자마자 전날
돈을 찾아 준 그 종이 새 옷을 지어 가지고 기다리고 있었다. 그러곤
자기 집으로 데리고 가서는 넉넉히 대접을 하고 노자와 함께 말 한
필을 주며 행상 노릇이나 해 보라고 권하였다.

　얼마 뒤에 염시도는 허적의 조카인 신후재申厚載가 상주 목사 벼
슬을 하고 있다는 말을 듣고 찾아가 뵈올 작정으로 길을 떠났다. 때
는 마침 칠월 칠일이니 세상에서 이른바 견우직녀를 만나게 해 주려
고 까마귀가 다리를 놓아 준다는 날이었다. 염시도가 상주 경내에
들어서니 날은 이미 저물었다.

　이때 갑자기 끌고 가던 말이 네 굽을 안고 달려 오솔길을 따라 한
촌마을 집으로 들어가는 것이었다. 염시도가 말 뒤를 쫓아 허겁지겁
달려갔다. 말은 어느새 그 촌집 외양간에 매여 있었다. 웬 젊은 여인
이 마당에서 베낳이 실을 잣고 있다가 사람이 들어오니 방 안으로
몸을 피하였다. 염시도가 말고삐를 풀려고 하는데 한 노파가 안에서
나오며,

　"말고삐는 풀어서 무엇 하겠소? 말이 제 올 곳을 알고 왔는데."
하는 것이었다. 염시도는 노파의 말뜻을 알 수 없어 어리둥절한 채
절을 하였다.

　"제가 한 번도 뵈온 적이 없는 터에 주인 마님께서는 말이 제 올
곳으로 왔다니 무슨 뜻인지 알 수 없소이다."
　노파는 염시도를 마루로 청해 올려 자리를 주며,
　"내 이제 말을 하리다."

하고 말머리를 뗐다. 그러자 홀연 방 안에서 목 메인 흐느낌 소리가 들렸다.

"울기는 왜 우느냐, 너무 기뻐서 그러느냐?"

노파의 말도 젖어 나왔다. 염시도가 더욱 의아하여 빨리 무슨 일인지 알려 달라고 간청하니 그제야 노파가 말을 이었다.

"자네 금강산 작은 암자 뒤에서 어떤 여자를 만난 적이 있지 않은가?"

"그런 일이 있었습니다."

"그게 바로 내 딸일세. 지금 저 안에서 울고 있네그려. 그 암자의 스님이 누군지도 자네는 모를 테지. 그 스님이 바로 자네가 죽은 줄로 알고 있는 강릉에 있다던 형뻘 되는 사람일세. 본디 도통한 스님이라 사람의 앞일을 환히 내다보는데 조금도 틀림이 없네. 언젠가 내 딸을 가리키며, '이 처녀는 내 동생 되는 염 아무개와 인연이 있소만 이제부터 몇 년 후에 큰 액운이 닥칠 것이외다. 내게 와서 의탁해 있으면 그 액운을 무사히 넘길 수 있을 것이고 그와 인연도 맺을 수 있으리다. 그러나 한집에서 같이 살지는 못할 것이오. 한집에서 만나게 되는 것은 경상도 상주 지경에서 아무 해 아무 달 아무 날일 것이오.' 하였네.

내가 그래서 딸을 데리고 그 스님에게 찾아가 액운을 면하려고 하였더니 과연 자네가 찾아온 걸세. 그때 내가 공교롭게도 밖에 나가 있어서 만나 보지 못하였네. 그 뒤 스님은 암자를 버리고 어디론가 가 버렸네. 그리고 내 아들도 이 고을에 있는 절에 와서 몸을 붙이고 있네. 내가 따라와 이곳에서 사는 것도 자네가 오늘 꼭 오리라는 것을 확실히 알았기 때문일세."

노파는 말을 마치자 딸을 나오라고 불렀다. 염시도가 보니 과연 금강산에서 만났던 그 여인이었다. 그는 얼굴이 포동포동 더욱 예뻐졌을 따름이었다. 염시도는 저도 모르게 옛일이 생각되어 눈시울을 슴뻑였다. 여인도 한편 기쁘고 한편 슬퍼 눈물만 흘릴 뿐이었다. 조금 지나 저녁상을 차려 내오는데 미리 준비를 해 놓았던지라 진수성찬이 상에 그득하였다.

이날 저녁 두 사람은 드디어 한자리에 들었다. 결국 중이 써 준 글귀가 모두 맞아떨어진 셈이었다. 염시도는 며칠간 묵은 뒤 상주 목사를 만나 일의 전말을 자세히 말하니 목사도 신기해하면서 물건을 넉넉히 주어 보냈다.

이때 염시도의 전처는 이미 죽은 지 오래되고 집은 한 친척에게 보아 달라고 부탁한 터였다. 염시도는 마침내 여인과 그의 어머니를 데리고 서울로 올라가 다시 옛집에서 살았다. 염시도의 이름은 벼슬아치들 속에 널리 퍼지고 청성군 역시 뒤를 극진히 보아 주었다.

집 살림이 넉넉한 데다가 모두들 염 의사라고 칭찬하여 염시도는 처와 복을 누리며 오래까지 살았다. 염시도는 여든 살이 넘어 죽었는데 지금 후손들이 안국동에서 살고 있다.

영랑호 은자, 설생

광해군 때에 설생이라는 사람이 청파에서 살았다. 그는 문장이 뛰어나고 절개를 숭상하였다. 그러나 과거 시험에서 운수가 나빴던지 합격하지 못하였다.

일찍이 추탄楸灘 오윤겸吳允謙과 퍽 친하게 지냈다. 계축년 대비를 유폐하는 사건이 일어나자 생은 울분에 차 오윤겸에게 말하였다.

"윤리와 기강이 다 무너진 세상에 벼슬은 해서 무엇 하겠나. 자네 나와 함께 산골짜기에 숨어 버리지 않으려나?"

오윤겸은 부모가 있어 멀리 떠날 수가 없노라고 사양하였다. 한 달이 지난 뒤에 가 보니 설생은 어디로 갔는지 없었다.

그 뒤 광해군이 내쫓기고 인조가 왕위에 올랐다. 갑술년에 오 공이 강원 감사로 임명되어 도 안을 순행하다가 간성 고을에 이르러 영랑호에서 뱃놀이를 할 때였다. 잔잔한 물결이 일렁이고 비단 같은 안개가 뽀얗게 피어오르는 사이로 쪽배 한 척이 보였다. 가까이 온 다음에 보니 배에 탄 사람은 바로 설생이었다. 공은 크게 놀라 그를 자기가 탄 배 안으로 맞아들이고 하늘에서 떨어진 사람이나 만난 것처럼 몹시 기뻐하였다.

"자네는 지금 어디서 사나?"

"지금 양양에서 살고 있는데 여기서 동남쪽으로 육십 리를 가면 회룡굴이라는 곳이 있네. 인적이 닿지 않는 깊은 골이지만 여기서는 그리 멀지 않네. 반나절이면 갔다 올 수 있네."

설생이 오 공에게 같이 가자고 청하니 공은 선선히 따라나섰다. 초저녁에 산 어귀에 이르러 길라잡이를 물리치고 그다음부터는 중들이 메는 견여를 타고 골짜기로 들어갔다. 우불구불 휘어든 험한 산길을 따라 몇 리를 가니 이끼 푸른 바위가 깎아지른 듯 우뚝 섰는데 기괴한 모양과 장한 기세가 보는 사람의 눈을 놀라게 했다. 그 가운데로 성문이 열려 있고 좌우로는 맑은 냇물이 흘러내렸다. 그 돌문 곁이 바로 회룡동이었다.

벼랑 사이로 나 있는 돌길이 오른쪽으로 올라가면서 이리 구불 저리 구불 휘휘 굽어들고 층암절벽 높은 바위는 갈수록 험해졌다. 칡넝쿨을 더위잡고 나뭇가지에 매달리며 간신히 가니 비로소 앞에 굴이 나졌다.

바위를 더듬으며 몸을 굽히고 굴속으로 들어갔다. 들어가 보니 안은 별천지였다. 넓은 들이 굴 안에 아득히 펼쳐졌는데 땅은 기름지고 인가는 총총하였다. 여기서는 뽕나무 잎이 푸른데 저기 삼밭에선 삼대가 너울거리고 배나무, 대추나무가 숲을 이루고 있었다.

설생이 사는 집은 굴 한가운데 있는데 매우 화려하였다. 설생은 오 공을 이끌고 마루에 올라 진기한 나물과 처음 보는 산과일을 내놓는데 향기와 맛이 세상 별미였고 인삼정과는 굵기가 팔뚝만 하였다.

함께 밖으로 나와 나무숲 속을 거니니 바위들에서 솟는 샘과 우뚝 솟은 바위마다 모두 기묘하고 웅장하여 무어라 형용할 수 없었다. 오 공은 황홀하여 마치 신선 세계에 온 듯 저도 모르게 속세의 벼슬살이가 더럽게 느껴졌다.

"산 좋고 물 맑으니 세상을 피해 사는 사람이 있을 만한 곳일세그려. 그런데 자네 집 살림이 넉넉지 못한 터에 이런 것을 어떻게 마련하였나?"

오 공의 말에 설생은 빙그레 웃으며 말하였다.

"내가 늘 놀러 다니며 오가는 곳은 여기뿐이 아닐세. 세상을 버린 뒤 마음 내키는 데 따라 경치가 뛰어난 곳을 찾아다니다 나니 하루도 적적하게 지낸 적이 없었네. 서쪽 속리산, 북쪽 묘향산, 남쪽 가야산과 두류산을 두루 돌아다니며 우리 나라의 이름난 산은 이 두 발로 두루 다 밟아 보았네. 마음에 드는 곳이 있으면 나무숲을 찍어 내 집을 짓고 황무지를 갈아엎고 곡식을 심었네. 일 년이나 삼 년을 살다가 흥이 다하면 다른 곳으로 떠나고 마네. 그래서 내가 사는 곳 중에는 산천경개의 아름다움은 물론 집도 이보다 열 배나 더 화려한 곳이 많네. 그저 세상 사람들이 그런 줄을 모른달 뿐일세."

오 공이 설생의 심부름 드는 사람들을 보니 모두 씩씩하고 빼어나게 잘난 데다가 풍악을 울릴 제면 솜씨가 여간 아니었다. 물어보니 모두 설생의 자식들이라니 그것도 놀랍거니와 노래하고 춤추는 어여쁜 여인이 여남은 명이나 되니 더욱이나 신기한 일이 아닐 수 없었다.

설생의 신선 같은 모습을 보니 스스로 속세에 더럽혀진 자신이 돌이켜져 한숨이 절로 나고 눈물이 샘솟았다. 시를 지어 남기고 이틀을 묵은 뒤 길을 떠나며 설생과 약속을 단단히 하였다.

"나중에 꼭 서울에 와서 우리 집에 들러 주게."

"그렇게 함세."

그 뒤 삼 년이 지난 어느 날 설생이 과연 오 공의 집에 들렀다. 마침 공은 이조 판서로 있던 때여서 그를 조정에 천거하여 벼슬을 주려고 하였다. 그러자 설생은 수치스럽게 여기며 작별도 하지 않고 가 버렸다.

오 공이 틈을 내어 재 넘어 설생이 살던 회룡굴을 찾아가니 빈 터만 있을 뿐 그가 어디로 갔는지 아는 사람이 없었다. 공은 못내 탄식하며 서글픈 마음을 안고 돌아오는 수밖에 없었다.

범을 감동시킨 효자

성종 때 전라도 흥덕현 화룡리에 오준吳浚이라는 선비가 살았다. 그는 효성이 지극하여 부모를 극진히 섬겼다. 부모가 세상을 떠나자 영취산에 장사 지내고는 무덤 곁에 초막을 짓고 살았다. 날마다 죽 한 종발을 들고 애달프게 우는데 듣는 사람들도 눈물을 떨어뜨리곤 하였다. 아침저녁 상식을 올릴 때면 물 한 사발을 정히 떠놓는 법이다. 그런데 샘은 오 리쯤 떨어진 산골짜기 안에 있어 길어 오기가 힘들었으나 오생은 반드시 자기가 손수 물 단지를 들고 길어 오곤 하였다. 바람이 부나 비가 오나 더우나 추우나 조금도 게을리 하지 않았다.

어느 날 저녁 산속에서 우레 같은 소리가 터지더니 산이 통째로 뒤흔들렸다. 아침에 일어나 보니 초막 곁에서 맑은 샘물이 콸콸 솟아오르고 있었다. 이가 시리도록 차고 단 것이 골짜기의 샘물과 같았다. 골짜기에 가 보니 그곳의 샘물은 이미 말라 버리고 나오지 않았다. 그때부터는 초막 뜨락에서 나오는 샘물을 길어 쓰게 되어 멀리 물 길러 가는 수고를 덜게 되었다. 그래서 고을 사람들은 효성에 감동되어 생겨난 샘물이라고 해서 '효감천'이라고 했다.

초막이 깊은 산속에 있다 보니 이리와 범이 가까이에 있고 도적들이 떼를 지어 모여드는 판이라 집안사람들의 걱정이 이만저만이 아니었다. 오생이, 소상이 지나고 어느 날 무심코 밖을 내다보니 초막 앞에 큰 범 한 마리가 웅크리고 앉아 있었다. 오생은 짐짓 타일렀다.

"네가 나를 해치려고 왔느냐? 내 이미 피할 수 없으니 네 마음대로 해라. 하지만 나는 아무 죄도 없는 사람이니라."

범은 문득 꼬리를 치며 머리를 숙이더니 꿇어 엎드리는 양 쭈그리고 앉는 품이 마치 절이라도 올리는 성싶었다. 오생이 다시 얼렀다.

"네 나를 해치지 않을 셈이면 어째서 물러가지 않느냐?"

범은 곧 문밖으로 나가더니 엎드린 채 떠나지 않았다. 날마다 이렇게 하는 것이 예사로 되어 집지기 개처럼 쓸어 주기도 하였다. 매달 초하루나 보름날이 되면 반드시 큰 노루나 멧돼지를 초막 앞에 물어다 놓아 제사에 쓰도록 하였다. 이렇게 하기를 일 년 동안 한 번도 번지는 일이 없었다. 그러다 보니 샘은 짐승이나 도적들이 아예 범접을 못하였다.

오생이 거상을 마치고 집으로 돌아가자 그제야 범도 어디론가 가 버렸다. 이 밖에도 지극한 효성으로 생겨난 신기한 일이 많이 있었지만 샘물과 범의 일이 가장 유명하였다.

당시 감사가 오생의 효행을 조정에 보고하자 성종이 특별히 마을에 정문을 세워 주도록 하고 대궐에서 쓰는 비단을 내려 주었다. 오생은 예순다섯 살에 죽었는데 사복시 정의 벼슬을 추증받았다. 고을 사람들은 지금도 그의 효성을 추모하여 제사 지내고 있다.

돈 항아리를 서로 양보한 두 부인

부솔副率 김재해金載海는 학문으로 유명하였다.

한번은 오륙십 냥을 주고 집 한 채를 산 적이 있었다. 집주인은 과부였다. 김재해가 이사한 뒤 담장이 무너져서 고쳐 쌓으려고 담 밑을 파게 하였다. 그런데 뜻밖에 큰 항아리 하나가 나졌는데, 그 안에는 돈 이백 냥이 들어 있었다.

김재해는 이 집의 본래 주인이 과부였기 때문에 안해를 시켜 그에게 편지를 써서 알리고 돈을 돌려주게 하였다. 과부는 고맙기도 하거니와 이상스럽기도 하여 직접 김재해의 안해를 찾아왔다.

"이 돈이 비록 내 옛집에서 나온 것이기는 하지만 실은 오랜 옛날의 물건일시 분명합니다. 낸들 어떻게 모른 체하고 가질 수 있겠습니까. 귀댁과 반씩 나누는 것이 어떻겠습니까?"

김재해의 안해가 말하였다.

"내게 반씩 나누어 가지려는 생각이 있었다면 그냥 가져도 될 터인데 무엇 때문에 본 주인에게 돌려드리려고 하였겠습니까? 나도 부인의 물건이 아닌 줄은 알지만 나는 남편이 있으니 집안 살림을

꾸려 나갈 수 있고 이 돈이 없어도 살아 나갈 수 있습니다. 부인은
달리 의지할 데가 없으니 집안을 꾸려 나가기 어려울 것입니다.
행여 사양 말기 바랍니다."

김재해의 안해는 굳이 사양하며 받지 않았다. 과부는 더 말을 못
하고 돈을 가지고 가기는 하였으나 김 공의 깊은 덕에 감격하여 죽
을 때까지 잊지 않았다.

다락에서 노래를 부른 도적

참판 유심柳諶이 일찍이 딸의 혼처를 정하고 혼인에 필요한 여러 물건을 굉장히 갖추어 안방 다락 위에 건사해 두었다. 또 큰 독에는 좋은 술을 하나 가득 채워 놓았다.

하루는 유 공이 안방에서 자고 있는데 홀연 청청한 노랫소리가 귀청을 따갑게 울렸다. 가만히 듣자니 노랫소리는 다락 위에서 울려 나오고 있었다. 유 공이 깜짝 놀라 자고 있는 여종을 두들겨 깨워 촛불을 켜서 밝게 하고 종들을 모조리 불러 다락 위에 올라가 보게 하였다.

다락에서 웬 녀석 하나가 머리를 헝클어뜨린 채 얼굴이 시뻘게지도록 술을 마시고는 취하여 옷 보따리에 비스듬히 기대어 한 손으로는 술 바가지를 들고 한 손으로는 무릎장단을 치고 있었다. 그는 몽롱한 눈으로 사람들이 들어오는 것을 흘깃 쳐다보고는 그대로 한 곡조 불러 넘겼다.

모래사장에 기러기 내려앉고

해 저문 강변 마을에 고깃배 돌아온다.

백구는 조는데 어디서 들려오는 피리 소리

취중의 단꿈을 깨워 주는고.

平沙落鴈　江村日暮漁舟歸

白鷗眼　何處一聲長笛醒醉夢

늘어지게 뽑아 대는 느린 가락에 들보가 들썩거릴 지경이었다. 한 곡조가 끝나면 또 다른 곡조를 넘기며 애당초 사람들을 본 체도 하지 않으니 모두가 놀랄 수밖에 없었다.

그래서 그를 꽁꽁 묶어 가지고 다락문 밑으로 내던져 마당 복판에 끌어다 놓으니 그대로 취해 너부러져 무슨 말을 물어도 대답이 없었다. 날이 밝은 다음에 보니 도적은 멀지 않은 곳에 사는 놈으로 본디 손버릇이 사나운 것으로 지목되어 온 자였다. 유 공은 그만 웃어 버렸다.

"저 녀석이 도적 중의 호걸이로구나."

하고는 묶은 것을 풀어 주고 쫓아 버렸다.

원님을 꾸짖어 쫓은 열녀

정조가 굳은 여인 길 씨는 관서의 영변 사람이다. 아버지는 영변부의 향관[1]이었고 길 씨는 서녀였다. 부모가 모두 세상을 떠나 삼촌에게 몸을 의탁하고 살았다. 나이가 스무 살이 되었으나 시집을 가지 않고 길쌈과 바느질로 살아갔다.

한편 경기 인천 지방에는 신명희申命熙라는 선비가 살고 있었다. 그는 어렸을 때 기이한 꿈을 하나 꾸었다. 어떤 노인이 대여섯 살쯤나 보이는 여자 아이를 데려오는데 아이의 얼굴에는 입이 열한 개나 있어 보기에도 놀랍고 괴이하였다. 노인이 신생에게 말하였다.

"이 아이가 나중에 그대 배필이 되어 백년해로할 것이니 잘 보아두어라."

이상하기 그지없는 꿈이었다. 신생은 마흔이 넘어 안해를 잃었다. 집안에 여자 손이 없다 보니 자연 마음이 쓸쓸하였다. 그래서 언제부터 새 사람을 고르려 하였으나 번번이 일이 제대로 되지 않

---

1) 향관鄕官은 제사를 맡아보는 관원.

아 새장가를 못 가고 있었다. 그러다가 마침 아는 친구 가운데 영변 고을 원으로 나간 사람이 있어 그에게 가서 한가하게 얹혀 지내게 되었다.

하루는 또 꿈에 예의 그 노인이 입이 열한 개나 되는 그 여자를 데리고 나타났는데 이제는 이미 다 자란 처녀였다.

"이 아이가 이미 다 자랐으니 이제는 그대에게 시집을 보내리라."

신생은 더욱 이상하게 여겼다. 어느 날 내동헌[2]에 심심하게 앉아 있던 신생은 갑자기 가는베를 쓸 일이 생겨 아전을 시켜 물색해 보게 하였다. 웬걸, 가는베를 쉽게 구하랴 싶었는데 아전의 말이 너무도 쉽게 나왔다.

"염려 마옵시오. 이곳에 향관 집 처녀가 있어 가는베를 짜옵는데 고을에서는 극상품으로 치고 있사옵니다. 이번에 짠 것을 이제 베틀에서 내린다 하오니 좀 기다리옵소서."

얼마 안 있어 아전이 가는베를 사다 바치는데 한 필 베의 부피가 놋바리에나 찰까 말까 한데 가늘고 치밀하여 세상에서 보기 드문 것이었다. 보는 사람마다 혀를 내두르며 감탄하였다. 그 여자가 서녀라는 것을 알자 신생은 문득 후처로 맞아들일 생각이 들었다. 신생은 여자의 집과 가까이 지내는 고을 사람을 우정 친하게 사귀어 다리를 놓게 하였다. 신생의 청혼에 여자의 삼촌도 기꺼이 승낙하였다.

신생은 곧 혼인 예물을 갖추어 가지고 그 집으로 찾아갔다. 여자는 길쌈낳이 솜씨도 정교하거니와 인물 또한 눈이 번쩍 뜨일 만큼 잘났다. 행동거지며 인사범절을 보아도 완연히 서울 귀한 집안의 음

---

2) 지방 관청의 안채.

전한 규수라 신생은 몹시 기뻐 오히려 과분하게 여겼다. 그제야 비로소 입이 열한 개란 길씨를 가리킨 것임을 깨달았다. '열 십十'자 아래에 '한 일一'자를 쓰고 그 아래에 '입 구口'자를 하면 '길할 길吉' 자가 되니 정녕 하늘이 정해 놓은 연분인 셈이었다. 오늘에야 연분을 맺었으니 그 깊은 감회와 도타운 정이 어찌 예사로우랴.

며칠을 묵고 신생은 인차 길 씨를 맞아 가마 약속하고 고향으로 돌아왔다. 막상 돌아와서는 일에 부대끼다 보니 이럭저럭 삼 년이 지나도록 약속을 지키지 못하였다. 길은 아득히 멀고 소식조차 끊겼으므로 여자의 일가친척들은 모두 이제는 신생을 더 믿을 것이 없다고 생각하고 여자를 다른 사람에게 속여서라도 넘겨주려고 몰래 꾀를 꾸몄다. 여자는 몸을 어찌나 조심히 가지는지 지게문을 열고 뜨락에 나서는 것도 반드시 외간 남자가 있는가를 살펴보고야 발을 내디디곤 하였다.

여자가 사는 고을은 운산 땅과 고개 하나를 사이에 두고 있었는데 그곳에 여자의 오촌 당숙 집이 있었다. 이때 운산 고을 원은 젊은 무관으로 내심 첩을 하나 두고 싶어 매양 고을 사람들에게 적당한 자리를 물색하고 있었다. 당숙은 길 씨를 그의 첩으로 들이려 작정하고 관가에 드나들었다.

계책을 빈틈없이 세운 뒤 혼인날까지 받아 놓았다. 그러고는 고을 원에게서 비단 등속을 달래 가지고 길 씨에게 보내어 혼인날에 입을 옷을 만들라고 부탁하였다. 당숙은 길 씨를 찾아가 따뜻이 안부를 묻고 나서 말하였다.

"내 아들이 장가들 날이 멀지 않은 데다 또 신부가 입을 옷도 만들어야겠는데 집에는 바느질할 사람이 없구나. 네가 잠깐 우리 집에 와서 도와주지 않겠느냐?"

"제 남편이 지금 평안 감영에 내려와 있다니 그의 말을 들어 보기 전에야 제가 어딜 오가겠습니까. 숙부님 댁이 비록 가깝기는 하지만 엄연히 다른 고을 경내이니 절대로 가벼이 오갈 수 없습니다."

"그럼 신생의 허락을 받아 오면 되겠느냐?"

"그렇습니다."

당숙은 집으로 돌아가 신생의 글씨를 본떠 가짜 편지를 써 왔다. 내용인즉 가까운 친척의 일이니 가서 도와주라는 것이었다. 그때 판서 조관빈趙觀彬이 평안 감사로 부임하였는데 신생은 그와 인척간이므로 인사차 평양에 와 있었다. 당숙은 신생이 오래도록 길 씨를 찾아오지 않는 것으로 보아 이미 그가 남의 사람으로 되었으려니 여기고 이런 일을 꾸몄던 것이다.

길 씨는 신생의 편지까지 읽고 보니 더는 거절할 머리가 없어 당숙의 집으로 갔다. 며칠간 부엌일과 바느질을 도맡아 하면서도 그 집 남자들과는 말 한마디 건네는 일이 없이 다소곳이 일만 착실히 할 뿐이었다.

하루는 당숙이 고을 원을 맞아들여 길 씨의 용모를 엿보게 하고 그의 의향을 들어 볼 작정을 하였다. 길 씨는 고을 원이 온다는 말을 듣기는 하였으나 그런 꿍꿍이가 있는 줄은 꿈에도 몰랐다. 날이 저물어 불을 켤 때가 되자 당숙의 맏아들이 길 씨에게 말을 붙였다.

"누이는 언제 봐야 벽을 마주하고 등불에만 다가앉으니 도대체 어찌된 일이오? 며칠 동안 수고했으니 잠깐 쉬며 나와 이야기나 합시다."

"나는 피로하지 않으니 어서 말씀하시외다. 나도 귀가 있으니 걱정 말고 말씀하외다."

맏아들이 재미있다는 듯 웃으며 바짝 다가앉자 여자는 저쪽으로 몸을 돌렸다. 그러는 것을 이쪽으로 돌려 앉히니 여자가 성을 내며 낯색을 홱 바꾸었다.

"아무리 가까운 친척이라도 남녀 간의 구별이 뚜렷하거늘 어찌 이리 무례한 행동을 하시오이까!"

이때 고을 원은 창틈에 눈을 대고 엿보다가 다행히 그의 얼굴을 한 번 보고는 기쁨과 놀람을 이기지 못하였다. 여자는 노기가 사라지지 않아 문을 밀어젖히고 마루에 나와 앉아 분을 삭이고 있었다. 그런데 창밖에서 남자의 말소리가 두런두런 들렸다.

수상한 생각이 들어 길 씨가 귀를 강구고 있노라니 자기에 관한 소리가 분명하였다.

"보던 바 절색일세. 서울 안의 한다하는 미인도 그에게 대면 어림도 없겠네."

길 씨는 그제야 고을 원이 온 속내를 알아차렸다. 그는 가슴이 활랑거리고 분기가 가슴 가득 차올라 그만 정신을 잃고 엎어졌다가 한참 만에야 일어났다. 날이 밝자 길 씨는 하던 일을 집어던지고 당장 돌아갈 채비를 하였다. 당숙은 그제야 사실을 말하며 달랬다.

"그 신생이란 집이 가난한 데다 나이도 많았으니 머지않아 저세상 사람이 될 게 아니냐. 게다가 집도 멀리 있어 한번 간 뒤로는 소식조차 감감하니 너를 버린 것이 분명하지 않느냐. 너는 한창 나이에 꽃다운 몸이니 잘사는 집에 들어가 부귀영화를 왜 못 누린단 말이냐. 이 고을 원으로 말하면 젊고 이름이 뜨르르한 무관으로 앞길이 구만 리 같은 사람이다. 너 같은 처지엔 바라지도 못할 사람인데 굳이 마다하고 일생을 그르치려 한단 말이냐."

당숙은 감언이설로 달래기도 하고 위협도 하였다. 여자는 그럴수록 분이 치밀어 올라 기상이 서릿발 같아지고 말은 갈수록 맵짜져 앞뒤를 가리지 않았다. 당숙은 다른 방도가 생각나지 않거니와 고을 원에게 죄를 당하게 될 것이 두려워 아들들을 시켜 길 씨를 묶어 억지로 끌어다 곁방에 가두게 하였다. 방문에 쇠를 단단히 잠그고 겨우 음식이나 내고 들이게 하였다. 약속한 날을 기다려 강제로라도 고을 원에게 안겨 줄 심산이었다.

길 씨는 방에서 울고 불며 욕을 퍼부을 뿐 음식이라고는 아예 입에 대지도 않았다. 며칠이 지나가니 얼굴이 초췌해지고 기운이 다 빠져 운신조차 제대로 할 수 없었다. 방 안을 두루 살펴보니 삼베가 눈에 띄었다. 그는 그것으로 가슴에서 다리까지 온몸을 둘둘 묶어 뜻밖의 욕을 막으려 하였다. 그러다가 길 씨는 다시 생각을 돌렸다.

"저 원수의 손에 고스란히 죽느니 차라리 저놈을 죽이고 나도 죽어 원한이나 풀리라. 그러자면 억지로라도 밥을 먹어 기운을 돋우어야 하겠다."

길 씨는 갇힐 때 식칼 하나를 허리춤에 감추었으나 누구도 알아차리지 못하였다. 계책이 정해지자 당숙을 불렀다.

"이제는 힘도 다하였으니 시키는 대로 하리다. 좋은 음식을 주어 굶주림을 달래고 상한 몸을 추세우게 해 주면 다행이겠습니다."

당숙은 반신반의하였으나 마음속으로는 손뼉을 쳤다. 그는 그날부터 연송 진수성찬을 잔뜩 차려 문틈으로 들여보내며 길 씨를 달래느라 무진 애를 썼다. 이틀 동안 좋은 음식을 먹고 나니 이제는 기운이 충실해졌다.

그날 저녁은 바로 혼인날이었다. 고을 원이 사랑방에 와 앉았다. 당숙은 비로소 지게문을 열고 길 씨를 불러냈다.

길 씨는 문 곁에 몸을 붙이고 섰다가 문이 열리자마자 칼을 빼어 들고 벼락같이 뛰쳐나왔다. 그러고는 당숙의 맏아들을 맞받아 나가며 칼을 휘둘렀다. 맏아들은 외마디 소리를 지르며 나가 넘어졌다. 길 씨는 대청이 떠나갈 듯 부르짖고 펄펄 뛰며 남녀노소를 가리지 않고 닥치는 대로 칼로 찍었다. 사생결단을 하고 날치니 누가 감히 칼을 막을까 보냐. 머리가 깨지고 얼굴이 터져 유혈이 낭자하건만 누구 하나 길 씨 앞에 나서지 못하였다.

고을 원은 그 꼴을 보자 얼혼이 나가고 오곡 간장이 다 무너져 내리는 듯하여 미처 방 안에서 나서지도 못한 채 지게문을 꽁꽁 닫아매고 어쩔 줄을 몰라 벌벌 떨었다. 길 씨는 툇마루로 뛰어오르더니 닫혀 있는 방문을 손으로 밀고 발로 차다가 그래도 열리지 않자 있는 힘을 다 내어 문짝을 모조리 들부숴 버렸다. 그러고는 방구석에 틀어박혀 있는 고을 원을 손가락으로 가리키며 통통히 호령하였다.

"네가 나라의 두터운 은혜를 입어 고을 원으로 되었으면 힘을 다해 백성들을 돌보아 나라의 은혜에 보답해야 옳은 도리가 아니겠느냐! 그런데 오늘 도리어 잔약한 여인이라고 업신여겨 위세로 겁탈하려 드니 네가 무슨 사람이냐! 고을의 흉악한 무리들과 한 짝이 되어 가지고 양반집 부녀자를 백주에 겁탈하려 드니 이는 짐승도 낯을 붉힐 일이요, 하늘땅도 용납지 못할 일이다. 내 이제 네 손에 죽더라도 기어이 이 손으로 너를 죽여 가슴에 맺힌 분을 풀리라."

마디마디에 칼날 같은 위엄이 서린 도도한 기상은 서릿발을 무색

케 할 지경이었다. 꾸짖는 소리가 온 마을을 들었다 놓는 바람에 마을 사람들이 하나 둘 모여들어 담 쌓듯 하였다. 앞뒤 사정을 알게 된 사람들은 모두 혀를 차며 탄식하였다. 사내들은 분을 못 참아 부르짖으며 덤비고 여인네들은 길 씨가 불쌍하다고 눈물을 흘렸다. 당숙 부자는 숨어서 감히 사람들 앞에 나설 생각을 못 하였다. 고을 원은 그저 방 안에 엎드려 머리를 조아리며 애걸할 뿐이었다.

"실은 부인의 이토록 높은 절개를 모르고 도적에게 속아 이런 죄를 지었으니 내 마땅히 그놈을 죽여 부인에게 사죄하리다. 부인은 부디 용서하오."

고을 원은 아전을 꾸짖어 주인을 찾아내게 하였다. 당숙이 끌려오자 원은 대뜸 길길이 뛰며 볼기를 매우 치라고 불호령을 내렸다. 사정없는 매질에 살이 터지고 피가 튀어났다. 고을 원은 그제야 겨우 빠져나와 황황히 관가로 도망치듯 돌아가고 말았다. 이웃 사람들이 길 씨의 삼촌 집에 소식을 알려 그를 데려가게 하고 신생에게도 사람을 띄우며 갖추 사연을 알렸다. 신생에게서 그 사연을 들은 감사는 노발대발하였다.

이때 영변 부사는 무관으로서 운산 고을 원의 부탁을 받고 길 씨가 칼을 빼들고 사람을 마구 찍었다고 감영에 거짓말로 보고서를 올렸다. 그러나 신생에게 이미 들은 말이 있는지라 감사에게 거짓말이 통할 리 없었다. 감사는 도리어 공문을 보내어 영변 부사를 엄하게 꾸짖었다. 그리고 운산 고을 원을 즉시 파직시키고 죽을 때까지 벼슬길을 막는 한편 길 씨의 당숙 부자를 잡아들여 형장을 되게 친 뒤 외진 섬에 귀양을 보냈다.

길 씨는 신부 행차를 굉장히 차려 감영에 데려오게 하고 후한 상을 주어 격려하였다. 신생은 곧 길 씨와 함께 서울로 올라가 아현에서 살았는데 몇 년 뒤 인천의 옛 집으로 돌아갔다. 길 씨는 집안을 잘 다스려 마침내 부유하게 되었다.

기쁜 소식을 알려 준 곱사 말

금양위 박미朴瀰는 말을 알아보는 데 귀신이었다.

하루는 길을 가다가 우연히 거름을 싣고 가는 말 한 필을 보자 말 끌고 가던 종을 시켜 말을 자기 집으로 끌어오게 하였다. 말은 등허리가 곱사등이처럼 툭 삐어져 나오고 앙상한 뼈가 울퉁불퉁하였다. 누가 보아도 털이 검누른 비루먹은 말에 지나지 않았다. 금양위는 말꾼에게 다짜고짜 물었다.

"이 말을 팔지 않겠느냐?"

"소인은 남의 댁 종으로 말을 부릴 뿐이오니 그런 것을 어찌 알겠소이까?"

공은 기름이 지르르 흐르는 듯한 절따말 한 필을 주고 또 기운이 싱싱한 말 한 필을 골라 더넘이로 주게 하였다. 말꾼은 깜짝 놀랐다.

"절따말 한 필 값만도 저 말의 곱절이 될 터이온데 좋은 말까지 한 필 더 주니 어찌 된 일이오니까?"

그 말에 공은 웃으며 대답하였다.

"이 두 필 말은 저 말의 절반 값도 안 되느니라. 네가 그걸 어찌 알겠느냐. 어서 가지고 가거라."

얼마 뒤에 금군[1] 하나가 문 앞에 와서 아뢰었다.

"소인은 시골의 백성이온데 공께서 과분한 말 값을 주신다고 하여 미련한 종 녀석이 염치없이 받아 가지고 왔더이다. 가만있을 수가 없어 공을 뵈옵고 말을 다시 바치러 왔습니다."

공은 금군을 불러들였다.

"그 말이 세상에 드문 말인데 네가 몰라서 그러는구나. 네가 진작 알았다면 지금 받은 값이 천분의 하나도 안 된다고 할 것이다."

"앞으로 그 말이 쓰임 직하게 되는지는 감히 알 수 없사오나 당초에 그 말을 살 때의 값은 상공께서 주신 말 한 필 값의 절반도 아니 되오니 절따말은 죽어도 받을 수 없소이다."

공은 엄하게 타일렀다.

"네 감히 값이 많다 적다 하느냐? 귀인이 내려 준 것이어늘 네가 어찌 감히 사양한단 말이냐."

공은 금군을 쫓다시피 하여 보냈다. 바꿔 산 말은 말 시중꾼을 시켜 잘 먹이게 하였다. 몇 달이 지나가자 말은 살이 올라 코끼리만큼 커졌다. 달릴 때는 바람 같고 서 있을 때에는 늠름한 모양이 사람들의 눈을 놀라게 했다. 공은 조회를 하러 대궐에 갈 적마다 수레를 제쳐 놓고 말을 타고 가곤 하였다. 그가 말을 타고 갈라치면 길 가던 사람들이 정신없이 바라보곤 하였다. 그래서 금양위의 집 곱사 말의 이름을 한때 모르는 사람이 없게끔 되었다.

광해군 때에 공은 영광으로 귀양을 가고 말은 관청에 몰수되었다.

---

[1] 궁중을 지키고 왕이 거둥할 때 호위하는 군인.

광해군은 그 말을 몹시 사랑하여 늘 대궐 안에서 타고 달리며 번개처럼 빠르다고 좋아하였다. 하루는 광해군이 경마잡이를 물리치고 혼자 말을 탄 채 대궐 후원을 이리저리 달렸다. 그런데 갑자기 말이 가로 삐어져 달리는 바람에 광해군은 그만 땅에 떨어져 크게 다쳤다. 말은 미친 듯 날뛰었다. 나는 듯 달리는 말 앞에 누구도 감히 가까이 다가서지 못하였다. 대궐 안의 여러 문을 펀뜻 지나 한바탕 울음소리를 내고는 화살처럼 내달려 눈 깜짝할 사이에 사라지고 말았다. 수백 명이 뒤를 쫓아 한강 가에 이르니 말은 벌써 강을 다 헤어 건너간 뒤라 간 곳을 알 수 없었다.

금양위가 귀양살이를 하던 어느 날이었다. 저녁 무렵 적적하게 혼자 앉았노라니 집 뒤 대숲 속에서 홀연 말 울음소리가 들렸다. 사람을 시켜 나가보게 하였더니 바로 자기의 곱사 말이었다. 등에는 왕의 안장이 얹혀 있는데 안장 끈은 다 없어지고 나무 언치만 덩그러니 남아 있을 뿐이었다. 공은 크게 놀랐다.

'이 말이 대궐에 들어가 있은 지 이미 오래 되었는데 오늘 갑자기 놓여 오다니 이상한 일이다. 외따로 떨어진 먼 이곳에서 서울까지 끌어갈 수는 없는 일이고 게다가 혹 중도에서 다시 놓쳐 버리기나 하면 다시 찾을 길이 없을 것 아닌가. 소문이 한번 퍼지는 날이면 한 가지 죄를 더 짓게 될 것은 뻔한 노릇이다.'

마침내 그는 종을 시켜 굴을 파고 말을 감추어 두게 하였다. 공은 말을 쓰다듬으며 타일렀다.

"네가 능히 하루 동안에 천 리를 달려 옛 주인을 찾아왔으니 신령스러운 짐승이다. 내 네게 할 말이 있으니 어찌 듣지 않을까 보냐. 네가 대궐에서 도망쳐 나왔으니 그것도 죄려니와 네가 내 집으로 돌아왔으니 나도 죄를 받게 되었구나. 지금 다른 수가 없어 너를 감추어 두려고 한다. 너를 살찌게 먹이고 네 목숨을 건져 주려는 것이니 네게도 지각이 있으면 부디 울음소리를 내어 다른 사람이 알게 하지 말라."

그러고는 이 일을 아는 사람 하나를 시켜 말을 먹여 기르게 하였다. 말은 조용해졌다. 한 해가 넘은 어느 날이었다. 투레질 한 번 하지 않던 말이 갑자기 머리를 쳐들고 길게 울었다. 그 소리가 산을 울리며 몇 리 밖에까지 들렸다. 공은 크게 놀랐다.

'이 말이 오래도록 울지 않다가 갑자기 큰 소리로 우니 반드시 무슨 일이 있는가 보다.'

과연 얼마 뒤 광해군이 쫓겨나고 인조가 새로 왕위에 올랐다는 소식이 왔다. 바로 말이 운 날이었다. 공은 드디어 귀양에서 풀려나 조정으로 돌아와 전날처럼 그 말을 타고 다녔다.

그 뒤 심양으로 사신이 가게 되었다. 사신이 떠난 지도 퍽이나 오래되어 하루만 있으면 압록강을 건너가게 되었을 때였다. 조정에서는 그제야 청나라에 보내는 공문 가운데 고쳐야 할 내용이 있다는 것을 알게 되었다. 의견을 내놓는 사람들마다 금양위의 곱사 말이 아니고는 제때에 가 닿을 수 없다고 하였다. 일이 매우 중한지라 인조는 공을 불러 의향을 물었다. 공이 대답하였다.

"나라의 중대한 일에 목숨도 아끼지 말아야 하겠거늘 어찌 말 한 필을 가지고 논할 바가 되오리까."

그러고는 말을 타고 갈 사람에게 단단히 일렀다.

"이 말이 의주에 도착하면 아예 먹이를 주지 마라. 물이든, 꼴이든 절대 주지 말고 곧 마구간에 매놓아 몇 주야를 지내게 하여 숨을 가라앉히고 기를 안정시킨 뒤에 먹여야 하느니라. 그렇지 않으면 이 말은 죽는다."

공문을 가지고 갈 파발꾼은 알았노라고 대답하고 떠나갔다.

다음 날 날이 저물기 전에 의주에 도착하여 파발꾼은 곧바로 관가에 들어가 공문을 전한 뒤 결국 너무 숨이 차 기절하고 넘어져 말에게 먹이를 주지 말라는 말을 못 하였다. 사람들이 서로 그의 정신을 차리게 하느라고 약을 먹이다가 그가 타고 온 말을 알아보았다. 모두들,

"금양위의 곱사 말이 왔구나."

하며 여느 때처럼 곧 꿀과 콩을 먹였다. 그러자 말은 그 자리에서 죽고 말았다.

우연히 맞은 꿈

곽천거郭天擧는 괴산의 교생[1]이었다. 어느 날 밤 안해와 한방에서 자는데 안해가 갑자기 가위에 눌려 흐느껴 우는 것이었다. 깨워서 물으니 안해가 대답하였다.

"꿈에 웬 황룡 한 마리가 하늘에서 내려와 당신을 물더니 집을 무너뜨리고 달아납디다. 그래서 운 것이라오."

곽천거는 어이없어 웃고 말았다.

"내 들으니 꿈에 용을 보면 과거에 급제를 한다지만 내야 글을 모르니 어쩌겠소."

아침에 일어나 길옆에 있는 밭에 물을 대려 도랑을 째는데, 한 사람이 옷자락을 펄럭거리며 급히 어디론가 가고 있었다. 어디로 가는가 물으니 그 사람이,

"조정에서 새로 별시를 보이기로 하였소. 영남 아무 고을 원의 아들에게 급히 알리러 가는 길이오."

---

1) 향교의 유생 또는 심부름꾼.

하는 것이었다. 곽천거가 집으로 돌아와 안해에게 그 말을 하였다.

"어젯밤 자네가 이상한 꿈을 꾸더니 오늘 난데없는 과거 시험 소식이 들리는구려. 그런들 나 같은 무식한 것이 어쩌겠소."

안해는 서울에 가 보라고 권하였으나 곽천거는 거듭 거절하였다. 안해는 노자까지 마련해 주며 바짝 졸랐다.

곽천거가 서울에 들어서니 난생 처음 와 보는 장안이라 어디로 가야 할지 막연하였다. 숭례문으로 들어가 제일 처음 나오는 마을이 창곡동이었다.

곽천거는 마을 안으로 들어가 메고 온 보따리를 내려놓고 어느 집 대문 밖에서 다리를 쉬었다. 그 집 사람이 두세 번 나와서 곽천거를 살펴보더니 다시 들어가 버렸다. 얼마 뒤 또다시 나오더니 주인 생원이 모셔 오란다고 전갈을 하였다. 곽천거는 그 집으로 들어가 주인을 만나고는 과거 시험을 보러 왔으며 서울 길이 처음이다 보니 갈 바를 모르겠다고 말하였다. 주인은 드디어 자기 집에서 묵다가 같이 과거 시험을 보자고 하였다.

주인 이 생원은 학문이 높은 명망 있는 유생으로 과거 시험장에서 늙어 온 터였다. 과거 시험을 위해 준비한 물건들 가운데는 역대 시험 제목들에 대한 답안 초안이 무둑히 쌓여 있는 것도 있었다. 시험장에 들어갈 때 이 생원은 곽천거더러 그것을 지고 들어가 그중에서 시험 제목과 같은 것을 고르라고 하였다.

곽천거는 초시를 보는 시험장에 들어갔다. 명색이 향교에 적을 둔 교생이라 겨우 글자는 알아볼 수 있어 같은 것을 고르느라 뒤적거렸다. 이 생원이 글을 다 지어 바친 뒤에야 비로소 찾아내고 보니 같은 것이 몇 편이고 비슷한 것도 많았다. 마침내 곽천거는 이럭저럭 베껴

내어 글 한 편을 지어 바쳤다. 합격자를 발표할 때 보니 두 사람이 다 합격하였다. 곽천거는 뛸 듯이 기뻐하며 돌아가려고 서둘렀다.

"내가 이제는 군역을 면하게 되었으니 과거에 급제한 것이나 무에 다르겠소."

주인이 굳이 말리는 바람에 곽천거는 다시 원 시험에 같이 응시하였다. 또 먼젓번과 같이 하였더니 이 생원은 떨어지고 곽천거는 과거 시험에 급제하였다.

곽천거는 천성이 소박한 사람이라 그 일을 숨기지 않았다. 늘 제 입으로 과거 시험에 급제한 내막을 말하였다. 그래서인지 벼슬이 봉상시 정[2]에 그치고 말았다.

---

2) 조선 때 나라의 제사와 시호를 맡아보던 관청의 책임자.

십 년 《주역》을 읽은 이생

선비 이 아무개는 서울 남산 밑에서 살았다. 집안은 째질 듯 가난하였으나 책 읽기를 좋아하여 안해에게,

"내가 십 년 동안 《주역》을 읽으려는데 그대는 능히 내게 조밥에 나물이나마 대 줄 수 있겠소?"

하였다. 안해가 승낙하자 이생은 드디어 문을 닫고 집안에 들어앉았다. 방문을 꽁꽁 잠근 뒤 겨우 밥그릇이나 하나 드나들게 창구멍을 내어 그리로 아침저녁 밥을 내고 들이게 하였다. 그러고는 밤이나 낮이나 쉬지 않고 《주역》을 읽었다. 칠 년이 되는 어느 날 창틈으로 내다보니 창밖에 번대머리 중 하나가 번듯이 누워 있는 것이었다. 하도 놀랍고 이상하여 문을 열고 나와 보니 바로 자기 안해였다.

"이게 어찌 된 모양이오?"

"내가 먹지 못한 지 이제 닷새가 되었습니다. 칠 년 동안 끼니를 대느라고 머리칼이 한 오리도 없이 다 빠졌습니다. 강철 쇠뇌가 마지막에는 종잇장도 뚫지 못하는 셈으로 이제는 막다른 지경에 이르렀으니 어찌 하오리까."

이생은 탄식하고 대문을 나서서 곧바로 나라 안에서 첫째가는 부자로 소문난 홍 동지의 집을 찾아갔다.

"내가 비록 그대와 초면이기는 하지만 쓸 데가 있어서 그러니 돈 삼만 냥을 내게 꾸어 줄 수 있겠소?"

홍 씨가 이윽히 바라보다가 얼마 뒤 승낙하였다.

"백여 바리나 되는 돈을 어디다 쓰려고 하오?"

"오늘 안으로 내 집으로 보내 주면 되오."

이생이 집으로 돌아온 지 얼마 안 되어 돈을 실은 수레와 말이 이르렀다. 날이 아직 채 저물기도 전에 돈이 다 왔다.

"이제는 돈이 생겼소. 내가 다시 《주역》을 읽어 십 년을 채우려 하니 그대가 능히 이 돈을 불려 끼니를 대 줄 수 있겠소?"

"그것이야 무슨 어려울 게 있겠습니까?"

이렇게 되어 이생은 다시 방 안에 들어가 글을 외우고, 안해는 물건을 눅게 사고 비싸게 팔아 살림을 늘려 나갔다. 삼 년이 지나니 불어난 돈이 수만 냥이나 되었다. 이생이 글을 다 읽고 그제야 책을 덮고 나오자 곧바로 돈을 싣고 홍 씨의 집을 찾아가 한 푼도 남김없이 다 돌려주었다. 그러자 홍 씨가,

"내 돈은 삼만 냥밖에 안 되니 더 많이는 받을 수 없소."

하고 사양하였다.

"그대의 돈을 가지고 이득을 남겨 이렇게 된 것이니 이것도 그대의 돈이오. 내가 어찌 가질 수 있겠소."

홍 씨는 굳이 사양하였다.

"이것은 꾸어 준 돈이지 빚을 준 것이 아니어든 어찌 이자를 받으리오. 본전 삼만 냥만 받으리다."

이생은 하는 수 없이 남은 돈을 가지고 집으로 돌아왔다. 그러고
는 안해와 함께 강원도 깊은 산골로 이사하였다. 집터를 크게 잡고
고대광실을 세운 다음 살림집들을 즐비하게 지어 놓았다. 그러고는
백성들을 모아 살림을 차리게 하니 어느덧 큰 마을이 되었다.

나무뿌리를 뽑고 황무지를 개간하니 어디나 비옥한 땅이라 해마
다 거두는 곡식이 몇천 섬이나 되었다. 그래서 의식이 풍족하고 일
생 편안히 지낼 수 있게 되었다.

임진년 난리에 많은 사람들이 난리에 죽었으나 이생의 마을만은
병란을 겪지 않았다. 그곳이 바로 '산도원山桃源'이다.

마흔 살에 공부를 시작한 채생

영광 고을에 채씨 성을 가진 선비가 살고 있었다. 그는 평생 글공부를 업으로 삼아 왔으나 끝내 성공하지 못하였다. 그래서인지는 몰라도 늦어서야 자식을 하나 보게 되었는데, 아들에게는 애당초 글을 가르치지 않았다. 바라는 것이란 아들이 자라서 대나 끊어지지 않게 하였으면 하는 것뿐이었다. 그런데 아들이 다 자라기 전에 그만 세상을 떠났다. 배운 것이 없지만 살림은 넉넉한 편이어서 아들 채생은 이럭저럭 집안을 꾸려 나갔다.

하루는 이정[1]이 채생에게 찾아와 관가의 통문을 내놓으며 무슨 내용인지 보아 달라고 부탁하였다. 채생은 한참 들여다보다가 모르겠노라고 도로 내주었다. 이정은 입을 삐죽 내밀었다.

"명색이 선비라는 게 글자 하나 못 뜯어보다니 참말 개돼지만도 못한 선비로구나."

채생은 너무 부끄럽고 분하여 말 한마디 못 하였다. 이때 채생의

---

1) 이정里正은 이의 행정 책임자.

나이는 마흔이었다. 마침 이웃에 어린 아이들을 가르치는 훈장이 살고 있었다. 채생은 곧 옆구리에 《사략史略》 첫 권을 끼고 찾아가 가르쳐 달라고 청하였다. 훈장이 채생을 보더니 놀라워 물었다.

"그대 나이가 몇이기에 이제야 이걸 배우려 하오?"

"때가 늦기는 하였으나 글자나 알면 다행이겠습니다. 그저 가르쳐만 주십시오."

훈장은 《사략》의 첫 줄을 가르치고 아울러 글자 뜻을 일러 주었다. 채생은 읽고는 그 자리에서 까맣게 잊어버리곤 하였다. 또 가르치면 또 잊어버렸다. 훈장은 마침내 화를 내고 말았다.

"이 사람은 가르칠 수 없노라."

채생은 일어나 절을 하며 다시 가르쳐 달라고 간절히 부탁하였다. 하루 종일 애를 써서야 겨우 글 뜻을 깨쳐 가지고 갔다. 그 뒤 사흘이 지나 다시 찾아오니 훈장이 이상하다는 듯 물었다.

"왜 이렇게 늦었노?"

"잊어버릴까 봐 걱정되어 외우느라고 늦었습니다."

"몇 번이나 읽었는고?"

"한 번 외우는 데 녹두 한 알씩을 놓았더니 그저 서 되밖에 안 되었습니다."

앞서 배운 것을 다 외우고 나서 그 다음 글을 가르쳤다. 이번에는 제법 곧잘 읽더니 다음 날 또 찾아왔다.

"이번에는 녹두가 얼마나 되도록 읽었는고?"

"반 되로 줄었습니다."

그 뒤부터는 공부가 날로 늘었다. 지성을 기울여 공부하니 문리가 저절로 트였기 때문이다. 반 권을 읽으니 이제는 문리가 환해져 다 읽고 계속하여《자치통감資治通鑑》을 전부 외우고 사서삼경까지 훤하니 꿰뚫게 되었다.

칠 년 동안 글을 읽어 사서의 어려운 대목을 강론하는 시험에 합격하여 진사로 되고, 그 뒤 또 오 년을 공부하여 경서 외우기 시험에 합격하였다. 이때 그의 나이는 쉰둘이었는데 곧 등용되어 고을 원으로 나가게 되었다. 그때 채생이 이정의 집을 찾아가니 그는 이미 죽고 아들이 있으므로 그를 불러 놓고 말하였다.

"네 아버지가 나를 욕하지 않았더라면 내가 어찌 오늘처럼 되었겠
느냐. 그 은혜가 실로 크다."

채생은 그 아들을 데리고 부임지로 가서 여러 달 동안 잘 대접하고 보낼 때에는 물건을 몇 바리나 보냈다.

말소리만 듣고 병을 아는 신만

신만申曼의 자는 만천蔓倩이다. 그는 성품이 활달하여 무슨 일에서나 구속을 몰랐다. 의술에 밝아 아무 사람이나 한 번 보기만 하면 생사를 대뜸 알아맞히곤 하였다.

한번은 설날에 부제학 이지항李之恒의 부인인 고모에게 세배를 하러 갔다. 때마침 친척뻘 되는 사람이 부인에게 세배를 하러 찾아왔다. 부인은 문 앞 마루에 나가 손을 맞고 신생은 방 안에 누워 있었다. 손이 고모와 이야기하는 말을 듣던 신생이 방 안에서 버럭 소리를 질렀다.

"마루에 앉은 손이 누구인지는 모르겠으되 사월에는 죽으리라."

설날 아침에 불길한 소리를 하는 것이 민망하여 고모가 대뜸 꾸짖었다.

"이 애가 미쳤나!"

부인은 손을 위로하느라고 쩔쩔맸다. 손도 신생의 이름을 알고 있는 터라 억지로 웃으며,

"그게 신 생원이 아니오?"

하고는 곧 작별 인사를 하고 돌아갔다. 부제학의 손자 유수 이진수
李震壽가 그때 겨우 열 살이었는데 그 말을 듣고 문득 물었다.

"아까 삼촌이 이상했습니다. 삼촌은 왜 약 처방을 대 주어 살려 주
지 않았습니까?"

신생이 웃으며 말하였다.

"이 아이가 기특하구나. 사람을 살리고 싶으면 《의감醫鑑》을 가져
오너라."

그런데 집에는 그 책이 없었다. 이진수는 아직 나이가 어리므로
빌려 올 수도 없었다. 결국 이러지도 못하고 저러지도 못하고 말았
다. 그해 사월이 되자 과연 그 손님은 죽었다. 그 뒤 신생에게 물으
니 그가 대답하였다.

"그 사람의 악산증[1]이 이미 말소리에 나타났느니라. 날짜를 계산
해 보니 사월이면 산기가 위로 뻗칠 것이라 머리까지 이르고 보면
누구도 죽기 마련이다. 그래서 말을 해 준 것이다."

이진수가 일찍이 말하기를,

"그 사람이 우연히 신통한 의원을 만났는데도 살아날 방도를 묻지
않았으니 살 수가 있으랴. 죽은 것이 이상할 것 없네."

하였다.

---

1) 악산증惡疝症은 오줌이 잘 내리지 않고 아픈 병.

관청에 고소하여 주인의 원수를 갚은 개

영남 하동 땅에 절개 굳은 과부가 어린 딸과 어린 여종을 데리고 살고 있었다.

어느 날 이웃에 사는 불량한 녀석이 담을 넘어 과부가 자는 방에 뛰어들어 겁탈하려고 하였다. 과부가 한사코 저항하자 놈은 여인을 칼로 찔러 죽이고 말았다. 그놈은 어린 딸과 어린 여종마저 죽이고 나서 자기 집으로 달아났다. 과부의 집에 있던 세 사람이 다 죽고 보니 이 일을 누가 알랴. 세 시체가 원통한 사연을 안은 채 방 안에 늘어져 있을 뿐이었다.

바로 그날이었다. 관가 문 앞에 난데없는 개 한 마리가 나타나 안타까이 빙빙 돌아가는 것이었다. 쫓으면 조금 달아났다가 인차 다시 오곤 하며 끝내 가지 않았다. 이렇게 하기를 여러 번 거듭하였다. 관가에서는 그 모양이 이상하여 개가 하는 대로 내버려 두었다. 그러자 개는 곧바로 관청 문으로 들어가 동헌에 이르러 머리를 쳐들고 컹컹 짖어 댔다. 무엇인가 호소하는 시늉이었다.

관가에서는 장교 하나를 불러 개를 따라가 보게 하였다. 그러자 개는 곧 관가 문을 나서 웬 작은 집 앞에 이르렀다. 방문이 꽁꽁 닫기고 아무 인적도 없었다. 개는 장교의 옷자락을 물고 방문 앞으로 끌었다. 장교가 이상하여 방문을 열어 보니 피가 질펀한 방 안에 시체 셋이 늘어져 있었다. 장교는 놀라서 급히 관가에 달려가 그 사연을 알렸다. 관가에서는 시체를 검사하려고 급히 과부의 집으로 나갔다. 관가에서 나온 사람들은 이웃집 담벼락에 의지하여 장막을 쳤는데 공교롭게도 과부를 죽인 놈의 집이었다.

과부를 죽인 놈은 관가에서 장교들이 줄레줄레 제 집으로 오는 것을 보자 황황히 문밖에 나와 맞이하였다. 이때였다. 이제까지 기척 없던 개가 갑자기 그놈 앞으로 달려들며 꽉 물었다. 이것을 본 사람들이 괴이하여 개에게 물었다.

"이놈이 너의 원수냐?"

개는 끙끙대며 머리를 주억거렸다. 드디어 그놈을 끌어다 뜰아래 엎어 놓고 따져 물으니 매 한 대도 치기 전에 낱낱이 자백하였다. 관가에서는 곧 감영에 보고하는 한편 그놈은 형장을 쳐서 죽이고 세 시체는 후히 장례를 치러 주었다. 개는 주인의 무덤 곁에 달려와 한바탕 슬프게 짖어 대더니 그 자리에 넘어져 죽고 말았다. 마을 사람들은 그 개를 주인의 무덤 앞에 묻어 주고 '의로운 개의 무덤'이라고 새긴 비석을 세워 주었다.

옛날 선산 고을에도 의로운 개가 있었다.

주인을 따라 밭에 나갔는데 주인이 밤늦도록 술을 마시고 집으로 돌아오다가 길가에서 취하여 곯아떨어졌다. 공교롭게도 들불이 일어나 주인이 누워 있는 곳에까지 번졌다. 개는 꼬리를 냇물에 적셔 가지고 돌아가며 두드려 불을 끄고 나서는 힘이 다하여 죽고 말았다. 주인은 깨어나서 누웠던 자리를 살펴보고야 개가 죽은 까닭을 알게 되었다.

  지금도 그곳에 의로운 개의 무덤이라 해서 '의구총義狗塚'이라 부르는 작은 무덤이 있다.

  아, 선산의 개는 자기가 죽을 것도 생각지 않고 주인을 구하였으니 길러 준 은혜에 보답한 의로운 개라 할 것이다. 하동의 개는 처음에는 주인의 억울한 죽음을 관가에 호소하고 나중에는 원수에게 달려들어 주인의 원수를 갚고 사무친 원한을 풀어 주었으니 짐승에게도 알음이 없다면야 어찌 이렇게 할 수 있으랴. 하동의 개가 선산의 개보다 낫다고 할 것이다.

도둑을 잡아낸 원님의 꾀

이지광李趾光은 정사를 잘하기로 이름이 났는데 송사 처결이 귀신같았다. 그가 청주 고을 원으로 있을 때 일이다. 하루는 웬 중 하나가 들어와 고소하는 것이었다.

"소승은 아무 곳 절에 사옵는데 종이 장사를 하여 먹고살고 있사옵니다. 오늘 저자에 백지 한 통구리를 지고 나왔는데 저자 곁에 잠시 짐을 풀어 놓고 쉬다가 돌아보니 종이가 온데간데없이 없어졌사옵니다. 암만 사방을 찾아보아도 끝내 찾지 못하였은즉 목숨줄이 끊어진 셈이니 이대로야 어찌 돌아가리까. 바라옵건대 잃은 물건을 찾아 주어 불쌍한 목숨을 구해 주시옵소서."

"네가 잘 지키지 못해서 잃어버린 것이니 하 많은 사람 가운데서 아무리 찾아 주고 싶은들 어디 가서 물어보겠느냐. 시끄럽게 굴지 말고 어서 물러가거라."

중을 쫓아내고 난 뒤 이 공은 딴 일로 관속들을 데리고 십 리쯤 떨어진 곳으로 갔다. 날이 어슬어슬해질 무렵 관아로 돌아오던 공은 문득 길가에 서 있는 장승을 가리키며 꾸짖었다.

"저게 어떤 녀석이건대 감히 고을 원의 행차 앞을 막고 뻣뻣이 서 있느냐?"

그러자 아전 녀석들이 얼른 귀띔하였다.

"저것은 사람이 아니라 나무로 세운 장승이올시다."

"아무리 장승이라도 서 있는 꼴이 오만하기 짝이 없다. 그놈을 잡아다 관가 앞에 묶어 놓고 날 밝기를 기다리되 밤에 도망칠 염려가 없지 않으니 관가에서 대령하는 자를 제외하고는 아전과 장교들은 물론 관 청중들까지 모두 수직을 서도록 해라."

아래 녀석들은 일제히 "예잇!" 대답은 하면서도 서로 얼굴을 마주 보며 입을 싸쥐었다. 그날 밤 장승을 지킨 사람은 물론 하나도 없었다. 이 공은 애당초 그러리라는 것을 알고 밤이 깊어진 뒤 영리한 통인 하나를 시켜 몰래 장승을 딴 곳에 가져다 놓게 하였다.

이튿날 아침 이 공은 일찍 일어나 당장 장승을 잡아들이라고 동헌이 떠나갈 듯 호령하였다. 나졸들이 오금에 불이 일도록 찾았으나 장승은 날개가 돋쳐 날아가 버렸는지 종적이 없었다. 그제야 겁이 더럭 난 이속들과 사령들은 사방을 찾아보았으나 있을 턱이 없었다. 관장의 호령은 성화같이 급한지라 나졸들은 하는 수 없이 장승을 잃어버렸다고 사실대로 고하고 죄를 청하였다. 이 공은 당장 펄쩍 뛰는 시늉을 하였다.

"명색이 관속이란 자들이 관장의 영을 듣지 않고 수직을 허수히 하여 끝내 잃어버린단 말이냐? 괘씸하도다. 이방 이하 관속들 모두가 종이 한 뭇씩을 가지고 즉시 대령하라. 바치지 못하는 자는 마땅히 볼기 스무 대로 대신하리라."

이렇게 되자 관아의 아전 장교 할 것 없이 모두가 종이를 들고 나와 관청 뜰에 종이가 한 더미 쌓였다. 이 공은 곧 어제 왔던 중을 불러들이게 하여 그 속에서 잃어버린 종이를 찾게 하였다. 중의 종이에는 본디 표가 있었던 고로 표 나는 종이를 골라 놓으니 그 수가 꼭 한 통구리였다. 이 공은 중에게 일렀다.

"이제는 종이를 찾았으니 빨리 가지고 가거라. 이후로는 십분 조심하여 허술하게 건사하는 일이 없도록 해라."

중은 두세 번 절을 하며 치사하고 나갔다. 이 공은 곧 그 종이의 출처를 밝히게 하였다. 원래 저자 부근에 사는 불량한 자가 몰래 중의 종이를 훔쳐다가 자기 집에 감추어 두었다. 마침 관가에서 종이를 바치라는 영이 떨어져 관청 사람들이 종이를 구하느라고 돌아치는 통에 도둑은 이때라고 종이를 비싼 값으로 팔았던 것이다.

도둑에게서 찾은 돈은 그 종이를 사서 바친 관속들에게 나누어 주고 마당에 쌓인 종이는 바친 사람들이 각기 찾아가게 하였다. 이렇게 되자 고을의 아전들과 백성들은 모두 그의 귀신같은 송사 처리에 혀를 내둘렀다.

내시의 안해

잡기고담

《잡기고담雜記古談》은 임매任邁가 썼다고 알려져 있다. 임매는 1711년에 나서 1779년까지 살았는데, 《천예록天倪錄》을 엮은 임방의 손자이다. 《잡기고담》은 '난실만필蘭室漫筆'이라고도 한다.

어의도 꼼짝 못하는 무당 의원

호남 전주부에 자칭 신라 손 학사의 신령이라는 무당 노파가 있었다. 의술에 능하여 때로 촌마을을 돌아다니며 앓는 사람들을 치료해 주곤 하였는데 그가 쓰는 약방문은 대부분 고금의 의서에도 없는 것들이었다. 무당은 관가에 이름이 올라 있었으므로 감영의 무당 노릇을 하고 있었다.

숙종 때에 우리 외종조 할아버지 완녕군完寧君 이 공이 전라 감사로 나가게 되었다. 그때 대부인 황 씨도 아들을 따라 전라 감영으로 갔다. 감영에는 몇 년째 앓고 있는 여종이 하나 있었다. 마른 나뭇가지처럼 빼빼 마른 것이 귀신과 한가지였다.

남녀종들은 모두 '적호증赤毫症'이라고 하며 그를 죽은 사람으로 여기고 있었다. 적호증이란 제정신을 잃고 미치광이처럼 되는 병인데 이 병에 걸리면 누구나 죽는 것으로 알고 있었다. 황 부인이 굿이나 해 보려고 감영의 무당을 불렀더니 무당은 앓는 여종을 한번 보게 해 달라고 하였다. 여종을 찬찬히 보던 무당은 얼마 뒤 말하였다.

"아, 이런 병에는 굿을 해야 소용없습니다. 약을 써도 좀체 고치기 어렵습니다."

"약은 많이 썼다만 아무 효험이 없으니 어쩌겠느냐?"

"병에 맞지 않는 약을 써서 그러하온 것이니 쇤네가 이제 약을 알려 드리겠사옵니다."

무당은 그 자리에서 '오지탕'이라는 약 처방을 내었다. 복숭아나무 가지, 버들가지, 뽕나무 가지, 닥나무 가지 그리고 또 한 가지 나무를 들었는데 내가 그만 잊어버렸다. 대개 모두 담을 치료하는 약재들이었다.

"이 다섯 가지를 많건 적건 관계치 말고 꼭 같이 섞어 물에 달여 꾸준히 먹으면 효험이 있을 것이라 아뢰옵니다."

부인은 시험 삼아 그대로 해 보게 하였다. 처음에는 환자가 걸쭉한 가래를 뱉어 내더니 얼마 뒤부터는 가래가 점점 연해지다가 기침을 하지 않았다. 다음 날부터 거의 몇 사발씩 그 약을 먹었더니 대여섯 달 뒤에는 기침도 멎고 가래도 없어지게 되었다. 그제는 조금씩 음식을 먹기 시작하던 것이 일 년이 지나자 깨끗이 자리를 털고 일어났다.

그 뒤 내의원 지사 김 아무개가 감영에 손님으로 왔다. 목사 벼슬을 지낸 우리 외할아버지가 손님들과 함께 한담을 하고 있었는데 그 자리에는 김 지사도 있었다. 한 사람이 이 무당에 대한 말을 하자 김 지사는 쩟쩟 혀를 찼다.

"그 참 괴이하오. 그럴 리 있겠소? 어디 내가 한번 물어볼 테니 불러들이시구려."

무당이 부름을 받고 들어와 뜰아래서 절을 하는데 나이는 쉰 남짓하였다. 광대뼈가 울뚝 나오고 이마가 훤칠하게 넓은데 몹시 큰 키에 홀쭉 여윈 모양이 어딘가 예스럽고 괴이하였다. 김 지사가 거드름스럽게 물었다.

"네가 의술을 안다던데 그게 정말이냐?"

"그러하옵니다."

"별 우스운 일을 다 보겠다. 네까짓 게 어찌 의술을 안단 말이냐?"

무당은 박힌 듯 서서 김 지사를 똑바로 쳐다보았다.

"의술은 내가 잘 아오. 대감 같은 사람은 젊어서 몇 줄 읽은 《보감》마저도 지금은 까맣게 잊고 있소."

김 지사는 화가 치밀어 펄쩍 뛰었다.

"천한 늙다리 년이 어디라고 감히!"

무당은 갑자기 낯색이 달라졌다.

"너는 죽을죄를 지었다는 것을 아느냐? 선왕은 너희들이 약을 잘못 쓴 탓에 끝내 세상을 떠나시게 되었다. 이게 죽을죄가 아니고 무엇이냐?"

현종은 늘 화증 때문에 괴로워하였는데 심할 때면 가슴이 답답하고 얼굴까지 벌겋게 되곤 하였다. 내의원의 의원들은 화기 내리는 약을 이것저것 써 보곤 하였으나 병은 조금도 덜하지 않아 위독하게 되었다. 김 지사는 내의원의 우두머리 의원으로 처음부터 마지막까지 약 처방을 주관한 사람이었다. 무당의 말에 김 지사는 얼굴이 까맣게 질려 고개를 돌려 버렸다. 좌중의 사람들은 껄껄 웃었다. 무당은 김 지사가 찔끔하자 곧 팔을 부르걷으며 앞으로 다가들었다.

"아무리 비천한 상놈의 병이라 해도 의원이란 명확한 소견이 없이는 함부로 약을 쓰지 못하는 법인데 하물며 임금님의 병에 대해서이겠느냐? 선왕의 병환이란 바로 추위에 상하여 생긴 병인즉 기를 화하게 하여 풀면 그만인데 화기를 내리게 하는 약을 써서 무엇 한단 말이냐? 이제는 말한댔자 소용없지만 뒷날을 경계하려고 이 말을 하는 것이다. 네가 죽을죄를 짓고도 제 죄는 모르고 오히려 염치없이 후한 녹봉을 타 먹으며 이마에 금관자, 옥관자를 달고 거들먹거리니 네 심보가 어떻게 되어 먹은 것이냐?"

이를 갈며 목청을 돋우어 꾸짖는데 눈에는 불이 이글거렸다. 팔을 휘두르고 발을 구르며 날뛰는 품이 귀신처럼 무서웠다. 사람들은 뜻하지 않게 당한 일이라 당황하여 어쩔 줄 몰라 했다. 외할아버지가 급히 하인들을 불러 무당을 문밖으로 쫓아내게 하였다. 김 지사는 너무 놀라 얼굴에 땀이 가득한 채 입을 딱 벌리고 말도 제대로 못하였다. 한참 만에야,

"어허, 그년한테 뺨을 맞은 셈이오."

하고 떠듬거렸다.

이 일은 내가 외할아버지에게서 들은 이야기이다.

신라 때에 과연 손 학사라는 천하 명의가 살았는가. 그때로 말하면 삼한 땅에 혼란이 가셔져 뛰어난 재능을 가진 사람들이 많이 나온 때여서 그들 가운데 천하 명의가 있었는지 어찌 알랴만 문헌에 기록된 것이 없으니 알아볼 길이 없다.

신라 때라면 지금부터 천여 년 전이다. 말세의 무당들이 말하는 신령이란 모두 잡스러운 기운이 잠시 응결된 것에 지나지 않는다. 천여 년이 흐르도록 흩어지지 않고 호호탕탕 길이 남아 있다면 그것은 분명 현명하고 재능 있는 자의 혼령일 것이다. 맑고 깨끗한 정기라면야 어찌 막된 여종들이나 늙은 여인네들의 몸에 붙어 자신을 욕

되게 하며 어리석은 백성들이 담장 밑에 차려 놓은 술을 빌어먹을까 보냐. 그러므로 무당들이 무슨 신령이요 하는 것들은 바로 귀신을 빙자해서 꾸며 낸 거짓 이름에 지나지 않는다.

그러니 이 손 학사라는 신령도 설사 옛날에는 그런 사람이 있었다 하더라도 그를 빙자하여 꾸며 낸 이름에 지나지 않는다. 그런데 병을 능히 볼 줄 알아서 약을 쓰면 효험이 신통하니 참으로 이상한 일이다. 사람들은 혹 무슨 일을 귀신에 빙자하는 경우가 있다.

시에 능통한 사람을 시 귀신이라 하고, 산에서 조화를 부리는 용이나 범을 산 귀신이라 하니, 의술에 귀신이 있다 해도 이상할 것은 없다. 임금의 병이 추위에 상한 데서 생긴 것이라는 데 관해서는 내가 본디 의술에는 캄캄한지라 옳고 그름을 가를 수는 없다. 그러나 내의원 의원들이 무식하다 나니 어림짐작으로 이것저것 쓰다가 우연히 맞아떨어지면 다행이고 그렇지 않으면 독약을 쓰는 것이나 같다. 임금의 병에 대해서도 감히 이런 짓을 하면서 무서운 줄을 모르니 이 때문에 무당이 김 지사를 꾸짖은 것이다. 진상을 환히 알고 진짜 내막을 드러내 보인 것이 얼마나 통쾌한가.

명백한 소견이 없이 되는대로 약을 써서는 안 된다는 말은 더욱이 의술을 한다는 사람들이 마땅히 띠에 새겨 명심해야 할 경계라 하겠다.

호걸스러운 종

못되고 게으른 자를 가리켜 종놈이라고 욕하고, 어리석고 미련한 자를 조롱할 때면 종놈의 재간이라고 한다. 종들이란 거의 다 우둔한 것들이어서 사람들이 천시한다. 이것은 중국에서도 예부터 그러하였지만 우리 나라에서는 더욱 심하여 종들이라면 마치 개돼지나 마소처럼 대한다. 그러나 이들 가운데도 어찌 영웅호걸의 자질을 타고난 사람이 없겠는가.

하늘은 인재를 내는 데서 문벌을 가리지 않는 법이다. 서경의 위衛 장군이나 동한東漢의 이 태수 같은 사람도 종의 신분이었지만, 위훈과 덕행으로 역사에 뚜렷이 기록되어 오늘까지 사람들의 칭송을 받고 있지 않는가.

오늘 위 장군의 지략과 이 태수의 덕행을 다 같이 지닌 데다가 세상에 드문 용맹과 슬기로운 계략을 겸한 사람이 있으니 그 사람이야말로 이 세상에서 한 번밖에 볼 수 없는 뛰어난 사람이 아니겠는가. 그러나 그 사적이 역사에 기록되지 않아 이름조차 알 수 없으니 어찌 애석지 않겠는가.

광해군 때 경기 지방에 가난하기 그지없는 유생이 살고 있었다. 가족이라야 처와 어린 딸뿐이요, 재산이라야 무너져 가는 오막살이 한 채에 나무하는 종 하나뿐이어서 그야말로 서발막대를 휘둘러도 거칠 것이 없었다. 게다가 그 종이란 사납기 그지없어 상전의 말을 시큰둥하게도 여기지 않았다. 자고 싶으면 자고 놀고 싶으면 노는 판이었다. 어쩌다 주인이 야단 복장을 치면 태연히 콧방귀를 뀌며 들은 체도 하지 않았다. 그래서 주인은 아예 손을 들고 말았다. 그러나 그 종은 주인이 가난하다고 탓하는 적이 없어 겨죽을 먹으면서도 한 번도 낯을 찡그리지 않았다. 그래서인지 어떤 사람들은 어쩔 수 없는 천생 바보라고 손가락질을 하였다.

하루는 주인이 덜컥 죽고 말았다. 원체 가난한 살림이라 사흘이 지나도 염을 못 하고 있었다. 종은 안방으로 들어가 안주인에게 말했다.

"마님, 운다고 죽은 사람이 살아나겠소이까. 당장 장사를 치러야 할 텐데 울기만 하면 어쩌겠소이까?"

"손에 쥔 게 아무것도 없으니 어쩌겠느냐. 옷 대신 짚으로 대강 싸자고 해도 짚인들 어디 있느냐."

"그럼 마님은 울음을 그치고 기다리시오이다."

같은 마을에 재산이 넉넉한 부잣집 늙은이가 있었다. 부잣집에서는 딸을 시집보내려고 의복과 이불을 잔뜩 꾸려 놓고 있었다. 사위를 맞는 날 잔치에 쓰려고 모아 둔 돈만 해도 천 냥쯤이나 되었다.

종은 시퍼런 칼을 품고 야밤에 그 늙은이가 자는 바깥사랑에 이르렀다. 캄캄한 어둠 속에서 갑자기 방 안으로 뛰어든 종은 대뜸 늙은이의 가슴을 가로타고 앉았다. 늙은이가 질겁하여 깨나 보니 머리가 더부룩한 장사가 가슴을 타고 앉아 꽉 내리누르고 있는데 손에서는 칼날이 번쩍였다. 늙은이는 일시에 혼백이 달아나는 듯하여 한마디 악 소리를 치고는 목숨을 살려 달라고 빌었다.

"무서워 마시오. 나는 담을 뚫고 좀도적질이나 하는 사람이 아니오. 지금 내게 딱한 일이 생겼기에 공께 알리러 왔을 따름이오. 공은 내 말을 순순히 듣겠소?"

늙은이는 종의 말이 떨어지기 바쁘게 대답하였다.

"시키는 대로 하오리다."

종은 문득 긴 한숨을 내뿜었다.

"나는 아무 마을 아무네 집 종이오. 우리 주인이 죽은 지 사흘이 되었건만 아직 염도 못하고 있으니 얼마나 괴롭겠소. 공의 집에 혼인 예물이 굉장하다니 상공의 사위도 몸뚱이가 하나일 테니 일여덟의 옷을 다 입을 수는 없을 것이오. 밤에 잘 때도 대여섯 채의 이불을 다 덮을 수는 없을 것이외다. 돈도 천여 냥이라니 백 냥쯤 덜어 낸대도 터럭 한 오리 없어진 것과 무엇이 다르겠소. 만약 조금 나누어 주어 내가 우리 주인에 대한 의리를 다하게 한다면 어찌 큰 은혜가 아니리오. 공이 승낙하면 무사할 것이요, 만약 한마디 말이라도 냈다가는 당장 이 칼로 공의 목을 자르겠소. 자, 어떻게 하겠소?"

종은 칼을 쳐들고 주인의 목을 겨누었다. 불이 이글거리는 눈으로 노려보는 통에 급해맞은 늙은이는 그저 외마디 소리만 지를 뿐이었다.

"시키는 대로 하오리다. 목숨만 살려 주시오."

종은 그제야 칼을 늦추었다.

"그대가 내 말을 들어주겠다니 다행이외다. 하지만 사람의 마음이란 헤아리기 어려운 법이라 마주 서서는 그러마 하고 돌아서면 즉시로 모르쇠를 하는 일이 적지 않으니 아무래도 일은 깨끗이 아퀴를 지어야겠소. 미안하지만 그대가 날이 밝은 다음 딸의 혼숫감을 내게 명백히 넘겨주어야 하겠소이다."

늙은이는 집안사람들을 소리쳐 불렀다. 식구들은 한창 단잠을 자다가 고함 소리에 놀라 나와 보고는 너무도 놀라워 저마다 앞으로 달려 나오며 아우성을 질렀다. 종은 눈을 부릅뜨고 호령하였다.

"한 걸음이라도 앞으로 나오는 자가 있으면 이 칼날 아래 늙은이 목숨은 끊어질 줄 알아라!"

종의 호령 소리는 범 울음처럼 엄엄하고 타는 듯한 눈빛은 번갯불처럼 번쩍였다. 사람들은 모두 종의 기상에 눌려 꼼짝 못하고 시키는 대로 옷과 이불, 돈 백 냥과 얼마간의 천을 앞에 가져다 놓았다.

"이만하면 되었소. 내게 많이도 필요 없으니 나머지는 도로 가져가시오. 그리고 만사는 어김이 없어야 하니 여러분들은 수고스러운 대로 이걸 우리 주인댁에 가져다주어야겠소."

그때까지 종에게 깔려 있던 늙은이는 번쩍이는 칼날이 눈앞으로 다가오는 바람에 기겁을 하며 비명을 올렸다.

"빨리 시키는 대로 하지 못할까! 그래야 내가 살아날 게 아니냐."

식구들은 감히 영을 어기지 못하고 드바삐 물건들을 지고 문밖으로 나갔다. 늙은이 집에서 종의 주인집까지는 몇 리밖에 되지 않았다. 식구들이 짐을 다 나르고 돌아오자 그제야 종은 칼을 던지고 일어나 뜰로 성큼 내려서더니 절을 하여 사례하고는 천천히 걸어 문밖으로 나갔다. 늙은이와 가족들은 얼혼이 빠져 한참 동안 멍하니 바라보기만 하였다. 종은 집으로 돌아와 안주인에게 아뢰었다.

"이만 재산은 한잔 물이나 같으니 장사 비용으로 다 써 버리고 나면 장차 홀로 남은 마님과 외로운 아가씨가 무엇으로 살아가리까. 뒷날을 위해 절반은 남겨 두십시오."

"이제부터 모든 일은 네게 다 맡기니 다시 내게 물어볼 것 없다."

종은 드디어 관곽을 갖추어 장사를 지냈다. 몇 달이 지난 뒤 종은 다시 안주인을 만났다.

"주인이 살아 계실 때 소인은 아침저녁 죽이나 축냈을 뿐이옵니다. 이제는 남은 돈을 가지고 세상을 돌아다니며 행상을 하여 주인댁의 생계를 마련해 볼까 합니다."

"전에 내가 이미 너에게 말하지 않았느냐. 무슨 일이든 네 좋을 대로 하여라."

종은 드디어 안주인에게 작별을 고하고 돈을 가지고 나갔다. 그는 산골 고을에서 나무를 사서는 바닷가 고을에 가서 소금과 바꾸어 이익을 남기며 북으로 육진 지방, 서로는 평안도 강변칠읍에 이르기까지 두루 돌아다녔다. 제주도에 건너갔다가는 동래 왜관에도 들르고 새재를 넘어 동남은 물론이요, 충청도와 전라도 그 어디든 발길이 닿지 않는 곳이란 없었다. 온갖 물산들을 거둬 모아 이리 옮기고 저리 넘기며 물가 금새와 형편을 보아 장사를 하니 일을 벌이면 그때마다 맞아떨어져 이득이 대단하였다.

십 년 동안 장사를 하니 재산이 어느덧 수천 금으로 불어났다. 해마다 설이면 한 번씩 주인집으로 돌아와 땅을 사들이고 집안 살림을 돌보니 옛날 거지꼴이 완연하던 과부 모녀가 엄연한 큰 부자 행세를 하게 되었다. 하루는 종이 안주인에게 또 긴한 말을 고하였다.

"이제는 살아가기에는 넉넉하니 소인이 한시름 놓게 되었습니다.

단지 아가씨가 이미 장성하였으니 좋은 배필을 구하여 마님이 장래 의탁하여 살도록 해야 할 것이외다. 그런데 이런 궁한 시골에서는 보고 듣는 것이 많지 못한 데다가 시골의 하찮은 집들에야 무슨 빼어난 신랑감이 있겠습니까. 마땅히 서울로 이사하여 신랑감을 널리 구해 보아야 할까 봅니다."

"넓으나 넓은 서울 장안에 즐비한 집마다 벼슬하는 집안인데 벼슬 높은 그네들이 우리 같은 한미한 집안과 혼인을 맺자 하겠느냐?"

"힘써 볼 여지 없는 처지에서 일을 능히 성사시켜야 슬기라고 할 수 있는 것이옵니다. 마님께서는 내외 친척들 가운데 촌수가 멀건 가깝건 간에 조정에서 벼슬하는 사람이 없는가 한번 생각해 보세요."

안주인은 골똘히 기억을 더듬다가 한참 만에야 말하였다.

"외당숙의 아들이니 내게는 외가로 육촌뻘 되는 아무개가 전에 듣자니 과거 시험에 합격하였다던데 지금 무슨 벼슬을 하고 있는지도 모르거니와 아직 있기나 한지 모르겠다."

"그렇다면 한번 알아볼 만합니다."

며칠 후 종이 다시 들어오더니 소식을 알렸다.

"그 사람이 지금 승지로 있사오니 이 사람을 연줄로 해 볼 수가 있겠습니다."

안주인은 그길로 가산을 정리해서 서울로 올라가 창덕궁 앞 큰길 옆에 집을 정해 놓았다. 그러고는 승지가 저녁에 대궐에서 일을 마치고 나올 때를 기다렸다가 종을 시켜 길에서 만나 가지고 집으로 청해 오게 하였다. 승지는 처음에는 의아해하다가 자세히 물어본 뒤에야 안주인이 육촌 누이뻘 된다는 것을 알고 찾아와 만났다. 안주

인은 술과 안주를 잔뜩 차려 잘 대접하고 마지막에,

"홀로 남은 이 몸이 외롭기 그지없어 의지할 가까운 친척이라고는
그대 한 사람뿐이니 멀리하지 마시고 지나다니는 길에 자주 들러
주오."

하고 간곡히 부탁하였다. 승지는 그 말에 감격하여,

"가르침대로 하오리다."

하고 선선히 대답하였다. 그 뒤부터 승지가 지나다가 집에 들를 적
이면 좋은 술과 안주를 마련해 놓고 있다가 극진하게 대접하였다.
승지가 매우 기뻐하였음은 물론이다. 그적부터는 관청에 나갔다가
돌아가는 길에 때 없이 들르기도 하고 가끔가다 사람을 보내어 문안
을 전하기도 하였다. 그러다 나니 정의가 매우 두터워졌다.

이것은 모두 종이 뒤에서 가르쳐 준 것이었다. 종은 안주인에게
귀띔을 하여 음식을 차릴 때면 꼭 풍성하게 갖추고 그릇도 좋은 것
을 골라 쓰도록 하며 안팎 종들도 될수록 새뜻하게 차려입고 나서도
록 하여 이웃 사람들의 눈에 띄게 하였다. 사람들은 길잡는 소리 요
란한 행차가 그 집 문전에 자주 이르는 것을 보고는 진짜 문벌 높은
집안이거니 여기게끔 되었다. 하루는 종이 안주인에게 들어가 말하
였다.

"아무개 집 도령의 기골이 범상치 않사오니 장차 혼처를 고르려면
이보다 나은 곳이 없을 것이외다. 아무개 영공더러 중매를 서게
하면 일이 제대로 될 줄 아오이다."

안주인은 그의 말대로 승지에게 부탁하여 청혼을 하게 하였다. 그
집에서는 승지의 친척이고 살림도 넉넉하다는 말을 듣고는 쾌히 혼
인을 허락하였다. 신랑은 처가에 데릴사위로 들어왔으니 그가 바로

계해년 반정 공신인 아무개 공이다.

몇 년이 지난 뒤였다. 일부 신하들이 광해군을 내쫓고 인조를 왕위에 올려 세울 계책을 정하고 장차 때를 기다려 거사를 하려는 즈음이었다. 어느 날 문득 종은 안주인에게 고하였다.

"소인은 일이 있어 이제 멀리 나가 볼까 하옵니다. 오래면 삼사 년 걸리고 빠르면 일 년 안에 돌아오리다."

종은 그 뒤 집을 떠나간 뒤 소식이 없더니 계해년 사월에야 비로소 돌아왔으나 끝내 어디 가서 무슨 일을 하였는지는 밝혀 말하지 않았다. 반정을 하루 앞둔 날이었다. 이 집 사위 아무개 공이 거사에 참가하려고 집안사람들이 잠든 틈을 타서 옷차림을 갖추고 문을 나서려는 참이었다. 종이 문 곁에 몸을 감추고 있다가 느닷없이 앞을 막아 나서며 옷깃을 부여잡았다.

"서방님은 어디로 가려 하시오?"

"종 녀석이 그건 알아서 무엇 하려느냐?"

종은 허리춤에서 시퍼런 칼을 뽑아들더니 눈을 부릅뜨고 호통을 쳤다.

"그대가 하는 일을 내가 어찌 모르리오! 그대는 어째서 이런 멸족의 화를 당할 일을 하는고! 내 마땅히 이 무뢰한을 죽여 화근을 없애리로다."

아무개 공은 갑자기 당한 일이라 어쩔 바를 몰랐다. 그러자 종은 칼을 내던지며 웃었다.

"소인이 어찌 서방님을 해치리오. 한번 장난을 해 본 것이외다."

그러고는 잇대어 물었다.

"서방님이 하는 일이라는 것은 위험하기 짝이 없는 놀음 같은 것이외다. 한번 패를 던졌다 맞히지 못하면 일족이 무리죽음을 면치 못할 것은 뻔한 일인데 그래 뒷문을 미리 마련하여 도망칠 길을 열어 놓고 있소이까?"

공은 한참이나 멍해 있다가 입을 열었다.

"사실 거기까지는 생각이 미치지 못했네."

종은 다시 벙긋 웃었다.

"허, 젊은것들이 일을 꾸미는 본새가 고작 이렇다니까요. 내가 이미 서방님을 위해 도모한 것이 있소이다. 옛날 내가 제주도로 오갈 때 바다 가운데 있는 섬을 하나 보아 두었는데 사람이 살지 않는 곳이어서 화를 피해 살 만하오이다.

일전에 바닷가에서 쌀 수천 섬을 사 가지고 그곳에 날라 쌓아 두고 또 큰 배 한 척을 마련하여 천여 섬 곡식을 실어 오늘 저녁 경강에 갖다 대도록 약조를 해 놓았소이다. 일이 성취되면 다행이려니와 만일 잘못되면 내 장차 마님과 안주인을 모시고 곧 배로 달아날 테니 서방님도 몸을 빼어 같이 배를 타고 바다로 나가 그곳에서 화를 피하도록 하오이다. 그리고 세상 형편을 보아 오래도록 화란의 동티가 가라앉지 않을 것 같으면 배를 타고 먼 바다로 나가 중국으로 가서 몸을 숨겨도 좋을 것이외다. 서로 가도 사람이 사는 곳이요, 남으로 가도 사람이 사는 곳이니, 하늘 높고 바다 넓은 이 세상에서 어디 간들 안 될 것이 있으리까."

공은 잠에서 깬 듯 황연히 깨닫고 사례하였다.

"삼가 그대가 말한 대로 하겠네."

종은 거듭 부탁하여 보냈다. 이날 밤 반정 군사들은 궁성 안으로 들어가 한 번의 거사로 광해를 내쫓고 인조를 왕위에 올려 세웠다.

공은 공신으로 책봉되어 부귀와 공명이 당대의 으뜸으로 되었다. 그제는 종이 안주인에게 작별을 고하였다.

"종이 상전댁을 위해 할 일은 이것으로 끝났소이다. 바라옵건대 마님께서는 이 몸을 떠나게 해 주옵소서."

"우리 모녀가 오늘을 보게 된 것은 모두 네 덕이거늘 바야흐로 같이 낙을 누려 은혜를 갚으려는데 어찌 갑자기 떠나간단 말이냐?"

"종이 상전댁을 위해 힘을 아끼지 않음은 마땅히 할 일이오이다. 천한 종으로서 매와 욕설을 면한 것만도 그지없는 은혜이오니 주인댁에서 제게 보답을 하려 한들 이보다 어찌 더 할 수가 있겠소이까. 오늘 상전댁의 복록이 무궁하고 영화가 날로 새로워지니 마님께서 이제는 이 종에게 의탁할 일이 없어졌고, 이 몸도 마님을 위해 할 일이 더는 없소이다.

농갓집 소가 밭갈이를 마치고는 멍에를 벗어 던지고 무성한 풀숲에 한가히 누워 자고 싶으면 자고 먹고 싶으면 먹는 것이 옳지 않겠소이까."

안주인이 아무리 말려도 종은 끝내 듣지 않았다. 장차 어디로 가겠는가고 물으니 종은 쓸쓸히 대답하였다.

"이 몸은 본시 동서남북을 모두 내 집으로 여기고 있는 사람이오니 어디인들 가지 못하리까."

마침내 종은 훌쩍 가 버리고는 다시는 아무 소식도 없었다.

내가 일찍이 이 말을 여러 사람들에게서 들었으나 전하는 말마다 서로 달랐다. 계해년 반정 공신 아무개가 연양공延陽公 이 공이라 하는 사람도 있고 원평군原平君 원元 공이라는 사람도 있어 어느 사람인지 딱히 알 수가 없다. 나도 물론 누구라고 찍을 수는 없다. 어떤 사람들은 말하기를 원 씨에게 지금 바다 섬 가운데 논밭이 있어 해마다 깨 백 섬을 거두어들이고 있는데, 그것이 바로 종이 피난하도록 가르쳐 준 곳이라고도 한다.

또 원평군이, 이 종이 쓸 만한 인재임을 알고 조용한 방에 불러 반정에 대한 비밀을 일러 주고 같이 거사할 것을 요구하였다는 말도 있는데 종은 그때 잠자코 아무 대답도 없이 곧 일어나 내빼듯 나가 버렸다고 한다. 그 뒤로는 오랫동안 소식이 없더니 반정을 하루 앞두고 비로소 나타나,

"소인이 이미 바다 섬 가운데 곡식을 쌓아 놓고 배를 경강에 대놓았소이다."

하였다 한다. 섬에 있는 논밭에 대한 이야기가 사실인지 아닌지는 아직 모르겠지만, 만약 그것이 사실이라면 과연 반정 공신이란 원평군이겠는가? 그러나 이것도 자세치는 않다. 또한 종도 영웅의 안목을 가지고 있었을 것이니 어찌 기미를 미리 알아채지 못하고 직접 만나 말해 주어서야 알았겠는가. 이것은 사실과 맞지 않는다는 것이 확실하므로 내가 취하지 않았다.

그가 전후로 한 일들을 보면 실로 기이하기 그지없다. 변화무쌍한 그의 행적을 그리는 데서 혹 지나친 말들도 있는지 모르나 결코 지어낸 허무맹랑한 이야기는 아니다. 송나라 이후로 세상에서는 인재를 등용하는 데서 거의 다 틀에 박힌 규정에만 매달렸기 때문에 활달하여 구속을 모르는 재사들 가운데 용천龍川 선생 진량陳亮이 전하는 바와 같이 세상에 드문 기이한 재주와 남다른 슬기를 가진 사람이 있다 하더라도 초야에 묻혀 헛되이 생을 마쳤을 뿐 애당초 세

상의 인정을 받지 못하였다.

유독 괴상한 사람이라는 평판을 받던 순왕 장준이 화원의 늙은 군졸에게 한번 시험해 본 일은 있다고는 하나 그도 늙은 군졸을 상객으로 끌어올려 막하에 두고 계책을 논의한 것이 아니라 도리어 이끼 오른 섬돌과 꽃 그림자 사이에서 허무한 생을 보내게 한 것은 도대체 무슨 까닭이냐.[1]

그리고 본조의 인조 초기로 말하면 갓 왜란이 평정되고 한창 북쪽에서 병란이 터질 위험이 커 가서 인재를 등용해야 할 때였다. 그러니 하찮은 재주라도 오히려 놓칠세라 저어할 때인데 하물며 이 종과 같은 기이한 재주와 웅대한 지략이 있는 사람이야 더 말해서 무엇하랴.

종의 주인집 사위 아무개 공이 이미 잘 알고 있던 터에 어찌 진창 속에 묻힌 구슬을 파내어 씻고 닦아 빛을 뿌리도록 하지 않고 스스로 떠나가도록 내버려 둔단 말인가. 그러고도 조금도 아까워함이 없이 그대로 훌륭한 인재를 초야에서 썩게 함으로써 옛 재사들과 같은 길을 걷게 한단 말인가. 참으로 아까운 일이다. 이것은 모두 인재 등용에서 틀에 박힌 규범에 매달린 탓이다. 우리 나라에서는 문벌로 하여 인재를 제한하는 것이 송나라보다도 더 심하다.

설사 이 종이 세상에 나선다 하더라도 다른 사람의 수하에 들어가 얽매여 지내며 하늘을 가릴 커다란 포부와 별을 따 올 만한 지략을

---

[1] 송나라 때 순왕循王 장준張俊이 화원에서 잠자고 있던 늙은 군졸의 배포가 마음에 들어 시험 삼아 큰돈을 주어 다른 나라로 보냈더니 늙은 군졸이 수십 배의 이득을 남기고 돌아왔다. 순왕이 군졸에게 다시 한 번 해 보라고 제의하자 군졸은 거절하고 화원에 낮잠을 자러 갔다는 고사를 이른다.

펴 보지 못할 것은 뻔한 이치다. 때문에 그런 사람들이 재주를 숨긴 채 사람들 사이에 파묻히는 것을 다행으로 여기는 것이다. 어찌 하늘을 붙잡아 매고 땅을 꺼들어 올릴 기개를 지니고도 남의 눈치나 보면서 구차한 생을 도모해야 한단 말이냐. 날개 돋은 용의 한 조박 비늘이 얼핏 보이듯, 종의 신기한 용맹과 놀라운 지략이 이따금 번쩍 빛을 낸 것은 재주를 드러내고 싶어 안달아 그런 것이 아니라 생각 끝에 직분을 다하여 주인댁에 보답하는 과정에 나타난 것이다. 이미 주인댁의 은혜를 다 갚은 뒤에는 훌쩍 멀리 떠났으니 세상에서 나를 알아주지 않는 터에 어찌 잠시나마 머물러 있겠느냐는 것이 이 종이 오래 전부터 뼈물어 온 생각이다. 만약 세상에 영웅다운 임금이 있어 그의 재주를 알아주었더라면 그가 어찌 옛날의 명인, 명장에게 뒤질까 보냐.

내가 이미 이 이야기를 써 놓기는 하였지만 연양군의 집 종 아무개에 대한 말을 들은 것이 한 가지 더 있다. 이 이야기와 대동소이한데 처음과 마지막이 전혀 다르다. 두 가지 이야기가 서로 전해지는 과정에 세월이 오래되다 나니 하나로 잘못 합쳐진 것이 아닌가 생각한다. 그러나 그 이야기가 연양군의 곁갈래 자손에게서 직접 듣고 내게 전한 것이니 더욱 확실한 것이어서 믿을 만하기에 아래에 적는다.

광해조 때 한 유생이 서울 성 밖에서 살았는데 가족이라고는 안해와 딸 하나뿐이었다. 가산이라야 종 하나와 말 한 필에 이천에 십여 섬지기 척박한 땅 한 뙈기가 있을 뿐이었다. 아침마다 서둘러 밥을 먹고는 말을 타고 하나뿐인 종을 경마잡이로 삼아 성 안에 들어가서는 북인 가운데 여러 이름난 관리들을 두루 찾아다니다가 파루 종이 날 무렵에야 집으로 돌아오곤 하였다.

날마다 이렇게 하며 세월을 보냈는데 그중에 허 승지라는 사람이 그의 안해와 가까운 친척뻘이어서 그와 가장 무람없이 지냈다. 그러다가 갑자기 몹쓸 병에 걸려 덜컥 죽었다. 그러나 집에는 시체를 쌀 옷가지 하나 변변한 것이 없었다. 안해가 한창 가슴을 치며 곡을 하는 중에 종이 들어와 보고 말하였다.

"장사 지낼 도리는 생각지 않고 그저 곡만 하고 있으면 어찌 하겠소이까?"

"아무 도리도 없어 그저 곡만 할 뿐이다."

"그럼 언문으로 부고 십여 장을 써서 주시면 소인이 일이 되도록 해 보리이다."

종은 그길로 머리를 풀고 주인이 평소에 드나들던 집들을 두루 찾아다니며 부고를 전하였다. 곧추 툇마루 앞에 들어가 땅에 엎드려 목 놓아 울자 사람들은 그전에 가깝게 다니던 손이 죽어 장사도 지낼 수 없는 처지라는 말도 측은하거니와 종이 슬피 우는 꼴이 너무도 가엾어서 모두 눈물을 머금고 넉넉히 부조를 주어 보냈다. 드디어 그것으로 관을 갖추어 주인의 장사를 지냈다. 부의로 받은 무명이 그러고도 얼마간 남았다. 장사를 치르고 난 어느 날 종이 안주인께 말하였다.

"무릇 가난한 선비가 서울에서 사는 것은 오로지 벼슬을 얻기 위해서외다. 오늘 불행히도 주인이 세상을 떠났으니 다시 무엇을 바라겠소이까. 서울 장안 의지할 곳 없는 데서 과부가 어린 딸을 데리고 앞으로 어떻게 살리까.

이천에 있는 상전댁 땅이 비록 척박하기는 하나 힘써 다루기만 하면 입에 풀칠은 할 수 있을 것이오이다. 서울 집도 모두 팔아 가지고 시골로 내려감이 어떠하오니까?"

안주인 역시 점점 가난에 쪼들려 견딜 수 없게 되는 것을 걱정하던 참이라 그 말을 좇아 살림을 걷어 가지고 시골로 내려갔다. 좋은 논밭을 가꾸고 가사를 정리하는 데 있는 힘과 정성을 다 쏟아 부으며 밤이나 낮이나 쉴 줄을 몰랐다. 또 부의로 받은 나머지 무명을 팔고 나무가 많은 강원도에서 나뭇짐을 해다가 팔아 돈을 벌었다.

몇 년 사이에 점점 살림이 피더니 십 년이 지나서부터는 토지에서 해마다 거두는 곡식만도 수백 섬에 이르렀다. 그제는 종이 안주인에게 말하였다.

"이제는 살림 걱정을 놓게 되었습니다. 양반 집이 시골에 오래 내려와 있을 수는 없습니다. 하물며 아가씨가 이미 장성하였으니 마땅히 좋은 배필을 무어 주어 마님께서 만년에 의지하고 살도록 해야 할 것이 아니오니까. 궁벽한 산골에서야 어찌 마음에 드는 혼처를 구할 수 있겠소이까. 다시 서울로 올라가 혼처를 널리 구해야 할 것이오이다."

"집안일은 하나부터 열까지 모두 너에게 맡겨 온 지 오랜 터에 오늘이라고 어찌 네 말을 따르지 않을까 보냐."

"상전댁이 한미하기 그지없으니 명문거족의 후원이 없이는 일어설 수 없을 것이외다. 주인의 내외 친척들 가운데 어찌 조정에 나서서 벼슬하는 사람이 없겠소이까?"

"그래 내 외편 육촌 가운데 허 아무개가 지난날 조정에서 벼슬을 하였는데 지금도 아직 있는지는 모르겠구나."

"그는 바로 허 승지 영공이올시다. 소인이 까마득히 잊고 있었습니다. 집을 하나 사게 주선해 달라는 편지를 써서 소인에게 주시면 가서 전하고 댁에서 도움을 바란다는 뜻을 은근히 비쳐 보이겠소이다."

종은 편지를 받아 가지고 가서 허 승지를 만났다.

"네 주인이 세상을 떠난 뒤에 외로운 과부가 시골로 내려간 뒤 영소식이 없기에 나는 이제는 죽은 사람이려니 여겼구나. 그런데 가난한 집이 서울에 오면 먹고 살아 나가기가 힘들 것 아니냐. 이번에 집을 구해 달라는 것은 무슨 뜻이냐?"

"주인집 살림 형편이 옛날보다는 조금 피었나이다. 게다가 아가씨의 혼처를 구해야 할 터인데 시골구석에서 아무리 찾아보아야 마땅한 데가 없어서 이런 생각을 하게 되었소이다."

"그러면 내가 집을 주선해 주마."

승지는 그 자리에서 심부름하는 하인 하나를 불러 같이 가게 하였다. 종은 얼마 뒤 동구 안 큰길가에 승지가 주선해 준 집을 받아 놓고 시골로 내려와 알렸다. 안주인은 서울로 이사 오자 곧 여종을 보내어 허 승지에게 문안을 하였다. 허 승지는 집을 알선해 준 터라 겸사로 안주인을 찾아와 보았다. 그 뒤로 허 승지는 대궐에 들어갔다가 저녁에 일을 파하고 돌아가는 길이면 이따금 들르곤 하였다. 종이 안주인에게 다시 말을 올렸다.

"듣자니 허 영공이 술을 잘 마신다 하옵니다. 모름지기 좋은 술을 많이 빚었다가 그분이 오면 대접도 하고 또 남녀종들을 시켜 술을 팔게 하면 세간살이에 도움이 될 것이외다."

허 승지는 술을 좋아하였으나 집이 가난하여 아침저녁 끼니도 겨우 끓이는 형편이었다. 동지섣달 긴긴밤에는 새벽까지 추위에 떨기가 일쑤고 너렁청 당직방에 앉아 있을 때면 짜증이 날 때가 많았다. 그러다가 이 집에만 들르면 그때마다 향기로운 술과 풍성한 음식이 기다리고 있었다. 따뜻한 방에서 언 몸을 녹이고 주린 배를 재우게 되니 여간 흐뭇하지 않았다. 그래서 아무 때나 들렀고 정의가 도타워졌다.

하루는 종이 안주인에게 들어가 귀띔을 하였다.

"회현방의 이 장성 댁 자제가 기골이 범상치 않으니 뒷날 크게 귀히 되리이다. 혼사를 하려면 이보다 좋은 혼처가 없을 것이니 허 영공을 중매로 내세우면 좋을 듯하오이다."

안주인은 그 말대로 허 승지에게 청혼을 부탁하였다.

"이 장성 댁이라니 그게 누구요?"

"이름은 모르오. 그저 회현동에서 산다고 하오."

허 승지는 냉소를 머금었다.

"그럼 그게 이귀李貴요. 그는 추접스럽고 막돼먹은 무리에 지나지 않으니 그와 혼인을 맺어서는 안 되오. 더군다나 그는 서인이라 지금 세상에서는 알아주지도 않으니 바라볼 것도 없소. 왜 누이는 그와 사돈을 맺자고 하오?"

"그저 신랑의 사람됨을 볼 뿐이지 다른 것은 상관치 않았사이다."

거듭 간곡히 부탁해서야 허 승지는 마지못해 대답하였다.

"누이의 뜻이 정히 그렇다면 내가 말을 통해 보리다."

허 승지가 막상 가서 물어보니 이미 다른 집에 혼처를 정하여 혼인 날짜가 멀지 않았다는 것이었다. 종은 그 소식을 듣자 안주인에게 다시 말하였다.

"참 아쉬운 일이오이다. 그러나 그 댁 셋째 자제도 정히 형에 못지 않으니 그와 미리 혼약을 맺어 두도록 함이 좋을까 하오이다."

셋째 자제란 바로 연양군이다. 또 허 승지에게 청혼해 줄 것을 부탁하니 이번에는 눈썹까지 찌푸렸다.

"누이는 어째서 꼭 그 집과 혼인을 맺으려 하오?"

"듣자니 그 신랑감이 매우 좋다고 하오. 나를 위해 수고를 아끼지 않고 일이 잘 되도록 해 주면 더없는 다행일까 하오."

허 승지가 다시 연평공 이귀의 집에 가서 청혼을 하니 이귀가 반색을 하였다.

"전번에는 혼인을 허락하지 못한지라 마음이 몹시 거북하였소이다. 영공께서 수고로이 다시 와서 말을 하니 감히 따르지 않을 수 있겠소이까."

다음 해에 두 집은 혼인을 맺었다. 이때 연평군 이귀의 집은 가난하기 짝이 없어 연양공은 처갓집에 들어가 데릴사위 노릇을 하게 되었다. 처갓집에는 아들이 없는 관계로 논밭이며 집 그리고 노비들까지도 모두 공의 것이 되었다. 종은 예전이나 마찬가지로 주인집의 집안일을 맡아보았다.

그 뒤 반정을 일으킬 것을 약속한 여러 공들이 때를 기다려 거사를 할 작정을 하고 있었다. 공은 종의 수완과 계략이 뛰어난 것을 보고 일을 시킬 작정을 하였다. 하루저녁 사랑방에서 여인들은 다른 곳으로 내보내고 종을 창 아래에 불러 세우고 일렀다.

"내게 큰일이 생겨 너하고 조용히 의논하려고 하니 방으로 들어오너라."

"종이 어찌 감히 상전댁 내실에 들어가리까."

종은 엎드린 채 들어갈 생각을 하지 못했다.

"종과 주인은 부자지간이나 같으니 들어온들 무슨 안 될 것이 있겠느냐."

종이 마지못해 방으로 들어가자 그를 가까이 불러 놓고 사실을 알렸다. 한참이나 말없이 앉아 있던 종은 마침내 입을 열었다.

"나무하고 꼴 베는 것이 종의 직분이온데 다른 일이야 어떻게 알겠소이까. 이 자리는 종이 오래 있을 만한 곳이 못 되니 이만 물러가겠소이다."

종은 훌쩍 일어나더니 말릴 새도 없이 나가 버렸다. 공은 자기 실언이 후회되기도 하고 또 종이 발설을 할까 봐 걱정이 되어 온밤 잠을 이루지 못하였다. 이튿날 아침에 사람을 시켜 종을 찾으니 알리는 말이,

"아무개가 새벽에 집을 나갔는데 어디로 갔는지 모르겠다고 하옵니다."

하는 것이었다. 공은 가슴이 섬뜩하였다. 그가 혹시 고변을 하러 간 것이나 아닌가 하는 의심이 들어 그날부터 잠도 못 자며 걱정하였다.

며칠이 지난 뒤 반정이 성공한 날이었다. 공이 대궐에서 돌아와 막 옷을 벗고 쉬려는 참인데 심부름하는 하인이 뛰어 들어와 그 종이 나타났다고 알리는 것이었다. 공은 놀랍기도 하고 기쁘기도 하여 빨리 불러들이라고 하였다. 뜰에서 인사를 하는 종을 맞으며 공은 욕부터 하였다.

"예이, 이 복 없는 녀석아, 내 말을 듣지 않더니 그래 후회되지 않느냐?"

종은 태연히 대답하였다.

"주인은 나라의 신하이니 나랏일을 하는 것이 마땅하고, 종은 댁의 하인이니 주인댁을 위해 일해야 할 뿐입니다."

"네가 주인집을 위해 무슨 일을 했단 말이냐?"

"이천의 논밭을 다 팔았소이다."

공은 깜짝 놀랐다.

"논밭을 다 팔다니 그게 도대체 무슨 말이냐?"

"주인이 하는 일이 성공하면 다행이려니와 아차 실수하는 날이면 온 가족이 몰살당할 터인데 땅은 있어서 무엇 하겠소이까. 그래서 다 팔았소이다."

"다 팔아서 그것을 어디다 썼단 말이냐?"

"큰 배 세 척을 사서 수천 섬 곡식을 실어 가지고 어젯밤 경강에 대어 놓고 있었소이다."

"그것은 해서 무엇 하겠느냐?"

"일이 만약 실패하면 주인댁 가족들을 싣고 바다로 빠져나가려 했을 뿐입니다."

공은 그제야 빙그레 웃었다.

"네 꾀도 좋은 것이다."

종은 다시 앞으로 나서며 말하였다.

"배와 곡식은 다시 팔아 논밭을 사십시오. 얼마간 밑지기는 하겠지만 주인께서 이미 공신이 되었사온데 무슨 부족할 것이 있겠습니까."

"네 마음대로 하여라."

뒤에 공은 높은 벼슬에 올랐고 종도 늙었다. 공이 천인의 신분에서 벗겨 주려 하자 그는 힘껏 사양하며 듣지 않았다.

"남의 집 종이 양인으로 되는 것은 분수에 맞지 않는 일이옵니다. 소인은 진정으로 원치 않는 바입니다. 만약 대감께서 참으로 은혜를 베풀어 주시려 한다면 소인이 지극한 소원을 아뢰오리다."

"그 소원이 무엇이냐?"

"대감과 부인이 세상을 떠난 뒤에 묘지기를 할 종이 있어야 하지 않겠사옵니까?"

"그야 그렇겠지."

"소인의 자자손손을 대대로 묘지기로 정해 주고 다른 역을 지지 않게 해 주신다면 양인으로 만들어 주는 것보다 백 배나 더 큰 은덕으로 될 것이옵니다."

공은 그의 말대로 문서를 만들어 주었다. 지금 연양군의 묘 부근에 있는 집이 근 백여 호인데 모두 그 종의 자손이라고 한다.

내가 이 말을 듣고 그전에 들은 말과 견주어 헤아려 보았다. 어떤 사람들은 종을 안방에다 불러 놓고 물은 사람이 원평군이라고 하였는데, 이에 근거하면 그것은 연양군의 일이다. 또한 문 앞에서 계략을 가르치고 섬에 곡식을 쌓아 둔 것은 연양군의 집종이 한 일이라고 하는 사람도 있는데 이에 근거하면 사실과 어긋난다. 그러나 원씨의 집이 바다 섬의 전장에서 깨를 거두어들인다는 것은 많은 사람들이 전하고 있다. 그렇다면 이는 한 사람에 대한 이야기가 아니라 두 사람에 대한 이야기라는 것이 명백하다.

다만 말이 전해지는 과정에 잘못되어 서로 바뀌고 엇섞여 하나로 되었을 뿐이다. 또 연양군이 혼인을 맺은 일로 말하면 원평군에게 들어맞는다. 이때 원평군 역시 한미한 집안이었는데 어떻게 이름난 관리를 중매로 내세웠겠는가.

배를 타고 바다로 빠져나갈 계교만은 조금도 차이가 없으니, 한나라의 선제 유비가 "영웅호걸들의 소견이란 대략 같다." 한 것이 이를 말한 것이 아니겠는가. 종 가운데 두 영웅호걸이 한 시대에 나왔으니 얼마나 기이한 일인가.

옛사람들도 미치지 못할 탁월한 지략을 지니고도 곤궁한 주인에게 몸을 맡기고 다 기울어진 판국을 힘을 다해 일으켜 세웠으니 그 순수한 정성과 지극한 의리는 저 하늘의 해처럼 빛나는 것이라 하겠다. 이야말로 외로운 한 목숨을 맡길 만하고 백 리 땅을 맡길 만한 사람이다.

원수 갚은 두 처녀

정시한丁時翰은 숙종 때 사람이다. 학문과 덕행으로 천거를 받아 벼슬이 진선에 이르렀으나 조정의 부름에 응하지 않고 원주의 시골 마을에 묻혀 살면서 제자들 가르치는 것을 일삼았다.

언젠가 비 오는 날 혼자 앉아 있노라니 사립문 밖에 두 젊은이가 짝을 지어 서 있는 것이 보였다. 맑고 준수한 용모에 영채 도는 눈길이 사람의 마음을 비추는 듯하였다.

'이 고을에서 조금 괜찮다는 젊은이들치고 내가 얼굴을 모르는 사람이 없는데 이들은 분명 먼 곳에서 왔나 보다.'

이상하게 여기면서 안으로 맞아들여 어디서 오는가를 물었다.

"저희들은 이곳에서 멀지 않은 곳에 사옵니다. 오래 전부터 만나 뵈올 마음을 품고 있었던 터라 이번에 특별히 찾아오기는 하였으나 대뜸 나설 수도 없어 문밖에서 서성거렸사옵니다."

정 공이 그들과 이야기를 나누어 보니 기질과 당당한 기개가 말속에 내비쳐 갈수록 더욱 마음을 끌었다.

"짐작건대 그대들은 아직 머물 거처를 정하지 못했나 본데 날이 이미 저문 데다 비까지 내리니 여기서 이 늙은이와 하룻밤을 같이 지내는 것이 어떨꼬?"

"쫓아내지 않으시니 어찌 그 말씀을 따르지 않겠소이까. 비가 오고 날씨가 음산하니 소주 한 병을 주시기 바라옵니다."

정 공은 의아한 생각이 들었다. 처음 만나 보는 윗사람에게 대뜸 술을 조르니 도대체 어찌 된 일인가. 그러나 말과 행동을 보면 예의를 모르는 것 같지는 않으니 어떻게 하나 두고 보자는 생각으로 안사람을 불러 술을 내오게 하였다. 두 젊은이는 병을 열고 마주 앉아 연거푸 몇 잔을 마시고는 절반을 남겨 두며 밤에 마시겠노라고 하였다.

이날 밤 세 사람은 초당에서 같이 잤다. 한밤중에 정 공은 잠에서 어렴풋이 깨어났다. 어느덧 비구름은 씻은 듯 개고 조각달이 창에 비꼈다. 정신을 차리고 보니 두 젊은이의 행색은 어제와는 전혀 딴판이었다. 대님을 가뜬히 매고 간편한 옷차림을 하였는데 두 손에서는 서릿발 칼날이 춤추었다. 권커니 잣거니 마주 앉아 소주를 마시는데 번쩍이는 칼빛이 방에 가득 찼다. 정 공이 베개를 밀어 놓고 일어나 앉아 물었다.

"그대들은 무엇을 하뇨?"

두 사람은 놀란 듯 얼굴을 마주 보더니 칼을 던지고 엎드렸다.

"어르신네의 잠을 깨운 죄가 크오이다. 그런데 어르신의 얼굴을 보건대 도무지 태연하고 놀란 기색이라고는 꼬물도 없으니 어찌 된 일이오이까?"

"내 스스로 헤아리건대 평생에 남과 원수진 일이 없는 터이니 행색을 숨기고 와서 나를 해칠 사람이 어디 있을꼬. 내 그래 겁내지 않는 것이오. 그대들은 과연 어떤 사람들인고?"

두 사람은 말할 듯 말 듯 망설이는 기색이더니 입을 열었다.

"어르신은 과연 어진 분이시옵니다. 어찌 마음속의 깊은 사연을 다 털어놓지 않을 수가 있겠사옵니까. 저희들은 본래 영남 사람이옵고 또 남자도 아니옵니다."

정 공은 그 말에 눈을 홉떴다.

"그랬던가? 자세한 얘기를 듣고 싶으이."

두 사람은 한참이나 흐느낌을 삼켜 가며 눈물을 흘리다가 말을 하였다.

"지난 사연을 말씀 올리려니 비분이 먼저 북받치고 수치스러운 생각 역시 깊어지나이다. 저희 두 사람은 친자매간입니다. 어머니는 불행하게도 산후탈로 세상을 떠나셨나이다. 계모란 것이 말 못 할 인간이어서 이웃에 사는 교생과 눈이 맞아 저희 아버지를 독살하고 샛서방과 함께 다른 고을로 도망했나이다.

외롭게 남은 저희 어린것들을 이웃 여인이 키워 주었나이다. 조금 자라서 이 일을 알게 되자 수치가 뇌리에 박히고 통절한 생각이 가슴에 맺혔사오이다. 경주에 검술이 신통한 분이 있다는 말을 듣고 저희 자매는 서로 끌며 찾아가 칼 쓰기를 배웠습니다. 십 년 동안 배워 그 묘기를 다 익혔으니 이제는 칼을 던져 원수의 머리를 마음대로 땄다는 옛사람의 검술에도 능히 견줄 만하옵니다.

그때부터 남복을 하고 이름을 감춘 채 사방을 두루 돌아다니며 원수의 종적을 찾았습니다. 오랫동안 애쓰던 끝에 서울 성안에서 찾아내기는 하였으나 서울 장안은 이목이 번다하거니와 기찰 군사들의 단속도 엄하여 손을 대기가 불편하였사옵니다. 그래 가만히 참고 기다린 지도 벌써 몇 년이 되었습니다.

이번에 듣자니 원수가 서울에서는 살 수가 없어 다시 시골로 돌아간다 하옵니다. 어젯밤은 충주 숭선촌에서 자고 지금은 여기 앞마을 객줏집에 머물렀습니다. 몇 해 동안 쌓이고 쌓인 원한을 여기서 풀게 되었습니다.

그러나 여자의 몸이라 아무리 남복으로 차리기는 하였으나 객줏집에서 한데 섞여 잘 수도 없었사옵니다. 장사치와 길손들이 주고받는 말을 가만히 듣자니 어르신께서 인정 많고 덕이 높아 하룻밤 신세를 질 만한다고 하옵더이다. 그래 못 이기는 체 머물렀사오나 이 밤이 참으로 천만다행으로 될 줄이야 어이 알았겠사옵니까. 어제 술을 청한 것이 당돌한 죄인 줄을 모르지는 않았으나 장차 큰일을 해야 하겠기에 술기운을 빌려 담을 크게 하려는 것이었사옵니다. 어르신께서 어찌 무례하다 생각지 않으셨겠나이까."

정 공은 이 말을 듣고 크게 놀랐다.

"그대들의 뜻이 과연 맵구나. 그러나 연약한 아녀자들끼리 어떻게 그런 일을 해낸단 말인고. 내 집에 건장한 남종 몇이 있어 한 손 덜어 줄 수 있을 것이니 그대들을 따라가게 함이 어떨지?"

두 사람은 의젓이 거절하였다.

"그것은 원치 않사옵니다. 저희들이 뼈물어 마음 다지고 이처럼 만 번 중에 한 번이나 살아날 위험한 일을 하려는 것은 오직 부모의 원수를 갚기 위해서입니다. 일이 드러나면 저희들이 죽음을 받을 뿐입니다. 어찌 다른 사람에게 누를 끼치겠사옵니까. 이제 새벽닭이 울 것이옵니다. 길손들이 머지않아 떠날 것이니 그때를 타서 해치우겠나이다."

말을 마치자 그들은 서로 검을 짚고 일어나더니 날듯이 걸어 문을 나서서 새처럼 펀뜩 사라져 버렸다. 정 공은 앉아서 새벽이 되기를 기다려 종에게 앞마을 객줏집에서 간밤 무슨 일이 있었는가를 알아오게 하였다. 종이 돌아와 객줏집에서 사람들이 떠들썩하더라며 다음과 같이 말하였다.

　"어제 저녁 서울에서 웬 부인의 행차가 이르고 그 뒤로 한 장부가 따라와 이 객줏집에서 잤답니다. 닭이 울 무렵 강도 두어 명이 검을 빼들고 갑자기 들이닥쳐서는 남녀를 찔러 죽이고 머리를 잘라 가지고 가 버렸다고 합니다. 다른 사람은 하나도 죽이지 않고 한 가지 재물도 빼앗아 간 것이 없으니 이상하지 않습니까?"

　내가 보건대 이 처녀들에게는 네 가지 놀라운 점이 있다. 검술이 첫째로 놀라운 점이요, 연약한 아녀자로서 옛사람도 못 따를 용맹을 지닌 것이 둘째로 놀라운 점이다. 변복을 하고 거의 십여 년 동안 두루 돌아다녔건만 사람들은 끝내 알아차리지 못하였다. 아버지를 대신하여 십이 년 동안 수자리를 살았다는 옛날의 효녀 목란 뒤로는 이들이 처음이니 이것이 셋째로 놀라운 점이다.

　《예기》를 보면 복수의 의리에 대해 성인들의 가르침이 뚜렷이 실려 있다. 아버지가 남에게 죽었는데도 자식으로서 원수를 갚지 못한다면 사람의 도리란 찾아볼 수 없게 될 것이다. 그러나 예부터 복수한 사람이 남자 가운데도 몇 사람이나 되는가. 이들은 어린 나이의 연약한 여자로 한 하늘을 같이 이고 살 수 없는 원수를 알고 이기기 전에는 칼을 놓지 말아야 한다는 의리를 뼈에 사무치게 새기고 기어이 복수하고야 말았다. 장사의 가슴을 울릴 만하고 인류의 중함을 다시금 새기게 하는 일이니 이것이 넷째로 놀라운 점이다.

어떤 사람들은 이렇게도 말한다.

"무릇 백성들이 다투어 서로 죽일내기를 하는 것은 나라에서 엄격히 금지하는 바이다. 만약 원수를 갚으려 한다면 고을 관청에 고소를 하여 법으로 다스리면 그만이다. 하필 기구한 길을 걸으며 도적질하듯이 할 것은 무엇인가. 그리고 이미 원수를 갚았으면 마땅히 법 맡은 관청에 나타나 사람을 죽인 죄를 스스로 받아야 할 것이다. 지금 이처럼 종적을 감추고 나라의 형벌을 피해 도망하였으니 그래 강도라는 더러운 지목을 면할 수 있겠는가."

그렇지 않다. 여기에서 지극한 효성이 더욱 뚜렷해지는 것이다.

살인 사건에는 반드시 시체를 검사하는 법이다. 검사하지 않으면 사건을 성립시킬 수 없다. 사건이 성립되지 못하면 살인자를 죽일 수 없다. 고을에 고소하기만 하면 아무리 능한 법관이라도 규례에 따라 검시를 하지 않을 수 없다. 그의 아버지는 이미 죽은 지 오래된 터이니 무덤을 파고 관을 쪼개어 이미 다 썩은 해골에게 다시 가혹한 시달림을 받게 해야 할 것이다. 이것은 두벌죽음이나 같다. 효자의 심정으로 이것을 차마 할 수 있겠는가. 이렇게 하지 않으면 원수의 배를 갈라 하늘에 사무친 원한을 풀 날이 없게 될 것이니 효자로서는 참으로 난처한 일이다.

그들이 관청에 자수하지 않은 것은 집안의 허물이 드러나지 않게 하려는 것이다. 그들이 제 입으로, 일이 드러나면 우리가 죽음을 받을 뿐이라고 하였으니 이미 죽음을 각오한 것이었다. 어찌 죽음을 두려워하는 것이겠는가.

전기들을 죽 보면 검객들이 원수 갚은 이야기도 있다. 그러나 그것들은 그저 한때의 의기로 속 시원히 분풀이를 한 데 지나지 않는다. 무릇 이들 자매와 같이 해야만 진짜로 하늘의 이치와 인간의 도리를 체현한 것이라고 할 수 있을 것이다.

아, 그래도 이들을 도적이라고 할 수 있겠는가.

도적 재상

만 가지 악 중에서 첫째가는 것이 도적질이다. 사람을 죽이고 불을 싸지르며 남의 재물을 마구 빼앗으면서 죽음도 두려워하지 않고 염치란 꼬물만큼도 없으니 이보다 더 가증스럽고 극악한 짓이 없을 것이다. 그러나 옹졸하고 좀된 자로서는 할 수 없는 것이 도적질이다. 주자는,

"고로롯老가 마침 중이 되었기에 망정이지 그렇지 않았더라면 틀림없이 큰 도적 무리의 괴수가 되었을 것이다."

하였다. 그의 뛰어나게 호걸스러운 천품이 중의 엄격한 계율에 구속되어 제 생각대로 날치지 못하게 되었음을 말한 것이다.

예부터 도적 무리들 가운데 스스로 대왕이라고 자처한 자가 있었으니 그들은 틀림없이 다른 사람보다 재능이 뛰어났을 것이다. 그들이 선뜻 칼을 던지고 바른길에 들어섰더라면 한나라의 왕상王常이나 당나라의 이적李勣과 같은 명장이 되지 못한다는 법이 어디 있으며 진나라의 대연戴淵이나 주처周處 같은 이름난 선비가 되지 못할 것은 또 무엇인가. 그러니 도적의 재능이라고 깔볼 수 없는 것이다.

내가 일찍이 고려 때의 한 유생에 관한 이야기를 들은 적이 있다. 재능으로 말하면 한없이 풍부하였으나 재산이라고는 동전 한 푼도 없어 굶기를 부잣집 밥 먹듯 하였다. 해진 옷갓은 말이 아니었으나 기어이 이름을 드날리리라 뼈물어 마음먹고 손에서 책을 놓지 않았다. 일찍이 산속의 절에 책을 지고 들어가 몇 달 동안 집으로 돌아오지 않았다. 그의 안해는 양식 쌀을 장만해 보내며 편지를 써서 같이 부쳤다.

　"전번에 보낸 쌀은 제 왼쪽 머리채를 잘라 마련해 보낸 것이오이다. 오늘 또 오른쪽 머리채를 잘라 팔아서 몇 됫박의 쌀을 보내오이다. 이 뒤로는 잘라 팔 머리채마저 없으니 우물에 몸을 던져 죽을 길밖에 없사오이다."

　생은 편지를 받고 가만히 생각해 보았다.

　'내가 갖은 고생을 다하여 글을 읽는 것은 장차 장원급제를 하여 처자와 부귀를 함께 누리자는 것이다. 장원급제를 할 가망은 보이지 않고 고생하던 안해가 장차 죽게 되었으니 글은 읽어 무엇 한단 말인가.'

　그만 책을 걷어 안고 집으로 돌아오니 그의 안해가 까까머리를 하고 앉았다가 생을 보자 얼굴을 싸쥐고 울음을 터뜨렸다. 생도 저도 모르게 마음이 슬퍼져 가까스로 몇 마디 말로 안해를 위안하고는 바깥으로 나와 앉아 하늘을 우러러 장탄식을 하였다.

　'아, 하늘은 어찌하여 나를 이런 막다른 지경에 몰아넣는가. 나의 문장이 어찌 남보다 못하며 재능과 지략인들 어찌 남에게 뒤지랴. 문벌이나 인물도 결코 남에게 떨어지지 않는다. 그런데 나이 서른이 되도록 아직 과거 시험에 합격하지 못하였구나. 만권 책을 통달하고 있건만 주린 창자 하나 채울 수 없고, 붓끝으로 천 편 글을 써내도 그것이 한 번 취토록 마실 술값도 되지 못하며, 한 몸이 고단하고 처자가 떨고 굶주리니, 하늘은 어찌하여 나를 이토록 곤경에 이르게 한단 말인가.

그저 농사와 장사 두 길뿐인데 땅이 없으니 농사를 어떻게 지으며 본전이 없으니 장사인들 어떻게 하겠는가. 아무리 살길을 찾아보아야 방도가 없구나.'

이리저리 비통한 생각을 굴리다가 한밤중에 벌떡 일어났다.

'옳다, 도적질뿐이다. 대장부가 어찌 가만히 앉아서 죽기를 기다리겠느냐.'

그는 곧바로 빠른 걸음으로 성문을 나서 으슥한 숲 속을 두루 다니며 도적의 소굴을 찾았다. 과연 한 곳에 이르니 강도 수백 명이 모여 한창 도적질할 의논을 하고 있었다. 생은 아무 말도 없이 곧추 도적들 속으로 들어가 윗자리에 턱 걸터앉았다. 도적들이 놀라 물었다.

"그대는 누구요?"

"나는 아무 곳에 사는 아무개다."

"무엇 하러 왔소?"

"너희들의 대장이 되려고 왔다."

"그대에게 무슨 재능이 있소?"

"내가 가슴에는 육도삼략六韜三略을 간직하고 있고 손에는 바람과 구름을 거머쥐고 있다. 온갖 경서를 물 흐르듯 외우고 천문지리를 손금 보듯 하고 있다. 너희들이 나를 대장으로 섬기면 가는 곳마다 성공하고 이득이 헤아릴 수 없을 것이다."

도적들이 서로 얼굴을 쳐다보며 말하였다.

"이 사람이 큰소리를 하는 것으로 보아 반드시 실속이 있을 것이다. 게다가 양반이라니 장수로 되기에 마땅하다."

이때 생이 말하였다.

"너희들이 이미 나를 대장으로 삼았으니 장졸 간의 예를 베풀어야 할 것이다."

도적들이 생을 부축하여 높은 언덕에 앉히고 아래에 죽 벌여 서서 절을 하였다.

"군사에서는 기율과 약속이 없어서는 안 된다. 영이 떨어졌는데도 어기는 자는 엄중히 다스리겠다."

그러자 도적 무리가 모두 말하였다.

"장수의 영을 누가 감히 어기리까."

"무릇 도적의 도에서는 반드시 지와 인과 용, 세 가지 덕을 갖추어야 하느니라. 지란 일에 따라 꾀를 내어 깊이 감춘 재물을 감쪽같이 따 내는 것이다. 인이란 사람의 목숨을 해치지 않고는 얻을 수 없는 재물은 다치지 않는 것이다. 용이란 일에 임하여 과감하며 떨거나 두려워하지 않는 것이다. 종적을 남기지 않고 담과 지붕을 뛰어넘는 것은 용에서 다음가는 것이다.

이 세 가지를 가진 다음에라야 훌륭한 도적이라고 할 수 있는 것이다. 지는 때에 맞추어 내고 용은 제가끔 자기 천품에 따라 내는 것이다. 그중 인이 가장 중대한 것이다. 조목을 명백히 정하지 않을 수 없어 말하노니 모두 잘 들을 것이다."

무리들이 모두 손을 맞잡고 자리에 앉자 생은 다시 말을 이었다.

"재물 가운데 손대지 말아야 할 것이 세 가지 있다.

첫째는 양민의 재산이다. 가난한 집 부자와 형제가 손이 발이 되도록 밤낮으로 부지런히 일하여 겨우 벌어 놓은 것에 손을 대는 것은 어질지 못한 것이다.

둘째는 장사꾼들의 본전이다. 눈바람을 헤치고 찬 이슬을 맞을 뿐더러 험한 길을 걷고 사방 천리 고생하며 세월을 보내도 이득을 보지 못하는데, 여기에 손을 대는 것도 어질지 못한 것이다.

셋째는 관가 창고의 재물이다. 이는 만백성의 고혈로 나라에서 쓸 것인데 여기에 손을 댄다면 나라의 비용이 부족하여 백성들의 고혈을 다시 짜내게 되니 차마 못할 일이다. 그러니 이것도 손대지 말아야 할 것이다.

손을 댈 수 있는 것은 고을들에서 교체되어 돌아가는 원들의 재물 짐과 권세 있는 집들에 보내는 뇌물 바리뿐이다. 이는 모두 나라의 재물을 도적질한 것이다. 나라의 재물은 온 나라 사람들이 함께 써야지 한 사람이 독차지해서는 안 되는 것이다. 더구나 저들이 이미 도적질한 것을 우리 역시 도적질하는 것이니 명분이 바르고 의리를 보아서도 순리로운 것이 아니겠는가."

도적 무리들이 모두 손바닥을 치며 좋다고 칭송하였다.

"지당한 말씀이오, 지당한 말씀이오."

생은 자기 무리에게 고을들에서 토색하여 가는 짐바리를 알아 오게 하였다. 그들이 아뢰어 올 때마다 생은 긴요한 계책을 내고 방략을 가르쳐 주곤 하였다. 과연 뜻대로 되지 않는 것이 없고 게다가 종적이 드러나는 일도 없었다. 무리들은 모두 기뻐 복종하였다.

생이 도적질한 재물로 가난을 면하고 나머지는 모두 무리들에게 나누어 주니 도적들은 모두 생을 칭송하였다. 그래도 이웃들은 생이

하는 일을 끝내 알지 못했다. 이렇게 몇 년이 지나간 뒤 생은 다시 도적 무리들을 으슥한 곳에 일제히 모이게 하고는 그들에게 일렀다.

"우리 무리가 이런 짓을 하는 것은 먹고 입고 살기 위해서 할 따름이다. 그런데 소소한 짐바리나 터는 것은 손이나 어지럽힐 뿐이다. 자주 도적질한 물건을 파는 것도 늘 근심스러우니 한바탕 크게 도적질을 하여 일생을 근심 없이 지낼 밑천을 마련한 뒤 버릇을 고치고 즐겁게 살아가면 그 역시 좋지 않겠는가?"

도적 무리가 모두 엎드리며 말하였다.

"참으로 좋은 방책이외다."

"그러면 너희들은 서울과 지방에서 재물을 많이 쌓아 놓고 사는 자를 알아내 가지고 나에게 알려라."

며칠 뒤 한 도적이 와서 말하였다.

"성안 아무 관리의 집이 매우 부유하여 다락 위에 은 삼천 냥이 들어 있는 궤짝이 네댓 개 되오이다. 그러나 그 집 앞은 거의 두어 길 되게 높습니다. 중중첩첩한 문과 겹겹의 담이 깊숙하니 참으로 손을 대기 어려운 형세입니다."

생이 말하였다.

"아무개는 본디 탐욕을 부려 부정하게 이 재물을 모은 것이니 취할 만한 것이니라. 그 집 뒷담 밖에 사람이 다니는 길이 있더냐?"

도적이 대답하였다.

"작은 골목길이 큰길로 통하고 있습니다."

"그러면 쉬운 일이다. 아무리 열두 대문을 억척으로 잠근대도 내가 날아 들어가는 것을 누가 막을 수 있겠느냐."

생은 그길로 여남은 명에게 강가로 가서 크기가 닭알만 한 동그란

조약돌을 각각 열 개씩 주워 오게 하였다. 그러고는 여남은 명에게 돌을 나누어 간수하게 하면서 영을 내렸다.

"너희들은 몸을 감추고 담장 밖에 가서 돌을 던져라. 첫날에 한 번, 이튿날에는 두 번 던지는 식으로 날마다 횟수를 더하되 닷새 뒤에는 다섯 차례를 넘지 않도록 하여라. 반드시 틈을 엿보아 좋은 기회를 얻을 것이로되 다른 사람들이 눈치 채지 못하도록 하여라."

그 집에서는 담장 밖에서 돌이 날마다 날아 들어오는데 혹 그릇을 깨기도 하고 혹 사람의 머리를 상하게도 하였다. 그런데 보자니 모두 동그랗고 매끈한 돌들이었다. 처음에는 담 밖에서 누가 장난삼아 던지는 것이려니만 여기고 모여들어 떠들며 욕을 하였다. 그러나 얼마 지나서는 의아하게 여기며 이상한 일이라고 하다가 나중에는 온 집안이 놀라나 벌벌 떨며 집에 귀신이 붙었다고들 하였다. 이때 도적이 생에게 와서 알렸다.

"그 집에서 소경을 맞아다가 점을 치고 있습니다."

그러더니 며칠 뒤에는 또 액막이굿을 한다고 알리고, 다음에는 딴 곳으로 재앙을 피해 나갈 작정을 한다고 알렸다. 또 며칠이 지나자,

"지금 온 집안이 피해 나가고 남녀종들 몇이 안방을 지키고 있습니다."

하였다. 생은,

"됐다."

하고는, 수레 다섯 대를 상여 차로 꾸며 가지고 으슥한 곳에 나누어 두게 한 다음 재물을 메어 나를 힘장사 백여 명을 추려 그 집 문밖에 숨어 있게 하였다. 또 몸이 날랜 이 몇 사람을 골라 뒷담을 넘어 들

어가 남 못 보는 곳에 숨어 있다가 때가 되면 문을 열게 하였다. 그러고는 장사 두 사람을 야차로 꾸며 얼굴과 몸에 얼룩덜룩 칠을 한 베를 감게 하고 손에는 쇠작살을 쥐게 하였다.

한밤중이 되자 담을 넘어 들어가 중당에 버티고 서서 큰소리로 고함을 질렀다. 그러자 집을 지키던 사람들이 깊이 잠들어 꿈을 꾸다가 화다닥 깨어났다. 그들이 눈을 번쩍 뜨고 보니 푸르딩딩한 얼굴에 붉은 머리를 늘어뜨린 귀신이 범 같은 울부짖음을 내는지라 그만 놀라 엎어져 혼이 다 달아나 까마득히 정신을 잃었다. 때를 놓칠세라 생은 앞대문을 활짝 열어젖히고 무리들을 끌어들였다.

조용히 다락문을 잠근 쇠를 열고 은을 꺼냈는데 무려 수만 냥이나 되었다. 그것들을 상여에다 나누어 실은 다음 도적 무리들은 방울을 울리고 곡을 하며 앞서거니 뒤서거니 성문을 빠져나왔다. 들판의 외진 곳에 이르러 궤를 쪼개고 은을 꺼냈다. 생은 자신이 천금 은을 차지하고 나머지를 무리에게 주니 사람마다 한 집 살림은 족히 차릴 만한 돈이었다. 그런 다음 차례대로 무리들을 죽 앉히고 하늘을 우러러 말하기를, 감히 이 뒤에도 지난 버릇을 고치지 않는 자는 천벌을 받으리라고 하였다.

생은 도적질에 쓰던 기물들과 병장기들을 모조리 불살라 버리고 무리들을 흩어 보냈다. 생은 이때부터 다시는 의식 걱정을 하지 않고 글공부에만 전심하여, 몇 년 안 되어서 과거 시험에 장원급제를 하여 문장과 재주로 조정에서 이름을 날리게 되었다. 연이어 큰 고을의 원으로 나갔고, 여러 차례 도를 다스리는 중임까지 맡아보았으며, 청백한 관리로 세상 사람들에게 칭송을 받았다. 그는 벼슬이 재상에 이르러 나라의 형벌을 맡아보게 되었다.

한편 관리 아무개는 은을 도적 무리에게 잃었으므로 살림이 기울어져 다시는 추서지 못하고 죽었다. 그런데다 그 아들이 또 죄를 짓고 옥에 갇히게 되었다. 생이 이를 알고 판결 문건을 살펴보니 암만해도 살릴 길이 없었다. 생은 그만 관청에서 물러나와 조정에 글을 올려 스스로 진술하였다.

"신은 젊었을 적에 굶주림과 추위에 못 이겨 도적의 무리 속에 들어갔습니다. 이 사람의 재물을 얻은 덕에 목숨을 보존하고 요행 과거에 급제할 수 있었고 외람되게 벼슬이 이에 이르렀습니다. 이 사람이 아니었다면 신은 도랑창 속의 해골로 된 지 오랬을 것입니다. 어찌 신이 오늘과 같이 될 수 있었겠습니까. 신이 옛날 이미 단정치 못한 짓을 하여 나라의 기강을 범했으니 만 번 죽어도 속죄할 수 없습니다. 톱으로 켜고 가마에 삶아 죽인대도 실로 달게 받을 것이오니다.

바라건대 이 사람의 죄를 용서하고 신을 처단하여 나라 사람들에게 보여 주십시오. 신이 거느렸던 수백 강도가 한꺼번에 헤쳐지고 보니 나라에서는 군사를 동원시키는 경보가 없어졌고 백성들은 재물을 겁탈당하는 화를 면하게 되었습니다. 이는 실로 이 사람이 재물을 쌓은 공로이니 이것을 가지고 죄를 덜면 살려 줄 논의가 있어야 할 것입니다."

글을 조정에 보내어 토의하게 하니 모두 하는 말이,

"이 사람은 본디 충실하고 근실하기로 소문났으니 젊었을 때 아차 실수로 잘못한 일을 가지고 이미 다 고친 병집을 이제 와서 따질 것은 없습니다."

하였다. 왕은 그 의견을 따랐으며 아울러 옛적에 도둑맞았던 관리의 아들 아무개의 죽을죄도 용서해 주었다고 한다.

　내가 일찍이 고려의 역사를 보니, 장수나 정승들은 물론 이름난 신하들은 다 호방하고 통이 큰 사람들이었다. 권력을 쥔 간신이나 음흉한 자들이 난을 일으킨 것만 보아도 흉악하기 그지없고 아무 꺼림이 없었다. 그 한 시대의 인품과 습속이 모두 꿋꿋하고 과감하여 규범에 매이지 않은 탓이라 하겠다.

　지금 이 유생의 자초지종을 놓고 보아도 그렇지 않은가. 어떤 사람들은 그가 본조(조선) 때 사람이라고 하지만 사실 그렇지 않다. 본조의 인물로 말하면 그가 비록 호걸스럽고 당당한 기상을 가진 사람이라 하더라도 반드시 전전긍긍하여 살얼음을 밟듯 조심할 생각을 품는다. 간혹 구속을 벗어난 미친 무리들이 있기는 하지만, 그들 역시 술이나 마시고 시나 읊조리는 데 그치고 기개와 지조가 중하다고 말만 할 뿐이지 도덕규범을 헌신짝같이 버리고 예의를 뛰어넘어 이처럼 마음 내키는 대로 행동하는 일이라곤 없다. 그러니 내가 들은 이야기가 고려 때 일이라고 하는 것이 당연하다.

내시의 안해

충청도 공주 땅에 구리내라는 큰 마을이 있다.

이 마을에 늙은 부부가 살고 있었는데 집이 매우 잘살고 자식들 네댓도 모두 고을에서 장교 구실을 하였다. 늙은이도 나라에 재물을 바치고 당상관의 직첩을 받아 이마에 옥관자를 붙이고 허리에 붉은 띠를 띠는 터여서 마을에서 웃어른으로 행세하였다.

서울에 사는 선비 하나가 논밭이 호서 지방에 있어 해마다 오고 가는데 길이 구리내 마을을 지나가므로 늘 이 늙은이의 집에 들어 묵곤 하였다. 늙은이와 노파는 생이 오는 것을 보면 그때마다 맞아 들여서는 술을 내오고 닭을 잡아 밥상에 올려놓으며 환대하였다. 그 러다 보니 매우 친숙하여졌다.

노파는 늙기는 하였으나 얼굴색이 맑고 살집도 좋았다. 익살을 잘 부려 이야기하다가 우스운 소리를 하는데 전혀 상스럽지 않았다. 하 루는 저녁에 생이 늙은이와 같이 앉았노라니 노파가 등불 아래 앉았 다가 이야기판을 폈다. 노파는 홀연 늙은이를 흘끔 쳐다보더니 빙긋 웃으며 말하였다.

"내가 젊었을 적에 중과 눈이 맞아 쑥스러운 짓을 한 적이 있었구려. 그런데 그 중이 놀던 꼴이란 참 우스웠다우."

늙은이는 눈을 흘기며,

"주책없이 또 해괴한 말을 꺼내려 든다."

하고 나무라는데 자못 부끄러워하는 기색이었다. 생은 재미난 곡절이 있다는 것을 짐작하고 역시 웃으며 물었다.

"그게 무슨 소리요? 듣기에도 놀랍소그려."

노파는 깔깔 웃으며 늙은이에게,

"이야기하우?"

하고 물었다. 늙은이는 얼굴을 돌리며 대답하였다.

"제가 말을 하고 싶으면 할 게지."

노파가 웃음을 띤 채 말을 하였다.

"내가 본디는 서울 양인 집 딸이라우. 일찍이 부모를 잃고 외삼촌댁에게서 컸는데 외삼촌댁이란 사람은 나를 불쌍하게 여기거나 귀여워한 적이 없었다우. 그래서 나를 내시에게 시집보냈지 뭐유. 첫날밤에 옷을 벗고 한 이불 안에 누워 같이 자는데 내 몸을 어루만지고 입을 맞추는 게 아니우? 나이가 겨우 열여섯 살이던 때라 남녀가 한자리에 들어서는 그저 이렇게 하는 것이려니만 여겼다우.

그 뒤 차차 세상 물정을 알게 되자 점점 싫어나는데 날이 갈수록 심해집디다. 때로 같이 누울 적이면 원통하고 분한 생각이 가슴에 그득 차올라 흘쩍거리며 울기도 했다우. 화창한 봄이 와 나비가 쌍쌍이 날고 수양버들 사이로 꾀꼬리 소리 흐를 적이면 오만 가지 생각이 끓어올라 잠들 수가 없습디다그려.

가만히 생각해 볼수록 비단옷이며 흰 쌀밥이 내게 무슨 상관이겠수. 초가지붕 아래서 베 이불을 덮고 자고 나물죽을 나누어 먹더라도 진짜 사내와 사는 게 사실 인생의 더없는 낙이 아니겠수? 나는 시집을 갔다지만 아직은 처녀 몸이라 다른 남자에게 달아나 차라리 마음대로 놀아나고 싶더구려. 그럴 적이면 도망하고 싶은 생각이 불쑥 나다가도 문은 첩첩한 데다가 단속이 여간 아니니 혹 일이 드러나면 한 목숨 보존하기가 어려운지라 그것도 두려워 못할 일이었다우.

그렇게 또 몇 년이 지났다우. 그러다가 나중에는 정 견딜 수 없게 되니 또 모진 생각이 듭디다.

'이렇게 백 년을 산들 무슨 낙이 있겠느냐. 설사 일이 드러나 죽는대도 이 안에서 말라 죽는 것보다야 시원한 일이 아니겠느냐.'

그래 계책을 정하고 몰래 입을 만한 옷들을 꿍쳐 놓고 비단과 가벼운 보물에다 은 수백 냥을 한데 넣어 이고 가기에 알맞춤하게 보자기에 쌌다우.

내시가 대궐에 숙직을 서는 날을 타서 첫 새벽종이 울리자마자 몰래 혼자 빠져나왔다우. 담장 밑에 있는 높은 나무에 베천을 늘인 다음 그걸 부여잡고 담을 넘어 그길로 남쪽 성문을 나섰다우. 아직도 하늘이 캄캄하기에 남산 소나무 사이에 몸을 숨기고 새벽이 되기를 기다리다가 날이 채 밝기 전에 앞으로 갔다우.

평생 문밖을 나서 보지 못한 몸이 지름길을 알 턱이 있나. 그저 큰길을 따라가는 판이었구려. 동작 나루를 건너고 보니 마음이 조금 놓이기에 곰곰이 생각해 보았다우.

'내가 비록 처녀의 몸이기는 하지만 이미 머리를 얹었는지라 누가 나를 본처로 맞겠느냐. 첩밖에 될 수 없으나, 그렇다고 본댁의

투기를 받으며 사는 것은 죽어도 못 할 일이다. 그러니 장차 누구에게 시집을 가야 하누.'

그러다가 홀연 중을 택하여 그를 따르려는 생각이 번쩍 떠올랐다우. 얼마 뒤에 또 생각하니 선을 보고 짝을 구하자면 장차 이 사람을 버리고 저 사람을 따르는 폐단이 있을지라 양갓집 여자인 내가 그런 노릇을 정히 할 수 없는 일이 아니겠수. 그래 길에서 처음 만나는 사람으로 짝을 하리라고 마음먹었다우.

이렇게 곰곰이 생각을 굴리는 동안 어느 사이에 여우 고개를 넘었는데, 이때 갑자기 어떤 중이 앞에 가는 게 눈에 띄질 않겠수.

'스님은 어디로 가시오?'

물었더니 고개를 돌려 대답하기를,

'청주로 가오이다.'

하기에, 가만히 훔쳐보니 자못 깨끗하게 생긴 데다가 나이도 나와 엇비슷합디다. 속으로 혼자 이야말로 하늘이 정해 준 배필이라 기뻐했다우. 그길로 그의 뒤를 따라 과천의 객줏집에 같이 이르렀다우. 그의 앞에 바싹 다가앉으니 중은 싫은지 움쭉 일어나 피해 앉는구려. 나는 그때마다 그에게 다가앉았다우.

밥을 먹고 나서 또 같이 객줏집 문을 나섰구려.

'스님은 어디서 사시오?'

'청주 아무 절에 사오.'

'부모님은 계시오?'

'어머님뿐이오.'

그러면서 가는데, 중은 나를 괴이하게 여겨 짚신감발을 든든히 하고는 걸음을 다우쳐 갑디다. 나도 죽을힘을 다해 그 뒤를 좇았다우. 중이 힘이 다하여 쉬엄쉬엄 걸으면 나도 쉬엄쉬엄 따라갔다우. 이때부터 중이 뛰면 나도 뛰고 중이 걸으면 나도 걸었고 중이 쉬면 나도 같이 쉬었으며 객줏집을 만나면 같이 들었다우. 이렇게 사흘을 걷고 나니 그곳이 아마 청주 지경이었나 보오. 길옆에 숲이 무성한데 중은 나무 그늘 아래서 숨을 들이고 있습디다. 나도 그 옆에 앉았다우. 생각해 보니 이 중이 한번 절에 들어가면 다시 찾을 수 없을지라 이 기회를 타서 억지로라도 혼인을 맺지 못하면 일은 장차 나무아미타불이 되겠습디다그려. 그래 무작정 대들며 중의 허리를 그러안았지 뭐유.

중은 깜짝 놀라 내 손에서 벗어나 달아나려고 하다가 내가 꽉 붙잡고 늘어지는 바람에 그러지는 못하고 그저 놓아 달라고 애걸만 합디다그려.

'제발 나를 놓아주시오.'
하기에, 나는 중을 끌어 앉히며 말했다우.

'스님도 앉으시오. 내가 할 말이 있소. 스님은 중노릇을 하여 무슨 좋은 일이 있소? 나와 부부가 되어 살면 내 보따리에는 수백 냥 재물이 들었으니 스님은 안해도 얻고 재산도 얻게 되니 좋은 일이 아니겠소?'

중은 이 말을 듣자 얼굴이 빨개 가지고 씨근거리더니 어린애처럼 가볍게 머리를 수그리고 훌쩍거립디다.

나는 손으로 그의 눈물을 닦아 주며 달랬다우.

'나와 함께 저기로 갑시다.'
하고는, 중을 끌고 수풀 속에 들어가 그의 허리를 끌어안았지 뭐유. 그제야 중은 정이 동하는지 몸을 부르르 떨더니 삽시간에 사

람이 달라집디다. 옷매무시를 바로 하고 내가 일어나,

'우리 두 사람이 이미 부부의 인연을 맺었으니 그대는 이미 속인이 된 셈이오. 다시 절로 갈 것 없이 나와 함께 그대의 집으로 곧추 갑시다.'

하니, 중은 내 말을 따랐다우.

같이 그이 집에 이르고 보니 중의 어머니는 허리가 꼬부라진 초췌한 늙은입디다. 누덕누덕한 짧은 베치마를 입고 처마 밑에 앉아 졸다가 중을 보더니,

'네 뒤에 선 게 누구냐?'

하고 물었다우. 나는 곧 노파 앞에 나가 시어머니에게 절을 하여 뵈었다우. 노파는 깜짝 놀라며 아들을 욕합디다그려.

'네가 어디서 저런 천한 계집을 얻었단 말이냐? 아무개 스님이 찾아와 나더러 네가 십 년 동안 먹고 입은 값을 물어내라고 하면 내가 어디서 그걸 구해 내며 십 년 장리 빚은 또 어떻게 갚는단 말이냐? 네가 정말 나를 말려 죽이려 드는구나.'

노파는 발을 동동 구르고 가슴을 치며 안타까워 넋두리를 합디다.

'절에 매달려 살아가던 목숨이 인제는 명줄이 끊어졌구나.'

하여, 나는 노파를 달랠 수 있으리라 짐작하고, 그 자리에서 비취색 비옷과 물들인 무명 치마 한 벌을 꺼내 드리며 말을 올렸다우.

'어머니는 걱정하지 마십시오. 내 보따리 안에 가지고 온 물건이 있으니 그 중이 온다고 해도 내가 다 맡아 처리하겠습니다.'

노파는 옷을 받고 잠자코 한참 있더니,

'그럼 여기 앉게.'

합디다.

날이 저물자 나는 부엌에 들어가 새 며느리 노릇을 했고, 이날 밤 중과 밤새도록 오순도순 이야기를 나누었다우. 산속의 중이 처음으로 부부의 재미를 보더니 아예 치마폭에 엎어지질 않았겠수. 참으로 웃다 허리 부러질 일이라우."

주인 늙은이는 곁에서 그 모양을 바라보다가,

"부끄러움을 모르는 계집이로다."

하고 혀를 찼다. 늙은이는 처음 말을 꺼낸 때부터 덩달아 웃기 시작하다가 억지 혼사를 하던 대목에 가서는 말끝마다 핀잔을 주었다. 그러나 노파가 그때마다 손을 내저으며 씨까스르자 주인 늙은이도 어찌할 수 없던지 허허 웃고 말았다. 주인 노파가 다시 말을 늘어놓았다.

"다음 날 무명 두 끝을 중한테 줘서 장에 가서 갓과 망건, 가는베로 바꾸어 오게 했다우. 중 옷을 벗게 하고 보통 사람 옷을 차려입히니 참으로 눈이 번쩍 뜨일 젊은 낭군이 되질 않겠수. 절에 가서 그 스님에게 작별 인사를 하고 오라고 했더니 그 스승 중이라는 사람이 뒤따라왔습디다.

문에 이르자마자 마당으로 달려 들어오는데, 보자니 광대뼈가 불쑥 튀어나오고 구레나룻을 방금 깎아 푸릇푸릇한 양 볼이 첫눈에도 밉살스럽더이다. 마당에 들어서자마자 왜가리청을 내놓았소.

'아들을 내게 보냈다가 다시 빼앗는 것은 무슨 도리요! 십 년 동안 먹이고 입힌 값과 몇 해째 묵은 장리 빚을 오늘 안으로 당장 갚지 않으면 큰일 날 줄 아오.'

하니, 시어머니는 벌벌 떨며 대꾸도 못 합디다. 나는 부엌에서 뛰어나와 곧추 중에게 대들며 귓부리를 잡아 쥐고 뺨을 후려쳤다우.

'어떤 몹쓸 놈의 중이 감히 이렇게 당돌하단 말이냐! 냉큼 돌아가지 않으면 번대머리를 바수어 놓을 테다.'

하며 연방 따귀를 갈기니, 중은 볼을 싸쥐고 비명을 지릅디다.

'아이쿠, 이년 봐라. 아이쿠, 이년이 사람을 죽이려 드는구나.'

하면서 중은 허둥지둥 문밖으로 뺑소니를 치더니 그 뒤로는 다시 얼씬하지 않았다우.

그 뒤 이 마을에 이사해서 힘써 농사를 지으며 오십여 년을 같이 살아왔구려. 아들딸 자식들을 낳아 키워 뜨르르하게 내세웠지, 곳간에는 쌀이 그득하지, 외양간에는 말과 소가 득실거리니, 그 중이 후한 복을 타고난 사람이 아니겠수?"

노파는 말을 마치며 웃음을 터뜨렸다.

내가 일찍이 길손 두어 명과 이야기를 나누다가 웃음거리로 이 말을 하였더니 한 길손이 말하였다.

"나라가 선 초기에는 내시들은 장가를 들지 못한다는 금령이 있었지만 중엽 이후로 내려오면서 통제하지 않다 보니 지금은 내시들 치고 장가들지 않은 자가 없소그려. 한술 더 떠서 첩을 두는 자들까지 간혹 있다오. 이 노파 이야기를 듣고 보면 그들의 이를 데 없는 원한과 피 끓는 심사는 하늘의 조화를 손상시키고도 남음이 있소. 나라에서는 응당 옛날의 금령을 다시 강조하고 내시의 집에 썩고 있는 한 많은 여인들을 모두 내놓아 젊은 중들과 짝을 맺어주어야 할 것이오. 그렇게 되면 남녀가 소원을 이루게 될 것이고 나라에서도 군정을 더 얻는 이익이 있게 될 것이 아니겠소."

또 한 사람은 이렇게 말하였다.

"옛날 한나라의 탁문군은 과부 몸으로 정을 못 이겨 사마상여에게 달아나 지금도 풍류객들의 이야깃거리가 되고 있소. 지금 이 여자도 몰래 달아난 것이기는 하지만 정절을 그르친 것이 아니오. 여자로서 당돌한 일이기는 하지만 실은 남편을 택한 일이니 탁문군에 견주면 오히려 낫다고 하리다."

그 말에 온 좌석이 머리를 끄덕였다.

십만 대군을 거느린 도적

정시웅鄭時膺은 감사 정문익鄭文翼의 서자이다. 아이 적에 장난이 너무 세차 이웃 사람들이 골칫거리로 여겼다. 아버지가 매를 친 적도 한두 번이 아니건만 끝내 버릇을 고치기는커녕 오히려 더 심해졌다. 사람들은 모두 그를 무서워했고 아버지 역시 잡다룰 수가 없어 그대로 내버려 두고 다시는 단속하지 않았다.

정시웅의 집은 여주 배나루에 있었다. 이웃 백성의 집에 정시웅과 동갑 또래 아이가 있어 함께 놀곤 하였다. 그 아이는 때로 정시웅과 다투기도 하였다. 그러나 그 아이는 정시웅이 귀한 집 자식이라 감히 사람 많은 곳에서는 겨루지 못하고 며칠 동안 슬슬 피하였다.

그러다가 하루는 볼만한 산새며 들꽃들을 가지고 와서 정시웅의 구미를 돋우어 놓고는 같이 산으로 놀러 가자고 꾀었다. 그러고는 으슥한 곳에 데리고 가서는 실컷 때려 주었다. 정시웅은 이런 봉변을 자주 당하였지만 번번이 그에게 속곤 하였다.

그 뒤 정시웅은 자라나면서 자신을 엄하게 단속하고 무예를 닦아 무과 에 합격하였다. 사람이 워낙 당당하고 꾀가 많은 데다가 동뜨

게 힘이 세었다. 한번은 들판에서 달음박질로 노루를 따라잡아 주먹으로 때려잡기까지 하였으니 날쌔기가 보통이 아니었다.

당시는 병자년과 정축년의 병란이 지난 지 얼마 되지 않아 무예가 있는 사람들을 한창 등용하던 때라 조정에서 뒤를 밀어주어 용천 부사로 임명되었다. 또 의주 부윤으로 천거하자는 논의도 있었으나 외가가 떳떳하지 못하다 하여 낙선되고 말았다. 뒤에 벼슬을 내놓고 집에 들어앉았으나 조정에서는 다시 등용하지 않았다. 집이 서호에 있으므로 날마다 활과 화살을 메고 쪽배에 올라 동호에 가서 기러기를 쏘는 것을 일로 삼았다.

청성淸城 김 공이 병조 판서로서 그를 불러오려고 하였으나 정시응은 남인이라 속으로 청성을 마뜩지 않게 여겨 가지 않았다. 김 공은 일찍이 한강변의 정자에 나가 정시응의 배가 나타나기를 기다렸다가 깃발수를 시켜 강가로 맞아오게 하였다. 그러나 정시응은 대답하기를,

"소인이 대감을 만나러 가면 기러기를 언제 쏘겠습니까. 조금 늦어져 기러기 떼가 날아 흩어지면 어쩔 도리가 없습니다."

하였다. 그가 돌아갈 때쯤 하여 김 공이 또 청하는 것을 날이 저물어 배가 고프다는 핑계로 가지 않았다. 이렇게 하여 그는 끝내 김 공을 만나 보지 않았다.

경신년에 조정의 판국이 뒤집혀 다시 실세하게 되니 어디 의탁할 데도 없고 집안 살림은 더욱 어려워졌다. 통제사 가운데 그와 서로 친한 사람이 있어 편지를 보내어 청하니,

"막하 장수로 부르면 그대가 틀림없이 좋아하지 않을 것이오만 내게 손님으로 오면 마땅히 서로 도울 일이 있으리다."

하였다. 정시응은 그길로 게으른 종과 파리한 말로 겨우 행장을 차리고 간신히 길을 떠났다. 진주 땅에 이르니 길 왼쪽에 큰 마을이 있는데 날은 저물어 가고 말은 지쳐 객주에 제때에 가 닿을 수 없어 묵어가고 싶은 생각이 들었다. 결단을 내리지 못하고 우물쭈물하는 판인데 문득 한 사람이 말 앞에서 너푼 절을 하였다.

"제 집주인이 전하는 말씀이오이다. 날은 벌써 저물었는데 갈 길이 아직 머니 어찌 더 길을 가겠소이까. 누추한 집이오나 경마잡이와 말이 묵을 수는 있으니 들러 주십사 하오이다."

정시응은 속으로 의아하게 여기면서도 형편이 이러하니 그 말을 따를 수밖에 없다는 생각이 들었다. 말 머리를 돌려 마을로 들어갔다. 어떤 곳에 이르니 큰 집이 보였다. 문 안에 들어서니 넓은 뜨락에 깊숙한 대청이 엄연히 늘어선 모양이 마치 큰 관청 같았다.

주인은 구레나룻이 희끗희끗하였으나 기상이 당당한 사람으로 의젓이 앉아 있었다. 호화롭게 꾸린 방 안에는 시녀들이 벌여 서 있고 마루 아래로는 심부름 드는 하인들이 종종걸음으로 달아다녔다. 손을 맞는 예의가 깍듯한 것은 물론 접대하는 양을 보아도 감탄하지 않을 수 없었다.

정시응은 속으로,

'진주에는 옛날부터 호부자들이 많다고 일러 오던 고장인데 과연 그렇구나.'

하고 생각하였다. 저녁밥을 먹은 뒤 정시응이 손님방으로 가겠노라고 하자 주인이 말하였다.

"구태여 딴 방으로 갈 것 없이 여기서 같이 잔들 무슨 허물할 것이 있겠소."

밤이 깊어지자 시중드는 사람들에게 일렀다.

"내가 손님과 속 터놓고 할 이야기가 있으니 너희들은 다 물러가거라."

그러고는 정시웅에게 물었다.

"영공은 나를 알아보시겠소?"

정시웅은 한참이나 상대를 차근히 보다가 말하였다.

"얼굴은 어렴풋하오만 어찌 존장과 서로 만났을 수 있겠소?"

"서로 헤어진 지가 오래되었으니 영공이 나를 기억하지 못하는 것은 당연하오. 하오만 공의 어릴 적 이름이 아무개가 아니오?"

"그렇소. 내 어릴 적 이름을 아는 것을 보면 필시 내 어릴 적 동무련만 아무리 해도 생각이 나질 않소. 존장이 과연 누구인지?"

"내가 바로 배나루 아무개 집 아들 아무개요."

정시웅은 깜짝 놀랐다.

"네가 어찌 여기서 살며 또 어찌 되어 이렇게 될 수 있었느냐?"

"나는 그저 밤손님 재간밖에 없소."

정시웅은 더욱 놀랐다.

"네 그게 무슨 말이냐?"

주인은 빙그레 웃었다.

"영공은 관찰사의 자제이고 지략과 용맹을 겸비한 데다가 무예가 뛰어나 겨룰 자가 없소. 그러나 겨우 용천 부사밖에 더 얻은 것이 없소. 머리가 희어지도록 굶주리다가 백 리 밖에 비럭질을 가게 되었구려. 하물며 나 같은 보통 백성의 자식이야 이 세상에서 무슨 용을 써 보겠소. 만사 쾌활한 것은 도적놈의 한생밖에 없습디다그려."

주인은 이어 살아온 이야기를 풀어 놓았다.

"내가 일찍이 부모를 여의고 남의 집 머슴으로 되었소. 한 몸이 의탁할 데가 없고 살아갈 길이 없으니 불량한 마음이 생깁디다그려. 그래서 처음에는 담 구멍을 뚫는 좀도둑의 작은 무리 속에 들어갔소. 그 무리 십여 명은 재주나 꾀에서 내게 뒤지다 나니 나를 대장으로 내세웁디다.

점차 서로 연줄을 맺어 다른 무리들과 합치니 무리가 더욱 커졌으나 역시 모두 내 적수는 못 되었소. 이어 그 무리의 대장이 되니 한 도가 다 내 수하에 들고 또 다른 도에도 손을 뻗쳐 모두 내 명령을 듣게 만들었소. 지금은 팔도강산 숲 속의 호방한 도적 무리가 모두 내 부하로 되었소. 공은 군사들을 적어 놓은 명부를 한번 보시겠소?"

주인은 다락에서 대장을 꺼내 보여 주었다. 철사로 단단히 묶은 책이 대여섯 권인데 적혀 있는 군총의 수가 무려 십여만 명이나 되었다. 정시응은 더욱 놀라 물었다.

"이렇게 많은 군사들을 가지고 장차 무엇을 하려나?"

주인은 분하다는 듯 긴 탄식을 하였다.

"만약 나라에서 왜국을 치고 북쪽 오랑캐를 징벌하려 한다면 나는 어렵지 않게 이들을 거느리고 앞장서 달려가겠지만 지금은 쓸 데가 없으니 그저 맞갖잖은 일이나 할 뿐이오. 수십 년 전부터 이곳에 숨어 사오. 문밖에 발을 내디딘 적이 없소. 각 부의 대장들에게 그 일을 죄다 맡겨 놓고는 딴 곳에 있는 내 노비들의 신공이라는 명목으로 해마다 재물이나 거둬들일 뿐이오. 물건을 내다 팔거나 뇌물 길을 뚫는 일도 다시는 상관하지 않고 그저 급한 일이 생기면 와서 알리게 할 따름이오. 팔도의 감영에서 농간질을 하는 아전들 가운데 권세를 부리는 자들과 서울의 좌우 포도청의 건장한 장교들 가운데 일을 맡아보는 자들은 모두 나와 손을 맺고 있소. 늘 소식을 묻고 정월 초하룻날에는 한턱 써서 그들의 환심을 사두고 있소. 누가 걸려들기만 하면 그들에게 부탁을 하여 풀려 나오도록 하는 판이오. 지금 세상에 천금 재물을 써서 턱짓으로 부리지 못할 자가 어디 있겠소. 그러니 아무리 큰 죄라 해도 안개가 흩어지고 얼음이 풀리듯 하여 아무 탈도 없게 되오.

지금 내 땅과 산이 이웃 고을까지 두루 널려 있고 호화 누각은 공후에 비길 만하오. 남녀 자식들은 양반집 명문가에 시집 장가가고 자손들은 모두 글을 읽어 선비 행세를 하오. 나는 문을 닫고 점잖게 앉아 그저 명부나 보고 앉았을 뿐이오. 이곳 사람들은 도리어 나를 가리켜 이학 선생이라고 하오. 그래 내가 걸어온 길이 공이 보기에는 과연 어떠하오?"

정시응은 다 듣고 나서 크게 놀랐다.

"자네야말로 진짜 영웅일세. 보통 사람으로는 생각도 하지 못할 일이네."

정시응은 그대로 그 집에서 묵고 말았다. 며칠이 지나자 주인이 정시응에게 말하였다.

"영공의 이번 걸음을 나는 이미 오래 전에 들어 알고 있었소. 통제사가 공에게 재물을 준대야 한 바리에 지나지 않을 것이니 그만한 것이야 있은들 무엇 하며 없은들 어떠하겠소. 내가 공을 위해 주선해 줄 터이니 먼 길을 갈 것 없소. 이 길로 곧추 집으로 돌아가도록 하오."

주인은 그 자리에서 집안일을 돌보는 하인을 불러 말하였다.

"정 부사 나리는 내 젊었을 적 친구이니라. 그런데 이처럼 가난하니 어찌 돕지 않을 수 있겠느냐. 네가 나가서 열 필 말에 은전과 피륙들을 실어 놓고 다 되면 알려라."

얼마 뒤에 하인이 들어와 준비가 다 되었노라고 하였다. 정시응은 어쩔 수 없이 그가 주는 것을 받아 가지고 돌아왔다. 그러나 다른 사람들에게는 감히 사실대로 말하지 못하고 통제사의 손이 그렇게 크노라고 거짓말을 하였다. 그가 늙어 죽게 되었을 때에야 비로소 이런 자세한 이야기를 하였다.

내가 일찍이 도적들 가운데도 반드시 재주가 남달리 뛰어난 사람이 있을 것이라고 한 적이 있다. 이것이 비록 한때 우스갯소리로 한 말이기는 하지만 이 일을 놓고 보면 어찌 참말이 아니겠는가. 우리나라에서 오로지 문벌을 위주로 사람을 쓰기 때문에 아무리 뛰어난 재주를 가졌다고 하더라도 비천한 출신이면 따돌림을 받고 사람 축에 끼지 못하니 재간을 써 보려야 써 볼 수가 없다.

땅이 인걸을 내는 데는 높고 낮음을 가리지 않는 법이니 초야에 파묻힌 사람들 속이라고 어찌 영웅 자질이로라 떳떳이 자부하는 자가 없겠는가. 그중에 착한 자는 담담히 슬픔을 토하며 이름을 감추고 세상일을 지켜볼 것이지만, 악한 자는 호미를 놓고 탄식하다 도적의 소굴로 들어갈 것은 참으로 형편상 어쩔 수 없는 일이다.

무릇 사나운 곰이나 용맹한 범이 깊은 숲 속에서 굶주리며 울부짖다가 욕망을 풀지 못하면 그 답답하고 불평스러운 기운이 쌓이고 또 쌓여 나중에는 기어이 홍수처럼 터져 하루아침에 풍파를 일으키기 마련이다.

　세상을 뒤흔든 무리들이 모두 그런 사람들이니 참으로 걱정스러운 일이다.

청초도의 신기한 조화

연경으로 가는 사신 일행이 고을들에게 토산물들을 바쳐 노자를 보태게 하는 것을 재물 청구라고 한다. 그 물건들 가운데는 '청초도 靑鞘刀'라는 칼이 있었다.

허드레 나무 자루에 놋쇠로 장식을 하고 날다람쥐 가죽으로 칼집을 만들었는데, 만든 수법이 아주 어설펐다. 대개 저쪽 땅 객줏집들에서 돈 삼아 쓰는 물건이었다. 칼날은 단련하지 않은 주철로 대강 벼려 간 것이어서 무엇이든 한 번 베기에나 겨우 견딜 만한 것이었다. 사신은 이런 것을 많이 거두어 모아 가지고 더러 친척들에게 나누어 주기도 하였다. 그러나 쓸데가 없는 것이어서 사람들이 그다지 욕심을 내지 않았다.

판서 윤봉조尹鳳朝가 일찍이 한 사람에게 그 칼을 하나 얻어 가졌는데 종이나 자르는 데 쓰려고 벼루 갑 안에 넣어 두었다. 몇 달 후에 갑자기 잃어버려 두루 찾아보았으나 끝내 찾지 못하였다. 집 안에서 아이들이 꺼내 가지고 나무를 깎다가 그대로 잃어버린 것이려니 생각하고 잃어도 아깝지 않은 것이어서 내버려 두고 더 찾지도 않았다.

윤 공의 집은 장홍방 남산 밑에 있었는데 봄이 바뀌어 여름이 될 즈음해서 바람이 불 때마다 썩은 냄새가 집 안에 퍼지곤 하였다. 날이 갈수록 더 심해져 점점 견딜 수 없을 지경이었다. 온 집안이 이상하게 여겨 냄새가 나는 곳을 찾아보니 안방의 찬거리를 두는 방 마루 밑이었다. 이어 부삽과 곡괭이로 마루의 널장을 뜯어내니 한 자 못 미쳐서 큰 구멍이 났다. 구멍을 따라 파 들어가니 큰 구렁이 한 마리가 구멍 속에 죽어 너부러졌는데 반 나마 썩었다. 냄새는 여기서 나고 있었다.

구렁이 정수리에 웬 물건이 박혀 있기에 빼 보니 바로 잃어버렸던 청초도였다. 윤 공은 혀를 내두르며 신기한 검이라고 하였다. 그래서 잘 닦고 비다듬어 장식도 멀끔하게 고쳐 놓았지만 여전히 무른 쇠로 만든 쓸모없는 칼이었다.

윤 공의 맏아들 윤심재尹心宰 씨가 이 일을 돌아가신 내 아버지에게 말해 주어서 나도 들었다. 어찌 이상한 일이 아니겠는가.

그래서 내가 이 일을 놓고 생각해 보았다. 쇠란 천지간의 순수하고 매우 정밀하게 불린 강한 정기이다. 불리고 또 불려 찌끼 한 점도 섞이지 않게 하여 순수하고 강한 정기가 지극히 깨끗하고 정예롭게 된 것이다. 그러므로 능히 불순한 도깨비나 요사한 마귀들을 놀라 달아나게 하는 것이다. 그것은 마치 신령스러운 물건의 덕인 것 같지만 사실은 이치상 당연한 일이다. 보통 쇠로 말하면 극한에 이를 때까지 불리고 또 불리는 공력을 들이지 않은 것이어서 찌끼와 정기가 마구 섞여 있으니 그것이 분산되는 양에 따라 날카롭게도 되고 무디게도 되는 것이다.

최하의 지경에 이르면 순전히 찌끼만 남게 된다. 그것은 벌써 흙덩이나 마찬가지다. 그러나 그 순수하고 강한 정기는 오히려 한 번 불려도 깃드는 것이어서 때로 그것이 나타나 신기한 조화를 부리는 것이니 이 칼도 그 이치인 것이다.

이로 미루어 보건대 사람의 기질도 물욕에 사로잡히면 어리석게 된다. 어리석은 사람에게서는 바랄 수 없는 것이지만 한 가닥 밝은 정기가 삽시간에 발현되면 반드시 성인이나 마찬가지로 된다. 그러나 세상에서는 어리석은 사람을 보면 그저 그런 사람이려니 여기면서 성인과 어리석은 사람은 보검이나 보통 쇠처럼 기질이 영 다르다고 한다. 그러나 보통 쇠에도 이런 칼이 있다는 것은 아랑곳 않는다. 이 칼도 불리고 또 불리면 보검이 될 수 있는 것이니 사람이라고 다르겠는가.

중들에게 이런 이야기가 있다. 옛날 한 짐꾼이 도통한 스님을 따라가다가 갑자기 도를 깨달아 그 자리에서 부처가 되었다. 도통한 스님은 저녁에 짐꾼에게 절을 하고 머리를 조아리며 그 짐을 자기가 졌다. 얼마 뒤에 짐꾼을 보니 짐꾼에게서 위엄스러운 빛은 가뭇없이 사라졌다. 그러자 스님은 짐을 벗어던지며 말하였다.

"이제는 네가 그전이나 같은 짐꾼이 되었구나."

이것은 어리석은 사람도 정기를 지니고 있어 부처로 될 수 있지만 도를 닦지 않으면 금방 얻었다가도 곧 잃어버린다는 것을 경계한 말이다. 바로 불리지 않은 이 칼처럼 한번 신기한 조화를 부리고는 다시 보통 쇠로 되고 마는 것이나 같다. 그러니 사람이 어찌 자포자기할 수 있겠는가.

영험한 점술

허암盧菴 정희량鄭希亮의 죽음이 의심스럽다는 이야기는 야사에 자세히 전하고 있다. 유독 그가 운수를 헤아리는 것이 신령스럽다는 데 대해서만은 지금도 사람들 속에서 이야기되고 있다. 그러나 그것도 기록해 놓은 것이 없으니 우리 나라에 일거리를 벌여서 하기 좋아하는 사람이 없다는 것을 이로도 알 수 있다. 세상에서는 정 공이 독서당에 있을 때의 일을 전하고 있다.

어느 날, 정 공은 유생 한 사람과 함께 강가의 누각에 올라 경치를 즐기고 있었다. 이때 독서당의 여러 학사들이 강 놀이를 굉장히 벌이고 있었다. 울긋불긋 배에서는 풍악 소리 질탕하게 울리고 비단옷 차림의 여인들은 눈앞에 가득한데, 배는 흐름을 타고 아래로 흘러내렸다. 유생은 이를 바라보다가 탄식하였다.

"아, 저들이야말로 신선이로구나."

정 공이 말하였다.

"자네는 저들이 부러운가?"

"나는 마흔 살의 가난한 선비요. 저들에게 비기면 버러지보다도 못한데 어찌 부러워하지 않을 수가 있겠소."

"그렇지 않네. 저들은 모두 걸어 다니는 주검일세. 자네의 복된 운수는 백 배나 나은데 어찌 저들을 부러워하겠는가."

유생은 정 공의 말을 믿지 않았으나, 갑자사화가 일어나자 학사들은 모두 화를 면치 못하였고 연산군이 내쫓긴 뒤 유생은 과거에 올라 태평세월의 재상이 되었다.

또 이런 이야기도 있다. 용산 강가 촌마을에 사공이 하나 있었는데 정 공과 가까이 지냈다. 공이 그의 운수를 점쳐 보고 오언시를 지어 주었다.

바람 인다 배 세우지 말고
기름에 젖은 머리 빗질을 말지니라.
한 말 찧어 쌀 서 되요,
붓끝에 금파리 떨어지지 않으리라.
遇風莫停舟　逢油莫梳頭
一斗三升米　青蠅抱筆頭

사공은 그것이 무슨 말인지 알지는 못했지만 늘 마음속에 새기고 있었다. 뒤에 배를 타고 큰 바다를 건너다가 역풍을 만나게 되었다. 돛을 내리고 섬 사이에 닻을 내리려다가 문득 정 공의 말을 생각하였다.

'언젠가 정 공이 바람을 만나도 배를 세우지 말라고 하였겠다.'

사공은 있는 힘을 다하여 뱃머리를 돌려 가지고 바람을 거슬러갔다. 갑자기 풍랑이 바뀌면서 바람세가 한층 맹렬해지더니 산 같은 파도를 몰아왔다. 사공은 돛을 펴고 파도를 멍에 삼고 순식간에 천리를 내달아 그날로 경강에 배를 대게 되었다. 그때 닻을 내렸던 다른 사공들은 모두 파도가 밀려오는 바람에 미처 닻을 거두지 못하여 물에 가라앉고 말았다. 유독 이 사공만이 화를 면했다.

그 뒤 또 멀리 장사를 나갔다가 돌아오게 되었다. 집에 이르니 날은 이미 어두웠다. 게딱지 같은 집에 낮은 지게문을 열고 들어가느라고 갓을 벗고 머리를 수그리며 들어갔다. 이때 문설주 위에 동백 기름을 넣어 둔 호로병이 상투 끝에 부딪쳐 엎어져 떨어지며 머리에 함빡 기름을 들씌웠다. 머리를 들고 다시 상투를 쪼아 올리려는데 문득 먼저의 시가 생각났다.

'정 공의 말을 어겨서는 안 되겠다.'

사공은 손을 멈추고 머리를 빗지 않았다. 그런데 머리카락에서 흐르는 기름을 처리할 수가 없어 뒷머리를 쪽 져 얹었다. 이날 밤 안해와 한자리에 누웠는데 안해와 몰래 간통하던 자가 칼을 품고 들어왔다. 캄캄한 가운데 머리를 쪽 진 사람 둘이 나란히 누웠는지라 그놈은 남녀를 가려낼 수 없었다. 그러다가 기름 향내를 맡고는 동백기름을 바른 것이 여인이려니 생각하고 그 옆에 누운 사공의 안해를 찔러 죽이고 달아나 버렸다.

사공은 잠에 들었다가 새벽녘에 갑자기 피비린내가 코를 찌르는 바람에 깨어나 보니 자기 안해가 흥건한 피 속에 죽어 넘어져 있는 것이었다. 엉겁결에 아우성을 치니 이웃들이 한꺼번에 떠들썩 모여들었으나 끝내 어느 놈 소행인지 알 수 없었다. 안해의 부모 형제들은 떼를 지어 몰려와 대들었다.

"너와 한자리에서 자다가 칼에 찔렸으니 네가 아니면 누가 그랬겠느냐?"

그러고는 달려들어 꽁꽁 묶어 가지고 형조에 고소장을 올렸다. 형조의 관리도 고소를 그럴듯하게 여겨 여러 해를 두고 형장을 치며 문초하였다. 사공은 매를 견디다 못하여 스스로 거짓 자복을 하였다. 판결문이 이미 작성되어 당상관이 막 붓을 쥐고 수결을 두려는 참인데 갑자기 금파리 떼가 앵앵 날아와 붓끝에 모여드는 것이었다. 붓을 들어 휘저으면 날아갔다가는 다시 달라붙곤 하였다. 이러기를 그치지 않아 오래도록 글을 쓸 수가 없었다. 사공이 고개를 쳐들고 이 꼴을 바라보다가 입을 열었다.

"소인은 오늘 죽사오나 한 가지 의문이 있으니 한마디만 하게 해 주옵소서."

당상관이 말하였다.

"네가 무슨 말을 하려느냐?"

"사간 정 공이 옛날 소인을 위해 운수를 점쳐 주었는데 그 말이 이러이러하였사옵니다. 바람을 만나면 배를 세우지 말라고 하였기에 일찍이 그 말대로 하여 물에 빠져 죽는 것을 면하였사옵니다. 머리에 기름을 들써도 빗질을 말라고 하였기에 그 말대로 따랐건만 이번에는 도리어 이런 기이한 화를 당하게 되었사옵니다.

한 말 찧어 쌀 서 되라는 말과 붓끝에 금파리 떨어지지 않는다는 말은 끝내 그 징험이 없으니, 어째서 정 공의 말이 처음에는 귀신같이 맞고 나중에는 허황한 것으로 되나이까? 이런 의심이 들어 더욱 원통하기 그지없사옵니다."

당상관이 그 말을 듣고서는 낭관을 돌아보며 말하였다.

"괴이한 일이로고. 방금 파리가 붓끝에 달라붙는 것을 여러 번 쫓아버렸으나 날아가지 않기에 괴상한 일로 여겼네. 정 공이 앞일을 내다봄이 어쩌면 이리 신통할꼬?"

낭관들 가운데 본디 자상하고 명민한 것으로 칭찬받는 사람 하나가 곧 앞으로 나와 가만히 고하였다.

"세상 사람들은 모두 정 공이 운수를 헤아리는 데는 귀신같다고 하오이다. 그리고 이 사건에 의심스러운 점이 있다고 하는 사람도 있소이다. 그가 말한 바, 머리를 빗지 말라고 한 것은 바로 화를 면하는 방도를 가르쳐 준 것이올시다. 그때 만약 머리를 빗었다면 칼날 아래 죽음을 면치 못했을 것이외다. 그런즉 칼질을 한 자는 다른 놈이 아니겠소이까."

"나도 그런 의심이 드네. 헌데 한 말 찧어 서 되 쌀이라는 말은 무슨 뜻인가?"

"이 사건의 얽힌 매듭이 이 말에 있을 수도 있으니 쉬이 알아낼 수는 없겠으나 허락해 주시면 하관이 기어이 풀어 놓겠소이다."

"그리 하게."

마침내 신문을 마치고 헤쳤다. 집으로 돌아온 낭관은 며칠 동안 깊이 생각던 끝에 드디어 깨닫게 되었다.

'한 말 겉곡을 찧어 서 되 쌀을 얻었으면 겨가 일곱 되 남으렷다. '겨 강糠', '일곱 칠七', '되 승升' 자를 쓰면 강칠승이니 그놈이 진짜 범인이라는 말이 아닌가?'

다음 날 관청에 나가 당상관에게 '강칠승'이라는 세 글자를 손바닥에 써서 보였다. 당상관은 곧 환히 깨달아,

"자네가 참말 소견이 있는 사람일세."

하며 그 자리에서 패찰을 주어 건장한 장교 사령들을 떠나보냈다.

"용산강 아래위 촌에 이런 자가 있을 것이니 당장 잡아 오너라."

강칠승은 바로 사공의 안해와 간통한 자였다. 사건이 오래되고 사공이 범인으로 확정되자 마음을 놓고 다시는 걱정하지 않다가 잡히자 형조에서 다른 일 때문에 심문하려는가 보다고 생각하였다.

강칠승이 오라를 진 채 잡혀 오자 낭관은 그가 범인이 틀림없다고 몹시 기뻐하며 대뜸 형장을 치며 살인 내막을 따졌다. 칠승에게는 마른하늘에 벼락과 같은 것이어서 숨길 수가 없었다. 그래서 캄캄한 가운데 남녀를 가릴 수 없어 그저 기름 향내 때문에 사람을 헷갈렸노라고 낱낱이 자복하였다. 결국 살인 사건은 끝이 나고 사공은 죄에서 벗어났다고 한다.

이 이야기들로 보면 정 공의 술법이 신령스럽다고 할 만하다. 그러나 적이 의심스러운 것이 있다. 정 공이 과연 앞을 내다볼 줄 알았다면 어찌하여 미리 재앙이 닥치기 전에 산골짜기에 자취를 숨기고 낙을 누릴 대신 도리어 벼슬길에 나서 걸어 다니는 주검 같은 무리들과 출세를 다투었겠는가.

화가 당장 발등에 떨어지게 되어서야 목숨을 보존할 작정으로 아버지의 상사에 가 보지도 못하는 죄도 사양치 않았으니 그도 때늦은 일이 아니겠는가. 운수란 이미 정해진 것이어서 길흉의 도리는 사람의 힘으로 피할 수 없는 것이라고 한다면 미리 안들 무슨 소용이 있겠는가.

《주역》에 이르기를, "기미를 알면 그것이 신이다." 하였는데 정 공의 술법이 이에 미치지 못해서인가.

밝은 눈

서울의 백성들 가운데 지방에서 바칠 공물을 대납하고 해당 고을에서 그 값을 받아들이는 것이 업인 자들이 있다. 그들이 받는 공물 값은 많으면 몇백 섬이요, 적어도 근 백 섬은 된다.

부자들은 몇 가지 종류의 공물 대납을 맡아 가지고 있으면서 대납권을 자녀들에게 나누어 주기도 하고 다른 사람과 팔고 사기도 하니 소작료 받아먹는 논밭이나 마찬가지다. 또는 다른 사람에게 넘겨주어 공물을 바치게 하고 고을들에서 받은 값을 자기와 나누어 먹는 일도 있으니 땅을 소작 주고 세를 거두는 것과 다를 바가 무엇이랴. 이것을 이른바 분실分實이라고 하는데 서울 부자들의 생업 가운데서도 가장 이득이 많은 몫이다.

갑이라는 사람이 가세가 기울어 조상 대대로 물려받은 공물 대납권을 을이라는 사람에게 팔고 은 오백 냥을 받았다. 그러면서 대납하는 공물 몫을 나누어 달라는 청을 하였다.

오륙 년이 지나자 갑이 해당한 공물을 약속대로 실어 보내지 않는 일이 많으므로 을은 장차 갑의 몫까지 자기가 대납하고 나누어 준

묫을 도로 찾으려고 하였다. 갑은 걱정 끝에 병이라는 사람과 쑥덕
공론을 하였다.

"내게 공물 묫을 나누어 주고 영영 빼앗지 않겠다고 약속만 하면
이 공물 대납권이 자네 것으로 되게 해 줌세."

병은 귀가 솔깃하여 승낙하였다. 이어 병과 가짜 매매 문서를 작
성하고 관청의 확인을 받았다. 그러고는 병을 시켜 관가에 송사를
하게 하였다.

"갑에게서 이것을 산 지 이미 십 년이나 되는데 갑이 고약하게도
또 을에게 팔아넘겼습니다."

갑은 처음에는 뻗대는 시늉을 하다가 나중에는 말이 꿀리는 체하
면서 거짓 자복을 한다.

"사실 십 년 전에 이것을 병에게 팔아넘겼으나 본 대납권을 변놓
이를 하는 집에 저당 잡혔기 때문에 넘겨주지는 못하였습니다. 오
륙 년 동안 살림이 더욱 쪼들리다 보니 빚을 준 집에서 독촉이 성
화같아 할 수 없이 또 을에게 팔아넘기고 빚을 갚았습니다. 두 번
판 것이 사실입니다."

관가에서는 갑의 죄를 다스리고 공물 대납권을 병에게 주도록 판
결을 내렸다. 그러자 을이 또 관가에 고소장을 냈다.

"이것은 갑이 조상 대대로 물려받은 것입니다. 공물 대납인들치고
이것을 모르는 사람이 없습니다. 오륙 년 내로 판 적이 없다는 것
역시 공물 대납인들이 다 압니다. 갑과 병이 교묘하게 짜고들어
남의 생업을 벌건 대낮에 빼앗으려는 것입니다."

관가에서 양쪽의 문서들을 가져다 살펴보니 을이 산 것은 병보다
사오 년 뒤였고, 병의 확인 문건에 인장과 수결이 너무 명백하여 더

의심할 것이 없었다. 송사 처결에서는 문건을 따라야 할 것이라 생각하고 드디어 병이 옳고 을이 그른 것으로 판결을 내렸다. 을은 받아들이지 않고 연이어 관가에 송사를 하였다.

한성부와 형조에까지 송사를 하였으나 그때마다 갑에게 졌다. 분을 참지 못하여 을은 또 한성부에 고소장을 냈으나 한성부에서는 법규정상 세 번 판결을 받은 것은 다시 심리해 줄 수 없다고 하면서 을의 소송을 들어주기는커녕 오히려 덜미를 짚어 내쫓았다. 을은 관청 문밖에 쫓겨나와 너무 억울하여 가슴을 치고 발을 굴렀다.

"세상에 이런 맹랑한 노릇이 어디 있을꼬? 내가 달덩이 같은 은 오백 냥을 주고 산 명백한 생업을 남에게 생판 빼앗긴단 말이냐."

울부짖으며 통곡하기를 마지않으니 저자 사람들이 모여들어 구경하는데, 문득 그 틈에 끼어 있던 한 사람이 나섰다. 용모를 보면 양반 같으나 깨진 갓에 헌 옷을 입고 있었다. 그는 을에게 다가가 물었다.

"자네 무슨 일로 그다지 슬퍼하는가?"

을은 가슴이 미어질 듯한 억울한 사정을 터놓을 데가 없어 하던 참이라 곧 자초지종을 다 말하였다. 그 사람은 전후 문건을 보자고 하더니 한번 훑어보고 나서는 머리를 끄덕였다.

"자네 일이 참 억울하겠네. 그러나 이런 일쯤은 쉬이 풀 수 있겠네. 내 자네에게 한마디 귀띔을 하면 만사가 쾌히 될 것이네만 내게 무엇으로 신세를 갚으려나?"

을이 홧김에 대답하였다.

"그대 말이 사실이라면 내 이 공물 대납권을 송두리째 드리겠소."

그 사람은 빙긋이 웃었다.

"자네 말은 너무 지나칠세. 내게 많이는 필요 없네. 은전 오십 냥은 줄 수 있겠나?"

을은 팔소매를 걷어붙이며 다가들었다.

"여보시오, 어찌 오십 냥뿐이겠소. 본전 오백 냥을 죄다 그대의 집
으로 실어 보내 드리리다."

"허, 말이란 그렇게 과하면 안 되느니. 그저 나만 따라오게."

그는 그길로 을의 소매를 끌고 남 못 보는 곳에 가서 귀에 대고 몇
마디 일러 주었다. 그러자 을은 금시 눈앞이 확 트이는 듯 관청 문
안으로 뛰어들어 대청 앞에서 고함을 질렀다.

"병의 확인 문건은 가짜외다! 그날은 나라의 제삿날이오. 나라 제
삿날에 관청에서 일을 보는 전례가 어데 있소이까? 일을 보지 않
은 이상 누가 관청 인장을 찍었겠소이까."

여러 관리들은 놀랍고 의아하여 나라 제삿날을 쓴 패쪽이 걸린 벽
을 바라보니 그 말이 틀림없었다. 관청에서는 곧바로 당상관에게 알
리고 다시 알아보았더니 바로 본 아문의 늙은 서리가 갑과 병 두 사
람과 한동아리가 되어 한 짓이었다. 고소장이 밀려들어 관리들의 머
리가 떵해진 틈을 타서 다른 문서에 슬쩍 끼워 올려 인장을 받아 내
보낸 것이었는데 관리들은 그것을 감감 모르고 있었던 것이다. 마침
내 갑과 병의 죄는 문서를 위조하고 도리에 어긋나는 것을 가지고
송사를 한 죄로 다스리도록 하고 공물 대납권은 을에게 주도록 판결
을 내렸다.

을은 나중에 그 사람을 찾았으나 끝내 나타나지 않았다. 그가 어
디 사는지도 이름도 알 수가 없었다.

내가 일찍이 한성부의 낭관으로 있으면서 여러 번 송사를 맡아 처

리하였다. 소송자는 대개 야무지고 꾀바른 자들로서 그른 것도 옳은 것으로 둔갑을 시킬 만큼 말재간도 여간 아니었다. 양쪽을 맞대면시킬 적이면 말이 청산유수일 뿐 아니라 조리가 분명하였다.

내댄 문건을 보아도 증거가 명백하여 흠잡을 데가 없고 그 기색을 보아도 눈을 부릅뜨고 팔소매를 걷어붙이며 고래고래 소리치는 것이 마치 진짜로 지극히 원통한 사정을 품고 풀지 못하는 것 같아 끝내 누가 옳고 그른지 알 수가 없다. 옛날에 송사를 맡은 관리가 다섯 번 심리했다는 말도 헛말이 아닐 것이다.

그럴 제면 한마디 말로 사건 진상을 빠갠 옛사람의 밝은 눈과 슬기가 부러워 자연 탄식을 하게 된다. 오늘 을이 만난 그 사람을 볼 셈이면 간사한 협잡수를 하나 둘 셈을 하듯 눈 깜빡할 사이에 밝혀 냈으니 만약 그에게 법을 주관하도록 한다면 세상에 어찌 억울한 사람이 있을까 보냐. 아쉽다, 이름을 감추고 종적을 숨겼으니 이 세상에서 찾아볼 수 있겠는가.

의로운 기생

서울 장안에 장씨 성을 가진 부잣집 자식이 있었다. 그는 무과 시험에 합격하고 금군에 들어가 가후친군[1]에 들었다. 젊고 잘생긴 데다가 재산까지 많다 보니 날마다 화려한 옷에 채색 신을 받쳐 신고 기생방을 찾아다니며 질탕하게 놀아 대면서 돈을 물 쓰듯 하였다. 그중에도 관기로 있는 장성의 기생에게 홀딱 반하여 그의 의복과 치렛거리, 비단과 진주 구슬은 물론이고 집안 살림의 자질구레한 물건을 사 주는 데도 한 번에 천금의 돈을 내던지며 아까워하는 법이 없었다.

그러다 나니 가세가 점점 기울어져 이제는 기생방 주인 노파의 비위조차 맞출 수 없게 되었다. 노파는 차츰 장생을 싫어하는 기색이더니 나중에는 장생을 어째서 맞아들이느냐고 장부책을 펴놓고 기생에게 지청구를 퍼붓기가 일쑤이고 기생을 숨겨 놓고 만나지 못하게 하는 적이 드물하였다.

---

1) 임금이 나들이할 때 임금이 탄 수레 뒤에 따르는 시위병.

그 많던 재산이 몽땅 거덜 나고 알몸뚱이만 남게 되자 장생도 스스로 부끄러운 생각이 들어 마침내 기생방 출입을 그만두었다. 가후친군이란 비단옷에 훌륭한 무기를 갖추어야 하는 것은 물론 말과 안장에 이르기까지 삐어지게 미끈해야 한다. 장생의 궁색이 흐르는 꼴은 시위 군사에 마땅치 않다 하여 그는 가후친군에서 쫓겨나고 말았다. 설상가상으로 안해까지 추위와 굶주림에 시달리던 끝에 병에 걸려 그만 덜컥 죽고 보니 장생은 더욱 의지할 데가 없었다. 날마다 친척 집을 두루 찾아다니며 끼니때가 되면 물에 말아 먹다 남긴 밥을 얻어먹고 밤이면 남의 집 행랑에서 꼬부리고 새우잠을 잤다. 굶주리고 떨며 고생하다 보니 지난날의 곱던 모습은 간데없고 땟국이 흐르는 얼굴에 해진 옷, 흐리멍텅한 눈동자는 누가 보아도 빌어먹는 거지가 분명하였다.

그 뒤 기생방 주인 노파가 죽어 기생은 자기 마음대로 모든 일을 할 수 있게 되고 이제는 용모와 재주로 일약 명기로 이름을 드날리게 되었다. 그의 집 문은 찾아오는 풍류객들로 늘 저자처럼 북적거렸다. 하루는 마침 찾아오는 손이 없어 기생 혼자 처마 밑에 앉아 오랫동안 무슨 생각에 잠겼더니 문득 심부름하는 어린 계집아이를 돌아보며 물었다.

"장 선달이 어째 오래도록 내 집에 찾아오지 않느냐? 손가락을 꼽아 보니 이제는 벌써 몇 년이 지났구나. 혹시 길거리에서 만난 적이 없느냐?"

"아유, 선다님 말씀이와요? 이따금 종루 뒷골목에서 만나곤 하는걸요. 너덜너덜한 옷을 걸치고 초췌하게 여윈 얼굴로 허리를 구부정하고 다니와요. 저를 만나니 부끄러운지 대뜸 얼굴을 가리고 지나가던데요."

"에그, 불쌍해라. 나 때문에 그렇게 되었구나. 나중에 네가 그이를 만나거들랑 한번 오시라고 여쭈어라. 부디 잊지 말아라."

뒤에 심부름하는 계집애가 밖에 나갔다 들어와 장 선달을 만났노라고 하였다.

"선다님께 오시란다고 여쭈었더니 아니 오시겠다고 하와요."

"네가 말을 잘하지 못한 모양이다. 내 말을 잘 전했으면 안 오시겠다고 할 리가 있겠느냐."

기생은 곧 방으로 들어가 종이를 찾아내어 깨알 같은 글씨로 긴 편지를 쓰더니 그것을 거북이 모양으로 이리 접고 저리 접어 계집애에게 주며 신신당부를 하였다.

"네가 이것을 괴춤에 잘 건사했다가 선다님을 만나거들랑 꼭 전해다구. 조심해서 잃어버리는 일이 없도록 해라."

며칠 뒤 밤에 손님 십여 명이 우르르 찾아왔다. 모두 금군과 포도청의 포교들이었다. 기생은 등불을 돋우어 켜고 술상을 차린 다음 노래를 불러 흥을 돋우었다. 때는 한겨울이라 하늬바람이 사납게 불고 눈보라가 지진 일듯 하였다. 심부름하는 계집애가 지게문 밖에 오더니 말을 전하였다.

"선다님이 오셨사와요. 문밖까지 와서는 사람이 많아 부끄럽다고 하며 안 들어오시겠다고 하와요."

기생은 말이 끝나기 바쁘게 자리에서 일어나더니 곤두박이듯 달려 나갔다. 장생은 문 곁에 몸을 숨기고 있는데 나뭇잎 같은 홑옷자락을 양팔로 꼭 낀 채 우둘우둘 떨며 서 있었다. 기생은 그의 앞으로 와락 달려가 손을 잡아 쥐고 안으로 끌었다. 외딴 방에 앉자 그는 장생의 허리를 그러안고 흐느꼈다.

"불쌍하구나, 옛날 천금을 물 쓰듯 하던 미소년은 어디 가고 이 꼴
이 되었단 말인가."

기생은 벌떡 일어나 붉은 옻칠한 궤짝과 금빛 함을 와락와락 열어
젖히더니 금은, 비단, 잘 갖옷,[2] 은빛 족제비 가죽, 머리에 쓰는 초
미 휘항[3]을 하나하나 꺼내 보였다.

"이것은 모두 그대가 준 것이오. 내가 간수해 두고 오랫동안 기다
렸는데 오지 않으니, 대체 어쩐 일이었소? 남녀 간의 사랑에 빈부
가 무슨 상관이오. 그대는 날 보기가 무에 그리 혐의쩍어 이렇듯
이 발길을 끊는단 말이오."

기생은 장생의 손을 부여잡고 한참 동안 목이 메어 하더니 다시
말을 이었다.

"아, 옛날 그대는 고대광실 너른 집에서 은전을 산처럼 쌓아 놓고
지내며 비단옷을 입어도 좋은 줄을 모르고 산해진미를 먹어도 맛
있는 줄을 모르지 않았소. 사람마다 어여삐 보고 온 세상이 부러
워하더니 내게 반해 다니다가 그 많은 재산을 비로 쓴 듯 깡그리
날려 버렸구려. 안해 죽고 집안 망해 오늘의 이 신세 되었으니 첫
째도 이 몹쓸 년의 죄요, 둘째도 이 몹쓸 년의 죄라. 내 어찌 그대
를 차마 버리겠소.

오늘 이 몸이 비단옷을 입고 날마다 쓰고 사는 것은 다 그대의
재산이오. 그러니 내가 이것을 다 바쳐 그대를 봉양하리다. 머리

2) 검은담비의 털가죽을 속에 댄 옷.
3) 담비의 꼬리로 만든 모자.

칼을 꽂고 살점을 베는 것도 사양치 않겠으니 이제 더는 나를 멀리 하지 말아 주오."

엎어져 몸부림치다가 눈물을 흘리며 좌중에 사연을 말하니 모두가 감동하여 한숨을 짓는데, 한 사람이 문득 나서며 입을 열었다.

"내 한마디 통할 말이 있소. 우리가 오늘부터 이 집에 발길을 끊어 낭자에게 장생만 가까이하게 하는 것이 어떻겠소?"

모두들 그 말이 옳다고 하였다. 마침내 서로 그렇게 하기로 맹세하고는 뿔뿔이 흩어져 갔다. 기생은 이때부터 다시는 손을 맞아들이지 않고 장생과 같이 살았다. 기생이 모아 둔 재물이 자못 넉넉한 데다가 세간살이를 여무지게 하여 장생은 다시 옛날처럼 윤택하게 지낼 수 있었다. 장생은 기생의 의기에 느낀 바가 있어 다른 안해를 얻지 않고 그와 백년해로를 하였다고 한다.

대체로 기생집이란 불구덩이나 마찬가지다. 예나 지금이나 허랑 방탕하게 놀아나는 호부자의 자식들 가운데 기생에게 빠져 집안을 망치고 신세를 버린 자가 어찌 한둘이겠는가. 가난해지면 박대하여 내쫓고 새 사람을 만나면 옛정을 헌신짝처럼 버리는 것이 기생들에게는 예삿일이다. 그래서 어제 죽자 살자 하던 사람도 지나가는 바람처럼 홀홀히 대하는 것이니 그가 비록 찬 서리 내리는 날 누더기를 걸치고 찾아와 대문을 두드리며 밥 한술을 빈다 해도 쌀쌀한 눈초리로 할끗 거들떠보지도 않는다. 다행히 장생이 만난 기생은 그와는 전혀 달라 옛 전기에 나오는 의로운 여인에 견줄 만하니 참으로 가상한 일이다. 그래서 이와 같이 기록해 두는 바이다.

남의 시 조롱하기

이선李穡 공은 이름난 가문의 맏집 자손으로 일찍이 과거에 올랐으나 한 공신과 사이가 틀어져 그에게 배척을 받는 바람에 좋은 벼슬을 얻지 못하였다. 벼슬이 겨우 승문원 판교에 머물러 있었으므로 당시 사람들이 아쉬워하였다. 공은 평생에 시 짓기를 매우 좋아하여 입에서 흥얼거리는 소리가 떠날 날이 없었다. 이초로李楚老 공은 늘 그의 시를 졸렬하다고 비평하면서 구절마다 허물을 잡아내기도 하고 고치기도 하면서 씨까슬렀다.

"자네에게는 시상이라고는 전혀 없네."

그러면 공은 곧바로 대거리를 하였다.

"자네에게는 전혀 시를 보는 안목이 없네."

두 공은 이 때문에 서로 비웃고 이 때문에 다투기도 하였다. 공은 더러 성을 내며 떠들썩 야단을 피우기도 하였으므로 종종 사람들의 웃음거리가 되곤 하였다.

같이 있는 동료들 중 한 사람이 이 공에게 말하였다.

"자네는 왜 아무개의 시를 비평하는가? 나는 늘 입에 침이 마르도록 칭찬하고는 떡을 실컷 얻어먹곤 하는데 그 맛이 여간 아니데."

공은 술을 못 마시는 대신 떡이라면 오금을 쓰지 못하는데 늘 혼 자만 먹고 다른 사람들과는 나누어 먹는 적이 없기 때문에 나온 말 이다.

"아무개 집 떡 맛이 그리 좋단 말인가?"

동료는 군침을 삼키며 말하였다.

"좋다 뿐인가. 꿀처럼 달고 풀솜처럼 연한 것이 천하 제일가는 맛 이라네."

"그럼 나도 자네처럼 해 보겠네."

며칠 뒤 공은 이 공을 찾아가 말을 붙였다.

"자네 요즘도 시를 많이 짓는가?"

"짓기야 두어 편 지었네만 시를 알아볼 줄도 모르는 자네가 그건 알아 무엇 하려나?"

"나만이 자네 시를 알지. 나만이 깊이 알기에 자상히 논하는 것일 세. 더 잘되라고 엄격히 나무라는 것을 자네는 내가 시를 몰라서 그러는 것이라고 하니 답답하네."

공은 이어 짐짓 탄식하며 말을 이었다.

"나와 자네는 어릴 적부터 친하게 지내 오지 않았나. 수십 년을 같 이 지내 오건만 자네가 아직 내 마음을 몰라주니 자못 한탄스러운 일일세."

그러자 이 공은 기쁜 기색으로 얼른 시 한 편을 꺼내 보였다.

"이건 내가 요즘 지은 것인데 자네가 어떤가 한번 봐 주게."

공이 받아 보니 칠언율시 한 편이었다. 그 마지막 연은 이러하였다.

연천, 마전, 양주, 적성 땅을 메주 밟듯 할 제
농사일, 채전일, 술과 시 이야기 입에 붙어 다녔네.

跡遍連麻楊積地　口兼農圃酒詩談

공은 얼핏 보고 나서 정색하고 말하였다.

"자네 어찌 나를 속이는가. 이게 정말 자네가 지은 시란 말인가?"

이 공은 깜짝 놀랐다.

"이건 내가 어제 지은 것일세. 자네 무슨 소릴 하는가?"

"이걸 보니 연천, 마전, 양주, 적성 네 고을의 이름과 농사일, 채전일, 술 이야기, 시 이야기 네 가지 일이 흔연히 한 글귀를 이루어 흠잡을 데가 없네그려. 다른 사람이라면 아마 몇 개 글귀에도 다 못 담았을 걸세. 자네가 어떻게 이런 글을 지을 수 있었나? 두보가 아니면 소동파의 솜씨가 분명하네. 자네가 서툰 솜씨로 따온 글귀일시 분명하네."

이 공은 그만 입이 함지박만 해졌다.

"그렇게 좋아 보이는가? 이건 정말 내가 지은 걸세. 그러고 보니 자네야말로 시를 볼 줄 아는 사람일세."

"자네 혹시 요즘 두보의 시를 통독하지 않았나?"

"그런 일은 없네."

"그렇다면 자네의 시는 요즘 사람들을 훨씬 뛰어넘어 옛사람들을 따라잡은 셈일세. 내가 늘 자네에게 감복해 왔지만 이런 경지에 이르렀으리라고는 생각지 못했네."

공은 이어 흥이 나게 큰소리로 몇 번 읊어 보면서 무릎을 치며 감탄하기를 마지않았다.

"내 오늘 자네에게 손을 바짝 들었네."

이 공은 희색이 만면하여 심부름하는 여종을 불렀다.

"내가 마침 시장하니 빨리 점심상을 차려 오너라. 귀한 손님이 오셨으니 특별히 한 상 잘 차려야 하느니라."

얼마 뒤 상을 들여오는데 백설기, 찹쌀떡, 송편, 꿀떡, 석이떡을 비롯하여 갖가지 떡이며 반찬이 그들먹하고 떡에는 대추와 밤을 박아 넣어 입에 넣기만 하면 슬슬 녹는 것이 과연 천하 별미였다. 공은 배불리 먹었다.

다 먹고 나서 공은 다시 써 놓은 시를 꺼당겨 한참이나 들여다보다가 이맛살을 찌푸렸다.

"이제 보니 메주 밟듯 하였다는 말은 아무래도 아름답지 못한 것 같네."

이 공은 눈이 휘둥그레졌다.

"어찌 그렇겠나? 발길 닿는 대로 두루 돌아다녔다는 뜻인데 무슨 아름답지 못할 것이 있겠나?"

공은 머리를 설레설레 흔들었다.

"아무래도 탐탁지 않아. 연천, 마전, 양주, 적성을 어찌 메주 밟듯 할 수 있겠나. 또 입에 붙어 다녔다는 말도 너무 둔탁한 것 같으이. 농사일, 채전일이란 실은 항간의 속된 말이라 허물이 아닐 수 없네."

이 공은 처음에는 공이 구절구절 평하는 대로 아니라고 변명을 하다가 급기야 운자 빼고는 허물 잡히지 않는 글귀라고는 하나도 없게 되자 벌컥 성을 냈다.

"자네가 처음에는 좋다고 하다가 나중에 와서 헐뜯으니 이게 대체 웬일인가?"

"난 그저 자네 집 떡이 탐나서 그랬을 뿐일세."

이 공은 화가 천둥같이 나서 주먹을 휘두르며 때리려고 덤볐다. 공은 문을 차고 나와 신발을 손에 들고 내빼면서 욕설을 퍼부었다.

"사대부가 손님을 마주하고 어찌 그런 너절한 시를 입에 담는단 말인고?"

이 공은 성이 머리끝까지 치밀어 발을 동동 굴렀다.

"저놈에게 괜히 떡만 먹였구나!"

이 공은 여러 날 동안 분을 삭이지 못해 펄펄 뛰었다.

나는 이 공의 시가 참으로 졸작이라고 생각한다. 그러나 남을 놀리다가 그만 봉변을 당할 뻔하였으니 웃다가 허리 부러질 일이다. 그러나 두 사람의 일은 바로 문인들의 기풍과 습속에 기인한 것이다. 문인들이란 자고로 서로 상대를 얕보는 버릇이 있다. 손때 묻은 몽당비를 애지중지하는 것 역시 사람의 심정이다.

그리고 내가 그전부터 이상하게 생각하는 것이 있다. 구양수歐陽脩의 문장으로 말하면 하늘나라 사람이 옥구슬을 차고 까마득한 공중에 선 듯하여 누구도 망령되게 헐뜯지 못할 것이요, 설사 그런 사람이 있대도 그것은 자신의 식견이 낮음을 스스로 보여 줄 따름일 것이다. 그런데도《사로지師魯誌》의 발문 끝에는 갖은 말을 다 해 가며 분풀이를 하듯 변명을 늘어놓았다.

또 명나라 귀진천歸震川은 한 시대의 뛰어난 문장가이다. 그는 과거 시험에서 쓴 글이 사람들의 비평을 받자 다른 사람에게 보낸 편지에서 불평을 터뜨려 놓았다. 문장이 훌륭한가 졸렬한가는 안목을 가진 사람이면 스스로 알아볼 것인데 젊은것들의 같잖은 비평에 신경 쓸 것이 무엇인가. 그런데도 문장가라는 이들조차 서툰 행동을 면치 못하였으니, 남이 알아주지 않아도 성내지 않는다는 것이 과연 어렵다는 말이 참말이라 하겠다.

은혜 갚은 까치

제비는 날을 가릴 줄 알고, 까치는 그 해의 간지를 알며, 날짐승은 바람새를 알고, 길짐승은 비 올 것을 안다. 사람도 못 하는 것을 미물이 능히 하니 이상한 일이 아니겠는가. 그러나 타고난 천성이 편벽되고 막히기는 하였지만 한 줄기 밝은 면이 우연히 한쪽으로 통하였기 때문에 그 한 가지만은 알게 되는 것이니 그것도 떳떳한 이치라 하겠다. 간혹 미물이 은혜를 잊지 않고 다함없이 보답하였다는 이야기는 옛사람들도 적어 놓은 것이 있으니, 은혜 갚은 참새나 뱀에 대한 이야기가 그것이다.

내가 보건대 세상에는 남의 은혜를 입고도 잊어버리는 자가 부지기수이다. 심한 경우에는 은인을 우물에 밀어 넣고 돌까지 던지는 자도 있다. 이로 견주어 보면 미물들이라고 하여 사람과 다른 것이 아니라 도리어 사람들을 부끄럽게 하는 일도 많다. 어찌 찍찍거리는 소리밖에 내지 못하고 몸에 깃털이 났다고 대수롭지 않게 볼 수 있겠는가.

장단 고을에 매를 기르는 한 교생이 있었다. 날마다 새를 잡아서 먹이다 나니 숲 속의 새나 처마 밑의 참새까지 씨가 마를 지경이었으나 아직 깃털이 채 자라지 않은 새끼 매들이 조롱에 가득하였다.

교생에게는 열너덧 살 나는 딸이 있었는데 까치 새끼 한 마리를 상자에 넣어 기르고 있었다. 벌레를 잡아 먹이다가 좀 자라자 남은 밥과 고기 쪼박을 먹이며 늘 내 까치라고 애지중지하였다. 까치도 딸을 따르며 재롱을 피웠다. 딸이 손바닥에 밥알을 놓고 부르면 머리를 갸웃거리고 날개를 치며 달려와서는 어미에게서 먹이를 받아 먹는 새 새끼처럼 입을 벌리곤 하였다. 깃털이 다 자라자 아침에는 밖으로 나가 먹이를 찾아다니다가도 저녁이면 꼭 돌아와 상자에서 잤다.

딸이 시집을 가자 다시는 집으로 돌아오지 않고 때로 한 달에 한 번씩 시집에 찾아오기도 하고 두어 달에 한 번씩 찾아오기도 하였다. 딸은 먼발치에서 모양만 보고도 자기 까치를 알아보고는 반갑게 맞이하곤 하였다.

"내 까치가 왔구나."

그러면 까치는 대뜸 품속으로 날아들어서는 옷섶에 주둥이를 비비기도 하고 어깨 위로 올라와서는 머리칼을 물기도 하면서 기쁜 정을 못 이겨 하였다. 딸도 까치를 안고 한참 동안 쓰다듬어 주었다. 까치는 다시 날아간 뒤 점차 드물게 찾아오더니 몇 년 지나서부터는 아예 오지 않았다.

그 뒤 얼마 안 있어 딸은 남편이 죽어 유복자 하나를 키우며 살았다. 그런데 아들이 세 살에 잡히자마자 마마를 치르다가 위급하게 되었다. 시집에는 아직 마마를 치르지 않은 어린것들이 많았으므로 딸은 앓는 아들을 안고 이웃 마을에 피해 앉았다. 자그마한 촌마을에 의원이 있을 리 없어 아들의 병은 점점 심해져 가더니 나중에는 곪은 자리가 터져 꺼먼 피가 나오며 어쩔 수 없게 되었다. 딸은 숨이 진 아이를 방 안에 누인 채 이불로 덮어 놓고 문밖에 혼자 나와 앉아 하늘이 무심하다고 목 놓아 울었다. 한참 우노라니 갑자기 울바자에서 깍깍 하는 까치 소리가 들렸다.

"내 까치가 왔구나!"

딸은 눈물을 씻으며 반색하였다. 가슴에 꽉 차오르는 애타고 슬픈 생각을 어디 펼 데가 없던 참이라 까치에게 울며 하소연하였다.

"내 팔자가 기박하여 자식 하나 있던 것마저 보존하지 못하였구나. 하늘에 닿고 뼈에 사무친 이 슬픔을 네가 아느냐?"

딸의 말을 듣더니 까치는 품속으로 곤두박이듯 날아들었다. 그러고는 바라지창으로 날아올라 안으로 들어가고 싶은 듯 날개를 펴고 퍼덕거렸다.

"네가 들어가 보고 싶어 그러느냐?"

딸이 손으로 문을 반쯤 열어 주자 까치는 깡충깡충 뛰어 아이 곁에 가더니 이불을 물어 젖히고 주둥이를 내밀어 아들의 콧구멍을 네댓 번 연거푸 쪼았다. 그러자 검붉은 피가 한 종발이나 되게 쏟아지며 아이가 대뜸 피어났다. 까치는 밖으로 날아가 버리더니 그 뒤 다시는 찾아오지 않았다.

장단에 사는 내 배다른 형 언迻이 내게 이 말을 해 주었다. 마마를 치르다가 곪은 것이 터지며 검붉은 피가 나올 때 치료하는 처방은 나도 그전에 많이 보아 온 터이지만 코를 찔러 피가 나오게 하는 처방이 있다는 말은 들어 본 적이 없다. 옛날에 혹 그런 처방이 있은 것이나 아닐까. 그렇지만 까치가 그것을 어떻게 알았단 말인가. 은혜를 갚은 것도 그렇지만 까치가 병을 고쳤으니 어찌 기이한 일 가운데 또 기이한 일이 아니겠는가.

또 듣건대 작살에 찔린 물고기나 덫에 치여 날개가 부러진 들새들 가운데 더러 상처에 송진을 바른 것을 직접 본 사람들이 많다고 한다. 그러니 이것도 의약인 것은 사실인데 그것을 어떻게 알고 누가 가르친 것이겠는가. 물고기와 날새들 가운데도 신농씨와 같이 하늘이 낸 신령스러운 지혜를 지닌 것들이 있어서 그런 것인가.

무릇 하늘과 땅의 신령함을 지닌 것들은 그 지혜와 재능을 충분히 갖추고 있지 않은 것이 없다. 저 아득한 옛날의 신선은 알 바 없지만 유독 사람만이 만물 가운데 가장 신령하다는 것을 어찌 믿겠는가.

누명을 벗은 과부

　서울에 한 양갓집 여인이 살고 있었는데, 홀로 사는 과부로 재산이 많은 데다 용모도 자못 예뻤다. 한 머슴이 여인을 탐내어 재산까지 손에 넣을 생각으로 여인의 집일을 돌봐 주며 자못 성의와 노력을 아끼지 않는 체하였다.

　여인은 그를 깊이 믿고 의지하며 먹고 입는 것을 후하게 대 주었을 뿐더러 무슨 일이 있으면 반드시 그와 의논하곤 하였다. 그러다 보니 머슴은 자주 여인에게 불려 갔다. 그럴 때에 이웃 사람이 문을 열고 들어서면 갑자기 입을 다물고 당황한 기색을 띠며 마치 남이 들으면 안 될 색다른 말을 하다가 들키기라도 한 듯한 시늉을 하였다.

　이른 새벽에 마당비를 들고 들어가 마당을 쓸고는 중문을 나설 때면 반드시 몸을 숨기고 우정 보는 사람이 없는가 두릿거리는 체하다가 뛰쳐나오며 남의 눈에 띄도록 하였다. 이 때문에 사람들은 이상히 여기며 머리를 기웃거렸다. 때로 이웃 여인들이 수다를 떨며 물으면 머슴은 대답 대신 싱긋 웃을 뿐이었다. 그래서 사람들은 더 한층 의심을 하며 차차 말을 돌리기 시작하였다. 이렇게 사오 년이 지난 뒤 머슴은 형조에 고소장을 내었다.

그 내용인즉 아무개 여인이 자기와 관계를 맺은 지 이미 오래되었는데 이제 와서 갑자기 언약을 저버렸다는 것이었다. 법조문에 의하면 양갓집 여인이 다른 사내와 음란한 행실을 할 적에는 남녀에게 다 같이 죄를 주되 여자는 종으로 만들어 그 사내의 처분에 맡기게 되어 있다.

이렇게 되자 형조에서는 남녀를 잡아 가두고 무릎맞춤을 시켰다. 머슴은 날짜를 꼽아 가며 여인이 자기와 오래 전부터 관계를 가지고 있었다고 뻗대었다. 또 사오 년 동안 여인이 준 옷이며 버선, 신발들을 모두 입지 않고 간수해 두었다가 이때에 와서 내놓으며 증거로 내댔다.

형조에서 다시 마을 사람들을 잡아다가 따지니 모두 자세한 내막은 모르겠지만 행동이 수상한 것은 익히 보아 왔고 추잡한 소문도 전부터 들어 왔노라고 하였다. 여인은 비록 가슴을 치며 아니라고 안타깝게 부르짖었지만 암만해도 자기가 깨끗하다는 것을 밝힐 수가 없었다. 형조의 관리가 막 형장을 치며 자복을 받아 내려고 들 때였다.

"천한 몸이 한 가지 은밀히 여쭐 말씀이 있으니 좌우를 물리쳐 주옵소서."

하고 여인이 청을 내었다. 아전들이 다 물러가자 여인은 대청 앞에 다가와 서서 목소리를 죽여 가며 말을 하였다.

"천한 몸이 어렸을 때 그만 화롯불에 엎어져 배 아래 불두덩 사이에 손바닥만 한 덴 자국이 생겼습니다. 저놈이 이 몸과 관계를 하였다면 어찌 이것을 모를 리가 있겠사옵니까. 청컨대 이걸 가지고 따져 주옵소서."

형조의 관리가 곧 머슴을 불러 놓고 물었다.

"저 여인의 몸 불두덩에 무슨 표적이 없더냐?"

머슴은 의기양양하여 대답하였다.

"왜 없겠소이까. 아랫배 불두덩 가까운 곳에 큰 허물이 있소이다. 소인이 늘 그것을 어루만지곤 하였소이다. 웬 상처 자리인가 물으니 어렸을 때 불에 덴 자국이라고 하옵더이다."

말이 끝나자 여인은 벌떡 일어나 치마끈을 끄르며 말하였다.

"천한 몸이 이제는 죽어도 깨끗한 귀신이 되겠사옵니다."

여러 사람들이 보니 여인의 아랫배는 백설같이 깨끗하여 반 점 상처 자리도 없었다. 여인은 머슴이 뇌물을 많이 찔러 주고 부탁을 하여 자기 말을 엿듣고 머슴에게 알려 주는 자가 있으리라는 것을 알았던 것이다. 형조 관리가 이어 머슴에게 형장을 치며 엄하게 심문하자 머슴은 과연 거짓이라는 것을 낱낱이 불고 여인은 억울한 누명을 벗었다고 한다.

속담에 "도둑의 때는 벗어도 음란하다는 누명은 벗지 못한다."는 말이 있다. 남녀가 음란하다는 혐의를 들쓰게 되면 사람 속은 버선목이 아니니 뒤집어 보일 수도 없다.

머슴이 오랫동안 못된 마음을 품고 교묘하기 짝이 없는 꾀를 쓰다나니 이웃 사람들도 깜빡 속고 형조의 관리도 그 간사한 정상을 밝혀내지 못하였다. 여인이 제아무리 입이 백 개이고 혀가 석 자라고 해도 하릴없이 형장 아래 죽든가 아니면 천한 종의 신세가 되어 몸을 더럽히든가 하는 두 길 중에 하나밖에 없었다. 그러나 능히 형세를 짐작하고 임시방편의 기묘한 꾀를 써서 간사한 자의 음흉한 계책을 그 자리에서 밝혀내고 누명을 깨끗이 씻은 것은 물론 이름과 절개를 모두 온전히 하였으니 어찌 기이한 일이 아니랴.

지난 갑인년에 서울의 사대부가 자기 안해를 무함하여 장가든 지 일곱 달 만에 아이를 낳았다고 예조에 고소장을 내어 이혼시켜 달라고 하였다. 낙태한 것을 가지고 몸을 푼 것이라고 한 것이었는데 요사한 첩이 증인으로 나서서 꾸민 간악한 짓이었다. 집안의 여러 사람들은 그 말을 곧이들었다. 안해는 사실을 밝힐 도리가 없어 약을 먹고 자결하였다. 죽기에 앞서 자기 아버지에게 편지를 쓰기를,

"바라건대 첫날밤을 어떻게 지냈는가를 남편에게 물어봐 주옵소서."
하였다.

호남 강진에서 살던 그의 아버지는 곧 서울로 올라와 형조에 억울한 사정을 호소하였다. 두 편을 맞대면시켜 놓고 진상을 해명할 때 여자의 아버지는 공술 대신 딸의 편지를 바쳤다. 형조의 관리가 직접 편지를 뜯어 보고 즉시 거기에 쓰인 말로 물어보자 남편은 갑자기 당한 일이라 얼결에,

"첫날밤에 여자가 달거리를 하기에 관계하지 못하였습니다."
하고 대답하였다.

"그렇다면 그때 아직 임신을 안 한 것이 분명한즉 일곱 달 안에 아이를 낳았다는 것이 도시 거짓말이 아니고 무엇이냐!"

이렇게 되어 여자의 억울한 사정이 밝혀졌다. 이 내용을 곧 임금에게 보고하고 엄하게 심문하여 사실을 밝혀낸 다음 요사한 첩을 중한 형벌로 벌주고 그 남편의 죄도 아울러 다스렸다.

이 일도 위의 이야기와 비슷하므로 아울러 적었다.

눈치가 발바닥인 서생

한 젊은 서생이 동료 두셋과 함께 임금의 나들이를 구경하려고 서 있다가 사람들이 우 덤비는 통에 짝패를 잃고 말았다. 길을 찾느라 허둥거리며 헤매는데 하늘에서는 소나기까지 쏟아졌다. 비를 그으러 길옆 한 여염집에 뛰어 들어가니 사랑방은 텅 비었는데 꽉 닫힌 중문 안에는 사람이 없는 듯 괴괴하였다. 한참 있자니 어여쁜 여인이 안에서 문을 빠끔히 열며 성난 목소리로 꾸짖었다.

"어떤 사람이 여인이 혼자 있는 집에 함부로 뛰어들었소?"

"비를 그으러 잠깐 들어왔소이다."

여인은 안으로 들어가 문틈으로 자주 밖을 엿보더니 얼마 뒤에 문을 반쯤 열고 상냥하게 말하였다.

"바깥방이 차고 누추한데 안으로 들어오시죠."

생이 여인의 말대로 들어가니 방 안으로 반갑게 맞아들였다. 두어 기장 될까 말까 한 방에 서로 무릎을 맞대고 마주 앉자 여인은 대뜸 어느 곳에서 살며 나이는 얼마인가를 물었다. 그러고는 궤 안에서 술병을 꺼내어 고운 잔에 향기로운 술을 남실남실 부어 생에게 권하였다.

"비에 젖어 추울 텐데 이 술로 몸을 데우세요."

생은 사양 없이 받아 마셨다. 그러자 여인이 갑자기 방긋 웃었다.

"집의 안사람이 퍽 예쁘겠어요."

또 한참 곁눈질로 생의 기색을 살피다가 웃으며 말하였다.

"댁의 용모가 이러하니 내외간의 정분이 퍽 좋겠어요."

여인은 잇따라 추파를 던졌다.

"부부간 금실이 좋아 딴 여인을 보아 다니는 일은 한 번도 없었지
요? 그러니 댁의 여종들은 보나마나 주인에게 홀딱 반해서 상사
병에 걸렸겠어요."

이렇게 재갈재갈 정 담긴 말로 놀려 댔으나 생은 그저 묻는 대로
외마디 대답을 할 뿐이었다. 여인은 머리를 수그린 채 한참 동안 다
소곳이 앉아 있다가 갑자기 눈썹을 찡그리며 혼자 종알거렸다.

"오랫동안 옷을 빨아 입지 않았더니 이가 생겼나 봐."

옷깃을 뒤집어 이를 잡는 시늉을 하는 서슬에 흰 눈 같은 앞가슴
이 드러났다. 봉긋한 젖가슴을 손으로 어루쓸며 낮은 소리로,

"아이 가려워, 아이 가려워."

하고 캐득거렸다. 생은 눈을 휘둥그렇게 뜨고 정신없이 바라보다가
저도 모르게 그만,

"젖가슴이 참 곱소."

하고 소리 내며 중얼거렸다. 여인은 급히 앞섶을 가리며 아양을 떨
었다.

"고우면 그래 어쩔 테예요? 어쩔 테예요?"

생은 말문이 막혀 버렸다.

이튿날 생은 동료들에게 그 일을 털어놓았다.

"내가 어제 비를 그으러 한 여염집에 들어갔더니 그 집에 사내란 없고 젊은 여인이 맞아들이기에 방에 들어가니 술까지 부어 주데."

그러고는 이러이러한 말을 하며 이러이러하게 행동하더라는 이야기를 하였다. 동료들은 모두 깔깔 웃으며 말하였다.

"그 여인이 자네에게 생각이 있어 그런 게 분명하네."

생은 그제야 영문을 깨닫고 손뼉을 치며 탄식하였다.

"과연 그렇군, 과연 그랬어. 나는 애당초 몰랐네그려."

사람들은 그만 너무 우스워 배를 그러안고 돌아갔다.

내가 생각건대 이 서생은 참으로 눈치가 발바닥 같은 사람이다. 그러나 이 일을 가지고 사람들 앞에서, "옛사람은 어여쁜 여인이 품속에 안겨 들어도 마음이 흔들리지 않았다고 하는데 나도 그러하였다." 해도 능히 사람들을 속일 수 있었다. 여인이 혼자 있는 집에서 나올 줄 모르고 앉아 있은 것도 순진한 마음에서였다. 교묘하게 꾸며 자기를 내세우는 지금 사람들에 비기면 백 배나 낫지 않은가.

굶어 죽은 가짜 절도사

시골에 고씨 성을 가진 유생이 있었다. 그는 재상과 친한 사이여서 해마다 인사를 하러 오곤 하였다. 하루는 자리를 같이하고 앉았다가 문득 아첨기를 띄우며 청을 댔다.

"제가 다행히 공과 서로 사귀어 온 지 오래니 원컨대 벼슬 한자리만 붙여 주소이다."

"자네 무슨 벼슬을 하고 싶은가?"

"병조 판서를 하고 싶소이다."

"자네가 무슨 재주를 가졌기에 감히 병조 판서를 바라누?"

하며 재상이 웃자, 고생은 볼이 부어 투덜거렸다.

"제가 비록 재주 없사오나 능히 토지 문서를 보고 또 내 열다섯 살난 아이가 천자문을 읽는 터이니 이래도 내가 병조 판서를 못 한단 말씀이오니까?"

재상은 어이없어 빙그레 웃었다.

"병조 판서란 누구나 다 할 수 있는 게 아니네."

고생은 쑥스러운 듯 한참 앉았다가 다시 입을 뗐다.

"병조 판서는 안 된다고 하시니 그럼 절도사는 되오리까?"

재상은 말로는 어리석은 그를 깨우칠 수 없으리라 짐작하고 톡톡히 장난을 할 셈으로 쾌히 승낙을 하였다.

"그것은 자네 소원대로 해 줌세."

이어 서리를 시켜 임명 문건 하나를 만들게 하였다.

"아무개를 가짜 고을 절도사 겸 바보 고을 순찰사로 임명한다."

하고 쓴 뒤에 울긋불긋 인장을 두루 찍어 내주었다. 고생은 그날로 길을 떠나 집으로 돌아갔다. 집에 백 걸음쯤 못미처 큰 소리로 안해를 불렀다.

"오늘 내가 절도사가 되었으니 이제부터 부인은 가난 걱정을 안 하게 되었소."

집에 이르러 안해를 축하하였다. 이날부터 날마다 의관을 차리고 토방에 단정히 앉아 부하 관리들이 찾아와 맞아 가기를 기다렸다. 오래되도록 아무도 오는 사람이 없으니 혼자 욕설을 퍼부었다.

"아랫도리 녀석들이 어찌 이처럼 태만을 부린단 말이냐. 마땅히 그 죄를 엄히 다스려야겠다."

스스로 늘 '고 절도사'라고 하며 다른 사람들이 고생이라고 부르면 대뜸 노발대발하였다. 또 농사일에는 아예 손을 떼고 말았다.

"절도사가 어찌 그런 너절한 일을 몸소 한단 말인고."

하면서 안해에게도 밭에 나가지 못하게 하였다.

"절도사 부인이 어찌 문밖을 나선단 말이오."

그러다가 결국 굶어 죽어 거적때기에 말려 산기슭에 묻혔다. 온 마을 사람들은 모두 그의 무덤을 손가락질하며 '절도사 묘'라고 비웃었다.

내가 보건대 사람들은 말이나 됫박에 담을 하잘것없는 지혜를 가지고 하늘과 사람의 운수에 대하여 이러쿵저러쿵한다. 사람들이 영험하다고 떠받들면 뻐젓이 젠체하면서 자신을 의심치 않으니 이 사람과 다르면 얼마나 다르겠는가.

동료 속이다가 천벌받은 유생들

　지금 임금 병오년 과거 시험 때에 있은 일이다.

　전라도의 유생 여섯 사람이 예비 시험격인 초시에 합격하고 대궐에서 보이는 원 시험에 응시하려고 짝을 무어 길을 떠났다. 그런데 글이라고는 전혀 모르는 교생 하나가 일행을 따라나섰다. 그 교생은 남이 시험지를 써내 준 덕에 우연히 초시에 합격된 터였다. 이번 원 시험에서도 여섯 사람이 도와주려니 찰떡같이 믿고 있었다. 여섯 유생은 교생이 미워 쑥덕공론을 하였다.

　"엥이, 저런 무지렁이와 함께 과거 시험장에 들어가다니. 괜히 우리만 경을 치지 않나. 저 녀석이 우직하기 짝이 없으니 슬쩍 속여 넘기세그려."

　"그게 좋겠네."

　여섯 사람은 교생을 둘러싸고 엉너리를 쳤다.

　"여보게, 서울의 시험장은 지방 고을과는 원체 비슷하지도 않다네. 단속이 어찌나 심한지 덩둘해서 외눈만 한 번 팔아도 대뜸 목에 칼을 씌우네. 정말 무시무시한 곳일세. 자네 시험지는 우리가 어련히 써내 주지 않겠나. 자네가 하필 범굴 같은 데 들어가야겠나. 한 번 자칫 실수를 하는 날에는 영락없이 붙잡혀 심문을 받게 될 걸세. 자네가 초시에서 남이 써 준 시험지를 바치고 합격하였다는 것이 드러나 보게. 그 죄가 중하기 그지없으니 자네 신세가 장차 어찌 되겠나."

여럿이 겨끔내기로 으르고 구슬리는 바람에 깜빡 속은 교생은 고지식하게 그 말을 따르기로 하였다. 대궐 뜰에 들어가 원 시험을 칠 때 여섯 사람은 자기들 시험지만 써서 바치고 교생의 시험지는 으슥한 구석에 내던지고 말았다. 그러고는 시험장에서 나와 교생에게 귀맛 좋은 말을 해 주었다.

"자네 시험지는 우리 여럿이 힘을 합쳐 써냈네. 글이 썩 잘되었네. 내가 마음 놓고 붓을 휘둘렀더니 글자 획마다 살아 꿈틀거리는 것만 같더라니."

여럿은 그 말에 맞장구를 쳤다.

"글이 아주 잘되었네. 자네 이름이 합격자 명단의 첫머리에 오를 걸세."

교생은 또 그 말을 믿고 고마워 어쩔 줄 몰라 하였다. 합격자 명단을 발표할 때 보니 어찌 된 일인지 여섯 사람은 모두 떨어지고 난데없이 교생 한 사람만 합격하였다. 실은 한 유생이 교생의 시험지를 내버린다는 노릇이 그만 잘못하여 자기 시험지를 버리고 교생의 시험지를 바친 것이었다. 그는 바로 교생을 속여 넘기자는 논의를 처음 내놓은 자였다.

여섯 유생은 모두 낙심천만하여 어깨가 축 처졌다. 속이 상하는 중에도 부끄럽기 짝이 없어 눈물을 머금고 돌아왔다. 자기들이 한 짓이 있는지라 어디다 말을 할 수도 없었다. 그 뒤 차차 말이 퍼져 사실이 알려졌다. 사람들은 모두 하늘이 벌을 내린 것이라고 하였다.

내가 일찍이 술수가들이 쓴 책을 보니 고지식한 사람을 속이면 들어오던 복도 도로 나간다고 크게 경계하여 마지않았다. 참으로 지당한 논의다. 학문으로 보아서는 마땅히 여섯 유생이 합격할 것이로되 도리어 무식한 교생이 합격하였으니 하늘의 일이란 참으로 교묘하다. 세상에는 남을 속이고 의리를 저버리며 몹쓸 짓을 하는 자가 있건만 하늘은 도리어 막연히 아무 벌도 내리지 않는 것은 도대체 무슨 까닭이냐. 내가 일찍이 이에 대해 논한 바가 있다.

이것은 바로 정사를 잘하는 사람이 법을 바싹 죄지 않는 것이나 같다. 이렇게 하면 더러 큰 죄를 지은 악한이 그물에서 빠져나가는 수도 있지만 일단 징벌을 하면 벼락 치듯 한다. 만약 지지콜콜히 법을 세워 꼼짝 못하게 하면 백성들은 그예 버릇되어 나중에는 법이 두려운 줄을 모르게 된다. 그러니 하늘이 두려운 것은 바로 그 막연한 데 있는 것이다.

송시열을 몰라본 무관

　문정공 우암 송시열이 벼슬을 사양하고 시골로 돌아갈 때면 온 조정이 들고 일어나 임금에게 글을 올려 그를 만류해 달라고 청하곤 하였다. 또한 사관과 승지들이 잇달아 임금이 직접 쓴 편지를 가지고 찾아와서는 예의에 관한 문제를 물어보기 때문에 선생은 늘 걱정을 놓지 못하였다.

　한번은 몰래 성을 빠져나와 과천의 객사에 이르렀는데 잇대어 한 젊은 무관인 고을 원이 객사에 도착하였다. 전배 후배 사령들에게 둘러싸인 고을 원은 들어오자마자 호통 치며 관속들을 꾸짖었다.

　"행차가 머무는 곳에 어찌 잡인들을 물리치지 않았단 말이냐!"

　선생은 무관의 말을 듣고 밥을 안친 것이 지금 막 잦는 중이니 조금 있다 일어나겠노라고 대답하였다. 그제야 무관은,

　"늙은이 나이대접을 하여 이쯤하고 마는 게다."

하며 거드름을 부렸다. 얼마 뒤 밥상을 차려 들여오니 무관의 밥투정이 또 여간 아니었다. 상 위에 놓은 구운 꿩을 집어 들고 냄새를 맡아 보더니 대뜸 눈썹을 곤두세우고 코를 찡그렸다.

"썩은 냄새가 지독하구나."

무관은 음식을 맡은 아전을 잡아들여다 놓고 한바탕 욕을 퍼붓고 나서 꿩을 집어 선생 앞에 툭 내던졌다.

"시골 늙은이가 이런 것을 맛이나 보았겠느냐."

선생이 받아 놓고 먹지 않는 것을 보자 무관이 이상하다는 듯 물었다.

"왜 먹지 않는고? 냄새가 나서 그러나? 에에, 시골 늙은이가 이런 것도 얻어먹기 쉽지 않을걸."

"아니오, 오늘이 바로 효종왕의 제삿날이어서 차마 고기를 못 먹는 것이오."

무관은 껄껄 웃어 댔다.

"시골뜨기 말이 우습기 짝이 없다. 나라 제삿날마다 어떻게 고기를 먹지 않겠느냐? 상사 때에나 고기 없는 음식을 드는 법이니라."

급창[1] 노릇을 하는 종이 옆에 서 있다가 보다 못해 무관에게 수없이 절을 하며,

"회덕 대감이올시다, 회덕 대감!"

하고 귀띔을 하였으나 무관은 애당초 귀를 기울이지 않았다.

얼마 후 객사가 떠나갈 듯 법석 떠드는 소리가 나더니 임금의 편지를 가지고 사관이 왔다는 전갈이 들어왔다. 무관은 그제야 깜짝 놀라 부리나케 뜰아래 내려가 땅에 엎드려 죄를 청하였다. 선생은 대답하지 않고 그대로 길을 떠났다. 무관이 삼십 리쯤 뒤따라온 뒤에야 선생은 그를 불러 꾸짖었다.

---

1) 군아에서 부리는 사내종.

"네가 늙은이를 그토록 업신여기니 참말 놀라운 일이로구나. 하지만 그것은 본디 얼굴을 몰라서 그런 것이니 구태여 깊이 나무라지는 않겠다. 몸이 나라의 신하로 되어 나라 제삿날마다 어떻게 매양 고기 없는 음식을 먹겠느냐는 말을 어떻게 감히 입에 담는단 말이냐! 네 앞으로는 임금과 신하의 의리를 알고 다시는 그런 생각을 말아야 하느니라."

무관은 그저 "예, 예." 하며 죽을죄로 잘못했노라고 빌 뿐이었다. 무관이 거드름을 빼며 오기를 부리던 꼴은 참으로 가소로운 것이지만, 선생은 그의 교만한 죄를 꾸짖을 대신 다만 임금과 신하의 의리를 가지고 양심에 호소하였으니 참으로 덕 있는 군자의 말이다.

내가 일찍이 퇴어退漁 김진상金鎭商 공을 만난 적이 있었는데 공은 그때 고기 없는 음식을 먹고 있었다. 같은 자리에 있던 친척뻘 되는 아랫사람이 이상히 여겨 물으니 공이 대답하였다.

"오늘이 바로 인현 왕후가 세상을 떠난 날이다."

"하고 많은 나라 제삿날에 늘 고기 없는 음식을 든다는 것은 난처한 일이 아니오니까?"

"다른 제삿날에는 나도 그렇게 하지 않는다. 그러나 내가 신하로 되어 숙종 대왕과 인현 왕후를 섬겼으니 제삿날이면 자연 마음이 송구하여 감히 고기 음식을 입에 댈 수 없다."

하였더니, 젊은것들 가운데 더러 이상하게 여겨 까닭을 묻는 사람도 있었다.

또 내가 노인네들에게서 듣자니 오륙십 년 전에는 대궐에 입직한 관리들은 나라 제삿날을 당할 때마다 반드시 고기 없는 음식을 들었다고 한다. 그런데 근년에 와서는 이런 규례가 없어진 지도 오래다. 이것은 나라의 기강이 해이한 탓만이 아니라 실은 말세의 인정이 점차 윤리에 어두운 그늘을 던지기 때문이니, 참으로 걱정스러운 일이다.

부록

《파수편》, 《기문총화》, 《잡기고담》에 관하여 — 김세민

《파수편》, 《기문총화》, 《잡기고담》에 관하여

김세민

이 책에는 우리 선조들이 창조한 우수한 산문 작품들이 들어 있다. 이 산문들은 종전의 일반 패설들과 확연히 구별된다. 우선 거의 모든 작품들이 발전된 이야기 줄거리를 가지고 있으며 객관적인 현실 생활에 가까이 접근해 인간들의 제각기 다른 운명을 보여 주고 있다. 또한 그중 적지 않은 작품들은 인간 생활에 대한 예술적 재구성과 성격 창조를 추구하는 경향을 보이고 있다.

그렇기 때문에 《기문총화》, 《파수편》, 《잡기고담》에 들어 있는 작품들을 비롯해 그와 성격이 같은 18~19세기의 산문 작품들은 패설과 소설의 중간에 놓여 있다고 볼 수 있다. 사실 일부 작품들은 같은 시기에 창작된 우수한 한문 단편 소설들과 견주어 보아도 손색이 없다. 심지어 어떤 측면에서는 내용과 형식에서 더 좋은 점들을 발견하게 된다.

그뿐 아니라 이 작품들에는 근대적인 요소가 많으며 일반 중세 소설들과 근대적인 한문 소설들 사이에 다리를 놓는 구실을 했다. 그것은 중세 소설의 대부분이 자기 주인공들을 도술적이며 비현실적인 광채 속에 세워 놓았다면 이 시기 소설적인 줄거리가 있는 산문 작품들은 그 틀을 많이 벗어나 평범한 인간 생활을 다루고 있다는 한 가지 사실만으로도 얼마간은 설명될 것이다.

원래 패설은 형식이 자유롭고 도식에 얽매이지 않아 사회생활을 폭넓고 자유롭게 담을 수 있었을 뿐 아니라 다양한 산문 문학 형식을 창조하는 비옥한 토양이다. 역사적으로 고찰해 보면 산문 문학의 정수라고 보는 소설도 패설의 발전

과정에서 나온 것이다.

인간과 그 생활을 폭넓게 반영하려고 하는 중세 문인들의 창작 지향은 패설에서 처음으로 구현되기 시작했고, 점차 객관적 현실과 살아 있는 인간의 성격을 보여 줄 수 있는 소설로 다가가게 되었다. 여기에 바로 패설이 중세 문학에서 차지하는 커다란 문학사적 의의가 있다.

한문 소설은 패설과 엄연히 구별되지만 전혀 새로운 경지를 개척하지는 못했고 비현실적인 환상 세계에 머물러 '수이전殊異傳' 체 문학의 요소를 다분히 포함하고 있었다. 그런데 패설류에 포괄되는, 소설적인 줄거리가 있는 18~19세기의 산문 작품들은 오히려 이러한 약점들을 극복하고 풍부한 민간 설화를 바탕으로 하여 소설의 형태를 갖추면서 생활을 더욱 폭넓게 반영했으며, 심각한 사회 문제를 취급하였다. 그러므로 이 시기의 발전된 이야기 줄거리가 있는 패설류의 산문 작품들을 잡기적인 일반 패설들과 같은 것으로 볼 수 없다.

이와 같은 작품들은 이전 시기 패설들과는 뚜렷이 구별되는 특징들을 나타내고 있다. 그것은 무엇보다도 잡기적인 산문 형식에서 점차 벗어나는 경향을 보이면서 잡다한 이야기들이 문학적인 내용을 담은 이야기에 자리를 내주고 있다는 점이다. 여기에는 벌써 인간 성격의 탐구와 현실 생활을 형상적인 수법으로 묘사하고자 하는 시도가 나타나고 있다. 17세기에 나온 패설들만 보아도 역사 기록적인 내용과 과학 기술적인 내용, 민간 설화와 인물 전기, 일화, 풍속, 세태 등 내용들을 구분하지 않고 서술하는 것이 일반적 특징이었다. 이는 과학과 예술의 발전 수준이 낮은 단계에 있던 당시의 역사적 조건을 반영한다.

그러나 18~19세기에 와서 패설은 점차 과학적인 내용과 기록적인 내용, 문학적인 내용의 구분을 뚜렷이 했을 뿐 아니라 문학적인 패설은 성격 창조와 현실 생활을 예술적으로 재구성하는 소설의 방향으로 발전해 나갔으며, 구성에서 수이전체 문학의 환상적 요소들이 적지 않게 극복되고 생활과 더욱 밀착하였다.

이처럼 문학적 성격을 띤 작품들이 수많이 나왔다는 사실은 패설이 바로 이전 시기 종합적인 성격을 띤 미분화의 경지에서 벗어나 문학으로서 독자적 발전을 이룩했다는 것을 말해 준다.

18~19세기에 창작된 《파수편》, 《기문총화》, 《잡기고담》, 《속제해지》, 《천예록》 들에 실린 작품들에서는 당시 산문 문학이 이른 높은 예술적 수준을 엿볼 수 있다. 이 작품집들에는 구성과 성격 묘사의 견지에서 보아도 소설의 형태적 특성을 갖추었다고 볼 수 있는 작품들이 적지 않다.

《파수편》의 '꾀 많은 아전에게 속아 넘어간 원님', '안해를 저버리지 않은 김생', 《잡기고담》의 '호걸스러운 종', '도적 재상', '내시의 안해', 《기문총화》의 '암행어사 박문수', '허생 이야기', '남의 원수를 갚아 준 유생', '늘그막의 인연' 등은 비록 소설의 요구를 원만히 갖추고 있다고는 볼 수 없으나 인물 전기식 구성의 도식을 벗어나 인간관계를 밝힐 수 있는 째인 구성을 보여 주고 있으며, 부분적이나마 묘사를 통해 개성적인 인간 성격을 그리고 있다.

《잡기고담》의 '도적 재상'에서는 권세와 뇌물이 판을 치는 봉건 사회의 모순 속에서 도적으로 될 수밖에 없었던 가난한 선비의 복잡한 심리를 비교적 생동하게 그리고 있으며, 도적의 우두머리가 되어 탐욕스러운 착취자들을 징벌하고 그들의 재물을 빼앗는 과정을 집약적이며 간결한 구성 속에서 이야기하고 있다.

'꾀 많은 아전에게 속아 넘어간 원님'은 풍자적인 성격을 띤 작품이다. 이 작품에서는 청렴과 결백을 표방하는 양반 사대부들의 위선을 풍자적인 수법으로 설득력 있게 형상하고 있다. 곧 아전과 구관 사또, 좌수, 신관 사또 등 인물들의 인간관계를 통해, 봉건 통치배들이야말로 치부를 위해서는 어떤 비열한 행위도 서슴없이 감행하는 도적의 무리이며, 자신의 범죄를 가리기 위해서는 의리도 헌신짝처럼 줴버리는 자들이라는 것을 날카롭게 규탄 폭로하고 있다. 이야기는 비록 길지 않지만 이 작품들은 구성이 치밀하고 인물들의 성격도 생활 논리에 맞게 생동하게 형상되었다. 이것은 작가가 단편 소설에 가까운 구성과 묘사 수법을 적용함으로써 예술적으로 더욱 원숙한 경지에 이르게 했다는 것을 보여 준다.

이 작품집의 또 다른 중요한 특징은 사상 주제적 내용에서 더 심각하고 첨예한 문제를 제기하고 있으며 봉건 통치배들과 불합리한 신분 제도에 대한 비판이 한층 더 강화되고 있는 것이다.

18~19세기 상품 화폐 관계의 발전과 함께 급속히 붕괴되어 가는 봉건 제도는 사회적 모순을 극도로 첨예화시키고 부패 무능한 봉건 통치배들의 취약성과 반인민적 정체를 여지없이 드러내게 했으며 봉건적 착취와 억압을 반대하는 인민들의 투쟁을 더욱 격화시켰다. 《파수편》에 실린 작품들에는 바로 이런 시기의 불합리한 봉건적 사회제도, 탐욕스러운 통치배들의 학정, 압박과 착취를 반대하는 인민들의 투쟁 기세가 반영되어 있다.

《잡기고담》의 '호걸스러운 종'에서는 가장 천시되던 종을 슬기와 용맹을 겸비하고 의리가 강한 특출한 인재로 그리고 있으며, '도적 재상', '십만 대군을 거느린 도적', '원수 갚은 두 처녀'에서는 모두 착취와 억압을 반대하여 일떠선 '도적'들을 긍정적 인물로 형상했다. 《기문총화》에서도 백정, 여종, 관비 들이 의리 있고 지혜로우며 강직한 인간들로 부각되고 있다.

특히 《잡기고담》의 '십만 대군을 거느린 도적'에서는 압박받고 천대받는 평민들이 봉건적 착취와 신분적 구속을 벗어나 자유롭게 살아갈 길은 도적으로 되는 길밖에 없다는 것, 그리고 그 도적들이 진정으로 나라의 운명을 걱정하는 참된 인간들이라는 사상을 강조하고 있다.

이 시기에는 또한 봉건 통치배들의 더러운 매관 매작 행위와 파렴치한 약탈, 인간의 개성을 짓밟는 불합리한 사회 제도에 대한 항거 정신을 반영한 작품들도 수많이 창작되었다. '만고에 으뜸 정사, 천하에 으뜸 도적', '꾀 많은 아전에게 속아 넘어간 원님', '내시의 안해', '원님을 꾸짖어 쫓은 열녀' 등 많은 작품들을 예로 들 수 있다.

이 책에 들어 있는 작품 가운데는 상품 화폐 관계가 발전하고 봉건 제도가 무너져 가는 당시 사회 역사적 특징을 반영한 '허생 이야기', '암행어사 박문수', '남경에 간 장사꾼 정 씨의 일확천금', '의로운 기생' 같은 작품들도 있다.

국문 소설이 폭넓게 창작되고 있던 19세기에 이르기까지 패설 문학이 생명력을 잃지 않고 꾸준한 발전을 이룩해 온 것은 그 인민적인 성격과 사실주의적 경향 그리고 자유롭고 평이한 문체적 특성과 많이 관련된다. 이런 조건들은 패설 문학이 당시 고전 소설의 주되는 내용으로 되고 있던 권선징악이나 고진감래식

이야기가 아니라 간결하고도 집약적인 구성과 다양한 묘사 수법을 통해 인간생활을 더욱 깊이 있게 그릴 수 있는 풍부한 가능성을 가질 수 있게 했다. 그리하여 이 시기 패설 문학은 근대 단편 소설에 가까이 접근한 문학 산문으로 중세 문학의 한 분야를 빛나게 장식했다.

이때에 와서 패설 문학은 구전 설화와 민화, 일화, 풍속, 세태 등 사회생활의 다양한 부문을 포괄함으로써 한문 소설과 국문 소설 창작의 풍부한 소재적 원천으로 되었다. '암행어사 박문수'와 '춘향전', '처녀의 원한을 풀어 준 조현명'과 '장화홍련전'은 구성상 공통되는 점들이 보이며 인물 성격에서도 비슷한 점이 많다. 또한 '도적 재상', '허생 이야기', '십년《주역》을 읽은 이생' 등은 많은 점에서 박지원의 '허생전'과 비슷하다.

물론 '암행어사 박문수'가 국문 소설 '춘향전'의 전신이라거나 박지원의 '허생전'이 패설을 그대로 본뜬 것이라고는 볼 수 없다. 그러나 국문 소설과 한문 소설 창작이 패설 문학과 깊은 연관 관계에 있다는 것은 부인할 수 없다. 그러므로 중세 소설 문학 발전에 적극적인 작용을 했다는 점에서도 이 시기 패설 문학은 문학사적 의의를 가진다.

이 책에는 18~19세기의 작품집인《기문총화》,《파수편》,《잡기고담》가운데서 작품을 추려서 실었다. 이 세 작품집은 지금까지 문학계에 번역 소개되지 못했던 것으로, 이번에 새로 발굴해 번역하게 되었다. 세 작품집은 현재까지 필사본으로 전해지는 것밖에 없으며 지은이도 확실하지 않다.《기문총화》에는 작품별로 주어진 제목이 없으므로 편의상 내용을 참고해 제목을 만들었고,《파수편》과《잡기고담》에는 작가가 붙인 제목이 있다.

이 작품집들은 모두 18~19세기 산문의 일반적 특징을 가지고 있다.《잡기고담》은 작품 마감에 작자의 사상적 견해를 덧붙여 작품 창작의 의도를 더욱 명백히 해 주고 있다. 이 책은 민족 문화의 발전 역사를 밝히고 패설 문학과 소설의 호상 관계를 해명하여 우리 민족의 창조적 재능과 중세 문학의 발전 역사를 연구하는 데서 일정한 의의를 가진다.

그러나 이 작품들에는 사회 역사적 조건과 작가의 세계관의 한계로 하여 봉건 유교 사상을 비롯한 낡은 사상 요소들이 적지 않게 반영되어 있는 만큼 비판적 안목으로 보아야 할 것이다.

원문

記聞叢話

李判書森　少時業儒　清瘦而勇時申判書汝喆　爲訓將　欲爲勸武而未知其勇之如
何　李與申有世　一日李造焉　申從容語　因指堂前高砌　曰　曾聞爾有勇力　可能超上
耶　吾欲觀之　李不知其意　卽超上而略不以爲難　申曰優矣　李去卽送軍官帖　仍期日
習陣下令　曰如有期會不進者斬　李大恚且悶　往謀於南藥泉　藥泉爲之憂　曰是不可
爲也　是人嚴猛　若不進　大事必去　不得已早自現身　不然危矣　於是不得已武服進
謁　申曰　可坐吾座　預糚所乘駿馬以與之　李後果至大將

李力之大小　家人亦不得　嘗欲修舍　運木於門前　轉納渠中　風凍氷合　衆未易動
李乘昏無人　便服木屐　自往拔之　從頭以起　氷堅不離　而木理披解　遂拔之　納于門
內　其子獨知云　李少學於明齋　明齋命賦詩　有曰　樹如大纛　齊牙立　山似千兵萬馬
馳　明齋謂曰　爾學書何爲　不久果武薦云　嘗被囚圄圉　久不得宥上因旱禱雨　歷臨
金吾　特放焉　當其在幽時　獄卒輩勸令弛枷　而終不聽　項爲生蟲　旣放以是日生日
設酌以慶之　旣卒亦以是日奠廟云　夫人張氏亦多力　李嘗夜入　張閉扃而拒之　李自
外搬開　張自內推拒　楣欄遂折　明日張氏　令以二年木　改作以固之云

李土亭之菡　生而穎悟　天文地理醫藥卜筮術數之學　無不通曉　未來之事　預先知
之　世皆稱以爲神人　兩足繫一圓瓢　杖下又繫一圓瓢　行于海水之上　如踏平地　無
處不往　如蕭湘洞庭之勝　皆目見而來　周行四海　以爲海有五色分　四方中央　隨其
方位而同色云

家甚貧寒　朝夕無以供　而不以介于心　一日坐於內堂　夫人曰　人皆稱君子有神異
之術云　見今乏粮將絶火矣　何不神術以救此境也　公笑曰　夫人之言　旣如此　吾當
小試之矣　命婢子　持一鍮器　而諭之曰　持此器　往京營橋前　則有一老嫗以百錢願
買矣　汝可賣來　婢子承命而往　則果有願之老嫗　一如所指敎　仍捧價而來　又命曰
汝持而往西小門外市上　則有篛笠人　以匙著　將欲急賣矣　汝以此錢買來　婢子又往
則果符其言　持匙著來納　卽銀匙著也　又命曰　持此而往畿營前下穎方　失其銀匙著
而來求同色者　示此則可捧十五兩錢　汝可賣來　婢子又往見　則又符其言　捧十五兩

錢而來 更以一兩錢給婢子而言曰 買器之老嫗 初失食器 而欲代之矣 今焉得其所失之器而還遺 退而來 婢子又往見果然 仍還退其器而來 以其錢與器 傳于夫人 使作朝夕之費 夫人更請加數 則笑曰 如斯足矣 不必添加 其神異之事 類多如此

李公慶流 以兵曹佐郎 當壬辰倭亂 而其仲氏投筆供武職 助防將 邊璣出戰 以其仲氏從事官啓下而名字誤 以公書之 仲氏曰 以吾啓下而誤書汝名 吾可往矣 公曰 旣以吾名啓下 則吾當往 仍速裝而辭于慈親 蒼黃赴陣 邊璣出陣于嶺右 大敗而逃 軍中無主將 仍大亂 公聞巡討使李鎰在尙州 單騎馳赴之 與尹公暹朴公箎同處幕下 又戰不利 一陣陷沒 尹朴兩人皆被害 公出陣外 則奴子牽馬而待之 見而泣告曰 事已到此 願速速還洛可也 公笑曰 國事如此 吾何忍偸生 仍索筆 告訣于老親及伯氏 藏于袍裾中 使奴傳之 欲還向敵陣 則奴子抱而泣不捨 公曰 汝誠亦可佳 吾當從汝言 而吾飢甚 汝可得飯而來 奴子信之不疑 尋人家乞飯而來 則公已不在矣 奴子望敵陣 痛哭而歸 公以得飯爲托而送奴 仍回身更赴敵陣 手格殺數人而仍遇害 時年二十四 四月二十四日 尙州北門坪外也 其奴牽馬而來 擧家始聞凶報 以發書之日爲忌日 始擧喪

文淸公 初除嶺伯 辭不赴 上怒之 特補陜川郡守 邸人來見 則絶火已屢日 所見甚悶 以一斗米 一級靑魚 數束薪 入送于內矣 公下直而出 見白飯魚湯 問家人此物從何得 家人以實對 公正色曰 何可受下隷無名之物乎 仍以其飯羹 出給邸人 到郡一毫不近 治民以誠 時値大旱 一道皆祈雨而無驗 公行祀後 仍伏於臺下 暴陽之中曰 不得雨則以死爲期 只進米飮而數日心禱矣 第三日之朝 一朶黑雲 出於所禱之山上矣 暫時大雨注下 一境周洽 接境之邑 無一点雨之過境者 一道之內 陜川獨占大登 吁亦異矣

海印寺有紙役 寺僧每以此痼弊矣 自公上官之後 一張紙曾不責出矣 一日適有修簡事 責納三幅簡紙 則寺中各房僧 入以十幅來納 公命促寺僧而付分曰 自官旣有三幅之分付 則一幅加減俱是罪也 汝何敢加數來納乎 仍留置三幅 餘皆還給而遂之 其僧受簡而出給官隷 則俱不受 不得已掛之外三門楣之上而去 伊後公適出門 見而怪之 問而知之 笑曰 使置案上 適歸之時 見之則加用一幅 所餘六幅 置簿於重記

公暇日遊海印寺 見題名則好矣 而石立於水深處 無接 足可刻之道云 諸僧徒聞

此言 七日齋戒 禱于山神 時當五月 潭水氷合 仍伐木作梯而刻 此是傳來之事而
遞歸時 邑中大小民遮路曰 願留一物 以爲不忘之資云云 公曰 吾於汝邑 一無襯
身之物而製一道袍矣 此以出給 卽鸝布也 民人輩 以此立祠而號曰 淸白祠 至今
春秋享以俎豆焉

李萬戶秉直 文淸公秉泰之庶族也 以御營廳別軍官 出夜巡被酒 坐於街上 有燈
籠導前而一儒生橫烟竹而歸 軍卒詰問其行止 傍有一隷呵之曰 汝焉敢問也云云
如是之際 萬戶追到而問之 則其下隷又復如前呵之曰 副提學宅從氏 方往其家 何
敢問之也 萬戶曰 雖副學從氏 白衣犯夜何犯法也 其儒使之問彼來者爲誰 曰 吾
牌將也 儒生曰 此牌將不解人事矣 須論 其從者又曰 此位卽副學宅從氏也 斯速
退去 牌將性名爲誰 萬戶曰 吾之姓名 欲知之乎 吾是副學之子 副學之叔 副學之
從孫 副學之四寸 副學之五寸 副學之六寸也 以此六副學 尙此行牌將事 這位以
單副學 犯夜而侮人乎 仍使軍卒挽止 使不得前 其儒始大驚而無數推謝 久乃放送

凡人之登第也 必有見兆於夢寐者或多 李副學德重公 家在西學峴 家本貧寒 曉
將赴庭試科場 爲備曉飯 貸米於鄰家 不滿一升 置之木器中矣 夫人夜夢 則其米
皆粒粒爲龍 小龍充滿于木器之中 驚覺而起 親自舂而淅之 炊飯之際 門外有剝啄
聲 而三山李公台重來 副學公驚之迎之 而問曰 兄何爲而今始來入 三山公曰
徒步而來 足繭日暮 未於昨日 宿於城外店舍 今始來到云 與公爲三從間 而時居
結城故也 公入內問有餘飯 則一器之外 無他餘者 公命使備送外舍 與三從氏 分
喫而歸赴擧矣 夫人曰 此飯不可分食 公問其故 夫人以夜夢告之 公責之曰 何可
以此而獨喫 使兄飢之乎 若有如此之心 則天神必不祐矣 使之出送 夫人不得已出
去 從隙窺之 則三山公 進飯而喫之 以其半許副學公略之 與之入場矣 榜出兩公
俱登第

靈城君朴文秀 少時隨行內舅晉州任所 眄一妓而大惑 相誓以彼此 同日死生 一
日在書室 有一麤惡之婢子 汲水而過 諸人指笑而言曰 此女年近三十 而以麤惡之
故 尙不知陰陽之理 如有近之者 則可謂積善 必獲神明之祐矣 文秀聞其言 其夜
厥女又過 仍呼入而薦枕 厥女大樂而出

及還洛登科十年之間 承暗行之命 到晉州 訪所眄之妓家 立於門外乞飯 則自內一老嫗出來 熟視曰 怪哉怪哉 文秀問老嫗曰 何爲如是也 老嫗曰 君之顏面 恰似前等內朴書房主樣 故怪之矣 文秀曰 吾果然矣 老嫗驚曰 此何事也 不意書房主作此乞客而來也 第可入吾房內 小留喫飯而去 文秀入房坐定曰 君之女安在 答曰方以本府守廳妓 長番而不得出來矣云 而方熱火炊飯 忽有曳履聲 而其女來廚下其母曰 某處朴書房來矣 其女曰 何時來此 而緣何故來云耶 其母曰 其狀可矜 破笠弊衣 卽一丐乞之兒 問其委折 則見逐於其外家 前使道方今轉轉乞食而來 以此處曾是久留處 吏隷輩面熟故 欲得錢兩而委來云矣 其女作色曰 此等說 何爲對我而言也 其母曰 欲見汝而來云 旣來矣 一次入見可也 其女曰 見之何益 此等人不欲見之 明日兵使道生辰 守令多會 張樂於矗石樓 營本府以妓輩衣服事 申飭至嚴 吾之衣箱中 有新作衣裳矣 母氏出來也 其母曰 吾何知之 汝可入而持去也 其女不得已 開戶而入 面滿怒色 不轉眸而開箱 出衣不顧而出去 文秀乃呼其母而言曰 主人旣如是冷落 吾不可久留 從此逝矣 其母挽止曰 年少不解事之妓 何足責也 飯幾熟矣 少坐喫飯而去可也 文秀曰 不願喫飯 仍出門

又尋其婢子之家 則其婢子 尙汲水矣 汲而來見其狀貌 良久熟視曰 怪哉怪哉文秀問曰 何爲見人而稱怪 其婢子曰 客之貌樣 恰似向來 此邑冊房 朴書房故 心竊怪之 對曰 果然矣 其婢子去水盆于地 把手大哭曰 此何事也 此何樣也 吾家不遠 可偕往 文秀隨而往 則有數間斗屋矣 入其房坐定 泣問其乞之由 對如俄者對其妓母之言 其女驚曰 一寒如此哉 吾以爲書房主大達矣 豈料到此 今日則願留吾家云而 出一籠箱 卽紬衣一襲 勸使改服 文秀曰 此衣從何出乎 對曰 此是吾積年汲水雇貰也 聚錢貿此 貫人縫衣以置 此生若遇書房主 則欲以表情故也 文秀辭曰 吾於今日 以弊衣來此 今忽着新作衣服 則人豈不怪訝乎 終當着之 姑置之 其女入廚而備夕飯 入後面 口呐呐 若有叱焉者然 又有裂破器皿之狀 文秀怪而問之則答曰南中敬鬼神矣 吾自送 書房主後 設神位而朝夕祈禱 只願書房主 立身揚名矣 鬼若有靈 則書房主 豈至此境耶 以是之故 俄而裂破而燒火矣 文秀忍笑而感其意 而已夕飯以進 文秀頓眠而留 平明催飯曰 吾有所往處

仍出門先往矗石樓 潛伏於樓下 日出後官吏紛紛 修掃肆筵設席 少焉兵使及本官出來 而鄰邑守令十餘人 皆來會 文秀突出上座 向兵使而言 過去客欲參盛宴而來矣 兵使曰 第坐一隅 觀光無妨矣 而已盂盤狼藉 笙歌嘈囍 其妓女立於本官背

後 服飾鮮明 含嬌含態 兵使顧而笑曰 本官近日 大惑於厥物耶神色不如前矣 本
官笑而不答曰 寧有是理 只有名色 無實事矣 兵使笑曰 必無是理 仍呼使行盃 其
妓行盃 次次進前 文秀請曰 此客亦善飲 願請一盃 兵使曰 可進酒 妓乃酌酒 給
通引曰 可給彼客 文秀笑曰 此客亦男子也 願飲妓手之盃酒 兵使與本官作色曰
飲則好矣 何願妓手乎 文秀得受而飲之 進膳也 各人之俱 是大卓而 自家之前 不
過數器 文秀又言曰 俱是班也 而飲食何可層下乎 本官怒曰 長者之會 何可如是
至煩得喫飲食 斯可速去矣 何爲多言也 文秀亦怒曰 吾亦非長者乎 吾已有妻有子
髮鬢蒼然 則吾豈孩小乎 本官怒曰 此乞客妄悖矣 可以逐出 仍分付官隷 使逐送
官隷立於樓下呵叱曰 斯速下來 文秀曰 吾何以下去 本官可以下去 本官益怒曰
此是狂客也 下隷焉敢不爲曳下乎 呼令如霜 而知印輩 擧手推背 文秀高聲曰 汝
輩可出去 言未已 門外驛卒 突呼曰 暗行御史出道矣 自兵使以下 面無人色 蒼黃
迸出 文秀至坐而笑曰 固當如是出去矣 仍坐於兵使之座 而兵使以下各邑守令 皆
具帽帶請謁 一一入見 禮罷後 文秀命捉入其妓 又呼其母 而分付於妓曰 年前吾
與汝 情愛何如 山崩海渴而情好 言慰問可也 何爲發怒也 俗云不給糧而破瓢者
政謂汝也 事當卽地打殺而於汝何誅 仍略施笞罰 謂其母曰 汝則稱解人事 以汝之
故 姑不殺之 命給米肉 又曰 吾有所眄之女 斯速呼矣 仍使汲水婢 升軒而坐於傍
撫之曰 此眞有情女子也 此女陞付妓案 使行行首妓 而其妓降付汲水婢 仍招入本
府吏房 無論某樣錢 速將來 以給婢子而去

　○ 奢隱朴文秀 以繡衣行 轉何他邑 日晚不得食 頗有飢色 仍何一人之家 則只
有一童子 而年近十五六矣 仍何前乞一盂飯 則對曰 吾乃偏親侍下 而家計貧窮
絶火數日 無飯與客 文秀困極小坐 童子屢瞻見屋漏之紙囊 微有憐然之色 而乃解
囊 入內數間斗屋 戶外卽其內堂也 在外聞之 則童子呼母曰 外有過客 失時請飯
人飢豈不可顧耶 糧米絶乏 無以供飯 以此炊飯可也 其母曰 以此而汝親之忌事
將厥之乎 童子曰 情理雖切迫 而目見人飢 何可不救乎 其母受而炊之 文秀旣聞
其言 心甚惻然 童子出來 文秀問其由 則答曰 客子旣聞之 則不得欺矣 吾之親忌
不遠 無以過祀故 適有一升米 作紙囊懸之 雖闕食而不喫矣 今客子飢餓 而家無
作飯之資 不得已 以此米炊飯矣 不幸客子所聞知 不勝愧慚云云 方與酬酌之際
有一奴子來言曰 朴道令斯速出來 其童子哀乞曰 今日則吾不得去矣 文秀問其姓
則乃是同宗也 又問彼來者爲誰 曰此邑座首奴 吾年紀已長 聞座首有女通婚 則座

首以爲見辱 而每送奴子 捉我而去 捽曳侮辱 無所不至 今又推捉矣 文秀乃對奴
而言曰 吾乃此童之叔 吾可代往

飯後仍隨奴而往 座首者 高坐而促之捉入 文秀直上聽 坐而言曰 吾姪之班閥
猶勝於君而 特以家貧之故 通婚於君矣 君以無意 則置之可也 何每捉來示辱乎
君以邑中首鄉 而有權力然耶 座首大怒 捉入其奴而 叱之曰 吾使汝捉來朴童而
汝何爲捉此狂客而來 使汝上典見辱耶 汝罪當笞 文秀自袖中 露示馬牌曰 汝焉敢
爲是 座首一見而面以土色 降于階下 俯伏曰 死罪死罪 文秀乃曰 汝可結婚乎 對
曰 焉敢不婚 又曰 吾見歷三以乃吉日 伊日與新郎偕來矣 汝可作婚具而待 座首
許諾 文秀仍出門 卽入邑內而出道 謂其本官曰 吾有族姪 而在於某洞 與此邑首
鄉過婚 而期在某日 伊時馬具及宴需 自本官備給爲好 本官曰 此是好事 何不餘
助 須當如命 又請鄰邑守令 當日文秀 請新郎於自家下處具服冠 而文秀備威儀隨
後 座首之家 雲幕連天 盃盤狼藉 座上御史主坐 守令皆列坐 座首之家 一層生光
輝矣 行禮後 新郎出來 御史命拿入座首 座首叩頭曰 小人依分付行禮矣 御史曰
汝田與畓幾何 曰 幾各數矣 曰 半分女婿乎 曰 焉敢不然 奴婢牛馬幾何 器皿什
物亦幾何 答曰 幾口幾匹幾件幾簡矣 又曰 分半女婿乎 曰焉敢不然 御史命書文
記 而證人首書御史朴某 次書本官某 某邑倅例書 而踏馬牌 仍轉向他處

金相若魯以箕伯移兵判 時按箕營未久 江山樓臺笙歌綺羅 不能忘 大發心症 揚
言曰 兵曹下隷 如或來者 則當打殺云云 兵曹所屬無敢下去者 龍虎營諸校屬 相與
議曰 將令如此奈何 其中一校曰 吾當下去 無事陪來矣 君輩其將厚饋我乎 皆曰
君如下去 無事陪來 則吾輩當盛備酒饌而待之 其校曰 然則吾將治行矣 仍擇巡牢
中 身長有風威 力勇者十雙 服色皆新造 而號令之聲用棍之 皆使習之 與之同行

時若魯 每日設樂於鍊光亭消遣 望見長林之間 有三三五五來者 心甚訝之 而已
有一校衣服鮮明 而趨入於前 使下隷告曰 兵曹教鍊官現身矣 若魯大怒 拍案高聲
曰 兵曹教鍊官 胡爲而來哉 其人不慌不忙而上階 行軍禮而後 仍號令曰 巡令手
斯速現謁 聲未已 二十餘箇巡牢 趨入拜於庭下 分東西立 其身手也 軍服也 比箕
營羅卒 不啻霄壤 其校忽于高聲號令曰 左右禁喧譁 如是者數次 仍俯伏稟達曰
使道雖以方伯行次於此處 固不敢如是 今則大司馬大將軍行次也 渠輩焉敢若是喧
譁 而邑校不得禁止乎 邑校不可不拿入治罪矣 仍號令曰 左右禁亂邑校 斯速拿入

巡牢承令去 以鐵索繫頸而拿入 其校仍分付曰 使道行次 雖是一道之方伯 不可如是喧譁 況今大司馬大將軍行次乎 汝輩焉敢不禁其雜亂云 而使依法 巡牢執所持去之兵曹白棍 裡衣而棍之 聲震屋宇 其應對之聲 用棍之法 則京營之例而 與箕營之隸 不可同日而語矣 若魯心甚爽下氣 而坐任其京校之爲 至七度 其校又稟曰 棍不過七度 使之解縛而拿出

　若魯心甚憮 呼營吏謂曰 營門付過記 幷持來以給京校 其校受之 一一數其罪 而或棍五度 或七九度而拿出 若魯又曰 前付過記之爻周者 幷付京校 其校又如前之爲 若魯大喜 問京校曰 汝年幾何 而誰家人也 對曰 年幾何 而某家之人也 曰汝於箕城初行乎 曰 然矣 曰如此好江山 汝何可不遊乎 仍入帖下記 以錢百兩米五石而給之 明日可於北樓一遊 而妓樂飮食當備給矣 仍信任如熟面人留幾日 與之上京 一時傳爲笑談

　申大將汝哲 少時習射于訓鍊院歸路 都監軍一人 乘醉詬辱 申公仍蹴殺之 直入李貞翼公浣家通刺 使之入來 而寒喧罷 李公問何爲來見 申公對曰 某名某也 俄於射亭歸路 都監軍士 如斯如斯 某果蹴殺之矣 此將奈何 李公笑曰 殺人者死 三尺至嚴 焉敢違律 申公曰 死則一 人也殺一軍士而死 非丈夫之事也 欲殺其大將而死如何 李公曰 汝欲殺我乎 申公曰 五步之內 公不得 將其從矣 李公笑曰 第姑捨之 仍分付於都監執事曰 聞軍卒一人 乘醉臥於街上 托以佯死 須擔來 下隸承命而擔來 則拿入決棍而出之 得以無事

　公使留之曰 汝大器也 可親近往來 愛之如親子然 一日召而言曰 吾親之人家在不遠 而以染疾 擧家皆死 無一人 殮襲諸具 吾已備置 今夜汝可往其家 躬自殮襲可也 申公承命 而至夜執燭而往 則一房之內 有五尸 乃以布木 次次殮之 至第三尸 將殮之時 忽然尸起而打頰 燭乃減矣 申公少不驚動 以手按之曰 焉敢如是 公呼人爇燭而來 其尸大笑而起坐 乃是李公也 蓋李公欲試其膽氣 而先臥尸側

　柳統制使鎭恒 少時以宣傳官 入直矣 時壬午酒禁極嚴 一日月夜 上忽有入直宣傳官入侍之命 鎭恒承命入侍 則出一長劍 出去限三日 捉納則好矣 不然則可以汝頭來納 鎭恒承命而退歸家 以袖掩面而臥 其嬖妾問曰 何爲 而如是忽忽不樂也 曰 吾之嗜酒 汝所知也而 斷飮已久 喉喝欲死 其妾曰 暮後可圖 第姑俟之 及夜

其妻曰 吾知有酒之家 除非吾躬往 則無以沽來 仍佩壺而 以裙掩面而出門 鎭恒
潛躡其後 則入東村一艸家 沽酒以來 鎭恒飮而甘之 更使沽來 其妻又往其家而沽
來 鎭恒佩壺而起 其妻怪而問之 答曰 某處某友 卽吾之酒伴 得也此貴物 何可獨
醉 欲往與之飮云 而出門尋其家而入戶 則數間斗屋 不蔽風雨 而一儒生排燈讀書
見而怪之 起而迎曰 何來客于深夜到此 鎭恒坐定言曰 吾是奉命也 自腰間出壺曰
此是宅中所沽也 日前下敎 如斯如斯 旣見捉 則不可不與之同行矣 其儒生半晌無
語曰 旣犯法禁 何可稱頉 然而家有老親 願一辭而行 如何 柳曰 諾 儒生入內 低
聲呼母 其親驚問曰 進士乎 何爲不眠而來乎 儒生答曰 前旣不仰陳乎 士夫雖餓
死 而不可犯法矣 慈氏終不聽信 今乃見捉 小子今方就死矣 其母放聲大哭 天乎
地乎 此何事乎 吾之潛釀 非貪財而然也 欲爲汝朝夕粥飮之資矣 今乃如是 吾罪
也 此將奈何 如是之際 其妻亦驚起 搥胸而號哭 儒生徐言曰 事已到此 哭之何益
但吾無子 吾死後 子可奉養老親 如吾在時 某洞某兄 有子幾人 一子率養而安過
申申付托而出 柳在外聞其言而心甚惻然 及儒生之出來也 問之曰 老親春秋幾何
曰七十餘矣 曰有子乎 曰無矣 柳曰 此等景像 人所不忍見 吾則有二子 又非侍下
吾可以代死 君則放心 酒壺幷使之出來 仍與之對酌而 打破其器之于庭 臨行又言
曰 老親侍下 家計不成說 吾以此劍 聊表一時之情 須賣而供親 可也解佩刀與之
而去 主人苦辭 不顧而去 主人問姓名爲誰 對曰 吾乃宣傳官也 姓名何須問之 飄
然而去 翌日卽限也 入闕待罪 則上問曰 果捉酒而來乎 對曰 不得捉也 上怒曰
然則汝頭何在 鎭恒俯伏 無語良久 仍命三倍道 濟州牧安置 鎭恒在謫幾年

　始解配十餘 人落拓 晩後復職 得除艸溪郡守而 在郡數年 專事肥己 皆嗷嗷 一
日繡衣出道 而封庫直入政堂 首梅吏 及倉色諸人 一幷拿入 刑杖方張 從門隙窺
則的是向來 東村酒家之儒生也 仍使之請謁 則御史駭而不答曰 本官何爲請見 可
謂沒廉矣 鎭恒直入而拜 御史不顧而正色危坐 柳曰 御史道知此本官乎 御史沈吟
不答而 獨語于口曰 本官吾何以知乎 柳曰 貴第前日 不在於東村某洞乎 御史微
驚曰 何爲問之 柳曰 某年某月某日夜 以酒禁事 奉命之宣傳官 或記有否 御史尤
驚訝曰 果得記矣 柳曰 本官卽其人矣 御史急起而把手 而淚下如雨曰 此是恩人也
今之相逢 豈非天乎 仍命退刑具 及諸罪人 一幷放送 終夜張樂 娓娓論懷 更留幾
日而歸 仍卽褒奬 前未有出於此右也 自上嘉其治績 特除朔州府使 伊後此人 位
至大臣 到此言其事 一世譁然義之 柳鎭恒 位至統制使 此是小論大臣 而忘其姓

名 不得記

燕山朝士禍大起 有一李姓人 以校理亡命 行到寶城地渴甚 見一童女汲於川邊
趨而求飲 其女以瓠盛水 而摘川邊柳葉 浮之中而給之 心切怪之 問曰 過客渴甚
急求飲 何乃柳葉 浮水而給之也 其女對曰 吾觀客子甚渴 急飲冷水 則必也生病
故 故而柳葉浮之 使之緩緩飲之故也 其人大驚異之 問是誰家女 對曰 越邊柳器
匠家女云 其人乃隨其後 而吾往柳器匠家 求爲其婿而托身焉 自以京華貴客 安知
柳器之織造乎 日無所事 以午睡爲常 柳器匠夫妻怒曰 吾之迎婿 冀欲助柳器之役
矣 今焉新婚 只喫朝夕飯 晝夜昏睡 卽一飯蟲也云而 自伊日 朝夕飯減半而饋之
其妻憐而悶之 每鍋底黃飯 加飯而饋之 夫婦恩情甚篤

如是度了數年之後 中廟改玉 朝著一新 昏朝沈廢之流 一倂赦而付職 李生還付
官職 行會八道 使之尋訪 傳說藉藉 李生聞於風便而 時適朔日 主家納柳器於官
府矣 李生乃謂婦翁曰 今番柳器 吾當輸納於官家矣 其婦翁責曰 如君渴睡漢 不
知東西 何可納器於官乎 吾雖親自納之 每每見退 如君者 何以無事納之乎 不肯
許之 其妻曰 試可乃已 盍使往諸 柳器匠 始乃許之 李背負 至到門前 直入庭中
近前高聲曰 某處柳匠 納器次來待矣 本官乃是 李之平日 切親之武弁也 察其貌
聽其言 乃大驚起而 堂執手而 延之上坐曰 公乎公乎 晦迹於何處 而乃以此樣來
此乎 朝庭搜記已久 營關遍行 斯速上京可也 仍命進酒餅而 又出衣冠改服 李曰
負罪之人 偸生於柳器匠家 至今延命以度 豈意天日之復見也 本官仍以李校理之
在邑 成報于巡營 催馹騎 使之上洛 李曰 三年主客之誼 不可不顧 且有糟糠之情
吾當告別於主翁 今將出去 君須於明朝 來訪吾之所住處 本官乃諾 李乃換着來
時衣 出門而向柳匠家 言曰 今番柳器 無事上納矣 主翁曰 異哉 古語云 鴟老千
年 能搏一雄云 信非虛語 吾婿亦有隨人爲之事乎 奇哉奇哉 今夕則當加數匙飯矣
翌日平明 李早起 灑掃門庭 主翁曰 吾婿昨日 能納柳器 今則又能掃庭 今日 日
可出於西矣 李鋪藁席于庭 主翁曰 鋪席何爲 李曰 本官府司 今朝當行次 故如是
耳 主翁冷笑曰 君何作夢中語也 官司主 何可行次於吾家乎 此千不近 萬不近之
荒說也 到今思之 昨日柳器之善納云者 又是委棄路上而歸 作誇張之虛語也 言未
已 本官工吏 持彩席 喘喘而來 鋪之房中而言曰 官司主行次 今方來到矣 柳匠夫
妻 蒼黃失色 抱頭而匿于籬間 少焉前導及門 本官來下馬入房 相與敍別 仍問曰

嫂氏何在 使之出來 李乃使其妻來拜 其女以荊釵布裙 來拜於前 衣裳雖蔽 容儀閑雅 有非常賤之女子 本官致敬曰 李學士 身在窮道 幸賴嫂氏之力 得至于今日 雖義男子 無以過此 豈不欽敬乎 女斂袵而對曰 顧以至賤之材婦 得侍君子巾櫛 全昧如是之貴人 其於接待周旋之節 無禮極矣 獲罪大矣 何敢當貴客之致謝 官司今日 降臨於常賤陋湫之地 榮耀極矣 竊爲賤女之家 恐有損於福力也 本官聽罷 命下隷招入柳匠夫妻 饋酒謝顔 已而 鄰邑守宰 絡續來見 巡使又送裨致意 柳匠之門外 人馬熱鬧 觀光者如堵 李謂本官曰 彼雖常賤 吾旣與之敵禮 多年服勞 誠意備至 吾今不可以貴而易之 願借一轎偕行 本官乃卽地得一轎 治行具以送 李於入闕謝恩之時 中廟命入侍而 俯問流離之顚末 李乃奏其事甚悉 上再三嗟嘆曰 此女子不可以賤妾待之 特陞爲後夫人可也 李與此女偕老 而榮貴無比 多有子女 此是李判書長坤之事云爾

鄭桐溪蘊少時 與洞中名下士數人 作會試之行 中路逢素轎 或先或後 而後有一童婢隨去而偏髮垂後 及趾容貌佳麗冉冉 作行擧趾端雅 諸在馬上皆目之曰 美而艶 童婢顧後而獨注目於桐溪 如是而行半晌 諸人相與戲言 文章學識 固可讓頭輝顔而 至如貌外 何渠不若輝顔而 厥女奚獨屬情於輝顔也 世事之未知如此矣 相與一笑 未幾其轎子 向一村閭而去 桐溪立馬而言曰 過此二十餘里地 有店舍 君輩且宿而待我 我則向此村而寄宿 明曉當追到矣 諸人皆曰 吾輩之期望於輝顔者何如 而今當千里科行 聯轡同行 不可中路相離 今於路次 逢一妖女 空然爲情 欲所牽妄 生非義之心 至欲舍同行而 作此妄行 人固未易知 知人亦難 桐溪笑而不答

促鞭向其女所去之村 及其門 則一大家舍 外廊則廢已久矣 桐溪下馬而 坐於外廊之軒上矣 其童婢隨轎入內 少焉出來 笑容可掬 仍言曰 行次不必坐此冷軒 暫住少婢之房 桐溪隨入其房 則極其精潔 已而進夕飯 亦疎淡而旨 其婢曰 小人入內 灑掃廚下而出來 仍入去 至初更出來 揮送其親屬而避之 促膝而坐於燈下 桐溪笑而 問曰 汝何由知吾來此 而有所排設也 婢曰 小人面貌免醜而 行年十七 未嘗擧眼而對人 今午路上 屬目於行次者 非止一再 則行次雖是强腸 男兒豈或恝然耶 小人之如是者 竊有悲怨之懷 欲旨行次而伸雪 未知行次 倘能肯從否 仍揮淚而 顔色悽然 桐溪怪而詰問其故 則對曰 小婢之上典 以屢代獨子 娶一淫婦 青年死於奸夫之手而 旣無强近之親屬 無以雪怨復讐而 只有小婢一人 知其事而 冤憤

之心 結于腦膈 而自顧一女子之身 無所施 只願許身於天下英男 假手而雪憤矣
今日上典之淫妻 自本家還來故 小婢不得已 隨後往來矣 路上見行次 諸人之中行
次容貌頗不埋沒 而膽氣有倍於他人 眞吾所願者也 以是之故 以目送情 誘之以致
此 奸未今會淫謔狼藉 此誠千載一時 行次幸乘機而應之 桐溪曰 汝之志槩非不奇
壯 而吾以一介書生 赤手空拳 遽行此大事乎 童婢曰 吾有意而藏置弓矢者久矣
行次雖不知射法 豈不彎弓而放矢乎 若放矢而中 則渠雖凶獰之漢 豈有不死之
理哉 仍出弓矢而與之

　偕入內室 從窓隙窺見 則燈火明亮 一胖大漢 脫衣而露胸 與淫婦相抱 戲謔無
所不至而 其坐稍近於房門 桐溪乃滿作而 從窓穴射去一矢 正中厥漢之背 洞胸而
仆 又欲以一矢 射其淫婦 童婢揮手止之 促使出外曰 彼雖可殺 吾事之久矣 奴主
之分旣嚴 吾何忍自吾手殺之 不如棄之而去 促行至渠房 收拾行李 隨桐溪 適有
餘馬之載卜者 不得已載後而同行 行幾里 訪同行科客之所住處 則時天色未明 艱
辛搜覓而入門 則同行驚起而 見桐溪與一女子同來矣 一人正色曰 吾於平日 以輝
顏謂學門中人矣 今忽於路次 携女而來 君之有此行 吾儕意慮之所不到也 士君子
行事 固如是乎 正色責之 桐溪笑曰 吾豈貪色之徒 不知士夫之行 而作此擧也 箇
中多有委折 從當知之矣 仍與之上京 置之店幕 桐溪果中會試 放榜後還鄕之日
又與之率來 仍作副室 其人溫恭妍美 百事無不可意 家鄉稱其賢淑矣

　禹兵使夏亨 平山人也 家貧且窮 登科初赴防于關西 江邊之邑 見一水沒婢之免
役者 貌頗免醜 悅而娶之 與之同處 一日厥女 謂夏亨曰 先達旣以我爲妾 將以何
物 爲衣食之資乎 對曰 吾本家貧而 況此千里客中 手無持者乎 吾旣與汝同室 則
所望不過瀚濯垢衣 補線弊褌而已 其他物之汜及於汝乎 其女曰 妾亦知之熟矣 吾
旣許身而爲妾 則先達之衣資 吾自當之 須勿慮也 夏曰 此則非所望也 厥女自其
後 勤於針線紡績 衣服飮食 未嘗闕焉 及限滿將歸 厥女問曰 先達從此還歸之處
其將留洛而 求仕否 夏亨曰 吾以赤手之勢 京中無親知之人 以何資糧留京乎 此
則無可望矣 欲從此還鄉 老死於先山之下爲計耳 女曰 吾見先達 容儀氣像 非草
草之人也 前程優可至閫帥 男子旣有可爲之機 何可坐於無財而 埋沒於草野乎 甚
可歎惜 吾有積年 所聚銀貨至六七百兩 以此賣之矣 可備鞍馬及行資 幸勿歸鄉
直向洛下而求仕焉 十年爲限 則可以有爲也 吾賤人也 爲先達何可守節 當托身於

某門 聞先達作宰本道之報 則卽日當進謁 以是爲期 願先達保重保重 夏亨意外
得重財 心竊感幸 遂與之其女 揮淚作別而行

其女送夏亨之後 轉托於邑底 鰥居之一校家 其校見其人物之伶俐 與之作配而
家頗不貧 其女謂校曰 前人用餘之財 爲幾許 凡事不可不明白爲之 穀數爲幾許
錢帛布木爲幾許 器皿雜物爲幾許 皆列書 名色及長件 記以來也 校曰 夫婦之間
有則用之 無則措備可也 何嫌何疑而 有此擧也 女曰 不然懇請不已 校乃依其言
而 書給之 其女受而藏之衣笥 勤於治産 日漸富饒 女謂其校曰 吾粗解文字 好看
朝報政事 盍爲我每每 借示於衙中乎 校如其言 借而示之 數年間政目中 宣傳官
禹夏亨 注簿禹夏亨 由經歷而陞副正 及至七年 乃除關西腴邑矣 其女自其後只見
朝報 某月日某邑 倅禹夏亨辭朝矣 女乃謂其校曰 吾之來此 非久留計也 從此可
以求別矣 其校愕然問其故 女曰 不必問事之本末 吾自有去處 君勿留戀 乃出向
日物種長作記 以示之曰 吾於七年間 爲人妻 理家産 若有一節之減於前者 則去
人之心 豈能安乎 以今較前 幸以無減 或有一二三四倍之加數者 吾心可以快活矣
仍與校作別 使一雇奴 負卜而作男子粧着平壤子 徒步而往夏亨之郡

夏亨莅仕纔一日矣 托以訟民而入庭門 有所白事 願升階而告之 太守怪之 初則
不許 末乃許之 又請近窓前 太守又怪而許之 其人曰 官司倘識小人乎 太守曰 吾
新到之初 此邑之民 何由知之 其人曰 獨不念某年某地赴防時 同處之人乎 太守
熟示 急起把手 而入問曰 汝何此樣而來也 吾之赴任翌日 汝又來此 誠一奇會 彼
此不勝其喜 共敍中間阻懷 時夏亨喪配矣 因其女入處內衙正堂而 摠家政 其女撫
育其嫡子 指使其婢僕 俱有法度 恩威幷行 衙內洽然稱之 每勸夏亨 托于備局吏
給錢兩而 仍見每朔朝報 女見之而 揣度世事 時宰之未久可爲者 必使厚饋 如是
之故 其宰相秉軸 則極意吹噓 歷三四腴邑 家計漸饒而 饋問尤厚 次次陞遷 位至
節度使而 年近八十以壽終于鄉第

其女治喪如禮 過成服 謂其嫡子喪人曰 令監以鄉曲武弁 位至亞將 位已極矣
年過稀年 壽已極矣 有何餘憾 且以我言之 爲婦事夫 自是當然底道理 何必自矜
而 積年費盡誠力 贊助求仕之方 得至于今 吾之責已盡矣 吾以遐方人 得備小室
於武宰 享厚祿於列邑 吾之榮亦極矣 有何痛怨之懷 令監在世時 使我主家政 此
則不得不然 而今喪主如是長成 主家幹事 嫡子婦當爲之矣 自今日 請還家政 嫡
子與婦 泣而辭曰 吾家之得至于今 皆庶母之功也 吾輩只可依賴而仰成 今何爲而

遽出此言也 女曰 不然 不如是 家道亂矣 乃大小物件 器皿錢穀等屬 成作記 一
倂付之嫡子婦 使處正堂而 自家退越邊一間房曰 此一入而不可出 仍闔門而 絶粒
數日而死 嫡子輩皆哀痛曰 吾之庶母 非尋常人 何可以庶母待之

初終後葬事 待三月將行 別立廟而祀之 及兵使之葬期已迫 將遷櫃而靷行 擔軍
輩不得舉 雖十百名 無以動 諸人皆曰 無或係意於小室而然耶 乃治其小室之靷
將行同發 則兵使之櫃 輕舉而行 人皆異之 葬于平山之大路邊 西向而葬者 兵使
之墳也 其右十餘步地 東向而葬者 其小室之墳云爾

驪州地 古有許姓儒生 家甚貧寒 不能自在 而性甚仁厚 有三子 使之勤學 自家
躬自 乞糧于親知間 以繼日糧 無論知與不知 皆以許之仁善 來必善待而 優助糧
資矣 數年之間 偶以癘疫 夫妻俱沒 其三子晝宵號泣 艱貝喪需 僅行草葬矣 三霜
纔過 家計又無可言 其仲子名弘云者 言于其兄及弟曰 曾前吾輩 幸免餓死者 只
緣先親之得人心 而助糧資之致也 今焉三霜已過 先親之恩澤已竭 無他控訴 以今
倒懸之勢 弟兄各從所業可也 其兄其弟曰 吾輩之自少 所業不過學字而已 其外如
農商之事 非但無錢可辦 且不知向方 將何以爲之乎 忍飢課工之外 無他道矣 弘
曰 人見各自不同 從其所好可也 而三兄俱習儒業 則爲之前 其將俱死於飢寒 兄
與弟 氣質甚弱 復理學業 可也 吾則限十年 竭力治産 以作日後兄弟 願活之資矣
自今日破産二嫂 姑還于本第 與弟負策上山 乞食於僧待之餘飯 以十年後相面 爲
限可也 所謂世業 只有家垈 车田三斗落及 童婢一口而已 此是宗物也 日後自當
還宗矣 吾姑借之 以作營産之資矣 伊日兄弟洒淚相別 二嫂送于其家 兄與弟送于
山寺 賣其妻之新婚時資粧 價至七八兩而已

時適木綿豐登之 時以其時 盡貿甘藿 背負而遍訪 其父平日 往來乞糧之親知人
家 以藿立作面幣而乞綿花 諸人憐其意而 優給不計將否 所得爲幾百斤 使其妻晝
夜紡績 渠則出而賣之 又貿耳牛十餘石 每日作粥 與其妻一器分半而喫之 婢則給
一器曰 汝若難忍飢寒 自可出去 吾不汝責 其婢泣曰 上典則喫半器 小的喫一器
焉敢曰飢乎 雖餓死 無意出去云 隨其上典 勤於織布 許生則或織席 或捆履 夜以
繼日 少不休息 或有知舊之來訪者 則必陽座於籬外而言曰 某也 今不可以人事責
之 十年後相面云而 一不出見 如是者三四年 財利稍殖 適有門前畓十斗落田 數
日耕之賣者 遂準其價買之 及春耕作時乃曰 無多之田畓 何可雇人耕播 不如自己

之勤力其中 而但不知農功之如何 此將奈何 遂請鄰里之老農 盛其酒食 使坐岸上 親執耒耜 隨其指教而耕種 其耕之也 鋤之也 必三四倍於他人 故秋收之穀 又倍於他人 田則種烟草而 時當亢旱 每於新夕 汲水而澆之 一境之烟草 皆枯損而獨許之田種苗茂 京商預以數百金買之 及其二芽之盛 又得厚價 草農之利 近四百金

如是者五六年 財產漸殖 露積四五百穀 近地百里內田畓 都歸於許生而 其衣食之儉約 一如前樣 其兄其弟 自山寺姑下來見之 弘之妻 始精備三盂飯而進之 則弘張目叱之 使之持去 更使煮粥而來 其兄怒罵曰 汝之家產如此其富而 獨不饋我一盂飯乎 弘曰 吾旣以十年爲期 十年之前 以勿喫飯 盟于心矣 兄於十年後 可喫吾家之飯 兄雖怒我 我不介於懷矣 其怒而不喫粥 還上山寺矣 翌年春 兄與弟聯壁小成矣 弘多持錢帛而上京 以備應榜之需 率倡而到門 伊日招倡優而諭之曰 吾家兄弟 今雖小成 且有大科 又當上山而工課 汝等無可以還歸 汝家各給錢兩而送之 對其兄及弟而言曰 十年之限姑未及 須卽上寺 待限歸下來可也 仍卽日送之上山 及到十年之限 奄成萬石君矣 仍擇布帛之細者 新送男女之衣裳各二件 給送人馬於二嫂之家 約日率來 又以人馬送之山寺 迎來兄與弟 團聚一室 數日後 對兄弟而言曰 此室狹隘 無以容膝 吾所有經營者 可以入處 仍與之偕行 行數里許 越一岡 則山下之大洞有甲第 前有長廊 奴婢牛馬充溢 其中內舍 則分三區 外舍則一區而 甚廣闊 三兄弟內眷 各占內舍之一區 兄弟則同處一房 長枕大被 其樂融洽 其兄驚問曰 此是誰家 如是壯麗 答曰 此是弟所紀者而 亦不使家人知之耳 仍使奴隸 擧木函四五雙 置于前曰 此是田土之券 從今吾輩 均分可也 仍言曰 家產之致此 荊妻之所殫竭者 不可不酬勞 乃以二十石落畓券 給其妻 三人各以五十石落分之 從此以後 衣食極其豐潔 其鄰里宗族之貧窮 量宜周給 人皆稱之

一日弘忽爾悲泣 其兄怪而問之曰 今則吾輩衣食 不損三公矣 有何不足事 而如是疚悵也 答曰 兄及弟 旣隸課工 皆占小科 已出身矣 而顧弟則汨於治產 舊業荒蕪 卽一愚蠢之人 先親之所期望者於弟蔑如矣 豈不傷痛哉 今則年紀老大 儒業無以更始 不如投筆而業武 自其日 備弓矢習射 數年之後 登武科 上京求仕 得內職 轉而陞品 得除安岳郡守 定赴任之期而 奄遭妻喪 弘喟然歎曰 吾旣永感之下 祿不逮養 猶欲赴任者 爲老妻之一生艱苦 欲使一番榮貴矣 今焉妻又沒矣 我何赴任爲哉 仍呈辭應遞 下鄉終老云爾

盧玉溪楨 早孤家貧 居在南原地 年旣長成 無以婚娶 其堂叔武弁 時爲宣川倅 玉溪母親 勸往宣川 乞得婚需以來 玉溪以編髮 徒步行至宣川 阻閽不得入 彷徨 路上 適有一童妓 衣裳鮮新者過去 停步而立 熟視而問曰 都令從何而來 玉溪以 實言之 妓曰 吾家在某洞 而卽第幾家 距此不遠 都令須定下處於吾家 玉溪許之 艱辛入官門 見其叔言下來之由 則嚬蹙曰 新延未幾 官債山積 其可悶也云而 殊 甚冷落 玉溪以出宿於下處之意 告於堂叔 出門卽訪其妓之家 欣迎而 使其母精備 夕飯而進之 夜與同寢 其妓曰 吾見本官手段甚小 雖至親之其婚需 優助未可知 吾見都令之氣骨狀貌 可以大顯達之狀也 何必自歸於乞客之行也 吾有私儲之銀五 百餘兩 留此幾日 必不更入官門 持此銀 直還可也 玉溪不可曰 行止如是飄忽 則 堂叔豈不致責乎 妓曰 都令恃至親之情而 至親何可恃也 留許多日 不過被人苦色 及歸也 不過數十金贐行 將安用之 不如自此直發 數日晝則入見其叔 夜則宿於妓 家 一日之夜 妓於燈下理行裝 出銀子裹以袱 及曉牽出廐上一匹馬駄 使之促行曰 都令不過十年內外 必大貴矣吾當潔身而俟之 會面之期 只在一條路而已 千萬保 重 洒淚而出門 玉溪不得已 不辭於其叔而行 平明本官 聞其故 竊怪其行色之狂 妄而 中心也 自不妨其不費錢兩也

玉溪歸家 以其銀娶妻而營産 衣食不苟 乃刻意科工 四五年之後登第 大爲上所 知 未幾以繡衣 按廉于關西 直訪其妓之家 則家母獨在 見玉溪認顏色 乃執袂而 泣曰 吾女自送君之日 棄逃去 不知所向 于今幾年 老年身畫夜思想 而淚無乾時 云云 玉溪茫然自失 自量以爲 吾之此來 全爲故人相逢矣 今無影 心膽俱墜 然而 渠必爲我而 晦蹟也 乃問曰 老嫗之女 自一去之後 在沒尙未聞之否 對曰 近傳聞 吾女寄蹟於成川境內之山寺 藏蹟祕蹟 人無見其面者云云 風傳之言 猶未可信 老 身年衰無氣 且無男子 無以追尋矣

玉溪聽罷 仍直往成川也 遍訪一境一寺刹窮搜 而終無形影 行尋一寺 寺後有千 仞絶壁 其上有一小菴 而峭峻無着足處矣 玉溪扔蘿枝藤 艱辛上去 則有數三僧徒 問之 則以爲 四五年前 有一介年可二十之女子 以如干銀兩 付之禮佛之首座 以 爲朝夕之費而 仍伏於佛座之卓下 被髮掩面而 朝夕之飯 從窓穴而入送 或有大小 便之時 暫出門而還入 如是者已有年 所小僧皆以爲菩薩生佛 不敢近前矣 玉溪心 知其妓 乃使首座 從窓隙傳言曰 南原盧都令 全爲娘子而來此 何不開門而迎見 其女因其僧而問曰 盧都令如來則 登科乎否乎 玉溪遂以登科後 方以繡衣來此云

云 其曰 妾之如是積年晦蹟而喫苦 專爲郎君之地也 豈不欣欣然 卽出迎之而 積
年之鬼形 難現於丈夫 行次如爲我留十餘日 則妾謹當洗理 粧復其本形後 相見好
矣 玉溪依其言遲留矣 過十餘日後 其女凝粧盛飾 出而見之 相與執手而 悲喜交
至 居僧始知其來歷 莫不嘆 玉溪通于本府 借轎馬馱 送于宣川 與其母相面 竣事
復命之後 始送人馬率來 同室終身愛重云耳

　安東權進士某者 家計饒富 性嚴酷 治家有法 有獨子而娶婦 婦性行悍妬難制而
以其舅之嚴 不敢使氣 權如有怒氣 則必鋪席於大廳而坐 或打殺婢僕 若不至傷命
則必見血而止 以此如鋪席於大廳 則家人喘喘 知其有必死之人也
　其子之妻家 在於鄰邑 其子爲見其妻父母之行 歸路遭雨 避於店舍 先見一少
年人 坐於廳上而 廐有五六匹駿馬 婢僕又多 若率內眷之行 見權少年與之寒暄而
以酒肴餅盒勸之 酒甚淸冽 肴又豐旨 相問其姓氏與居住 權生以實之 先來少年
則只道姓氏而 不肯言所在處曰 偶爾過此 避雨而入此店 幸逢年輩佳朋 豈不樂乎
仍與之酬酌 以醉爲期 權少年先醉而 夜深後始覺 擧眼審視 則同盃之少年 已無
形影而 自家則臥於內室而 傍有素服佳娥 年可十八九矣 容儀端麗 知其非常賤而
的是洛下鄕相家婦女也 權生大驚訝問曰 吾何以臥於此處 而君是誰家何許婦女
在於此處乎 其女子羞澁而不答 叩之再三 終不開口 最後過數食頃 始低聲而言曰
吾是洛下 門地繁盛之仕官家女子 十四出嫁 十五喪夫 而嚴親又早世 娚兄主家矣
兄之性執滯 不欲從俗而執禮 幼妹寡居也 欲求改適之處 則宗黨之是非多起 皆以
汚辱門戶 峻辭嚴斥 兄不得已罷議 因具轎馬 馱我而出門 無去向處而作行 轉而
至此 其意以爲 若遇合意之男子 則欲委而托之 自家因以遮諸宗之耳 目者也 昨
夜乘君醉而 使奴子負而入臥內而 家兄則必也還走 仍指在傍之一箱曰 此中有五
六百銀子 以此作妾衣食之資云爾 權生異之 出外而視之 則其少年及 許多人馬
不知去處 只有蒙騃童婢二人在傍 生還入內 與處女同寢 而已思量 則嚴父之下
私自卜妾 必有大擧措 且其妻悍妬之性 必不相容 此將奈何 千思萬量 實無好箇
計策 反以奇遇之 佳人爲頭痛 待朝使婢子 謹守門戶而 言于其女曰 家有嚴親 歸
當奉禀而率去 姑俟之 申飭店主而 出門直向 親朋中有知慮者之家 以實告之 願
爲之劃策 其友沈吟良久曰 大難萬難 實無好策 而弟有一計 君於歸家之數日 吾
當設酒席而請矣 君於翌日 又設酒筵而請我 我當自有方便之計矣

權生依其言 歸家之數日 其友人送伻懇請 以適有酒肴 諸益畢會 此席不可無兄 兄須賁臨之 權生稟其父而赴席 翌日權生稟其父 某友昨日擧酒有邀 而酬答之禮 不可闕也 今日若具酒餠 而請邀諸友 則似好矣 其父許之 爲設酒席 而邀洞中諸 少年 諸人皆來 先拜見於權生之老父 權曰 少年輩迭相酒會 而一不請老我 此何 道理 其少年對曰 尊丈若主席 則年少侍生 坐臥起居 不得任意爲之 且尊丈性度 嚴峻 侍生輩暫時拜謁 十分操心 或恐其見過 何可終日侍坐於酒席 尊丈若降臨 則可殺風景矣 老權笑曰 酒會豈有長幼之序乎 今日之酒 我爲主氽 擺脫拘束之儀 終日湛樂 君輩雖百番失儀於我 我不汝責 盡歡而罷 以慰老夫一日孤寂之懷也 諸 少年一時敬諾 長幼雜坐擧觴 酒至半 其多智之少年近前曰 侍生有一古談之奇事 請一言之以供粲 老權曰 古談極好 君試爲我言之 其人乃以權少年之客店奇遇 作 古談而言之 老權節節稱奇曰 異哉異哉 古則或有此等奇緣 而今則未得聞也 其人 曰 若使尊丈當之 則當何以處之 中夜無人之際 絶代佳人在傍 則其將近之乎否乎 旣聞之 則其將率畜乎 抑棄之乎 權曰 旣非宮刑之人 則逢佳於黃昏 豈有虛度之 理也 旣同寢席 則不可不率畜 何可等棄而積惡乎 其人曰 尊丈性本嚴峻 雖當如 此之時 必不毀節矣 老權掉頭曰 不然 使吾當之 不得毀節矣 彼之入內 非故爲也 爲人所欺 此則非吾之故犯也 年少之人 見美色而心動 自是常事 彼女旣以士族 行此事 則其情慽矣 其地窮矣 如或一見而棄之 則彼必含羞含冤而死 豈非積惡乎 老權曰 旣有他意 斷當不作薄待人可也 其人笑曰 此非古談 卽胤友日前事也 尊 丈旣以事理當然 再三質言而有敎 則胤友庶免罪責矣 老權聽罷半晌無語 仍正色 厲聲曰 君輩皆罷去 吾有處置之事矣 諸人皆驚怯而散

老權仍高聲曰 斯速設席於大廳 家人皆悚然 不知將治罪於何許人矣 老權坐 於席上 又高聲曰 急持斫刀以來 奴子遑忙承命 置斫刀及木板於庭下 老權之高聲 曰 捉下書房主 伏之斫刀板 奴子捉下權少年 以其項置之刀板 老權大叱曰 悖子 以口尙乳臭之兒 不告父母 而私畜小妾者 此是亡家之行也 吾之在世 猶尙如此 況吾之身後乎 此等悖子 留之無益 不如吾在世之時 斷頭以杜後弊可也 言罷號令 奴子使之擧趾而斫之 此時上下遑遑 面無人色 其妻與子婦 皆下堂而哀乞曰 彼罪 雖云可殺 何忍於目前 斷獨子之頭乎 泣諫不已 老權聲 而叱使退去 其妻驚怯而 避 其子婦以首叩地 流血被面而告曰 年少之人 設有放恣自擅之罪 尊舅血屬 只 此而已 尊舅何忍行殘酷之事 使累世奉祀 一時絶嗣乎 請以子婦之身 代其死 老

權曰 家有悖子而 亡家之時 辱及祖先矣 吾寧殺之目前 更求螟嗣可也 以此以彼
亡則一也 不如亡之 乾淨之愈也 仍號令而使斫之 奴子口雖應諾而 不忍加足 其
子婦泣諫益苦 老權曰 此子亡家之事 非一也 以侍下之人而 擅自畜妾 其亡兆一
也 以汝悍妬 必不相容 如此則家政日亂 亡兆二也 有此亡兆 不如早除去之爲好
也 子婦曰 妾亦是具人面人心矣 目見此 光景 何可念及於妬之一字乎 若蒙尊舅
一番之容恕 則子婦謹當與之同處 小不失和矣 願尊舅勿以此爲慮 特下廣湯之恩
老權曰 汝雖迫於今日擧措 而有此言必也 面諾而心不然矣 婦曰 寧有是理 如或
有近似 此等之言 則天必殛之 鬼必誅之矣 老權曰 汝於吾之生前 無或然矣 而吾
死之後 汝必復肆其惡 此時則 吾已不在 悖子不敢制 此非亡家之事乎 不如斷頭
以絶禍根 婦曰 焉敢如是 尊舅下世之後 如或有一分非心 則犬豚不若 謹當失言
而納侉矣 老權曰 若然 汝以失言 書紙以納 其子婦書禽獸之盟 且曰 一有違背之
事 子婦父母之肉 可以啗矣 失言至此而 尊舅終不聽信 有死而已 老權乃救而出
之 仍命呼首奴分付曰 汝可率轎馬人 往某店 迎書房主小室而來 奴子承命而率來
行現舅姑之禮 拜於正配而 使之同處 其子婦不敢出一聲 到老和同人 無間言云爾

　黃判書仁傌少時 讀書山寺 一僧盡誠使役 糧資如缺 則渠每間間 自當 有無相
資 終始不怠 黃感其誠 而愛其人 及顯達 其僧絶迹 黃每念之而不得見 心常恨之
其爲嶺伯 出巡之路 有一僧避坐路邊 黃自轎中 瞥眼見之 似是厭僧 乃命隷招致
近前 則果是此僧 不勝欣幸 仍 命一騎載而隨後 夜每同寢 撫愛如子侄 及還營
置之冊室 供饋甚豐潔 一日招而謂曰 古人有一飯之德必報 吾於汝 奚但一飯而已
哉 吾則錢帛裕足 雖割半而與之 無所不可而汝以山僧 衣葛草 錢帛雖多 將安用
哉 汝若長髮而退俗 則非但家産之饒足 吾當爲汝應援身之計乎 汝意如何 僧曰
使道爲小僧之意 非不感謝而小僧有區區迷執念 以此終無意出於世也 黃怪而問之
則僧笑而不答 黃再三强問 終始牢諱 黃又詰之 則僧終不言 黃辟左右 促膝而問
曰 汝之所執 必有所以而 吾汝於之間 有何諱祕之事 從實言之可也

　僧始乃勉强而言曰 小人不知使道之前 卽俗人也 某年偶經山谷間 有一新塚前
一素服女子採薪而 貌頗妍美 四顧無人 故逼而欲奸 則抵死不從 故乃以衣帶 縛
其四肢而 强奸之 仍解其縛而 行數十里宿店幕 翌朝聞傳說 則以爲某處守墓之節
婦 昨夜自決 不知何許過人 必也强淫而致死云云 心甚驚而哀憐 猶慮傳聞之未詳

委往其近處而探之 則果是的報而 其手足縛痕宛然 人皆曰 必也縛其手足而强淫至於此境云云 卽報于地方官 方使跟捕兇身云矣 一聞此說 毛髮悚然 悔之哀之仍以自量 則吾以不忍一時之欲 致使節婦至於此卽 天地間難容之罪也 神明必降之以殃矣 左右思量 欲仍贖罪之方而 不可得 又自念以爲 吾旣負此大罪 當喫盡天下之風霜 小無生世之樂然 庶可贖罪 仍削髮爲僧 以不脫緇衣 失于心矣 今何以使道之厚意 變幻初意乎 以是之故 不欲還俗矣 事已久遠 下問又切故 不得已吐實矣 日前巡使 適見道內殺獄文案 則有此獄事而 殆近數十年 兇身尙未得捕者也 年月日 無一差爽 乃歎曰 吾與汝 雖親切之間 公法不可廢也 仍命隷拿下抵之法 厚給喪需云矣(罪雖難貸 恩亦難負 莫非天也)

趙豐原顯命 英廟甲寅年間 按嶺藩而 鄭彦海爲通判矣 一日與之 終夜酬酢 幾至鷄鳴而罷 通判還衙 解衣將就寢 營隷以巡使傳喝以爲 適有緊急面議之事 以平服斯速入來 通判莫之其故 忙整巾服 從後門入見 則巡使曰 通判須於天明時 馳往漆谷地 有老除吏裴以發 其弟時仕吏裴之發 捉入而着枷後 先問以發之子女有無 則彼必有一女 死已久爲言 使其導前 馳往其葬所 掘檢可也 其屍體卽女子而年則十七歲 面貌頭髮 如斯如斯 所着衣裳 上衣玉色紬赤古里 下衣藍木裳 須詳審以來 通判驚而仍曰 事旣如此 則何待天明 下官卽爲擧火發行 仍辭出 卽地出發 漆谷人皆驚曰 此邑初無殺獄之發告 檢官何爲而來 上下莫不驚惶 通判直入坐衙軒 命捉入二裴吏 問以發曰 汝有子女乎 對曰 小人無子 只有一女 年及笄病死葬已近十年矣 又問曰 葬於何處 對曰 距官府十里許地矣 通判使之着枷兩足 立於馬頭 往其女之葬處 掘塚破棺而出屍 則面色如生 其容貌衣裳 一如巡使之言仍使脫衣而檢尸 則無傷處之可執 更使合面檢之 則背上有石打處 皮面破傷 血猶淋漓 乃是定實 因忙條檢狀 以發及夫妻出付刑吏 使之上送營獄 疾馳而歸 見巡使道其事 巡使曰 然矣 仍招入裴吏兄弟夫妻 自營庭施威嚴問 則以發對如前 之發則曰 使道明鑑如神 小人何敢隱情乎 小人之兄家 饒而無子 只有一女 欲以小人之子立後 則小人之兄曰 吾儕小人 有何養子之可言乎 祖先奉祀 弟可代行 吾則得女婿而 率畜爲可云云 小人之兄嫂 卽女之繼母 常常憎其女故 小人與兄嫂同媒 以姪女之失行倡言而 使兄欲殺之 兄不忍着手 小人乘兄出外之日 與兄嫂縛姪女 以亂石搗其背而殺之 仍爲入棺 數日後兄入來故 告渠與某處總角潛奸 見捉

之後 不勝羞愧 至於自決故 已入棺云云 則無奈何而 葬于此處者 幾十年而 兄則
至于今 認以爲然矣 此是小人之欲小人之子爲子 而全呑兄家財産之故也 此外無
他 可達之辭矣 又問以發之妻 則所供亦然 仍成獄

通判問曰 使道何由知此獄之如斯 屍體衣服及 獄情虛實 如是其詳也 巡使笑曰
昨夜通判退去之後 欲就寢矣 燭影明滅 寒風逼骨 燭影之背 有一女子 百拜而稱
有訴冤之事 吾問曰 汝人乎 鬼乎 有何冤抑而如是來訴也 一一詳陳 女子泣而拜
曰 吾是某邑某吏之女 橫被惡名而 爲人打殺 一生一死 人之常事 吾之一死 不必
尤人而 但以閨中處子之身 蒙被累名而死 此是千古至冤之事也 每欲伸雪於巡使
道 而人皆精魄不足 難以訴冤 今使道 則精魄有異於他人也 故不避猥越 敢來訴
冤 萬望伸雪焉 吾快諾 則其女子出門而滅 故心竊訝之 請通判而行檢者此也云爾

古有一宰相 有同硏之人 文華瞻敏而 屢屈科場 家計貧寒 窮不能自存 宰相適
出補安東倅 其友來見 乘間而言曰 令監今爲安東倅 今則吾可以將聊賴之資 非但
聊賴 可以足過平生矣 宰相曰 吾之作宰 助君衣食之資可也 何以足過平生乎 此
則忘想 其人曰 非爲令監之多給錢財也 安東都書員 所食夥多以此給我則好矣 宰
相曰 安東鄕底之邑 都書員吏役之優窠 豈有許給於京中儒生耶 此則官威 恐無得
成矣 其人曰 非爲令監之奪而給之也 吾先下去 當付吏案 旣付吏案之後 有何不
可之理耶 宰相曰 君雖下去 吏案其可容易付之耶 其人曰 令監到任後 民訴題辭
順口呼之 刑吏不得書之 則罪之汰之道 凡干文字上 如出吾手 則必稱善 如是過
幾日 出令以刑吏試取 無論時任及閑散吏 文筆可堪者 幷許赴而試 則吾自然居
首而 得爲刑吏矣 爲刑吏之後 都書員一窠分付則好矣 若然則外間事 吾當隨聞隨
錄以進矣 令監可得神異之名矣 宰相曰 若然則第爲之也

其人先期下去 稱鄰邑之逋吏 寄食旅金 往來吏廳 或代書役 或代看檢文書 旣
詳明 文筆又優 諸吏皆待之 使之寄食於吏廳庫直而 宿於吏廳 諸般文字 與之相
議 新官到任之後 盈庭民訴 口呼題辭 刑吏未及題辭 則必捉下猛棍 一日之間 受
罪者 不知其數 至如報狀及傳令 必執頉而嚴治 又拿入首吏 以刑吏之不擇 每日
治之 以是之故 吏廳如逢亂離 刑吏無敢近前 文狀去來 此人筆迹如入 則必也無
事 以是之故 一廳諸吏 惟恐此人之去也 一日分付首吏曰 吾於在洛 聞本邑素稱
文鄕 以今所見 可謂寒心 刑吏無一人可合者 自汝廳會時任及 邑底人之有文筆者

試才以入 首吏承命而 出題試之 以諸吏文筆入覽 則此人居然爲魁矣 仍問曰 此是何許吏 對曰 此非本邑之吏 卽鄰邑吏 寓於小人之廳者也 乃曰 此人之文筆最勝 聞是鄰邑吏役之人也 則無妨於吏役 其付吏案而 差刑吏也 首吏依其言爲之 自是曰此吏獨自擧行 自其吏之爲刑房 一未有致責治之擧 首吏以下 始乃放心 廳中無事 及到差任之時 特兼都書員而擧行無一人 敢有是非者

其吏畜一妓而爲妾 買家而居 於每文牒擧行之際 必錄外間所聞 置之方席而出 本倅暗持見之 以是之故 民隱吏奸 燭之如神 吏民皆慴伏 明年又兼帶都書員 兩年所得 殆至萬餘金 暗暗換送京第 本倅瓜遞之前一日夜 因棄家逃走 吏廳皆遑遑 首吏入告則曰 與其妾偕逃乎 對曰 棄家棄妾 單身逃走矣 曰或有所逋乎 曰無矣 曰然則亦是怪事 自是浮雲蹤蹟任之可也 其人還家 買家買土 家計甚饒 役登第 屢典州郡云爾

古有一士人 居于外邑 治送其子 婚于鄰邑 而急患關格而死 新郎纔罷醮禮 訃告乃至 仍卽奔喪而歸 營窆山地未定 率地師求山 轉至其妻家後山 地師占山曰 此地極佳而 山下有班戶 恐不許矣 喪人左右審視 則其下班戶 卽其妻家也 其妻家只有寡居之聘母 又是無男獨女也 喪人仍下去而拜 其妻母悲喜交至 精備午饍而待之 問其來由 則以占山爲對 妻母曰 他人固不可許矣 君欲占山 則豈不許乎 喪人乃大喜而告歸 其妻母曰 君旣來此矣 暫入越房 見女兒而去 喪人初則强辭 其妻母携手而入 與其妻對坐而出 喪人始也羞赧 忽有春心之萌 仍强逼而成婚 雲雨纔罷而出去 歸家治葬需 行喪到山下 將下棺之際 其妻家婢子來告曰 吾家內小上典 方爲奔哭而來 役軍須暫避之 已而其妻徒步上山 哭於柩前而盡哀 仍向喪人而言曰 某曰君子之來也 與吾同寢而去 不可無標蹟 須成手記以給我 喪人面發騂 責曰 婦女胡得亂言 速速下去 其女終不去曰 不得手記之前 死不得下去云云 時喪人叔與諸族 會山下者甚多 莫不驚駭 其叔叱責曰 世豈有如許事乎 吾家亡矣 汝若有此等駭惡之擧 須成手記也 日勢已晚 役軍罔散 豈不狼狽於大事耶 勸使書給 喪人不得已書給手記 其女子始乃下去 諸人莫不唾罵 及封墳後返虞

過數日喪人 偶然得病 仍已不起 數朔後 其寡妻之腹漸高 備十朔而 生男子 宗黨鄰里 皆驚訝曰 某家喪人 纔行醮禮而奔哭 則此兒何出乎云而 疑訝未定 其女子乃出其夫之手記示之 然後是非大定 人或其故則對曰 纔罷醮禮 而奔哭之喪人

葬前來見其妻 已是非禮 及其相見之時 又以非禮逼之者 又是常情之外 人無常情
則其能久乎 吾非不知以禮拒之而 或冀其落種 强而從之 旣而思之 則此時夫婦之
會合 雖家內無有知者 夫死之後生子 則必得醜談 而發明無路 以是之故 冒死忍
恥 受此手記於衆會之中者此也云云 人皆歎服 其遺腹子 後登科顯達云矣

　古有武弁以宣傳官 侍衛於春塘臺試射 濟牧之罷狀 適人來矣 武弁因語同僚曰
吾若得除濟牧 則豈不爲萬古第一治 天下大貪乎 同僚笑其愚癡矣 上聞之 下詢誰
發此言 武弁不敢欺 仍伏地奏曰 此是小人之言也 上曰 萬古第一治 豈有天下大
貪之理耶 天下之大貪 何可爲萬古第一治耶 武弁俯伏對曰 自有其術矣 上笑而許
之 仍特敎超拜濟州牧使而 敎曰 汝第往爲萬古第一治 天下大貪 不然則汝伏妄言
之誅矣

　武弁承命而退 歸家多貿眞麥末 染以梔子水 盛于大籠中 作三駄而 餘外其衣襟
而已 辭朝而赴任 只與傔從一人隨行 聽訟公平 朝夕供饋之外 不封進一盃酒 廩
有餘者 幷付之於革弊 土産無一所取 如是過了一年 吏民皆愛戴 每稱設邑後 初
有之淸白吏 令行禁之 一境宴如 一日忽有身病 閉戶呻吟 數日病勢大添 食飮全
廢 坐暗室中 痛聲不絶 鄕所及吏校輩 三時問候 而不得見面 首鄕及中軍 懇乞曰
病患症勢 未知何祟而 此邑亦有醫藥 何不診治 太守喘促而 作喉間聲曰 吾之病
源 吾自知之 有死而已 君輩勿須問也 諸人曰 願聞症勢之如何 太守良久 强作聲
而言曰 吾於少時 得此病 吾之世業家産 盡入於此病之藥 殆近二十年更不發 故
意謂快差矣 則無可治之道 只俟死期而已 諸人强問何症而 藥是何料 使道病患如
此 無論邑村 雖割股剜心 無有辭焉 且升天入海 必求藥餌矣 只願指示藥方 太守
曰 此病卽丹毒也 藥則牛黃也 只牛黃幾十斤 作餠付之遍裹一身 每日三四次 改
付新藥 必是四五日 則瘳而 吾之家計 稍饒矣 以是之故 一敗塗地矣 今於何處
更得牛黃而付之乎 諸人曰 此邑之産 求之容易耳 首鄕因出而 傳令各面以爲 如
此官司之病患 苟有可瘳之方 則吾輩固當竭力求之 況此藥乃是邑産 而不貴者也
無大小民 不計多少 隨有隨納 人民輩聞令 而爭先來納 一日之間 牛黃之納 不知
幾百斤 傔從受而盛之于籠 以所駄來 梔子餠換之 每日以其餠盛子器 埋之于地曰
人或近之 則毒氣所薰面目皆傷 如是者五六日 病勢漸差 起而視事 廉公之治 又
復如前 滿爪而歸 濟民碑思之 上京後 販此藥 得累千金

蓋濟州之牛 十則牛黃之入 爲八九 以是之故 牛黃至賤 此人知此狀而 預備梳
子餠而行術 官隷不敢近而 自遠見其黃 認以爲牛黃也 此人以是而 家計殷富云爾

李忠州聖佐 光佐之從兄也 性卓犖不羈 常斥光佐以逆 絶不往來 平生憎南九萬
之爲人 嘗在家 有屠狗漢 唱買狗而過門外 李乃捉入露臂欲打 屠漢大聲而辱曰
南九萬狗也麾也 而 連聲詬辱 李乃擊節曰 快矣快矣 仍放送 事多駭俗如此

光佐之爲嶺伯也 以宗家之故 每逢忌祭 及四時祭需 領去吏每每被打而來 若當
封之時 則吏皆避之 有一吏自願領去 一營上下皆怪之 使之上去 則吏領祭需而上
京 凌晨往其家 李忠州始起寢臥而 使家人照數捧之云矣 其吏仍無去處 人皆訝之
明日如是 又明日又如是 李忠州使捉入其吏而 責叱曰 汝是何許人而 旣封祭需而
來 則納之可也 連三日暫來旋去 有若侮弄者然 達營下隷 固如是乎 此是汝監司
卽指使者乎 汝罪當死 吏俯伏曰 願一言而死 問何言也 吏曰 小人巡使道封祭需
也 着道袍 設鋪陳 跪坐而監封 及畢封而載之 於馬也 下階再拜而送 此無他爲所
重也 今進賜不巾櫛而 臥受之 小人義不辱 故果爾不得納上 至於三日之久矣 此
祭物 用之祖先忌辰 則進賜不當如是屑慢也 嶺南之俗 雖下隷之賤 皆知祭需之爲
重 何況士大夫乎 願進賜整衣冠 設席及床 下堂而立 則小人謹當納上矣 李忠州
無奈何而 依其言爲之 則吏各擧物種而高聲曰 此是某物云 過식頃而罷 李忠州拱
手而立 心頗善之 作答書而 稱其吏之知禮解事云云 光佐聞而大笑 仍差優窠云矣

李忠州夏月 爲見知舊之喪 坐其哀次矣 時魚贊善有鳳亦在坐 見其襲斂之 少有
違禮 則必使之更解絞布 如是者數矣 日中而襲斂未畢 李乃勃然變色 呼其奴 拿
魚贊善庭下 叱責曰 人於他家之大事 不言爲大助 汝襲斂細談支離 小斂失時 六
月屍身 其將盡朽敗矣 仍捽曳而出之 座中皆大驚失色矣

有一儒生 投筆業武 習射於慕華館 夕陽時 一內行 駕轎而來 後無陪行 只有童
婢隨後頗姸 儒生見而欲之 腰矢肩弓而隨 或先或後 風吹簾開 瞥眼看之 轎內女
人 素服而眞國色 儒生精神怳惚 心內暗付 如是誰家女子而 獨向何處 第往探知
仍隨後而行 遵大路入新門 轉向南村某洞一大第而入 生彷徨門外 日已昏黑 留食
店舍 夜深後 帶弓矢 周察其家前後 無可 闖入處 從後牆覗之 則有花園 叢竹可
以隱身 乃踰垣而下 東西房櫳燈燭熒然 有一老嫗依枕而臥 俄所見女人 入侍坐讀

書 聲音琅琅 如碎玉 少間老嫗謂曰 今日行役 似必困矣 可歸汝房 其女承命而退 入西房 儒生暗喜曰 此女旣獨宿 吾當突入 屛氣窺俟之際 後園竹林中 若有人迹 儒生驚怪 少避間視之 一禿髮和尙 披竹林而來 其女開囱而迎 和尙摟抱 淫戲無 所不至 女以酒餠進之 和尙一吸而盡 笑問 今日墓行 果有悲懷否 女曰 惟君在 吾何悲也 且是虛葬之地 有何悲懷之可言哉 和尙拊女之背 抱臥而眠 儒生初來之 心 雲消霧散 慎胆衝激 仍彎弓注矢 從門隙射去 正中和尙禿頭頂門上 女子大驚 戰慄 急以衾捲屍 納之樓上 儒生細察其動靜 踰牆出來

是夜似夢非夢間 有一儒生 年可十八九 來拜於前日 感君報讐而來謝 儒生驚問 曰 君是何人 所仇何事 其人掩抑而對曰 吾乃某洞某宰之獨子也 讀書山寺時 使 主僧持糧餠 來往吾家 與淫婦潛通 殺我於歸觀之路 置尸於山後岩穴者 于今三年 無以雪冤 昨夜君之所殺者卽其僧也 其女子卽吾之妻也 感謝無地而 又有一事奉 打者 君須往見我父親 告吾尸體所在處 歸葬側則恩莫大矣 言訖不知去處 儒生驚 悟 翌日更往其家 有一老宰 起迎坐定 儒生問曰 子弟幾人 主人揮淚而言曰 老夫 命道奇窮 無他子女 五十後得一男子 愛如掌珠 纔成婚 送于山寺課工 爲虎所噬 去 終喪未過矣 儒生曰 小生有一疑訝事 隨我而 訪屍身所在可乎 主人大驚曰 君 何由知之 對曰 第往見之可也 主人與之同行 登山由寺後 行幾步 有岩穴 以土石 塞其口 開以視之 果是其子之尸而 顏色依舊 老宰抱尸而哭 幾絶而更生 仍向其 儒生而問曰 汝何由知之 此是汝之所爲也 儒生笑曰 吾若如是 則豈可見公而道之 乎 第爲治喪而歸 問其由於令子婦 其房樓上 有一物可證者 老宰一邊運尸而歸家 直入子婦房問曰 吾有可考事 須開樓門 其子婦慌忙色變 老宰開鎖入樓 則有穢惡 之臭 搜之籠後 有以衾裹者 披而視之 卽一少年大和尙之屍而 揷箭於頂門上矣 老宰問曰 此何爲也 子婦面如土色 戰慄不敢對 仍出請 其父與兄 道此事而詰之 其父以刀刺殺之 仍改葬於先山之下矣

一夜其儒生 又於似夢非夢之間 其少年又來致謝曰 君之恩無酬之 今科期不遠 而 場內所出之題 卽吾之平日所做之文 君可傳誦之 君可書之 入場後呈卷 則必 做第矣 仍誦傳一賦題 是秋風悔心萌也 其儒生受而書之 日後科已迪 入場則果出 此題矣 仍書其賦而呈卷 秋風颯兮夕起 玉宇廓而崢嶸之句 秋字誤換書金字矣 時 竹泉金公鎭圭主試 見此卷曰 此賦果是善作 似是鬼神之作 無乃欲試吾輩詩監之 故耶云矣 讀至金風颯兮夕起之句 笑曰 此非鬼作 乃擢第一 人問其故 竹泉曰 鬼

神忌金 若鬼作 則必不書金字也 故知之 榜出 其儒生居魁 其姓名科榜 則可知誰
某而 未得云爾

張武肅鵬翼 以家貧親老 投筆而位至秋判 當戊申及乙亥逆變 躬環甲冑 杖劍立
殿門之爲 英廟始就寢其佩國家安危如此 以秋判兼訓將及捕將 常乘軒車 一日出
城 過一洞 則時當生進放榜 曲曲絃歌 家家迸優 路傍井邊 有一婢子沒水而 傍人
問之曰 汝家新恩 何以應榜 對曰 應榜猶屬餘事 朝夕難繼 吾家老上典 方在領顧
中 應榜何可念及乎云 時武肅公聞其言而惻然往其家而問曰 應榜何以爲之 儒生
對曰 朝夕難繼 何論應榜 又曰 旣是侍下 則當率倡矣 對曰 尤何敢議到乎 公曰
吾當備給矣 仍分付捕廳 極擇倡優四人 唱榜前待令而 左右山棚 俱陳於其家前通
街上 終夜張樂而罷 以三百錢 獻壽於其老親而還 先輩之風流 有如此矣

泰億之妻沈氏 性本猜妬 泰億畏之如虎 未嘗有房外之犯 泰耆之爲箕伯 泰億以
承旨 適作奉命於關西 留營中幾日 始有所眄之妓 沈氏聞其由 乃卽地治行 使其
䟆昔行而 直向箕營 將欲搏殺其妓 泰億聞其由 失色無語 泰耆亦驚曰 此將奈何
欲使其妓避之 其妓對曰 小人不必隱避 自有理會矣
沈氏之行 到黃州 則云有箕營裨將之來待 且有廚傳 支供之盛壯 沈氏冷笑曰
我非大臣別星行次 安有問安裨將乎 自有路需 何用支供 一幷退送 到中和又如是
過栽松院 將入長林之中 時當暮春 十里長林 春意方濃 曲曲見淸江 景物佳麗 沈
氏褰轎簾而 玩過長林而望見 則平地如鍊 澄江似鏡 粉堞周繞 商船紛集於鍊光亭
大同門縹緲雲間 浮碧樓超然臺 丹靑照耀 奪人眼目 沈氏嗟歎曰 果是第一江山
名不虛傳矣 且行且玩之際 遠遠沙上 忽有一點火 縹縹而來 漸近視之 則銀鞍繡
轂 一馱紅玉 橫馳而來 及近下馬 以櫻脣玉喉 低聲奏曰 某妓請謁 沈氏聞其言名
無業火衝起三千丈矣 仍厲聲曰 某妓某妓 渠何爲來謁我乎 妓歛容而 恭立馬前
沈氏見之 則顏如含露之桃花 腰似依風之細柳 綾羅之飾 珠翠之香 便是神仙中人
眞傾城色也 沈氏熟視曰 汝年幾何 曰 十六歲矣 沈氏曰 使丈夫見此等名妓而不
近 則可謂拙丈夫也 吾之此行 欲殺而來矣 今旣見汝 則名物也 何必下手 汝可往
吾家令監卽炭客 若使之沈惑而生病 則汝罪當死 愼之愼之 言罷仍回馬向
京 泰耆聞之 走伻傳喝曰 嫂氏行次 旣到城邊而 仍卽旋歸何也 願小留營中幾日

返次可矣 沈氏冷笑曰 吾非乞駄行也 入城何爲 不顧直馳而還矣

　泰耆招致其妓而問曰 汝以弱女 有何大膽 經投虎口而 反獲免耶 妓對曰 夫人
之性 雖懷妬悍 作此行於千里遠程者 豈是區區兒女輩所可比乎 有是病處 有善是
矣 且人死則等耳 雖避之 其可免乎 是以凝粧盛飾而往 拜於中道者也 若被打殺
亦無奈何 不然則庶可免矣 一座稱賞矣

　金公汝岉 昇平塦之大人也 家有一僕 食量頗大 諸僕皆給七合料米 此僕 則特
給一升料米 諸僕皆有怨言 金公自義州任所 逮械金吾 當壬辰亂 特命白衣從軍出
戰 一升僕自請從行曰 小人平居一升料米 臨亂安可在人後也 餘僕皆願從進士主
疑亂之行 時升平小成故也 遂策馬前驅 如赴樂地 及彈琴臺背水陣 倭兵如蟻屯如
潮涌 皆持一短杖 青烟乍起 入無不立死者 官軍始知其銃焉 巡邊昔在北關 討尼
湯介 以鐵騎蹴踏之 如權枯拉朽 今忽鳥銃一出 英雄無用武之地 遂敗衄焉 時金
公着軍服 左臂掛決拾 角弓佩劍負羽 右手書狀啓 不起草立寫之 鳴毫颯颯 調理
俱美 卽地封發之 又書寄其胤昇平 書曰 三道徵兵 無一人至者 吾輩惟有死耳 男
兒死國 固其所耳 但國恩未報 此心成灰 只有仰天噓氣而已 家事惟在 吾不言 畢
書馳馬奮劍 竟死於亂陣中 僕失公之去處 退左壒川邊 回顧彈琴臺下 飛丸如雨
嘆曰 吾愛死而負公恩 非丈夫也 持短槍 披陣而入 爲倭所逐 三退三進 身被數十
槍 竟得公尸於臺下 負而出 收歛於山僻處 畢竟返葬於先山
　噫 奴主之義何限 而豈有如此僕之忠直勇哉 士爲知己者死 女爲悅己者容 僕之
視死地如歸樂地 豈爲一升米也 激於義氣而然也

　安東權某 以經學行義 登道薦仕 徽陵參奉 時年六十家富 新喪配 內無應門之
童 外無强近之親 時金相字杭 爲本陵別檢 適有陵役 與合直 一日陵軍捉犯樵人
以納 權公據軍責之 將笞之 樵人總角 涕泣漣漣 權公點察氣色 決非常漢也 問
汝何許人也 總角曰 言之慼矣 以簪纓後裔 早孤無依 老母今年七十有一 又一妹
年至三十五 尙未嫁 小生年三十 未有室 男妹樵汲以奉母 家近火巢 時値極寒 有
此犯樵 知罪知罪 權公忽生惻然之心 顧金公曰 可矜哉 其特赦之如何 金公笑曰
無妨 權公曰 聞汝情理可矜故 特放之 更勿犯罪 賜一斗米 一雙鷄曰 以此歸養老
母 總角感謝而去 數日後 又見捉於犯樵 權公大責之 總角失聲哭曰 孤負盛意 固

知兩罪俱犯 而不忍老母之呼寒積雪之中 且無樵採之路 到今則舉顏無地 權公又
生惻隱之心 縮眉良久 不忍笞法 金公在傍 微哂曰 隻雞斗米 不能感化 第有好樣
道理 依我言否 權公曰願聞其由 金公曰 老人喪配無子 總角之妹 焉爲繼室何如
權公將其自鬚曰 吾雖老矣 筋力 則足可爲也 金公揣其微意 遂招總角近前曰 上
有老母 不可擅便 金公曰 然 仍告其母 母曰 吾家世世閭閻 今至衰替 雖前世未
行之事 猶勝於廢倫也 泣而許之 涓吉成禮 果是名家後裔 女中賢婦也

　權公來見金公曰 賴君之力勸 幸得良配 七十老翁 復何所求 永歸鄉里 故今來
告別 金公曰 然則彼家區處 何以爲之耶 答曰 并率去 金公曰 大善矣 仍別去 後
二十五年 金公始得排玉 出宰安東 到官翌日 有一民納刺請謁 前參奉權公也 金
公良久 始記得徽陵伴僚事而 計其年記 則八十五也 急爲邀見 童顏白髮 不扶杖
飄然入座 望之若神仙中人 握手敍懷 設酒饌款待 飲啖如常 權公曰 民之得拜城
主於今日天也 民賴城主勸婚 晚得良耦 連生二子 至今偕老而 二子稍學詩文 戰
藝於京師 棹聯壁進士 明日卽到門日也 城主適莅此府 豈可無下臨之盛擧耶 民急
請謁者 良有以也 金公驚賀不已 快許之 權公辭去 明日金公携妓樂 備酒饌 早往
見之 其居後山秀麗 花竹翳如 樓榭穩敞 眞好家居也 主人下階迎之 遠近風動 賓
客雲集 俄而 兩新恩來到 幞頭鶯衫 風彩動人 馬前雙立白牌 雙笛嘹喨 觀者如堵
咸咨嗟權公之福 金公聯呼新恩 問其年 則伯二十四 季二十三 權公續絃之翌年
連得雙玉也 與之酬酢 容貌則鸞鵠也文章則琬琰也 可謂難兄難弟也 金公歆歎不
已 老主人之喜色可知 座間權公 指在傍一老人曰 城主知此人乎 昔年徽陵犯樵人
也 計其年則五十五矣 遂設樂而娛之 主人仍請留宿曰 民之今日之慶 皆城主之賜
也 夕間老婦人 率其兩少婦 出拜於前 其愛戴之意 溢於顏色 無異至親 又有年可
六七歲稗兒 髮漆黑鬖鬆 手執𠚥國而立 方瞳瑩然 黠黠視人 精神若存若無 權公
指示曰 此是犯樵人之慈親也 年今九十五矣 其口中有聲不絕曰 金宇杭拜政丞 二
十五年 如一日祝願 尙今如前 至誠所到 安得不感天乎 金公犁然而笑矣

　其後金公拜相 肅廟朝以藥房都提調 往視延礽君患候 英廟潛時封號也 說其平
生官蹟 語及權參奉 敍其顚末 英廟聞甚奇之 登極後 式年唱榜日 偶見榜目中 安
東權進士某 乃是參奉之孫也 自上特敎曰 故相臣金宇杭 說權某之事矣 其孫又捷
司馬 事不偶然 特除齋郞 使之繩武其祖 嶺人榮之爲

許生者方外人也 家貧落魄 好讀書 不事家人產業 床頭惟有一道書一卷 簞瓢屢
空 不以爲意 一日入內 其妻斷髮 襄頭而坐 以供朝夕之具 許生喟然歎曰 吾所以
十年讀易 將以有爲 今忍見斷髮之妻乎 遂與其妻約曰 吾出一年而後歸矣 苟延縷
命 且長其髮 仍彈冠而起 往見松京甲富 白姓人家 請貸千金 白君一見 知其爲非
常人 許之 許生西遊箕城 訪名妓楚雲家 日辦酒肉 與豪客少年 專事遊蕩 金盡復
往見白生曰 吾有大販 復貸三千金乎 白君又許之 許生又往雲娘家 乃治第 綠窓
朱樓 珠簾錦席 日置酒笙歌自娛 金盡又往見白生曰 復貸三千金乎 白君又許之
又往雲娘家 盡買燕市名珠寶貝 奇錦琓好 以眉之 金盡又往白君家曰 今有三千金
則可以成事而 恐君不信也 白生曰 惡是何言也 更貸萬金 吾不惜矣 又許之 又往
雲娘家 買一匹駒 繫之櫪上 造一纏俗 掛之壁上 大會名妓 跌宕遊衍 散金於纏頭
之費 以適雲娘之意也 金又盡 許生故生寂寞悵然底意 以示雲娘 娘水性也 見其
金盡 已生厭意 與年少謀去許生 許生照得其意 謂娘曰 吾所以來此者 將以販商
也 今萬金已盡 張空拳而已 吾將去矣 能無眷戀乎 娘曰 瓜熟蒂落 花謝蝶絆 固
所自至 有何戀乎 許生曰 吾之財盡入於銷金巷矣 今將永別 汝以何物 贐我乎 娘
曰 惟君之所欲 生坐指座上烏銅爐曰 此吾所欲也 娘笑曰 何惜之有 生遂於座上
片片碎之 納于纏俗 騎名駒 一日馳至松京 見白君曰 事成矣 出示纏中物 白君領
之 許生攜纏俗 騎名駒 馳至會寧開市 列肆而坐 有胡賈來閱碎銅 嘖嘖曰 是也是
也 請論價曰 此無價寶也 十萬金雖小 願請交易 許生睨視良久諾之 遂交易而歸
見白君 以十萬金還之 白君問其所以然 許生曰 向者碎銅 非銅也 乃烏金也 昔秦
始皇 使徐市採藥東海上 出內帑中烏金爐贐之 蓋煎藥於此爐 則百病奏效 後徐市
失於海中 倭人得之 以爲國寶 壬辰之亂 倭酋平行長 持來行中 據平壤 方其宵遁
也 失於亂兵中 此物遺在於妓家 故吾望氣而尋 以萬金易之 賈胡乃西域人也亦
望氣而來 其無價之論 乃是確語也 白君曰 取一爐 雖非萬金 亦自容易 何其勤勞
之再三乎 許生曰 此天下至寶也 有神物助焉 非重價 則莫可取也 白君曰 君神人
也 盡以十萬金還付之 許生笑曰 何其小戲我乎 吾室如懸磬 讀書樂志 今此之行
欲一試之耳 遂辭去 白生驚異之 使人尾其迹 其家乃紫閣峰下 一草屋也 白生知
其處 每月以米包錢緡 置之其門內 僅繼一月之用 許生笑而受

李相浣時爲元戎 爲托寄之重 聞許生之賢 一夕微服往訪 論天下事 許生相 固
知公之來矣 公欲應大事 依我三策否 公曰 敢問其事 許生曰 今朝廷黨人用事 萬

事掣肘 公能備奏九重 破黨論 用人材乎 李公曰 此事誠難矣 又曰 簽軍收布 爲
一國生民之愁苦 公能行戶布法 雖卿相家子弟 不使謀避乎 公曰 此事亦難矣 又
曰 我國東濱于海 雖有魚鹽之利 畜積不敷 粟不支一年 地不滿三千里而 拘於禮
法 專事外飾 能使一國之人 盡爲胡服否 公曰 亦難矣 許生曰 君不知時宜 妄張
大計 何事可做 李公汗出霑背 告以更來 無聊而退 翌朝再訪 蕭然四壁而已 不知
去處矣

金衛將大甲 礪山人 年十歲 父母俱歿 家有蠱變 渾室繼沒 大甲避禍 走京城
無依伶仃 行乞於市 往拜閔相百祥於安國洞 自道身願託高門 閔公怜之 觀其容貌
聽其言語 頗精詳 遂許之 大甲不避廝役 洒掃而惟勤而 見閔公子侄學書 必潛聽
之 一覽輒記 又習翰墨 模倣妙法 閔奇其才 使家客教之 穎悟夙成 無適不宜 有
一善相者 見而嗟惜曰 彼兒已中蠱毒 非久有不吉兆 害及主家 閔公曰 彼如窮鳥
之投人 安忍出送 其人曰 公之厚德 足可弭災而庇人 然試吾術 備黃燭三十雙 白
紙十束 香三十炷 糧米十斗 使兒往深山僻寺 焚香誦偈三十夜 以禳之然後 可以
無患矣 公如其言 大甲往山寺 凡三十日 靜坐不交睫 懷畢還見公 公更邀其人以
觀之 其人曰 更無慮矣 在公第 同憂樂二十餘年

閔公爲箕伯 以幕裨隨去 臨歸時 營廩所掌爲萬餘金 稟其區處 公曰 吾歸橐無
一物 君之所知也 豈以此累吾也 君自爲之 大甲固辭不得 退而思曰 吾頂踵毛髮
皆公之賜也 又界之鉅貨 吾將有計 臨發稱病 告辭於江頭 公頷之 大甲乃貿燕市
之物 滿載船中 浮海而南 盡賣於江鏡市 得數萬金 遂訪泉石故宅 蓬蒿滿目 抔而
起舍 種樹鑿池 買良田數千頃 治陶朱猗頓之術 至滿千包 人以富家翁稱 乃喟然
歎曰 吾以孤危之蹤 得免禍網 富致千石 是誰賜也 時閔公家 零替矣 遷謫之費
婚喪之需 大小營判 無不繼給 年至八十五而 至死不替 蓋閔公之知鑑 金生之幹
才 可謂有是主有是客也

江陵金氏一士人 家貧親老 乏菽水之供 其老母曰 汝家先世 本以富稱 奴婢之
散在湖南島中者 不知其數 汝往推刷也 出示篋中文卷 士人持卷 往島中 百餘戶
村落 自占居生 皆其子孫也 見卷羅拜於前 收斂數千金贐之 士人燒其卷 駄錢而
還路錦江 時冬月極寒 見江邊一翁一嫗一少婦 入水而互相拯出 扶持痛哭 士人怪

問之 老翁曰 吾有獨子 吏役於錦營 以逋欠在囚 屢違定退 明日卽死日 而分錢無
可辦 不忍見獨子之被刑 吾欲先投水中 老妻與少婦 欲隨而死 又不忍其入水 互
相拯溺而痛哭矣 士人曰 若得幾錢 則可以贖死 曰 千金則可以句當也 士人曰 吾
有錢無可辦 不忍見獨子之被刑 吾欲定被刑 吾欲先投水中 老妻與少婦 欲隨而死
又不忍其入水 互相拯溺而痛矣 士人曰 若得幾錢 則可以贖死 曰 千金則可以句
當也 士人曰 吾有錢數千 以此贖之 三人又放聲哭曰 吾輩四人之命 因此得生 然
何以報恩 只願留宿而去 士人曰 日暮道遠 老母倚門而久矣 不可留連 卽馳去不
顧 三人以此償逋 當日得放 渾室感祝士之而 其居住姓名 莫知之 士人歸家 其老
母喜而迎之曰 無恙乎 推奴如意乎 士人對以錦江事 其母拊其背曰 是吾子也 積
善之家 必有餘慶 勿以今日之艱難爲意也

　　後其慈以年終 家勢剝落 初終拮据 無以成樣 金生與地師 求山與地師 求山到
一處 地師譜曰 富貴福祿 不可形言之地也 山下有一大家舍奈何 試問於村人 則
金老家也 良田沃畓 遍於一坪 撲之村落 俱是奴僕也 日已下山 投宿其家 有少年
迎接 備待夕飯 金哀對燈而坐 悲懷姍姍 山地關念 長吁而已 忽自內而出 一少婦
排戶直入 不問誰某 扶金哀而哭之 氣窒不能言 其少年驚問何故 少婦曰 恩人來
矣 此是錦江江上 活我三人之恩人也 其少年及老翁老嫗 又相抱而哭 金哀如夢如
痴 坐而無言矣 蓋其少婦 一自錦江相送之後 夜則焚香祝天 願逢恩人 以報萬一
其夫亦退吏 村居移於此處 努力治産 今爲巨富而 少婦每於外室 窺視客人之來
察其容貌 至誠感天 始遇其人而 記得故也 仍慰遭艱 語及山地 卽其家後云云處
也 窆葬之節 靷行諸具 皆以其奴僕治送而 一一擔當 兼送轎馬 率其渾眷而來 過
卒哭後 盡獻其田宅奴僕而辭去 金哀曰 去將安之 答曰 此後洞 又有別業 足可資
生矣 此物都是喪主福力也 非吾所有也願勿辭焉 其後金哀子孫榮昌 冠冕不絶云

　　李參判堈 有膂力 近於神勇 大抵李公之勇 可謂蓋世絶倫也 少時與儕類 同登
白雲臺 前下者 蹟足於岩上鑿路 將落於萬仞之下 李公卽飛下 挾而置岩上 肅廟
時 湖南有神虎 日傷數百所傷 爲萬餘 一道慓慓 自朝家 以下送營門砲手 終不得
捉 李公以廟薦別擇 特除道伯 捉虎次下來 方抵陵隅店 則公忽於路上 挾一知印
而坐 一行見之 皆下馬問候莫知其由 公曰 幾失我知印也 吾於轎中觀之 厥虎捉
知印而去 故吾卽逐奪而來 到營後三日 分付一營曰 今夜無擧火 無相往來 勿爲

喧嘩也 初更時 公出坐宣化堂 俄有倏忽 閃光形於虛空 公於是 亦倏忽飛騰空中
但有閃影而 小頃有墮物之聲 黑窄窄充如伏地也 公坐於樓上 從容喩之曰 汝之備
害於我國者 莫非有運 於這間而 汝若久留 則我自有處置 汝必遠渡海去 於是大
蟲叩頭搖尾而去 不知影響 其後更虎 患於一道云

　安東有姜錄事二女子 爲甲乙而長矣 姜之家業稍饒 其女弟兄 自跛跒至出嫁 每
事相爲互勝 未嘗有相負者矣 以至生男生女 必以共將 長則嫁金姓 次則嫁安姓而
金則 門地稍可 以爲司馬 終至寢郎 安則 小下於金 難得司馬 寢郎則 無可爲之
勢 安婦以此一事之 不及於乃兄 終至絶食 無生意 其子曰 不必如是 若與數千金
則自有父親筮仕之道矣 其母遂許之 其子翌日 裝裝而行
　伊時白休庵 自湖南宰 方爲銓曹 玉堂乘召上來 將入店休息次 安生先入同坐
不以爲避 至初昏 門外有哀痛呼之聲 安問曰 是何哭也 僕者曰 某郡由吏 有待京
耗於此 俄聞狼狽 有此哀痛矣 安生招問 其由吏曰 小人以某郡由吏 積年所逋 爲
萬餘金之多 方此收殺 將至垂盡 未備數千餘金 自京中 有所切緊許得諾 故送子
而 待於此店矣 俄聞京奇 則已爲狼狽 今若空還 則闔門將至死矣 故不勝痛迫 有
此哭也 安生聞而 矜惻默然良久曰 吾有所持 可爲此數 爾充逋而 圖生也 仍呼
僕盡出給 休庵在傍見之 心甚嘉之 問其所從來 與地閥 則答曰 某州某姓人而 以
家計之不贍 推奴得錢矣 休庵又問其先代科官 則生以其父司馬言之 休庵記其姓
名 入京後除一寢郎 其妻使之不然 則名高於金參奉一等矣
　一日安生言於其母曰 聞休庵白先生 方在被謫 顧以平日受恩 不可不救 若又得
千餘金 則庶可有爲 其母從其言給之 安生上京行貨 締結曾經兩司一員以爲切緊
之間 臺官一日問於安生曰 我與君 素非親切而 賴君周急不少 未知君有何所關於
我耶 安生曰 無所關也 白某與我 有宿怨 方欲搆殺於士禍 無便可乘 故不惜千金
與君托結者 只此而已 臺官曰 白某有士林重望 吾所宿慕 子之言無乃誤耶 安生
曰 白某之陰謀 世所不知 方與倭虜相通 謀害我國 每年自海 運送米穀 君尚不聞
而斬之耶 臺官旣聞此語 不得已劾奏 朝家洶洶 竟劾白其情迹 則萬是孟浪之說也
上判敎曰 白某之 淸儉貧寒 一世之所共知 且忠義 行亦所蘊抱 其謂締結倭虜 運
送米穀者 莫非搆陷造語 爲先罪其言官 以此推之 則白某之符同趙某者 亦是糢糊
不分明之事 勿傷擧論 己卯士禍大起 一時淸流 盡入混入 休庵竟以安生得免焉

破睡篇

投良劑病有年運

　　銅峴有一藥鋪 一日有一老學究 弊衣草履 貌似鄉愿 突如而入 坐於室隅 口無一言 移晷不去 主人怪問曰 何處客主 以何事來臨 學究曰 某與客約會于此 故今方苦企 淹留貴肆 心切不安 主人曰 何不安之有 至食時 主人請飯 則不應之 走出門外 以囊錢買飯于市鋪而 復來凝然如前 如是數日 所待之友 終不見至 主人雖竊怪之而 亦不敢辭却也

　　忽有一庶人曰 妻方臨產 猝然僵仆 不省人事 願得良劑 以救此急 主人曰 爾輩無識 每謂販藥者 能通醫術 有此來問 然我非醫也 焉知對證投劑乎 若往問醫人 出方文以來 則當製給矣 庶人曰 本不識醫師門巷 望以一劑活人 學究勸說曰 若服藿香正氣散三貼 則卽愈矣 主人笑曰 此是消痞鮮鬱之方 若投痘病 則便同氷火 君徒習於口而發也 學究固執前言 庶人曰 事已急矣 雖此劑 萬望製給 因問價投錢 主人不得已秤量與之 向夕又有一庶人來謁曰 某與某甲鄰居 某甲妻方產垂絶 幸得良藥于此鋪 得以回甦 此必有良醫 故修謁耳 某之子方三歲 患痘瘡 某危劇 望以珍劑救活 學究曰 亦服藿香正氣散三貼 主人曰 庶人輩未嘗服藥 故其强壯者 或以此藥收效而 至於襁褓之兒 決不當服此 况其症形 不啻千里之差乎 庶人固請 主人又與之 旣而庶人來告 果得立效 自是聞風者 踵門而至 學究莫不以藿香正氣散應 無不良已 捷於桴鼓 殆近數月 學究未嘗去 所俟客亦不至

　　一日有一宰相之子 乘健驢入門 主人下堂迎之 灑掃惟謹 舉家奔走先後而 學究獨坐木櫃上 不動一毫 宰相子曰 親病沈綿 已經數月 百藥無效 元氣漸下 昨邀嶺南一儒醫 命補劑而 醫言陳根腐草 難以得力 須親造藥肆 別擇新採之劑 依法妙製 可望收效云 故有此親訪 主人遂極擇良品 按方製藥 宰相子低聲問曰 彼坐櫃子上者誰也 主人此間有異事 遂述前狀 宰相子乃整襟 詣其前備告其親症候 仍請良方 學究無所改容 但曰 藿香正氣散最佳 宰相子暗笑而起 覘藥而回 仍使傔輩前藥復向其親 語及學究事而 一笑矣 宰相曰 此藥未必不是當劑 試服之如何 其

子及門人 儕輩交進告曰 積敗之餘 何可服消散之劑 決不敢奉命 宰相默然 旣而
熨藥以進 宰相曰 所食不下 姑置臥內 迨夜仍暗覆之 使左右潛製藿香正氣散三戗
混而爲一 以大鐺合而煎之 分三服之 詰朝起坐 則神淸氣逸 病根已釋 其子候起
居 則曰宿疴已祛體矣 其子曰 某醫眞和扁也 宰相曰 非也 藥肆之學究 未知何方
人而 眞神醫也 仍言覆藥而 煎服正氣散之事 又曰 數朔貞疾 一朝氷釋 恩莫大焉
汝須親往 迎之可也 其子承命而往 極致感謝之意 仍請偕往鄙家 學究拂衣而起曰
吾誤入城闉 致此汚穢之言 吾豈作幙中之賓耶 遂飄然而去 宰相子憮然而退 歸告
其由 宰相益歎其耿介拔俗之士 而旣而上候違豫 轉輾沈篤 良醫迷其所向 擧朝莫
不焦遑 其宰相時任藥院提擧 適感學究事 因入診口達 上曰 此劑未必有益 亦無
所害 仍命煎入進御而 翌日乃瘳 上益歎異之 令物色而訪之 終不可得

識者曰 此異人也 蓋醫書有年運之循環 一時之間 百病雖異類而 其根則年運之
所使也 苟知其年運而 投入襯合之劑 則雖不相當之症 無不有效 近世業醫者 全
昧此理 故但隨症而試藥 治其末而捨其本 所以孟浪殺人也 此學究必預知 上躳之
當有愆度而 非此劑 則無以能救 故假此以自達耳

托終身女俠捐生

李參判匡德 號冠陽 承命廉訪北關 祕跡潛影 備嘗艱難 盡探守宰之臧否 風俗
之頑柔 將到咸興露踪決事 乃與數人暮入城內 只見居民奔走 叫譟曰 繡衣今日將
到 李公訝惑不定曰 遍行一道 未有識破我者 今此喧呶 或緣於從者之有洩耶 乃
還出郭外 窮詰諸件 末有端緒 過了數日 復入官衙 方始出ява 判決公務 且問邑吏
曰 爾曹曩日何由知我來吏曰 滿城喧傳 未知先出於何人之口 李公命採報言根 吏
退而窮探 則實七歲小妓 可憐先唱也 入悉其狀 李公令可憐近前曰 爾纔離襁褓
何能辨得使星 對曰 賤人家在街頭 嚮日推窓而窺 則有二乞丐 幷坐路側而 這裡
一丐 衣履雖垢弊 雙手甚是白嫩 故自疑曰 凍餒執役之類 固當胼胝黝黑 詎能如
此也 訝惑之際 郝丐解衣捫虱 旋卽欲着則其傍一 丐攝而衣之 執禮甚恭 正若儕
僕之於貴者故始乃牢信其爲繡衣 備告家人 則頃刻喧傳 以至一城紛挐云云 李公
大異其穎悟 極其愛憐及還贈以一詩 妓亦服公之文華器宇 有托身之意 年旣及笄

猶自守紅 惟待公言 誓不許人 而公則實未能知也

迨夫公坐事 竄咸關 寓住一吏舍 妓親往趨侍 昕夕不捨 公亦深感其誠 然自分身罹罪戾 不可昵近女色 與之周旋者四五年 未嘗及亂 妓亦服公之偉度 歎欽感孚 公嘗令他適而抵死不聽 妓慷慨磊落 喜誦諸葛孔明出師二表 每淸夜月朗 爲公一唱 音吐淸硜 如白鶴唳空爲之 泣下霑臆 隨吟一絶曰 咸關女俠滿頭絲爲我高歌兩出師 唱到草廬三顧地 逐臣淸淚萬行垂 一日公蒙賜環之恩 將還始得縱緤 而公曉之曰 吾行有日 雖欲將汝偕焉而 宥命屬耳 載妓後車 吾所不爲 歸田後必當力致汝于家 母恨稍遲 妓喜動眉睫 慨然領諾而公歸未幾 因病捐館 妓聞凶音 設祭長慟 引決而逝 其家人葬于道側 後朴文秀巡按北臬 過其下 題其碑曰 咸關女俠可憐之碑

擇夫婿慧婢識人

古有一參政 志養萱闈而 公擾私務 鎭日叢集 未暇左右恒侍 家畜一婢年纔及笄 容姿豐艶 性度聰慧 善承萱闈之旨 飢飽寒暖 隨宜管領 坐臥動息 相機扶攝 萱闈以是而自適 參政以是而悅親 家人以是而代勞 愛護偏篤賞與無算 婢於長廊之內 別設一房 書畫什物 俱極齊楚以備 少隙燕息之所 長安豪富子弟 從事靑樓者 競欲以千金一娶 爲希媒籠於參政 婢四辭牢拒 一心自矢曰 若非天下有心人 寧甘老空房

一日婢領于夫人之命 修起居于親黨家 及其復路 忽逢驟雨 忙還其家 則有一丐蓬頭垢面 避雨于門首 婢一省而知非常 携入于自己房 攏囑曰 爾姑留此 因轉出而鑕其局 踣踣入內閨 郞丐一刻萬想 莫料端倪而 姑任其狀 欲聽下回 少焉出而入室 詳看郞丐 喜容可掬 先買束柴溫水沐浴 使丐全身洗滌 且饋暮飯 美羞珍饌 蹴破枵腸之神 畫皿朱盤 眩若滄海之市日已曛黑 街鍾亂動 逐交頸於錦襫繡褥之中 宛轉春夢 顚鸞倒鳳 黎明使丐椎髻成冠 又衣以鮮眼 穩稱其體 果然儀容雋爽 氣宇軒豁 非復昔日之愁蹙也 又囑曰 君可入現於夫人及參政 而如有動問 必荅以如此如此 丐滿口領諾 卽謁參政 參政曰 此婢昔擇其耦 今也忽地結襯 必見可意人也 乃使丐近前曰 汝所業甚麼 曰 小的將些錢貨使人殖貨 八路變幻貴賤 相時射利 參政大喜深信 自是丐美衣豐食 不事一事 婢曰 人生斯世 各有所幹而 飽食無爲 將如謀生何哉 丐曰

若欲料理資生 須得十斗銀子乃可 婢曰 我當爲君周旋 因入內堂 乘間懇于夫人 夫人轉言於參政 參政慨然然諾 丐將此白金 都買洛肆 乍着不襲之衣 積於天衢盡招平日同與乞丐之若男若女 總以其衣衣之 次聚江郊乞兒亦如之 次尋遠鄉近州流離飄蕩之類 以無漏大庇爲心 馬以駄之 雇以擔之 循八路而盡之 只餘一匹馬及數襲衣 因作襏擔 藉於馬背而行

　時當中秋 霽月初上 淡烟橫野平郊 通路四無行旅 揮鞭促程 聽其所止而欲止 路遇大橋 橋下有洴澼之聲 襍人語響 深宵曠野 疑其木客 因下馬據橋 探視橋下 則有一翁一嫗 解衣露體 澣其所着之衣 驚人俯視 愧其赤身 揮手趑避 無所措躬 乃招出橋上 罄其所儲之衣 以衣之 是翁是嫗 鳴謝僕僕 懇請邀入止宿于其家 則數椽蝸舍僅庇風雨 丐繫馬於外 入室而坐 翁嫗奔走 幹辦以饋 麤飯若莘 丐一飽而 欲宿請借枕具則翁嫗乃於椽角之間搜出一匏瓠曰 可以枕此 丐依言而臥 乃於黑窣窣地 用手捫匏 則旣非金石 又異土木 謹細捫摩而 認他不得 忽有呼唱之聲 喧聒籬外 甚有威猛 如貴者之踵門 俄有一卒應令而入 欲奪此匏 丐曰 是我所枕 不可輒與人明矣 數卒繼而攫取 丐一向拒之 居無何 貴人躬入而詰之曰 汝詎知適用此器而 如是自寶耶 丐曰 旣入我殼 義不輕許而 實昧適用之術 貴者此殖貨之良寶 若以散金碎銀 納其中而搖之 則頃刻滿器 汝必待三年之期 拋之于銅雀津 無使他人覘知 愼勿疏虞 丐大喜而叫 乃尋常片夢也 時天色向曙 翁嫗已起 丐曰 願以鄙驪 易此瓢 翁洸洸而却曰 此物不直一錢 敢售駿馬也 丐脫其衣而掛壁 繫其馬於門楣 反求主翁鶉衣 掛于身子 又以一藁席 乞其匏擔而出 乞食於行路 依然復爲乞兒樣子 間關千里 屢日入城 直望參政家而造焉 忽地心口相語曰 當日出門萬萬銀資 今夜歸家獘獘衣裳 恐有礙於見聞 姑得烽後鍾前 間其閴寂而入 無妨也 乃藏身於酒肆 少俟夜闌 躍入其家 則廊門半掩 房戶牢鎖 丐因屛氣息迹於昏黑深隩

　俄而婢自內而出 推扃而入曰 今日街鍾亦云鳴矣 吾一雙銀海 不識人品 致此噬臍 奈將何爲 丐微啾一聲 使知其來 婢驚曰 誰也 曰 吾也 曰 何往何來 曰 開門燃燈 乃挈其負而入室 相對燭下 則贏垢之容 褴縷之服 叱諸宿昔 倍爲愁慘 婢吞聲出門 備晚食而一飽共歠 是夜晨鍾纔動 婢蹴丐而起 重裹輕寶 欲爲竊負而逃 以免亡銀之罪 丐瞋目厲聲曰 我寧首實獲戾 豈可相携逸去 重添禍網也 婢怒曰 君縱不能庇一妻 詎忍由我困人 日逢答罵 猶作犬夫大語耶 丐乃出匏子 且得片銀於婢子之箱篋 裡納于其中 暗祝天地 用力搖晃 開口視之 則白雪也似紋銀充滿一匏 因注於屋漏中最

凹處 搖之又搖 注上添注 俄頃之間 與屋子齊高 始以廣裰撝掩 高枕而睡 婢良久而出 忽見有物塡塞房子 不勝怪訝 褰帷而視 則片片白銀 堆積如京 不知其幾千十斗也 姑驚如啞 口呿目瞠 俄繞定精曰 此物從何而生 又何其夥也 丐笑曰 宵小兒女 焉知丈夫之做事也 因與帶笑相獻 坐而待晨 換着新衣 伏謁於參政 始參政罄一家之儲 以付于丐 丐一出而久無形影 心甚訝惑 忽於昨夕 一傔童見丐之狼狽而歸 備告參政 參政愕爾缺懷 夜未穩睡 及見丐 滿着燦燦衣服 趨謁於前 參政已在疑信之中 亟問與販已完否 丐曰 多荷貴宅俯助 獲利甚優 請納二十斗銀子 俾完子母之恩 參政曰 我豈受利息也 只償本銀 切勿更漑 丐曰 小的可死 利息不可不納 因戴負輪置于庭除 正如臘前厚雪 可爲三四十斗 參政素是嗜利 欣然領受 婢又以十斗獻于萱闈 庸申微誠 又以數十斗分納于諸夫人 其餘傔隸藏稺 舉得數鎰 舉家嘆羨 嘖嘖不已 參政乃悟疇昔之夜 一傔之備述 丐襤縷之狀者 的是搆陷 亟告萱闈曰 此傔深猜此婢 搆捏殊甚 錦衣紈袴者 勒謂鶉懸 槖盈黃金者 勒謂敗還 究其心肚實 非佳人 乃厲責郿傔 傔一辭稱屈而 不之信 亟令斥之 丐自是日富月瞻 贖婢從良 百年湛樂 子姓繁衍 至有登朝籍而 匏器則果於三年之後 祭而投之銅津云

洪斯文東岳遊別界

洪僬 牙山大同村人也 嘗遊金剛山 於外山遇一僧 獨行甚忙 問其所向 答曰 所居甚遠矣 洪欲從之 僧曰 此非脚力甚健 不能至也 洪固請 僧上下看良久曰 足行矣 遂與同行 從僻路升降 不知爲幾里 有一峻嶺 抵一沙峰下 僧曰 此沙軟甚 移足稍緩 則沒至膝 但學我運步 數數可免此患 生促膝隨僧 行至上頭 路繞山腰 至一處 路斷下臨絕壑 怕然神悸 對岸相距可丈許 僧超然跳過無難也 生無計從之 僧於其半岸懸身仰臥 令生躍過投於其懷中 生依其言 一跳僧便抱住 遂從此進盤回崎嶇 到一處 卽一別界也 景物奇絕 田疇肥沃 有人居數十家 皆僧徒也 豐屋相接 泉石回匝而 滿洞皆梨樹 家家積梨 人人殷實以以生外客能至 甚貴愛 互相延循還供饋 可一月餘 生欲歸 將尋舊路 則可來不可去 僧曰 此自有路可出 卽編藁作兩薦 導出洞行數里 涉一巒嶺 其下卽一盤石側臥 淨滑不見其所極 僧將一薦與生而 自將其一各負於背臥於盤石上 動搖流下良久 始下至地 前有一峯雪色嵯峨

峯上有圓石 其上有對峙如兩角者 僧曰 生員欲見奇事否 卽上走峯頭 將一石子叩
其如角者 久之如角者漸屈聲折 俄而縮入 復叩其一屈縮又如前者生問此何物 僧
曰 此爲大螺 俗名鼓角 素在高山絶頂上 我國取作軍中吹器云 自此幾行三十里
出於高城地 僧曰 此洞名梨花洞 花開時 滿洞晃朗 如雪朝云

成虛白南路遇仙客

成虛白倪 曾在玉署 受由南歸其還也 時適炎夏 傍溪有樹陰甚美 下馬憩焉 忽
有一客 騎驢而至 一小童執鞭而隨之 客下驢亦就樹蔭息 成與語久之 覺飢將命食
物 客亦命小童取一柳盒 盒開有一小兒蒸之爛熟 小童又進小瓢 有酒若血 蟲蛆盈
滿 又泛數花草 客分裂兒肢體 擧而啖之 若珍果 虛白大駭 問此何物也 客曰 靈
藥也 虛白頻蹙睨視 不敢直視 客忽以一肢 勸虛白食 虛白曰 如此之物 素不能食
客又擧瓢曰 此則可飮否 又辭如前 客笑而引飮盡 取草細嚼 以兒餘者與小童 小
童坐林下食之 童坐處稍間 虛白託以便旋 問童日 汝主人何人而 住在何處 童曰
不知也 虛白曰 豈有奴不知主者 答曰 吾隨行已數百年 尙不知爲誰某也 虛白益
驚固問之 童曰 疑是純陽 曰俄者所食何物也 曰千歲童夢也 酒中何草名 曰靈芝
也 虛白驚悔 就拜客前曰 俗眼矇昧 不識大仙之降臨 禮節頗簡 死罪死罪 然今玆
之奉 綠亦非偶 童夢靈草 猶可得嘗否 客笑謂童曰 俄物尙有存者乎 童曰 纔已盡
食矣 虛白刳心懊恨而 莫如之何 客起揖將行 童問所向 客曰 今何篷川 時日已西
矣 僕緊束馬腹 客驢瘦小而 行亦不甚駛 轉眼之間 已杳然矣 虛白縱馬追之 纔踰
一峴 已不見矣

守貞節崔孝婦感虎

洪州地有崔氏女 頗有姿色 十八喪夫 只有病盲之舅 崔氏矢死不改適幷臼傭賃
備盡奉養 或出他 則可食之物 烈置左右曰 某物在斯 某物在斯 使舅手探取喫 鄰

里稱其孝 其 父母憐其早寡無子 欲奪情嫁他 委伻邀曰 母病方重 崔叮囑鄰里 炊
飯供舅 倉黃往見母 則無恙 女心甚訝之 父母曰 汝年未二十 守寡無依 虛送靑春
人生可憐 廣求佳卽 明日欲婚 須勿牢拒也 女伴曰 諾 父母甚喜之 俟到夜深 脫
身潛出 徒步獨行 走向舅家 距此爲八十里矣 行僅二十里 兩足已繭 寸步難移 至
一嶺有大虎當路而蹲 不可以行 崔謂虎曰 汝是靈物 須聽吾言 仍悉言其由 又曰
吾方求死不得 汝欲害我 須卽噉我 遂直至虎前 虎乃退却 如是者屢 忽跪伏于地
崔曰 汝或憐我弱質之深夜獨行 欲使我騎之乎 虎乃點頭掉尾 崔騎其背而抱其項
虎行疾如飛 少頃已到舅家門外矣 崔乃下謂虎曰 汝必餒矣 食一狗 入其家驅狗而
出 虎捉狗而去

　數日鄰人傳道曰 有一大虎 入於陷井而 磨牙鼓吻 大肆咆哮 人莫敢近 勢將待
其餓斃 崔聞之 疑其爲是虎 往見之 毛色若相彷佛而 夜中所見 不能分明 無以詳
卜 乃謂虎曰 汝是向夜負我而來者乎 虎又點頭垂淚 若乞憐者然 崔始語其本末於
鄰人 仍曰 彼雖猛虎 於我則 仁獸也 如蒙爲我放出 則吾雖貧無貨 當以皐比之價
奉納里中 鄰人莫不嘖嘖曰 孝婦所言 何可不施 但此虎若放 傷人必多 其將奈何
崔曰 倘教我以開井之方而 鄰人皆遠避 則我當自放之 鄰人如其言 崔遂開放其虎
虎嚙崔衣不忍捨 良久乃去云云

鬪劍術李裨將斬僧

李提督如梅之後孫 某有膂力 善劍術 常赴完營幕 行到錦江 有一內行同舟而濟
至中流有僧至 江岸招舵工曰 斯速還泊 舵工欲回棹 某叱之使不得往 僧踴身飛空
躍入舟中 見有婦人轎 開簾視之曰 姿色頗佳 肆發戲言 某欲一拳打殺而 未知其
勇力之如何 姑忍之 俟而下舟登陸乃大叱曰 汝雖頑僧 僧俗各異 男女自別 焉敢
侵戲內行 以所持鐵鞭盡力打之 卽地致斃 擧屍投江 遂至全州 謁見監司 告錦江
之事 留在幕府矣

　居數月 布政門外 喧擾不能禁 監司問之 閽者告曰 不知何許僧 欲入謁使道 故
挽之不得已而 僧直入升廳拜謁 監司曰 汝是何處僧 來此何事 僧曰 小僧康津人
也 李裨將今在幕中乎 監司曰 何問也 僧曰 李裨將殺小僧之師僧 故小僧欲報仇

而來矣 監司曰 李適上京矣 僧曰 何時還來乎 監司曰 限一朔請由而去 來月旬間
似下來矣 僧曰 其時小僧當復來 渠雖高飛遠走 不可得免 愼勿避匿之意 言于李
神焉 卽辭去 監司招李某言之故 且曰 君能抵敵彼僧乎 某曰 小人家貧 食肉常罕
氣力未健 若一日食一大牛 限三十日 則何畏乎 彼監司曰 此不過千金之費 何難
之有 分付掌肉吏 使日供一牛于李神 某又請製黃錦狹袖 紫錦戰服 監司許之 某
又使工造雙劍 百鍊而成 其利斷金 至十日食十牛 則體甚肥大 廿日食廿牛 則體
還瘦瘠 食三十牛 則體乃不肥不瘠 如平人矣

方蓄銳養勇以待之 僧如期又來 謁監司曰 李神來乎日 纔已還來矣 某適在傍
叱曰 吾方在此 汝焉敢唐突乃爾 僧曰 不必多言 今日與我決死生 遂下庭拔出鉢
囊中卷藏之劍 以手伸之 乃如霜長劍也 某亦下庭身衣黃紫色狹袖戰服 手持一雙
鍊劍 足着一對着錐鞾 相對翻舞 彼此前却 俄而劍光閃閃 遂成銀甕 兩人乘空而
上 高入雲霄 人不可見 滿庭觀者莫不嘖嘖 坐待其勝敗 至日昃後 鮮血點點落地
繼而僧體墜于宣化堂下 僧頭落于布政門外 衆皆知李神之無恙而 薄暮無影形 衆
方疑怪 初昏時某始杖劍而下 監司問之 某謝曰 幸蒙使爺之德 食肉補元 黃紫服
色 眩悅其眼 故得以斬僧 否則休矣 監同曰 僧頭落已久矣 君則何來遲也 某曰
小人旣乘劍氣 回戀故國 往隴西省先塋 一場痛哭而來云

澤風堂遇僧談易理

李澤堂少時多病 廢擧業 專意調養 家在砥平白鶴谷 近龍門山 嘗携周易栖龍門
乃邁寺 沈潛硏究 輒至夜分 有一僧負木取食 單鉢綮衲 僧所不齒 每夜澤堂篝燈
讀書 衆僧盡睡而 獨此僧借燈餘光 織屨不寐 一日公思索甚若 至於侵曉 僧口內
獨語曰 年少書生 以不逮之精神 强欲求索玄微 徒費心力 何不移於科工 公微聞
之 翌日引僧僻處 以夜所聞者詰之 且曰 師必深知易理 請學焉 僧曰 貧丐傭僧
豈有知識 但見生員 工夫刻深 慮有傷損 故云云 至於文字素所蒙昧 況易乎 公曰
然則何以云玄微 師終不可以隱 我卒敎之 懇叩不已 僧曰 措大須於易所疑處付籤
俟我僻處 公大喜 將所疑晦 逐一付標 約僧於樹林茂密之中 或衆僧盡眠之際 從
容質問 僧剖折微妙 出入意表 公胸中爽豁如決雲覩天 旣卒業 公以師禮待之 然

在衆僧中 漠然若不相識 及公下山 僧送至山門 約以明年正月 訪公於京師 及期
僧果至 公延之內齋 留三日 僧爲公推命 論定平生 且曰 丙子兵禍當大起 必避地
於永春可免 某年又當與公遇於西關 幸識之 遂別去

其後值丙子之亂 奉慈堂避入水春安過 及位至卿宰奉使西關 遊妙杏山 僧徒昇
藍輿 其居前一人 卽此僧也 顏狀康壯一如在龍門時 公喜甚及入寺 別掃一堂延僧
握手歡甚 命別具素饌饗之 留三日極意款討 上自國事 下及家私 細悉無遺 公亦
仍聞道 旣別更不復遇

李上舍因病悟道妙

進士李光浩 有積年痼疾 欲爲醫治 博考方書 因悟妙道 多異事 嘗飮水置一盆
於廳上臥轉數次 據高處倒身吐出 謂之洗滌臟腑 又嘗稱遠遊 僵死數日始甦 一日
謂家人曰 吾今遠出 月餘當還 請一親友代守吾身 必善待之 言訖氣絶 良頃復生
起坐 謂其子曰君必不知我也 我與君父心友也 君父適有遠行 邀我守身 幸勿訝焉
我嶺南人也 其言語擧止非李君也 李君之妻子供奉甚謹 然不敢入內也 如此月餘
一日忽仆地 已而開眼起坐 其言語擧止 卽李君也 妻兒雖是歡欣 習以爲常 亦不
甚以爲異事也

然多危言妄說 孝廟朝坐事受刑 獨無血有白膏如乳 李君之友婿權某 在南堂山
村(卽京江也) 是日晡時 李君至權家 主人不在 只有兒輩 取筆書于障子上曰 平
生杖忠孝今日有斯殃 死後昇精魄 神霄日月長 書畢倏起 出門行數步 復不見 其
家大驚 俄而凶音至云

先是李君有千佛圖一幅 不省其爲奇筆 有一僧望氣而至 請見李君之書畫 至佛
圖拜跪雙擎日 天下絶寶也 願公以此施捨 當爲厚報 李君卽與之 且問其爲絶寶者
僧取水噴於幅上 炤以日光 則千佛董如螻蟻者 眉目皆活動 僧於囊中探藥一掬 授
之曰 此神藥也 每朝用冷水磨服三丸 服盡非但久視 亦福祿隆盛 過三則必有大害
愼之 其藥如麻子而黑 李君素有宿症 依服之 數三服而積痼都袪 鬂黃韶潤 體力
輕健 李君大樂之 服垂盡餘十數丸 忽忘僧戒 幷磨盡服 其後僧又至 大歎曰 不用
吾戒 其不免哉 及死其友人 自南中來者 遇李君於稷山路上 布袍款改 容色悽慘

班荊而坐 款討如平昔 友人問其所往 則答以他辭 至京聞之 李君死日 卽稷山握
手之夕也

車五山隔屛呼百韻

車天輅文辭浩汗而 詩尤雄奇 雖精麤相雜而 立就萬言 滔滔不窮 無敢敵者 宣
廟末 天使朱之蕃來 朱是江南才子 雅有風流 所到之處 詞翰炫耀 膾炙人口 朝家
極選儐使 李月沙爲接伴 李東岳爲延慰 而其幕佐亦皆名家大手 沿路唱酬 至平壤
朱使臨夕下箕都懷 古五言律詩百韻於儐幕 命趁曉未明製進 月沙大懼 會諸人議
之 皆曰 時方短夜 非一人所能 若分韻製之 合爲一篇 庶可及乎 月沙曰 人各命
意 不同湊合 豈成文理 不如專委一人 惟車復元可以當之 遂委之 天輅曰 此非旨
酒一盆 大屛風一坐 兼得韓景洪執筆不可 月沙命具之 設大屛風廳中 天輅痛飮數
十鍾 入於屛內 韓濩於屛外 展十張連幅大華牋 濡筆臨之 天輅於屛內 以鐵書鎭
連扣書案 鼓動吟諷 已而高聲大唱曰 景洪書 逸句俊語 絡繹畓出 獲隨呼卽書 俄
而叫呼震動 跳蕩踊躍 髼鬆赤身 出沒於屛風之上 迅鷹驚猿 不足比也而 口中之
唱 水湧風發 濩之速筆 猶未可及 夜未半而 五律百韻已就矣 天輅大呼一聲醉倒
屛風頹然 一赤身體髀也 諸公取其詩 聚首一覽 莫不奇歎 鷄未鳴而 呼通使進呈
朱公卽起 秉燭讀之 讀未半而 所把之扇 鼓之盡碎 諷詠之聲 朗出於外平朝對儐
使 嘆賞嘖嘖

韓石峰乘興灑一障

韓濩 嘗隨朝天使 往燕京 時有一閣老 以烏緞 作一障子 掛之華堂之上 集天下
名筆 能書者 將厚賞之 濩亦往焉 障子煥爛動輝而解鼠鬚筆 浸於琉璃椀泥金之中
以筆名者數十人 相顧莫之敢進 濩筆興勃發 不自抑進而執筆 攪弄於泥金之中 忽
揚筆濺之 灑落滿障 觀者大驚 主人大怒 濩曰 勿慮也 吾亦東方名筆也 乃把筆起

立 奮迅揮灑 眞草相雜 極其意態 灑落金泥 皆在點劃之中 無一遺漏 神妙奇逸 不
可名狀 滿堂觀者 莫不叫絶咨嗟 主人乃大喜 設宴待之 厚有贈遺 由是濩名大著於
中萃 國人題之曰 安平之筆 如九苞鳳雛 常有雲霄之夢 韓濩之筆 如千年老狐 能
像造化之迹 宣廟甚愛濩筆 常命書入 賞賜甚多 珍羞累下 遂爲東方筆家之第一

峽氓誤讀他人祝

有一故相之子 路出窮峽 日暮店遠 投宿於一農舍 舍內方殺狗屠猪 爛熳烹餁
故相之子詰其由 則是夜卽庄主之喪餘也 終夜喧撓 不堪交睫施至鷄鳴 叫噪呼應
十倍於前 設祭陳羞 器聲眂耳 及讀祝辭 有曰 癸酉五月二十日云 故相之子 臥聽
暗笑曰 今日卽甲戌五月十六日也 何以往年五月作祝也 正自訝惑之際 又聽孝子
某云云 巧是自家同名也 又聽敢昭告于 顯考大匡輔國崇祿大夫 議政府領議政 兼
領經筵春秋館弘文館藝文館觀象監事 世子師 謚某公府君云云 故相之子 驚起自
語曰 然則庄主固首閣之子耶 何流落至此也 然職銜及謚號 與我先考相同 亦一異
事也 又聽顯妣貞敬夫人某貫某氏云云 又與自家先妣鄉貫姓氏職牒毫無差爽 始乃
大疑 待其撤祭 亟呼庄主曰 子之先世曾做何官 庄主惶恐曰 詎能做官也 每以終
身不免禁衛軍 爲恨耳 又問 爾名爲誰 對曰 某也 又非自家同名也 又問 爾母姓
氏某也 對曰 小的母幼失父母 未識姓字 又問爾能解字乎 對曰只曉諺文 又問 爾
之祝格 從誰代書 對曰 小的生來不識祝法 昨夕貴星 知小的家設祭 問有祝乎 曰
無 貴星揶揄誹笑曰 無祝而祭 與不祭等云 故饋以數椀濁醪 請學祝式 貴星索一
丈白楮 書下諺文 令小的習讀 小的看過不甚難解 故不勝大喜 約與一洞諸家 珍
藏此紙 來後家家輪回讀之而 先試於今曉耳 故相之子 大駭論以事理 卽地焚燒
大責其僕 僕曰 小的每於主家忌月慣聽祝文 以至習誦而 意謂世間祝式皆如此 故
果有此事耳 故相之子心 甚未妥而無如之何 更思俄者讀祝之年月干支 則卽去年
自家親忌日也云 庄主之殺狗屠猪 請他家之神 與故相之子之設其親祭於殊鄉他人
之家 一般狼狽 尤覺一噱也

宰相戲捫梅花足

古有一宰相 夫人性嚴 有法度 宰相甚憚之 常恐或取侮於夫人也 其家有一婢名做梅花 少而且美 宰相每欲桃之而 婢在夫人左右 未得其便 惟或以秋波慇懃 則婢甚冷落 蓋畏夫人剛正也 一日宰相坐內堂 夫人在廳事治産 婢承領夫人之使令 入房子裡 轉上樓庫而 一足垂在樓門之外 宰相諦視其足 則白如凝霜 小如新月 不勝憐愛 以手捫之 婢大驚且叫 夫人正色進前曰 相公年老位高 何不自重 宰相乃權辭曰 余誤認以卿卿之足 有此故犯耳 時人爲之語曰 相思一夜梅花(婢名)發(足 俗名 發)忽到窓前疑是君(誤認夫人故云云)

得僉使兒時有約

白沙李公嘗閑坐 盲人咸順命來謁 公曰 何事冒雨而至 順命曰 苟非緊故 病人那得衝雨而來乎 公曰 姑捨汝所請 先從吾請可乎 朴判書蓬兒時受學於白沙 方在座 公指而問曰 此兒之命 如何 順命曰 唯 良久細推而言 此郎可到兵曹判書 白沙嘆曰 汝之術數精矣 此兒元來可到此官矣 順命告朴曰 甲午年間 卽君似當爲大司馬矣 是時 白沙庶子箕男 與朴公同學 箕男曰 君若主本兵 宜授我兵使 朴公笑而諾之 其後甲午 果入中權 箕男往見不復一言 辭出時 朴公之側室小兒在前 手携其兒搏擊 捽曳於墻外 兵判驚問其故 答曰 我以鰲城妾子 與兵判有小兒時 宿約而 亦不相念 況此循例兵判之妾子 雖生何爲 殺之無惜 朴曰我雖兒時許汝 邦家政格截嚴 何敢以庶孽爲兵使 箕男曰 然則君宜上疏 陳其兒時之約 不膺中權之命 可矣 朴笑曰 我識汝意 白翎僉使近作窠 意必在此 箕男慨然曰 以兵使之約 只得僉使 誠可慊 亦復奈何 竟除白翎僉使

結芳緣二八娘子

英廟末蔡生者 家世貧寠 僦居于崇禮門外萬里峴 蝸舍頹圮 簞瓢屢空而 生之父 愷悌謹拙 恬靜自守 不以飢寒而易其操 惟嚴訓其子 欲紹家緒 見一不是處 未嘗 溺愛包容 必褓入繩綱之中 高懸樸以 以亂椎椎之曰 吾家門戶剝復 寔係汝身 一 未有酷罰 何望悛過 生時年十八 委禽於禹水峴 睦學究家 雖結褵之日 亦令課讀 親迎之後 衽席之事 皆有指日所許 一日詔生曰 冷節只餘四箇日 墓祭固宜躬行而 但汝成冠之後 猶曠省墳 於情於理 俱是未安 可於明曉趲程 三日而走 百有奇里 則當赴期 到塋下將事之際 須用一箇誠字 拜跪出入 毋或少忽 行路如見女伴 及 喪輀必避面不見 以務心齋 生僕僕領命 翌日拂曙而行 父又出門囑之曰 長程決勿 浪度 默誦一經 逆旅必須節食 用免二豎勉哉勉哉 生滿口應承

往于南門 轉過十字街 葛衣麻鞋 行色零星 忽有五六皁隸 豪悍胖健 携一驍駿 骨 金勒繡韉 拜于路傍 生羞赧不敢當疾足使走 皁隸團團札曰 小的家令公奉邀 卽君 願速上馬 生訝惑喘嚅曰 君是誰家藏獲 我也四顧無顯親 誰有送馬速去也 皁隸更不打話 齊力推擁 勒使據鞍 施策打箠 迅如飛龍 生目瞠口呿 不能定精 哀 呼悲叫曰 我庭闈俱耄 兄弟終鮮 望君特垂慈悲 救活縷喘 皁隸扮作不聽 惟事駈 騁 俄頃而馳入一門 轉過無限小門 中有廣厦渠渠 製度宏敞 楣桷雕繢 衆僕翼生 而升堂 堂上有老翁 頭戴烏紗折風巾 以明珠片纓承之 兩鬢貼了一雙金圈 身穿大 花青錦氅衣 腰橫紅條兒帶 高坐沈香椅上 五六丫鬟粉糚麗服序列 生忙拜膝席 主 翁扶起 寒喧踵問生 姓名閱歷年紀 生一一便對 主翁喜動眉睫曰 然則吾不薄命 生終是愚騃 究解他不得 動問他不得 惟滿面通紅 拱手侍坐 主翁曰 吾家世以象 胥資業 位添金緋 家饒銀 貨詎不自足而 但身外博有一女 受人儷皮 未趁合卺禮而 夫婿遽夭 青春空閨 情事劇憐而 禮守有防 瞻聆有礙 未便他適 奄至三稔 女忽於 前宵 悲呼哀鳴 聲聲吞恨 寸寸斷腸 雖行路之人 亦當爲之傷感 矧余一點骨肉 都 寄此女 一日忍見 輒惹一日之愁 百年忍見 便無百年之樂 缺陷世界 迅如流駛 雖 絲肉以醒耳 錦繡以侈眼 膏腴以悅口 猶恨取樂無多 余又何苦 獨以淸淚爲日用 哀怨爲家計也哉 事到窮迫 計出無策 乃使僮晨候天衢 毋論賢愚貴賤 必以初逢一 少年丈夫 極力邀致以占佳緣 不意卽君與微息宿繫赤繩 湊合甚巧 萬望憐其寡鵠 使奉巾櫛 生益覺瞠然 不敢有應 主翁曰 春宵苦短 鷄人已唱 願君迨此未明 以成

花燭 因攝生而起 携入行閣 轉到一座 花園廣周數百步 四圍以粉墙約之 墙之內
滿鑿池塘 小艇艤其溁 劣容兩三人 乃同升而濟 菡萏挺立 尺尋莫辨 溯入異香中
者差久 塢巘斗立 以文石築起 中設誰階梯 以達其上 生下舟登階 階盡而有十二
欄干 菌席炳爛 簾箔塋透 主翁留生而入 生停立像視 則奇草異石 名花彩禽 如入
海觀市 怳惚不可名狀 居無何二青衣 邀生而導之 生踵至一座紅院 只見碧紗窓裡
銀燈耿煌 香煙裊裊 二八娘子 月態花貌 靚粧粉服 翹立戶內 隱映顯晦 只窺一班
生趄超而進 娘子蓮辨乍動宛轉出來 肅生而入 拜了一拜 生沒頭答禮 偶坐几凳
侍婢進饌 珍味方丈 寶器綜錯 生羞板不敢下箸 主人曰 稚女富貴吾所有也 但仰
恃於君者 若恩情無間讒嫉不行 則可得百年臬藻 惟君圖之 生亦不能答 主人轉身
而出 一媼鋪列兩箇錦褥於七寶床上 請生入帷 生龜勉而入 媼又扶娘子與生幷坐
仍下流蘇鑌以文犀 生掣肘矛盾 猶未定情 更以院卽天台而自解之 柳毅洞庭而自
況之 乃噓燭交枕 情思繾綣 日高三竿 始乃攪寢 則衣於袍帶無一存焉 不勝驚訝
詰于娘 娘曰 欲依樣製衣 敢爲竊出 言訖媼以一紋箱入曰 新衣已完 望卽君進着
生見綺紈緊緊 穩稱身子 大喜穿下 旋啜早饍 主人入候起居 生囑囑曰 大爺不鄙
寒踪 恩擊鄭重 非不欲久叨甥館 用表微處而 但墓祭在卽 前途脩遠 若一刻延拖
則無以及期 敢此告別 仰乞心諒 主人曰 先塋距此幾里 曰 百里有羨 主人曰 若
間關困步 則可費三日 若一馳駿驄 則不過半日之程 願姑留兩日 毋孤此坐 生曰
春庭訓戒甚嚴余若淹滯于此 末乃乘肥衣輕 揚揚馳驟 則易致事覺 願大爺三思 主
人曰 吾籌之已熟 可有妥帖 愼勿深慮 生實不忍詒 及聆斯言也 自爲幸 主人携生
而 到山亭水榭 札臺竹田 悅眼暢懷 箇箇幽勝 主人曰 余姓金 官做知樞 世人相
與夸張 以吾產業謂甲于國內 故微名頗播遠近 君或聞之否 生曰街卒田夫皆知 況
余飽聞如雷灌耳乎 主人曰 緣吾無嗣欲窮極園林勝事 以陶鴈餘景 院落樓榭 實多
僭分 愼勿說與世人 以獲大戾 生唯唯 越二日生晨奧登程 輪蹄俱備 僕御群擁 日
未昃已 到楸下五里之地 乃換着舊衣裵足而入 翌朝行祭而復路 未到幾十 武車馬
已候路傍 生改穿錦衣 馳回金家 因欲還家 金曰 貴爺料君有步而 不能料君有騎
百里長程一日而還 則漏罅已出 補綴不得 莫若更過信宿而歸觀 生又穩度 香閣新
情款洽 如期而別 涕泗被面 娘子進問後會 生曰 親教嚴重 遊必有方 倘春秋墓祀
更使余替行 則謹當一做今日之規 不爾經歲經年 娘子便是一般寡也 言與淚幷鳳
別鸞離 生年妙心癡 自來大願卽 火鐵小囊而 家貧未得 及見金家所供 繡刺華麗

製裁精緻 乃愛護珍奇 不忍便捨 娘曰 此囊臨晦大囊之中 人難測見 換着舊衣 獨攜此物 有甚違戾 生如言納諸布囊

歸家復命 父亟問先瑩安否 且問脩齋誠慢 生對之甚悉 即令讀書 生口雖咿唔 心未嘗不到金家也 一日父教 生宿于內閭 生夜入婦室 破窓漏簷 寒風透骨 蒲襪麻衾 蚤蝎甚熾 鄰荊釵短裙 垢容瘦尖 起身而迎 生苦無適意 不交一語 惟念念只在於金家蘭閨 曩日行樂 前遊如夢 後會難期 因默誦 元徵之 曾徑滄海難爲水 除却巫山不是雲之句 自覺暗符身世 短吁長歎 轉輾不寐及到曉鍾 始得交睫 到日晏未覺 妻黎明先起 自想道 尊章平日 琴瑟甚調 情眷恒篤 忽自楸駕後 一此冷落 必有留情別人 間我舊好也 因歷看生之容色衣衫 無所顯露 因偶見生之所佩布囊昔曾空空 今忽盈盈 疑雲漸滋 乃偸驗裡面 則果有一箇小錦囊 中實火金火石 兼有棊子樣 銀貨 妻大怒 列置床上 要待之生睡覺自板 居無何父厲聲而入曰 豚犬尚在睡裡 何暇讀了一字 因開戶叱之 生驚起攝衣 父轉身之際 已撞見床上小囊不勝駭痛 裸生而納諸繩吉之中 掛于樑上 用力打下 生不堪苦楚 一一吐實 父一層激怒 三百曲踊 折簡鄰家 借了一力使招金令

金令自是豪華 雖宰執學士 不能坐而輒邀 況一學究遣一星而任自招來耶 徒以婿女歸屬 甘受凌逼 刻不馳謁 父厲聲大責曰 君一壞禮常 聽女淫奔 既不自好 又誤吾兒何也 金似擇婿之車 巧丁阿哉 彼此不幸 已不可既今則水流雲空 兩家安逸不相干涉則已矣 何庸短人釁累 高聲彰顯乎 父無以應 金即辭去曰 胤兹以裔魚湖相忘 愼勿相迫 因飄然而去 過了一歲 金冒雨來造 蔡老曰 疇昔牢約 今胡往庭金曰 適出郊埛 忽值雰霈 此間無他親知 敢入貴第 少避暴雨 萬望見諒 蔡老怡然曰 吾久雨獨坐 無以陶寫 逢君可以閑話矣 金執禮甚恭 談屑娓娓 正如牛尾蚕絲甚有綜理而 幷不及菽荇之事 蔡父生平 追遊不越乎村學秀才 終日接語 惟相較貧窘 如印板 及見金辯 博軒偉重 以詔笑獻眉 乃大悅心醉 金默會其意 即叫僕從曰 余走得肚裏飢 須將囊餘食物來 僕從進佳肴珍饌 金滿斟大白進跪于蔡老 蔡老胃開口涎 正欲轟飲而 陽斥之 金曰 杯酒相屬 素昧猶然 況吾曹托契已久 顏面已厚 豈忍並坐而獨酌 蔡老語沮一飲 飲輒盡巵 青州從事 滌盡胸膈之磈磊 梗眼蔬神却被珍肉之蹴破 醉眼如潮 襟期散朗 金盡歡而歸 蔡老曰 君好是一箇酒伴 必頻賜枉顧 金曰今日天雨 一借幸得對觴而 余公務私故 鎮日紛叢 安得抽身更剌也 蔡老送至門首 乘醉入室 團聚家小 盛言金公好處 旋又昏寢 平明乃覺 頗悔昨日

所賺而 不可及矣 金密使家人調探生家動息

一日家人回告曰 蔡家五日不爨 內外僵臥 景色慘沮 金乃移書于生 送饋數千孔方兄 生闔家欣踊 亟備饘飧而 不令翁知道 權託稱貸 進饋于翁 翁急於充飢 未暇窮詰 一日二日再食無虞 蔡老始怪問之 生備悉其由 蔡老怒曰 寧顚倒溝壑 豈忍坐受無名之物也 事屬旣往 旣難吐嘔 且無路可償 此後則愼勿破戒 生唯唯 於焉之頃 靑蚨已乏 飢餒依舊而 蔡老性本疎拙 不謀產業 生與母撐東補西 綴下充上拖至周歲而 勢同弩末 債如山積 死亡迫在呼吸 金又探得這箇樣子 復以十斛長腰百金糴眼爲生壽之 生豈忍見父母垂死 心灼肺燃 餠饕醜恥 雖擔糞賃傭 何事可辭而 況人以好意送助乎 乃欣然迎受 以侈親廚父方病昏涔涔 惟貪食飮 生連供驪膩數日乃痊 繼以廿旨調養之 蔡老曰 此物從誰辦了 生又告其狀 父微笑曰 金令安得時時周急也 此後則決勿有受 受當笞之 生又領命 父高臥飮食 不愁桂玉者 且五六箇月 及夫所儲又罄 愁惱十倍於前 荏苒苦楚者 又許多日月 蔡老當其喪餘 蘋藻俱空 情事摧抑 偶坐室隅 百計熏心 忽見一僕 齎錢緡二百來獻于生 乃金家所餉也 生準擬父敎 欲辭之 父曰 他以急人之風 助我祀需 於情於義 不可全却半完半受 久合得中 生如戒 翌日金盛備食卓 來饋生 生又欲却之 蔡老曰 旣熟這物 不可狼狽回送 今可染指 自後則一防嬖源 因相與大嚼 香味雜錯 一家咸飫 口碑如雷 金慇懃勸蔡老 蔡老一直不辭 直到泥醉 許結刎頸 且詔生曰 汝與金家闉秀 本自楚越之遙 忽成秦晉之好 豈無天緣存耶 汝不可終爲疎棄 斷人平生 今宵甚吉 可一宿而還 毋至留連 生大喜諾諾 金再拜鳴謝 亟以班騅 送生于家 自己則或慮蔡老之二三其心 故爲遷延 日曛乃去 生翌朝反面 蔡老渾不記咋日話頭 乃怪問曰 汝緣何早整冠帶 生以實對 父悔懊愧柩不能罪責 從此一任於生 聽其所爲 不露些圭稜而 衣食祭祀 皆賴于金 金又日日載酒造來 討論衷曲

蔡老早傷於貧 頭須爲白 及夫坐衣遊食 又日與暢飮 頗覺自適 追念前日苦海 體膚起粟 一日金從容進言曰 公子之往來余家 漸礙人眼願 從此告絶 蔡老驚曰 然則吾當密迎吾婦于家裡 藏踪減跡 金曰 公子年少布衣 上有庭闈 下有正室 決不可畜勝于家 蔡老曰 第思妙策 以詔遇迷 金曰 我欲別築一室于貴第之傍 以便晨夕往來 未審高見如何 蔡老曰 然則室宇毋用高 婢僕毋用多 庾廩毋用富 以守吾家寒素 金曰諾 乃歸家鳩材暢建瓦舍 便成一區甲第 甚非蔡老旨也 蔡老無由奈何 時或呫舌 繼以讓金 金曰 第宅所以長子孫也 竊觀足下 抱玉懷珠而 未需於世

令子覽婦 當食其報 豈無高大門閭耶 蔡父大喜而止 宅成而落之 金暮夜送女于生
家 禮謁舅姑女君 因住新舍 三日小宴 五日大宴 以誤舅姑 內外僮僕盡歡心 生告
其母曰 阿父阿母 平生吃苦 俱迫桑楡而 迷息年淺學蔑 難期奉檄 今一分志養之
道 只在移處新舍 穩享富貴 願得採納 母曰 我若移居 則金家當謂我何 生曰 此
金令及側室之意而 我不過傳命之陲耳 母頗有肯意 備告于蔡老 蔡老曰 卿卿志氣
衰遏 至有贅說 其妻怒曰 我自從尊章 劍水刀山 未嘗一日釋慮 今幸得衣食之天
安居肆志 次婦之恩固大矣 今又虔誠邀我 以養餘年 有何虧傷而 不爲勉從也 蔡
老曰 卿卿自去 我則當守窮廬 其母乃卜日搬撤 其父時時往見 則數十僮僕 迎拜
門首 左擁右攝直入別堂 別卽爲其父敞搆 以便或來住者也 入堂則圖書滿架 花世
委砌 使令滿前 應對如流 入對老妻而 亦如之 移晷坐臥 不忍捨去 末乃勉强還家
則破屋數間 依舊蕭散 忽自念曰 餘生無幾 不遏一彈指頃 何庸自苦如此 亟招生
曰 吾獨寓空舍 傳食于汝 還成一噗 且室家分張 晚景尤難 欲同處新舍 以便團欒
於意云 何生大喜 其父乃卽日移占 庭無間言 金以負郭十畝立券與生 生旣無家累
惟事擧子 蔡未幾登第 功名耀世云

李武弁窮峽格猛獸

仁廟朝京師武弁李修己者 風骨俊偉且饒力 嘗有事關東路 出襄陽 會日晚迷失
道 由山谷間崎嶇數十里 不得村落 忽見遠燈出於林間 策馬赴之 則只有一家 處
巖嶺間 板屋木瓦 頗寬敞 有老女子開門延之 入則只見一少婦 年可二十餘 極美
素服淡潔 獨與此老婦居焉 一屋上下間隔壁有戶而 留客於下間 精飯美饌侑以芳
醪 接對之意懃懇 李生大異之 問汝丈夫何去 少婦曰 適出必當歸耳 夜向深 果有
一丈夫入來 身長八尺 形貌魁健 巨聲如雷 問婦曰 如此深夜 何人來寓於婦女獨
處之室乎 極可駭也 此不可無端置之耳 李生大懼 出應曰 遠客深夜失路艱辛到此
主人何不矜念而 反有責言耶 丈夫乃啞然而笑曰 客言是矣 吾特戲之 勿慮也 庭
中大明松炬 羅列所獵之物 獐鹿山猪委積如阜 李尤大怖 然主人見生甚有喜色 宰
割猪鹿 投釜爛烹 夜向半携燈入室 請生起坐 美酒盈盆 大饋推盤 遂擧大椀 屬生
意甚懃懇 生酒戶寬而 意主人是俠流 亦解帶開懷不復辭焉 已而酒酣氣逸 彼此談

說爛熳 主人忽前把生手曰 觀子氣骨非凡常 想必勇烈異於他人矣 吾有至痛必殺之讐 若非得義氣敢勇 可以同死生者 不足與計事 子能垂憐許之乎 生曰 第言其實 主人揮涕曰 豈忍言哉 吾家世居此洞 以饒實稱而 十年前忽有一惡虎 來據近地深山 距此十餘里 日咶村民 不知其數 以此離散 無一留者而 吾之祖父母父母及兄第三世皆爲所噬死 事當卽爲棄去而 倉卒之際 未得可避之地 十之內 相繼被害 只餘吾一身 獨生何爲 吾亦畧有膂力 必殺此獸然後 可以去就 故數從此獸與之相角者 亦多年所 然而我與獸 力敵勢均 勝負終未決 若得一猛士 助以一臂之力 則可以殺之而 求之世久矣 迄莫之得 至痛在心 曰事號泣 今遇吾子決非凡人 玆敢發口 公能矜惻留意否 生聞之大感動 進把主人之手曰 嗟乎孝子也 吾豈惜一擧手之勞而 不成主人之志 願隨君去 主人蹶然起拜而致謝 生問曰 持劍刺之君何不爲 主人曰 此是年久老物也 吾若持劍或砲 則必隱避不現 若不持器械必出而搏之 以此難殺而 吾亦屢危 不敢數犯矣 生曰 旣許之 當養氣數日然後 可以進行 仍留莊 日以酒肉相待恣食 可十餘日

一日天朗氣漬 主人曰 可行矣 授生一利劍 與之共發 向東行十餘里 入山谷中 踰數峴 漸覺山重水疊 樹木深蜜 忽見洞開有一平旬 淸溪灣回 白沙皎然溪上頂有高岩陡立 黝黑巉絶 望之而陰森 主人請李生隱於深林間 獨身空拳行至溪邊 長嘯久之 其聲淸亮非常 忽見塵沙自岩上揚起數次 漲滿一洞 日光晦冥 俄見巖巓有光如雙炬 明滅閃爍生從林間睎視 則有一物掛在岩間 如一條黑帛 而雙光屬在其間 主人見之 揚臂大呼 那物一躍飛來如迅鳥 已與主人相抱 乃一大黑虎也 頭目凶猛大異常虎 使人驚倒 不可正視 虎方人立而 主人獨將其頭 搶入虎胸膛間 緊抱虎腰 虎頭直不能屈而 以前脚爬人之背 背有生皮甲 堅硬如鐵矣 利爪無所施 人則以脚纏後脚 只要踣之虎則卓豎兩脚只要不蹎 一推一却 互相進退而 蚌鷸之勢 無可奈何 李生始自林間鎗出直趍 虎見之大吼 一聲岩石可裂 雖欲押出而 被人緊抱慌亂之極 眼光電掣 生不爲動 直前以劍刺其腰 出納數次 虎始震吼 俄而頹然委地 流血泉湧 主人取其劍 劃腹破骨 泥成肉醬 取心肝納口 咀嚼飫盡 失聲大慟

向夕 携生歸家叩頭泣拜無限 生亦感愴 不勝其扶涕 翌日主人出去 牽來大牛五隻 及三駿馬 皆具從者 載之以皮物人蔘等物 各滿馱又 携出小恭櫃數箇 皆兌也 又指其美女曰 此女非吾所眄也 曾以厚價得之而 乃良文也 吾積年鳩聚此財 只俟爲報仇者酬恩耳 幸收取勿辭 吾自有庄土 在於他處 亦足資活 今可去矣 又泣拜

生旣以義氣相濟 豈有受貨之理 曰 吾雖武弁 豈受此物耶 願勿復言 主人曰 積年弁心於此者 只爲今日 公何爲此言 卽起拜辭 顧謂美女曰 汝將此物善事恩人 若事他人而 有妄費 吾雖在千里之外 自當知之 必了汝命 言訖翻然去 李生呼之不顧 亦無如之何 遂將女及貨同歸 欲擇婿嫁之而 女誓死不願 遂爲生副室

拯江屍李班受刑

李相浣 判刑曹 咸鏡道嚴姓人 與掌令李曾訟田民者 嚴直而李屈 李相旣決之後嚴哥當受 決訟之業而 屢日杳無聲息 李公已料其遐方賤民 與朝貴卞大訟 孤立無據 必有匿殺 掩迹之患 乃募得機警者 窺覘李曾家誘捕其兒奴 反覆窮詰 兒遂畧吐端緖而 猶未詳告 公遂小加刑杖 兒云 勸以酒食誘之 終乃殺之而 使人擔其屍踰南城 沈之於漢江云 公入白於上曰 國之所以爲國者 刑政紀綱也 今者朝紳恣意搏殺訟隻而 只以貴勢之故 不得正法 則國安得不亾乎 此必得尸然後 可正其罪臣方探之 若得則臣必手殺曾 時公見帶訓將 遂發軍卒及坊民 盡取江船 多造鐵鉤如蜘蛛蔽江 搜得立旗 疾馳而來 公起而拍案曰 今曾死矣 驗之果是嚴尸 於是公多發刑吏軍卒 圍曾家捕曾 卒斃於獄中 朝廷震慄

成勳業不忘糟糠

光海朝 大北中一宰相 榮貴無比 其子又驕躐 至承宣 第宅宏麗 金穀堆積 而其婿金生甚是孤崎 贅寓于婦家 婦家內外主僕皆厭薄之 雖厮役小僮 皆號金生 而未有尊奉者 然其婦獨憐恤繾綣 生日晨出而朝入 朝出而暮入 入則未敢投跡於宰相及夫人承宣之前 輒由小門逕入婦室 婦每倚戶佇待 下堂扶上 親解衣袍 躬進飯卓宰相之傔隷婢僕皆飫珍肉而所饋金生者 只若菜數品 婦時時憤怒 對生泫然而 生則一笑曰 寄食於他人 此猶逾分 奈何疚懷

一日生晩歸入室 不見其婦 獨坐稍久 婦忽自垣後 潛身而入 生詰其故 婦曰 朝

者慈母 盛責余曰 汝衣食皆仰於父母 迎送只在於金生 朝暮慇懃 情好洽篤 彼金
生者 年過四旬 徒耗我穀 斷汝平生 醜惡且甚每一念到 髮竪齒酸 汝反善事此廝
十倍父母 汝若欲一用前度 可隨此廝而出 好自飽暖也云云 余自此 不敢由戶直入
復速親責而 今日日影已移 尊章想已還歸 故權托遺矢 潛逃至此 萬望寬饒 生曰
聘母所教 旣如此 則卿卿何爲乎來 已而卿進暮飯 婦緊囑其婢曰 愼勿謂俺在此
婢應諾而出 生大嚼飯饌 卓上有一鷄脚 婦曰 尊章決勿進此 生曰 何謂也 婦曰
俄者鼎烹一鷄 有猫偸去盡食體膚 惟一脚落在溷厠 婢輩相道其事 慈母曰 此可爲
金生梁肉 必置飯卓 使這廝曩時悅口云 故果有此饋 穢惡殊甚 不合近口 生曰 聘
母之俯餉一肉 事係特恩 敢不染指 言訖盡啜飯已 生起身欲出 婦曰 日暮鍾鳴 尊
章何去 生曰 今夜三更 卿須登園 東遙望鳳闕之外 則當有闉闍之聲 若差久撕殺
則必引決而死 又或曩時間鎭靜 則珍重偸生也 婦滿口應諾 生踉蹌而出

　婦是不眠 殺至三鼓 下聞人之眠 潛登園眷望 望天衢闉闍無人聲 意謂生妄誕 將
欲下崗 忽見大炬燭天 人叫馬嘶 飛到闕門 勢如風雨 數刻喧噪 一擁而入 只見宮
城之內 楓林之外 間間有火光而 不甚喧聒 時宰相父子 俱值禁直 其家幷無一箇
男子 未由識破其由 只得歸室疑訝 翌曉赤脚 帶了宰相早饍 向闕而入 則御衢之
上 千騎駐札 鞭打棒擊 四下辟人 赤脚自恃主勢 欲衝過陣內 隊官筐之 赤脚大罵
曰 我是某洞某尙書宅家人 爾幺麼小校 安得相迫 衆卒失笑曰 汝主是凶逆之魁
少間當誅 爾怎敢賣勢也 因亂踢駈出 赤脚僅脫危亡 滿身血染 歸告其家 其家大
驚 半信半疑 夫人曰 吾家厚被上寵 且無陰謀 豈有一朝落塹之理 必是無賴金生
謀逆事覺 當其鞫問 誣引我家 以逞宿憾 爾之夫子 好矣好矣 生之婦亦甚疑眩 俛
首無答 居無何 數箇郞官 馳到門屛 或檢括文簿 或搜點庫藏 一家大哭 向郞官問
其由 則郞官祕不應 卽使老蒼頭潛出調探消息 良久蒼頭回告曰 昨夜新王卽位 舊
主被竄 滿朝輔以幽廢大妃 論以逆律云 故小的恐大監不免此禍 亟往大理廳 探下
落 則大監與小令公 備受酷刑 骨髓盡碎 不日當用肢解之律云 可怜夫人小姐 皆
入官籍 小的亦不知何處淪落 夫人大叫一聲昏絶於地 老少咸聚哭倒 蒼頭忽扱淚
而起 連叫夫人曰 俄因惶遽 竟漏一語 夫人曰 第言之 蒼頭曰 小的從門隙 偸觀
虎頭閣上 有一座少年 衣袨貼金 酷似金生 或此廝因緣得此耶 夫人曰 世間貌相
似者 自來無限 此廝焉能卒得金緋也 生之婦曰 天下萬事 不可預度 試再往覘之
夫人曰 汝一信此廝 輒起忘想 俺腔子尤覺煩惱 老蒼頭曰 小的願更往 若不是 則

已矣 因踰墻而去 飛到金吾門屛 則有兩箇皂隷 雙穿王衣 辟除大道 繼之以十箇
旗手 兩行唱導 一座高軒坐 着一位妙年宰相 衣袍甚華 趨從如雲 蒼頭定睛看了
宛是金生也 乃蹲後而立 前導直入闕門 那宰相亦隨而入 稍久而出 轉入一直房
蒼頭問于皂隷曰 這位是誰 答曰 金判書某 曰 鄕貫何處 曰 某鄕 曰 現居何職
曰 吏曹判書 知義禁 御營大將 同春秋 同成均 司僕掌樂司譯內醫 四司提調 蒼
頭大喜歸告其事 且問生之名字鄕貫年紀于生之婦 則又與皂隷所對 一一相符

夫人乃以和顔 謂生之婦曰 我不知貴人 一此冷待 欲穿了一雙肉眼 以謝此罪
然禍在燒眉 莫有救者 可憐汝父汝兄 并受一刃 汝倘念生育之恩 姑恕冷落之咎
則枯骨可以再肉 寒苑可以復春 汝其念哉 生之婦曰 知金生貴顯而 不能救父兄
之禍 則當伏劍而死 萬望解憂 婦因索一瓟 寫下短札曰 妾之所以尙此忍死 苟儻
食息者 誠以一沒之後 君子益當踈疎無所慰譬故念念至今 今聞天道福善 顯秩榮
身 昔之凄斷 今焉熱赫 妾從此可以無累於君子矣 妾命途乖舛 家禍轉酷 非一死
無以償此懷 將與父兄之縷命誓終始 現在緣業 已屬流雲逝水 倘維摩有知 或於來
世少了此債 萬望珍重 廣厦曲甋而 毋忘草蓬 朱輪高牙而 毋忘因步 錦襖紈袴而
毋忘縕袍 駝峯熊掌而 毋忘咬菜 庶副泉坿之望 書罷使蒼頭飛傳于金生 金生正坐
衙治事 忽見此書 感淚沾臆 翌朝朝罷 免冠伏奏曰 願納臣勳名 得保糟糠 上宣問
其由 生一一陳對 上爲之動容 特貸生之婦翁 薄竄善地 生盛飾車服 親迎其婦 偕
到欽賜甲第 極其鳧藻 婦之母亦 寄于生家 以終其年

善欺騙猾胥弄痴倅

某人嘗爲峽邑知縣 爲政淸介 一物不妄取而 性本迂拙 作事虛疎 任滿將歸 行
囊蕭然 無由治裝 心正着急 縣吏某人者素所信任而 爲人百伶百俐 且感其拔萃指
使 一欲效忠矣 見知縣正在窮途 進退兩難 心甚憐之 屛人密告曰 相公以廉潔自
處 氷蘗自持 瓜期漸近 行李難辦 小的欲竭誠圖報 思得一計 非徒治行無慮 抑將
潤屋有餘矣 知縣曰 言若有理 曷不聽從 吏曰 某座首家富甲一縣 官主之前所知
者也 今夜與小的作伴試行倃兒手段 則千金可立致也 知縣大怒曰 汝以此等不法
之事敢于我 豈有作宰而爲盜者乎 毋妄言 罪當笞 吏曰 相公若是執拗 則公債

數百金 將何以報之 路需五六十緡 將何以辦出乎 且還宅後 年豐而妻啼飢 冬煖而兒呼寒 室如懸磬 釜中生塵 伊時當思小的之言矣 且暮夜行事 神鬼莫測 此所謂逆取而順受者也 願加三思焉 知縣默坐細商 話漸投機 乃蹙眉而言曰 第往試當作何貌樣而出 對曰 只此宕巾韣服輕足矣

乃與某吏携手同出 于是街鍾已歇 人聲漸稀 月落霧合 夜色如漆(百忙中有此閑筆) 梯垣潛入 至一庫門 穿竇而入 吏愕然曰 誤入酒庫矣 然小的酒戶素寬 對此佳釀 口角涎流 試行畢吏部故事 因脫知縣發莫一隻 飛一大白雙手奉獻 知縣到此地頭 不敢支吾 强飲而盡 吏連傾四五發莫 佯醉大言曰 小的平生酒後 耳熱長歌一闋 自是伎倆 今淸興勃勃 按住不得 願相公按節一聽 知縣大驚揮手急止 吏不由分說 大放一聲 獷吠于門 人驚于室 數三條大漢 在睡夢中 驚覺大呼有賊而出 吏勝勢脫身 以物塞竇 知縣欲出不得 遑急無計 躱於甕間矣 火把照處 皆云賊在酒庫中 打鎖開門揪住緊縛 如甕中捉鱉 手到拈來 納諸皮袋 掛於門首柳枝上 明日將告官 懲治矣 吏潛入其家祀堂 放起一把火一呼曰 火起 家人都奔救火 只餘座首之父 九十九歲老人半鬼半人 癡坐後堂 吏潛入曳出 至柳樹下 解下皮袋 以老人代置之 扶起知縣 急急逃脫 知縣恨爺孃少生兩隻脚 飛跑縣堂 氣喘聲嘶 心頭無明業火按抑不住 瞋目大叱曰 爾殺我 爾殺我 世豈有爲宰而作賊 作賊而喫酒放歌者乎 吏笑曰 小的妙計 今始得成矣 相公旣脫之後 以座首之九十老父 代貯皮袋而 無人知覺 使做公輩 趁卽拿來 囚置獄中 早衙招座首入來 當前發解 以不孝論罪 着枷嚴囚後 如此如此 則數千金可坐而得也

知縣果依其言 凌晨招座首 入謁使升廳賜座 因問曰 君家夜來捉賊云 解來牢囚 今當對君嚴治 因使做公們拖來 解出則一老漢自皮袋中欠伸而出 座首見是其父 驚遑慙懼 下階伏罪曰 此是民之老父而 家人誤捉 罪合萬死 知縣拍案大怒曰 吾夙聞爾以不孝 著聞一縣今乃無故犯此綱常 難可容恕 仍呼皂隷翻倒在地 猛打二十殺威棒 皮綻血出 着二十斤死囚枷下獄 座首百爾思度 實負名教大罪 昌生無路 聞某吏最緊於縣爺 乃潛招哀告曰 君若脫此重罪 則數千金猶爲輕報 先以白金二百兩 放在卓上 吏佯爲持難 久乃慨然應諾 二千金乘夜輸家 後入告 知縣寬鬆放出 分文不留 盡送知縣家矣

居無何 新官下來 公堂交印之際 知縣自思 若留此吏 則其事必洩 乃密囑新官曰 縣吏某奸猾弄權 不可容置者 我去後君必殺之 庶幾一邑賴安 再三申囑而去

新官以爲舊官付托 必有所見 且重違其意 明日衙開 捉入某吏 不問曲直 直欲打
殺 吏暗忖 吾無得罪於新官者 此必是舊官 恐事之發 欲殺我以減口者也 一不做
二不休 當思所以自全計 乃仰視新官 則左目眇矣 乃大聲哀告曰 小的於新舊交遞
之際 無甚罪過 但以舊官案前 瞖目之故 致此殺身之殃 豈不哀哉 新官驚問 爾有
何術 能療目眇 試言之 當赦汝 吏曰 小的少日 飄蕩江湖上 遇一異人 得授靑囊不
傳之祕術 若有日眇者 則手到病祛 新官大喜 使之解縛 延堂賜座曰 舊官眞非人
哉 有此大恩未報而 反欲殺之也 余亦眇一目 爾能醫之否 吏熟視曰 此症最是易
醫者 相公乘夜暫出小的之家 則當以神方試之矣 新官大喜 苦恨此日之遲遲 旣暮
便服獨出 則吏已候于門外矣 延入後堂 觥籌迭錯 水陸俱備 飮至半醉 新官問曰
夜深矣 刀圭可試之否 吏唯唯而已 少焉縛一黃牝犢置席上 新官驚曰 此物奚爲而
至哉 對曰 此是神方矣 若行一場雲雨 則目自瘳矣 新官不信欲起 吏大笑曰 舊官
相公之欲殺小的者 正以此也 新官半信半疑 不肯直前 吏督促再三 新官急於療目
且多酒力解下褌帶 雙膝跪坐 把那話矇朧進去 郍牛兒吼嘶踶嚙 艱辛畢事 吏送至
門首曰 小的明朝 當進謁作賀 勿以三杯薄酒相待也 新官入坐縣堂 秉燭待朝 攬
鏡自照 則一夜不睡 右目又欲眇矣 且怒且慚 使快隸星火捉來 則吏以彩繩繫牛鼻
被以絳繒衣 徐行大呼曰 速開大門 知縣相公室內媽媽行次矣 一府駭笑 醜聲狼藉
新官慚入內軒 不敢出頭 數日後 乘夜去任上京云

䶓山果渭城逢毛仙

　　正廟壬寅癸卯間 嶺南按察金某 秋巡到於咸陽止 宿於渭城館 知印妓娥一幷退
之 獨宿於房 夜半人靜之時 寢門乍開乍闔 有啄啄聲之 金公睡覺問之曰 汝是何
物 人耶鬼耶 曰非鬼也 乃人也 曰然則深夜無人之中 行跡 何如是殊常乎 抑有所
懷可言者乎 曰竊有可白之事矣 金公乃起坐 欲呼人明燭 曰無然也 行次若一見吾
形 則必驚懼 昏夜坐談何訪 金曰 君以何許怪樣 不欲明燭耶 曰全身是毛故耳 金
公聞來尤極驚怪 問曰 爾果是人 則緣何全身生毛耶
　　曰我本是尙州禹注書也 中廟朝明經登科 求仕於京 執贄于靜菴趙先生 多年受
業 及當己卯士禍 金淨李長坤等諸生推捉時 自京仍爲逃走 若向鄕廬 則必有自官

譏捕之慮 故直入智異山 屢日飢困之餘 初入深谷糊口無策澗邊或有嫩草 則採而啖之 若有山果 則摘而食之 始若充腹療飢 少焉放屎 盡以水泄瀉下 如是經過 殆近五六朔 伊後渾身漸漸生毛 長數寸餘 步捷如飛 雖絕壁千仞 無難超越 殆同猿猱之屬 每一自思 則世人若一見之 必以怪獸目之 故不敢生出山之計 逢樵牧之輩必隱匿不見 長在窮谷層巖之間 或當月明淸宵 獨坐誦前日經書 拊念身世 不覺寒心 涕淚涔下 然而回想 故鄕父母妻孥盡爲作故 更無還歸之心 如是度年 山中所畏者 雖猛虎毒虺不足畏也 所可畏者砲手也 晝伏夜行 形雖已變 心尙不厭 每欲一逢世上人 一聞世間事而 以此怪質不敢現形 日前適聞行次到此 故冒死來現 別無他也 但願聞靜庵先生宅子孫幾何 先生伸冤終得昭晰否 願得詳聞耳 金公曰 靜庵於仁廟某年伸冤 以至從祀文廟 賜額書院處處有之 其子孫有如此如此之人而自朝家 各別收用 更無餘憾矣 仍問其己卯黨禍之顚末 則無一遺忘而 一一詳言 又問初逃時年紀幾何 曰三十五歲 曰今距己卯 幾爲三百餘年 然則君之年紀 似是近四百矣 曰中間日月迭於深山 吾亦不知其爲幾許矣 金曰 君之所居窟 距此必遠來之何速 曰方其作氣行之之時 雖層巖絕壁 走如飛猱 超躍而行 十里便是一瞬之間 可行十許里 金公聞之 深以爲奇 欲以饋饌則曰 不願也 願多賜果實 房中適無所儲 夜中徵納 亦多難便謂之曰 果實今適無儲 來夜君若復來 則當備置矣 其能復來耶 曰如敎 卽爲作別 倏忽而去 金公以有更來之約 托以身恙 仍留渭城館 其朝晝茶啖床果楪 盡爲留置 以俟之 果於深更又來到 金公起坐接之 仍給果楪 大喜盡啖曰 幸得一飽矣 金公曰 智異山中 聞多果實 君能繼時而啖乎 曰每秋葉落時 夜以拾聚者 雜實爲三四堆 以是爲粮 初時啖草之苦 今則免矣 只食實 氣力少無減於食草時也 雖猛虎當前 手打足蹴 庶可捕之矣 己卯說話 又一場穩討而謝去
　金公平生未嘗向人說道及其臨終 語其子第曰 古有毛女 不是異事 遂命書識之

種陰德尹公食報

　尹公忭爲刑曹正郎時 金安老當國 恣行威福 認良民爲奴僕 一人子孫數十口 皆被秋曹拘囚 判書許沆受安老風旨 刑訊狼藉冤苦切酷 勢將誣服 尹公獨疑之 將彼此文案 反覆參考 知其冤枉 作一査卞之文 將欲卞白而 適當歲末啓覆之時 公持

此入達榻前 上一覽而卽斥 金家盡釋 其囚數十蟠結之冤 一朝快申矣

公年已衰 後娶無子甚憂歎 翌年拜肅川府使 歷辭朝紳 夕過廣通橋 時日暮黴雨 忽有一老翁 拜於馬前 公不能記識 其人曰 小人良人也 嘗爲一勢家迫脅 將壓良爲賤 無所告訴 賴公之德 子孫數十人 皆獲全保 此恩刻在心肺 常思報效而 不可得 然此後癸巳年 公當生男子 但年福祿不甚延長 有一事可救得者 仍袖出一張紙 雙手奉呈 公看之紙上書 癸巳年酉時生男子 其左則書壽富貴多男子六字 每行書一字而 獨多男子爲三字 其右有祝願之文而 虛其姓名之位 公曰 此何爲 翁曰兒生後 公以此紙 卽往江原道金剛山楡站寺 備黃燭五百雙 供佛祝願 則必有慶祥隆厚 此足爲小人之報也 申囑重複 公方欲問所從來而 翁遽拜辭仍忽不見 公大驚異 歸家深藏

及至癸巳 果生男奇俊 公卽躬往楡站 依翁之言 厚設供佛而 塡書姓名於祝願文所虛之處 薦于佛前 祝願畢取看其紙 則壽字下 有可耄二字 富字下 有自足二字 貴字 下有無比二字 多男子下 有皆貴二字 凡八字 皆深靑細 如毛髮而皆楷正 莫知其所以 然公尤驚異之 歸而造櫃深藏 其後兒長 是爲梧陰公斗壽也 壽至七十八 官至領相 富自裕足 五子皆貴顯 昉領相 昕暉暄皆判書 旰知事 勳業赫然 耀當世而垂後代孫曾繁昌 貂犀相襲 蔚爲大家

往南京鄭商行貨

古有鄭姓一大賈 常行廢着於北京 而豪縱浪費 負西關巡營銀七萬兩 自營或囚或釋 艱辛營辦 堇償五萬兩而 尙餘二萬兩 其餘按使牢囚督促而 家計蕩盡 更難用力 賈從獄中上言 身旣係囚 徒死而已 公私無益 請更貸二萬銀 三年內當盡償四萬 無絲毫欺 按使壯其志奇其言 給銀如數

賈卽往沿海諸邑 自義州始而 訪問富室 就其都近而買屋 往來留住 盡結富人具美饌旨酒共與飮食 富人莫不傾心愛重 因以辯辭誘說貸出銀錢 多者百金 少者數十金 刻期約還 及至期卽償 無或遲滯 凡西關銀錢子母家百數 而賈循環貸償者幾一年而 無一欺誤 富人益大信 仍大出債銀 又六七萬兩 盡買人蔘貂皮 仍以其餘多貿健馬盡載之 復赴北京 其主人舊日大商而 好義者也 賈說之曰 若以此貨往

南京 則當獲百倍之利矣 男兒作事 成則昇天 敗則入地耳 爾我知心 能從我乎 主
人然之快許 遂與主人 雇一完固船載貨 自通州發船 得順風未滿十日達州江 遇一
唐人棹小船而過 賈卽與格軍健者數人 乘耳船追之 入小船中縛其人 載還解之 備
問水程所從入 及市貨貴賤 人心眞僞 國禁輕重 寇賊有無 旣詳悉又厚給其人物產
以結其心 其人大感謝 賈又許以成事後 當重報 其人指天爲誓 願爲之死 遂自楊
州江 隨潮而入 直至石頭城下 唐人之家在江邊 遂泊下岸 翌日賈率船夫之有心計
者數人 皆以唐製衣服 隨唐人入南京城內 十里樓臺簾幙掩映 皆是寶肆 寶貨山積
唐人引賈 就一藥鋪 細陳此朝鮮人挾重貨 可潛市勿洩 鋪翁大喜 邀來同契 富翁
約期交貨 賈歸取蔘貂 羅列鋪上 一一精新 南京藥鋪素重羅蔘 鋪翁輸價比本國
可數十倍 賈大獲財 厚給唐人 歸至燕京 以數千金與主人 又分給十餘棹夫各千金
遂還本國 不過數月之間 償納巡營銀四萬而 又償沿海富翁家兼利息無所遺 自
享餘財 屢巨萬 遂詣按使 告其歸 餉南貨精貴者五駄 按使大異之 歎曰 此眞大英
雄也 吾不失人矣 薦之宰執 累經鎭將云

鄭謙齋中國擅畫名

鄭謙齋歖 字元伯 善繪畫而尤妙山水 世稱三百年來 丹靑絶品求者如麻而 酬應
不倦 時北里同閈居士人 得其山水三十餘張 常珍愛之 一日其士人詣槎川李公 見
其架上堆積唐板書帙 環在四壁上 問曰 唐板書 何如是多也 李公笑曰 此爲一千
五百卷 皆吾自辦者也 已而又曰 人雖知皆出於鄭元伯 北京畫肆甚重元伯之 雖掌
大片紙 莫不易以重價 吾與元伯最親 故得其畫最多 每於燕使之行 無論多少 卽
付之 以買可觀之書 故能致如此之多 始知中原之人 眞知畫 不如我人徒取名也
又有一中路家 錦裳適來 謙齋家爲肉汁所汚 自內甚憂之 謙齋使之持來 所汚頗
廣 卽令去其褻 積洗其所 莊之外舍 一日日氣淸爽 畫興大發 乃開彩硯 展錦幅
大繪楓岳於其中 燎爛纖悉精彩流動而存者有二幅 更畫金剛山 極奇妙 眞絶寶
也 其後錦裳之主來 謙齋曰 吾適畫興發動而 恨無佳本 聞君家錦裳來 取作畫
本 移來萬二千峰於其中 君家婦女必大驚駭奈何 其人亦知畫格 不勝忭喜 致謝僕
僕 歸治珍羞一大具而進之 莊其大者 以爲家寶 以其二幅 隨使行入燕 持詣畫肆

適有蜀僧徒靑城山來者 見之大加嗟賞 稱以絶寶 乃曰 方成新刹 欲以此供佛 願
以銀百兩買之 其人許之 將論價之際 又有南京一士 見之曰 吾當增價二十兩 請
以歸我 僧大怒曰 吾已論價 買賣已決 豈有士子見利 忘義如此者乎 吾亦添價三
十兩 取其畫 投之火中曰 世道人心一至於此 吾若貪此 與此人何異 乃佛衣而起
畫主亦不取百兩價 只以五十兩歸云

　一日比曉睡覺 忽有人來叩門 延之入 乃所親舌人也 持一佳箋進 曰 今將赴燕
玆來告別 願公暫加揮灑 以贐鄙行幸甚 時東窓已白 朝氣甚爽 謙齋乃作海水 飛
波怒沫 洶湧澎湃而 着一小船於波面一邊 風帆半亞 視之杳然 舌人謝之而去 及
入燕肆 肆主把玩不已曰 此必晨朝所作也 精神多在風帆上 以扇香一櫃易之 舌人
取而計香 得五十枚 長皆數寸 以此譯官輩 得謙齋之畫 皆視以奇貨矣

孟監司東岳聞奇事

　孟監司胄瑞 愛山水遊 少時嘗入楓岳窮探 至幽深處 有一菴極淨潔 老僧一人
年百餘歲 容貌古健 執禮虔恭 孟公甚異之 仍留宿 將叩其取得 僧忽召其沙彌 謂
曰 明日卽吾師之忌日也 可設需供 沙彌曰唯 明曉設蔬食 老僧哭之甚哀 孟公問
曰 上人之師何名而 道之高何如 願聞之

　老僧悽然久之曰 公有問之 何用隱諱 吾非朝鮮人也 來自日本 師亦非僧 卽士
也 始吾之出來也 在壬辰之前 本國選吾等八人 皆深於計慮 驍勇絶倫者 使分掌
朝鮮八道 凡朝鮮之山川夷險 道里遠近關隘衝要 務要誌記 凡朝鮮人之以智略才
勇名者 皆殺之後 始許復命 八人共習鮮語旣熟 出來東萊倭館 變作朝鮮僧之服
將發之際 相議曰 朝鮮金剛靈山也 必先入此山 祈禱然後 可分散也 遂同行十餘
日 始到淮陽地 見一士着木履跨黃牛 出自山谷 同行一人曰 吾輩連日 尋寺不見
食又不喫肉 氣力甚微 不如殺此人 而屠食其肉 然後前進似好 皆曰善 遂同進士
人 士人曰 汝輩何敢乃爾 汝輩倭國間諜 吾豈不知 當盡殺之 八人大驚 拔劍齊進
士人騰躍超忽 奮擧飛脚 疾捷如神 頭破肢折 死者五人 只餘三人 遂皆伏地乞生
士人曰 汝果誠心歸伏 能死生相隨否 三人稽顙輸誠 指天爲誓 士人領歸其家 謂
三人曰 汝輩雖爲倭所使 欲覘我國 智慮淺短 技術甚疎 其何能爲 今旣盟天歸伏

心之誠僞 吾足洞知吾當敎以劍術 若倭兵來 則吾可領汝輩起兵 往守馬島 足遏賊

兵 異國樹勳 汝亦何厭 三人拜謝 遂共受劍術 旣盡其能 服事甚勤 士人甚信愛

一日三人同宿於一孤菴 朝起士人忽爲人所害 流血滿室 老僧大驚 問兩人曰 汝何

事也 兩人曰 吾輩雖服事此人 盡其劍術 同來八人 義同兄弟 今皆爲其所殺 今只

餘兩人 此大讐也 其可暫時忘耶 久欲報之 顧無可乘之隙 今幸得間 何爲不殺 老

僧大責曰 吾輩旣受再生之恩 盟爲兄弟 恩義旣深 情同父子 豈可論仇怨 作此事

耶 痛哭頓仆 遂前刺兩人皆殺之 乃於此山爲僧 得一沙彌 孤坐此庵 齒過百歲 每

想吾師才智之高 意氣之深 情義之篤 愛惜無窮 至痛在心 是以當忌日 哀痛輒不

自抑 久而不衰

　孟公聽畢 不勝感歎曰 以尊師之明識神勇 乃不知兩人者 懷不利之心而 終至見

害何也 僧曰 吾師豈不知兩人之非吉人而 愛其才 欲以深恩得其死力 且其智足以

制伏也 師謂我才識出類 愛之尤甚 我之所以遺親戚忘故土而 服勤不怠者 爲此也

孟公仍請曰 上人之劍術 可得見乎 僧曰 吾今甚老廢而 不試已久 卒難爲之 公姑

留數日 俟吾稍有氣力 試爲之耳 翌日邀孟公 至一無處有十柏樹 大可十圍 上干

雲霄 僧袖出兩物 團圓如毬 用繩堅縛 去繩訖見 兩箇鐵塊卷帖如拳 以手平展 則

數尺霜刃 光如秋水而 卷舒如紙 僧把兩劍起舞 始與也 顚動低仰頗遲 俄而漸見

迅疾 揮霍風生 久之騰踊飄浮 立於空中 盤旋去來 已而只見一個銀甕 出沒於柏

樹 層葉之間掣電閃爍 候長候短 襲映巖壑 遍是霜刃 柏葉紛紛飛落如雨 孟公神

慴魄懍 不能正視 其柏葉多 寸斷而 樹枝半童矣 良久僧方投下 立於樹下 咄氣數

口曰 氣衰矣 非復少年時也 始吾壯時 舞劍此樹之下 葉多中破如細絲 今則不然

全葉者多矣 孟公大異之 謂僧曰 上人神人也 僧曰 吾非久死矣 亦不忍吾跡之永

泯 故爲公言如此

廉義士楓岳逢神僧

　廉時道吏胥也 居在漢師壽進坊 性素信實廉介 爲許相積之傔從 甚見寵信 一日

許謂時道曰 明曉有使喚處 必早來其夜時道與其友飮博 就睡甚濃 不覺日已明矣

急起奔走 路過濟用監鵶峴 見路傍空垈 立一古木 木下茂草間 有靑衲露出 就見

則封裹甚密 擧之甚重 納之袖中 走到社洞許家 以晚來請罪 許曰 已用他吏先到
者 汝何罪焉 時道退於廳下 開視封裹 則有銀二百十三兩 內袱重襲 時道自語曰
此重貨也 其主失之 其心之憂遑如何而 我可掩而有之乎 且無端橫財 在小民非吉
祥也 旣不可携歸於家 不如納之相公 遂將銀就許 告之故而請納 許曰 爾之所得
何有於我 且爾之不取 我何取之耶 時道慼而退 俄而許召謂曰 數日前吾聞兵判家
馬其價二百銀而 光城府院君家將買之云 豈非此銀耶 汝試往問之 兵判卽淸城金
公也 時道依其言 翌日往謁 仍曰 貴宅或有所失物耶 金公曰 無有也 遽呼廳下蒼
頭曰 某奴持馬去已兩日 尙無回報何也 蒼頭曰 某奴稱有罪 不敢進見耳 金公嗔
曰 是何言也 速捉入 蒼頭押一奴 跪於庭前 且拜且言曰 小人有罪 萬死難赦 金
公問其故 奴曰 小人往齋洞光城宅 受馬價而忽失之矣 金公大怒曰 奴之詐至此
汝乃弄奸 沈沒而來 誑我也 亟呼大杖 將撲殺之 時道仍請暫停刑而 俾陳失銀之
由 金公悟而更訊 奴曰 始持馬到光城宅 相公命奴盤馬馳驟曰 果奇駿也 且嘉其
肥曰 此馬爾之所喂耶 對曰 然 相公歎曰 人家奴僕 有如此忠篤者 誠可嘉也 仍
呼之前 爾能飲乎曰能 相公命一大椀 酌紅露旨烈者 連賜者三 旣計給銀二百兩
且加以十三兩曰 此賞爾善喂馬也 小人辭出 日已夕矣 醉甚不能成步 行未幾 倒
臥路傍 不知爲何處 向夜微醒 忽聞鍾聲 遂强起而歸 不知銀封所落 罪犯如此 自
知當死 所以苟且不敢現 時道始陳得銀來謁之由 卽歸取銀以進 封誌及數 果如所
失者 金公大嘆異之曰 汝非世人也 然此本已失之物 今以其半賞汝 汝其勿辭 時
道笑曰 使小人有貪財之心 當自取不言 其誰知之 旣非其有唯恐或洗 何有於賞
金公悚然改容 不復言賞銀事 咨嗟重複 呼酒勞之奴 罪得以快釋 時道辭出 有一
年少女 從後疾呼曰 願丞少留 時道顧問其由 女曰 俄者凶金者 吾之兄也多倚以
爲生 今賴丞得生 此恩當何以報 吾入言于內夫人 極歡之命賜酒饌 所以請留也
卽設席廊下 旋入擎出一大盤 羅以珍羞美醞 時道醉飽以歸

及庚申 許以罪賜死 時道突入 持藥欲分飮之 都事曳出逐之 許旣死 時道狂奔
號慟 無復世念 仍棄家放浪遨遊山水 有族兄在江陵地 往訪則已爲僧 不知去處
仍遊楓岳 至表訓寺 問居僧曰 吾欲依歸必得高僧爲師 誰可者 咸曰 妙吉祥後 孤
菴守座 卽生佛也 時道往見 果有一僧 趺坐入定 時道前伏 俱陳誠心服事之意 且
請剃髮 辭旨懇切 僧無聞覩 時道伏不起 日已昏暮 僧忽曰 架上有米何不炊 起視
果有米 炊食如命 夜後前伏至朝 僧又命之食 如是者五六日 僧終不言而 時道意

稍弛 出菴逍遙 見菴後有茅屋數間 入其中只見一幼女 年可二八 甚有姿色 時道不禁婉戀之情 遽前抱持 欲犯之 女於懷袑之間 拔出小刀 欲自裁 時道驚迫遂止問其所從來 女曰 吾本洞口外村女也男 兄出家於此山師此菴 僧每以菴僧神人 問女之命 以女有四五年大厄 若絶棄人間事 來寓於此菴之房 則可以度厄 且有佳緣母信其言 縳茅於此 獨與女留住 爲數年計 母今暫還洞居而 遽爲人所迫 在此死境 是豈所謂大厄耶 旣無父母之命 雖死何可受汚 雖然此事非偶 神僧佳緣之 亦必爲此 男女旣一相接 更何他歸 當失心相從 但俟母之歸 明白成親 不亦善乎 時道異其言從之 辭歸庵中 僧又無所言 是夜時道一心憧憧 只在此女 無復聞道之意專俟翌朝母言之許 及朝睡起 僧忽起立 大詬曰 何物怪漢 撓我至此 必殺乃已 取六環杖 將奮擊之 時道狼狽而走 佇立菴外 久之僧指至前 溫言諭之曰 觀汝狀貌非出家之人 後菴之女 終必爲汝之歸 但從此直去 勿小跼蹐 雖有小驚 福祿自此始矣 書給八字 以姓得全 鵲橋佳緣 時道涕泣辭出

至表訓寺 坐席未暖 忽有譏捕軍突入 緊縳囊頭 駄載馳疾 不數日抵京 具三木下獄 蓋是時許獄多株連 追捉親近傔從而 時道緊入招辭故也 及金吾鞫坐 淸城與按獄諸宰列坐 邏卒捉時道入焉 時就訊者多 淸城不省其爲時道也 一次平問後下獄 適淸城傳餐婢 卽亡金奴妹也 見時道鬼形着枷 大驚歸告夫人 夫人大矜惻 抵簡於淸城 以警告 淸城始覺 卽命押入 時道略詰無驗 乃曰 此本義士 其心事吾所深悉 豈與於逆謀耶 卽命解釋 時道纔出門 亡金奴將新鮮衣服已俟之矣 遂同歸其家 接待極其意 給行資及馬匹 使之行商爲業

已而聞許之甥侄申厚載 爲尙州牧使 往謁焉 時適七月七日 所謂牽牛織女相逢烏鵲成橋之日也 旣入州境 適日暮 馬疾馳而去 從僻路入一村家 時道落後隨入則馬已繫於廄中而 見一女理織絲於中庭 避入屋中 時道欲解馬緤 則有嫗自內出曰 何必解緤 馬則知所歸矣 時道茫然莫曉其意 拜且請曰 未曾拜見 莫省主母之所諭 謂以馬知所歸者何也 嫗邀之坐曰 吾將言之 忽聞窓裡有哽咽聲 嫗曰 何泣也 豈喜極而然耶 時道益疑之 亟請厥由 嫗曰 豈於某歲 客遇一女於金剛山小庵之後耶 曰然 嫗曰 此吾女也 今泣者是也 亦知菴僧之所自來耶 此則君之江陵族兄也 素以神僧 徹視無際 知人將來 毫厘無差 嘗指吾女 謂我曰 此女與吾族弟廉某 有因緣而 弟從今以後有數年大厄 若來依於我 可以度厄而 自致成姻 然亦未同室 其同室在於嶺南尙州地 某年某月某日也 吾故將女就僧 欲度厄而 君果來過

吾適出未及見 厥后僧棄菴移去 不知所向 吾之子亦來寓此地寺宇 吾故隨來在此 及至此日固知君之必來也 因呼女出來 果是楓山所覩者也 顏狀益豐美 時道不覺 感愴而 女悲喜交至 揮涕而已 俄進夕飯 珍饌盛列 皆預備者也 是夕遂成親 僧所 言八字之符 皆驗矣 時道留數日 往謁尙牧 言其事顚末尙牧大異之 厚贈遣之

　時 時道之前妻 死亡已久矣而 家則託族人守之 時道遂與其女及母 歸京復居千 舊宅 時道之名 播於搢紳而 淸城之所以顧護者甚至 家頗富饒 皆稱以廉義士 與 其妻 俱享福壽 時道年八十餘死 今其諸孫 尙在安國洞

吳按使永湖遇薛生

　光海時 有薛生者 居靑坡 富辭藻尙氣節 業科而數奇不利 嘗與楸灘吳公允謙甚 善 癸丑廢母變作 生慨然謂楸灘曰 倫紀滅矣 焉用仕 子能與我同隱乎 楸灘辭以 父母在 不可遠去 閱月復過 生已去不知所之 逮反正後甲戌 吳公按節關東 巡到 杆城 泛舟永郞湖 忽於烟濤杳靄之間 有挐舟而來者 及近視之 乃薛生也 公大驚 延入舟中 喜極若從雲霄墜 問其所居地 曰 我居在襄陽治之 東南可六十里 名曰 回龍窟 深僻人跡罕到 但距此不遠 不半日可往還 請公同往 公從之 薄晚抵山屛 導 從用僧肩輿入谷 崎嶇數里 有蒼岸陡立如削 奇形壯勢駭目而 中坼城門 左右 淸流 瀉出石門之傍 乃回龍也 石路自崖坼處 右坼而上 屈曲巉巖 援葛攀木而進 始有窟焉 懸身傴僂而入 旣入則別洞天也 地甚寬平 土田膏沃 人居亦多 桑麻翳 菀 梨棗成林 生之居 當窟內之中心 極華瀯 引公上堂 薦以山味珍蔬 奇果香甘甚 異人蔘正果肥大如臂 相携出遊 林巒泉石 奇怪壯麗 不可名狀 公悅然若人方壺 自覺軒冕之爲穢也 公謂生曰 山水淸流 固隱者之所宜 有家計不饒 何以辨此 生 笑曰 吾常遊處 往來之地 不獨此也 吾自辭世以來 恣意遊觀 未嘗一日閑 西入俗 離 北窮妙香 南搜伽倻頭流之勝 凡東方山川之以絶特 聞者 足殆遍焉 遇適意處 輒芟茂而築焉 闢荒而耘焉 居或一年或三年 興盡輒移而之他 以此吾之所居 山之 奇水之絶 田廬之華曠 十倍於此者亦多 但世人莫有知者 公見生之從僕 皆俊美多 習於管絃 問之皆生之妾子 美姬歌舞者十數 皆妙麗 公益奇之 見生得意 自顧塵 累 爲之歔欷出涕 作詩贈之 留至二日 始啓行 約生曰 後必訪我於京師

其後三年 生果來過公 公適柄銓曹 欲薦而爵之 生恥之不辭而去 公乘暇蹤嶺訪
生於回龍窟 則已爲墟矣 生則不知所去 人無知者 公大歎異 惆悵而返云

廬墓側孝感泉虎

成廟朝時 湖南興德縣化龍里 有吳浚者士族也 事親至孝 親沒葬於靈鷲山 結廬
墓側 日啜白粥一甌 哭泣之哀 聽者隕涕 祭奠常設玄酒 而有泉在山谷中 極淸甘
距可五里 吳君必親自提壺 汲之 不以風雨寒暑少懈

一夕有聲發自山中 如電轉 一山盡撼 朝起視之 則有泉湧出廬側 淸潔甘冽 一
如谷泉 往視谷泉已竭矣 遂取用庭泉 得免遠汲之勞 邑人名曰 孝感泉 廬在深山
之中 豺虎之所宅 盜賊之所萃 家人甚憂之 旣過小祥 一日忽見一大虎 蹲坐于廬
前 吳君戒之曰 汝欲害我耶 旣不可避 任汝所爲 但我無罪 虎便掉尾低頭 俯伏而
跪 若致敬者 吳君曰 旣不相害 又何不去 虎卽出門外 伏而不去 日以爲常 至於
撫弄若家畜犬豕 而每當朔望 虎必致一大鹿或山猪於廬前 以供祭需 周年而不一
闕 猛獸盜賊 仍以屛跡

及吳君闋服還家 而虎始去 其他孝感異跡 甚衆 而泉虎事 特其最著也 其時道
臣上聞於朝 成廟特命旌閭賜束帛 吳君年六十五卒 贈司僕正 邑人享之鄉賢祠

得金缸兩夫人相讓

金副率載海 以學問知名 嘗買得一宅 價可五六十兩 本主寡婦也 金旣移入 以
墻垣頹圮 將築之 命鋪開址 忽得一大缸 中有金可二百兩 以寡婦是舊主人 令其
妻作書告之 故而還之 寡婦大感 且異之 躬詣金室謂 此雖出吾之舊宅 實久遠埋
藏之物 吾亦何可掩爲己物 請與貴宅分半如何 金內曰 吾若有分半之心 可以直取
何可歸之本主 吾亦知非夫人之物 而吾則外有君子 足以理家 雖無此物 足保家業
夫人無他持門者 雖爲經紀家事 幸勿辭焉 固辭不受 寡婦不敢復言 雖持歸 而感
金公之德 至深沒身不忘

唱高歌樑上豪傑

柳參判誌 嘗定女婚 盛備婚具 置於內堂樓上 而樓中又有大瓮 滿儲旨酒 一日柳寢於內室 忽有歌聲 如在耳邊 諦聽之 發自樓上 柳公大驚急 蹶起婢子 燃燭照之 呼召衆婢 上樓看之 則有大一漢鬅髮赤面 醉倚衣裓 一手持瓢 一手鼓脾 凝睇睨入而 歌曰 平沙落鴈 江村日暮 漁舟歸 白鷗眼 何處 一聲長笛 醒醉夢 慢調寥亮 屋樑可撼 歌而又歌 旁無閒視 上下莫不驚駭 結縛投下樓窓 致之中庭 兀然醉倒 訊之而不對 黎明視之 是居在不遠之地 常民之素不潔者也 柳公笑曰 此是盜賊中豪傑 遂解而逐之

拒强暴閨中貞烈

吉貞女 西關寧邊人也 其父本府鄉官 而女卽其庶女也 父母俱歿 依其從父 年二十而未嫁 以織紝針線 自資養焉 先時京圻仁川地 有申生命熙者 年少時 得一異夢 有老翁携一女 年可五六歲而 面上有口十一可驚怪 翁謂生曰 此他日君之配也 當與終老 乃寤甚異之 年踰四十 喪其室 中饋無主 意緖悽涼 亦嘗約聘卜姓而 每齟齬未諧 適有知舊出宰寧邊 生往從遊焉 一日又夢前見老翁 率其女十一口者 來而 已長成矣 曰此女已長 今歸之君矣 生愈怪之 自內衙命府吏 貿納細布 吏曰 此有鄉官處女 織細布爲極品 名於境內 今所織將斷手云 姑俟之 已而買納 其細盈鉢而 織潔精緻 世所罕有 見者莫不奇嘆 申生知其爲庶 便有卜納之意 厚結邑人之與女家親切者 使之居間 女之從父樂聞之 生卽備幣具禮 造其家 非特織紝之工 姿容甚美 擧止閑冶宛有京洛冠冕家儀度 生大喜過望 始悟十一口爲吉字也 深感天定有素情義益篤

留數月 辭歸故鄉 約以非久迎歸 旣還 事多牽掣 荏苒三年 未得踐言 關河迢迢音信亦斷 女之群從族黨 皆謂申生不可復恃 潛謀賣送他人 女操持彌篤 雖戶庭出入 亦必審焉 時女所居之鄉 與雲山地 只隔一崗而 女之從叔居焉 是時雲山倅 武官年少者也 亦欲置別房 每詢於邑人 從叔者 欲以此女應之 出入官府 謀議綢繆

且已涓吉矣 又請於倅 以錦綺等物 傳授於女 使作婚日衣裳 從叔遂來訪 慇懃存問 仍曰 吾子娶婦 期日不遠 亦欲製新婦之衣而 家無裁縫者 願爾暫來相助 女答曰 我有君子來留巡營 我之去留 須待其言 叔家雖近 旣是他邑 則決不可率意去來 叔曰 若得申生之諾 則可許否 女曰然 叔還家 僞作申生之書 勉以敦族 促其往助 蓋其時趙尙書觀彬 方按西關 生有連姻之義 往留焉 叔以其久而不來 謂已棄之 設計如此 女旣得僞書 不獲已往焉 刀尺針線之勞 已數日而 女未嘗與其家男子接話 惟勤於所事

一日從叔邀其倅 將使偸窺 以質其言 女雖聞其來 安知其有意 及暮擧火 叔之長子謂女曰 妹常面壁就燈 此何意也 爲勞多日 可暫休相對話語 女曰 我不知疲 但坐言 我有耳自聽 其子嬉笑而前 將女幹之使回坐 女作色怒曰 雖至親 男女有別 何無禮至此耶 是時倅屬目窓隙 幸一覩面 大驚喜 女則怒不已 推窓而出 坐後廳 憤念殊甚 忽聞廳 外有男子聲曰 此吾所創見 雖京中佳麗 未易敵也 女始知爲倅也 心掉氣結 昏倒良久而起 及明撥棄奔歸 叔始以實告且曰 彼申生者 家貧年老 非久泉下之人 家且絶遠 一去不來 其見棄明矣 以汝妙齡麗質 自當歸於富家 今本邑倅 年少名武 前途萬里 汝何可待望絶之人 以誤平生甘言詭辭且誘且脅 女憤愈加 氣愈厲 罵愈切 不復論適庶之分 叔計無所生且恐 得罪於倅 與諸子謀 齋進捉女 前挽後推 囚之於夾室 嚴其扃鐍堇通飮食 以待期日 令刻納女 但於室中號泣叫罵 不復食者累日形悴氣澌 不能作氣也 旁見室中多生麻 取以纏身 自胸至脚 將以防變也 已而 改慮曰 與其徒死凶賊之手 曷若殺賊 與之俱死 以償吾冤且可强食 先養吾氣耳 始女見囚時 得一食刀藏於腰間 人未知也 計旣定謂叔曰 今力已屈矣 惟命是從 幸厚饋我 以療久飢 叔半信牛疑 然心甚喜 但以大飯美饌 從隙連進 所以慰誘之者甚至

女食兩日 氣已充壯而其夕卽婚日也 倅來留外室 叔始啓戶引出 女方貼身戶內 見戶開 持刀躍出 迎擊其長子 一聲跌仆 女乃號呼跳踢 不計男女長幼 遇則斫之 東西隳突 夫復能禦 頭破面壞 流血滿地 無一人敢立於前者 倅見之神魂飛越 肝膽俱隆 未暇出戶 但於戶內牢縛窓環 莫知所爲 女蹴踏戶闌手足俱踴 奮力擊窓 窓戶盡破 極口大罵曰 汝受國厚恩 享此專城 當竭力捫民 圖酬吾君而 今乃殘虐生靈 漁色是急 締結本邑之凶民 威刦士大夫之小室 是禽獸之所不如 天地之所不容 我將死汝手 必殺汝與之俱死 爽言如鋒刃 烈氣如霜雪 叫罵之聲 震動四鄰 觀

者皆至 繞屋百匝 莫不嘖嘖嗟歎 有爲之搤腕者 有爲之泣下者 是時叔之父子 匿不敢出 俸但於室中 屈伏頓首 再拜哀乞 稱以實不知室之貞烈如此而 爲此賊民所誣 以至此境 當殺賊以謝 別室萬望有怨 卽喝其吏 搜索其叔 旣至忿罵重杖 至血肉披離 始董出戶 疾驅歸官

時鄰人已通其家 卽來迎去 遂具其事顚末 走告申生 巡使聞之 大驚且怒 而寧邊府使時武人也 循雲山之囑 以女拔刀斫人 報營請重治 巡使行關嚴責 卽啓罷雲山俸 終身禁錮 捉致其從叔父子 嚴施刑訊 流絶島 盛其僕從迎女 至營深加賞激 厚贈遺之 申生卽與其妾上京 居於阿峴數年 歸仁川舊居 女勤於治家 遂至富饒

報喜信櫪馬長鳴

錦陽尉朴瀰 善知馬 一日適出 路遇一馱糞馬 令從人携至家見之 背曲如山 瘦骨稜層 直是一玄黃駑駘耳 仍問曰 汝當賣此否 其人曰 我以人奴驅馬而已 不敢知賣買耳 公令給如屋駿馬 又令擇一健馬以給 其人驚曰 一駿馬亦足以當倍而 健馬又何爲也 公笑曰 雖此兩馬未足以當 半價 汝何知 須取去 俄而有禁軍踵門告曰 小人是村巷賤品也 公有非常之賜而 奴人迷甚受來不敢留住 來謁奉納云云 公召見之 具言此馬 卽 曠世逸足 汝不自知故耳 汝若知之 則今此所給 不足當其價千百之一耳 其人答曰 前頭成村後事 所不敢知 初有所買價卽 此一健馬足以倍蓰其價 駿馬死不敢受 公嚴敎曰 無論價之多少 貴人賜 汝何敢辭 迫令持去 令廐人善養之 居數月馬肥 大如象雋 逸神彩駿 動人目 公每朝請 捨輿乘馬 滿路生輝 錦陽家曲背馬名蒲一時

光海朝 公竄靈光馬沒入官 光海甚愛之 每騁於闕中 喜其馳驟一日命屛去御者 自騎馳突於後苑 馬忽橫逸 光海墜地重傷 馬遂奔迸突出 疾如飛電 人不敢近歷盡闕中千門 奔迅咆哮 飄瞥如箭 已失其去處 追者十百爲群 至江上 馬已泅水度去 莫知其所向矣 汾西在謫中 一日昏時 閑坐舍後 竹林中忽有馬嘶聲 使人出見之 卽曲背馬也 背有御鞍而靮韅纓絡皆盡 只有木轎在耳 公大驚曰 此馬入禁中已久 今忽逸來 遐裔遼夐 牽納無路 若或中路更逸 則邈難尋蹤 聲聞一播必添罪案 遂令一隷 掘地藏馬 公親加敎諭曰 汝能一日千里 來尋舊主 畜物之神者 我有言 汝

豈不聞汝旣脫身奔逸 已有罪 又還我家 將增我罪 今無他計 欲沒汝蹤迹 莊汝軀
養汝命 汝若有知 其勿喊嘶 使外人知之也 令知其事者一人飼之 馬遂寂然無一聲
居歲餘 忽一日擧首長鳴 聲振山岳 播聞數里 公大驚曰 此馬不鳴久矣 忽然大聲
必有事也 俄而 仁祖反正之報至 卽其日也 公遂蒙放 還朝乘之如前

其後 又有一使臣往瀋陽者 發程旣久 渡江日期只隔一日而 朝廷始覺咨文中 有
可改文字 諸議皆以爲非此馬 不可及 事甚緊重 仁廟召公問之 公對曰 國家重務
臣子性命亦不敢惜 馬何足言乎 仍言於騎去人曰 此馬到灣上後 愼勿喂 切勿與水
草 直縣之數晝夜 待其休息氣乏 饋之可活 不然 馬必死矣 其人頷之而去 翌日未
暮 到義州 直入納公牒 隊昏倒氣塞 不能言 急令灌藥救活之際 人見其所乘馬 皆
以爲錦陽宮曲背馬至矣 遂喂以芻豆如常 馬卽死云

聞科聲夢蝶可徵

郭天擧槐山校生 夜與妻同室 其妻睡中忽泣 問之 妻曰 夢有黃龍從天降啣君
柝屋而去 是以泣 天擧曰 吾聞夢龍者得第 奈我不文何 朝起爲灌溝洫 出田間 在
路傍有披襟急行者 問之云 朝家新定別試 方急告於嶺南某邑守令之子云云 天擧
歸語其妻曰 夜來君有異夢 今日忽聞科報而 吾不識字 亦奈何 妻勸令入京 天擧
再三力辭而 妻力勸 備盤纏以給

天擧至京 足未到王城 莫適所向 入崇禮門 至最初巷口 卽倉谷 窮其洞止 下擔
息憩於一舍門外 其家人再三出見而去 已而 來言主人上舍邀之 天擧入見主人 具
告赴擧而 初到京 無投足之處 主人遂令留住 與之同入 蓋主人李上舍 以宿儒 老
於場屋 科具中 東人私草積成卷軸 入場時 令天擧負而入 使之歷考其冊 中與科
題同者 天擧以校儒僅其字 遂逐篇識之 李旣製呈 始搜之 題同者數篇 相似者亦
多 遂裁折寫呈一篇 幷參解額 天擧大喜 請歸曰 吾優免軍役 與及第何異 李挽留
之 同入會試 又用前法 李見落 郭登第 天擧質朴 不隱其跡 每自言其本末 官止
奉常正

安貧窮十年讀易

士人李某 家在南山下 安貧好讀書 謂其妻曰 吾欲十年讀周易君能繼我蔬糲否
妻諾之 李生遂閉戶入室 封鎖甚固 穴窓堇容一盂 俾饋朝夕之飯 讀易不輟 晝夜
無間斷 至七年從牖隙窺之 有一光頭僧 頹臥窓外 驚怪出戶視之 則乃其妻也 生
曰 此何狀也 妻曰 吾不食已五日矣

七年中饋一髮不留 今則勢到弩末奈何 生歎息出門 直至國富洪同知家 謂洪曰
吾與君雖是素昧 吾有用處 君肯貸我三萬金否 洪熟視良久 許之曰 百餘馱之物
區處於何處乎 生曰 今日內馱送于吾家也 遂歸家 俄而車輪馬載 未暮畢至 生謂
妻曰 今旣有錢矣 吾欲更爲讀易 以滿十年之限君 能取殖此錢 以繼朝晡否 妻曰
此何難也 於是生還入室中 依舊咿唔 妻貿賤賣貴 兼治産業 三年之間 剩餘錢爲
屢萬矣 生讀畢始掩卷而出 馱其錢往洪家 盡給之 洪曰 吾錢不遇三萬 此外不可
受也 生曰 吾以君錢 殖利至此 此亦君之錢也 吾何可取之 洪固辭曰 此乃貸也
非債也 何論餘利 只受三萬兩本錢

生不得已還持其剩錢而來 與其妻撤家入關東深峽中 大招墓址 新搆甲弟 廣置
閭舍 募民入處 居然成一大村落矣 闢草萊開荒蕪 無非膏腴之地 歲收穀幾千石
衣食豐足 一生安過 壬辰之亂 生民魚肉而 生之一村 獨不經兵燹 此是山桃源云

蔡士子發憤力學

靈光 有一蔡姓士人 業文頗勤 終無所成 晩有一子 不復敎書 所望者成長繼嗣
也 子未及長而父死 然家頗饒 不學而能守世業 一日里正 來示都牒 請聞辭旨 蔡
取看久之還擲 辭以不知 里正咄曰 名爲士子而 乃不知一字耶 如許士子 何異犬
羊 蔡不勝慚恨 不敢出一聲

時年四十 郡有訓蒙學長 蔡生卽挾史畧初卷 詣而請學 學長曰 君年豈初學之時
耶 蔡生曰 年雖晩 識字則幸矣 子但敎我 學長敎以天皇氏一行 兼字與義 生讀訖
輒忘之 又敎又忘 學長曰 此不可敎也 辭之 蔡生起拜固請 乃復敎 終日矻矻 堇

得曉去 至三日始來 學長曰 何遲也 生曰 患未能熟曰 讀幾遍 生曰 但以菉豆三升 爲計矣 旣皆誦訖 又敎地皇氏 人皇氏 讀頗順利 翌日卽來而 菉豆之數 減至半升 其後日漸向勝 蓋至誠所發 文竅自開故也 讀至半卷 文理大達 旣讀盡七卷 又讀通鑑全帙 誦之精熟 旣博通四書三經

讀凡七年 而以四書疑中進士 又五年以明經登第 時年五十二也 未久調縣宰 生訪里正 已死而有子在矣 召而謂之曰 我非汝父之辱 何以至此 恩實大矣 遂率赴其任 留之屢月 供饋甚厚 及其歸也 給以數馱

識死期申舟村知音

申曼 字曼倩 落拓不羈 善醫人 一見知其死生 曾於歲首 往拜其姑母李副學之恒夫人 適有族人歲拜者 夫人當門而坐廳事 申偃臥房中 聞客與其姑母酬酢之言 申從房內厲聲曰 廳中之客未知爲誰而 四月將死矣 其姑母悶其元朝作不吉語 輒呵之曰 此兒狂乎 因慰安客 客亦知其姓名故 但强笑曰 此是申生員乎 遂辭去

副學之孫 留守李公震壽 年纔十歲 問曰 俄者申叔之可異 何不命藥而活之 申笑曰 此兒奇哉 欲活人乎 取醫鑑來 適家無是書 李公年幼 未得借來 遂因循不提 是年四月 其人果死 其後問於申 答曰 其人惡疝症 已形於聲音 計其日月似當於四月間 疝氣逆上至頭 則必死 故爲言云 李公嘗言 其人適遇神醫而 不問可生之道 其死宜矣

吠官庭義狗報主

嶺南河東地 有一守寡婦女 只與一幼女一童婢 同居矣 一日夜鄰居某甲踰牆入寢內 欲强刼之 寡女抵死固拒 某甲一劍刺殺之 幷殺其女與婢而去 其家無他人人無知者 三屍在房 至冤莫暴 官門外 忽有一狗 來往躑躅 閽者逐之 則乍去旋來終不避走 如是者屢 官家知之 怪其狀 使之任狗所之 狗直入官門 至東軒前 仰首

叫嘷若有所訴 官家命一校 隨狗往見之 狗卽出官門 行至一小屋 房門深閉 寂無
入聲 狗牽校衣 向房門去 校疑之 開戶視之 則房中有三箇屍 流血滿席 校大驚
歸告其由 官欲企檢屍 火速馳往 依幕於比鄰 適某甲之家也 某甲見官家臨其家
蒼黃迎謁 狗直走某甲之前 咬齧某甲 官家怪之 問曰 此之汝之讐人乎 狗點頭 官
家遂捉下某甲 嚴加盤問 不下一杖 箇首實卽報營杖殺之 厚埋其屍 狗走至墓傍
一場悲叫而斃 村人埋其狗於墓前 題其碑曰 義狗塚

　昔善山義狗 隨其主往于田 其主侵暮醉歸 僵臥於中路 適野火起 將延燒於臥處
狗以川水濡尾 漬其傍 得滅火 力盡而斃 其主覺而知之此地至今 有義狗塚

　噫 善山狗之救主死而 不恤自死 誠得報主之義 而河東狗 則初旣訴冤於官家
末又逞憤於讐人 賴以報其仇而 償其命孰謂禽獸之無知而 乃若是乎 比諸善山狗
亦勝矣

淸州倅權術捕盜

　李趾光以善治名 決訟如神 莅淸州時 有一衲入訴曰 某以某處僧 賣紙資生 今
日場市 負一塊白紙來 憇市傍 暫爲釋負矣 旋卽回顧 則紙塊已不知去處 四面搜
索 終莫能得 失此資業 萬無還歸之望 伏乞推給 活此殘命云云 李曰 汝不能善守
而 見失於人海之中 雖欲推給 將問於可處乎 須勿煩聒 卽令退去 頃之因事 命駕
於十里之地 薄昏還衙 見路傍長丞 以手指之曰 此是何物 官行之前 乃敢偃蹇長
立乎 下隷曰 此非人也 卽長丞也 李曰 雖是長丞 亦甚倨傲 使之拿來 拘留於外
以待明朝而 亦不無乘夜逃躱之慮 三班官屬 除官門待令外 一幷守直可也 官隷輩
雖齋聲應答而 皆面面竊笑 無一人守直者 李固揣知其如此 及至深夜 使伶俐通引
暗地移置於他處

　翌日早起開衙 號令羅卒 使之拿入 羅卒奔往其處 則朱髥将軍 已化爲烏有先生
矣 始生疑惻 遍索近處 官家號令 急於星火 羅卒輩不得已 以見失之由 入告待罪
李乃佯作忿怒之色曰 身爲官屬 不遵官令 不善守直 竟爲失之 不可無罰 自首吏
以下 各納罰紙一束 卽刻待令 如有不納者 當以笞二十度代之 於是三番下人 盡
皆納紙 須臾積置官庭 卽令招昨日入訴之僧 使之卞別裏所失之紙於此中 僧紙本

有所標 隨其標隨手探出 數滿一塊 李曰 旣索汝紙 須速出去 此後小心謹守 毋作
如此歇后 其僧百拜致謝而去

李因覈其紙束所從來 則卽市邊居一無賴漢 所竊取者 輸置渠家 適當闕紙 督納
之時 紙價甚翔 遂盡發賣矣 乃捉入厥漢 治其罪而徵其價 分給賣來之官屬 其餘
紙束 幷令所納諸人 各自取去 於是一邑吏民 皆伏其神矣

雜記古談

醫巫

湖南全州府有巫嫗 其神自稱新羅孫學士 通軒歧術 時從鄉村下戶 爲人療病而其所用方 多古今醫書之所不載也 巫隸名官籍 爲營巫女 肅廟朝 余外從祖完寧君李公 爲湖南按使 時大夫人黃氏隨子 營衙有婢 病積年柴削如鬼 婢僕輩謂之赤毫症 蓋邪祟之類 必死之疾也 黃夫人召營巫 欲使爲之禱賽 巫請見病婢 熟視良久曰 呀 此不當禱賽 可藥以治之 夫人曰 藥已多矣 悉無效奈何 對曰 藥不對症耳小人將命藥劑製方曰 五枝湯 桃枝柳枝桑枝楮枝其一余忘之 大抵皆治痰之料也曰 以此五種不拘多少 等分水煮頓服 久當有效 依其言試之 始焉嗽出膠痰 久而痰漸軟 漸多或不嗽而自越曰 幾至數椀服之 五六朔嗽止痰 祛稍進飮食 踰年病良

已後太醫知事金某 來客營中 余外王考牧使公 與諸營客燕語 金亦與焉 客有道此巫者 金咤曰 怪哉 豈其然乎 請召入吾將問之 巫應召而至 拜于庭下 年可五十餘 鳶額闊額 長幹癯瘦 形貌古怪 金問曰 若解醫術信乎 對曰 然 金哂曰 可咦若何能知醫 巫植立直視曰 醫惟君能乎 如大監者 少也粗能誦入門寶鑑之屬 今已冥然無一字矣 金咈然怒呵之曰 賤嫗敢爾 巫遽曰 君有罪當死 其知之乎 先王病患因君輩誤下藥 竟致不諱 此非死罪而何

蓋顯廟常苦火升 甚則膈間煩懣 面部紅漲 內院諸醫 雜試降火之劑而 症使無所減 以至于大漸 金以首醫 終始主張議藥者也 聞此言 色頗沮回脹面 諸人嘻嘻而唉 巫見其色沮 卽攘臂突而前曰 爲醫者 雖尋常下賤之病 苟無明的之見 不可妄投藥也 況於君父之疾乎 先王病患乃傷寒 彌留 和解之則已矣 降火之劑何爲也今言之已無及矣而 吾所以爲此言者 欲以之懲於後也 爾罪 切難贖矣 不自認罪享厚祿而不辭 耀金玉而自得 於汝心何 咬牙厲聲 目光如火 張手頓足 氣勢可怖有若大厲 坐中出於不意 驚惶辟易 牧使公急呼皁隸 驅出門外 金駿汗溢面 口呿不能言者 良久曰 是底事幾乎被其敺辱 此事余奉聞於牧使公矣

鷄林之山 果有孫學士 精於素問靈樞之工者耶 是時三韓之鴻荒 肇啓百工衆技

多 天生神解者 安知無越人倉公之流 生於其間而 文獻無徵 不可考也 然羅之距
今 已數千年矣 末世巫覡之所謂神 皆雜氣之暫時凝聚者爾夫 其數千年不散 浩然
而長存者 必是賢人才子之靈 清明正壹之氣 安肯自辱於粗婢賤嫗之身 向愚氓乞
播間之酒肉哉 故其曰某神某神云者 直點鬼之假托名號欺凝雖僞者也 然則此孫學
士之稱 雖使古有其人 亦不過假托者類耳 若其按病弛藥 能收奇效 誠可異也 而
人或有爲鬼所憑者 詞翰滔滔 謂之詩魔 談龍虎指砂水謂之山魔 醫之有魔 亦無足
怪也 至於以聖祖玉侯招爲傷寒者 六淫六氣之理 吾所昧然 不可決其是非而 內院
諸待詔 以怳昧見識 遇病則摘 埴表裡 嘗試補瀉 幸則偶中 不幸則 無異置毒 至
於至尊之病 亦敢售此習而不知懼 以此責金醫 可謂洞見情狀 掀發眞臟 抑何其快
也 其所謂醫無明的之見 不可妄投藥者 尤爲醫門之至戒業醫人者 皆宜書紳

奇奴

人之悖慢者 必曰奴隸 嘲愚庸者 必曰奴才 人家臧獲 率多雖蠢 爲人所賤
在中華自古已然而 東俗尤甚 賤踏之殆若犬彘牛馬然 然此輩中 亦豈無英雄魁
傑之姿哉

天之生才 本不擇地 西京之衛將軍 東漢之李太守 豈非出於奴僕 而偉績懿
行 輝映簡策 至今照人耳目 今有衛將軍之智略 李太守之忠誠 合爲一人而兼
之以縻勤之勇 儕之以張園老校之討慮 則之人也 庸非其所謂奇偉卓犖 間世而
一見者乎 而事蹟不登於紀載 姓名亦不知爲誰 何豈不惜哉

光海時 圻內有一儒生 寠甚與一妻一女 同栖於數間破屋之內 一丁奴供其樵
蘇 是外無一物焉 其奴頑悍 不受羈 欲睡而睡 欲嬉而嬉 主或勃磎 則夷然冷
哂 若不聞也者 主不能馭 然不以其主之貧而 哺糠吃糜 曾無厭怨之色 人或指
以爲癡無何 其主物故 三日未殮 奴入見其主母曰 死者已矣 當謀所以殯葬 但
哭耶 主母曰 兩手如洗 雖欲衣之以薪 亦無從而得 爲之奈何 奴曰 主但撤
哭 且待我設施 同鄉有富家翁 貲極饒 將嫁女 其衣服衾褥 皆具累襲 嫁資及
迎婿宴賓之需 所儲錢帛幾千餘金 奴懷利刃 用夜半到其家 翁寢于外廊 從黑
暗中闖入其室 據其胸而坐 翁驚覺見骯頭壯士 壓踞身上而 手中劍光如鏡 大

驚怖 但叩一聲乞命 奴曰 公勿怖 我非穿窬劫盜者 今有切急之情 特來相告
公肯聽之否 翁急曰 惟命 奴噓唏曰 我是某村某家奴也 吾主死臥地已三日 尙
未斂首此何等苦痛 聞翁家婚需極豐 我相公之壻一身之上 決不能被七八重衣
夜眠決不能覆五六層衾 錢帛千餘 除却百許 亦何殊一羽 若分以與我 使我得
伸奴主之情 則恩莫大矣 公能許之 則當相拾 若發半聲不字 卽斷爾喉 公將何
居仍擧劍擬其頸而 眼耽耽直視 翁急連呼 唯命唯命 奴弛劍而言曰 幸公許我
然人心難測 當面惟諾 背面反覆 事不可以不牢 請公持婚需出 明以付我 翁呼
家人 人方在睡夢中 聞呼而至 始大驚爭前叫噪 奴嗔目大喝曰 敢有進一步者
制刃于翁 聲如虓虎 目光四散如電 衆皆震慴 不敢動 乃揀其衣衾之合用者 及
百兩錢布帛如干 曰 惟此足矣 我不用許多 餘悉收去 又曰 事不可以不牢 諸
衆人爲我輸此 是時翁尙在其膝下劍影閃閃照面 怖甚急噉 爾衆速如命 以活我
衆莫敢違 爭先負持 奔走而去 翁家距奴居數里許 奴待其反命 始乃擲劍而起
跳下庭拜謝 徐步出門 翁及翁之家人 慌悅若失魂者久之 奴歸見主母曰 此勺
水耳 盡費於殮葬 則主之寡母孤女 將何爲生 請貯一半 以爲後圖 主母曰 此
後 則凡事惟汝 勿復問我 遂備棺歛 以卒襄事

居數月奴復入見主母 曰奴守主在家 不過費朝夕淡粥耳 請將所貯錢出外行
商 以爲主生計 主母曰 前已告汝矣 凡事唯汝 奴遂辭主母 携錢以出 販木於
山 貿塩於海 北抵六鎭西極七邑越耽羅入萊館 大嶺東南 兩湖左右 籠百貨而
網其利 皆因時逐便 擧無失計 十年間至財累千金而 每歲輒一歸 爲其主營置
田庄辨備家私 昔零丁乞丐之孤寡 儼然成大財主矣 奴言於主母曰 今足以爲生
矣 自此奴將休却 但小娘子已長成 當求佳郞作配 以爲主晚年依賴之地而 在
此窮鄕 耳目不敷 況鄕曲小家 豈有可兒 宜擇家西笑 以圖廣求 主母曰濟濟王
城 無非王謝家 彼高門華閥 疇與我冷族結姻 奴曰 人能成事於不可容力之地
方可謂智 主想內外族黨 無論戚疎 可有登朝籍仕宦者耶 主母沈思之良久曰
我有異姓姑娘之子 姓名爲某者 與我爲再從親 向聞其登科 今不知爲何官 亦
不知其尙在否 奴曰 可試探問 後數日入告曰 其人方爲承旨 此足以爲線索矣
因爲畫策 盡室入京師 定館於昌德宮前 大街之側 俟承旨申退 使奴要於路 請
其枉臨 某令初則訝之 詳問而後知之 遂入見 卽盛酒肴以待之 末乃言曰 未亡
人一身孤惸依庇無所 遠近親戚 惟令公一人 幸勿疎外頻賜見過 某令感其言

答曰 當如敎 自是後 每値其來過 以醇醪美膳延接慇懃 某令甚喜之 赴公往來
之路 不時歷訪 且時送人問訊 情誼深熟 皆奴之指揮也 奴又敎其主 饌膳必豐
器用必美 婢使衣裳 亦務鮮麗 以誇示鄰里而 人又見呵殿之聲 出入其門 認以
爲眞高楣潤屋也 一日奴入告主母曰 某家兒郞 氣骨不汎 將求快婿 無出此右
若使某令公作媒必諧 主母從之 言於某公通婚 郞家聞其爲承旨親族而 家事且
富 快許結姻 贅婿卽癸亥功臣某公也

數年後擧義諸公 大計已定 將待時而發 奴忽告主母曰 奴將有事遠方 久則
三四年 近則周歲當歸矣 旣去之後 杳無消息 至癸亥四月始返而 終不明言其
向何方 幹何事也 反正前一日 某公將赴義 乘昏急裝而出 奴潛身門側 遽前執
其襟曰 卽欲何往 某公曰 奴何庸知爲 奴從腰間 掣劍拔鞘 張目曰 君所爲吾
寧不知 君何作此滅族之事 吾當殺此無賴 以絶禍根 某公慌遽失措 奴舍劍笑
曰 吾豈害君 特與之戲耳 且問 君所謂事極危 一擲不中 家族俱覆 曾亦準備
後門 以開逃脫之路否 某公芒然移時曰 果不曾念及 奴笑曰 嘆小郞輩謀事 止
如是耶 我已爲君圖之 昔我往來濟州 見海中一島 空曠可避難 頃於海濱 販糴
數千斛 運置其中 又裝巨艦一隻 載穀亦千斛 約以今夕泊于京江 事捷則大幸
萬一蹉跌 吾將奉主母 及君之內子 直奔舡所 君亦可脫身而來 與之同載 浮江
出海 逃禍於彼 且觀世事 若稽燄久而未熄 駕舡大洋 投逵中國 西則靑齊 南
則閩廣 天高海闊 何所不可 某公醒然悟謝曰 謹受敎 奴再三叮囑而送之 是夜
義旅入城 一戎大定 某公登勳籍 富貴赫然 奴告辭于主母曰 奴之報主 終於此
矣願從主丐此身 主母曰 吾母女之得有今日 皆爾之德 方將共享安樂 以報汝
恩 何遽捨而去也 對曰 奴之爲主家勞薪 乃其職耳 且奴僕之賤 得免唾罵 已
是大惠 主雖欲報於我 又何以加於此乎 今主家福祿鼎來 榮華日新 主今無所
賴於奴身 奴亦無所事於主家矣 譬如農家之牛 耕犁旣畢而 脫絆解軛 長林豐
草 任其瘝吡不亦可乎 若留不可 問將何往 對曰 奴本東西南北之人 何處不可
往也 遂去 竟不知所之

余嘗聞此說於數人而傳之各異 其所謂癸亥功臣某公者 或云延陽李公 或云
原平元公未知定爲何公 余固不得以稱焉 或云元氏今有海島田歲歲收脂麻百斛
卽此奴所指逃難之地 又云原平 知此奴之可用也 召入密室 告以大計 要與同
事 默然不應 卽起走出 仍不知去處者 久之 及至反正前一日始歸 言我已積穀

海島 泊舡京江云云 海島田庄之說 姑未知其虛實而若然 則果是原平耶 此亦
未可詳也 且彼英雄心眼 豈不能覺察於幾微 而直待其面告而後知之哉 此則決
知其爽實 余不取焉

跡其前後所施爲實爲奇狀 變化莫測 容或有過溢之辭 其非茂陵子虛之類 則
審矣 自汴宋以來 世之取人率求之規矩繩墨之內 故跅弛不羈之士 懷奇抱異者
如陳龍川所傳龍趙二生 皆不免空死草澤 然龍趙初未嘗見知於人 獨怪夫張循
王之於花園老卒 其已有所試矣 曾不引爲上客與參幕籌 反使之尋舊夢於苔階
花影之間者 何哉 若我長陵之初 南虞新戢 北釁方構 此正用人之時也 鷄拘之
枝 尙不可遺 況如此奴之長材偉略 某公亦已測之矣 何不爲洗拔泥塗薰沐而用
之 任其自去 不少恐惜 抵壁沈珠 古今一轍 良可嘆也. 此皆求人於規矩繩墨之
內之過也 雖然 我國規模之隘 比宋更甚於又限人以地處

假使此奴見用於世 不過爲人幕屬 受其絆掣 必無得以展垂天之翼驤奔星之
蹄矣 故韜光劍彩 寧混跡而不悔耳 安能以軒天拔地之氣 向人喉下乞取殘息哉
若其神勇奇智 時出緖餘若應龍之乍見一鱗者 亦非技癢 直一腔熱血 自盡報主
之職矣 及夫宿債旣了 翩然遠逝 世固莫我用 曾何足以少留 此奴蓋已計之熟矣
使若有英雄主爲之知已 則樊灌莫衛夫豈多讓

余旣成此記而又有人傳 延陽家奴某乙事 與此大同少異而 其首尾全別 意者
二事 各相傳說 久而漸訛 合而爲一歟 其說人實得於延陽傍孫諸李而傳之於余
尤爲眞的可信 故記如左

天啓時 一儒生 居在漢師城外 眷屬有一妻一女 家産有僮奴一 款段馬一 利
川有薄田一區 歲收穀十數包 惟此而已 每朝蓐食騎款段率僮奴 入城遍謁於北
黨諸名官家 迫鍾而歸 日以爲常而其中有許承旨者 與其妻爲近族 最與之相狎
無何病故 無以殮 其妻方哭擗 僮奴入見曰 不圖治喪但哭何爲 婦人曰 將何爲
計 惟有哭耳 奴曰 請以諺字成訃告數十紙付我 奴有圖之 卽披髮扶訃書 遍詣
平日所歷之家 直入堂前 伏地號泣 諸人聞宿昔狎客之死 無以爲喪而 又見奴
悲痛之狀 皆惻然動心 厚致賻儀 遂棺歛營葬而 賻布尙有餘剩 旣葬 奴言於內
主曰 凡貧士之偃仄京裡者 只爲科宦圖耳 今主不幸已矣 無復可希望矣 長安
白沙地上 一寡夫人與一箇幼女 將何以爲生也 主家利川田土 雖薄 勤力其中
可以資饘粥盡 亦斥賣京第 盡室歸農乎 婦人亦念貧簍轉極 無以全活 遂從其

計 捲而下鄕 奴看檢田疇 整理家務殫誠竭力 日夜不懈 又以貿布之餘 販柴於
四郡東峽之間 取其贏利

數年間 漸就饒裕 十年之後 田畝所收歲至千餘斛 奴言於內主曰 今則家計已
足 士夫家不可久於落鄕 況少娘子年已長成 當求嘉耦 以爲主晚年依賴之地而
窮鄕僻村 顧安得可意處 宜復還京城 以廣求婚之地 婦人曰 家事之一則汝 二
則汝久矣 今何不依汝 奴又曰 主家衰替極矣 苟不极援右族 將無以自立 主之
內外親黨 寧有登朝仕宦者乎 婦人曰 然我有異姓再從親許某 向者仕宦於朝 未
知今尙在否 奴曰 此許承旨令公也 奴適忘之 請裁書札以問舍 奴當往傳 且以
示慇懃相望之意 遂受簡往見許令 許問曰 自汝主云亡 孤寡下鄕 聲息永絶 不
爲能保存至今也 然貧家契活 京裡尤艱 今之問舍何意也 對曰 主家形勢 比昔
稍裕且以小娘子當婚而 鄕曲之間 無以廣求婚處 故爲此計也 許曰 然則吾當爲
之周旋 卽命一蒼頭 與偕焉 旣而定舍於洞口內大街之傍 歸報內主 搬移上京
卽送婢問訊于許令 兼例其周旋問舍 許令爲之來見 是後赴闕申退之路 時或歷
訪 奴進言曰 聞許令公善飮酒 須多釀美酒以待 其來且付諸婢僕沾賣 亦可以佐
日用之費 蓋許好酒而貧 每晨夕供劇雪天待漏 恒苦寒懷 長夏坐直 居多愁如
若別此家 則輒有醇醪豐膳煖寒充脾 以此深喜之 不時來往 情意甚款

一日奴入告曰 會賢坊李長城家兒郞 氣骨不常 他日當大貴 欲求快婚 無出
此右 可托許令公作媒 內主從之 要許令通婚 許曰 李長城爲誰 婦人曰不知其
名 但聞居在會洞 許笑曰 是李貴也 彼哉狂妄 麤雜之類 與連姻況且西人也
失時沈滯 無可希慕 何妹氏欲與之結婚也 婦人曰 只取郞材 他不計也 再三懇
求 許始曰 妹氏之意 堅定如是 吾當爲言 及其往問也 已定婚於他家 期已近
矣 奴聞之復言曰 此殊可惜 然其第三郞 實不下於其兄 可預與約婚矣 第三郞
卽延陽公也 又要許過婚 許蹙眉曰 妹氏必欲與李貴結婚何耶 婦人曰 聞其郞
材之極佳 幸母辭再勞 必爲我勸成 許不得已往 復延平公通婚 延平公曰 前者
不得相許 意甚不安 勞令公再枉 復言婚事 敢不從命 乃待年成親 時延平家甚
貧 延陽公遂贅于婦家而 婦家無子故 其田宅奴婢 盡屬於公 奴依舊主管家務
是後擧義諸公 大計已定 將待時而發 公見奴之勤幹 饒計慮 意可任使也 一夕
在卽房 使內子避他所 召奴立窓下謂之曰 我有大事 欲與汝密議 汝可入室 奴
俯伏曰 此內室也 奴何敢入 公曰奴主猶父子 何妨之有 强而後入 呼使近前

告之以事 奴嘿然移時曰 奴惟薪蒭之是職 又敢與知他乎 此非奴久坐之地 請
退 急起趨出 公自悔失言 又慮洩漏 終夜不能寐 明日早使人召之 則復曰 某
乙乘曉去門 仍不知去處 公大驚疑其將上變 至不能寐食者累日 及至反正日
公自闕中歸 方解衣欲休 蒼頭忽告某乙來現 公驚且喜 促令召入 已拜于庭下
公迓而詈曰 咄 沒福漢 汝不隨順吾 今竟如何 慢聲對曰 主人臣也 當爲國事
奴私奴也 當爲主家事 公曰 汝爲主家事奚 若盡斥賣利川田土 公大駭曰 是底
話盡賣田土也 曰 主所爲事幸而捷耳 萬一蹉跌 家族將俱覆 田土何爲 故盡賣
之 公曰盡賣汝何所用 曰 裝巨艦三隻 載穀數千斛 以昨夕泊於京江 此則將何
爲也 曰 事若不成 將以奉主家眷 跳出海外耳 公始笑曰 汝計亦好 奴復進曰
舡與穀 今無用 請還斥 復營田土 雖差減於前 主旣爲功臣 寧患不足乎 公曰
任爾爲之

後公任旣隆顯而 奴亦已老矣 公欲爲免賤 力辭不肯曰 私賤之爲良 非分也
奴實不願也 若大監必欲垂惠 切有所願 公曰 汝何所願 對曰 大監與夫人百歲
後 豈不有守塚奴乎 曰然 曰願以奴子子孫孫 永定爲墓直 悉免仰役 則恩德之
重 百倍放良 公依其言成契券付之 至今延陽墓下 皆其子孫 將近百戶云

余得聞此說 而以前所聞者 參之 或者之言 以內室召問 爲原平者 據此 則
乃延陽也 門前指畫海島積穀 爲延陽家奴者 據此 則又亡是而 元氏家海庄芝
麻 人多傳爲實 然則此其別是 一人各爲二事也明矣 特以傳說訛誤 混幷爲一
錯互相換 而又以延陽家定婚事 付合於原平耳 是時元亦寒門 奚必藉名官居間
哉 但乘舡逃海之計 如出一人 豈亦劉先主 所謂英雄所見畧同者耶 私賤中兩
英雄並出於一時 抑何異也 沈機卓識 此固遜於彼而委身於窮窶之主 竭力於板
蕩之際 純誠至義 炳然天日 倘所謂托六尺之孤 寄百里之命者 非此之類也耶

女俠

丁時翰 肅廟時人也 以學行被薦 官至進善而 不應徵召 居于原州鄕村以敎授生
徒爲事 嘗於雨中獨居 忽見衡門外 兩少年偶立 容貌淸俊手彩映人 心異之曰 此
邦諸生之稍秀者 吾無不識其面 此必遠方人也 因邀入 問其何來 則對曰 居此不

遠 久懷景仰 特來拜謁而 不敢遽進故遲徊於門外耳 丁與之語譚論英發氣宇軒爽
益愛之謂曰 想賢輩舍館未定 日已暮 天又雨 盍留此 與老夫同宿 對曰 既蒙不却
敢不遵命 雨中陰濕 請賜一盃火酒 丁意訝之 以爲初見長者而 遽索飲何也 第其
言辭動作 非不諳禮數者 欲試觀其所爲 呼家人沽來 兩人開壺對酌 連倒數觥 留
其一半曰 將夜飲

是夜同宿於草堂 夜將半 丁睡微覺 時雨收雲澹 微月臨窓 瞥見兩人 非昨日貌
樣 短衣急裝 手舞霜刃 將火酒相勸而 劍影揮霍 光滿一室 丁推枕而坐 問曰 賢
輩何爲 兩人驚顧 擲劍俯伏曰 撼動尊枕 罪過大矣 第見長者 容色安徐 畧無驚遽
之意 何也 丁曰 我自量平生應無切齒之人 豈有潛來相害者 是以不主驚惧也 賢
輩果是何許人也 兩人囁嚅有間曰 長者果大賢 今何不罄訴心曲 小子本嶺南人
身亦非男子 丁駭曰 然乎 願聞其詳 兩人吞聲掩泣者 良久而言曰 欲說來由 悲憤
先激慚惡亦深 我二人 是孿生娣妹也 吾母不幸而厄于孽 繼母無狀 私於鄰居校生
毒殺吾父 因與奸夫逃之他郡 稚藐零丁 育于鄰姬 稍長而後知之 羞深戴天 痛切
枕干 聞慶州有神於劍技者 娣妹相携往 傳其術 十年學習 已盡其妙 古人之摘劍
取物 頗亦能之 自是易服藏名 周行四方 以尋求仇人蹤跡 久乃得之 於漢師城中
王京輦轂之下 人姻稠雜 譏呵嚴密 不便於下手 隱忍而不敢發者 亦已累年矣 今
聞仇人不安接於京畿 又復下鄉 昨宿於忠州崇善村 今方止接於此前村店舍 積
年深讐 將快於斯矣 但女子之身 裝束雖變 不可混宿於店中 商旅雜遝之間 竊聞
長者忠厚長德 可以托宿而 特被挽住何以度此夜 實爲萬幸 昨者求飲 非不知唐突
之爲罪而 將行大事 欲備酒力 以壯膽氣 長者寧不以爲無禮乎 丁聞此言 大加咤
異 仍謂之曰 賢輩之志則烈矣 以兩簡弱女子 何能獨辦此事 我有健奴數人 可以
佐一臂 將使隨君 兩人毅然對曰 不願也 吾等之腐心痛骨爲此萬死 一生之計者
直爲父母之讐耳 事若發露 惟當獨死 安可連累於人 鷄將鳴矣 行旅非久當發 請
從此事 相與杖劍而起 飛步出門倏若飛鳥

丁坐而待朝 卽使奴探問于前店 去夜有何事 店人紛口傳說曰 昨夕有自京內行
一丈夫隨後 宿於店中 鷄鳴時候 強盜數人 挾劍突入 斫其男女 截其首而去 不殺
一人 不掠一財云

余觀此女子 有四奇焉 劍技一也 以伶俜之質 有荊聶之勇二也 變服周流幾十數
年而 人終不覺 木蘭之後 董一見之三也 禮經復讐之義 聖訓森然 父被戕於人而

子不能報焉 人理滅矣 然自古以來能復讐者 在男子亦幾人哉 乃以齠齡弱女 能知
共天日之讐 克勵不反兵之義 處心積慮 必報乃已 有可以激壯士之肝 而增扶人倫
之重四也

或曰 凡民爭相殺邦國之大禁也 苟欲報讐 告于縣官以法按治已矣 何必崎嶇 爲
此盜劫之事乎 旣已報矣 亦當歸身司敗 自受其戕人之罪 如唐之下邦民可矣 今乃
潛蹤遁去于國紀而 逃其刑 目之以盜 惡得免乎

曰 此尤可見其誠孝之至也 殺人之獄 必有檢驗 不檢驗則不成獄 不成獄則不償
命 苟爲告官 則雖有明師士 不得不按例檢驗 其父之死已久矣 拔塚破棺 使其已
朽之骨 更受灰淋醋洗之酷 則是無異 重罹刑戮也 孝子之心 其可忍乎 不如是則
將無以決仇人之腹而 窮天之冤 無時而可洩也 孝心於此誠可難處矣 其不自爲首
者 亦不欲家醜之外揚也 其自言曰 事若發露 惟當獨死 固已拚一命矣 彼豈畏死
者哉 歷觀傳奇 劍客之報讐者 亦有之矣 只是以一時意氣 快心於睚眦耳 夫若此
者 眞可謂得天理民彝之正 嗚呼 可以盜也哉

盜宰相

萬惡之中 惟盜最兇 殺人放火 刦掠財物 暋不畏死 恬不知恥 誠可憨而 亦可却
也 然亦非庸碌瑣屑者 所能爲也 朱夫子有言曰 杲老當時若不爲僧 必爲大倜魁首
蓋其有傑特絶人之姿而 縛於繩律 纔免拔扈耳 自古綠林中 自號大王者 其財皆以
有過於人者 若一朝投劍而反乎正 則漢之王常 唐之李勣 豈不是名將而 晉之戴淵
周處 不害爲名士矣 盜之才又易可少哉

余聞前麗時有一儒生 才有八斗之當 富無一錢之産 三旬九食 弊褐不完而 刻意
劬書 必期成名 嘗負笈山寺 數月不歸 其妻辦送粮米 兼附書曰 昔者之米 是妾左
鬢編髮也 今又以右鬢辦此升斗此後無髮可剪 將投井而死耳 生接書默想 我之勤
苦讀書 將以求科甲 圖富貴與妻子共享也 今科甲不來 糟糠將亡 讀書何爲 遂撤
卷還家則其妻兇首而坐 見生掩面而啼 生亦不覺愴然 僅以數語慰安其妻 出坐于
外 仰天長歎曰 嗟乎天也 夫何使我 至於此極也 我文章豈不及於人 才略豈不及
於人 門楣豈不及於人 骨相豈不及於人 年登三十 未成一第 腹破萬卷 不救一飢

筆下千篇 不直一醉 一身困悴 妻子凍餓 夫何使我至於此極也 旣而自憤曰 天生我才 必不令死於溝壑 大丈夫 豈可以與窮而自隳其宿昔之志氣哉 當益勵初心 以待水到成渠之時也 旣而嘆曰 我已陷於窮餓之水火 貧溺迫頭 須富貴何時 不如焚棄筆研 別作生計 旣而又嘆曰 萬民之業士農工賈四者耳 今士不可爲 工亦未嘗學習 何可猝爲也 只有農商二途 無田土可農 無本資可商 雖欲別作生計 將何爲謀

百方忖度悲咤者半夜 蹶然起曰 惟有盜耳 丈夫安能坐而待死 卽迅步出城門 周行於林藪幽隱之地 尋求盜穴 果有數百强盜 聚會一處 方議刼掠 生挺身直入據首席而坐 群盜驚問曰 公何人也 生曰 我是某處某生也 來何爲 曰 汝大將 群盜曰 公有何才能 生曰 我胸藏韜略 手握風雲 三敎九流若誦己言 天文地理如示諸掌 汝若以我爲將 則所向成切 吉利無方 群盜相顧曰 此公口出大言 必有其實 且聞其士族也 可合爲帥 生曰 汝旣許我爲帥 當行將率之禮 衆扶生踞坐於高阜之上 羅拜於下 生曰 軍中不可無紀律約束 當發令違令者重治 衆皆曰 將令誰敢違乎 生曰 凡爲盜之道 必具智仁勇三達德 智者隨機設計 摘出深藏者是也 仁者不害人物 不取不忍是也 勇者臨事果敢 不震不恐是也 踰墻越屋 去來無踪 勇之次也 有此三者然後 方可謂盜之善者也 智可相時而發 勇則各隨其姿 惟仁甚大 不可不明定條約爾 衆成聽衆皆拱手而坐 生乃言曰 財之不可取者三 一曰良民之産 小人家父子兄弟 胼胝手足 日夜勤勞 董政積聚而 取之非仁 二曰商賣之重被犯風雪 蒙霧露 越險阻 四方千里 辛苦歲月 得無嬴利而 取之非仁也 三曰官庫之儲 此萬民膏血 國家所需 此而取之 國用不足而 民之膏血將重被浚削 此最不忍 亦不可取也 所可取者 惟外郡之舊官歸裝 權門苞苴此皆國家之物 彼所竊取者也 國家之物當與國人共之 不當使一人獨專 況彼旣竊取 吾亦竊取 豈不名正而 義順乎 衆皆鼓掌稱善曰 至當至當 乃使其徒刺求 外郡私馱之在道者來告 則生出奇發策 指授方略果然無 不得志 亦不發露 衆咸悅服 然生以所掠 略資救窮 餘則盡散於衆 以此衆莫不稱頌而 鄰比之人 終不覺生之所爲

如是者數年 生復使郡盜齊會於一僻處 播告曰 吾徒之所以作此伎倆 不過圖衣食也 小小行資只可濡手 頻頻發市 常懷憂虞 不如一場大搶 使一生之計 足以無憂而 永革舊習 快活自在 則不亦可乎 衆皆伏曰 甚便 生曰 然則汝等可於京鄉搜問厚積者以告 後數日 一盜來言曰 城中某官家極富 樓上銀一櫃 三千兩者四五 但其家前則大街 左右閭閻 後墻高幾二丈 重門複壁 層疊深邃 誠難下手 生曰 某

人者本以貪饕聚此 此固可取而有也 其家後墻外 抑有通行之路乎 對曰 有曲巷小
徑通於大路 生曰 然則易與耳任爾 十重鐵關誰制我飛入 乃使十餘人 往江口拾來
水磨石 圓滑班爛 大如鷄卵者 人各十枚 又使十餘人分藏石子 令曰 爾可潛身往
於其墻外 以石子擲入 初日一次 翌日二次 加一次 至五日以後 毋過五次 必伺隙
乘便 勿使人知 其家見石子自墻外飛入 逐日不止 或撞破器或中傷人頭面 石皆圓
滑班爛 始則謂墻外人戲投 群噪而詈之 旣而 疑怪之 末乃擧家驚懼 謂之宅災 盜
來告曰 其家邀盲問卜 間數日又告誦經 又告方謀出避 又數日來言 果渾舍出避
只留奴婢數人守直內堂 生曰 可矣 乃裝喪車五乘 引葬諸具 分置屏處壯士百餘人
發伏于其門外以備杠貨 又逆趫捷者數人從後墻入伏於暗中 使待時開門 又以壯士
二人裝夜叉面身纏斑布 手執鋼叉 夜半踰墻以入 立于中堂 發大喊 其守直之人
從睡夢中 驚覺瞥見 靘面朱髮之鬼 聲如虎嘷 驚仆失魂 冥迷不省 乃大開前門 引
其黨入 從容啓樓鑰 捋銀几數萬兩 分載喪車 群盜搖鈴杵唱呼耶 先後出城門 至
野外隱僻之地 碎檟出銀 生自占千金 以其餘分於衆人 皆足爲一家產 於是以次列
坐 對天發誓 敢有後踏前徑者 天必殛之 悉焚其器械兵仗而 散遣之

生自是不復憂衣食 專意債文 不數年而擢甲科 以文章才諝 見重於朝右 連典雄
州 累按方岳而又以淸白見稱於世 後位至宰相 爲司寇之職 某官家旣失銀 家道漸
壞不能復振而死 其子又以罪擊獄當死 生知之自閱其案 終無生理 乃退而上章自
陳曰 臣少時迫於飢寒 入於崔浦之黨 賴得此人之財 得以保全軀命 僥倖科第 叨
恩至此 若非此人 臣之爲溝中之瘠久矣 安得有今日 臣之昔者行已不端 冒干國紀
之罪 萬死難贖 刀鋸鼎鑊實所甘心 願盡納官爵 以贖此人 退伏刑誅以示國人 且
數百强盜 一時解散 國家無桴鼓之警 生民免劫奪之災 實此人積財之功 將比折罪
宜傳生議也 章下 諸臣合議 皆以爲 此臣素著忠勤 不可以少時跅弛之過 追劾於
先病旣瘳之後 朝家從之 幷許免某人之死云

余嘗觀麗史 將相名臣 多魁偉磊落之人 權奸巨猾之作亂者 亦復極其兇惡 無所
顧忌 因意其一代人品習氣 多亢爽果毅 不拘拘於繩墨之內也 今以此生本末見之
不其然歟或以此爲本朝人 是實不然 本朝人物 則雖豪傑魁梧之姿 必帶戰兢臨履
之志 間有狂猖不羈之流 亦自托於詩酒 引重於氣節 未嘗有胖棄規矩 越禮踰閑
若是放肆者也 余之所聞以爲麗人者當之

宦妻

湖西公州 有大村名銅川 村中有翁姬居焉 家極饒 有子四五人 皆爲官將校 翁
亦以貲受堂上帖 玉圈紅條 稱長於鄰里 有京城士子 田莊在湖右逐歲往來 路經銅
川 常主翁家翁姬見生至 輒迎接款待 爲酒鷄以進之 情甚親熟 姬年雖老 顏貌白
晳肥膚豐膩滑稽善談 笑間以諧謔 極有風度

一夕生偕翁姬 敍話於燈下 姬忽睨翁微笑曰 老身少也 曾與山僧和奸 僧之態甚
可笑也 翁厌目而嗔曰 妄老 姬又欲發怪駭話 頗有羞澀之色 生撝其有可笑委析
亦笑曰 姬是何言 頗駭聽聞 姬大笑語翁曰 當說破乎 翁面外而答曰 汝欲言則言
之 姬乃帶笑而言曰 老身本京城良家子 早失父母 育于舅妻 舅妻不加憐愛 以我
嫁于內官爲妻 初婚之夜 解衣親膚 撫弄乳臍胈 吮脣舌 老身伊時年 纔十六 意謂
男女枕席 祇如是耳 其後情竇漸開而漸覺厭苦 久而轉甚 時值欲與同枕 則冤憤塡
胸或至涕泣 每當春陽和暢 蜂蝶悠揚 鳥鶯流聲 欹枕欠伸 情思蕩深 默想重重 錦
繡玉飯 於我何關 蓽屋之下 與眞筒丈夫 共圍半幅布衾 共咬一莖菜根 實人生至
樂也 我身尚處子也 奔于他家 寧爲失節 仍發逃走之念而重門峻墻堤閑甚嚴 或被
發覺 一命難保 畏而不敢者 亦有年矣 及其終不堪也 則又念 人生如此 過活百年
何樂 縱使發覺見殺 豈不快於乾死此中乎 遂定計潛自裝爲 以衣服之不絮者 與布
帛輕寶 及銀數百兩 同作一包 約其輕重 可以適戴以走也 乘內官上直之日 曉鍾
初動潛身獨出 墻下有高樹 懸布于樹 縋身越墻 直出南城門 時天尚黑暗 隱身於
外南山松林間 待曙色微明 向前進去 乎生不踏門前 豈知徑路 只得遵大路而行矣
旣渡銅雀津 心中稍定 始發思慮 我雖處子之身 髻髮已在首矣 誰以我爲正妻 不
過爲人小妾 飽受主母勃磎 此決不可堪也 將誰適從 忽然覺悟 當擇僧以從之 旣
而 又念苟爲揀擇去取 將有棄故從新之嫌 我良家女子 決不可爲此也 當以途上初
遘者爲定 如是商量之際 不覺已踰狐峴 忽見一僧在前 問禪師何往 僧回顧答言
靑州去 觀其容貌頗端潔 年紀若與我相適者 意自喜此眞天定配偶也 因尾之以行
同到果川店舍 偪坐其傍 僧厭之 將身退避 我輒隨以相近 旣飯又同出店門 問師
在何處 答在靑州某寺 有父母乎 曰只有母 僧怪戒纒欀促步前走 我亦盡力追踵
僧力盡徐行 我亦徐從 自是彼趨亦趨 彼步亦步 休則同休 遇店則同入 行過三日
則意是靑州界也 路傍有大林藪極茂 僧憩于樹陰 我亦坐其傍 相此僧一入山門 便

不可尋 若不乘此時劫婚 事將不諧遽前執其脫 僧大驚 欲奪手以走 被我執之甚固
不得脫 但哀乞願女主相捨 我挽之使之坐曰 師且坐 我有說話師 爲僧有何好 與
我爲夫婦居生 則我包裏中約有數百 師得妻又得財 不亦樂乎 僧忽聞此言 紅潮漲
面 喉吻如噎 只俛首涕泣 有若小孩子可矜 我引手拭其面 謂之曰 與我就彼 摟之
入林中 緊抱而臥 使之合 此際僧情動 但戰棹甚 霎時而罷 旣整頓衣裳 謂之曰
吾二人已成夫婦 君已退俗矣 不必復向山寺 可與我直返君家 僧從之 偕行至家
則僧母懸鶉故絮衣粗粗短布裳 坐睡於簷下 見僧問 汝背後爲誰 我卽前拜曰 尊姑
息婦見僧母大驚詈 僧曰 汝從何處覓此賤潑婦來 某禪師若來 責汝十年衣食之費
則我何以應之 數年長利之債 我何以償之 汝果曝殺我也 踏地搥胸 焦躁不止 且
泣曰 生活全靠寺中 今絶矣 我想此老嫗可誘以利 卽解取碧油衣染色綿布裳一套
奉以進之曰 姑且休煩惱 我之包中 自有所挾 其僧雖來 其足以當之 老嫗受衣 嘿
然有間曰 且坐 日旣夕 入廚中作新嫁娘任職 是夜與僧達宵穩會 山僧初嘗珍味
歡樂欲狂 眞堪絶倒也

　翁在傍直視曰 無恥 姬自初發言說而笑笑 又說語及刦婚之際 翁隨口發嗔而 姬
輒楊手而謔之 翁無奈何 亦笑 姬復曰 翌日以二端綿布 付僧赴場市 換來笠子網
巾細布 裁成俗漢衣裝 裝束旣成 眞箇娟好小年郎也 使之往本寺 謝絶其師 師僧
遽隨來到門長駈 巨額黬鬚新剃 根鬖鬆滿頰 面目極可憎 突入厲聲曰 嫗以子許我
而還奪之何也 十年衣食之資幾載 長利之債 若不卽送於今日 必有大利害 老嫗震
慄不敢應 我自廚中出直前 執其耳 批其頰曰 彼本是我丈夫 於汝何干 何物頑僧
敢爾唐突 若不速歸 將碎爾光頭 連掌之不已 僧捧頰叫痛曰 狼哉此兒 惡哉此母
可怕也此母 急走出門 仍不復來 其後移接於此村 廣營田庄同居五十餘年 生男育
女 子孫成行 穀粟滿庫 牛馬盈廄 厭僧豈非厚福者乎 仍復大笑

　余嘗與數客 共談此說 以資笑嚹 客曰男女情慾之感 固人之形氣之私 所不能無
者 至於閹宦之妻尤有難焉 蓋聞閹者之耽倍於恒人 枕席之間狂蕩特甚 慾火熾發
而 無以散泄 則摟抱宛轉 幾至噬嚙肥膚 當此之時 雖古貞女 以禮自持者 安能曰
妾心古井水也 其逃出從人 有難苟責 以淫奔也

　一人曰 國初曾有內侍娶妻之禁 而降自中葉 不復關制 今則無不娶妻 又加以姬
妾者 間有之矣 觀此姬之所自敍 則其怨曠之恨 幽鬱之氣 足以感傷天和者 國家
宜申明舊禁 而悉發其所家畜者 給配於年少僧徒 則男女各適其願 而國家亦有添

丁之益矣 又一人曰 昔卓文君以寡婦 私奔馬卿 至今爲風流話本 今此姬跡 雖私
奔 元非失節 事極放佚 實擇所從 較之卓女 固爲勝之 四座捧腹

盜隱

鄭時膺 故監司文翼之庶子也 兒時跌宕橫甚 常爲隣里所苦 其父屢加箠撻 而終
不悛 愈益甚 人皆畏之 其父亦不能制 仍置之 不復管束 鄭家在驪州梨津 同隣有
民家子 與鄭同隊 遊嬉而時與鄭爭鬨 以鄭之貴家子 不敢較於衆中 避數日 乃以
山鳥山花之屬 可玩者 哈之請復與歡 誘至屛處 卽痛毆之 如是者數 鄭常爲其所
欺 後鄭益長 更折莭自勅 業弓馬登武科 爲人魁岸 饒計畧 膂力過人 嘗步逐野獐
拳猗而獲之 其趫捷又如此
時去丙丁之亂不遠 朝右推轂爲龍川府使 又訟薦任灣府 以其無外家也 故格焉
後解官家居 朝庭不復省錄 乃家於西湖 每日挾弓矢 棹小舸 射鴈於東湖 日以爲
事 淸城金公判兵曹 欲邀致之 鄭午人也 意不悅淸城 不肯詣 公嘗出經漢江亭舍
伺鄭舟 使旗手邀於水畔 答曰 小人將何射鴈 差晩則鴈 群飛散 不能止也 及歸又
要之 托以日晏肚飢 終不見公
及庚申改紀 復失勢 托足無門 家益貧 統師有與之相親者 以書邀之曰 幕裨令
必不肯 若以客適我者 當有以相周 鄭乃以倦僕羸驂 間關作行 至晉州地方 則路
左有大村 時日將暮 馬瘏不可趁店欲止宿 於意趑趄未決 忽有一人拜於馬前曰 家
主傳語也 日已迫暮 前路尙遠 何可趲程 獘舍雖陋 足以容僕馬 願賜枉顧 鄭心訝
然 自念行色如此 第從其言迂轡入村中 及到見一大莊院甚宏 入門則廣庭 邃廈
儼然若大官府 主人鬚髯半白 氣貌軒仰 肅容而坐 室宇華麗 姬侍羅列 堂下蒼頭
趨走左右而接賓之禮安頓 館穀之事 無不嗟惜而辨 鄭意謂晉州古稱多豪富果然也
晩饌旣罷 鄭請就客房 主人曰 不須別館 在此同宿何妨 夜深命侍者曰 吾將與
尊客款語 爾等悉退 乃謂鄭曰 令公省識我乎 鄭熟視良久曰 顏面依俙 豈相與尊
相會乎 主人曰 相別已久 宜公之不能記也 公之幼名 非某也乎 鄭曰 然 尊知我
幼名 必是我童稚故舊而 終不能覺悟 不識尊果爲誰也 主人曰 我是梨津某家之子
某也 鄭大驚曰 汝何以在此 又何以能得此也 答曰 吾只爲夜客伎倆耳 鄭駭然曰

是何言也 主人廻爾而哂曰 令公乃觀察使之令郎也 兼之以智勇絶倫 武藝超群 只
緣有一名也 僅不過龍川府使 白首窮餓 行乞於百里之外 況我民家子 將何所施用
於此世 萬事快活 無過乎蕉蒲之生涯也 仍自敍曰 我父母早亡 爲人傭賃 一身
靡托 生活無策 始發無賴之念 初入穿窬小黨 其徒十餘人 其才智皆出於吾下 推
吾爲師 因其徒入於巨黨 則其數百人 又皆出吾下 亦以我爲師 轉相攀 因又合他
黨 則其黨愈衆而 亦皆非吾敵也 仍爲其大師 如此而 旣盡一道 又延及他道 咸受
我節度 卽今八路之內 綠林豪客 吾部曲也 公試看我軍籍 因出自樓上以示之 巨
編鐵裝腦者五六 所書軍揚 無慮十餘萬 鄭益驚駭 問曰 以此之衆 將欲何爲 主人
慨然長嘆曰 若使國家南征北伐 則吾不難率此前駈而 今無所用 兄得用以爲不平
事也 自數十年來 旣隱居於此矣 足不出門外 以其事悉委於各部將領 而但每歲收
財貨 托謂外方奴婢 身貢之收來者也 至於發市行經 亦不復關聽 惟使之緩急來告
彼入道邑猾吏之用權者 京城左右捕廳 健校之任事者 吾皆與之相結 尋常問訊 歲
時餽遺 深得其歡心 苟有遭罹者 託以解紛 當今之世 寧有行千金而 不可頤使者
乎 故雖莫大之厄 無不霧散氷釋而 無復事矣 今吾田園陂澤 遍於鄰境 亭舍鍾鼓
擬於公候 男女婚嫁悉聯士族 子孫皆讀書爲儒 我則掩門端坐 惟對圖籍 此邦之人
反謂我理學先生 公看我所施當果何如也 鄭聽畢大叱異日 子眞英雄也 非尋常人
所可測也 因留鄭數日 謂之曰 令公之有此行 吾久已聞知 統師資公必不過一所載
何足爲有無 我當與公周章 不必遠涉前路 可自此直歸也 卽呼管使奴曰 鄭龍川令
公 是少時親友 一貧如此 安可不相恤 汝可備十疋馬裝銀錢布帛 旣辦而告 無何
奴入告 事辦 鄭不得已 受其賜而歸 不敢以告人 詭言統制手大如此 及其老而將
死 始詳道之如此

余嘗有言爲盜者 其才亦必有過於人者 此雖出於一時戲噱而 今以此事觀之 則
豈不信哉 我國用人 專以門閥 雖有絶人之材 苟其出於下賤 排擯不齒 無所試用
地之生材本不擇高下 隴畝草萊之間 安知無梟雄之姿 軒然自負哉 善者抑虱悲吟
藏名而玩世 其惡者輟耕太息 走瀆池如鷙者 固其勢也 夫使豪熊猛虎 飢餓於窮林
不得逞其咆哮磔裂之慾 則其怫鬱不平之氣 積之旣久 終必績決 一朝風塵 葛榮黃
巢 皆其徒也 是可憂也

神劍

赴燕使臣之行 令列邑以其土産 資助盤纏 謂之求請 其物種中 有所謂靑鞘刀者 雜木柄餙 以豆錫易以靑黍皮爲鞘 制極草草 蓋爲彼地客店房錢之用也 其刃以不鍊 主鐵 略加淬磨 僅堪一割 使臣聚此甚富 或以散給親戚而 以其無用也 人不甚收 也 尹尙書鳳朝常從人 得其一 將爲裁剪紙札 貯之硯匣 數月後忽亡之 遍搜終不 得 意家間少兒輩 取以削木仍致遺失而 失亦不足惜 置之不復尋久 尹公家在長典 坊南山下 忽於春夏之交 有穢氣隨風而聞 遍於家中 日以益甚 久而轉不堪 擧家 疑怪尋求其氣之所自起 則在門上堂饌房廳板底下 乃其爆鼃鹵鑊 毀廳板而發之 未及尺有一丈穴 從以掘之 則一頭巨蟒死于穴中而 腐爛過半 此穢氣之所以聞也 其腦有物揷焉 摘出視之 卽所亡靑鞘刀也 尹公大異之以爲神劍 於是拭拂洒削而 改侈其餙 然依舊是鉛刀之無用者也

尹公之胤心宰氏 以此事 傳說於我先君而 余亦得聞焉 豈不異哉 然余因是而思 之 金者天地間 純剛正氣也 古之寶劍寶鏡 皆極其鍛鍊之功 使查滓無一點之渾而 純剛正氣 至粹而至精也 故能驚魑魅走妖魔 若有神物之憑焉而 其實則理當然也 至於凡鐵 則旣不能極其鍛鍊之功而 查滓與正氣相雜 隨其分散多寡而 或利或鈍 及其最下 則純是查滓而已 固無異於土礫而 然其純剛正氣 猶有一鍊之存者 故時 或出而神其用如此 刀者亦其理也

以此推之 則人之爲氣質物慾之所拘檗者 蚩蚩焉 幾希於禽獸而 一段虛靈不昧之 氣 霎時所發 必有與聖人無間者矣 人見其只是此人也 乃謂聖愚之分 如寶劍凡鐵 之判然殊 不知凡鐵之中 亦此刀若極其鍛鍊 則是亦寶劍人獨異乎哉 佛者之說有 云 昔有一擔夫隨神僧行 忽有省悟 立地成佛 神僧暮拜稽首 自荷其擔 俄見擔夫 威光頓減 擲下其擔曰 汝復將此 依舊是擔夫 是知蠢動含靈俱有佛性 而未嘗修道 乍得旋失 正如此刀之未經鍛鍊 而一神其用 還復凡鐵也 人其可以自棄也哉

推數

鄭虛菴之死 野史傳疑 其說詳矣 獨其推命之神異 人稱之至今而 並無記述之可
稽者 我國之無好事者 亦可見矣 世傳鄭公在湖堂 與一儒生同坐 槐上臨江看玩時
湖堂諸學士 盛作江遊 畫舫簫鼓羅綺滿前 中流而下 儒生望見嘆曰 嗟乎 此神仙
也 鄭公曰 子有羨於彼乎 儒生曰 以我四十窮儒 較之於彼 不啻蟲鵠 那得不相羨
鄭公曰 不然 彼皆行尸也 子之祿命百勝於彼 何羨之有 儒生不信 及至甲子之禍
諸學士皆不免 靖國後 儒生登科 爲太平宰相

又傳龍山江村 有一柁工 親近於鄭公 公爲之推命 題贈五言四十字曰 遇風莫停
舟 逢油莫梳頭 一斗三升米 靑蠅抱筆頭 柁工不省其何語 然常記之在心 後操舟
過大洋遇逆風 將落帆 停泊於島嶼之間 遽曰鄭公曾有云 舟不當停也 盡力挽艫
遡風而行 忽然風頭回轉而 勢極壯猛 駈海濤如山 工張帆駕浪一瞬千里 卽日到泊
於京江 其諸舫之停泊者 則爲風濤所盪未及收碇 俱被覆溺而 獨工免焉 是後又遠
商而歸 及到家日已昏 矮屋而低戶 免冠俯而入 楣上所掛油葫蘆 觸于髻覆墜 滿
頭淋瀝 鮮髮將篦 忽念前事曰 鄭公之言 不可違也 遂止不梳而 髮油不可挽 因收
於腦後作稚髻 是夜與其妻同寢 妻有奸夫 挾劍而至 黑暗中兩平頭並臥 不能辨男
女 聞油香以爲 抹油者婦人也 刺殺其妻而逸去 工睡至曉 忽聞腥氣逆鼻而 其妻
僵於血泊中 大驚叫呼 鄰里一時哄集而 竟不知爲何人也 妻之父母兄弟 群至而噪
曰 與汝同宿而被刃 刺非汝而誰 直前綑縛告狀於刑曹 刑官亦以告狀爲然 訊治累
年 不勝拷掠 自誣服 文案旣成 堂上方拒筆署押 忽有蒼蠅 營營而集至于筆尖 擧
筆揮之 則旣去而還集 如是不已久不得下筆 工仰首言曰 小人今當死矣 有一段抱
疑 願盡一言 堂上曰 汝欲何言 工曰昔者鄭司諫公 爲小人推命 有如此如此之言
其遇風莫停舟 則曾以其言 獲免淪死矣 逢油莫梳頭 則亦遵其言而 反罹此奇禍至
於一斗三升米 靑蠅抱筆頭兩語 則竟無所驗 何鄭公之言 神於初而無靈於後也 小
人以此懷疑而 益增冤痛也

堂上聽罷 顧諸郎僚曰 怪哉 適間有蠅集于筆端 屢駈不去 以爲偶然 鄭公之前
知 一何神也 卽官中一人 素以詳明稱 卽進前密告曰 鄭公推數之神異 世皆傳之
或者此獄有疑端 其所云莫梳頭者 正示之免禍之道也 當其時若使梳頭 或不免於
被刃 然則操刃者 果他人耶 堂上曰 吾亦疑之 但一斗云云 果何謂也 郎官曰 獄

542 | 내시의 안해

之肯綮 或在此中 此不可容易覺得 請容下官從頌尋究堂上曰 諾 遂罷而散 郎歸
數日深念 忽然覺悟曰 一斗之粟三升之米 其糠七升 無乃康七升者 眞正犯耶 後
日赴衙 以康七升三字 書于掌中 以示之堂上 堂上卽怳然曰 郎誠有見 卽發健差
當廳授牌曰 龍山上下村 當有此人 卽刻拘至 七升正是奸夫也 獄事已久 工定爲
正犯 放心不復慮問 其被拘 意謂法司因何推問也 及其押到 郎大喜曰 此無可疑
者 直加刑訊 問以行凶情節 七升如晴空霹靂 不可掩耳 一一首服以爲暗中 不辨
男女 只以油香錯認誤中 獄遂決 工得免於罪云

鄭公之術 可謂神矣 然竊疑公果能前知也 何不先幾色 斯於通籍之前 嘉遯岩壑
以保人倫之樂而 乃返出身立朝 與衆行尸競走也 及其禍欲旣迫姅 爲苟全性命之
計 甘心自受於父喪不奔之罪 不亦晚乎 若曰命數已定 吉凶之道 不可以人力趨避
則又何用前知爲也 易曰 知幾其神 鄭公之術 其未及於斯乎

發奸

都下之民 所受貢物 多者爲米數百石 小亦近百石而 富者兼有數名子 其分給子
女 互相買賣 同於田業 或付諸人 使之應供而 以其所受價分給於本主 若授田佃
戶而 收其稅者 名之曰分實 都民生業之大利也

有破落戶某甲者 以其世傳貢物 賣之於某乙 受價定銀五百兩而 請爲其分 至五
六年 甲之所以輸其分者 多不如約 乙將自供而 奪其分 甲患之 與某丙者密謀曰
若能許我分而 永遠不奪 則當以此貢屬之於丙 丙利而諾之 乃詐與丙買賣 詐作文
券 各出斜案 使丙訟於官曰 與甲作此買賣 已十年而 甲無狀又復重賣於乙 甲始
則示抵賴狀 末乃佯爲辭窮也者曰 果於十年前 以此斥於丙而 本券典於子錢家 不
得傳付矣 五六年來 貧窮益甚而 子錢家責之急 不得已又復賣於乙 以償其債 重
賣是實 官家治甲之罪 以貢斥付於丙 乙又訟於官曰 此爲甲世傳者 諸貢人無不知
五六年來未嘗斥賣 諸貢人亦無不知 甲與丙飾巧造作 欲白奪人産業 官家取考兩
造文券 則乙之買後於丙四五年而 丙之斜案印跡署押 昭然無可疑者 以爲決訟當
從文券 右丙而落乙 乙不服連訟於官

經京兆秋曹 皆被屈不勝憤 又訴於京兆 京兆以爲三度見決 不許更理者 法典所

載也 不復聽其訴 扶以出之 乙出止官門外 搥胸頓足曰 古今豈有如許孟浪 我以
雪白天銀五百兩 買取明白 無疑之産業而 反被人白奪耶 號泣不止 市人聚觀 忽
有一人自衆中出 容狀頗似士族而 破笠襤衣 前問曰 君何哀之甚也 乙方冤抑塡胸
無處發泄 卽以首末 告之 其人請見前後文案 一閱而曰 君誠冤矣 然此易耳 當告
君以一言快捷之道 將何以酬我 乙愯愯答曰 果如君言 當以此賣界之 其人笑曰
君何言之過也 我不多求 只許我五十兩銀子 可乎 乙攘臂進曰 何但五十 當以本
價五百盡輸於君 其人曰 言不可若是過也 第隨我而來 因與偕之癖處 附耳作數語
乙大悟奔入官門 當廳大呼曰 丙之斜案 僞造也 其月日卽國忌也 國忌日 寧有各
衙門 開坐之例乎 旣不開坐 則誰爲開印使用也 衆官驚訝 就檢壁上所揭國忌板
則果然 卽告于堂上官 更加究覈 乃本衙門老吏 與甲丙符同 以斜案乘訴狀紛 衆
官頭烘之際 混呈成出而 衆官不能覺也 遂治甲丙之罪 處以僞造文記 非理好訟之
律 以其賣決給於乙 乙後尋其人 終不復見 其居住姓名 亦不知誰何也

余嘗爲京兆郞 屢當詞訟 訟者大抵皆桀黠奸刁 言足以飾非者也 每兩造對卞之
際 言辭瀾翻 悉中條理 閱其文案 則左契詞澄 俱有依據 察其氣色 則又皆嗔目攘
臂 疾聲大呼 實若有抱至冤而 莫白者竟不知誰爲曲直 周官五聽亦虛語耳 自嘆古
人之一言折獄者 其神明彊察 定何如也 今觀某乙所遇之人能於猝乍之間 摘發奸
僞 若數一二 若使之主獄 天下寧有冤民也 惜乎其藏名潛蹤 可觀於世也哉

義妓

出身張姓人 京城富家子也 隷禁旅 爲駕後親軍 年少美姿容 又挾財日以鮮衣
彩屐蕩遊於斜遊花房之間 視銀錢如土 與長城妓爲丘史者 尤綢繆 凡妓之衣服餙
玩錦綺珠玉之屬 與家私日用之供 一擲千金 曾不少惜 旣已家漸匱 不能供 鴇母
稍益厭薄數對帳譸妓使聞之 或使妓 避匿不見 及其産蕩盡 一身赤立而張亦自
羞 遂與妓相絶 駕後親軍 必錦緞戎裝 駿馬珊鞍 張以窮窶不合侍衛 仍被汰黜 其
妻又迫於凍餒 因病物故 益無所賴 日周行親戚家 以水飯殘餘餬口 夜則寄宿於人
家廳宇 積困飢寒 手彩消盡 鵠形鶉衣 貿貿然便一叫化子也

其後鴇母死 妓得自在而以容色才藝 擅名於靑樓 門前之客 常閙如市焉 一日妓

家適無客　獨坐簾下　若有所思者久之　顧語小女使曰　張先達何久不來　屈指計之
則今已幾年矣　汝或柏上時　相見耶　女使曰　唉　張先達乎　有時逢着於鍾闕後小徑
而　衣服襤褸形容腌臢　低垂傴而行　見兒輒掩面而過也　妓曰　嗟　可憐哉　我之故也
後汝相見　爲我請來　愼勿忘也　後女使歸言　張先達要請而　不肯來也　妓曰　想汝不
能於言也　若善致我言則豈不肯來　妓卽入室　裁紙作書　細字數十行　摺疊作龜形
付女使曰　汝藏帶身　過待張先達相見　爲我傳之　復申申叮囑　愼勿遺失也　後數日
夜　客十餘人驟至　皆禁旅捕校之類也　妓張燈設酒肴歌以款之　時正深冬　北風嚴厲
密雪撲地　俄而女使至　倚戶而言曰　張先達來　止門外不肯入　言衆中慚惶　妓卽起
身促步而出　張隱身門側而　薄衣如葉　緊抱兩肘　婆陀而立　妓直前挽其手以入　坐
之深處抱頸而泣曰　可憐　昔之千金美少年　何遽作此狀也　啓朱漆洒金函　取錦表白
羊裘　銀鼠皮　貂尾大揮項　手自披之曰　此皆子所遺也　我藏之　以待君久矣而　子終
不來何也　男女情愛不關貧富　子何有慊於我而　相絶如是也　因執手哽咽者移時而
曰　嗟呼　昔也子　室屋連雲　銀錢如山　身厭紈綺　口猒粱肉　人所艶看世所稱羨　只
爲與我相好　許多財産　一空如掃而　妻亡家破　身世至此　一則妾也　二則妾也　我何
忍負子乎　今我一身錦繡　日夕資用　皆子之財也　我當盡此以奉君　錐剪頭上之髮
剜心前之肉　亦所不辭　子母復遺棄我也　偎倚完轉　淚垂言塞　坐中皆感動歔唏　其
中一人曰　我有一言　吾輩從今　不復入此門　使此娘子　專房於張君　衆意如何　衆人
咸曰　此言極是　遂相對發誓　紛然而散　妓自是不復接客　與張同居而　其所儲畜頗
饒　又善作家業　張復成潤屋　感妓之義　仍不復娶妻　與妓偕老云

　　蓋妓館火坑也　古今冶遊子弟到此而陷其身　以至敗家亡身者　何可勝道　而厭貧
逐得新忘舊者　妓之常也　故宿昔繾綣　忽若遺跡雖　葛帔胃霜向門叫饑　終無肯　冷
眼一顧也　幸張之遇妓也　此與傳奇所載　沂國夫人者頗相似有足可尙故記之如此

嘲謔

　　韓山李公穡　以名家冑胤　早登科甲　而與樹勳有釁　仍以見排　不得預淸顯　官至
承文判校　時人惜之　公平生癖於詩律　日哦不輟而　李公楚老　常加貶駁　逐句指瑕
又排調之曰　爾全無詩腸　公卽曰　爾全無詩眼　二公以此相謔　亦以此相競　公或至

發怒大閼 人多傳笑

同時儕友中 有某公 謂李公曰 汝何譏評某也詩爲 我則常極口讚揚而 飽其餅餌
甚佳也 蓋公不能酒 愛噉餅餌而 常獨亨 不與人共 李公曰 某家餅餌何如 某公汨
漉吞延曰 美何可言香濃甘軟 天下之旨 當無過者 李公曰 吾亦將爾 後數日來見
公問曰 爾近日多吟咏否 公曰頗有數篇 而若汝無詩眼者 何用問爲 李公曰 唯我
知爾詩 唯其知之深 故其論之詳 亦爲賢備責之義 爾謂我不知者過也 因嘆曰 吾
與某少相親 今至數十年 尚不知我心 良可歎也 公有喜色 乃出一稿曰 此吾近作
爾試看如何 卽七言律一篇而 其頷聯曰 跡遍連麻楊積地 口兼農圃酒詩談 李公署
看 纔罷正色曰 爾胡相欺 此豈爾所作乎 公愕然曰 是吾昨日所賦 爾何云云 李公
曰 看此 一句之內 連川麻田楊州積城 農也圃也酒也詩也 四地名 四段事 總以成
之 渾然無痕 他人爲之 當排於幾句 今世無此手段 汝何能辦 若非少陵 決是坡翁
汝必弄鈍賊手也 公笑曰 若是佳乎 此實吾所作 汝果知詩也 李公果爾者 爾或於
近者 大讀杜詩否 曰吾無是也 李公曰 然則汝之詩 可謂高出今人 追踵昔古 我尋
常敬服汝 不圖至於斯也 因高聲吟諷者 數回而 擊節不已曰 吾今日快竪降幡矣
公喜色洋洋 呼婢使曰 吾適怒 如速供畫饍 有賓可別具一盤 俄而進盤 則白雪 糕
粘米糕 菉豆豆糕 蜜糕 石餌餻 名品餅餌 滿覆棗栗 香濃甘軟 果若人言 李公飽
噉 旣訖 復引詩稿 熟視之曰 跡遍二字 似不雅馴公瞠然曰 何爲其然 只是蹤跡遍
踏之義 寧有不雅馴 李公搖首曰 終不雅馴 連麻楊積地也者 何其重踏也 又曰 口兼
字音響 近乎鈍濁 又曰 農圃者 實用俗談可欠 又曰 酒詩也 酒詩也 詩家只有詩
酒之語 自古曾無倒下者 公始則逐口爭難 及其韻字外 無一免駁者 恚而嗔曰 爾
何前褒而 後貶也 李公曰 吾只欲爾餅餌耳 公大怒奪拳欲歐之 李公跳出戶手其履
走且訕曰 士大夫口吻中 寧容發如許惡詩 公憤止頓足曰 公然餉渠忿忿者累日

余謂李公之詩 誠惡矣而 謔之者 反近於虐 俱堪絶倒 然二公之事 抑文人氣習
之所使也 文人相輕自古而然 奬箒千金 亦人之情也 且余嘗怪歐陽公 以天人玉佩
逈立空外 無人之妄加庇議 只見不自量而 乃於師魯誌題後 費辭分疏 頗涉忿懟明
之歸震川以高視一代之文章 其應擧文字 被人譏評 則傳書於人 深有不平之意 文
章佳惡 具眼自當 下之小兒輩 强解事何足以介諸方寸而 二公不能免此 信乎不知
不慍 果其難哉

報恩鵲

虺知戊己 鵲知太歲 巢居知風 穴居知雨 人所不能 物反能之 可謂異哉 然賦受
偏塞而 一線之明 偶通於此 故知有所專 卽其常也 間有懷恩不忘 圖報無窮 如雀
環蛇珠 古人已記矣 是其知覺之靈 信義之性 實有與人不殊者 此又可異也 余觀
世之享人之德 而忘之者滔滔也 甚或擠之井 而又下石者有之矣 以此較彼 非特不
殊於人 實爲人所愧者 亦多矣 是烏可以啁啾其音 羽毛其體 而忽之哉

長湍校生有養鷹者 日取禽鳥以飼之 林巢 屋栖 披探洎遍而 趐翎未全之䨂 尙
滿笯也 校生有女 年十四五 取其一雛鵲 養於箱中 尋蟲蚊哺之 益以飯餘殘肉而
愛之甚常爲我鵲 鵲亦依而媚之 女托飯于掌而 呼之 則搖頭鼓翼 張口而赴之如受
哺於其母者 羽毛旣成 晝則飛食於外 暮必歸宿於箱中 及女出嫁則不復歸而 時至
女所 或一月一至 或間月一至 女能卜識其形狀 欣然迎而呼之曰 我鵲來也 鵲輒
投于懷中 嘴循其裾帶 或上肩胛 唼啑其髮 若歡愛之甚也 女亦撫玩良久而 復飛
去 後來漸疎 逾數年而絶 未幾女孀而 有遺腹子 纔三歲患痘極重 夫家多小兒未
痘者 女將病兒出避都村鄉中無醫藥 病漸瓵熟極黑陷 終至不救 女以尸置室中 覆
以衾獨坐囟外 呼天而哭 忽聞籬間鵲聲喈喈 女揩淚眼視之曰 我鵲又來也 女方哀
冤弸中 無處申愬 卽向鵲哭而 訴之曰 我薄命餘生一子 又不保 汝能知我窮天刻
骨之痛乎 鵲翩飛入懷中又飛上窓挌張趐拍拍 若欲入室者 女曰 汝欲入視耶 引手
半開 則跳至尸傍 喙扯其衾 伸觜挿鼻孔 連啄四五 俄而流血紫黑色 如注一鍾許
而 兒卽甦鵲飛向外而逝 自是不復來矣

余庶族兄遑 居在長湍 爲余道此 余曾見醫家 痘瘡黑陷 治方衆矣 未聞有刺鼻
出血之法 抑古方或有之耶 然鵲何以知之 是非特報恩 又能於醫病 豈非異中之
尤異者也 又聞水族之被叉者 野鷄之中機折翼者 或以松脂塗瘡 人多驗之者 然則
是亦果有醫藥也 其孰知而 孰敎之哉 無乃鱗羽之間 亦有天生神解如神農者耶 夫
天地舍靈之類 其智術技巧無不俱足 彼崆峒無所知而 獨以圓顱方趾 自詫爲禹類
之最靈者 定何如也

清冤

京城有良家婦寡居 饒於財 姿容亦艶 有傭雇生心 并謀其人財 乃爲婦幹家事
盡誠力以奉之 婦甚倚重之 厚其衣食而 有事必與相議 傭因是每致其召議 若有鄰
人入門者 輒住口變色 有異與之私語而 見覺者 晨早挾茗籌 入掃庭內 及出中門
必隱身 四顧闖覗 有若瞰無人而跳出者 以示于人 人頗怪之 久而時從一二鄰姬
以褻語略發言問之 則又笑而不答 以此人益疑之 稍稍有傳說者

如是四五年 始告刑曹曰 與婦私已久而 今忽背約 法文良女淫奔者 并罪男女而
女則沒入爲孥 仍給付奸夫 於是法司拘男女對質 傭歷擧日月 指數和奸之跡 又以
四五年來所備給衣服鞋襪之屬皆收貯不服 及是出之 指以爲握椒荀藥之具 法司又
拘問鄰里 則皆以爲不知其詳 形跡之可疑 目之熟矣 聽聞之不淨 耳之素矣 婦雖
極口叫 屈而終無以自白也 刑官將杖問取服 婦告刑官曰 賤妾有一言密訴者 請屛
左右 衙役既退 進立廳前 低聲告曰 賤妾幼時濟于爐炭 小腹下橫紋之間 火瘡瘢
痕 大如手掌 果若有私 彼豈容不知 請以此詰之 刑官卽召傭問曰 彼婦身上隱處
有標可驗否 傭昂然對曰 豈無其標其腹下近私處 有大瘢痕 小人常摩弄而問之 則
答云幼時火灼 婦卽時起立 脫褌裸體曰 賤妾自此死得爲潔白鬼矣 衆視之 臍肚下
瑩然白淨肥膚也 蓋婦知傭之廣張賂囑而 料其有竊聽漏通者也 刑官乃杖偏嚴問
果首服其誣 婦得清脫云

諺曰 盜賊之累 尙可白 歡迎之累 不可白也 男女嫌疑之際 幽隱之事 誠可疑而
難明也 傭之處心積慮 設計極狡 鄰里既爲其所欺 刑官亦無以摘發 婦雖有百口三
尺之喙 特不過死於栲掠 不則名陷賤籍 身從狂且 兩途之外 萬無一幸而 乃能料
事情設機權 使奸徒兇巧 立見剖破 快淪陋名 身節俱完 豈不奇乎哉

當寧甲寅間 有京士夫誣其妻曰 娶之七朔而生男 呈禮曹請離 蓋以半産爲解娩
而其家有妖妾 爲之主證 門中諸人 皆信其言 妻不能自明 飮藥自盡 臨死寄書其
父 願以初婚之夜 親膚與否 問于其郎 父在湖南康津卽上京 訴寃于刑曹 及其兩
造對卞之際 以其書呈封納之 刑官親手拆見 卽以此問之 其夫出於不意 直對曰
初婚之夜 女人行經 果不得同枕 於是其妻之寃立白 乃以此上達 嚴加究覈重懲其
妖 并治其夫 與此事相類 故并記之

癡儂

有年少書生 爲瞻動駕 偕數三儕友 立於道左 人叢紛還 失其同伴蝸蝸焉 彷徨交衢 天又急雨 趨避於路傍一閭家 其客堂空虛 中門深閉 寂然若無人 有頃一美婦 自門內嚷曰 何人闖入婦女獨居之家 生曰 避雨休坐 婦從門隙頻頻窺覰 旣而半啓門扉 倚身而言曰 外舍寒陋 請入于內 生從之入 婦邀之室中 室僅尋丈 男女接膝而坐 問居在何處 年紀幾何 自藏中出酒壺 以畫鐘滿斟香醞以勸之曰 雨中陰冷 請此暖熱 生受而飲之 婦忽微笑曰 室中想應艷醞 又斜眄移時而 笑曰 郎貌若是其都必內外交相愛也 又笑曰 琴瑟情重 曾不作別徑行步否 又笑曰 若然則宅上婢使必眼熱 多害相思病也 如是喃喃以情趣話 百端調戲而 生但隨問而答之而已 婦俛首穆然者半餉 忽顰眉曰 許久和衣而睡 虱兒侵起 解前襟而反之 作覓虱狀 露出白雪胸膛 略鬆肚帶酥乳圓圓軟紅微亞 將手搔摩低聲 癢也癢也 生瞠眼熟視不覺失口曰 乳美也 婦急掩襟巧笑曰 美也 將欲奈何奈何 生又默然 俄而雨霽 生起身辭歸 翌日語諸友曰 吾昨者 避雨於一閭家 其家空無人 只有少婦 邀我入室酌之酒 發如此說話 作如此擧止 甚可怪也 諸友咸笑曰 諒其情態 正欲私汝 生怳然大悟拍手歡曰 果然果然 吾正不覺也 人皆絕倒

余謂此生誠癡絕矣 然若以此倡於人曰 古人之坐懷不亂 吾亦能之 亦足以欺 無人曾不知出 亦可見其純然赤子心也 視世之厭然巧餙 以自賢者 何趐百勝

妄人

鄕曲儒生有姓高者 與一宰相相親 每歲來謁 一日於席上忽軒眉而請曰 某幸與公 相熟久矣 願得一職名 宰相曰 子欲何官 答曰 願爲大司馬 宰相笑曰 君有何才能 敢爾望此 高咈然曰 某雖不才亦能解見檢田文書 有子年十五 能讀千字文如此而不可爲大司馬乎 宰相微哂曰 大司馬實非人人所堪也 高撫然移時曰 大司馬 公旣靳之 抑其次節度使可乎 宰相知其愚蠢 不可以解說 亦欲資戲劇 卽快許之曰 此則當如戒 仍使胥吏成出一差除文字曰 以某人爲烏有郡節度使 愚極郡兼

巡使者 遍使卯爛如也 以給之 高大樂卽日發行 還家未抵家百許步 高聲呼其妻曰 夫人今吾爲節度使 自此不患貧矣 及到家又對其妻稱賀 每日整衣冠 端坐土坑上 苦待官人之來迎者 及其久而無形影也 則獨自呵罵 下人迨慢何敢如是 當重治之 自是常自稱高節度使 人有呼以高生者 輒大怒又不肯自理田疇曰 節度使何可躬鄙事也 亦禁其妻不得至田疇 曰節度使夫人 何可出門也 遂餓而死 藁葬山側 一村之人咸指笑 以爲高節度使墓云

以余觀之 人以斗筲之智 妄談天人性命之理 人以靈者之名 奉之 則晏然居之而不疑者 與此人 相去幾希矣

天報

當寧丙午式年 湖南儒生發解者六人 將赴會闈 作伴北上 有一校生 全不識字而受人之走筆 偶參解額 亦隨其行而 其呈券裂寫 專恃於六人也 六人相與謀曰 夫也無文無筆 同入試闈 只爲吾輩之陋累 彼實蠢愚可誑也 仍競誘之曰 王城試場不似外邑 呵禁至嚴 小失容色 輒板加鎖眞可畏也 汝之呈券 吾儕當爲之盡誠 汝不必自陷可畏之地也 若或蹉跌 一被下問 代述發露 則罪律至重 汝將奈何 以此更迭慫臾恖 校生信而從之 及入闈 六人者呈券已訖 以校生試紙 屛棄隱處 出而言曰 汝之試券 吾儕合力以成之 甚得意也 吾放心揮毫筆劃飛動 衆競相倡曰 文固佳矣 當以取筆高中 校生亦信之 及其柝號 六人者皆黜而 校生反獨中焉 蓋其中一人 誤換用校生之紙而 其屛棄者 眞己物也 實亦首發其謀者也 六人旣失志意氣沮喪 情懷淒切 含淚而歸 自知其負心 不敢以告人 後稍稍語泄 人皆以爲是爲天所厭

曾見道家書 以慢驀愚人爲大戒 以爲損折福力 此誠至論也 六人者 於此宜其及矣而 天之所以反之者 又何其巧也 然世之負心背義 造孽至大者 反或邈然無報應者何哉 余嘗論此以爲 此正如善爲國者 禁網疎闊呑舟或漏而一 有懲威雷電至若數罟蘩密 則民且玩而不畏之矣 故天之可畏者 正在邈然也

驕武

尤菴文正先生 每當還山 朝野競爲陳章請留 史官承宣相繼捧御禮論曰 先生常患之 嘗潛身出城 行至果川店舍 繼而有年少武弁爲守宰者 亦至其店 衆騎從擁護以入 厲聲呵其屬曰 下處胡不屛人 先生告以炊飯方熟 少間當赴 始曰 年老姑已 旣而飯具 武守之飯尋亦至 手其盤中炙雉嗅之卽嚬眉縮鼻曰 臭腐不堪 抨入廚吏 嚴加呵責 以其雉投諸先生曰 郷老豈得嘗此 先生受而不食 武守曰 胡不食 豈以其臭腐耶 唉 郷老此亦未爲得也 先生曰 非也 今日是孝廟忌時 不忍肉也 守哐然哂曰 可笑哉 郷諺也 國忌何必行素 素當其時 及唱奴悶甚 從傍側向其守 無數拜起曰 懷德大監也 懷德大監 守略不置之耳也 俄而店外喧鬧 傳言史官 奉御札臨到 守始大驚 走下庭 伏地請罪 先生不答 仍啓行 守隨至一息 始招而責之曰 君之慢侮老人 殊可駭也 然此由於素不相面 吾不深咎 若國忌何必行素之說 身爲國家臣子 何敢向人發此口乎 此後當認君臣義重 勿復存心如此守但僕僕稱死也 武守驕傲之態 誠可笑也 然先生之責之也 不數其驕傲之罪而 只以君臣倫義 挑發其秉彝之天 眞有德君子之言也

余曾見退漁金公 公方飯而具素膳 坐上有親黨後生 怪問之 公曰 今日乃仁顯后諱辰也 後生曰 國忌甚多 行素莫不難乎 公曰 諸陵吾亦不能遍自吾生以後所逮事 大王王后諱辰自覺怵然 不能肉也 余聞而有動于心 自是亦效而爲之 後生亦或有怪問者 又余聞諸長老五六十年前闕內入直諸官每値國忌必具素膳 近世無此規 亦已久矣 此不但國網之解弛也 實末世人情 薄於倫義之漸也 深可憂也

옮긴이 김세민

북의 국문학자로 설화, 소설 문학을 연구하였다. 그 밖에는 남쪽에 알려진 것이 없다.

겨레고전문학선집 20

내시의 안해

2006년 7월 25일 1판 1쇄 펴냄 | 2016년 4월 28일 1판 2쇄 펴냄 | **글쓴이** 임매 외 | **옮긴이** 김세민 | **편집부** 김성재, 남우희, 하선영 | **감수** 정출헌 | **디자인** 비마인bemine | **영업 홍보** 백봉현, 안명선, 양병희, 이옥한, 정영지, 조서연, 조병범, 최민용 | **경영지원** 임혜정, 전범준, 한선희 | **제작** 심준엽 **인쇄** (주)미르인쇄 | **제본** (주)상지사 | **펴낸이** 윤구병 | **펴낸곳** (주)도서출판 보리 | **출판 등록** 1991년 8월 6일 제 9-279호 | **주소** 경기도 파주시 직지길 492 우편 번호 10881 | **전화** 영업 (031) 955-3535 홍보 (031) 955-3673 편집 (031) 955-3678 | **전송** (031) 955-3533 | **홈페이지** www.boribook.com **전자 우편** classics@boribook.com

ⓒ 보리, 2006 | 이 책의 내용을 쓰고자 할 때는, 보리 출판사의 허락을 받아야 합니다. | 잘못된 책은 바꾸어 드립니다. | 값 25,000원

ISBN 89-8428-242-1 04810
        89-8428-185-9 04810(세트)

이 책의 국립중앙도서관 출판시도서목록(CIP)은 e-CIP 홈페이지 (http://www.nl.go.kr/cip.php)에서 볼 수 있습니다. (CIP 제어 번호: CIP2006001304)

이 책은 한국문화예술위원회의 문예진흥기금 지원을 받았습니다.